ДЭН
БРАУН

Утраченный СИМВОЛ

Издательство АСТ
Москва

УДК 821.111-31(73)
ББК 84(7Сое)-44
Б87

Серия «Эксклюзивная классика»

Dan Brown
THE LOST SYMBOL

Перевод с английского Е. Романовой и М. Десятовой

Серийное оформление А. Фереза, Е. Ферез

Браун, Дэн.

Б87 Утраченный символ : [роман : перевод с английского] / Дэн Браун. — Москва : Издательство АСТ, 2023. — 576 с. — (Эксклюзивная классика).

ISBN 978-5-17-121212-4

Приключения Роберта Лэнгдона продолжаются.

На этот раз ему предстоит разгадать величайшую тайну масонов, которая способна изменить мир.

Веками хранимые секреты, загадочные знаки и символы — и смертельно опасное путешествие по лабиринтам прошлого...

УДК 821.111-31(73)
ББК 84 (7Сое)-44

Посвящается Блайт

От автора

Огромное спасибо трем дорогим друзьям, с которыми я имел счастье работать: редактору Джейсону Кауфману, литагенту Хайди Ланге и консультанту Майклу Радделу. Также хочу поблагодарить издательство «Даблдей», моих издателей по всему миру и, разумеется, читателей.

Я бы никогда не написал этот роман, если бы не помощь бесчисленных знатоков и экспертов. Всем вам я выражаю глубочайшую признательность.

Жить в мире, не стремясь понять его смысл, —
все равно что расхаживать по огромной библиотеке
и не трогать книги.

Мэнли П. Холл.
Тайные учения всех времен и народов,
предисловие к изданию 1975 года

Факт

В 1991 году в сейф директора ЦРУ поместили некий документ, который хранится там и по сей день. В загадочном тексте упоминаются древний портал и подземный тайник. Также в нем можно найти фразу «Оно сокрыто где-то там».

Все организации, фигурирующие в этой книге, реальны — включая братство масонов, Невидимый колледж, Службу безопасности ЦРУ, Центр технической поддержки Смитсоновского музея (ЦТП СМ) и Институт ноэтических наук.

Все ритуалы, научные исследования, произведения искусства и памятники также существуют на самом деле.

Пролог

Масонский храм, 20:33

«Секрет в том, как умереть».

С самого начала времен это было главной тайной.

Тридцатичетырехлетний соискатель рассматривал человеческий череп, внутри которого алело вино.

«Пей, — мысленно сказал он себе. — Бояться нечего».

По традиции соискатель начал свой путь в ритуальном облачении средневекового еретика, приговоренного к повешению: свободная рубаха распахнута на груди, левая штанина закатана до колена, правый рукав подвернут до локтя, а на шее тяжелая петля — «вервие». Но сегодня он, как и остальные присутствующие, был в одежде мастера.

Вокруг стояли братья в полном облачении: запонах из кожи ягненка, поясах и белых перчатках. Церемониальные медали мерцали в тусклом свете, точно глаза призраков. В обычной жизни многие из этих людей занимали очень высокие посты, однако тут их мирские должности ничего не значили. Здесь все были равны: названые братья, объединенные мистическими узами.

Окинув взглядом собравшихся, соискатель невольно удивился, как столько влиятельных людей могло оказаться в одном месте... тем более в таком месте. Зал напоминал древнее святилище.

Впрочем, истина была еще удивительнее.

«Я всего в нескольких кварталах от Белого дома».

Грандиозный особняк на северо-западе Вашингтона, по адресу Шестнадцатая улица,

1733, представляет собой копию дохристианского храма царя Мавсола — той самой усыпальницы, от названия которой произошло современное слово «мавзолей». Снаружи два семнадцатитонных сфинкса охраняют бронзовые ворота; внутри — богато украшенный лабиринт обрядных залов, палат, библиотек и запечатанных гробниц; имеется даже полая стена, в которой замурованы два скелета. Соискателю сказали, что в каждой комнате здания кроется тайна, но он знал: самая важная из них хранится в зале, где он сейчас преклонил колена, бережно сжимая в ладонях череп с вином.

Храмовый зал.

Гулкий, как пещера. По периметру — идеальный квадрат. Потолок, поддерживаемый монолитными колоннами зеленого гранита, возносится на головокружительную — сто футов — высоту. Вдоль стен выстроились ярусные скамьи темного дерева с сиденьями из свиной кожи ручной выделки. У западной стены возвышается тридцатифутовый трон, а напротив — потайной орган. Стены украшает калейдоскоп древних символов: египетских, древнееврейских, астрономических, алхимических и прочих, соискателю пока неведомых.

Сегодня Храмовый зал освещали расставленные особым образом свечи. Неяркое пламя и лунный свет, падавший сквозь большое окно в потолке, выхватывали из темноты самое поразительное украшение зала: громадный алтарь, вытесанный из глыбы бельгийского черного мрамора. Он помещался ровно посередине квадратного чертога.

«Секрет в том, как умереть», — вновь напомнил себе соискатель.

— Пора, — шепнул кто-то.

Соискатель робко поднял глаза на высокопоставленного человека в белом облачении.

«Досточтимый Мастер».

Национальный кумир, любимец народа, крепкий, бодрый и несказанно богатый. В некогда темных волосах серебрилась седина, а весь облик Мастера выражал силу и живой ум.

— Принеси обязательство, — негромко сказал Досточтимый Мастер. — Заверши свой путь.

Путь соискателя, как и все подобные пути, начался с посвящения в первую степень, или градус. Тогда, во время похожей церемонии, Досточтимый Мастер завязал глаза посвящаемого бархатной повязкой и, прижав к его обнаженной груди ритуальный кинжал, вопросил:

— Истинно ли говоришь, не имея корыстных или иных нечестивых помыслов, что по доброй воле и без принуждения становишься соискателем тайн и благ сего братства?

— Да, — солгал посвящаемый.

— Так пусть это обязательство обернется жалом и сразит тебя насмерть, посмей ты единожды предать доверенную тебе тайну, — предостерег его Мастер.

Тогда соискатель не испугался.

«Им ни за что не узнать моих истинных целей».

Сегодня, однако, он почувствовал в Храмовом зале зловещую торжественность и невольно стал прокручивать в голове все страшные предостережения, какие получал на пути, все обещания кошмарных мук, грозящих тому, кто посмеет выдать древние тайны: горло, перерезанное от уха до уха... вырванный с корнем язык... вырезанные и сожженные дотла внутренности, развеянные затем на четырех ветрах небесных.

— Брат, — сказал сероглазый Мастер, кладя руку на мускулистое плечо соискателя, — принеси последнее обязательство.

Собравшись с духом перед последним шагом на пути, соискатель вновь посмотрел на череп. В тусклом свете алое вино казалось почти черным. В зале воцарилась гробовая тишина, и соискатель почувствовал на себе взгляды собравшихся: все ждали, когда он принесет обязательство и пополнит ряды избранных.

«Сегодня, — подумал он, — в этих стенах свершится то, чего не случалось за всю историю братства. Ни разу, никогда».

Вспыхнет искра... которая наделит его неизмеримой властью.

Приободрившись, соискатель глубоко вдохнул и произнес те же слова, что произносили тысячи людей по всему миру:

— Пусть вино это станет смертельным ядом... если когда-нибудь я умышленно или сознательно нарушу свое обязательство.

Слова эхом отозвались в гулком зале.

Потом повисла тишина.

Соискатель поднес череп ко рту и тронул губами сухую кость. Он закрыл глаза и стал наклонять сосуд, делая большие глотки. Допив вино до последней капли, он опустил череп.

На миг ему почудилось, будто легкие сдавило, а сердце бешено застучало в груди.

«Господи, они все знают!..»

Но вскоре это чувство прошло — так же быстро, как возникло.

По телу разлилось приятное тепло. Соискатель выдохнул и мысленно улыбнулся ничего не подозревавшему сероглазому человеку, который только что по глупости принял его в тайные ряды своего братства.

«Скоро вы потеряете все, чем дорожите».

Глава 1

В лифт «Отис», поднимавшийся по южной опоре Эйфелевой башни, плотно набились туристы. Строгий бизнесмен в свежевыглаженном костюме посмотрел на стоявшего рядом мальчика.

— Сынок, ты что-то побледнел. Надо было оставить тебя внизу.

— Все хорошо... — ответил мальчик, пытаясь совладать с тревогой. — Сейчас лифт остановится, и я выйду.

«Мне нечем дышать!»

Отец нагнулся и с любовью погладил сына по щеке.

— Я думал, ты давно справился с этим страхом.

Мальчику было стыдно огорчать папу, но в ушах так звенело, что он едва расслышал его голос. «Мне нечем дышать. Скорей бы вылезти из этой коробки!» Лифтер пытался его успокоить, болтая что-то о двухэлементных поршнях и конструкциях из пудлингового железа. Далеко внизу тянулись во все стороны парижские улицы.

«Почти приехали. — Мальчик вытянул шею и увидел платформу. — Еще чуть-чуть».

Лифт наклонился, устремившись к обзорной площадке, и шахта начала сужаться: массивные балки сомкнулись в тесный вертикальный туннель.

— Пап, я...

Внезапно наверху что-то оглушительно треснуло. Лифт дернулся и покосился, потертые тросы хлестнули по стенкам кабины, точно змеи. Мальчик потянулся к отцу.

— Пап!

На один ужасный миг их глаза встретились.

А потом дно ушло из-под ног.

Роберт Лэнгдон подскочил на мягком кожаном сиденье, стряхнув остатки сна. Он был один в огромном салоне частного реактивного самолета «Фалкон 2000ЕХ», который сейчас боролся с турбулентностью. На заднем плане ровно гудели двигатели «Пратт энд Уитни».

— Мистер Лэнгдон, — раздался над головой трескучий голос, — мы подлетаем.

Лэнгдон выпрямился и убрал распечатку с лекцией в кожаный портфель. Сон настиг Лэнгдона на середине статьи о масонской символике. По-видимому, о покойном отце напомнило неожиданное приглашение от Питера Соломона, полученное утром. Питер был давним наставником Роберта.

«Второй человек после отца, которого мне не хочется расстраивать».

Пятидесятивосьмилетний меценат, историк и ученый взял Лэнгдона под свое крыло почти тридцать лет назад, во многом заменив юноше умершего отца. Несмотря на внушительное состояние и принадлежность к влиятельной семье, серые глаза Соломона всегда лучились смирением и теплом.

Солнце уже село, но Лэнгдон по-прежнему видел четкие очертания самого высокого в мире обелиска, взмывающего в небо подобно античному гномону. Облицованная белым мрамором колонна высотой пятьсот пятьдесят пять футов отмечала собой место, где бьется сердце нации. От обелиска в сложном переплетении расходились улицы столицы.

Даже с воздуха Лэнгдон чувствовал почти мистическую мощь Вашингтона. Он любил этот город и, как только самолет коснулся земли, ощутил в груди приятное волнение. Самолет вырулил к частной стоянке, расположенной где-то на просторах международного аэропорта Даллеса, и остановился.

Лэнгдон собрал вещи, поблагодарил пилотов и вышел из роскошного салона на трап. Холодный январский воздух дарил чувство приятной свободы.

«Дыши, Роберт», — подумал он, с наслаждением окидывая взглядом открытое пространство.

Белый туман сплошным покровом стелился по взлетно-посадочной полосе, и Лэнгдону показалось, что он ступает не на асфальт, а в болото.

— Здравствуйте! Здравствуйте! — раздался певучий женский голос с британским акцентом. — Профессор Лэнгдон!

Радостно махая рукой, к нему спешила женщина средних лет, с бейджиком на груди и блокнотом в руках. Из-под стильной вязаной шапочки выбивались волнистые светлые кудри.

— Добро пожаловать в Вашингтон, сэр!

Лэнгдон улыбнулся.

— Спасибо.

— Меня зовут Пэм, я из пассажирской службы! — Она тараторила с таким жаром, что Лэнгдону стало чуть-чуть неловко. — Пойдемте, машина уже ждет.

Он пошел за ней к терминалу авиаслужбы «Сигначер», окруженному новенькими частными самолетами.

«Стоянка для богатых и знаменитых».

— Простите за беспокойство, профессор, — робко проговорила женщина, — но вы тот самый Роберт Лэнгдон, который пишет о символах и религии?

Помедлив, он кивнул.

— Так и знала! — просияла Пэм. — Мы в книжном клубе недавно читали вашу книгу о священном женском начале и церкви. Какой был чудесный скандал! Любите же вы наделать шуму!

— Я не шума добивался, — с улыбкой ответил Лэнгдон.

Пэм почувствовала, что он не настроен говорить о работе.

— Извините, что-то я совсем заболталась. Вам, верно, ужасно надоело, что вас везде узнают... Но тут вы сами виноваты! — Она игриво покосилась на его одежду. — Форма выдает вас с головой.

Форма? Лэнгдон окинул себя взглядом. На нем были привычная темная водолазка, твидовый пиджак, брюки цвета хаки и мокасины кордовской кожи — так он всегда одевался, идя на встречи, лекции, фотосессии и светские мероприятия.

Пэм рассмеялась.

— Эти водолазки страшно устарели! В галстуке вы бы выглядели более стильно.

«Вот еще, — подумал Лэнгдон. — Только петли на шее мне не хватало!»

В колледже с громким названием Академия Филипс-Экситер Роберту приходилось шесть дней в неделю носить галстук. Несмотря на романтические представления директора о том, что современный галстук происходит от римского шелкового платка, которым ораторы согревали голосовые связки, Лэнгдон знал: английское слово «cravat», галстук, произошло от «Croat», хорват. Свирепые хорватские наемники, прежде чем ринуться в бой, всегда повязывали на шею платок. Ну а в наши дни этот элемент военного обмундирования носят конторские воители — в надежде запугать врага в ежедневных офисных битвах.

— Спасибо за совет, — усмехнувшись, ответил Лэнгдон. — В следующий раз буду иметь в виду.

На его счастье, впереди показался элегантный «линкольн-таункар», из которого вышел представительный мужчина в темном костюме.

— Мистер Лэнгдон? Меня зовут Чарльз, я из компании «Белтуэй лимузин». — Он услужливо открыл дверь. — Добрый вечер, сэр. Добро пожаловать в Вашингтон.

Лэнгдон оставил Пэм чаевые за радушный прием и сел в шикарный салон «линкольна». Водитель показал ему регулятор температуры, воду и корзинку со свежайшими булочками. Несколько секунд спустя машина выехала с территории аэропорта по частной трассе.

«Так вот как живет другая половина!»

Гоня машину по Виндсок-драйв, водитель заглянул в путевой лист и сделал короткий звонок.

— «Белтуэй лимузин», — деловым тоном сказал он в трубку. — Меня просили позвонить, когда я заберу клиента. — Он помолчал. — Да, сэр. Ваш гость, мистер Лэнгдон, прибыл, и к семи вечера я доставлю его в Капитолий. Рад помочь, сэр.

Лэнгдон улыбнулся.

«Все-то у него предусмотрено».

Питер Соломон легко и непринужденно распоряжался немалой властью, не забывая, однако, ни мельчайшей детали.

«Впрочем, несколько миллиардов долларов на счете делу не мешают».

Лэнгдон откинулся на спинку роскошного кожаного сиденья и закрыл глаза. Шум аэропорта постепенно стихал — через полчаса они уже подъедут к Капитолию, а пока хорошо бы собраться с мыслями. События разворачивались так стремительно, что Лэнгдон только сейчас осознал, какой необыкновенный вечер его ждет.

«Прибыл под покровом тайны», — весело подумал он.

В десяти милях от Капитолия между тем старательно готовились к приезду Роберта Лэнгдона.

Глава 2

Человек, называвший себя Малахом, прижал кончик иглы к обритой голове: острие пронзило плоть, и он с наслаждением вздохнул. Тихое гудение машинки манило и завораживало... как и укусы иглы, проникавшей глубоко под кожу и оставлявшей там краску.

«Я — шедевр».

Татуировки никогда не делались ради красоты. Их накалывали, чтобы измениться: нательные рубцы нубийских жрецов за два тысячелетия до нашей эры, татуировки служителей культа Кибелы в Древнем Риме, современные маори и их шрамы «моко»... Испокон веков люди татуировали тело, словно принося его в жертву с целью выдержать испытание болью и преобразиться.

Вопреки грозным предписаниям Книги Левит (19:28), запрещавшим наносить на тело отметины, татуировки стали обычным делом для миллионов современных людей — от модничающих подростков до отпетых наркодилеров и провинциальных домохозяек.

Это стало способом заявить миру о своем могуществе: «Я властен над своей плотью». Упоительное чувство власти, возникающее при физическом перевоплощении, подтолкнуло миллионы людей к тому, чтобы различными способами изменять внешний вид: пластической хирургии, пирсингу, бодибилдингу, стероидам... даже булимии и смене пола.

«Человеческий дух жаждет власти над материальной оболочкой».

Раздался бой напольных часов, и Малах поднял глаза. Половина седьмого. Отложив инструменты, он завернулся в шелковое кимоно и вышел в коридор. Воздух шикарного особняка был напоен резким ароматом красок и дыма восковых свечей, которыми Малах стерилизовал иглы. Рослый молодой человек прошел по коридору мимо бесценного итальянского антиквариата: гравюры Пиранези, стула Савонаролы, серебряной лампы Бугарини.

По дороге он бросил взгляд сквозь большое, во всю стену, окно и полюбовался классическим видом: сияющий купол Капитолия светился мрачной силой на фоне темного зимнего неба.

«Оно сокрыто где-то там», — подумал Малах.

Об этом знало всего несколько человек. Еще меньше людей имели представление о грандиозной силе, которой обладало сокровище, и о том, как хитроумно его спрятали. По сей день это оставалось величайшей тайной страны. Те немногие, кто знал истину, утаивали ее под покровом символов, легенд и аллегорий.

«Теперь они открыли мне двери», — подумал Малах.

Три недели назад, пройдя таинственный ритуал, на котором присутствовали влиятельнейшие лица Америки, он был посвящен в тридцать третью степень — высшую степень самого древнего братства на планете. Несмотря на новый градус, братья ничего не открыли Малаху. И не откроют, он это понимал. Так не бывает. Малах мог ждать сколь угодно долго, но все равно не заслужить их полного доверия.

К счастью, в доверии братьев он больше не нуждался.

«Посвящение уже сыграло свою роль».

В радостном предвкушении грядущих событий Малах зашагал в спальню. Из установленных по всему дому динамиков звучала редкая запись: «Вечный свет» из «Реквиема» Верди в исполнении кастрата — напоминание о прошлой жизни. Малах включил громоподобный «Судный день» и под грохот литавр и параллельных квинт легко взлетел по мраморной лестнице; полы кимоно развевались за его спиной.

Желудок недовольно заурчал. Вот уже два дня Малах постился и пил одну воду — готовил свое тело согласно древним обычаям.

«К рассвету я утолю голод, — напомнил он себе. — И жажду мести тоже».

Малах почтительно вошел в спальное святилище и притворил за собой дверь. Подойдя к гардеробной, он остановился перед огромным зеркалом в золоченой раме. Не в силах противиться соблазну, Малах посмотрел на свое отражение и медленно, словно разворачивая бесценный дар, развел в стороны полы кимоно. От увиденного перехватило дыхание.

«Я — шедевр».

Крупное тело было гладко выбрито. Сперва Малах посмотрел на свои ступни, татуированные чешуей и когтями ястреба, затем перевел взгляд на мускулистые ноги, расписанные в виде резных колонн — левая со спиральными бороздами, правая с вертикальными.

«Боаз и Яхин».

Пах и живот образовывали резную арку, а на мощной груди расправил крылья двуглавый феникс... глаза птицы приходились точно на соски. Плечи, шею, лицо и бритую голову Малаха покрывало затейливое кружево символов и оккультных знаков.

«Я — артефакт; совершенствующийся идол».

Один-единственный смертный видел его обнаженным; это было восемнадцать часов назад. Человек в ужасе закричал: «Да ты же демон!»

— Считай меня кем угодно, — ответил Малах, понимая, как и люди древности, что ангелы и демоны суть одно и то же, взаимозаменяемые архетипы, разница лишь в полярности: ангел-хранитель, одолевший твоего врага в битве, побежденному видится демономразрушителем.

Малах опустил голову и краем глаза увидел свою макушку — там, внутри венца, сиял бледный кружок кожи. Это тщательно оберегаемое полотно было единственным нетронутым участком на его теле. Священная пустота терпеливо дожидалась своего часа... и сегодня она будет заполнена. Малах еще не получил то, что требовалось для завершения шедевра, но этот миг стремительно приближался.

От увиденного Малах воспрянул духом и ощутил прилив сил. Он запахнул кимоно, подошел к окну и посмотрел на таинственный город.

«Оно сокрыто где-то там».

Малах сосредоточился на предстоящей задаче, подошел к туалетному столику и аккуратно наложил на лицо, голову и шею тональный крем — татуировки исчезли. Затем он надел заранее подготовленный костюм и несколько предметов, тщательно подобранных для этого вечера. Закончив, Малах еще раз взглянул в зеркало и с довольной улыбкой погладил себя по гладко выбритой голове.

«Оно где-то там. И сегодня кое-кто поможет мне его найти».

Выходя из дома, Малах морально подготовился к событию, которое должно было потрясти Капитолий. Он не остановился ни перед чем, чтобы собрать все необходимое для действа.

И теперь наконец в игру вступила последняя пешка.

Глава 3

Шуршание автомобильных шин по асфальту вдруг изменилось. Роберт Лэнгдон оторвался от чтения и с удивлением поднял глаза.

«Уже Мемориальный мост?»

Лэнгдон отложил заметки и взглянул на спокойные воды реки Потомак. Над гладью висело тяжелое марево. Район Фогги-Боттом, оправдывая свое название «туманной долины», всегда казался Лэнгдону неподходящим местом для строительства столицы: в распоряжении отцов-основателей был весь Новый Свет, а они заложили краеугольный камень утопического общества на прибрежной топи.

Лэнгдон взглянул на изящные округлые очертания американского пантеона — Мемориала Джефферсона. Впереди возвышался строгий Мемориал Линкольна, своими прямыми линиями напоминавший афинский Парфенон. Но главное украшение города было дальше — тот самый обелиск, который Лэнгдон увидел еще с воздуха. Его создателей вдохновили не греки и не римляне, а куда более древняя цивилизация.

«Египетский обелиск Америки», — подумал Лэнгдон.

Монолитная колонна взмывала высоко вверх подобно величественной корабельной мачте. Лэнгдон смотрел на нее под углом, и оттого казалось, что обелиск не стоит на земле, а качается в пасмурном небе, как на зыбких волнах. Профессор тоже словно потерял землю под ногами. Сегодняшний приезд в Вашингтон был очень неожиданным.

«Я собирался тихо-мирно отдохнуть дома... а теперь вот подъезжаю к вашингтонскому Капитолию».

Утро началось как всегда: без четверти пять он погрузился в абсолютно спокойную воду гарвардского бассейна и проплыл два с половиной километра по пустым дорожкам. Конечно, Лэнгдон выглядел куда лучше в студенческие годы, когда играл в сборной США по водному поло, но для мужчины за сорок вид у него был подтянутый и бодрый. Разница заключалась лишь в количестве времени и сил, уходивших на поддержание формы.

Приехав домой в шесть, он приступил к утреннему ритуалу и начал молоть суматранский кофе, с удовольствием вдыхая экзотический аромат. Однако почти сразу его внимание привлек мигающий огонек автоответчика. Странно. Кто мог звонить ему в шесть утра воскресенья?

Лэнгдон нажал кнопку и прослушал сообщение.

— Доброе утро, профессор Лэнгдон! Простите за столь ранний звонок. — Вежливый молодой человек явно робел и говорил с едва заметным южным акцентом. — Меня зовут Энтони Джелбарт, я секретарь-референт Питера Соломона. Мистер Соломон сказал, что вы рано просыпаетесь... он хотел бы как можно скорее с вами связаться. Будьте добры, перезвоните ему, как только получите это сообщение. У вас наверняка есть его прямой номер, но на всякий случай продиктую: 202-329-5746.

Лэнгдон вдруг встревожился. Его старый друг, безукоризненно воспитанный и учтивый Питер Соломон, никогда бы не позвонил в такую рань без очень серьезного повода. Бросив недомолотый кофе, Лэнгдон поспешил в кабинет.

«Надеюсь, у него все хорошо».

Несмотря на незначительную разницу в возрасте — двенадцать лет, — Питер Соломон был ему не только другом и наставником, но и заменил отца. Они познакомились в Принстонском университете: учившегося на втором курсе Лэнгдона пригласили на лекцию известного молодого историка и мецената. Представляя вниманию слушателей чарующий образ семиотики и архетипической истории, Соломон читал лекцию с заразительным азартом и заронил в душу Лэнгдона то, что позднее стало главной страстью всей его жизни. Впрочем, не блестящий ум Питера, а доброта его серых глаз подвигла Роберта написать ему письмо с благодарностями за лекцию. Молодой студент не надеялся получить ответ от одного из состоятельнейших и влиятельнейших американских интеллектуалов, однако Соломон ответил. Так началась весьма приятная для обоих дружба.

Знаменитый преподаватель и очень скромный человек, он происходил из чрезвычайно богатой семьи Соломонов — их имена можно было увидеть на многих зданиях и на памятных досках многих университетов страны. Подобно европейским Ротшильдам, семейство Соломон окружал некий мистический ореол богатства и успеха, и сама фамилия указывала на принадлежность к избранным слоям американского общества. Еще в молодости Питер унаследовал состояние и связи отца и к пятидесяти восьми годам занимал бесчисленное множество высоких постов. Роберт периодически подтрунивал над единственным пятном в его безупречной родословной: дипломом «второсортного» университета, Йеля.

Войдя в кабинет, Лэнгдон с удивлением обнаружил, что Питер прислал ему еще и факс.

Офис секретаря Смитсоновского института
Питера Соломона

Доброе утро, Роберт.

Мне надо немедленно с тобой поговорить. Пожалуйста, позвони как можно скорее по номеру 202-329-5746.

Питер.

Лэнгдон сразу же набрал номер и сел за письменный стол ручной работы.

— Офис Питера Соломона, — прозвучал знакомый голос. — Энтони Джелбарт. Чем могу помочь?

— Здравствуйте, это Роберт Лэнгдон. Вы оставили мне сообщение...

— Да-да, профессор Лэнгдон! — с явным облегчением воскликнул молодой человек. — Спасибо, что так быстро перезвонили. Мистер Соломон очень хотел с вами поговорить. Сейчас я вас соединю. Побудете немного на линии?

— Конечно.

Дожидаясь ответа Соломона, Лэнгдон с улыбкой посмотрел на бланк Смитсоновского института.

«Уж кого-кого, а лодырей в клане Соломонов нет».

Генеалогическое древо Питера украшали многочисленные имена преуспевающих магнатов, влиятельных политиков и нескольких выдающихся ученых — некоторые даже были членами Лондонского королевского общества. Единственная оставшаяся в живых родственница Питера, сестра по имени Кэтрин, унаследовала «научный» ген: она была ведущим специалистом в передовой области человеческих знаний под названием «ноэтика».

«Для меня это все китайская грамота», — подумал Лэнгдон, припомнив, как год назад, на приеме в доме Питера, Кэтрин пыталась объяснить ему суть ноэтики. Лэнгдон внимательно выслушал Кэтрин, а потом ответил:

— Больше смахивает на магию, чем на науку.

Кэтрин игриво подмигнула и заметила:

— Они связаны теснее, чем вы думаете.

В трубке опять зазвучал голос секретаря:

— Простите, у мистера Соломона сейчас телефонное совещание. Никак не может освободиться. Сегодня у нас все на ушах стоят!

— Ничего страшного, я перезвоню.

— Видите ли, он попросил ввести вас в курс дела. Вы позволите?

— Конечно.

Секретарь глубоко вдохнул.

— Как вам наверняка известно, ежегодно в знак признательности нашим щедрым благодетелям Смитсоновский институт устраивает торжественный вечер, на который съезжаются многие представители культурной элиты.

Лэнгдон знал, что по количеству нoликов в банковском счете недотягивает до культурной элиты. Впрочем, Питер все равно мог его пригласить.

— По традиции перед торжественным ужином ежегодно произносится программная речь. Специально для нее Смитсоновскому институту выделили Национальный скульптурный зал.

«Лучший зал в Вашингтоне», — подумал Лэнгдон, вспомнив роскошное помещение, где однажды слушал лекцию о политике: в огромном зале, где вдоль стен красуются тридцать восемь статуй выдающихся американцев, идеальным полукругом расставили пятьсот складных стульев. Когда-то в Скульптурном зале заседала палата представителей.

— Загвоздка вот в чем, — продолжал молодой человек. — Лектор заболела и только что сообщила нам, что не сможет выступить. — Он умолк, потом продолжил: — Мы спешно ищем ей замену. Мистер Соломон очень на вас надеется.

Лэнгдон ответил не сразу.

— На меня?! — Такого он точно не ожидал. — Питер может подыскать более достойную кандидатуру!

— Он сразу предложил вас. Профессор, не скромничайте. Наши гости будут в восторге от вашего выступления. Мистер Соломон просит вас прочитать ту же лекцию, что и на канале «Букспэн-ТВ», это было несколько лет назад, помните? Вам даже не надо будет готовиться. Вы рассказывали о символах в архитектуре нашей столицы... прекрасная тема для такого вечера.

Лэнгдон в этом сомневался.

— Если мне не изменяет память, речь шла скорее о масонской истории здания, нежели...

— Вот именно! Насколько вам известно, мистер Соломон — масон, как и многие его друзья, приглашенные на вечер. Поверьте, они с удовольствием выслушают вашу лекцию.

«В общем-то ничего сложного», — решил Лэнгдон. Все лекционные материалы он хранил дома.

— Что ж, я подумаю. Какого числа мероприятие?

Секретарь смущенно кашлянул.

— Видите ли, сэр, оно состоится сегодня.

Лэнгдон расхохотался:

— Сегодня?!

— Поэтому мы и всполошились. Институт попал в очень неловкое положение... — Секретарь заговорил быстрее: — Мистер Соломон готов прислать в Бостон частный самолет. Полет займет всего час, и к полуночи вы вернетесь домой. Знаете терминал деловой авиации в Бостонском аэропорту имени Логана?

— Найду, — неохотно признал Лэнгдон.

«Неудивительно, что Питер всегда добивается желаемого».

— Чудесно! Сможете подъехать туда, скажем... к пяти часам?

— Ну, ничего другого мне не остается! — усмехнулся Лэнгдон.

— Я просто хочу порадовать мистера Соломона, сэр.

«Питера все хотят порадовать», — подумал Лэнгдон и, не видя другого выхода, сказал:

— Хорошо, передайте ему, что я согласен.

— Замечательно! — с огромным облегчением воскликнул секретарь. Он сообщил Лэнгдону хвостовой номер самолета и прочую необходимую информацию. Интересно, Питеру Соломону хоть кто-нибудь отказывал?

Вернувшись к кофемолке, Лэнгдон подкинул в нее зерен. «Лишний кофеин сегодня не повредит, — подумал он. — День предстоит трудный».

Глава 4

Величественное здание Капитолия расположено у восточной оконечности Эспланады, на плоской возвышенности, которую городской архитектор Пьер Ланфан назвал «пьедесталом в ожидании монумента». Размеры участка впечатляют: больше семисот пятидесяти футов в длину и трехсот пятидесяти в ширину. Площадь внутренних помещений Капитолия превышает шестнадцать акров; здание насчитывает пятьсот сорок одну комнату. Неоклассическая архитектура следует образцам Древнего Рима, идеалы которого немало послужили основателям Америки для создания законов и культуры новой страны.

Новый пост охраны Капитолия расположен под землей, в недавно законченном экскурсионном центре, под великолепным стеклянным сводом.

Недавно принятый на работу охранник Альфонсо Нуньес внимательно рассматривал приближающегося посетителя. Бритоголовый мужчина несколько минут простоял в вестибюле, заканчивая телефонный разговор. Его правая рука висела на перевязи, а сам он слегка прихрамывал. Судя по изношенной армейской куртке и наголо обритой голове, к посту охраны шел военный. Военнослужащих на улицах Вашингтона всегда хватало.

— Добрый вечер, сэр, — сказал Нуньес, следуя протоколу службы безопасности, который предписывал обращаться к любому посетителю мужского пола, входившему без спутников.

— Здравствуйте, — сказал незнакомец, осматриваясь в почти пустом помещении. — Сегодня у вас тихо.

— Финал Национальной футбольной лиги, — пояснил Нуньес. — Весь город болеет за «Редскинз».

Нуньес тоже хотел посмотреть матч, но ему, как новичку, пришлось заступить именно в эту смену.

— Выложите все металлические предметы на поднос, пожалуйста, — сказал он.

Посетитель начал одной рукой выкладывать из карманов вещи, а Нуньес внимательно за ним наблюдал. Человек невольно делает поблажки калекам и раненым, однако Нуньеса научили не доверять этому инстинкту.

Он дождался, пока бритоголовый выложит на поднос обычный набор: завалявшуюся в карманах мелочь, ключи и два мобильника.

— Растяжение? — спросил он, посмотрев на больную руку посетителя, обернутую несколькими слоями эластичного бинта.

Бритый кивнул:

— Поскользнулся на льду. Неделю назад. До сих пор болит, зараза.

— Сожалею. Проходите, пожалуйста.

Посетитель прошел через детектор, и машина возмущенно запищала.

Он нахмурился.

— Так и знал! У меня перстень под повязкой, врачи не смогли снять, потому что палец распух.

— Не страшно, — сказал Нуньес. — Я проверю металлоискателем.

Он провел жезлом по перевязи. Единственным подозрительным предметом оказался металлический предмет на безымянном пальце бритого. Нуньес кропотливо обследовал металлоискателем каждый дюйм повязки и пальцев. За ним наверняка внимательно следили из пункта наблюдения, а ему не хотелось терять работу.

«Лучше перестраховаться».

Он осторожно засунул жезл под перевязь, и бритоголовый скривился от боли.

— Извините.

— Ничего. Время сейчас такое — осторожность не повредит.

— Ваша правда.

Нуньесу посетитель понравился. Как ни странно, здесь с такими вещами считались — наитие стало основным подспорьем американцев в борьбе с терроризмом. Ученые доказали, что интуиция помогает установить угрозу куда лучше любого прибора. «Дар страха» — так это называлось в каком-то справочнике по безопасности.

Все инстинкты Нуньеса молчали. Подойдя ближе, он заметил единственную странность: бритоголовый здоровяк намазал лицо и голову каким-то кремом — то ли тональным, то ли маскирующим.

«Подумаешь! Кому же хочется зимой ходить бледным?»

— Все нормально, — сказал Нуньес, убирая жезл.

— Спасибо.

Посетитель начал раскладывать вещи по карманам, и тут Нуньес заметил на кончиках пальцев его больной руки татуировки: корону на указательном и звезду на большом. «Нынче все делают себе наколки», — подумал он. Хотя подушечки пальцев — уж очень чувствительное место.

— Больно было?

Здоровяк посмотрел на пальцы и хохотнул:

— Меньше, чем вы думаете!

— Везет, — сказал Нуньес. — Моя жутко болела. В учебке мне накололи на спине русалку.

— Русалку? — усмехнулся бритый.

— Ну да, — смутился Нуньес. — Ошибки молодости...

— Понимаю. Я в молодости тоже совершил ошибку — теперь каждое утро просыпаюсь с ней в одной постели!

Они посмеялись, и бритый ушел.

«Прямо детская игра», — подумал Малах, проходя мимо охранника к эскалатору. Попасть в Капитолий оказалось на удивление просто. Сутулая спина и выпирающий живот изменили его облик, а крем скрыл татуировки на лице и руках. Но самой гениальной находкой была перевязь, в которую Малах спрятал очень важный предмет — его-то и нужно было пронести в здание.

«Подарок единственному человеку на свете, способному помочь мне найти желаемое».

Глава 5

Самый большой музей в мире, оснащенный по последнему слову техники, — одна из наиболее оберегаемых тайн на планете. В нем больше экспонатов, чем в Эрмитаже, музее Ватикана и музее «Метрополитен», вместе взятых. Несмотря на столь богатую коллекцию, очень немногим доводилось попасть за тщательно охраняемые стены.

Расположенный сразу за городом, по адресу Силвер-Хилл-роуд, 4210, музей представляет собой массивное зигзагообразное сооружение, состоящее из пяти соединенных между собой отсеков — каждый отсек длиннее футбольного поля. Сразу и не скажешь, что за голубоватым металлическим фасадом кроется столько странного: шестьсот тысяч квадратных футов загадочного мира, в котором есть «мертвая зона», «мокрый отсек» и больше двенадцати миль стеллажей для хранения экспонатов.

Подъезжая в белом «вольво» к главным воротам музея, Кэтрин Соломон была сама не своя.

Охранник улыбнулся:

— Смотрю, вы не футбольная фанатка, мисс Соломон? — Он убавил громкость телевизора, по которому показывали предматчевое шоу.

Кэтрин натянуто улыбнулась:

— Сегодня воскресенье.

— Ах да! У вас же встреча.

— Он здесь? — с тревогой спросила Кэтрин.

Охранник заглянул в бумаги.

— В журнале не отмечался.

— Наверно, я рано приехала.

Кэтрин приветливо махнула охраннику и поехала по извилистому подъездному пути к своему месту на маленькой двухъярусной парковке. Она собрала вещи и напоследок взглянула на себя в зеркало заднего вида — скорее по привычке, чем по необходимости. Кэтрин Соломон унаследовала от предков здоровую средиземноморскую кожу, и даже в пятьдесят лет цвет лица у нее был ровный и смуглый. Она почти не пользовалась косметикой и никогда не укладывала густые черные волосы. У Кэтрин, совсем как у ее старшего брата Питера, были серые глаза и стройное, аристократическое телосложение.

«Вы прямо близнецы», — часто говорили им.

Их отец умер от рака, когда Кэтрин было всего семь лет, и она почти его не помнила. Брат, которому к тому времени исполнилось пятнадцать, начал свое восхождение к статусу семейного патриарха куда раньше, чем ожидалось. Впрочем, он добился этого положения с присущим всем Соломонам достоинством и силой духа. По сей день Питер заботился о Кэтрин так, словно они все еще были детьми.

Поклонники у Кэтрин не переводились, но она так и не вышла замуж. Спутником ее жизни стала наука — она приносила больше радости и удовлетворения, чем любой мужчина. Кэтрин ни о чем не жалела.

Не так давно о выбранной ею области знаний никто не слышал, но в последние годы ноэтика стала открывать новые двери к постижению тайн человеческого разума.

«Наш скрытый потенциал воистину безграничен».

Кэтрин написала две книги о ноэтике и стала ведущей фигурой в этой загадочной области, однако ее последние изыскания, пока не опубликованные, обещали сделать ноэтику темой международных научных дискуссий.

Впрочем, сегодня наука мало волновала Кэтрин. Днем она получила весьма тревожное известие о старшем брате. «Не может быть, не может быть», — мысленно повторяла она всю дорогу.

На улице моросил мелкий дождь. Кэтрин быстро собрала вещи и уже хотела выйти из машины, когда зазвонил мобильник.

Она увидела номер звонившего и перевела дух.

Затем убрала волосы за уши и села поудобнее.

В шести милях от нее Малах шел по коридорам Капитолия, прижимая к уху мобильный телефон.

— Да? — ответила женщина.

— Нам нужно встретиться еще раз, — сказал Малах.

После долгого молчания собеседница поинтересовалась:

— А в чем дело?

— Я кое-что узнал.

— Говорите.

Малах сделал глубокий вдох.

— То, что, по мнению вашего брата, спрятано в Вашингтоне...

— Продолжайте.

— ...можно найти.

— Вы хотите сказать... оно существует?! — потрясенно уточнила Кэтрин Соломон.

Малах улыбнулся:

— Порой легенда, выдержавшая испытание временем... выдерживает его не случайно.

Глава 6

— А ближе нельзя подъехать? — неожиданно разволновавшись, спросил Роберт Лэнгдон. Водитель остановил машину на Первой улице, почти в четверти мили от Капитолия.

— Увы, нет, — ответил он. — Национальная безопасность. Машины к достопримечательностям не подпускают. Извините, сэр.

Лэнгдон посмотрел на часы и встревожился: без десяти семь. Их задержали строительные работы вокруг Эспланады, и теперь до выступления оставалось всего десять минут.

— Погода меняется, — сказал водитель, открывая профессору дверь. — Вы бы поторопились. — Лэнгдон вынул бумажник, чтобы дать водителю на чай, но он только отмахнулся: — Тот, кто вас пригласил, уже заплатил щедрые чаевые.

«Как это похоже на Питера», — подумал Лэнгдон, собирая вещи.

— Ну, спасибо большое.

Первые капли дождя начали падать на землю, когда Роберт добрался до площадки, ведущей к новому подземному входу для туристов.

Строительство экскурсионного центра было дорогим и весьма спорным проектом. По словам создателей, подземный город во многом не уступал Диснейленду; галереи, рестораны и конференц-залы занимали в нем более полутора миллионов квадратных футов.

Лэнгдону не терпелось его увидеть, хотя он и не ожидал, что идти придется так долго. Накрапывал дождь, и профессор побежал, скользя по мокрому цементному полу.

«Я одевался для лекции, а не для забега на четыреста футов под дождем!»

Запыхавшись, Лэнгдон подлетел к входу и толкнул вращающиеся двери. Он на минуту остановился в фойе, стряхнул с себя капли дождя, перевел дух, затем посмотрел наверх и замер: перед ним открылся вид на недавно построенный центр.

«Ваша взяла, я поражен».

Такого он совсем не ожидал. Поскольку центр располагался под землей, Лэнгдон шел туда с опаской. В детстве ему пришлось всю ночь просидеть на дне глубокого колодца, и с тех пор он до дрожи боялся закрытых пространств. Однако это подземелье было... воздушным. Легким и просторным.

Обширный стеклянный потолок украшали великолепные световые конструкции, отбрасывающие мягкое сияние на поверхности жемчужного цвета.

При обычных обстоятельствах Лэнгдон любовался бы архитектурой не меньше часа, но до выступления оставалось всего пять минут. Он опустил голову и стремительно пошел через главную галерею к пункту охраны и эскалаторам.

«Успокойся, — мысленно сказал он себе. — Питер знает, что ты в пути. Без тебя не начнут».

На пункте охраны, пока Лэнгдон выкладывал из карманов вещи и снимал свои старые часы, с ним вежливо побеседовал молодой испанец-охранник.

— Микки-Маус? — с неподдельным удивлением спросил он.

Лэнгдон кивнул — ему было не привыкать к подобным вопросам. Коллекционные часы с Микки-Маусом родители подарили ему на девятый день рождения.

— Я ношу их, чтобы не спешить и не относиться к жизни слишком серьезно.

— Похоже, не помогает, — с улыбкой заметил охранник. — Смотрю, вы торопитесь.

Лэнгдон улыбнулся и положил портфель в приемник рентгеновской установки.

— Как пройти в Скульптурный зал?

Охранник махнул в сторону эскалаторов:

— Там будут указатели.

— Спасибо.

Лэнгдон подхватил портфель и поспешил дальше.

На эскалаторе он сделал глубокий вдох и попробовал собраться с мыслями. Сквозь забрызганный дождем стеклянный потолок он взглянул на могучий силуэт подсвеченного капитолийского купола. Поразительное здание! Высоко на крыше, почти в трехстах футах над землей, смотрела в туманную мглу статуя Свободы, похожая на призрачного стража. Вот парадокс — почти двадцатифутовую бронзовую фигуру по частям поднимали и устанавливали на куполе рабы. Об этом секрете Капитолия не рассказывают школьникам на уроках истории.

Все здание, по сути, было кладезем тайн: «ванна-убийца», повинная в смерти вице-президента Генри Уилсона; лестница с несмываемым кровавым пятном, где до сих пор постоянно поскальзываются туристы; замурованная подвальная комната, где в 1930 году рабочие нашли чучело коня генерала Логана.

Впрочем, все эти легенды не так поражают, как слух, будто в Капитолии живет тринадцать привидений. По коридорам якобы бродит дух городского архитектора Пьера Ланфана — ждет уплаты по счету, просроченному двести лет назад. Призрак рабочего, упавшего с купола во время строительства, скитается по залам с ящиком для инструментов. И самое известное привидение, которое неоднократно встречали в подвале, — черный кот, крадущийся по жуткому лабиринту узких проходов и комнат.

Лэнгдон сошел с эскалатора и еще раз взглянул на часы.

«Три минуты».

Следуя указателям, он помчался по широкому коридору к Скульптурному залу, мысленно повторяя вступительные слова. Да, секретарь Питера был прав: тема лекции прекрасно подходила для мероприятия, которое устраивал в Вашингтоне известный масон.

Ни для кого не секрет, что у американской столицы богатая масонская история. Краеугольный камень Капитолия заложил, в строгом согласии с масонскими ритуалами, сам Вашингтон, да и весь город проектировали вольные каменщики — Джордж Вашингтон, Бенджамин Франклин и Пьер Ланфан, — блистательные умы, украсившие новую столицу масонскими символами, проникшими в архитектуру и искусство.

«Каких только безумных идей не отыскивают в этих символах!»

Многие конспирологи утверждают, будто отцы-основатели, масоны, владели тайнами огромной важности, а в расположении улиц Вашингтона сокрыли загадочные послания. Лэнгдон никогда не придавал значения этим домыслам. О масонах ходит столько ложных слухов, что даже у образованных студентов Гарварда складывается весьма искаженное представление о братстве.

В прошлом году в кабинет Лэнгдона ворвался взбудораженный первокурсник. В руках у него была распечатка из Интернета — карта города с отмеченными улицами, образующими различные фигуры: сатанинские пентаграммы, масонские компас и наугольник, голова Бафомета. Рисунок якобы доказывал, что проектировавшие Вашингтон масоны были участниками некоего зловещего мистического заговора.

— Забавно, — усмехнулся Лэнгдон, — только неубедительно. Проведи на любой карте несколько пересекающихся линий, и они обязательно образуют какую-нибудь таинственную фигуру.

— Но это не простое совпадение! — вскричал юноша.

Лэнгдон терпеливо показал студенту, что те же самые символы можно изобразить на карте Детройта.

Юноша очень расстроился.

— Не огорчайтесь, — сказал ему Лэнгдон, — у Вашингтона действительно есть поразительные тайны... только кроются они не в картах.

Студент заинтересовался:

— Тайны? Например?

— Каждую весну я читаю курс «Оккультные символы». Приходите, узнаете много нового о Вашингтоне.

— Оккультные символы! — Юноша явно воспрял духом. — Выходит, там все-таки есть дьявольские знаки!

Лэнгдон улыбнулся:

— Видите ли, слово «оккультный», хоть и наталкивает на мысли о поклонении дьяволу, на самом деле означает «тайный» или «скрытый». Во времена церковного господства любое знание, противоречащее религиозным догмам, держали в секрете и называли «оккультным». Испугавшись таких знаний, церковь объявила все оккультное происками дьявола, и этот предрассудок жив по сей день.

— Ясно... — Юноша разочарованно сник.

Впрочем, весной Лэнгдон увидел его на своей лекции, в первом ряду, когда пятьсот студентов набились в аудиторию театра Сандерса — старый лекционный зал со скрипучими деревянными скамейками.

— Всем доброе утро! — крикнул Лэнгдон с обширной сцены. Он включил диапроектор, и за его спиной появилась картинка. — Пока вы рассаживаетесь, кто мне ответит, что это за здание?

— Капитолий США! — хором прокричало несколько десятков человек. — В Вашингтоне!

— Верно. Металлические конструкции купола весят девять миллионов фунтов. В 1850-х этот архитектурный подвиг не имел себе равных.

— Клево! — крикнул кто-то.

Лэнгдон закатил глаза.

«Вот бы кто-нибудь запретил это слово!»

— Ладно, поднимите руки, кто хоть раз бывал в Вашингтоне?

Тут и там поднялось несколько рук.

— Да, негусто... — Лэнгдон изобразил удивление. — А кто был в Риме, Париже, Мадриде или Лондоне?

В воздух взлетели почти все руки.

Обычное дело. Американские студенты обязательно проводили в Европе хоть одно лето, прежде чем погрязнуть в суровых буднях настоящей жизни.

— Похоже, многие из вас ездили в Европу, но мало кто бывал в столице нашей родины. Как вы думаете, почему?

— В Европе нет возрастного ценза на продажу спиртного! — крикнул кто-то.

Лэнгдон улыбнулся:

— Хотите сказать, дома вас это останавливает?

Все рассмеялись.

Как обычно, в первый учебный день тишины в аудитории добиться было нелегко: студенты с трудом успокаивались, ерзали и скрипели деревянными скамейками. Лэнгдон любил читать лекции в этой аудитории: по скрипу сидений сразу ясно, насколько ученики заинтересованы новым материалом.

— Кроме шуток, — сказал Лэнгдон, — в Вашингтоне собраны образцы лучшей мировой архитектуры, искусства и символизма. Не лучше ли побывать в собственной столице, прежде чем ехать за рубеж?

— Всякие древности круче.

— Под «всякими древностями» вы подразумеваете замки, крипты, храмы и прочее? — уточнил Лэнгдон.

Студенты дружно кивнули.

— Хорошо. А если я скажу, что в Вашингтоне все это есть? Замки, крипты, пирамиды, храмы... все!

Скрип лавок немного утих.

— Друзья, — понизив голос и подойдя к краю сцены, сказал Лэнгдон, — прослушав сегодняшнюю лекцию, вы узнаете, что наша страна под завязку набита секретами, в ее истории полно тайн. Как и в Европе, самое интересное лежит на виду.

Скрип полностью прекратился.

«Попались!»

Лэнгдон приглушил свет и перешел к следующему слайду.

— Кто мне ответит, что делает Джордж Вашингтон на этой картинке?

На знаменитой фреске Джордж Вашингтон в полном масонском облачении стоял перед диковинным устройством: огромным треножником с подъемным блоком и висящим на нем большим камнем. Вокруг Вашингтона собралась толпа хорошо одетых людей.

— Поднимает здоровый камень? — предположил кто-то.

Лэнгдон промолчал, чтобы студент мог сам исправить ошибку.

— Вообще-то, — сказал другой юноша, — Вашингтон, в масонском облачении, опускает камень. Мне и раньше попадались картинки с изображением масонов, закладывающих краеугольные камни: на подобных церемониях всегда использовали треножник.

— В точку! — воскликнул Лэнгдон. — На фреске изображено, как наш отец-основатель закладывает краеугольный камень Капитолия 18 сентября 1793 года, где-то между четвертью двенадцатого и половиной первого. — Лэнгдон окинул взглядом аудиторию. — Кто-нибудь знает, что означают эти дата и время?

Тишина.

— Подсказка: время закладки выбрано тремя знаменитыми масонами — Джорджем Вашингтоном, Бенджамином Франклином и Пьером Ланфаном, главным архитектором города.

Вновь молчание.

— Очень просто: именно в это благоприятное время Голова Дракона находилась в Деве.

Студенты озадаченно переглянулись.

— Погодите, — сказал кто-то, — вы об астрологии?!

— Именно. Впрочем, та астрология несколько отличалась от современной.

Один студент поднял руку.

— То есть наши отцы-основатели верили в гороскопы?

Лэнгдон широко улыбнулся:

— Совершенно верно! Между прочим, в архитектуре Вашингтона присутствует больше астрологических символов — знаков зодиака, звездных карт, краеугольных камней, заложенных в строго определенное время, — чем в архитектуре любого другого города. Подавляющее большинство составителей нашей конституции были масонами — людьми, убежденными, что судьба и звезды взаимосвязаны и что при создании нового мира необходимо внимательно следить за расположением светил.

— Подумаешь, Голова Дракона была в Деве, когда закладывали краеугольный камень! Может, это совпадение?

— Поразительное совпадение, если учесть, что камни трех основных зданий, образующих

Федеральный треугольник — Капитолия, Белого дома и Монумента Вашингтона, — были заложены в разные годы, но при одинаковых астрологических условиях.

Все изумленно уставились на Лэнгдона. Кто-то опустил голову и начал записывать.

Один студент поднял руку:

— А зачем?

Лэнгдон хохотнул.

— Чтобы ответить на этот вопрос, придется изучить материал целого семестра. Если вам любопытно, приходите на мои лекции. Откровенно говоря... я не вполне уверен, что вы готовы услышать ответ.

— Почему? — крикнул студент. — Испытайте нас!

Лэнгдон сделал вид, что обдумывает это предложение, а затем покачал головой, дразня учеников.

— Извините, не могу. Здесь много первокурсников. Боюсь, эта информация перевернет ваши представления о мире.

— Скажите! — закричали все.

Лэнгдон пожал плечами:

— Вот вступите в братство или в орден Восточной звезды — узнаете все из первоисточника.

— Нас туда не пустят, — возразил какой-то юноша. — Масоны — суперсекретное общество!

— Суперсекретное? Неужели? — Лэнгдону вспомнился масонский перстень, который Питер Соломон гордо носил на правой руке. — Тогда почему масоны не таясь носят знаки отличия — перстни, броши, булавки? Почему их здания отмечены всем известными символами, а о собраниях пишут в газетах? — Лэнгдон улыбнулся, увидев озадаченные лица. — Друзья мои, масоны — не тайное общество, а общество с тайнами.

— Какая разница? — буркнул кто-то.

— Хотите сказать, никакой? Может, «Кока-кола» тоже тайная организация?

— Нет, конечно, — ответил студент.

— А что будет, если явиться в головной офис и спросить рецепт классической колы?

— Никто вам его не даст.

— Именно. Чтобы узнать секрет «Кока-колы», нужно проработать в компании много лет, доказать свою надежность и занять высокий пост — только тогда с вами поделятся этой информацией, предварительно заставив подписать договор о неразглашении.

— То есть масонство — корпорация?

— Нет, просто у них тоже есть строгая иерархия, и они очень берегут свои тайны.

— Мой дядя — масон, — встряла одна из студенток. — Тетушка все время бесится, что он ничего ей не рассказывает. Она говорит, масонство — какая-то странная религия.

— Распространенное заблуждение.

— Так это не религия?

— Давайте проверим, — предложил Лэнгдон. — Кто посещал лекции профессора Уизерспуна по сравнительному религиоведению?

Поднялось несколько рук.

— Хорошо. Каким критериям должна отвечать идеология, чтобы считаться религией?

— ОВО, — вспомнила одна студентка. — Обещать, верить, обращать.

— Правильно. Религии обещают спасение, верят в строгие теологические догматы и обращают в свою веру неверующих. — Лэнгдон помолчал. — Масоны не проходят ни по одному из пунктов. Они никому не обещают спасения, у них нет теологии, и они не стремятся пополнять свои ряды. Мало того, разговоры на религиозные темы в стенах ложи строго запрещены.

— Значит... масонство антирелигиозно?

— Отнюдь. Чтобы стать вольным каменщиком, человек обязан верить в высшую силу, иначе его не примут. Разница между масонством и религией заключается в том, что масоны не дают высшей силе четкого определения или названия. Господь, Аллах, Будда и Иисус... Масоны предпочитают более общие определения — Верховное существо или Великий архитектор Вселенной. Такой подход позволяет масонам разных вероисповеданий объединяться.

— Дикость какая-то!

— А может, отрадная незашоренность? — предложил Лэнгдон. — В наш век, когда различные культуры никак не договорятся, чье определение Бога правильней, масонские каноны терпимости и непредвзятости заслуживают похвалы. — Он зашагал по сцене. — Более того, масонство открыто для людей всех цветов кожи. В этом духовном братстве нет дискриминации.

— Неужели? — подала голос девушка из университетского Женского общества. — Вам известны женщины-масоны, профессор Лэнгдон?

Он примирительно поднял руки.

— Справедливое замечание. Корни масонства восходят к европейской гильдии каменщиков, куда принимали только мужчин. Несколько веков назад — по некоторым источникам, в 1703 году — возник женский орден Восточной звезды. Сейчас в нем более миллиона членов.

— И все-таки масонство — влиятельная организация, куда женщинам путь заказан, — заявила студентка.

Лэнгдон сомневался, что на сегодняшний день братство так уж влиятельно, и не хотел вводить студентов в заблуждение. Кто-то считал масонов сборищем безобидных старцев, рядящихся в маскарадные костюмы, а кто-то... закулисным обществом политических воротил, правящих миром. Истина, несомненно, была где-то посередине.

— Профессор Лэнгдон, — обратился к нему кудрявый юноша с последнего ряда, — если масонство — не тайное общество, не корпорация и не религия, то что это?

— Ну, если спросить масона, он предложит такое определение: масонство — это система моральных норм, скрытая в символах и завуалированная аллегориями.

— Проще говоря, какой-то дикий культ?

— Дикий, говорите?

— Ну да! — воскликнул студент, поднимаясь. — Я слышал, чем они там занимаются!

Проводят жуткие ритуалы с гробами и петлями, пьют вино из черепов. По-вашему, это не дико?

Лэнгдон окинул аудиторию взглядом и спросил:

— Кто-нибудь еще считает это дикостью?

— Да! — хором ответили все.

Лэнгдон театрально вздохнул:

— Плохо. Если для вас это дико, вы никогда не станете последователями моего культа.

Студенты умолкли. Девушка из Женского общества всполошилась:

— Вы — последователь культа?

Лэнгдон кивнул и заговорщицки прошептал:

— Никому не говорите, но в день языческого бога солнца Ра я преклоняю колени перед древним орудием пытки и вкушаю ритуальные символы плоти и крови!

Студенты в ужасе уставились на профессора.

Он пожал плечами:

— Если пожелаете, приходите в воскресенье в Гарвардскую часовню, опуститесь на колени перед распятием и примите Святые Дары.

Все растерянно молчали.

Лэнгдон подмигнул:

— Долой предрассудки, друзья! Мы все боимся того, чего не понимаем.

По коридорам Капитолия разнесся бой часов.

«Уже семь».

Роберт Лэнгдон побежал.

«Вот тебе и эффектное появление...»

Преодолев коридор, он заметил вход в Скульптурный зал и устремился к нему. Перед самой дверью сбавил шаг и сделал несколько глубоких вдохов. Застегнув пиджак, он поднял голову чуть выше обычного и с последним ударом курантов вошел в зал.

«А вот и я!»

При входе профессор Лэнгдон поднял глаза и тепло улыбнулся. В следующий миг его улыбка померкла, и он остановился как вкопанный.

Дело было неладно. Очень неладно.

Глава 7

Кэтрин Соломон бежала по стоянке под холодным дождем, жалея, что надела только джинсы и кашемировый свитер. У главного входа оглушительно ревели гигантские очистители воздуха, но она их почти не слышала — в голове непрестанно крутился последний телефонный разговор.

«То, что, по мнению вашего брата, спрятано в Вашингтоне... это можно найти».

Невероятно! Кэтрин многое нужно было обсудить со звонившим, и они договорились встретиться вечером.

Подойдя к дверям, она ощутила знакомый трепет, который всегда ощущала при входе в грандиозное здание.

«Никто не знает, что это место — здесь».

Табличка на двери гласила:

Центр технической поддержки
Смитсоновского музея (ЦТП СМ)

Смитсоновский институт включал больше дюжины крупных музеев, расположенных вдоль Эспланады, однако его коллекция была столь обширной, что одновременно выставлялось лишь два процента всех экспонатов. Остальные девяносто восемь нужно было где-то хранить... И хранили их здесь.

Неудивительно, что центр стал кладезем самых разнообразных рукотворных диковин — тут были огромные статуи Будды, старинные рукописи, отравленные дротики из Новой Гвинеи, инкрустированные драгоценными камнями ножи, лодка из китового уса... Не меньше потрясали воображение природные сокровища: скелеты плезиозавров, бесценная коллекция метеоритов, огромный кальмар, слоновьи черепа, привезенные из африканского сафари Тедди Рузвельтом. Но вовсе не поэтому три года назад секретарь Смитсоновского института Питер Соломон привел сюда сестру. Кэтрин должна была не любоваться чудесами науки, а создавать их. Чем она теперь и занималась.

В недрах этого здания, в кромешной темноте самого дальнего отсека, спряталась небольшая научная лаборатория, аналогов которой не было в целом мире. Недавние открытия Кэтрин в сфере ноэтики затрагивали все области человеческих знаний: физику, историю, философию, религию. «Скоро все изменится», — подумала она.

Охранник за стойкой спрятал радио и снял наушники.

— Мисс Соломон! — с радостной улыбкой воскликнул он.

— «Редскинз»? — спросила Кэтрин.

Он покраснел и виновато опустил глаза.

— Вот-вот начнется.

Кэтрин улыбнулась:

— Я никому не скажу.

Она подошла к металлодетектору и опустошила карманы. Снимая золотые часы «Картье», она ощутила знакомый укол боли — на восемнадцатый день рождения часики ей подарила мама. Прошло почти десять лет с тех пор, как ее убили... Она умерла прямо на руках у Кэтрин.

— Мисс Соломон, — шутливо прошептал охранник, — когда вы уже расскажете о своих исследованиях?

Она подняла глаза.

— Как-нибудь расскажу, Кайл. Не сегодня.

— Да ладно вам! — не унимался он. — Тайная лаборатория... в тайном музее! Вы что-то крутое задумали.

«“Крутое” — очень мягко сказано», — подумала Кэтрин, собирая вещи. Она занималась такими необычными исследованиями, что их было трудно назвать научными.

Глава 8

Роберт Лэнгдон, оцепенев, взирал на открывшийся перед ним вид. Зал был в точности такой, каким он его запомнил, — идеальный полукруг, похожий на греческий амфитеатр. Вдоль изящно закругленной стены из песчаника выстроились колонны из пестрой брекчии, между которыми помещалась коллекция скульптур: на черно-белом мраморном полу стояли тридцать восемь статуй выдающихся американцев.

Все было точно так же, как тогда, на лекции.

Кроме одного.

Сегодня зал пустовал.

Ни стульев, ни посетителей, ни Питера Соломона. По залу бродили туристы, которым не было дела до эффектного появления Роберта Лэнгдона.

«Может, Питер имел в виду Ротонду?»

Профессор бросил взгляд в сторону круглого зала — там тоже гуляли посетители.

Эхо курантов стихло. Лэнгдон бесповоротно опоздал.

Он торопливо вышел в коридор и поймал там экскурсовода.

— Простите, сегодня здесь должно быть мероприятие от Смитсоновского института... Не подскажете где?

Экскурсовод растерялся:

— Не знаю, сэр. А когда оно начинается?

— Сейчас!

Гид покачал головой:

— Извините, на сегодня никаких мероприятий не намечено... По крайней мере здесь.

Опешив, Лэнгдон вернулся в центр зала и еще раз осмотрел помещение.

«Питер решил меня разыграть? Нет, быть такого не может».

Он достал мобильный, листок с факсом и набрал номер Питера.

В огромном здании телефон не сразу нашел сеть. Наконец гудки пошли.

Ответил мужчина со знакомым южным акцентом:

— Офис Питера Соломона, говорит Энтони. Чем могу помочь?

— Энтони! — воскликнул Лэнгдон. — Как хорошо, что я вас застал. Это Роберт Лэнгдон. Тут какая-то путаница... Я в Скульптурном зале, но здесь никого нет. Собрание перенесли в другой зал?

— Вряд ли, сэр. Сейчас уточню. — Секретарь немного помолчал. — А вы разговаривали с мистером Соломоном лично?

Лэнгдон смутился:

— Нет, с вами, Энтони! Сегодня утром!

— Помню-помню. — В трубке воцарилась тишина. — Довольно неосмотрительно с вашей стороны, профессор.

Лэнгдон встревожился:

— Простите?

— Судите сами... Вы получили факс с приглашением и сразу же набрали указанный в нем телефонный номер. Вам ответил совершенно незнакомый человек, представившийся секретарем Питера Соломона. После чего вы охотно уселись в частный самолет и прилетели в Вашингтон, где вас встретил водитель. Так было дело?

Лэнгдон содрогнулся:

— Кто это, черт возьми? Где Питер?

— Боюсь, Питер Соломон понятия не имеет о вашем приезде. — Южный акцент исчез, и мужчина низко, сладкозвучно зашептал: — Мистер Лэнгдон, вы здесь исключительно потому, что это нужно мне.

Глава 9

В Скульптурном зале Роберт Лэнгдон прижал мобильный к уху и зашагал по кругу.

— Кто вы такой?!

Его собеседник ответил спокойным медовым шепотом:

— Не волнуйтесь, профессор Лэнгдон. Я вызвал вас не просто так. На то есть причина.

— Вызвали? Скажите лучше «похитили»! — Лэнгдон чувствовал себя загнанным зверем.

— Ну что вы... — прозвучал до жути умиротворенный голос. — Если бы я хотел причинить вам вред, ваш труп уже лежал бы в багажнике «линкольна». — Он многозначительно умолк. — Поверьте, у меня исключительно благородные цели. Я лишь хотел вручить вам приглашение.

«Нет уж, спасибо».

Европейские приключения принесли Лэнгдону излишнюю популярность, он стал настоящим магнитом для психов всех мастей, но этот серьезно перегнул палку.

— Слушайте, я ничего не понимаю и вешаю трубку...

— Безрассудство с вашей стороны, — сказал незнакомец. — У вас и без того мало шансов спасти душу Питера Соломона.

У Лэнгдона перехватило дыхание.

— Что?!

— Вы меня слышали.

От того, как этот человек произнес имя Питера, у Лэнгдона кровь застыла в жилах.

— Что вам известно о Питере?

— В данный момент я знаю его самые сокровенные тайны. Мистер Соломон у меня в гостях, а я умею быть весьма настойчивым хозяином.

«Бред какой-то!»

— Вы лжете, Питер не с вами.

— Послушайте, вы со мной говорили по его прямому номеру, стало быть...

— Я звоню в полицию.

— Нет необходимости, — ответил незнакомец. — Блюстители порядка присоединятся к вам в ближайшее время.

«О чем он?!»

— Если Питер у вас, — твердо проговорил Лэнгдон, — немедленно дайте ему трубку.

Молчание.

— Он сейчас в Арафе.

— Где?! — Лэнгдон сжал трубку так крепко, что у него побелели пальцы.

— В Арафе. Или, если вам так угодно, в Хамистагане. В том самом месте, которому Данте посвятил песнь сразу после «Ада».

Религиозные и литературные познания незнакомца убедили Лэнгдона в мысли, что он разговаривает с безумцем. «Песнь вторая...» Лэнгдон хорошо ее помнил; все ученики Академии Филипс-Экситер знакомы с творчеством Данте.

— Вы утверждаете, что Питер Соломон... в чистилище?

— Грубое слово, которое так любят христиане... В общем-то да, в пургатории.

Слова незнакомца повисли в трубке.

— Хотите сказать, Питер... умер?

— Не совсем, нет.

— Не совсем?! — завопил Лэнгдон, и его голос эхом отозвался в стенах зала. Гулявшее неподалеку семейство обернулось на его крик. Роберт заговорил тише: — Человек бывает либо жив, либо мертв!

— Право, вы меня удивляете, профессор. Я-то думал, вы куда лучше разбираетесь в таинствах жизни и смерти. Между ними есть целый мир, и именно в этом мире сейчас пребывает Питер Соломон. Он может вернуться к нам или продолжить свой путь... в зависимости от ваших дальнейших действий.

Лэнгдон попытался переварить услышанное.

— Что вам надо?

— Все просто. В вашем распоряжении оказалось нечто весьма древнее... Пора поделиться этим со мной.

— Понятия не имею, о чем вы.

— Неужели? Хотите сказать, вы не понимаете доверенных вам тайных знаний?

Сердце Лэнгдона ушло в пятки: он сообразил, о чем может идти речь.

«Тайные знания».

Он и словом не обмолвился о своих приключениях в Париже, но фанатики Грааля внимательно следили за сводками новостей. Кому-то наверняка удалось сложить все части головоломки и узнать, что Лэнгдон обладает секретной информацией о Святом Граале — вероятно, ему даже известно местонахождение святыни.

— Слушайте... — начал Лэнгдон, — если вы имеете в виду Святой Грааль, уверяю вас, я...

— За кого вы меня принимаете, мистер Лэнгдон? — отрезал его собеседник. — Меня не интересуют ни пустяки вроде Грааля, ни жалкие пререкания о том, чья версия событий правильная. Пустопорожние споры о вере мне глубоко безразличны. На эти вопросы можно ответить лишь после смерти.

Его слова окончательно сбили Лэнгдона с толку.

— Тогда что вы хотите?

Незнакомец помолчал.

— Как вам известно, в Вашингтоне существует древний портал.

«Древний портал?»

— И сегодня, профессор, вы его откроете. Считайте, вам оказана огромная честь... вы получите уникальное приглашение. Вы избранный.

«А ты — ненормальный».

— Извините, но вы ошиблись, — сказал Лэнгдон. — Первый раз слышу о древнем портале.

— Вы не поняли, профессор. Это не я вас выбрал... а Питер Соломон.

— Что? — едва слышно выдавил Лэнгдон.

— Мистер Соломон рассказал мне, где найти портал, и сознался, что на свете есть лишь один человек, способный его открыть. Это вы.

— Если Питер действительно так сказал, он заблуждается... или лжет.

— А вот это вряд ли. Я склонен верить признаниям, сделанным Питером на грани жизни и смерти.

В груди Лэнгдона вспыхнул гнев.

— Предупреждаю, если вы причините вред Питеру...

— Профессор Лэнгдон, ваши угрозы мне не страшны. Я получил от мистера Соломона все, что хотел. Теперь мне нужны вы. Время пошло... для вас обоих. Предлагаю вам найти и открыть портал. Питер укажет путь.

«Питер?»

— Вы же сказали, он в чистилище!

— Как вверху, так и внизу, — ответил незнакомец.

Лэнгдон похолодел. Странный ответ был древней магической формулой, говорящей о физической связи между небом и землей.

«Как вверху, так и внизу».

Лэнгдон окинул взглядом просторный зал и подумал, как стремительно сегодняшние события вышли из-под контроля.

— Слушайте, мне ничего не известно ни о каких древних порталах. Я звоню в полицию.

— Что, никак не доходит, профессор? Вы понимаете, почему выбрали именно вас?

— Нет.

— Скоро дойдет, — заверил его незнакомец. — Очень скоро.

В трубке пошли гудки.

Лэнгдон замер, пытаясь сообразить, что произошло.

Издалека донесся неожиданный звук.

В Ротонде кто-то кричал.

Глава 10

Роберт Лэнгдон много раз входил в Ротонду, но бегом — никогда. В центре зала собралась толпа туристов. Кричал маленький мальчик, родители его успокаивали. Охранники безуспешно пытались установить порядок.

— Он вытащил ее из повязки, — лихорадочно тараторил кто-то, — и положил на пол!

Подойдя ближе, Лэнгдон бросил взгляд на то, что вызвало переполох. Конечно, предмет был очень странный, но к чему поднимать такой крик?

Лэнгдон и раньше видел предмет, лежавший на полу Капитолия. На факультете изобразительных искусств Гарвардского университета имелось множество муляжей, помогающих скульпторам и художникам правильно изобразить самую сложную часть человеческого тела — как ни странно, это не лицо, а рука.

«Кто-то оставил в Ротонде пластмассовую руку?»

Пальцы такого муляжа фиксировались в любом положении — второкурсники, понятное дело, обычно распрямляли средний. Указательный и большой пальцы этой руки были направлены в потолок.

Однако, подойдя еще ближе, Лэнгдон заметил, что муляж необычный: пластмассовая поверхность была не гладкой, а сморщенной и неровно окрашенной, почти...

«...как настоящая кожа».

Лэнгдон словно врос в землю.

На запястье виднелась кровь.

«Господи!»

Отрезанную кисть насадили на колышек с плоским деревянным основанием. К горлу Лэнгдона подкатила тошнота. Едва дыша, он с опаской шагнул вперед и увидел на кончиках пальцев крошечные татуировки. Однако его внимание привлекли не они, а знакомый перстень на безымянном пальце.

«Не может быть!»

Лэнгдон отпрянул, осознав, что перед ним — ампутированная кисть Питера Соломона. Зал каруселью завертелся вокруг него.

Глава 11

«Почему Питер не отвечает? — подумала Кэтрин, нажав «отбой». — Где он?»

Три года подряд Питер Соломон приезжал на еженедельные воскресные встречи первым.

Так повелось в их семье: перед началом новой недели Кэтрин проводила вечер с братом, чтобы не терять связь и держать его в курсе исследований.

«Он никогда не опаздывает, — подумала она. — И всегда берет трубку». Хуже того, она даже не знала, что ему сказать, когда он приедет. «Как спросить о том, что я узнала?»

Ее ритмичные шаги отдавались в стенах коридора, прозванного Улицей. Подобно позвоночнику, он проходил через все здание ЦТП и соединял пять отсеков гигантского хранилища. В сорока футах над головой пульсировала кровеносная система — оранжевые вентиляционные трубы, по которым циркулировали тысячи кубических футов очищенного воздуха.

Обычно, пока Кэтрин шла по коридору длиной в четверть мили, ритмичное «дыхание» вентиляционной системы успокаивало ее, однако сегодня звук выбивал из колеи. То, что она узнала о брате, встревожило бы кого угодно, но Питер был ее единственным родственником, и потому его скрытность особенно задела Кэтрин.

Питер всего раз в жизни что-то от нее скрыл... чудесную тайну, спрятанную в конце этого коридора. Три года назад брат провел Кэтрин по Улице и познакомил ее с ЦТП, гордо показав ей несколько самых необычных экспонатов: метеорит с Марса ALH-84001, рукописный пиктографический дневник индейского вождя по имени Сидящий Бык, коллекцию запечатанных воском банок с экземплярами, собранными самим Дарвином.

Когда они проходили мимо массивной двери с небольшим оконцем, Кэтрин мельком заглянула внутрь и изумилась:

— Это еще что?!

Питер хохотнул и зашагал дальше.

— Третий отсек. Мы называем его «Мокрым». Необычное зрелище, а?

«Скорее, ужасающее».

Кэтрин поспешила за Питером. Она словно попала на другую планету.

— На самом деле я хотел показать тебе Пятый отсек, — сказал брат, ведя ее по бесконечному коридору. — Его мы построили в последнюю очередь. Через пять лет туда перевезут экспонаты из запасников Национального музея естественной истории, а до тех пор, как ты понимаешь, отсек пустует.

— Тогда зачем мы туда идем? — удивилась Кэтрин.

Серые глаза Питера озорно вспыхнули.

— Я подумал, раз он никому не нужен, им можешь попользоваться ты.

— Я?

— Ну да. Тебе не помешает специальная лаборатория, где можно провести теоретические эксперименты, над которыми ты работала столько лет.

Кэтрин потрясенно воззрилась на брата.

— Питер, это же чисто теоретические эксперименты! Провести их практически невозможно.

— Нет ничего невозможного, Кэтрин, и это здание идеально подходит для твоих нужд. ЦТП не просто склад сокровищ, а один из самых прогрессивных исследовательских центров в мире. Мы изучаем экспонаты коллекций с помощью самых передовых технологий. В твоем распоряжении будет вся необходимая аппаратура.

— Питер, оборудование для моих экспериментов...

— ... уже на месте. — Брат просиял. — Лаборатория готова.

Кэтрин оцепенела.

Питер кивнул в конец коридора:

— Не хочешь взглянуть?

Она потеряла дар речи.

— Ты... построил мне лабораторию?!

— Это моя работа. Смитсоновский комплекс призван содействовать научному прогрессу, и я не могу пренебречь столь важной задачей. У твоих исследований огромный потенциал — они необычайно расширяют границы человеческого познания. — Питер умолк и посмотрел ей прямо в глаза. — Не важно, сестра ты мне или нет, я обязан поддержать это начинание. Твои идеи блестящи. Мир должен узнать, что именно они сулят.

— Питер, я не могу...

— Ну же, успокойся... Деньги потрачены мои, а Пятым отсеком сейчас никто не пользуется. Закончишь исследования — съедешь. К тому же у Пятого отсека есть одна очень полезная для твоих экспериментов особенность.

Кэтрин не понимала, какая особенность огромного пустого зала может ей пригодиться, но скоро ей предстояло это выяснить. Они подошли к стальной двери с крупной трафаретной надписью:

ОТСЕК №5

Брат вставил карточку в прорезь электронного замка — загорелась кнопочная панель. Он уже хотел ввести код доступа, как вдруг остановился и игриво вскинул брови — совсем как в детстве.

— Готова?

Она кивнула.

«Ну Питер, ну фокусник!»

— Отойди.

Он набрал нужную комбинацию.

Стальная дверь с громким шипением открылась.

За порогом был кромешный мрак... зияющая пустота. Изнутри словно бы донесся глухой стон, и в коридор хлынул поток холодного воздуха.

«Все равно что смотреть ночью на Великий каньон».

— Вообрази пустой ангар для множества «аэробусов», — сказал Питер. — Получишь примерное представление.

Кэтрин невольно попятилась.

— Сам отсек слишком велик: отапливать его чересчур накладно, да и ни к чему, но твоя лаборатория построена из теплоизоляционного шлакоблока и представляет собой куб, расположенный в дальнем углу — для максимальной изоляции.

Кэтрин попыталась это вообразить. «Коробка внутри ящика». Она вгляделась в темноту, но ничего не увидела.

— Это далеко?

— Довольно-таки... Отсек размером с футбольное поле. Предупреждаю, идти будет страшновато — тут полная темнота.

Кэтрин заглянула в проем.

— Выключателя нет?

— Электричество еще не провели.

— Тогда... как будет работать лаборатория?

Питер подмигнул:

— На водородном топливном элементе.

Кэтрин поразилась:

— Ты шутишь?!

— Энергии хватит на небольшой город. Кстати, лаборатория полностью изолирована от внешних радиочастот, а внешние стены самого отсека покрыты фоторезистивной пленкой, которая защищает экспонаты от солнечного излучения. Словом, внутри создана герметичная энергетически нейтральная среда.

До Кэтрин начало доходить, чем хорош Пятый отсек. Ее работа основывалась на измерении прежде неизвестных энергетических полей, а потому опыты можно было ставить лишь в среде, защищенной от внешних воздействий и «белого шума», включая «мозговое излучение» и «мысленные эманации» окружающих. Университетский городок и больничные лаборатории для этого не годились, а вот пустой отсек ЦТП подходил идеально.

— Ну, пошли смотреть. — Питер широко улыбнулся и шагнул в кромешный мрак. — Не отставай.

На пороге Кэтрин замерла.

«Пройти сто с лишним ярдов в полной темноте?»

Она хотела предложить фонарик, но брат уже скрылся.

— Питер! — позвала она.

— Не бойся, — отозвался он. Его голос постепенно удалялся. — Ты не заблудишься, обещаю.

«Он издевается?»

Кэтрин перешагнула порог и вгляделась в темноту. Сердце бешено колотилось у нее в груди.

«Ни зги не видно!»

Внезапно стальная дверь зашипела и громко захлопнулась у нее за спиной. Кэтрин обступила тьма — ни лучика света.

— Питер!

Тишина.

«Ты не заблудишься, обещаю».

Она вслепую шагнула вперед.

Кэтрин не видела даже поднесенной к лицу руки. Она двинулась вперед, но через несколько секунд остановилась.

«Куда я иду?»

Это было три года назад.

Сегодня, подойдя к стальной двери, Кэтрин осознала, как далеко продвинулась с тех пор. Лаборатория (для своих — Куб) стала ей вторым домом, прибежищем, надежно укрытым в недрах Пятого отсека. Как и обещал брат, тем вечером Кэтрин нашла дорогу, и находила потом каждый день — благодаря гениально простой системе ориентиров, которую она открыла для себя самостоятельно. Сбылось и другое, куда более важное предсказание Питера: эксперименты Кэтрин привели к поразительным открытиям, способным перевернуть все существующие представления о мире. Кэтрин с Питером договорились не предавать результаты огласке, пока не разберутся в глубинном смысле открытий.

Впрочем, в скором времени Кэтрин собиралась обнародовать одно из самых значительных научных открытий в истории человечества.

«Тайная лаборатория в тайном музее», — подумала она и вставила карточку в прорезь замка. Загорелись кнопки, и Кэтрин ввела свой пин-код.

Стальная дверь с шипением открылась.

Изнутри донесся знакомый глухой стон, и в коридор хлынул холодный воздух. Сердце Кэтрин, как всегда, застучало быстрее.

«Более странным путем до работы еще никто не добирался».

Собравшись с духом, Кэтрин взглянула на часы и ступила в темноту, по-прежнему раздумывая о том, что тревожило ее весь вечер.

«Где Питер?»

Глава 12

Начальник полиции Капитолия Трент Андерсон отвечал за безопасность комплекса больше десяти лет. Широкоплечий рыжеволосый здоровяк с суровым лицом неизменно стригся под ежик, что делало его похожим на бравого воина. Внушительный пистолет на поясе производил должное впечатление на тех, кто имел смелость усомниться в широте его полномочий.

Основной задачей Андерсона было контролировать работу небольшой армии полицейских. Делал он это из центрального пункта наблюдения, расположенного в цокольном этаже Капитолия и оборудованного по последнему слову техники. Отсюда Андерсон следил за техническими специалистами (они, в свою очередь, наблюдали за мониторами и показаниями различных приборов) и телефонным коммутатором — благодаря ему начальник полиции был на связи со всеми своими подчиненными.

Вечер выдался на редкость спокойный, и Андерсон надеялся хоть одним глазком посмотреть футбольный матч (у него в кабинете висела плазменная панель). Но только началась игра, как раздался звонок.

Андерсон, не отрываясь от телевизора, разочарованно вздохнул и нажал кнопку:

— Слушаю.

— Шеф, в Ротонде неспокойно. Я направил туда людей, но вы бы лучше взглянули...

— Сейчас.

Андерсон вошел в нервный узел службы безопасности — небольшую, современно обставленную комнату, напичканную мониторами.

— Что у тебя?

Диспетчер вывел на экран цифровой видеоролик.

— Ротонда, снято камерой восточного балкона двадцать секунд назад. — Он нажал кнопку воспроизведения.

Андерсон склонился над плечом диспетчера и стал смотреть ролик.

Ротонда почти пустовала: лишь несколько туристов бродили по залу. Наметанный глаз Андерсона сразу приметил одинокого посетителя, который двигался быстрее остальных. Бритая голова. Зеленый армейский китель. Рука на перевязи. Легкая хромота. Сутулая спина. Говорит по мобильному.

Шаги посетителя гулко отдавались в динамиках, пока он не остановился ровно посередине Ротонды. Бритоголовый договорил по телефону и присел будто бы завязать шнурок, но вместо этого вынул из перевязи какой-то предмет и поставил его на пол. Затем поднялся и торопливо заковылял к выходу.

Андерсон присмотрелся к таинственному предмету.

«Что это, черт подери?»

Вещица примерно восьми дюймов в высоту стояла вертикально. Андерсон приблизился почти вплотную к экрану и прищурился.

«Не может быть!»

Как только странный посетитель скрылся в восточной галерее, рядом с камерой зазвучал детский голос: «Мам, дядя что-то уронил!» Мальчик зашагал к предмету и вдруг резко остановился. Секунду спустя он показал на предмет пальцем и оглушительно завопил.

В ту же секунду начальник полиции развернулся и побежал к двери, на ходу отдавая приказы:

— Всем постам! Задержать бритоголового мужчину с перевязанной рукой! Живо!

Вылетев за дверь, Андерсон помчался вверх по лестнице, перескакивая через три ступеньки разом. Камеры показали, что бритый вышел из Ротонды через восточную галерею. Оттуда быстрее всего попасть на улицу можно было через находившийся неподалеку коридор, идущий с востока на запад.

«Успею перехватить».

Андерсон поднялся по лестнице, свернул за угол и окинул взглядом тихий коридор. Вдалеке прогуливалась пожилая пара, а поблизости блондин в синем блейзере читал путеводитель и разглядывал мозаичный потолок.

— Извините, сэр! — рявкнул Андерсон, подбегая к блондину. — Вы не видели лысого мужчину с перевязанной рукой?

Турист растерянно поднял глаза.

— Бритый наголо, рука на перевязи! — повторил Андерсон. — Видели такого?

Блондин помедлил и с тревогой покосился в дальний конец коридора.

— Э-э... да. Он пробежал мимо... к той лестнице.

Андерсон заорал в рацию:

— Всем постам! Подозреваемый движется к юго-восточному выходу. Все туда!

Он убрал рацию, вытащил пистолет из кобуры и ринулся к выходу.

Через полминуты из дверей восточного крыла Капитолия спокойно вышел на улицу высокий блондин в синем блейзере. Он с удовольствием втянул прохладный вечерний воздух и улыбнулся.

Перевоплощение удалось на славу.

Всего минуту назад он проковылял из Ротонды в темную нишу, где скинул армейскую куртку и остался в блейзере. Затем надел плотно сидящий светлый парик и, достав из кармана путеводитель по Вашингтону, с непринужденным видом вышел из ниши.

«Перевоплощение — мой дар».

Ноги послушно несли Малаха к ждавшему его лимузину; он расправил плечи и распрямился во весь свой огромный рост — шесть футов три дюйма. Малах набрал полные легкие воздуха и почувствовал, как татуированный феникс на груди расправил крылья.

«Жаль, вы не догадываетесь о моей силе, — подумал он, глядя на город. — Сегодня мое перевоплощение завершится».

В Капитолии он мастерски провернул задуманное, уважив все древние обряды. «Приглашение» доставлено. Если Лэнгдон еще не понял, что от него требуется, то скоро поймет.

Глава 13

Ротонда Капитолия — как и собор Святого Петра в Риме — неизменно потрясала воображение Роберта Лэнгдона. Умом он понимал, что это огромный зал, в котором запросто уместится статуя Свободы, но всякий раз Ротонда казалась больше и благодатнее, чем он ожидал, — как будто в воздухе витали ду́хи. Однако сегодня в зале царил лишь хаос.

Полицейские оцепили Ротонду, в то же время пытаясь отгонять взбудораженных туристов от ампутированной кисти. Ребенок до сих пор плакал.

Сверкнула вспышка — какой-то посетитель захотел сфотографировать руку. Камеру тут же отобрали, а самого туриста увели. В суматохе Лэнгдон медленно, как в трансе, пробрался сквозь толпу и подошел к руке.

Отрезанная правая кисть Питера Соломона стояла прямо, насаженная на деревянное основание. Три пальца прилегали к ладони, а большой и указательный были направлены в потолок.

— Все назад! — крикнул полицейский.

Теперь Лэнгдон отчетливо видел кровь, запекшуюся на дереве.

«Раны, нанесенные после смерти, не кровоточат... Питер жив».

Профессор не знал, плакать ему или радоваться. Выходит, резали по живому? К горлу Лэнгдона подкатила желчь. Он вспомнил, сколько раз пожимал эту самую руку и радовался теплым объятиям наставника.

На несколько секунд его разум опустел — точно по экрану телевизора пошли помехи. Первый образ, пришедший в голову, оказался в высшей степени неожиданным.

«Венец... и звезда».

Лэнгдон сел на корточки, разглядывая указательный и большой пальцы Питера.

«Татуировки?!»

Невероятно, этот изверг не только отрезал руку, но и наколол на подушечках пальцев какие-то символы!

На большом пальце — венец. На указательном — звезду.

«Не может быть!»

Два символа мгновенно всплыли в памяти Лэнгдона, превратив и без того страшную сцену в нечто почти сверхъестественное. В истории человечества эти знаки не раз появлялись вместе, и всегда на кончиках пальцев.

Рука мистерий, один из древнейших магических символов...

Теперь она мало где встречалась, но в давние времена означала мощный призыв к действию. Лэнгдон силился понять смысл этого предмета. «Кто-то сделал из руки Питера Руку мистерий?!» Немыслимо. Обычно ее рисовали, вырезали из камня или дерева. Лэнгдон никогда не слышал, чтобы Руку мистерий делали из настоящей человеческой плоти. Сама мысль об этом вызывала тошноту.

— Сэр, — обратился к нему полицейский, — отойдите, пожалуйста.

Лэнгдон почти его не услышал.

«Есть и другие татуировки».

Профессор знал, что на каждом из трех пальцев, прижатых к ладони, выколот символ. Всего — пять. За тысячи лет символы на Руке мистерий ни разу не менялись... не менялся и ее первоначальный смысл.

«Рука означает... приглашение».

Лэнгдон похолодел, вспомнив слова человека, который заманил его сюда. «Профессор, вы получите уникальное приглашение». В древности Рука мистерий была самым почетным и желанным приглашением на земле. Человек, которому ее преподносили, мог стать членом тайного общества, якобы оберегавшего мудрость веков. Такое приглашение не только было большой честью, но и означало, что тебя сочли достойным тайной мудрости. «Рука учителя, протянутая ученику».

— Сэр, — сказал полицейский, хватая Лэнгдона за плечо, — немедленно отойдите!

— Я знаю, что это, — выдавил Роберт. — Я могу помочь.

— Уйдите!

— Мой друг попал в беду. Необходимо...

Сильные руки подняли Лэнгдона и увели прочь. Он не сопротивлялся... слишком был потрясен.

Ему только что вручили торжественное приглашение. Кто-то просил Роберта Лэнгдона открыть некий портал, ведущий в мир древних тайн и скрытых знаний.

Безумие.

Бред сумасшедшего.

Глава 14

Лимузин Малаха катил прочь от Капитолия — на восток по Инденпенденс-авеню. Юная парочка на тротуаре с любопытством покосилась на тонированные стекла автомобиля, пытаясь разглядеть за ними какую-нибудь важную персону.

«Не туда смотрите, я за рулем», — с улыбкой подумал Малах.

Поездки в этой солидной машине дарили ему чувство собственного превосходства и могущества. К тому же ни один из его пяти автомобилей не мог предоставить то, что сегодня вечером было необходимо: гарантию уединения. Полного уединения. В Вашингтоне лимузины обладали негласными привилегиями — эдакие посольства на колесах. Чтобы ненароком не навлечь на себя гнев какого-нибудь влиятельного политика, полицейские, работавшие вокруг Капитолийского холма, лимузины не останавливали.

Проезжая по мосту над Анакостией в сторону Мэриленда, Малах кожей чувствовал, как приближается к Кэтрин, — сама судьба влекла их друг к другу.

«Сегодня я должен выполнить еще одно задание... Более чем неожиданное».

Минувшей ночью, когда Питер выдал свою последнюю тайну, Малах узнал о существовании секретной лаборатории, где Кэтрин Соломон творила чудеса: если ее сенсационные открытия увидят свет, мир необратимо изменится.

«Ее работа явит миру истинную природу вещей».

Много веков подряд блестящие умы человечества пренебрегали древними знаниями, считая их предрассудками, уделом непросвещенных. Вместо них люди взяли на вооружение снисходительный скептицизм и умопомрачительные новые технологии, однако это увело их еще дальше от истины.

«Каждое новое поколение опровергало открытия предыдущего».

Люди тысячелетиями бродили в темноте... но теперь, как гласили пророчества, грядут перемены. Скитаясь вслепую во мраке, человечество наконец вышло на перепутье. Этот миг предсказывали древние писания, календари и сами звезды. Он неумолимо приближался. Сначала будет ослепительная вспышка прозрения... яркий свет знаний озарит тьму и укажет людям путь от края бездны.

«Я пришел затмить этот свет, — подумал Малах. — Таково мое предназначение».

Судьба свела его с Питером и Кэтрин Соломон. Открытия Кэтрин дадут толчок новой форме мышления, новому духовному возрождению и послужат катализатором поисков людьми утраченной мудрости, которая наделит их небывалой силой.

«Предназначение Кэтрин — зажечь факел.

Мое — потушить его».

Глава 15

В полной темноте Кэтрин Соломон нащупала тяжелую освинцованную дверь лаборатории и торопливо вошла в маленький тамбур. Дорога заняла у нее всего полторы минуты, но сердце колотилось как сумасшедшее.

«За три года могла бы и привыкнуть».

Кэтрин с неизменным облегчением ступала из кромешной мглы Пятого отсека в чистое, ярко освещенное пространство.

Куб напоминал огромную коробку без окон. Стены и потолок были обиты жесткой сеткой из покрытого титаном свинцового волокна, отчего складывалось впечатление, что в бетонные стены вмонтировали гигантскую клетку. Плексигласовые перегородки делили пространство на несколько комнат: лабораторию, аппаратную, технический отсек, уборную и небольшую научную библиотеку.

Кэтрин быстро вошла в главную лабораторию. В стерильном помещении сверкало сверхсовременное оборудование: спаренные электроэнцефалографы, фемтосекундный синтезатор оптических частот, магнитооптическая ловушка и квантовый генератор случайных чисел.

Хотя в ноэтике использовались передовые технологии, сами по себе открытия завораживали больше, чем вид сложнейших машин, с помощью которых их совершали. Смесь магии и мифов быстро становилась реальностью; новые сенсационные данные подтверждали главную идею ноэтики — истинный потенциал человеческого разума еще не раскрыт.

Основной тезис звучал просто: нам видна лишь верхушка айсберга интеллектуальных и духовных возможностей человека.

Эксперименты, проводимые в Институте ноэтических наук (IONS) и Принстонской лаборатории аномальных исследований (PEAR), однозначно доказали: человеческая мысль, если направить ее должным образом, способна влиять на физическую массу. Ученые занимались не дешевыми фокусами вроде сгибания ложек, а серьезными научными исследованиями, и все они приводили к одному поразительному результату: наши мысли влияют на окружающий мир на глубинном, субатомном, уровне.

«Победа разума над материей».

После трагедии 11 сентября 2001 года ноэтика сделала качественный рывок вперед. Четверо ученых обнаружили, что, когда общее горе сплотило миллионы напуганных людей по всему миру, данные тридцати семи генераторов случайных чисел в разных городах стали куда *менее* случайными. Совместное переживание множества людей каким-то образом повлияло на генерацию чисел и создало порядок из хаоса.

Сенсационное открытие перекликалось с древней верой в «космическое сознание» — сплав человеческих мыслей, способный взаимодействовать с материальным миром. Недавние исследования массовых медитаций и молитв также подтверждали, что человеческое сознание, как описывает его Линн Мактаггарт, автор трудов по ноэтике, есть субстанция, выходящая за пределы тела... высокоорганизованная энергия, которая может влиять на окружающий мир. Кэтрин пришла в восторг от книги Мактаггарт «Эксперимент с намерением» и наблюдений, изложенных на сайте www.theintentionexpe-riment.com, где объясняется, как наши намерения могут менять мир. Интерес Кэтрин вызвал и ряд других работ.

Взяв их за основу, Кэтрин Соломон пошла дальше и доказала, что «направленная мысль» может воздействовать на что угодно — на рост растений, движение рыбок в аквариуме, деление клеток в чашке Петри, синхронизацию обособленных автоматизированных систем и химические реакции в организме. Разум влияет даже на образование кристаллических структур: когда Кэтрин думала о замораживаемой воде с любовью, у нее получались идеально симметричные кристаллы дивной красоты. И наоборот — дурные мысли создавали искривленные, хаотичные формы.

«Человеческая мысль воздействует на материальный мир».

Кэтрин проводила все более смелые эксперименты, и результаты не переставали поражать. Лабораторные опыты показали, что «победа разума над материей» не просто очередная оккультная мантра XXI века. Разум способен менять состояние вещества и, что еще важнее, имеет направляющую силу.

«Человек — хозяин вселенной».

Кэтрин установила, что частицы на субатомном уровне появляются и исчезают по одному ее желанию их наблюдать. То есть само намерение увидеть частицу создает частицу. Несколько десятилетий назад на это намекал Гейзенберг, а теперь этот принцип лег в основу ноэтики. Как писала Линн Мактаггарт, «живое сознание есть фактор, превращающий вероятность чего-либо в нечто реально существующее. Самый важный ингредиент для создания вселенной — это сознание того, кто ее наблюдает».

Однако больше всего поражал другой вывод: оказалось, что способность разума влиять на окружающий мир можно *развить*. Это приобретаемый навык. Подобно медитации, овладение истинной «силой мысли» требовало тренировки. Мало того, у некоторых эта способность при рождении была развита лучше, чем у других, однако истинными мастерами становились единицы. «Вот она — недостающая связь между современной наукой и древним мистицизмом». Кэтрин узнала это от своего брата... Тревога за Питера не отступала. Кэтрин подошла к двери в библиотеку и заглянула внутрь. Никого.

Библиотека представляла собой небольшую комнатку: два кресла, деревянный стол, два напольных торшера и во всю стену — стеллаж красного дерева, вмещавший полтысячи томов. Кэтрин и Питер собрали здесь любимые труды, сочинения обо всем на свете — от физики элементарных частиц до древнего мистицизма. Их коллекция представляла собой эклектичную смесь нового и старого, передового и исторического. Книги Кэтрин носили названия вроде «Квантовое сознание», «Новая физика» и «Принципы нейробиологии». Питер же приносил книги с эзотерическими заголовками вроде: «Кибалион», «Зогар», «Танцующие мастера У-ли» и переводы шумерских глиняных табличек из Британского музея.

— Ключ к будущему нашей науки, — говаривал брат, — лежит в прошлом.

Всю жизнь изучая историю, науку и мистицизм, Питер всячески поддерживал желание сестры дополнить университетское образование основами герметической философии. К девятнадцати годам Кэтрин заинтересовала связь между современной наукой и древними сакральными знаниями.

— Скажи мне, Кэт, — однажды спросил ее Питер, когда она приехала домой на каникулы, — какую литературу по теоретической физике йельские второкурсники должны прочесть за лето?

Кэтрин огласила длинный список.

— Впечатляет. Эйнштейн, Бор и Хокинг — гении современной физики. Но разве вас не просили ознакомиться с учениями... более ранними?

Кэтрин задумалась.

— Ньютона, что ли?

Питер улыбнулся:

— Еще более ранними.

В двадцать семь лет ее брат уже сделал себе имя в научных кругах, и они с Кэтрин частенько развлекались подобными интеллектуальными дуэлями.

«Что-то до Ньютона?» Кэтрин вспомнились мудрецы древности вроде Птолемея, Пифагора и Гермеса Трисмегиста. «Да ведь сейчас их никто не читает!»

Брат провел пальцем по длинному ряду пыльных томов в потрескавшихся кожаных переплетах.

— Наши предки обладали поразительными научными знаниями... современная физика только начинает их постигать.

— Питер, — сказала Кэтрин, — ты уже говорил, что египтяне задолго до Ньютона знали все о блоках и рычагах, а первые алхимики работали согласно принципам современной химии, но что с того? Сегодня мы имеем дело с такими понятиями, какие и не снились мудрецам древности!

— Например?

— Ну... взять хоть квантовую сцепленность! Субатомные исследования показали, что вся материя взаимосвязана... сцеплена в единую сеть... нечто вроде вселенской первоосновы. Хочешь сказать, древние сидели и обсуждали теорию сцепленности?

— Именно! — воскликнул Питер, откинув со лба длинную темную прядь. — Сцепленность лежала в основе первобытных верований. Эти слова стары как мир: дхармакая, дао, брахман... Первой духовной миссией человека было постичь свою сцепленность, почувствовать взаимосвязь со всем сущим. Он всегда хотел стать единым со вселенной... добиться единения, или at-one-ment[1]. — Питер приподнял брови. — Иудеи и христиане по сей день стремятся к atonement, искуплению грехов... но большинство из нас забыли, что на самом деле мы ищем at-one-ment.

Кэтрин вздохнула. Трудно спорить с человеком, хорошо подкованным в истории.

— Ладно, но это все общие места. Я же говорю о конкретных физических понятиях.

— Продолжай... — Взглядом Питер бросал ей вызов.

[1] Atonement — расплата, искупление. One — один, единый (*англ.*). — *Здесь и далее примеч. пер.*

— К примеру, возьмем самое простое — полярность, баланс положительного и отрицательного на субатомном уровне. Очевидно, что древние не могли...

— Стоп! — Брат снял с полки увесистый пыльный том и бухнул его на стол. — Современная полярность — не что иное, как «двойственность» мира, более двух тысяч лет назад описанная Кришной в «Бхагавад гите». Десятки других книг, включая «Кибалион», говорят о двойных системах и противоборствующих силах природы.

Кэтрин недоверчиво посмотрела на брата.

— Да, но если говорить о современных открытиях в квантовой физике — о принципе неопределенности Гейзенберга, к примеру...

— ...то нужно непременно заглянуть сюда. — Питер взял с полки другой фолиант. — Вот, священные индуистские писания, или упанишады. — Он с грохотом опустил второй том на первый. — С помощью этих текстов Гейзенберг и Шрёдингер смогли точнее сформулировать свои теории.

Дуэль длилась несколько минут, и стопка книг на столе все росла. Наконец Кэтрин всплеснула руками:

— Ладно, ладно! Ты прав, но я хочу изучать передовую теоретическую физику. Будущее науки! Едва ли Кришне и Вьясе было что сказать о теории суперструн и многомерных космологических моделях.

— Верно, не было. — Питер умолк, и его губы растянулись в улыбке. — О теории суперструн можно прочитать здесь. — Он вновь подошел к стеллажу, вынул огромный том и бухнул его на стол. — Средневековый арамейский текст, переведенный в тринадцатом веке.

— Теория суперструн в Средневековье?! Да брось! — Кэтрин и не думала верить брату.

Теория суперструн представляет собой новейшую космологическую модель. На основании последних научных наблюдений предполагается, что многомерная вселенная состоит не из трех, а из десяти измерений, взаимодействующих друг с другом подобно вибрирующим струнам — как струны скрипки.

Кэтрин подождала, пока брат откроет книгу, быстро пробежит глазами узорное оглавление и найдет нужное место.

— Прочти. — Он показал ей выцветшую страницу с текстом и чертежами.

Кэтрин покорно взялась за чтение. Перевод был старый и трудночитаемый, но, к вящему удивлению Кэтрин, текст и рисунки явно описывали точно такую же космологическую модель, какой ее рисовала теория суперструн — десятимерную вселенную из резонирующих струн. Прочитав еще немного, Кэтрин потрясенно воскликнула:

— Господи, здесь даже описано, что шесть из всех этих измерений связаны между собой и действуют как одно! — Она попятилась. — Что это за книга?!

Брат широко улыбнулся:

— Надеюсь, однажды ты ее прочтешь.

На обложке витиеватым шрифтом были выписаны слова: «Книга Зогар».

Кэтрин никогда ее не читала, но знала, что это важнейший трактат раннего еврейского мистицизма. По мнению древних, книга обладала такой силой, что читать ее могли лишь самые просвещенные раввины.

Кэтрин уставилась на фолиант.

— То есть первые мистики знали, что мир состоит из десяти измерений?

— Конечно. — Питер указал ей на десять связанных между собой кругов, называемых сфиротами. — Названия эзотерические, но физика более чем современная.

Кэтрин не знала, что и думать.

— Тогда... почему люди не изучают «Зогар»?

Питер усмехнулся:

— Будут, вот увидишь.

— Не понимаю.

— Кэтрин, мы с тобой родились в чудесное время. Грядут великие перемены. Люди стоят на пороге нового века, когда они вновь обратят свои взоры к природе и древним знаниям... идеям «Зогара» и других писаний со всего света. Истина обладает силой притяжения, влечет к себе людей. Настанет день, когда современная наука всерьез примется за изучение древней мудрости... и в этот день человечество найдет первые ответы на важные вопросы, которые прежде от него ускользали.

Вечером Кэтрин с жадностью приступила к чтению старинных текстов и вскоре поняла, что брат прав: древние обладали глубокими научными познаниями. Современная наука не столько «открывала», сколько «находила заново». Казалось, однажды люди смогли ухватить суть вселенной... но потом забыли об этом. «Современная физика поможет нам вспомнить!» — подумала тогда Кэтрин и превратила эту задачу в дело своей жизни: используя передовые технологии, вновь обрести утраченную мудрость древних. Кэтрин гнал вперед не только научный пыл; она была твердо убеждена, что сегодня человечеству необходимы эти знания... как никогда.

На вешалке у дальней стены лаборатории виднелись белые халаты — Питера и ее собственный. Кэтрин машинально достала из кармана мобильный и проверила, нет ли новых сообщений. Пусто. В голове опять зазвучал мужской голос: «То, что, по мнению вашего брата, спрятано в Вашингтоне... Это можно найти. Порой легенда, выдержавшая испытание временем... выдерживает его не случайно».

— Нет, — сказала Кэтрин. — Не может быть.

Порой легенда — это просто легенда.

Глава 16

Начальник полиции Капитолия Трент Андерсон помчался к Ротонде. Его ребята опять дали маху — в нише рядом с восточной галереей один из охранников нашел повязку и армейскую куртку.

«Преступник спокойно вышел на улицу!»

Андерсон отдал распоряжение о просмотре записей наружных камер видеонаблюдения, но пока служба безопасности что-нибудь найдет, злоумышленник успеет скрыться.

Теперь, войдя в Ротонду для оценки ущерба, Андерсон увидел, что его люди взяли ситуацию под контроль. Все четыре входа в зал были перекрыты самым неприметным из имевшихся у службы безопасности способом: бархатный канат, рядом охранник с виноватым лицом и табличка с надписью «В зале идет уборка». Всех свидетелей согнали в восточную часть Ротонды — охранники собирали у них мобильные и фотоаппараты. Не хватало еще, чтобы кто-нибудь отправил снимок с камеры телефона в Си-эн-эн.

Один из свидетелей — высокий темноволосый мужчина в твидовом пиджаке — тщетно пытался прорваться к начальнику службы безопасности и в данный момент оживленно спорил с охранниками.

— Сейчас я с ним поговорю, — сказал им Андерсон. — А пока не выпускайте никого из главного вестибюля.

Он вновь посмотрел на ампутированную кисть, торчавшую посреди зала. Господи! За пятнадцать лет службы в полиции Капитолия Андерсон всякого насмотрелся, но подобное видел впервые.

«Скорей бы криминалисты приехали и унесли эту дрянь из моего здания».

Андерсон подошел ближе и увидел окровавленное запястье, насаженное на деревянное основание. «Дерево и плоть, — подумал он. — Потому детекторы ничего и не обнаружили». Единственным металлическим предметом был массивный золотой перстень — вероятно, преступник выдал его за свой.

Андерсон присел на корточки и внимательно осмотрел руку. Она принадлежала человеку лет шестидесяти; перстень-печатка с двуглавой птицей и числом 33. И то и другое Андерсон видел впервые. Впрочем, больше всего в глаза бросались татуировки на подушечках пальцев.

«Фантазер проклятый!»

— Шеф? — К нему подбежал охранник с телефонной трубкой. — Вам только что поступил личный звонок.

Андерсон посмотрел на него как на сумасшедшего.

— Я вообще-то делом занят.

Охранник побледнел. Он прикрыл трубку рукой и прошептал:

— Это из ЦРУ.

Андерсон оцепенел.

«Они уже в курсе?!»

— Из Службы безопасности, — добавил охранник.

«Вот черт!» — подумал Андерсон и покосился на телефонную трубку.

В бескрайнем океане вашингтонских разведывательных служб Служба безопасности ЦРУ была чем-то вроде Бермудского треугольника — таинственная и опасная область, от которой все старались держаться подальше. Наделенная саморазрушающими на первый взгляд полномочиями, СБ ЦРУ была создана с единственной и более чем странной целью — шпионить за самим ЦРУ. Подобно могущественному органу внутренних дел, она проверяла своих же сотрудников на предмет всевозможных нарушений: финансовых злоупотреблений, продажи тайн, кражи секретных технологий, использования запрещенных методов допроса.

«Шпионят за шпионами», — подумал Андерсон.

СБ имела карт-бланш во всех делах, касающихся национальной безопасности. Андерсон не представлял, чем случившееся могло заинтересовать СБ и как там столь быстро об этом пронюхали. Впрочем, говорят, глаза у них повсюду. Как знать, вдруг на их мониторы идет прямая трансляция со всех камер Капитолия? И хотя инцидент не попадал в сферу деятельности СБ ЦРУ, звонок поступил в такое время, что мог касаться только отрезанной руки.

— Шеф? — Охранник протягивал ему трубку, точно это была горячая картошка. — Звонок надо принять сейчас. Это... — Он умолк и одними губами произнес: — С-а-т-о.

Андерсон прищурился.

«Бред... — У него вспотели ладони. — Сато собственной персоной?»

О главе СБ ЦРУ — директоре Иноуэ Сато — ходили легенды. Детство, проведенное в калифорнийском лагере для интернированных японцев (сразу после Перл-Харбора), закалило Сато и показало, какими последствиями чреваты промахи военной разведки. Теперь одна из самых высоких должностей в разведывательном управлении требовала от Сато не только несгибаемого патриотизма, но и беспощадности к любому, кто посмеет выступить против. Как Левиафана, скрывающегося в глубине вод, директора СБ видели редко, но неизменно боялись.

Трент Андерсон встречался с Сато лишь однажды. Вспомнив раскосые черные глаза, он невольно возблагодарил Бога за то, что разговор предстоит телефонный.

Андерсон поднес трубку к уху.

— Директор Сато! — как можно дружелюбнее пролепетал он. — Это начальник полиции Капитолия Андерсон. Чем могу...

— В вашем здании находится человек, с которым мне надо поговорить. Прямо сейчас. — Андерсон узнал бы этот голос из тысячи: словно по классной доске царапали камнем. Операция по удалению раковой опухоли из гортани не прошла бесследно: у Сато был ужасный голос и отвратительный шрам на шее в придачу. — Найдите его.

«Всего-навсего найти человека?»

У Андерсона вдруг проснулась надежда, что это действительно совпадение.

— Кто именно вам нужен?

— Роберт Лэнгдон. Он сейчас должен быть в вашем здании.

Лэнгдон? Фамилия показалась Андерсону знакомой, но он так и не вспомнил откуда. Интересно, Сато знает о руке?

— Я сейчас в Ротонде, здесь туристы... Погодите. — Андерсон опустил трубку и крикнул: — Тут есть кто-нибудь по фамилии Лэнгдон?

Через несколько секунд из толпы раздался мужской голос:

— Да, я — Роберт Лэнгдон.

«Сато знает все».

Андерсон взглянул на отозвавшегося: вид у того был взбудораженный... и отчего-то смутно знакомый.

— Да, мистер Лэнгдон здесь, — сказал Андерсон в трубку.

— Давайте его, — прохрипела Сато.

Андерсон облегченно выдохнул и махнул Лэнгдону.

«Лучше его, чем меня».

И тут начальник полиции вспомнил, где встречал эту фамилию.

«Я же недавно читал о нем статью! Что он тут делает?»

Несмотря на внушительный рост в шесть футов и спортивное телосложение, Лэнгдон не очень-то походил на человека, пережившего катастрофу в Ватикане и облаву в Париже. Он скрылся от французской полиции... в мокасинах?! Ну уж нет, такого скорее встретишь с томиком Достоевского у камелька в библиотеке, где-нибудь в Гарварде или в Принстоне.

— Мистер Лэнгдон? Я начальник полиции Капитолия Трент Андерсон. Вас просят к телефону.

— Меня?! — удивился Роберт.

Андерсон протянул ему трубку.

— Это из Службы безопасности ЦРУ.

— Первый раз слышу.

Начальник полиции недобро улыбнулся:

— Зато они о вас слышали.

Лэнгдон поднес трубку к уху.

— Алло.

— Роберт Лэнгдон? — Хриплый голос директора Сато был таким громким, что Андерсон все слышал, но на всякий случай подошел ближе.

— Да.

— С вами говорит директор Иноуэ Сато, мистер Лэнгдон. В данный момент я пытаюсь урегулировать чрезвычайную ситуацию и надеюсь, что у вас есть необходимые мне сведения.

— Это насчет Питера Соломона? — с надеждой спросил Лэнгдон. — Вы знаете, где он?

«Какой еще Питер Соломон?» — мысленно удивился Андерсон.

— Профессор, сейчас я задаю вопросы.

— Питер Соломон попал в беду! — воскликнул Лэнгдон. — Какой-то ненормальный...

— Извините, — осадила его скрипучим голосом Сато.

Андерсон съежился.

«Это ты зря... А я-то думал, ты не дурак».

Перебить высокопоставленного начальника из ЦРУ во время допроса мог только гражданский.

— Слушайте меня внимательно. Пока мы с вами говорим, над нашей страной сгущается опасность. Мне сказали, что вы располагаете некой информацией, которая поможет избежать катастрофы. Спрашиваю еще раз: что вам известно?

Лэнгдон растерялся:

— Директор Сато, я понятия не имею, о чем вы говорите. Я только хочу найти Питера и...

— Понятия не имеете? — вырвалось у Сато.

Лэнгдон начал терять терпение и ответил более агрессивным тоном:

— Вот именно, сэр. Совершенно не представляю!

Андерсон скривился.

«Дурень, дурень!»

Роберт Лэнгдон только что допустил очень серьезную ошибку в общении с директором Сато.

Впрочем, было уже поздно. В противоположном конце Ротонды возник силуэт директора СБ ЦРУ.

«Сато в Капитолии!»

Начальник полиции затаил дыхание и приготовился к самому плохому.

«А Лэнгдону и невдомек...»

Сато приближалась к профессору сзади: телефон у уха, черные глаза подобно лазерам сверлили спину Лэнгдона.

* * *

Профессор отчаянно вцепился в трубку, не понимая, что от него требуется.

— Простите, сэр, — сухо проговорил он, — но я не умею читать мысли. Что вам от меня надо?

— Что мне надо? — проскрежетал в трубке голос директора — хриплый и глухой, как у старика с ангиной.

Кто-то похлопал Лэнгдона по плечу. Он обернулся, опустил глаза... и увидел миниатюрную японку: озлобленное лицо, нездоровая кожа, редеющие волосы, желтые от табака зубы и страшный белый шрам во всю шею. Узловатой рукой женщина прижимала к уху телефон. Лэнгдон услышал в трубке хриплый голос:

— Что мне надо, профессор? — Она спокойно захлопнула телефон и уставилась на Лэнгдона. — Для начала перестаньте называть меня «сэр».

Лэнгдон потрясенно воззрился на Сато:

— Мэм... примите мои извинения. Связь здесь плохая, и...

— Связь нормальная, профессор, — осадила его Сато. — А вот вранья я не потерплю.

Глава 17

Директор Иноуэ Сато была кошмарным созданием: худющая свирепая бестия ростом с большую куклу — четыре фута десять дюймов, — с кожей, похожей на покрытый лишайником гранит: директор страдала витилиго, нарушением пигментации. Мятый синий костюм висел на ней как на вешалке, а расстегнутый воротник ничуть не скрывал жуткого шрама во всю шею. Сослуживцы шутили, что забота Сато о своем внешнем виде проявлялась лишь в регулярном выщипывании густых усов.

Иноуэ Сато возглавляла Службу безопасности ЦРУ больше десяти лет. Комбинация необычайного интеллекта и поразительно тонкой интуиции придавала ей такую самонадеянность, что любой, кто не умел творить чудеса, в ее присутствии поджимал хвост. Даже рак гортани не вышиб Сато из седла. Битва с болезнью стоила ей месяца отсутствия на службе, половины голосового аппарата и трети от общей массы тела, но в офис она вернулась как ни в чем не бывало.

Иноуэ Сато была непобедима.

Роберт Лэнгдон предположил, что не он первый принял ее голос за мужской, однако директор попрежнему буравила его злым взглядом.

— Еще раз прошу меня простить, мэм, — сказал Лэнгдон. — Я еще не разобрался, что к чему. Меня заманил в Вашингтон какой-то человек, якобы похитивший Питера Соломона. — Он достал из кармана факс. — Вот что мне прислали утром. Я записал номер самолета, на котором летел. Если позвонить в федеральное управление авиации, можно выйти на хозяина...

Сато выхватила у Лэнгдона листок и, не читая, сунула в карман.

— Профессор, это расследование веду я, поэтому прошу вас молчать, если не спрашивают.

Сато развернулась к начальнику полиции.

— Андерсон, — сказала она, сверля его крошечными черными глазками, — объясните мне, что здесь происходит. Охранник у восточных ворот сказал, что вы нашли на полу ампутированную кисть руки. Это правда?

Андерсон отступил и показал директору Сато обнаруженный предмет.

— Да, мэм, буквально несколько минут назад.

Она посмотрела на руку как на ненужную тряпку.

— Почему вы не доложили об этом, когда я позвонила?

— Я... думал, вы в курсе.

— Не лгите.

Андерсон сник под ее взглядом, но его голос прозвучал уверенно:

— Мэм, все под контролем.

— Сомневаюсь, — столь же уверенно возразила Сато.

— Криминалисты уже едут. Преступник мог оставить отпечатки пальцев.

Сато недоверчиво поджала губы.

— Раз ему хватило ума пройти мимо вашей охраны, спрятав человеческую руку, то вряд ли он оставил отпечатки.

— Да, но я обязан провести расследование.

— Я освобождаю вас от этой обязанности и беру ее на себя.

Андерсон оцепенел.

— Разве это прерогатива СБ?

— Конечно. Под угрозой национальная безопасность.

«Рука Питера и национальная безопасность?» — подумал Лэнгдон, ошарашенно следя за их разговором. Он понял, что его главная цель — найти Питера — не совпадает с целью Сато. Директора СБ ЦРУ заботило совсем другое.

Андерсон тоже растерялся.

— Национальная безопасность, говорите? При всем уважении, мэм...

— Насколько мне известно, — перебила его Сато, — я выше вас по званию. Предлагаю вам делать то, что велено, — и без лишних вопросов.

Андерсон кивнул и судорожно сглотнул.

— Хорошо, но не стоит ли снять отпечатки хотя бы с самой руки — подтвердить, что это рука Питера Соломона?

— Я это подтверждаю, — вмешался Лэнгдон, чувствуя тошнотворную уверенность в своей правоте. — Я узнаю перстень... и руку. — Он умолк. — А вот татуировок раньше не было. Полагаю, их накололи недавно.

— Что? — Впервые с минуты своего прибытия Сато выглядела растерянной. — Рука татуирована?

Лэнгдон кивнул:

— На большом пальце венец, на указательном — звезда.

Сато вынула из кармана очки и, точно акула, стала кругами приближаться к руке.

— Хотя подушечки остальных пальцев не видны, — добавил Лэнгдон, — на них тоже есть изображения.

Директор СБ подозвала к себе начальника полиции Капитолия:

— Андерсон, посмотрите.

Он осторожно опустился на колени рядом с рукой и приник щекой к полу, заглядывая под прижатые к ладони пальцы.

— Он прав, мэм. На всех пальцах имеются татуировки, но я не вижу...

— Солнце, фонарь и ключ, — выдавил Лэнгдон.

Сато окинула его оценивающим взглядом.

— И откуда вам это известно?

Лэнгдон бросил на нее ответный взгляд.

— Изображение человеческой руки с отметками на кончиках пальцев — очень древний символ. Его называют «Рука мистерий».

Андерсон поднялся на ноги.

— У этой штуки есть название?!

Лэнгдон кивнул:

— Да, это один из самых тайных знаков древности.

Сато вскинула голову.

— Тогда позвольте спросить, что он делает посреди Капитолия?

«Кошмар продолжается...» — подумал Лэнгдон.

— По традиции, мэм, это приглашение.

— Приглашение... куда? — вопросила директор СБ.

Лэнгдон еще раз взглянул на татуированные символы.

— Вот уже много веков Рука мистерий служит своеобразной повесткой. По сути, это приглашение узнать тайную мудрость, известную лишь избранным.

Сато скрестила на груди тощие руки и черными как уголь глазами впилась в Лэнгдона.

— Что ж, профессор, для человека, который якобы понятия не имеет, зачем он тут... вы неплохо справляетесь.

Глава 18

Кэтрин Соломон накинула белый халат и начала свой обычный «обход», как называл это Питер. Словно заботливая мать, проверяющая, уснул ли ребенок, она заглянула в технический отсек: водородная энергетическая установка спокойно работала, на подставках покоились запасные резервуары.

Кэтрин прошла по коридору в хранилище данных. В кондиционируемой камере безмятежно гудели два резервных голографических накопителя. «Вся моя работа», — подумала Кэтрин, глядя на них сквозь трехдюймовое ударопрочное стекло. Голографические накопители (в отличие от своих предшественников размером с холодильник) больше походили на две аудиоколонки — каждая на своем пьедестале. Они содержали одинаковую информацию и постоянно синхронизировались. Как правило, такую систему резервного хранения данных рекомендуют устанавливать вне рабочего места — на случай землетрясения, пожара или кражи, — однако Кэтрин и Питер сошлись на том, что секретность превыше всего. За пределами этих стен информация могла попасть в чужие руки.

Убедившись, что все функционирует как надо, Кэтрин вернулась к началу коридора и вдруг увидела нечто странное: в противоположном конце лаборатории что-то светилось. Она поспешила туда и с удивлением заметила сияние, исходившее из-за плексигласовой стены аппаратной комнаты.

«Он здесь!»

Кэтрин подлетела к двери и распахнула ее.

— Питер! — крикнула она, вбегая в аппаратную.

Сидевшая за терминалом пухленькая женщина резко подскочила.

— Господи, Кэтрин! Вы меня напугали!

Триш Данн — единственная, кому позволяли здесь находиться, — была специалистом по анализу метасистем и редко работала по выходным.

Перед выходом на работу двадцатишестилетняя рыжеволосая девушка подписала документ о неразглашении, достойный КГБ. Сегодня она анализировала данные, сидя перед плазменной стеной — огромным плоским монитором, который будто бы привезли из центра управления полетами НАСА.

— Простите, — сказала Триш, — я не знала, что вы так рано. Думала закончить до вашего с Питером приезда.

— Вы с ним говорили? Он опаздывает и не берет трубку.

Триш покачала головой:

— Наверное, еще не разобрался с новым айфоном.

«Хорошо, хоть кто-то из нас еще может шутить».

Тут Кэтрин на ум пришла новая мысль.

— Вообще-то хорошо, что вы здесь. Поможете мне в одном деле?

— Видно, это поважнее футбола.

Кэтрин сделала глубокий вдох.

— Не знаю, как это объяснить, но сегодня днем мне рассказали странную историю...

Эта история явно выбила Кэтрин из колеи. В обычно спокойных серых глазах читалась тревога, и она уже трижды заправила волосы за уши — «тревожный маячок», как говорила Триш.

«Блестящий ученый и никудышный игрок в покер».

— По мне, так это скорее вымысел, древняя легенда... — продолжала Кэтрин. — И все же... — Она опять убрала прядь за ухо.

— И все же?

Вздох.

— И все же сегодня из надежного источника я узнала, что это правда.

— Та-ак...

«Ну и куда же мы клоним?» — подумала Триш.

— Я хочу поговорить об этом с Питером, но сначала попрошу вас о помощи. Мне интересно, не упоминается ли эта легенда где-нибудь в мировой истории.

— Во всей истории человечества?

Кэтрин кивнула:

— Да, в любой стране, на любом языке, в любое время.

«Странная просьба, — подумала Триш, — впрочем, выполнимая». Десять лет назад это было невозможно, но сегодня благодаря Интернету и непрекращающейся оцифровке материалов крупнейших библиотек и музеев выполнить просьбу Кэтрин не составляло большого труда: хватило бы сравнительно простой поисковой системы, множества переводящих модулей и нескольких тщательно подобранных ключевых слов.

— Запросто! — ответила Триш.

Для некоторых исследований Кэтрин требовались отрывки из древних писаний, поэтому Триш частенько разрабатывала для сканера специальные модули, способные переводить тексты с неизвестных языков на английский. Должно быть, Триш была единственным специалистом по метасистемам, писавшим программы-переводчики с оптическим распознаванием символов древнефризского, когурё или аккадского.

Эти модули несомненно бы пригодились, однако для создания эффективного «паука» важнее всего было подобрать ключевые слова.

«Запрос должен быть уникальным, но не чересчур строгим».

Кэтрин опередила Триш и уже записывала на листок возможные фразы. Немного подумав, она добавила еще несколько слов и протянула листок Триш:

— Вот.

Та ознакомилась со списком и удивленно распахнула глаза. Безумие какое-то, а не легенда!

— Надо найти все эти фразы?! — Одно слово Триш вообще видела впервые. Это хоть английский? — Они должны встречаться в одном документе? Так и ввести, дословно?

— Давайте попробуем.

Триш воскликнула бы «Невозможно!», однако пользоваться этим словом в лаборатории строго воспрещалось: Кэтрин считала, что его опасно произносить там, где априори ложные представления подчас оказывались истинной правдой. Однако Триш Данн сомневалась, что поиск по ключевым фразам попадет в эту категорию.

— Сколько вам нужно времени? — спросила Кэтрин.

— Несколько минут на написание и запуск «паука». А потом минут пятнадцать на поиски.

— Всего-то? — удивилась Кэтрин.

Триш кивнула. Обычной поисковой машине потребовался бы целый день, чтобы прошерстить всю интернет-вселенную, найти новые документы, переварить и добавить в поисковую базу их содержание, но Триш решила написать совсем другого поискового «паука».

— Программа называется «Делегатор», — объяснила она Кэтрин. — Это не совсем законно, зато быстро. По сути, она приказывает другим поисковым машинам делать за нее всю работу. У большинства баз данных — библиотек, музеев, университетов, правительственных организаций — есть свои поисковики. Мой «паук» найдет их, введет ключевые фразы и попросит выполнить поиск. Таким образом, на нас будут работать тысячи поисковых машин одновременно.

Кэтрин восхищенно кивнула:

— Параллельная обработка данных.

«Тоже своего рода метасистема».

— Я позову вас, если что-нибудь найду.

— Спасибо огромное, Триш. — Кэтрин похлопала ее по плечу и направилась к двери. — Я в библиотеке.

Триш начала писать программу. Создать поискового «паука» было для нее плевым делом, но она не брезговала даже такой работой. Иногда Триш по-прежнему не верила своему счастью — подумать только, работать на Кэтрин Соломон! Для своей начальницы она сделала бы что угодно.

«Ты прошла долгий путь, детка».

Чуть больше года назад Триш ушла из крупной компьютерной корпорации, где работала специалистом по анализу метасистем и чувствовала себя обычным офисным планктоном. В свободное время она выполняла частные заказы и вела блог «Перспективы применения компьютерного анализа метасистем», хотя вряд ли его кто-нибудь читал. Однажды вечером в ее квартире раздался звонок.

— Триш Данн? — вежливо осведомилась незнакомая женщина.

— Да, с кем я говорю?

— Меня зовут Кэтрин Соломон.

Триш чуть не свалилась со стула. Сама Кэтрин Соломон?!

— Я только что прочитала вашу книгу «Ноэтика: современный подход к древней мудрости» и написала об этом в блоге!

— Да, знаю, — благосклонно ответила собеседница, — потому и звоню.

«Ну конечно...» — подумала Триш, чувствуя себя полной дурой. Даже выдающимся ученым не зазорно почитать о себе в Интернете.

— Ваш блог меня заинтриговал, — сказала Кэтрин. — Я и не знала, что моделирование метасистем так далеко продвинулось.

— Да, мэм, — оторопев, выдавила Триш. — Модели данных — стремительно развивающаяся технология с широкими возможностями применения...

Несколько минут они беседовали о работе Триш, обсуждали ее опыт в анализе, моделировании и прогнозировании роста информационных полей.

— Конечно, ваша книга мне не по зубам, — сказала Триш, — но даже я смогла увидеть, что области наших исследований пересекаются.

— В вашем блоге говорится, что моделирование метасистем может преобразить ноэтику?

— Именно. По-моему, метасистемы в состоянии сделать ноэтику настоящей наукой.

— Настоящей, говорите? — строго переспросила Кэтрин. — А сейчас она какая?

«Черт, вот ляпнула!»

— Э-э, я к тому, что сейчас ноэтика представляется мне скорее... эзотерической.

Кэтрин рассмеялась:

— Не бойтесь, я пошутила. Мне не привыкать к таким комментариям.

«Еще бы», — подумала Триш. Даже Калифорнийский институт ноэтических наук описывал эту область в малопонятных и невразумительных выражениях, называя ноэтику изучением «прямого и непосредственного доступа к знаниям, недоступным нашему разуму и обычным чувствам».

Само слово «ноэтика», как выяснила Триш, происходило от греческого «nous» — «душа, внутреннее знание».

— Словом, меня заинтересовали ваши разработки в области метасистем, — подытожила Кэтрин, — и перспективы их использования в моем проекте. Предлагаю встретиться, если вы не против. Я была бы очень признательна вам за консультацию.

«Кэтрин Соломон хочет проконсультироваться у меня?! А завтра Мария Шарапова спросит, как лучше держать ракетку...»

На следующий день к дому Триш подъехал белый «вольво». Из него вышла приятная хрупкая женщина в синих джинсах. Триш тут же почувствовала себя карлицей.

«Умная, богатая и стройная — где справедливость?»

Но скромность и простота Кэтрин быстро обезоружили Триш. Женщины устроились на веранде, с которой открывался чудесный вид.

— Потрясающе! — восхитилась Кэтрин.

— Спасибо. Мне повезло, еще в университете я написала одну программу и вовремя ее запатентовала.

— Программу для работы с метасистемами?

— Скорее, с их предшественником. После 11 сентября правительство перехватывало и анализировало огромные потоки информации — переписку частных лиц, звонки по мобильным телефонам, факсы, тексты, сайты... Все, посредством чего могли общаться террористы. И я написала программу, которая позволяла использовать эту информацию другим способом... как источник дополнительных разведданных. — Триш улыбнулась. — В общем, моя программа позволила измерить температуру нации.

— То есть?

Триш рассмеялась:

— Знаю, звучит дико, но программа, в сущности, измеряла эмоциональный накал Америки, служила своеобразным барометром коллективного сознания.

Триш объяснила, как судить о «настроении» страны по ее информационному полю, основываясь на повторяемости определенных ключевых слов и эмоциональных индикаторов. В спокойные времена язык эмоциональностью не отличается, в напряженные — наоборот. В случае террористических актов правительство может измерять перемены в американской «психике» и вводить президента в курс дела.

— Невероятно, — сказала Кэтрин, поглаживая подбородок. — То есть, по сути, вы исследуете все население страны... как единый организм.

— Точно. Как метасистему — единое образование, определяемое суммой компонентов. Человеческое тело, например, состоит из миллионов клеток, у каждой разные свойства и задачи, но все вместе они образуют единый организм.

Кэтрин оживленно закивала:

— Косяк рыб, птичья стая... Все особи двигаются как один. Мы называем это конвергенцией, или сцепленностью.

Триш почувствовала, что ее знаменитая гостья начинает понимать, как использовать метасистемы в своих исследованиях.

— Моя программа, — продолжила Триш, — была призвана помочь правительственным организациям лучше справляться с национальными бедствиями — пандемиями, терроризмом, природными катаклизмами. — Она помолчала. — Конечно, всегда есть риск, что этой информацией воспользуются для дурных целей: к примеру, можно сделать «снимок» общественных настроений и предсказать результаты выборов или состояние фондового рынка на момент открытия биржи...

— Впечатляет.

Триш указала на огромный особняк:

— Да, правительство тоже так подумало.

Серые глаза Кэтрин сосредоточились на ее лице.

— Триш, а как же нравственная дилемма?

— В смысле?

— Вы создали программу, которой могут злоупотребить. Ее владельцы имеют доступ к секретной информации. Вас не мучили сомнения?

Триш даже не моргнула.

— Нет, нисколько. Моя программа ничем не отличается от... ну, скажем, от летного тренажера: одни учатся пилотировать самолеты, чтобы оказывать первую помощь жителям развивающихся стран, а другие — чтобы врезаться в небоскребы. Знание — это инструмент, который можно использовать как во благо, так и во зло.

Кэтрин с одобрительным видом откинулась на спинку скамейки.

— Тогда позвольте задать вам гипотетический вопрос.

Триш вдруг почувствовала, что их разговор превратился в собеседование.

Кэтрин нагнулась, подняла с земли крошечную песчинку и показала ее Триш:

— Насколько я понимаю, суть ваших исследований в том, чтобы определить вес всего песка на пляже... взвесив одну-единственную песчинку.

— Да, в целом так.

— Как вы знаете, у этой песчинки есть масса, пусть даже очень незначительная...

Триш молча кивнула.

— Стало быть, она обладает и силой притяжения. Опять же, очень слабой, но все-таки.

— Верно.

— А теперь представьте, — сказала Кэтрин, — что триллионы таких песчинок собрали вместе и они образуют... скажем, луну. Тогда общей силы их притяжения хватит на то, чтобы вызывать приливы и отливы на нашей планете.

Триш не понимала, куда клонит Кэтрин, но то, что она слышала, ей нравилось.

— А теперь представьте, что у мысли... у любой, самой крошечной идеи, возникшей в вашем мозгу... есть масса. Что мысль материальна и имеет измеримую массу. Крошечную, разумеется, но тем не менее. Какие выводы можно сделать?

— Ну, если говорить гипотетически, то напрашивается очевидный вывод: раз у мысли есть масса, то она обладает силой притяжения и может притягивать предметы.

Кэтрин улыбнулась:

— Совершенно верно. Идем дальше: что, если тысячи людей сосредоточатся на одном и том же? Все эти мысли начнут сливаться в одну, и ее совокупная масса будет расти. А значит, будет расти и сила притяжения.

— И?

— То есть... если достаточное количество людей будет думать об одном и том же, сила притяжения этой мысли станет осязаемой... Превратится в реальную силу. — Кэтрин подмигнула. — И окажет ощутимое влияние на материальный мир.

Глава 19

Директор Иноуэ Сато буравила взглядом Лэнгдона и переваривала новую информацию.

— Преступник велел вам открыть древний портал? И что прикажете с этим делать, профессор?

Лэнгдон беспомощно пожал плечами. Его опять мутило, и он старался не смотреть на отрезанную руку друга.

— Именно так... Я должен открыть древний портал, спрятанный где-то в этом здании. Я ответил, что знать не знаю ни о каком портале.

— Тогда с чего он взял, что вы сумеете его найти?

— Ясно же, он спятил!

«Еще он сказал, что Питер укажет путь».

Лэнгдон посмотрел на вытянутый палец Питера и содрогнулся при мысли о садистской игре слов.

«Питер укажет путь».

Профессор уже посмотрел, куда указывал палец — на купол. Портал наверху? Безумие!

— О моем приезде в Вашингтон знал только один человек, — сказал Лэнгдон. — Тот, кто мне звонил. Стало быть, вас известил он же. Рекомендую...

— Мои источники — не ваше дело, — перебила его Сато. — В настоящий момент моя первейшая задача — сотрудничать с этим человеком, и вы единственный, кто может раздобыть для него желаемое.

— А моя первейшая задача — найти друга, — раздраженно ответил Лэнгдон.

Сато вздохнула, явно теряя терпение.

— Если мы хотим найти Питера Соломона, то у нас может быть только один план действий, профессор, — выполнить требования человека, которому известно его местонахождение. — Сато посмотрела на часы. — Время идет. Надо как можно скорее выполнить требование преступника.

— Что?! — изумленно спросил Лэнгдон. — Вы предлагаете найти и открыть древний портал? Нет никакого портала, директор Сато! Он ненормальный!

Она приблизилась к профессору вплотную.

— Позвольте заметить... сегодня утром ваш «ненормальный» ловко обманул двух относительно неглупых людей. — Она перевела взгляд с Лэнгдона на Андерсона. — Грань между безумием и гениальностью очень тонка. Рекомендую проявить немного уважения к этому человеку.

— Он отрезал руку моему другу!

— Вот именно. Вряд ли это поступок неуверенного в своих действиях человека. Больше того, профессор, он твердо убежден, что вы можете ему помочь. Он заманил вас в Вашингтон — для этого у него должна быть веская причина.

— Питер якобы сказал ему, что я могу открыть портал! Вот и вся причина, — возразил Лэнгдон.

— И зачем Питеру было лгать?

— Уверен, он ничего подобного не говорил. А если и сказал, то под давлением. Он был растерян... или напуган.

— Верно. Называется «допрос с пристрастием» — весьма эффективный метод, между прочим. Едва ли мистер Соломон стал бы лгать. — Сато говорила тоном человека, не понаслышке знающего о таких допросах. — Он объяснил, почему Питер назвал именно вас?

Лэнгдон покачал головой.

— Профессор, судя по вашей репутации, у вас с Питером много общих интересов — тайны, эзотерика, мистицизм и прочее. За время вашего знакомства он ни разу не говорил о каком-нибудь тайном вашингтонском портале?

Лэнгдон не мог поверить, что этот вопрос задает ему высокопоставленный сотрудник ЦРУ.

— Никогда. Мы с Питером беседовали о многих загадочных явлениях, но, поверьте, я бы посоветовал ему обратиться к врачу, упомяни он какой-нибудь древний портал. Тем более ведущий к Мистериям древности.

Сато насторожилась.

— Простите? Так этот человек уточнил, куда именно ведет портал?

— Да, хотя в этом не было нужды. — Лэнгдон указал на руку. — Рука мистерий — торжественное приглашение пройти сквозь мистические врата и познать древнюю мудрость, так называемые Мистерии древности... или утраченную мудрость всех времен.

— Значит, вы все-таки имеете представление о том, что за тайна здесь якобы скрыта.

— Эта «тайна» известна многим историкам.

— Тогда с чего вы взяли, что портал не существует?

— При всем уважении, мэм... Полагаю, вы слышали о Фонтане вечной молодости и о Шангри-ла, но это еще не значит, что они есть на самом деле.

Их перебил громкий треск андерсоновской рации.

— Шеф!

Андерсон рванул рацию с пояса.

— Слушаю.

— Сэр, мы обыскали всю территорию и не нашли никого, кто бы соответствовал описанию. Какие будут распоряжения?

Андерсон украдкой поглядел на Сато, ожидая упреков, но той словно было все равно. Он отошел от директора СБ и Лэнгдона, что-то тихо бормоча в рацию.

Сато не сводила глаз с профессора.

— Хотите сказать, тайна, сокрытая в Вашингтоне, — вымысел?

Лэнгдон кивнул:

— Очень старый миф. Легенда о Мистериях древности даже старше христианства, ей несколько тысяч лет.

— И о ней до сих пор помнят?

— Как и о многих других чудесах.

Лэнгдон частенько напоминал студентам, что в большинстве современных религий есть истории, не выдерживающие научной проверки: от Моисея, перед которым расступилось Красное море... до Джозефа Смита, при помощи волшебных очков переведшего Книгу Мормона с золотых пластин, найденных на севере штата Нью-Йорк.

«Широкое признание какой-либо идеи еще не говорит о ее реалистичности».

— Понятно. Ну и что собой представляют... эти Мистерии древности?

Лэнгдон вздохнул.

«Пара недель найдется?»

— Если коротко, Мистерии древности — это собрание тайных знаний, накопленных в давние времена. Здесь есть любопытный аспект: тайные знания якобы наделяют допущенных к ним сверхъестественной силой, дремлющей в человеке. Адепты давали клятву о неразглашении этой мудрости, поскольку она якобы обладает огромной силой и опасна для непосвященных.

— Почему?

— А почему мы прячем от детей спички? В умелых руках огонь дарит свет... в неумелых — несет разрушение.

Сато сняла очки и внимательно посмотрела на Лэнгдона.

— Как по-вашему, профессор, информация такой силы действительно существует?

Роберт не знал, как лучше ответить. Мистерии древности представляли собой величайший парадокс в области научных исследований Лэнгдона. Любой мистический культ основывается на идее, что существует некая тайная мудрость, способная наделить человека сверхъестественной, почти божественной, силой: к примеру, с помощью карт Таро и Книги перемен можно научиться предсказывать будущее, Философский камень якобы дарит бессмертие, действенные магические заклинания известны последователям Викки... Список продолжался до бесконечности.

Как исследователь, Лэнгдон не отрицал исторического наследия этих культов. Огромное количество документов и произведений искусства действительно указывало на существование некой тайной мудрости, скрытой в аллегориях, мифах и символах, дабы только посвященные могли воспользоваться ее силой. Но Лэнгдон — реалист и скептик — в это не верил.

— Вообще-то я скептик, — сказал он Сато. — Ни разу в жизни я не встречал подтверждений тому, что Мистерии древности не просто легенда и не повторяющийся мифологический архетип. Сдается, если бы люди действительно могли творить чудеса, на то были бы доказательства. Пока же история не предоставила нам ни одного человека со сверхъестественными способностями.

Сато приподняла брови.

— Тут я с вами не соглашусь.

Лэнгдон помедлил. В самом деле, для многих верующих такие люди-боги существовали, и самый известный из них — Иисус.

— Надо признать, немало образованных людей верит в чудотворную мудрость, но я не из их числа.

— А Питер Соломон? — спросила Сато, покосившись на отрезанную руку. Лэнгдон этого сделать не смог.

— Соломоны всегда питали страсть ко всему древнему и таинственному.

— Это значит «да»?

— Уверяю вас, даже если Питер Соломон верит в существование Мистерий древности, он вряд ли считает, что к ним ведет некий древний портал. В отличие от своего похитителя Питер знает толк в метафорах и символизме.

Сато кивнула:

— По-вашему, портал — это метафора.

— Конечно, — ответил Лэнгдон. — И очень распространенная — волшебный портал, сквозь который необходимо пройти, чтобы стать просвещенным. Порталы, двери, ворота обычно символизируют ритуал посвящения. Искать такой портал на Земле — все равно что пытаться найти райские врата.

Сато на секунду задумалась.

— Однако похититель мистера Соломона уверен, что вы можете открыть реально существующий портал.

Лэнгдон вздохнул:

— Он допустил обычную для фанатиков ошибку — перепутал метафору с реальностью.

Точно так же начинающие алхимики напрасно бились над превращением свинца в золото, не понимая, что это метафора открытия истинных человеческих возможностей: серый, невежественный разум превращается в просветленный.

Сато указала на руку.

— Если преступник хочет, чтобы вы открыли портал, почему он просто не скажет вам, где его найти? К чему весь этот театр? Зачем татуированная рука?

Лэнгдон и сам задавался этим вопросом, и ответ был удручающий:

— По-видимому, похититель высокообразован, хотя и неуравновешен психически.

Рука мистерий — священное приглашение, которое необходимо вручать в священном месте.

Сато прищурилась.

— Это Ротонда Капитолия, профессор, а не какое-нибудь святилище.

— Вообще-то, мэм, — сказал Лэнгдон, — историки бы с вами не согласились.

В эту минуту Триш Данн сидела перед мерцающей плазменной стеной и заканчивала работу над «пауком», вводя в строку поиска пять ключевых фраз.

«Пустая трата времени».

Без особого оптимизма она запустила «паука» и начала интернет-рыбалку. В поисках точного совпадения ключевые фразы с головокружительной скоростью сравнивались с текстами по всему миру.

Триш, разумеется, было интересно, зачем все это нужно, однако она уже привыкла к тому, что Соломоны никогда ничего не объясняли.

Глава 20

Роберт Лэнгдон с тревогой взглянул на наручные часы: 19:58. На сей раз улыбчивая мордочка Микки-Мауса не слишком-то его ободрила.

«Надо найти Питера. Мы теряем время».

Сато на минутку отлучилась поговорить по телефону, но вскоре вернулась.

— Профессор, я вас задерживаю?

— Нет, мэм, — ответил Лэнгдон, пряча часы под манжету. — Просто я очень волнуюсь за Питера.

— Понимаю. Уверяю вас, лучший способ его спасти — помочь мне понять образ мыслей его похитителя.

Как раз в этом Лэнгдон сомневался, но было ясно, что директор СБ ЦРУ отпустит его, только получив все необходимые сведения.

— Минуту назад вы заявили, что Ротонда — святилище, которое имеет отношение к Мистериям древности...

— Да, мэм.

— Объясните, что вы имеете в виду.

Лэнгдон понял, что должен тщательно отбирать слова и экономить время. Он целыми семестрами читал лекции о мистическом символизме в архитектуре Вашингтона — один только Капитолий насчитывал несметное количество мистических отсылок.

«У Америки есть тайное прошлое».

Всякий раз, когда Лэнгдон рассказывал студентам об американском символизме, их ставило в тупик то, что истинные цели отцов-основателей не имели ничего общего с намерениями современных политиков.

«Судьба, которую прочили Америке, потеряна для истории».

Первоначально столицу этой страны назвали Римом, реку — Тибром, а на ее берегу возвели город храмов и пантеонов, украшенный изображениями великих богов и богинь — Аполлона, Минервы, Венеры, Гелиоса, Вулкана, Юпитера. В центре города, как во многих античных городах, основатели установили египетский обелиск — вечную дань уважения древним. Он был выше даже каирского и александрийского и поднимался в небо на пятьсот пятьдесят пять футов (больше чем на тридцать этажей) — хваля и прославляя полубога, чье имя позже стало названием столицы.

Вашингтон.

Теперь, несколько веков спустя, несмотря на отделение церкви от государства, Ротонда пестрила античными религиозными символами. Ее украшало больше дюжины изображений разных богов — в римском Пантеоне и того меньше. Конечно, в 609 году последний стал христианским храмом, но этот пантеон никто и никогда не переосвящал. Следы его истинной истории оставались у всех на виду.

— Как вам наверняка известно, — сказал Лэнгдон, — Ротонда выстроена по образу и подобию одной из самых почитаемых мистических святынь — храма Весты.

— Вы о весталках? — Сато не верилось, что римские хранительницы очага имеют какое-то отношение к американскому Капитолию.

— Храм Весты в Риме был круглым, с отверстием в полу, где непорочные жрицы постоянно поддерживали священный огонь.

Сато пожала плечами:

— Ротонда тоже круглая, но никакой дыры в полу я не вижу.

— Верно, однако долгие годы в самом центре зала было отверстие — именно там, где стоит рука Питера. Сейчас еще можно разглядеть следы ограждения — его установили, чтобы посетители не проваливались в дыру.

— Что? — Сато присмотрелась к полу. — Первый раз слышу.

— Похоже, он прав. — Андерсон указал на выпуклые металлические бляшки в полу, расположенные по кругу, на месте прежних столбов. — Я даже не подозревал, что это такое.

«Вы не одиноки», — подумал Лэнгдон и представил, как тысячи людей, включая известных конгрессменов, каждый день ходят по Ротонде и даже не догадываются, что в былые времена они упали бы под пол — в Крипту Капитолия.

— Дыру заделали, но долгое время посетители могли заглянуть в нее и увидеть костер, горевший внизу.

— Костер? В Капитолии? — удивилась Сато.

— Ну, скорее, факел — вечный огонь, превращавший этот зал в современный храм Весты. В Капитолии была даже весталка — федеральная служащая, именуемая Хранителем Крипты, которая благополучно поддерживала огонь в течение пятидесяти лет, пока — по милости политиков, религиозных деятелей и из-за дыма, якобы наносившего ущерб зданию, — от этого не отказались.

И Андерсон, и Сато не на шутку удивились.

Сегодня единственным напоминанием о священном пламени служила четырехконечная звезда, вмурованная в пол этажом ниже — символ американского вечного огня, однажды пролившего свет знаний на все четыре стороны Нового Света.

— Так вы считаете, что похититель Питера Соломона это знал? — спросила Сато.

— Конечно. И не только это. По всей Ротонде размещены символы, отражающие веру в Мистерии древности.

— Тайная мудрость... — с неприкрытым сарказмом проговорила Сато. — Знания, дарующие человеку божественные способности.

— Да, мэм.

— Не очень-то они соотносятся с христианскими устоями Соединенных Штатов.

— Возможно... Однако это правда. Превращение человека в бога называется апофеозом. Известно ли вам, что эта тема — превращение человека в бога — ключевой элемент системы символов Ротонды?

— Апофеоз? — всполошился Андерсон, словно услышал что-то знакомое.

«Он тут работает. Он знает», — подумал Лэнгдон и кивнул:

— Да, «апофеоз» дословно переводится как «обожествление». Слово происходит от древнегреческого «apo» — «становиться» и «theos» — «бог».

— «Апофеоз» означает «становиться богом»? — изумленно проронил Андерсон. — Я понятия не имел.

— Я что-то упускаю? — вмешалась Сато.

— Мэм, — сказал Лэнгдон, — самая большая картина в этом здании называется «Апофеоз Вашингтона». На ней изображено превращение Джорджа Вашингтона в бога.

Сато недоверчиво скривилась.

— Не видела я здесь такой картины.

— Еще как видели! — Лэнгдон поднял указательный палец. — Она прямо у вас над головой.

Глава 21

В 1865 году итальянский художник Константино Брумиди закончил «Апофеоз Вашингтона» — фреску площадью четыре тысячи шестьсот шестьдесят четыре квадратных фута на своде капитолийской Ротонды.

Брумиди, прозванный «Микеланджело Капитолия», притязал на Ротонду так же, как Микеланджело притязал на Сикстинскую капеллу: расписав самое обширное полотно зала — то есть его потолок. Как и Микеланджело, многие свои работы Брумиди создал в Ватикане. Однако в 1852-м художник эмигрировал в Америку, предпочтя крупнейшей мировой святыне святыню новую: американский Капитолий, который теперь весь украшен образцами его творчества — от тромплея в коридорах Брумиди до карнизов на потолке в покоях вице-президента. Однако величайшим шедевром живописца принято считать огромную фреску на своде Ротонды.

Роберт Лэнгдон поднял глаза на великолепный потолок. Обычно ему нравилось наблюдать за реакцией студентов на диковинную роспись, однако сегодня он чувствовал себя как в страшном сне, который только предстояло понять.

Директор Сато стояла рядом, подбоченившись, и хмуро разглядывала высокий свод. Ее, по-видимому, обуревали те же чувства, что и многих, кто впервые смотрел на картину в самом сердце Америки.

Полная растерянность.

«Вы не одиноки», — подумал Лэнгдон. Большинству людей «Апофеоз Вашингтона» казался все более странным по мере того, как они присматривались к фреске.

— На центральной панели изображен Джордж Вашингтон, — пояснил Лэнгдон, указав на середину купола. — Как видите, ему прислуживают тринадцать дев, а он, в белых одеждах, возносится на облаке над простыми смертными. Это миг апофеоза... то есть превращения Вашингтона в бога.

Сато и Андерсон промолчали.

— По периметру расположен ряд странных, архаичного вида, изображений: древние боги сообщают нашим отцам-основателям передовые знания. Вот Минерва дарует вдохновение нашим величайшим изобретателям — Бену Франклину, Роберту Фултону и Сэмюэлу Морзе. — Лэнгдон показал на каждого пальцем. — А здесь Вулкан помогает нам построить паровой двигатель. Рядом Нептун показывает, как проложить трансатлантический телеграфный кабель. Здесь изображена Церера, богиня урожая и плодородия (от ее имени происходит английское «cereal», «злаки»); она восседает на механической жатке Маккормика — изобретение этой машины позволило Америке стать мировым лидером в производстве пищевых продуктов. Словом, на этой фреске более чем открыто показано, как люди получают от богов великую мудрость. — Лэнгдон посмотрел на Сато. — Знание — сила, а правильное знание позволяет человеку творить чудеса и уподобиться богу.

Сато перевела взгляд на профессора и задумчиво потерла щеку.

— Чтобы проложить телеграфный кабель, богом быть не нужно.

— В наше время — нет, — ответил Лэнгдон, — но знай Джордж Вашингтон, что люди смогут говорить друг с другом через океаны, летать со скоростью звука и однажды ступят на Луну, он бы решил, что мы стали богами и умеем творить чудеса. Как писал футуролог и фантаст Артур Кларк, «любая достаточно развитая технология неотличима от магии».

Сато в задумчивости поджала губы. Она взглянула на руку, затем подняла глаза к потолку.

— Профессор, вам сказали «Питер укажет путь», верно?

— Да, мэм, но...

— Андерсон, — Сато отвернулась от Лэнгдона, — можно взглянуть на фреску поближе?

Тот кивнул:

— Да, по периметру свода установлены мостки.

Лэнгдон увидел прямо под фреской крошечные перила и похолодел.

— Вовсе не обязательно туда подниматься...

Лэнгдон уже бывал на этих мостках, когда приехал в Капитолий по приглашению одного сенатора и его жены. В тот день он чуть не упал в обморок от страха: высота была головокружительная, а мостки ненадежные.

— Не обязательно? — вопросила Сато. — Профессор, наш преступник убежден, что в этом зале есть некий портал, способный сделать его богом; на потолке нарисован человек, превращающийся в бога; именно на эту картину указывает кисть Питера Соломона. Вам не кажется, что все так и просит нас подняться к фреске?

— Вообще-то, — вмешался Андерсон, поглядев наверх, — мало кому известно, но в куполе есть шестиугольный люк, который открывается, как портал. Можно заглянуть в него и...

— Постойте, — перебил его Лэнгдон, — вы не понимаете. Преступник имел в виду метафорический портал, которого не существует на самом деле. И фраза «Питер укажет путь» тоже иносказательна. Этот жест — рука с вытянутыми указательным и большим пальцами — известный символ Мистерий древности, он встречается во многих произведениях искусства. К примеру, его можно увидеть на трех самых известных зашифрованных картинах Леонардо да Винчи: «Тайная вечеря», «Поклонение волхвов» и «Иоанн Креститель». Это символ мистической связи человека с Богом.

«Как внизу, так и вверху». Странные слова безумца начали обретать для Лэнгдона смысл.

— Первый раз его вижу, — буркнула Сато.

«Тогда хоть раз включите спортивный канал», — подумал Лэнгдон. Ему всегда было забавно видеть, как профессиональные спортсмены, благодаря Бога за тачдаун или хоумран, воздевают руку к небу. Интересно, многие ли из них догадываются, что это дохристианская традиция признания высшей мистической силы, которая на короткий миг превратила их в бога, способного творить чудеса?

— Видите ли, — сказал Лэнгдон, — до руки Питера в Ротонде Капитолия была другая указующая рука.

Сато посмотрела на него как на ненормального.

— То есть?

Лэнгдон кивнул на ее наладонник.

— Наберите в поисковике «Джордж Вашингтон Зевс».

Сато с недоверчивым видом начала печатать. Андерсон с опаской подошел ближе и заглянул ей через плечо.

Лэнгдон сказал:

— Раньше в Ротонде стояла огромная статуя Джорджа Вашингтона... изображенного в виде бога. Он сидел в той же позе, что и Зевс в Пантеоне: грудь обнажена, в левой руке меч, а правая указывает вверх.

Сато, по-видимому, нашла нужную картинку, потому что Андерсон потрясенно уставился на экран ее блэкберри.

— Погодите, это Джордж Вашингтон?!

— Да, — кивнул Лэнгдон. — В виде Зевса.

— Смотрите, его правая рука в том же положении, что и рука мистера Соломона, — заметил Андерсон.

«Я же говорил, это не случайно».

Когда со статуи работы Горацио Гриноу впервые скинули покрывало, многие шутили, что Вашингтон тянется к небу в отчаянной попытке найти какую-нибудь одежду. Религиозные устои Америки со временем изменились, шутливая критика перешла в нападки, и статую в конце концов заперли в сарае восточного сада. Теперь она нашла приют в Смитсоновском национальном музее американской истории, где у тех, кто видит статую, нет поводов принять ее за последнюю связующую нить со временами, когда отец-основатель этой страны оберегал покой Капитолия подобно богу... подобно Зевсу, стерегущему Пантеон.

Сато набрала чей-то номер — по-видимому, она решила, что сейчас самое время позвонить кому-то из своих людей.

— Что-нибудь узнали? — спросила она. — Понятно. — Сато посмотрела на Лэнгдона, затем на руку. — Это точно? Хорошо, спасибо.

Она повесила трубку и повернулась к Лэнгдону:

— Мои сотрудники изучили необходимую литературу и подтвердили существование так называемой Руки мистерий с изображениями звезды, солнца, ключа, венца и фонаря на кончиках пальцев. Она действительно символизировала приглашение к познанию тайной мудрости.

— Я рад.

— Зря радуетесь, — отрезала Сато. — Похоже, мы в тупике — пока вы не перестанете скрывать от меня то, что знаете.

— Мэм?..

Сато подошла ближе.

— Мы прошли полный круг, профессор Лэнгдон. Вы не сообщили мне ничего, что не смогли бы выяснить мои сотрудники. Поэтому я повторяю вопрос: зачем похититель заманил вас в Вашингтон? Что в вас такого особенного? Что известно только вам?

— Я же говорил! — сердито ответил Лэнгдон. — Понятия не имею, с какой стати этот полоумный решил, что у меня вообще есть какие-то сведения!

Лэнгдона так и подмывало спросить, откуда Сато узнала о его приезде в Вашингтон, но это они тоже проходили.

«Она не расколется».

— Если бы я знал, что делать дальше, я бы сказал. Но я не знаю. По традиции Руку мистерий протягивал ученику учитель. Затем ученик получал ряд указаний... как добраться до храма, имя учителя, который обучит его... чему-то! Но преступник оставил нам только пять татуировок! Не самая... — Лэнгдон резко умолк.

Сато прищурилась.

— Что такое?

Лэнгдон вновь бросил взгляд на руку. «Пять татуировок». Теперь он понял, что, возможно, ошибался.

— Профессор? — не унималась Сато.

Лэнгдон медленно приблизился к жуткому предмету на полу.

«Питер укажет путь».

— Прежде мне приходило в голову, что похититель мог оставить в руке какую-нибудь вещь — карту, письмо или записку с адресом.

— Нет, — сказал Андерсон, — как видите, пальцы сжаты неплотно, и в ладони ничего нет.

— Верно, — согласился Лэнгдон, — но я подумал... — Он присел на корточки, стараясь заглянуть под пальцы. — Может, преступник писал не на бумаге.

— На коже? — уточнил Андерсон.

Лэнгдон кивнул.

— Ну, есть там что-нибудь? — нетерпеливо спросила Сато.

Он нагнулся еще ниже.

— Угол не тот. Я не могу...

— Ох, да бросьте! — воскликнула Сато, подходя ближе. — Отогните пальцы, и дело с концом!

Андерсон преградил ей путь.

— Мэм! Надо дождаться криминалистов, а уж тогда...

— Мне нужны ответы, — заявила Сато, подходя к руке.

Она села на корточки и отодвинула Лэнгдона в сторону. Тот встал и с недоумением воззрился на директора СБ: Сато вытащила из кармана ручку, осторожно вставила ее под сомкнутые пальцы и по очереди их разогнула. Теперь ладонь была видна целиком.

Сато взглянула на Лэнгдона, и ее тонкие губы тронула улыбка.

— Опять вы оказались правы, профессор.

Глава 22

Меряя шагами лабораторию, Кэтрин Соломон подняла манжету халата и посмотрела на часы.

Она была не из тех, кто привык ждать, а сегодня весь ее мир словно бы замер: ни результатов поискового запроса от Триш, ни приезда брата, ни звонка от странного человека, по вине которого ей сейчас было так не по себе.

«Лучше бы он ничего мне не рассказывал», — подумала Кэтрин. Она всегда с большой осторожностью знакомилась с новыми людьми, однако этот человек, которого она видела лишь однажды, сразу завоевал ее доверие.

«Целиком и полностью».

Он позвонил днем, когда Кэтрин, как всегда по воскресеньям, смаковала последние номера научных журналов.

— Мисс Соломон, — прозвучал необычайно приятный мужской голос, — меня зовут Кристофер Авадон. Я бы хотел переговорить с вами о вашем брате.

— Простите, кто вы? — переспросила она. «Откуда у него номер моего мобильного?»

— Доктор Кристофер Аваддон.

Кэтрин впервые слышала это имя.

Ее собеседник откашлялся, словно ему стало неловко.

— Прошу прощения, мисс Соломон. Я думал, брат вам обо мне рассказывал. Я его врач. Ваш контактный номер он оставил на случай непредвиденных обстоятельств.

У Кэтрин екнуло в груди.

— Что произошло?!

— Наверняка ничего страшного, — поспешил заверить ее врач. — Ваш брат сегодня не явился на прием, и я не могу до него дозвониться. Обычно он всегда предупреждает, если не может прийти, вот я и беспокоюсь. Наверное, не нужно было звонить...

— Нет-нет, спасибо вам за заботу! — Кэтрин лихорадочно пыталась вспомнить, слышала ли она имя этого человека. — Мы с Питером не разговаривали со вчерашнего утра, но он скорей всего просто забыл включить телефон. — Кэтрин недавно подарила ему новый айфон, однако Питер до сих пор толком не разобрался в его функциях. — Значит, вы его *врач*?

«Питер скрывает, что болен?»

В трубке воцарилась гнетущая тишина.

— Ох, извините, пожалуйста... Очевидно, я только что допустил непростительную профессиональную ошибку, позвонив вам. Мистер Соломон говорил, что вам известно о его визитах ко мне, но теперь я вижу, что это не так.

«Мой брат солгал своему врачу?»

Кэтрин не на шутку разволновалась.

— Он болен?

— Простите, мисс Соломон, врачебная тайна не позволяет мне обсуждать с кем-либо здоровье вашего брата. И уж конечно, не следовало говорить вам, что он мой пациент. На этом давайте попрощаемся, но, если он выйдет на связь, передайте, чтобы сразу же мне позвонил.

— Постойте! — воскликнула Кэтрин. — Умоляю, скажите, что с ним такое?

Доктор Аваддон вздохнул, коря себя за допущенную ошибку.

— Мисс Соломон, не стоит огорчаться... хотя я прекрасно вас понимаю. Не волнуйтесь, с вашим братом все хорошо. Он только вчера был у меня.

— Вчера? А следующий визит назначен на сегодня? Выходит, это серьезно.

Доктор тяжело вздохнул.

— Давайте подождем еще чуть-чуть, прежде чем...

— Я еду к вам, — перебила его Кэтрин. — Где вы находитесь?

Тишина.

— Доктор Аваддон? Я и сама найду ваш адрес, но будет проще, если вы мне его продиктуете. В любом случае я скоро приеду.

Он помолчал.

— Если мы встретимся, мисс Соломон, будьте добры, не говорите об этом брату, пока мне не представится шанс объяснить свою оплошность.

— Хорошо.

— Благодарю. Мой офис в районе Калорама-Хайтс. — Он назвал адрес.

Через двадцать минут Кэтрин Соломон уже колесила по величавым улицам престижного жилого района. Сначала она позвонила на все номера брата — безрезультатно. Ее не так уж волновало, где сейчас Питер, но весть о том, что он тайно посещает врача, обеспокоила Кэтрин не на шутку.

Наконец отыскав нужный дом, Кэтрин растерялась.

«И здесь находится кабинет врача?»

Вход в роскошный особняк преграждали кованые ворота, оборудованные камерами; за воротами простиралась обширная зеленая лужайка. Кэтрин притормозила, чтобы уточнить адрес. Одна из камер тут же повернулась в ее сторону, и в следующий миг ворота распахнулись. Кэтрин осторожно подъехала к дому и остановила машину у гаража на шесть машин, рядом с длинным лимузином.

«Ничего себе врач!..»

Она вышла из машины. В ту же секунду входная дверь особняка отворилась, и на пороге возник элегантный мужчина. Он был красив, необычайно высок и довольно молод — по голосу Кэтрин решила, что он старше. Тем не менее доктор выглядел изысканно и отличался лоском, какой обычно свойственен мужчинам в возрасте, — безупречный костюм с галстуком, идеально уложенные светлые волосы...

— Мисс Соломон, я доктор Кристофер Аваддон, — произнес он легким, воздушным шепотом.

Они пожали друг другу руки — кожа у него была мягкая и ухоженная.

— Кэтрин Соломон, — представилась она, стараясь не смотреть на его чересчур гладкое и загорелое лицо.

«Он что, мажется тональным кремом?»

С растущей тревогой она вошла в роскошно обставленный холл. Откуда-то звучала классическая музыка, и пахло так, словно где-то курили фимиам.

— У вас очень красиво, — сказала Кэтрин, — но я ожидала увидеть более рабочую обстановку.

— Мне повезло, я могу работать дома. — Доктор Аваддон пригласил ее в гостиную и подвел к камину, в котором потрескивал огонь. — Чувствуйте себя как дома. Я заварил чай — сейчас принесу, и мы с вами побеседуем. — Он ушел на кухню.

Кэтрин Соломон не села. Она научилась доверять женской интуиции, и что-то в этом доме было неладно — по спине даже побежали мурашки. Гостиная, обставленная антиквариатом, совершенно не походила на приемную врача. На стенах висели картины со странными античными сюжетами. Кэтрин остановилась перед большим полотном с тремя грациями — их обнаженные тела были выписаны яркими, живыми красками.

— Это Майкл Паркс, масло. — Доктор Аваддон бесшумно возник за ее спиной, неся поднос с горячим чаем. — Сядем у камина? — Он жестом предложил ей кресло. — У вас нет причин нервничать.

— Я не нервничаю, — слишком быстро ответила Кэтрин.

Он тепло улыбнулся.

— Видите ли, это моя работа — чувствовать, когда люди нервничают.

— Простите?

— Я психиатр, мисс Соломон. Это моя профессия. Ваш брат ходит ко мне уже больше года. Я его лечащий врач.

Кэтрин недоуменно воззрилась на доктора.

«Мой брат лечится у психиатра?»

— Часто пациенты не желают афишировать лечение такого рода. Я допустил грубую ошибку, позвонив вам, но в свое оправдание могу сказать, что ваш брат сбил меня с толку.

— Я... я понятия не имела.

— Простите, что заставил вас понервничать, — с искренним сожалением проговорил доктор Аваддон. — Кстати, я заметил, что вы приглядываетесь к моему лицу. Да, я пользуюсь косметикой. — Он смущенно потрогал щеку. — У меня кожная болезнь, которую я предпочитаю скрывать. Обычно крем наносит жена, но, когда она в отъезде, приходится полагаться на собственные неумелые руки.

Кэтрин кивнула, не в силах вымолвить ни слова от стыда.

— А эти чудесные волосы, — он тронул свою пышную шевелюру, — парик. Кожная болезнь затронула волосяные луковицы, и все мои волосы сбежали с корабля. — Доктор пожал плечами. — Наверное, тщеславие — мой единственный грех: чересчур много внимания уделяю внешности.

— В таком случае мой грех — невоспитанность.

— Что вы! — Авадон обезоруживающе улыбнулся. — Начнем, пожалуй, с чая?

Они устроились у камина, и Авадон взялся за чайник.

— Ваш брат приучил меня пить чай во время наших встреч. Он говорит, все Соломоны — большие любители чая.

— Да, семейная традиция, — кивнула Кэтрин. — Черный, пожалуйста.

Несколько минут они пили чай и разговаривали о пустяках, но Кэтрин не терпелось узнать о брате.

— Так почему Питер вас посещает? — спросила она.

«И почему он не сказал об этом мне?» Да, на долю Питера выпало немало горя — в юности он потерял отца, а потом, с перерывом в пять лет, похоронил единственного сына и мать. Однако он всегда отыскивал способ не отчаиваться и жить дальше.

Авадон отпил чаю.

— Ваш брат обратился ко мне, потому что может мне доверять. Я для него не просто врач, нас связывают более тесные узы. — Он кивнул на стену, где висел какой-то документ в рамочке, похожий на диплом. Кэтрин разглядела двуглавого феникса.

— Вы масон?

«Да еще и самой высокой степени!»

— Видите ли, мы с Питером в некотором роде братья.

— Вы, наверно, совершили что-то выдающееся, раз вас посвятили в тридцать третий градус.

— Не совсем, — ответил Аваддон. — Мне досталось немалое наследство, и я часто поддерживаю масонские благотворительные фонды.

Теперь Кэтрин поняла, почему ее брат так доверяет молодому врачу.

«Масон с большим состоянием, вдобавок меценат и интересуется историей. Похоже, у доктора Аваддона было много общего с ее братом».

— Когда я спросила, почему мой брат вас посещает, я имела в виду немного другое: не то, почему он выбрал именно вас, а зачем ему вообще понадобились услуги психиатра?

Доктор Аваддон улыбнулся:

— Да, я понял. Просто хотел вежливо уйти от ответа. Мне нельзя обсуждать с вами дела моего пациента. — Он замолчал. — Однако, должен признать, я несколько озадачен. Почему он скрывает от вас наши беседы? Ведь они имеют непосредственное отношение к вашей работе.

— К моей работе?! — воскликнула Кэтрин, пойманная врасплох.

«Брат рассказал кому-то о моих экспериментах?»

— Недавно ваш брат советовался со мной насчет психологических последствий, которые могут иметь ваши недавние открытия.

Кэтрин чуть не поперхнулась чаем.

— В самом деле?.. Удивительно, — выдавила она.

«Неужели Питер проболтался о моей работе своему психиатру?»

В целях соблюдения секретности брат и сестра договорились, что ни в коем случае и ни с кем не станут обсуждать происходящее в лаборатории. Мало того, на строгой конфиденциальности настаивал именно Питер.

— Мисс Соломон, вы, разумеется, понимаете, что ваш брат очень беспокоится, какой эффект произведут ваши исследования, когда о них узнает весь мир. Питер приезжал ко мне обсудить возможные последствия... психологического характера.

— Понятно, — ответила Кэтрин. Чашка в ее руках слегка дрожала.

— Мы с Питером поднимали сложные вопросы: что случится с людьми после того, как великие тайны мироздания наконец будут открыты? Что произойдет, если то, что многие принимали на веру, окажется фактом? Или, напротив, вымыслом? Не лучше ли оставить некоторые вопросы без ответа?

Кэтрин не верила собственным ушам, однако старалась не дать воли чувствам.

— Доктор Аваддон, поймите меня правильно, я бы предпочла не обсуждать с вами мою работу. Я не собираюсь оглашать результаты исследований, и до поры до времени мои открытия надежно спрятаны в лаборатории.

— Интересно... — Аваддон в задумчивости откинулся на спинку кресла. — Так или иначе, я посоветовал вашему брату прийти сегодня, потому что вчера у него произошел срыв. В таких случаях я обычно прошу клиентов...

— Срыв? — Сердце Кэтрин забилось быстрее. — То есть нервный? — Ее брат никогда не страдал нервными расстройствами.

— Я вижу, что огорчил вас, — ласково обратился к ней Аваддон. — Простите меня. Учитывая неловкие обстоятельства, мне понятно ваше желание получить ответы на тревожащие вас вопросы.

— Мои желания тут ни при чем. Родных, кроме брата, у меня нет. Никто не знает его лучше, чем я, так что если вы расскажете, что стряслось, я постараюсь вам помочь. Мы оба хотим Питеру только добра.

На несколько секунд доктор Аваддон умолк, а затем медленно закивал, словно признавая правоту Кэтрин. Наконец он проговорил:

— Мисс Соломон, видите ли, если я решу поделиться с вами этой информацией, то лишь потому, что ваши догадки могут помочь в лечении Питера.

— Разумеется.

Аваддон подался вперед и оперся локтями на колени.

— Мисс Соломон, с тех пор, как ваш брат начал ко мне ходить, я заметил, что в глубине души он постоянно борется с чувством вины. Я никогда не давил на него — Питер приходит не для этого. И все-таки вчера, по ряду веских причин, я задал ему этот вопрос. — Авадон посмотрел Кэтрин в глаза. — Ваш брат излил мне душу — весьма неожиданно и бурно. Он наговорил такого, чего я не ожидал услышать. В частности, он подробно описал события того вечера, когда убили вашу мать.

«Канун Рождества — почти десять лет назад. Она умерла у меня на руках».

— По словам Питера, вашу мать убил грабитель, искавший в доме некий предмет.

— Так и было.

Авадон смерил ее испытующим взглядом.

— И Питер застрелил того человека.

— Верно.

Авадон погладил подбородок.

— А вы помните, что именно искал грабитель?

Вот уже десять лет Кэтрин тщетно пыталась об этом забыть.

— Да, ему была нужна какая-то вещь, но никто из нас не понимал, о чем он говорил. Его требования не имели никакого смысла.

— Ну, для вашего брата они имели смысл.

— Что? — Кэтрин резко выпрямилась.

— Если верить вчерашнему рассказу, Питер точно знал, что именно нужно грабителю, но не захотел расстаться с этой вещью, вот и сделал вид, будто ему ничего не известно.

— Бред! Питер не мог это знать. Грабитель нес какую-то околесицу!

— Любопытно... — Доктор Авадон сделал несколько пометок в блокноте. — Как я уже сказал, ваш брат заявил, что знал обо всем. Он считает, если бы пошел на условия грабителя, ваша мать осталась бы жива. Эта мысль — корень всех его мучений.

Кэтрин потрясла головой.

— Безумие...

Аваддон огорченно понурил голову.

— Мисс Соломон, благодарю вас за информацию. Как я и боялся, ваш брат сейчас немного оторван от реальности... Признаться, из-за этих опасений я и пригласил его на повторный прием. Бред — нередкое явление, когда дело доходит до болезненных воспоминаний.

Кэтрин покачала головой:

— Питер — здравомыслящий и рассудительный человек.

— Да, но...

— Что «но»?

— Рассказ о событиях того вечера был только началом... крошечной частью длинной и неправдоподобной истории.

Кэтрин подалась вперед.

— Что он вам наговорил?

Аваддон печально улыбнулся:

— Мисс Соломон, позвольте задать вопрос: брат когда-нибудь обсуждал с вами нечто спрятанное в Вашингтоне... или говорил, что стережет бесценное сокровище... некую древнюю мудрость?

Кэтрин была изумлена.

— О чем это вы?

Доктор Аваддон протяжно вздохнул.

— Я расскажу вам нечто такое, что глубоко вас потрясет, Кэтрин. — Он умолк и посмотрел ей в глаза. — И я буду несказанно признателен за любые дополнительные сведения по этому поводу. — Он потянулся к ее чашке. — Еще чаю?

Глава 23

«Еще одна татуировка!»

Лэнгдон с тревогой опустился на колени рядом с раскрытой кистью Питера и изучил семь крошечных символов, прежде скрытых прижатыми к ладони пальцами.

— Это цифры, — удивленно сказал Лэнгдон. — Но они ни о чем мне не говорят.

— Первое — римское числительное, — заметил Андерсон.

— Вряд ли. Цифры IIIX не существует, вероятно, имелась в виду цифра: VII.

— А остальные? — спросила Сато.

— Точно не скажу... Похоже, это арабские 885.

— Арабские? Вроде самые обычные.

— Наши обычные цифры и есть арабские. — Лэнгдон так привык объяснять это студентам, что подготовил лекцию о вкладе восточных культур в мировую науку. Одним из их достижений была современная система счисления, обладающая такими преимуществами перед римской, как позиционная нумерация и наличие нуля. В конце лекции Лэнгдон обычно напоминал, что именно арабская культура подарила человечеству слово «al-kuhl» — название любимого напитка гарвардских первокурсников. Алкоголь.

Лэнгдон озадаченно посмотрел на цифры.

— Я даже не уверен, что это 885. Слишком уж прямые линии. Вдруг это не цифры?

— А что?

— Не знаю. Вся татуировка напоминает... руны.

— То есть? — не поняла Сато.

— Рунические буквы состояли из одних прямых линий, потому что их было проще высекать на камне.

— Если это руны, то что они значат?

Лэнгдон покачал головой. Он хорошо знал только один рунический алфавит, футарк — германскую форму письменности III века, а это был не футарк.

— Честно говоря, я даже не уверен, что это руны. Надо спросить специалиста. Известно множество рунических алфавитов: безлинейное руническое письмо хольсинг, коротковетвистые мэнские руны, «пунктированные» руны стунгнар...

— Питер Соломон — масон, не так ли?

Лэнгдон растерялся.

— Да, но при чем тут это? — Он встал, нависнув над крошечной женщиной.

— Вот вы мне и скажите. Вы говорили, что рунические буквы вырезали на камнях, а первые масоны, насколько я понимаю, были каменщиками. Я попросила своих специалистов узнать, какое отношение Рука мистерий может иметь к Питеру Соломону, и поиск выдал единственный результат. — Сато умолкла, словно подчеркивая важность своей находки. — Масоны.

Лэнгдон вздохнул. Будь его воля, он сказал бы Сато то же самое, что говорил студентам: «Поиск в "Гугле" — не синоним "научных изысканий"». В наше время, когда для поиска по ключевым словам открыты огромные массивы информации, складывается ошибочное впечатление, что все на свете взаимосвязано. Мир опутан единой информационной паутиной, которая с каждым годом становится все плотнее и плотнее.

Лэнгдон собрал в кулак все свое терпение и ответил:

— Неудивительно, что ваши специалисты наткнулись на масонов. Вольные каменщики — более чем очевидная связь между Питером Соломоном и множеством других эзотерических тем.

— Верно, — согласилась Сато. — Потому и странно, что за весь вечер вы ни разу не упомянули братство вольных каменщиков. В конце концов, вы рассказывали о некой древней мудрости, доступной лишь избранным. Это не наводит вас на мысль о масонах?

— Наводит... а заодно на мысль о розенкрейцерах, каббалистах, алюмбрадах и других эзотерических обществах.

— Однако Питер Соломон — масон, и очень влиятельный. Всякий раз, как речь заходит о тайнах, масоны невольно приходят на ум — вот уж кто любит мутить воду!

Лэнгдон услышал недоверие в этих словах, и ему стало неприятно.

— Если хотите узнать что-нибудь о масонах, лучше спросите их самих.

— Я спрошу того, кому можно доверять.

Ее ответ показался Лэнгдону невежественным и обидным.

— Для справки, мэм, вся масонская философия построена на принципах честности и открытости. Масоны — одни из самых надежных людей, каких вам только повезет встретить в жизни.

— Существуют весьма убедительные доказательства обратного...

С каждой минутой директор Сато нравилась Лэнгдону все меньше и меньше. Долгие годы он изучал богатый символизм и обширную иконографию масонов, а потому знал, что масонство — одно из самых незаслуженно заклейменных и недопонятых обществ в мире. Регулярно обвиняемые то в поклонении дьяволу, то в стремлении захватить власть над миром, масоны предпочитали не отвечать на критику и оттого становились легкой мишенью.

— Как бы то ни было, — едко заметила Сато, — мы снова в тупике, мистер Лэнгдон. Вы либо чего-то не видите... либо недоговариваете. Человек, который нам нужен, сказал, что Питер Соломон выбрал именно вас. — Она смерила Лэнгдона ледяным взглядом. — Полагаю, пришло время перенести наш разговор в стены ЦРУ. Может, там вас озарит.

Лэнгдон даже не обратил внимания на эту угрозу. В голове у него крутились слова: «Питер Соломон выбрал вас». Эта фраза на фоне упоминания масонов подействовала на него странным образом. Лэнгдон взглянул на масонский перстень: одна из самых ценных вещей Питера, семейная реликвия с выгравированным двуглавым фениксом — главным символом масонской мудрости. Золото сверкнуло, и эта вспышка неожиданно высветила в сознании Лэнгдона полузабытое воспоминание.

Он содрогнулся, словно вновь услышав жуткий шепот преступника: «Что, никак не доходит, профессор? Вы понимаете, почему выбрали именно вас?»

В эту секунду все мысли Лэнгдона встали на места, и туман рассеялся.

Лэнгдон ясно понял, зачем его заманили в Вашингтон.

В десяти милях от Капитолия Малах катил на юг по Сьютлэнд-парквей. На соседнем сиденье завибрировал айфон Питера Соломона, доказавший сегодня свою полезность. На экране появилось изображение привлекательной темноволосой женщины средних лет.

«Входящий вызов — Кэтрин Соломон».

Малах улыбнулся, но трубку не взял.

«Судьба влечет нас друг к другу».

Днем он заманил Кэтрин Соломон к себе домой с единственной целью — узнать, не владеет ли она важной информацией... какой-нибудь семейной тайной, которая поможет Малаху найти искомое. Однако брат, по всей видимости, ничего не рассказывал Кэтрин.

И все же кое-что новое Малах узнал.

«Так и быть, поживешь еще несколько часов».

Кэтрин подтвердила, что все ее исследования проводятся в одной-единственной лаборатории, а их результаты надежно укрыты там же.

«Лабораторию надо уничтожить».

Исследования Кэтрин были призваны открыть врата к пониманию мира. В приотворенную дверь немедленно устремятся все, и тогда глобальные перемены станут лишь делом времени.

«Я этого не допущу. Мир должен пребывать в том же состоянии... в кромешной тьме невежества».

Айфон пискнул, извещая о новом голосовом сообщении. Малах его включил.

«Питер, это опять я. — Голос у Кэтрин был встревоженный. — Где ты? Я все еще думаю о разговоре с доктором Аваддоном... и очень волнуюсь. Все нормально? Пожалуйста, перезвони. Я в лаборатории».

Малах улыбнулся.

«Лучше бы ты волновалась за себя».

Он свернул со Сьютлэнд-парквей на Силвер-Хилл-роуд и уже через милю заметил справа от шоссе смутные очертания ЦТП СМ, уютно устроившегося среди деревьев. По периметру комплекс окружал забор из колючей проволоки.

«Надежно спрятана, говоришь? — Малах усмехнулся. — Ничего, мне откроют двери».

Глава 24

Открытие словно окатило Лэнгдона мощной волной.

«Теперь ясно, зачем я здесь».

Стоявшему в центре Ротонды Лэнгдону неудержимо захотелось убежать... прочь от руки Питера, от сияющего золотого перстня, от подозрительных взглядов Сато и Андерсона. Вместо этого он замер на месте и вцепился в ремешок портфеля, висевшего у него на плече.

«Надо выбираться отсюда».

Он стиснул зубы, вспомнив, что произошло в Гарварде несколько лет назад. Как обычно, после бассейна, в шесть часов утра Лэнгдон вошел к себе в кабинет, вдыхая привычные запахи мела и парового отопления. Он сделал два шага к доске и вдруг остановился.

У стола его дожидался какой-то человек — элегантно одетый джентльмен с орлиным носом и благородными серыми глазами.

— Питер! — изумленно воскликнул Лэнгдон.

Белоснежная улыбка Питера Соломона сверкнула в полумраке.

— Доброе утро, Роберт. Не ожидал меня увидеть? — Он говорил тихо, но в его голосе чувствовалась сила.

Лэнгдон бросился к старому другу и тепло пожал ему руку.

— Надо же, голубая кровь Йеля в стане Багряных! — заметил он, намекая на традиционные цвета соперничающих между собой университетов. — Да еще ни свет ни заря. Какими судьбами?

— Секретная операция в тылу врага, — рассмеялся Соломон и одобрительно посмотрел на подтянутый живот Лэнгдона. — Плавание идет тебе на пользу — отлично выглядишь!

— Это я нарочно, чтобы ты почувствовал себя старым, — поддразнил его Лэнгдон. — Страшно рад тебя видеть. Как дела?

— Да вот, небольшая командировка, — ответил Питер, окидывая взглядом пустую аудиторию. — Прости, что так нагрянул, но у меня всего несколько минут. Я хотел попросить тебя... об одной услуге.

«Неожиданно. Что я могу сделать для человека, у которого есть все?» — подумал Лэнгдон.

— Проси чего хочешь, — ответил он, радуясь возможности хоть как-то помочь своему благодетелю — тем более на долю Питера Соломона выпало столько горя.

Соломон понизил голос:

— Я прошу тебя кое за чем присмотреть.

Лэнгдон закатил глаза.

— Только не за Геркулесом!

Однажды Лэнгдон согласился приютить на время огромного мастифа Питера. Вскоре пес заскучал по своей любимой кожаной жевалке и быстро нашел ей достойную замену — рукописную иллюстрированную Библию начала XVII века. Лэнгдон решил, что выговором Геркулес не отделается.

— Ты же знаешь, я ищу равноценный экземпляр, — робко улыбнувшись, сказал Соломон.

— Брось, я даже рад, что Геркулес увлекся религией.

Соломон рассмеялся, но как-то натянуто.

— Роберт, я прошу тебя присмотреть за очень важной для меня вещью. Она перешла в мое распоряжение довольно давно, однако хранить ее у меня дома или в офисе небезопасно.

Лэнгдону стало не по себе. «Очень важная вещь» наверняка стоила целое состояние.

— А чем тебе банки не угодили?

«Состояние семьи хранится в половине банков Америки!»

— Придется подписывать кучу бумаг, разговаривать со служащими... Я бы предпочел надежного друга. К тому же ты умеешь хранить секреты. — Соломон достал из кармана небольшой сверток и вручил его профессору.

Питер заинтриговал Лэнгдона, и потому он рассчитывал увидеть нечто более примечательное. Выцветшая оберточная бумага, перевязанная бечевкой, по-видимому, скрывала небольшую квадратную шкатулку. Судя по весу и размеру свертка, внутри шкатулки лежал какой-то каменный или металлический предмет.

«И это все?»

Лэнгдон повертел сверток в руках и заметил, что бечевка с одной стороны запечатана сургучом, как древний свиток. На печати виднелся двуглавый феникс с числом 33 на груди — традиционный символ высшего масонского градуса.

— Брось, Питер! — Лэнгдон криво усмехнулся. — Ты Досточтимый Мастер масонской ложи, а не Папа Римский! Используешь печатку по назначению?

Соломон взглянул на свой перстень и рассмеялся:

— Этот сверток запечатал не я, Роберт, а мой прадед. Почти век назад.

Лэнгдон вскинул голову:

— Что?!

Соломон показал ему перстень.

— Печатка принадлежала ему, потом моему деду, затем отцу и, наконец, мне.

Лэнгдон поднес сверток к глазам.

— Твой прадед запечатал шкатулку сто лет назад, и с тех пор никто ее не открывал?!

— Верно.

— Но... почему?

Соломон улыбнулся:

— Еще не время.

— Для чего?!

— Роберт, понимаю, это звучит странно, однако чем меньше ты знаешь, тем лучше. Просто спрячь шкатулку подальше и никому о ней не рассказывай.

Лэнгдон всмотрелся в его лицо — уж не шутит ли? Соломон частенько устраивал забавные розыгрыши... Вдруг и на этот раз он решил подшутить над другом?

— Питер, надеюсь, ты не нарочно разыгрываешь эту сценку, чтобы я решил, будто мне доверили страшную масонскую тайну, и из любопытства вступил в ваши ряды?

— Масоны не стремятся пополнять ряды братства, ты же знаешь, Роберт. Тем более ты уже говорил, что не хочешь вступать.

И то правда. Лэнгдон питал глубокое уважение к масонской философии и символизму, но все же решил не проходить обряд посвящения. Клятва помешала бы ему рассказывать о братстве студентам — по той же причине Сократ когда-то отказался официально участвовать в Элевсинских мистериях.

Рассмотрев загадочную шкатулку и масонскую печать, Лэнгдон не удержался и задал очевидный вопрос:

— Почему ты не доверишь этот предмет кому-нибудь из братьев?

— Скажем, я считаю, что вне братства он будет в большей безопасности. И не думай, что это какой-нибудь пустяк, раз поместился в крохотную шкатулку. По словам отца, эта вещь обладает огромной силой. Нечто вроде талисмана.

«Я не ослышался?»

Талисман — предмет, обладающий магической силой. Традиционно считается, что они приносят удачу, оберегают от злых духов или служат для проведения ритуалов.

— Питер, ты в курсе, что талисманы вышли из моды еще в Средние века?

Соломон терпеливо положил руку на плечо Лэнгдона.

— Конечно, Роберт, все это звучит дико. Мы давно с тобой знакомы, и скептицизм —

одна из сильнейших черт твоего характера. Но именно скептицизм и делает тебя уязвимым. Я не могу просить тебя *поверить*... лишь *довериться*. Пожалуйста, доверься мне: это очень сильный талисман. Говорят, он наделяет своего хозяина даром создавать порядок из хаоса.

Лэнгдон удивленно воззрился на друга. «Ordo ab chao», «Порядок из хаоса», — древнейший масонский девиз. Однако сама мысль о том, что талисман наделяет человека каким-либо даром, была абсурдна, не говоря уж о даре упорядочивать хаос.

— Эта вещь опасна в руках непосвященных. К несчастью, у меня есть основания полагать, что за ней будут охотиться очень влиятельные люди. — Лэнгдон никогда не видел, чтобы у Питера был такой серьезный взгляд. — Пожалуйста, спрячь ее и храни у себя. Ладно?

В тот вечер Лэнгдон вертел сверток в руках, сидя за кухонным столом, и пытался представить, что может быть внутри. В конце концов он попросту списал все на эксцентричность Питера, убрал шкатулку в библиотечный сейф и благополучно о ней не вспоминал.

До сегодняшнего утра.

Утром ему позвонил незнакомец с южным акцентом.

— А, профессор, чуть не забыл! — опомнился секретарь, предоставив Лэнгдону все необходимые для поездки сведения. — Мистер Соломон просил вас еще об одной услуге.

— Да? — Мысленно Лэнгдон уже готовился к предстоящему выступлению.

— Он оставил записку. — Секретарь прочел ее вслух, с трудом разбирая почерк Питера: — «Пожалуйста, попроси Роберта... привезти... маленький запечатанный сверток, который я дал ему много лет назад». — Он умолк. — Ну как, поняли, о чем речь?

Лэнгдон с удивлением вспомнил шкатулку, которая все это время пролежала в его сейфе.

— Вообще-то да.

— И вы можете это привезти?

— Конечно, так ему и передайте.

— Чудесно! — с облегчением сказал секретарь. — Удачного вам выступления и счастливого пути.

Перед выходом из дома Лэнгдон вынул из сейфа завернутую в бумагу шкатулку и убрал ее в портфель.

Теперь он стоял в Ротонде Капитолия и был уверен только в одном: Питер Соломон пришел бы в ужас, если б узнал, как Лэнгдон его подвел.

Глава 25

«Господи, Кэтрин была права. Как обычно».

Триш Данн изумленно смотрела на результаты поиска, высвечивающиеся на плазменной стене один за другим. Она думала, что поиск вообще не даст результатов, однако их оказалось больше десятка. И они продолжали поступать.

Особенно многообещающей выглядела одна запись.

Триш повернулась в сторону библиотеки и крикнула:

— Кэтрин! Посмотрите, что я нашла!

Последний раз Триш запускала такого «паука» пару лет назад, и тогда подобный поиск ничего бы не принес. Однако с тех пор количество оцифрованного материала в мире так возросло, что найти можно было буквально все... Сегодняшние результаты не на шутку ее поразили. Одно из ключевых слов Триш вообще видела впервые, но нашлось и оно.

В аппаратную ворвалась Кэтрин.

— Что у вас?

— Целая куча результатов! — Триш показала на плазменную стену. — В каждом из этих документов есть все названные вами ключевые слова.

Кэтрин убрала волосы за уши и начала читать.

— Только не слишком обнадеживайтесь, — добавила Триш. — Большая часть этих документов вам не подходит. Их еще называют «черными дырами». Посмотрите на размеры файлов, они просто огромные. Это архивы миллионов писем, многотомные энциклопедии, доски объявлений, выложенные в Сеть много лет назад, и все в таком роде. Благодаря большому размеру и разнородному содержанию в них скопилось столько потенциальных ключевых слов, что они «засасывают» любые поисковые запросы.

Кэтрин показала пальцем на запись вверху списка.

— А это?

Триш улыбнулась. Кэтрин все поняла и немедленно заметила единственный файл небольшого размера.

— А вы глазастая. Да, пока это наш единственный кандидат. Документ совсем крошечный, буквально на страницу.

— Открывайте, — напряженно проронила Кэтрин.

Триш не могла и представить, как на одной странице могут поместиться все ключевые фразы Кэтрин. Тем не менее они там были — красовались на самом виду.

Кэтрин подошла ближе, не сводя глаз с плазменной стены.

— Документ... урезанный?

Триш кивнула.

— Добро пожаловать в мир цифровых текстов.

Автоматическое исключение части информации перед выкладыванием оцифрованного текста в Сеть давно стало обычной практикой. Сервер разрешает пользователям выполнять поиск по всему документу, однако на экран выводит лишь «выжимку», непосредственное окружение запрошенных ключевых слов. Выпуская большую часть текста, сервер не только избегает нарушения авторских прав, но и как бы говорит пользователю: «У меня есть необходимая тебе информация; если хочешь ее получить, придется раскошелиться».

— Как видите, — сказала Триш, прокручивая вымаранную страницу, — в документе содержатся все нужные слова.

Кэтрин потрясенно воззрилась на текст.

Через минуту Триш вернулась к началу страницы. Ключевые слова были выделены прописными буквами, а по обеим сторонам от них сервер оставил еще одно-два слова.

[redacted]

[redacted] тайник в ПОДЗЕМЕЛЬЕ, где [redacted]

[redacted] ... [redacted]

[redacted] В ВАШИНГТОНЕ, координаты [redacted]

[redacted] ... [redacted]

[redacted] найден ДРЕВНИЙ ПОРТАЛ, ведущий к [redacted]

[redacted] ... [redacted]

[redacted] предупреждение, что ПИРАМИДА таит опасн [redacted]

[redacted] ... [redacted]

[redacted] расшифровать СИМБОЛОН, чтобы раскрыть [redacted]

Триш не представляла, о чем идет речь в этом документе.

«И что такое «симболон»?!»

Кэтрин в нетерпении подошла к экрану.

— Откуда этот текст? Кто его написал?

Триш уже начала это выяснять.

— Одну секунду, я найду сервер.

— Мне нужен автор, — напряженно повторила Кэтрин, — и полный текст!

— Я пытаюсь, — ответила Триш, напуганная внезапным холодом в голосе начальницы.

Как ни странно, обычного веб-адреса у документа не было, только IP.

— Не получается пробить IP и выяснить название домена, — сказала Триш. — Погодите, сейчас запущу трассировку.

Она ввела в командную строку несколько команд, чтобы получить данные всех промежуточных узлов между ее компьютером и сервером, на котором хранился загадочный документ.

— Начинаю.

Трассировка прошла мгновенно: почти сразу на экране высветился длинный список сетевых устройств. Триш прокрутила его ниже... еще ниже... мимо всех маршрутизаторов и узлов к самому...

«Что за чертовщина?»

Трассировка остановилась, не дойдя до нужного сервера. Сетевое устройство не откликнулось на запрос, а как будто его поглотило.

— Мой запрос заблокировали, — проронила Триш.

«Так вообще бывает?»

— Попробуйте еще раз.

Триш опять запустила трассировку — и вновь ничего.

— Нет, бесполезно. Видимо, документ лежит на сервере, который невозможно вычислить. — Она взглянула на предыдущие узлы. — Но могу сказать, что находится он где-то в Вашингтоне.

— Шутите?

— Нисколько. Впрочем, оно и понятно: такие «пауки» всегда работают по спирали, начиная с местных ресурсов. Тем более в ваших ключевых словах было название города.

— А как насчет запроса «whois»? — предложила Кэтрин. — Разве он не поможет установить хозяина домена?

«Немного примитивное решение, но почему бы не попробовать?»

Триш вошла в базу данных «whois» («кто есть кто») и запустила поиск по IP-адресам, надеясь, что загадочные цифры все же совпадут с именем какого-нибудь домена. Поиск не дал результатов, и Триш развела руки, сдаваясь.

— Такого IP-адреса не существует. О нем нет никаких данных.

— Но он есть! Мы только что видели документ, который там хранится.

«Ваша правда».

Вот только хозяин документа предпочел скрыть свою личность.

— Не знаю, что и сказать. Я в трассировке IP-адресов мало что смыслю, разве к хакерам обратиться...

— А вы кого-нибудь знаете?

Триш воззрилась на начальницу.

— Кэтрин, я пошутила! Это незаконно и вообще...

— Но они смогут пробить IP? — Кэтрин взглянула на часы.

— Ну да... По идее это очень легко.

— Так вы кого-нибудь знаете?

— Хакеров-то? — Триш рассмеялась. — Это половина моих бывших коллег!

— Кому из них можно доверять?

«Она серьезно?!»

По глазам Кэтрин было видно, что да, более чем.

— Ну... знаю я одного парня, — выпалила Триш, — работал у нас специалистом по безопасности — мозги что надо. Хотел со мной встречаться, а я не горела желанием, но человек хороший... Ему можно доверять. Вдобавок принимает заказы.

— А молчать умеет?

— Он же хакер, конечно, умеет! Правда, запросит не меньше тысячи долларов за...

— Звоните. Предложите вдвое больше за быстрый ответ.

Триш не знала, чего ей хотелось меньше — помочь Кэтрин нанять хакера... или звонить парню, которому до сих пор не верилось, что рыжая пышка из отдела анализа метасистем отвергла его ухаживания.

— Не передумаете?

— Лучше звоните из библиотеки, — сказала Кэтрин, — там засекреченный номер. И, естественно, про меня ни слова.

— Хорошо.

Она уже направилась к двери, когда вдруг пискнул айфон Кэтрин — пришло сообщение. Триш остановилась на полпути: может, ее освободят от неприятного поручения? Кэтрин достала из халата телефон, взглянула на экран и облегченно выдохнула.

«Наконец-то!»

Сообщение было от брата.

— Брат написал, — сказала Кэтрин.

Триш с надеждой посмотрела на начальницу.

— Может, сначала посоветуемся с ним, а уж потом позвоним хакеру?

Кэтрин снова прочла текст на плазменной стене, и у нее в голове прозвучали слова доктора Аваддона: «То, что, по мнению вашего брата, спрятано в Вашингтоне... можно найти». Кэтрин уже не знала, чему верить, но этот документ хотя бы проливал свет на безумные идеи, которыми вдруг увлекся Питер.

Она покачала головой:

— Я хочу знать, кто написал текст и где он хранится. Звоните.

Триш нахмурилась и вышла за дверь.

Объяснит документ тайну Питера или нет — неизвестно, но одна тайна сегодня уже раскрылась: брат наконец-то разобрался в подаренном Кэтрин айфоне.

— Ах да, и свяжитесь с журналистами! — крикнула она вдогонку Триш. — Объявим, что Питер Соломон набрал первое в жизни эсэмэс!

Малах стоял возле лимузина на парковке торгового центра напротив ЦТП СМ, разминал ноги и дожидался звонка, который должен был вот-вот раздаться. Дождь прекратился, и сквозь тучи пробивался свет зимнего месяца. Такой же свет падал на Малаха сквозь потолочное окно три месяца назад, в Масонском храме, во время посвящения.

Желудок опять заурчал. В двухдневном посту удовольствия немного, но что поделать, таков древний ритуал. Скоро все физические неудобства перестанут иметь значение.

Стоя на холодном ветру, Малах усмехнулся: подумать только, судьба привела его к маленькой церкви! Между стоматологическим центром «Стерлинг дентал» и продуктовым магазином пристроилась крохотная церковка: «ДОМ СЛАВЫ БОЖЬЕЙ».

На окне висела табличка с одним из основных положений церкви: «ВЕРУЕМ, ЧТО ИИСУС, ИСТИННЫЙ БОГ И ИСТИННЫЙ ЧЕЛОВЕК, ЗАЧАТ СВЯТЫМ ДУХОМ И РОЖДЕН ДЕВОЙ МАРИЕЙ».

Малах улыбнулся.

«Да, Иисус и впрямь был Богом и человеком, но божественность не обязательно обретают через непорочное зачатие. Все происходит иначе».

Вечернюю тишину пронзил телефонный звонок. На сей раз верещал мобильный Малаха — одноразовая дешевка, купленная вчера. Именно этого звонка Малах и ждал.

Местный вызов. Малах бросил взгляд через Силвер-Хилл-роуд на смутные очертания зигзагообразной крыши, видневшейся из-за деревьев.

Малах открыл крышку телефона и нарочито низким голосом проговорил:

— Доктор Аваддон.

— Это Кэтрин, — прозвучал женский голос. — Питер наконец-то вышел на связь.

— О, славно! Как у него дела?

— Он сейчас едет ко мне в лабораторию, — ответила Кэтрин. — Видите ли, он пригласил туда и вас.

— Простите? — удивился Малах. — В... лабораторию?

— Должно быть, Питер полностью вам доверяет. Прежде он никого сюда не приглашал.

— Наверно, он счел, что мой визит поможет нашим беседам, однако мне не стоит навязываться...

— Раз уж вас пригласил мой брат, значит, вы действительно желанный гость. Ему многое нужно сказать нам обоим, да и я хочу наконец во всем разобраться.

— Что ж, ладно. Где находится лаборатория?

— Вы знаете адрес Центра технической поддержки Смитсоновского института?

— Нет, — ответил Малах, глядя прямо на центр, — но я сейчас в машине, у меня есть навигатор. Какой точный адрес?

— Силвер-Хилл-роуд, 4210.

— Понял, подождите немного, я напечатаю. — Малах выждал десять секунд и воскликнул: — О, да я, оказывается, совсем рядом! Навигатор говорит, что до вас ехать десять минут.

— Отлично. Я позвоню на пункт охраны и попрошу вас пропустить.

— Спасибо!

— До скорой встречи.

Малах положил телефон в карман и еще раз взглянул на ЦТП.

Как это невежливо — пригласить самого себя!

Улыбнувшись, он достал айфон Питера Соломона и полюбовался сообщением, которое отправил несколько минут назад.

Получил твои сообщ. Все норм. Был занят, про встречу с Аваддоном забыл. Извини, что не сказал о нем раньше — долгая история. Еду в лаб. Если д-р А. сможет, пусть приедет. Я ему доверяю, и мне многое нужно сказать вам обоим.

Разумеется, от Кэтрин уже пришел ответ:

Питер, поздравляю, ты научился писать эсэмэски! Рада, что все норм. Позвонила д-ру А., он приедет. До встречи!

Малах сел на корточки и засунул айфон между колесом и асфальтом. Телефон сослужил ему добрую службу... но теперь от него надо избавиться, иначе аппарат могут выследить. Малах сел за руль и медленно покатил вперед. Раздался громкий треск.

Вновь припарковав машину, Малах еще раз посмотрел на нечеткий силуэт ЦТП. «Десять минут». В богатом музее Питера Соломона хранилось свыше тридцати тысяч сокровищ, однако Малаху были нужны только самые ценные.

Все исследования Кэтрин Соломон.

И сама Кэтрин.

Глава 26

— Профессор Лэнгдон? — окликнула Сато. — Вы как будто привидение заметили! Что с вами?

Лэнгдон поправил портфель, висевший на плече, и положил на него руку, словно защищая. Лицо у него посерело — он сам это чувствовал.

— Я... просто волнуюсь за Питера.

Сато вскинула голову и прищурилась.

Лэнгдону вдруг пришло на ум, что участие Сато в этом деле может быть связано с таинственной шкатулкой, доверенной ему Питером. Он ведь предупреждал Лэнгдона: «За ней будут охотиться очень влиятельные люди... Эта вещь опасна в руках непосвященных». Непонятно только, зачем ЦРУ могла понадобиться шкатулка с талисманом... и что это за талисман.

«Порядок из хаоса?»

Сато подошла ближе и испытующе уставилась на Лэнгдона.

— Вас, случаем, не осенило?

Лэнгдон взмок.

— Нет... не совсем.

— О чем вы думаете?

— Да просто... — Лэнгдон помедлил, не зная, что ответить. Он вовсе не собирался рассказывать Сато о шкатулке, однако если его повезут в ЦРУ, то на входе в любом случае обыщут. — Вообще-то... у меня появилась еще одна догадка. Насчет татуированных цифр.

Сато хранила невозмутимое выражение лица.

— Слушаю? — Она мельком взглянула на Андерсона, который только что вернулся, встретив команду криминалистов.

Лэнгдон сглотнул и присел на корточки рядом с рукой, соображая, что сказать.

«Ты же учитель, Роберт! Импровизируй!»

Он последний раз взглянул на семь крошечных символов, надеясь найти в них какое-нибудь вдохновение.

«Ничего. Пусто».

Покопавшись в энциклопедии символов, хранившейся в его мозгу, Лэнгдон нашел только одну зацепку. Эта мысль приходила ему в самом начале, однако он быстро ее отмел. Сейчас она хотя бы поможет выиграть время для размышлений.

— Ну, — начал он, — специалист по символам должен сразу понять, что сбился с пути, если для расшифровки того или иного послания ему приходится прибегать к различным символическим языкам. Например, я сказал вам, что здесь использованы две системы счисления: римская и арабская. Выходит, я никудышный специалист, ведь это совершенно разные языки. То же касается римских цифр и рунического алфавита.

Сато скрестила руки на груди и приподняла брови.

— Ну и?

— Как правило, коммуникация происходит на одном языке, поэтому первая задача при расшифровке любого текста — найти единую систему символов, подходящую ко всем его частям.

— И вы ее нашли?

— Ну да... и нет. — Опыт изучения чередующейся симметрии амбиграмм не прошел для Лэнгдона даром. Теперь он знал, что символы могут иметь разные значения в зависимости от угла, под которым на них смотришь. С этой точки зрения семь символов на руке Питера вполне укладывались в одну систему.

— Если немного повернуть руку, то язык становится понятен.

На это указывала и герметическая формула, названная преступником в самом начале: «Как вверху, так и внизу».

Лэнгдон неохотно протянул руку к деревянному основанию, на котором держалась ампутированная кисть Питера. Он осторожно перевернул основание, так что вытянутые пальцы стали указывать в пол, и символы на ладони преобразились.

— Под таким углом XIII становится обычным римским числительным — тринадцать, а арабские цифры превращаются в латиницу: SBB.

Лэнгдон предполагал, что новая комбинация цифр и букв вызовет лишь недоуменные взгляды, но Андерсон вдруг изменился в лице.

— SBB?! — воскликнул он.

Сато обернулась.

— Если не ошибаюсь, в Капитолии это сочетание имеет смысл.

Андерсон побледнел.

— Верно.

Сато зловеще улыбнулась и кивнула начальнику полиции:

— Пройдемте со мной, надо переговорить.

Пока директор Сато уводила Андерсона в сторону, Лэнгдон оторопело стоял на месте. «Что тут происходит, черт возьми? И что такое SBB XIII?»

Андерсон не переставал удивляться происходящему. На руке написано «SBB XIII»? Странно, что постороннему известно такое сочетание букв... не говоря уж о цифрах. Палец Питера Соломона указывал не вверх, как им сначала показалось... а в обратном направлении.

Директор Сато подвела его к бронзовой статуе Томаса Джефферсона, где было сравнительно тихо.

— Андерсон, насколько я понимаю, вам известно точное местонахождение SBB XIII?

— Конечно.

— Что там хранится?

— Не знаю. Туда никто не ходил лет десять, если не больше.

— Что ж, придется сходить.

«С какой стати она указывает мне, что делать в собственном здании?»

— Мэм, это проблематично. Прежде надо посмотреть, кому принадлежит SBB XIII. Видите ли, большинство подвальных помещений — частные кабинеты или склады, а по протоколу службы безопасности...

— Вы откроете SBB XIII, — перебила его директор, — или я вызову сюда бригаду с тараном.

Андерсон воззрился на Сато, затем медленно вынул рацию и поднес ее к губам.

— Говорит Андерсон. Необходимо открыть SBB. Пришлите туда кого-нибудь через пять минут.

Ему ответил растерянный подчиненный:

— Шеф, я не ослышался, вы сказали «SBB»?

— Да. Немедленно отправьте туда человека. И пусть захватит фонарь.

Он убрал рацию. Сато подошла к нему вплотную и зашептала:

— Андерсон, время идет. Не теряйте его.

— Да, мэм.

— У меня к вам еще одна просьба.

«Вдобавок ко взлому и несанкционированному проникновению?»

Андерсон не имел права возражать, однако от его внимания не ушло, что Сато явилась в Ротонду через несколько минут после обнаружения руки и теперь пользуется ситуацией, чтобы попасть в сектор Капитолия, находящийся в пользовании частных лиц. Директор Службы безопасности ЦРУ настолько опережала события, что буквально сама их обуславливала.

Сато кивнула в сторону профессора:

— Портфель Лэнгдона.

Андерсон покосился туда же.

— Что с ним?

— Охрана при входе наверняка сделала рентгеновский снимок?

— Конечно, мы сканируем все сумки.

— Узнайте, что внутри.

Андерсон опять посмотрел на Лэнгдона.

— А... не проще спросить его самого?

— Что вам не понятно в моем распоряжении?

Андерсон по рации передал охранникам распоряжение Сато. Она дала ему электронный адрес своего блэкберри и велела как можно скорее переслать рентгеновский снимок. Андерсон неохотно согласился.

Криминалисты хотели увезти ампутированную кисть в полицию Капитолия, однако Сато распорядилась доставить ее своей команде в Лэнгли. У Андерсона не было сил возражать — его раздавил маленький японский бульдозер.

— А перстень давайте сюда! — крикнула она вслед криминалистам.

Главный технический специалист хотел было возразить, но потом передумал и покорно опустил перстень, снятый с застывшего пальца, в прозрачный пакет. Сато убрала его в карман.

— Профессор, мы уходим, — скомандовала она.

— Куда?

— Следуйте за мистером Андерсоном.

«Угу... — подумал начальник охраны. — И лучше не отставайте».

В секторе SBB довелось побывать очень немногим. Попасть туда можно только через лабиринт крошечных комнат и узких коридоров, скрывающихся под криптой. Младший сын Авраама Линкольна, Тэд, однажды заблудился там и едва не погиб. Андерсон начал подозревать, что, если Сато добьется своего, Лэнгдона может постичь та же участь.

Глава 27

Специалист по безопасности систем Марк Зубианис всегда гордился своим даром одновременно выполнять несколько дел. Сейчас он сидел на диване, а вокруг него расположились: пульт от телевизора, трубка радиотелефона, ноутбук, карманный компьютер и большая миска чипсов. Вполглаза следя за игрой «Редскинз» и поглядывая на монитор ноутбука, Зубианис разговаривал, используя устройство для беспроводной связи, с женщиной, от которой больше года не было ни слуху ни духу.

«Мечтали поболтать по телефону во время решающего матча? Обращайтесь к Триш Данн!»

Бывшая коллега, в который раз доказав свою оторванность от общества, решила, что именно во время матча «Редскинз» с Марком лучше всего пофлиртовать — а заодно и попросить об одолжении. Триш напомнила ему о прошлом, не преминула заметить, что соскучилась по его шуткам, и перешла к делу: она, мол, пытается пробить засекреченный IP-адрес сервера, вероятно, расположенного в Вашингтоне. На сервере лежит некий документ, который и нужно достать... или хотя бы раздобыть информацию о его владельце.

— Звонишь кому надо, но не вовремя, — ответил ей Зубианис.

Триш засыпала его самыми лестными (впрочем, вполне заслуженными) похвалами, какими только можно пронять компьютерщика, и Зубианис сам не заметил, как вбил странный IP в свой ноутбук.

С первого взгляда на IP он заподозрил неладное.

— Триш, у адреса необычный формат. Этого протокола еще нет в открытом доступе. Документ наверняка правительственный или военный.

— Военный? — Триш рассмеялась. — Поверь мне, я только что просмотрела «выжимку» этого документа — он точно не военный!

Зубианис вызвал командную строку и попробовал выполнить трассировку.

— Говоришь, твой запрос не прошел?

— Да, я два раза пыталась. Останавливается на одном и том же узле.

— Мой тоже. — Зубианис запустил программу обнаружения ошибок. — А зачем тебе этот IP?

— Я написала делегатор, и тот нашел мне урезанный документ. Я бы рада заплатить за полную версию, но не могу выяснить, кто владелец сервера и как туда попасть.

Зубианис нахмурился.

— А тебе очень надо? Смотрю, защита у них... неслабая.

— Потому тебе и предлагают большие деньги.

За такое плевое дело ему действительно посулили целое состояние. Он призадумался.

— Триш, один вопрос. Чего тебе дался этот IP?

Она помолчала.

— Меня попросили об услуге.

— Должно быть, просил кто-то особенный.

— Ну да, она особенная.

Зубианис прыснул, но от колкостей удержался.

«Так и знал!»

— Слушай, — нетерпеливо сказала Триш, — ты пробьешь IP или нет?

— Да, пробью. И да, я знаю, что пляшу под твою дудку.

— Сколько тебе нужно времени?

— Немного, — ответил Зубианис, уже печатая. — В пределах десяти минут или около того я проберусь на сервер. Как только пойму, где я, сразу тебе позвоню.

— Спасибо огромное, Марк. А вообще как дела?

«Неужели спросила?»

— Триш, Бога ради, ты звонишь посреди футбола! Что, поболтать вдруг захотелось? Мне хакнуть этот IP или нет?

— Спасибо, Марк, я страшно тебе признательна. Жду звонка.

— Пятнадцать минут. — Зубианис повесил трубку, схватил миску с чипсами и приглушил звук телевизора.

«Ох уж эти женщины...»

Глава 28

«Куда меня ведут?»

Лэнгдон торопливо шел за Андерсоном и Сато в глубь Капитолия, и сердце у него колотилось все быстрее. Их путь начался с западной галереи Ротонды — оттуда они спустились по мраморной лестнице и повернули в обратном направлении, войдя в знаменитый зал, расположенный прямо под Ротондой.

Крипта Капитолия.

Воздух здесь был тяжелее, и Лэнгдон ощутил первые признаки клаустрофобии. Низкий потолок и тусклый свет подчеркивали массивность сорока дорических колонн, поддерживающих огромный каменный пол Ротонды.

«Спокойно, Роберт».

— Нам сюда. — Андерсон свернул налево и пошел через круглый зал.

К счастью, именно в этой крипте никаких покойников не было, лишь несколько статуй, макет Капитолия и помост под балдахином, на который во время похорон ставили гроб. Однако компания промчалась по Крипте, не взглянув даже на четырехконечную звезду в центре пола, где раньше горел Вечный огонь.

Андерсон явно спешил, а Сато с головой ушла в свой наладонник. Лэнгдон слышал, что сотовая связь есть даже в самых глухих закоулках Капитолия — для сотен ежедневных правительственных звонков.

Пройдя Крипту по диагонали, трое попали в слабо освещенный вестибюль, а затем принялись петлять по извилистым коридорам с бесчисленными дверями — на каждой был идентификационный номер. Лэнгдон шел и читал: «S154... S153... S152...»

Он понятия не имел, что находится за этими дверями, но хоть одно теперь прояснилось: татуировка на ладони Питера «SBB XIII» — номер какой-то комнаты в недрах Капитолия.

— Что это за двери? — Лэнгдон покрепче прижал к себе портфель и задумался, какое отношение шкатулка Соломона могла иметь к двери под номером SBB 13.

— Офисы и склады, — ответил Андерсон и добавил, косясь на Сато: — Частные.

Та даже не оторвалась от своего блэкберри.

— Они вроде совсем крошечные, — заметил Лэнгдон.

— Да, помпезные кладовки по сути, но другой такой востребованной недвижимости в Вашингтоне еще поискать. Это сердце первоначального Капитолия: старый зал заседаний сената в двух этажах над нами.

— А SBB XIII? — спросил Лэнгдон. — Чей это офис?

— Ничей. SBB — частное хранилище, и я несколько удивлен...

— Андерсон, — перебила его Сато, не отрываясь от наладонника. — Ведите, не отвлекайтесь.

Он стиснул зубы и молча повел их через странного вида помещение — гибрид камеры хранения и лабиринта. Почти на каждой стене висели таблички и стрелки, указывающие на те или иные комнаты в паутине коридоров.

S142 — S152...

ST1 — ST70...

H1 — H166 и HT1 — HT67...

Лэнгдон подумал, что в одиночку ни за что бы отсюда не выбрался.

«Это же настоящий лабиринт!»

Насколько он понял, буквы «S» и «H» говорили о том, что комната находится либо на стороне сената (Senate), либо на стороне палаты представителей (House of Representatives). Зоны, обозначенные ST и HT, находились на террасном этаже.

«А где же тогда SBB?»

Наконец они подошли к тяжелой стальной двери с электронным замком, прорезью для карты и табличкой:

ЭТАЖ SB

«Значит, уже близко».

Андерсон неохотно потянулся за карточкой — ему были не по душе требования Сато.

— Мне всю ночь здесь торчать? — поторопила его она.

Андерсон вставил карту в прорезь, открыл стальную дверь, и они вошли в находившийся за ней тамбур. Замок щелкнул, и дверь затворилась.

На это Лэнгдон точно не рассчитывал: вниз уходила еще одна лестница.

— Опять?! — изумленно спросил он. — Под Криптой есть еще этаж?

— Да, — ответил Андерсон. — SB расшифровывается как Senate Basement, цокольный этаж, сторона сената.

Лэнгдон застонал. «Лучше не придумаешь!»

Глава 29

За последний час свет фар на подъездной дороге к ЦТП показался впервые. Охранник прилежно убавил громкость на переносном телевизоре и спрятал чипсы под стойку. «Вот принесла нелегкая...» «Редскинз» как раз заканчивали первый игровой момент, и охраннику вовсе не хотелось его пропускать.

Он еще раз прочел имя, записанное в блокноте. «Доктор Кристофер Аваддон». Только что Кэтрин Соломон предупредила о скором прибытии гостя.

«Видать, доктор ваш свое дело знает, раз на черном лимузине катается...»

Длинный обтекаемый автомобиль остановился рядом с будкой, и со стороны водителя опустилось стекло.

— Добрый вечер! — сказал шофер — мускулистый здоровяк с бритой головой. Из салона доносились звуки радио — передавали футбольный матч. — У меня доктор Кристофер Аваддон. Приехал по приглашению Кэтрин Соломон.

Охранник кивнул:

— Документы, пожалуйста.

Шофер удивился:

— Разве мисс Соломон вас не предупредила?

Охранник кивнул и украдкой покосился на телевизор.

— Да, но мне все равно нужно посмотреть документы и занести данные в журнал. Простите, таковы правила. Удостоверение личности доктора Аваддона, пожалуйста.

— Ладно, сейчас. — Шофер обернулся назад и что-то тихо проговорил по внутренней связи. Охранник тем временем опять покосился на телевизор: «Редскинз» заканчивали обсуждение.

«Отделаться бы от этого лимузина, пока не началось!»

Шофер вновь повернулся к охраннику и протянул водительские права, которые, видимо, ему передали через перегородку.

Охранник взял карточку и быстро ее просканировал. Права принадлежали некоему Кристоферу Аваддону из Калорама-Хайтс. На фото был привлекательный блондин в синем пиджаке, при галстуке и с шелковым платком в нагрудном кармане.

«Кто ж так наряжается в автоинспекцию?»

Со стороны телевизора донеслись приглушенные крики толпы. Охранник развернулся к экрану: игрок «Редскинз» приплясывал в очковой зоне, тыча пальцем в небеса. «Пропустил!» — вздохнул охранник и отдал шоферу права.

— Все нормально! Можете проезжать.

Лимузин поехал, и охранник тут же уткнулся в телевизор, надеясь на повтор.

Подъезжая по извилистой дороге к ЦТП, Малах не смог сдержать улыбки. В секретный музей Питера Соломона попасть оказалось нетрудно. Что еще приятнее, Малах проникал в его личное пространство уже второй раз за сутки. Вчера он нанес похожий визит в дом Питера.

У Соломонов было великолепное имение в Потомаке, но большую часть времени Питер проводил в вашингтонском пентхаусе, на последнем этаже фешенебельного комплекса «Дорчестер-армс». Это здание, как и полагается домам богачей, выглядело неприступной крепостью: высокие стены, охраняемые ворота, списки гостей, подземная парковка.

Подъехав в лимузине к сторожевой будке, Малах учтиво приподнял шоферскую фуражку и церемонно, словно вез самого герцога Йоркского, объявил: «Доктор Кристофер Аваддон прибыл по приглашению мистера Питера Соломона».

Охранник открыл журнал и попросил удостоверение личности.

— Все верно, мистер Соломон ожидает доктора Аваддона. — Он нажал кнопку и открыл ворота. — Мистер Соломон живет на самом верху, в пентхаусе. Вам нужен последний лифт справа.

— Благодарю. — Малах козырнул и проехал в ворота.

На парковке он тщательно высматривал камеры наблюдения, но ни одной не заметил. Видимо, жильцы дома были не из тех, кто может обчистить чужую машину, и не из тех, кто любит лишнее внимание.

Малах припарковался в темном углу, рядом с лифтами, опустил перегородку между салоном и водительским местом и протиснулся назад. Там он снял фуражку и надел светлый парик. Разгладив пиджак и галстук, он посмотрел в зеркало — не смазался ли тональный крем. Сегодня Малах не хотел рисковать.

«Уж слишком я долго ждал».

Несколько секунд спустя он вошел в частный лифт — тот бесшумно и быстро поднялся на верхний этаж. Дверь открылась в элегантно обставленное фойе, где гостя уже поджидал хозяин дома.

— Добро пожаловать, доктор Аваддон!

Малах заглянул в знакомые серые глаза, и сердце забилось быстрее.

— Мистер Соломон, спасибо, что согласились меня принять!

— Прошу, зовите меня Питер. — Они пожали друг другу руки. Малах заметил золотой перстень... на той самой руке, что когда-то целилась в него. В голове прозвучал шепот из далекого прошлого: «Если спустишь курок, я буду преследовать тебя до конца жизни».

— Проходите, пожалуйста. — Соломон провел Малаха в уютную гостиную, из больших окон которой открывался великолепный вид на Вашингтон.

— Неужели я чувствую аромат свежезаваренного чая? — спросил Малах.

Соломон был приятно удивлен.

— Да, мои родители всегда угощали гостей чаем, а я продолжаю семейную традицию. — На столике перед камином стоял чайный сервиз. — Сахар, молоко?

— Нет, спасибо, предпочитаю черный.

И опять во взгляде Соломона отразилось приятное удивление.

— Да вы пурист! — Он разлил чай по чашкам. — Вы говорили, что хотите обсудить со мной что-то личное...

— Да, спасибо, что согласились уделить мне время.

— Мы теперь братья-масоны. Расскажите, чем я могу помочь.

— Сначала я бы хотел поблагодарить вас за оказанную честь — посвящение в тридцать третью степень. Для меня это очень важно.

— Благодарю вас, но имейте в виду, такие решения не принимаются в одиночку. Голосовал весь Верховный совет.

— Разумеется. — Малах подозревал, что Питер Соломон мог проголосовать и против него, однако среди масонов, как и везде, деньги имели первостепенное значение. Через месяц после получения тридцать второго градуса Малах сделал добровольное мультимиллионное пожертвование от имени Великой масонской ложи. Этот щедрый жест быстро поднял его на последнюю, тридцать третью ступень.

«Однако никаких тайн я не узнал».

Несмотря на вековые толки («Все явит тридцать третий градус»), Малаху не рассказали ничего, что помогло бы ему достичь цели. Но он и не ждал откровений. В кругу избранных масонов существовал еще более узкий круг... куда Малах попал бы очень не скоро, если бы вообще попал. Ну да ничего, посвящение в тридцать третью степень уже сыграло свою роль. В Храмовом зале тогда произошло нечто особенное, вознесшее Малаха над всеми остальными.

«Я больше не играю по вашим правилам».

— Вы ведь помните, — сказал Малах, отпивая чай, — что мы с вами встречались и раньше.

— Правда? — удивился Соломон. — Не припоминаю.

— Это было много лет назад.

«И на самом деле меня зовут не Кристофер Авадон».

— Простите, наверное, годы берут свое. Где же мы встречались?

Малах в последний раз улыбнулся человеку, которого ненавидел больше всех на свете.

— Как жаль, что вы забыли!

Ловким движением Малах выхватил из кармана небольшой прибор и с силой ткнул им Соломону в грудь. Мелькнула голубая искра, прошипел электрический разряд, и с губ Питера сорвался крик боли — словно сквозь его тело прошло напряжение в миллион вольт. Он выпучил глаза и обмяк в кресле. Малах был уже на ногах и исходил слюной, точно лев над добычей.

Соломон задыхался.

В его глазах мелькнул неподдельный ужас. Интересно, многие ли видели испуганного Питера Соломона? Несколько долгих секунд Малах любовался этим зрелищем, потягивая чай. Соломон задышал ровнее и скривился, пытаясь заговорить.

— З-за что? — наконец выдавил он.

— А ты как думаешь? — вопросил Малах.

На лице Соломона отразилось искреннее недоумение.

— Хочешь... денег?

«Денег?»

Малах рассмеялся и выпил еще глоток чая.

— Я отдал масонам несколько миллионов долларов; богатство мне ни к чему.

«Я пришел за мудростью, а он предлагает богатство!»

— Тогда что... что тебе надо?

— Ты владеешь тайной. И сегодня поделишься ею со мной.

Соломон с трудом поднял подбородок и посмотрел Малаху в глаза.

— Н-не понимаю.

— Хватит врать! — Малах почти вплотную подошел к обездвиженному телу. — Я знаю, что спрятано в Вашингтоне.

Питер Соломон возмущенно сверкнул глазами.

— Не понимаю, что ты несешь!

Малах отпил чаю и поставил чашку на поднос.

— То же самое ты говорил мне десять лет назад — в тот вечер, когда погибла твоя мать.

— Ты?.. — изумленно выдохнул Соломон.

— Она бы не умерла, если бы ты дал мне то, что я просил.

Лицо финансиста исказила гримаса ужаса, узнавания и... неверия.

— Я предупреждал, — сказал Малах. — Если спустишь курок, я буду преследовать тебя до конца жизни.

— Но ты...

Малах ринулся вперед и еще раз ткнул электрошокером в Соломона. Вновь вспыхнула голубая искра, и тот совершенно обмяк.

Малах убрал шокер в карман и спокойно допил чай, затем промокнул губы льняной салфеткой с монограммой и запихал ее Соломону в рот. Взвалив неподвижную жертву на плечи, он зашагал к частному лифту, не забыв прихватить айфон и ключи со столика в коридоре.

«Сегодня ты выдашь все свои тайны, — подумал Малах. — И заодно расскажешь, почему много лет назад бросил меня умирать».

Глава 30

«ЭТАЖ SB»

С каждым торопливым шагом вниз по лестнице Роберт Лэнгдон все сильнее ощущал неумолимые тиски клаустрофобии. Неровные стены цокольного этажа, сложенные из желтого кирпича и камня, как будто сжимались вокруг Лэнгдона. Чем глубже он спускался, тем тяжелее становилось дышать — вентиляция здесь совершенно отсутствовала.

Директор СБ всю дорогу что-то печатала в блэкберри. В настороженных манерах Сато сквозила подозрительность, и вскоре у Лэнгдона возникло ответное чувство. Директор по-прежнему не объяснила, откуда ей стало известно о его приезде.

«Вопрос национальной безопасности?»

Роберт не мог понять, с чего вдруг ЦРУ заинтересовалось древним мистицизмом. Впрочем, он вообще мало что улавливал в последних событиях.

«Питер Соломон доверил мне талисман... Полоумный маньяк заманил меня в Капитолий и хочет, чтобы я открыл этим талисманом какой-то портал... возможно, расположенный в комнате SBB XIII».

Н-да, попробуй разберись.

На ходу Лэнгдон пытался прогнать из головы кошмарный образ ампутированной кисти, превращенной в Руку мистерий, и заглушить голос Питера, вторящий: «Роберт, Мистерии древности породили множество мифов... Но это еще не значит, что они сами — вымысел».

Несмотря на многолетний опыт изучения символов и истории, Лэнгдон всегда мысленно отрицал легенды о Мистериях древности и апофеозе.

Надо признать, в исторических документах содержалось немало свидетельств о некой переходящей из поколения в поколение тайной мудрости. Возникла она, по-видимому, в школах мистерий Древнего Египта и затем была скрыта, а потом вновь выплыла на поверхность в эпоху Возрождения, когда ее доверили группе выдающихся ученых из «мозгового центра» тогдашней Европы, Лондонского королевского общества, загадочно прозванного «Невидимым колледжем».

Этот тайный «колледж» быстро собрал в своих стенах величайшие умы человечества — в него входили Исаак Ньютон, Фрэнсис Бэкон и даже Бенджамин Франклин. Список других членов общества впечатляет не меньше: Эйнштейн, Хокинг, Бор и Цельсий. Все эти гении сделали огромный вклад в развитие науки, и многие убеждены, что их открытия напрямую связаны с постижением древней мудрости, хранимой Невидимым колледжем. Лэнгдон очень в этом сомневался, однако не мог отрицать, что в стенах Королевского общества творилось немало «загадочных дел».

В 1936-м были найдены тайные рукописи Исаака Ньютона, потрясшие мир: оказалось, великий ученый увлекался алхимией и мистицизмом. В личных бумагах Ньютона нашли письмо к Роберту Бойлю, где он призывал «хранить строгое молчание» касательно некой открывшейся им тайны. «Об этом нельзя рассказывать, — писал Ньютон, — иначе мы рискуем нанести огромный вред всему человечеству».

О значении его слов по сей день велись жаркие споры.

— Профессор, — вдруг сказала Сато, оторвавшись от наладонника, — хоть вы и настаиваете, что не догадываетесь о своей роли в сегодняшних событиях, может, расскажете нам о золотом перстне Питера Соломона?

— Попробую, — ответил Лэнгдон.

Сато достала пакет с перстнем и отдала ему.

— Объясните, что значат эти символы.

Пока они шли по пустому коридору, Лэнгдон рассмотрел хорошо знакомый ему перстень. На самой печати был изображен двуглавый феникс с числом 33 на груди, держащий в лапах знамя с надписью «Ordo ab chao».

— Двуглавый феникс с числом 33 — эмблема высшей масонской степени.

Строго говоря, такая степень существовала только в Шотландском уставе, но Лэнгдон не горел желанием растолковывать Сато сложную иерархию масонских градусов и уставов.

— В этот градус посвящают очень немногих и лишь за особые заслуги. Остальные градусы можно получать один за другим, но посвящение в тридцать третий должен одобрить Верховный совет. Доступ к нему — только по приглашению.

— Стало быть, вы знали, что Питер Соломон — член узкого круга избранных?

— Конечно. Принадлежность к нему ни для кого не секрет.

— То есть мистер Соломон — самый высокопоставленный масон?

— В настоящее время да. Он возглавляет Верховный совет тридцать третьей степени — руководящий орган Шотландского устава в Америке. — Лэнгдон любил бывать в их штаб-квартире — по количеству символов Масонский храм, построенный в традициях античной архитектуры, почти не уступал Рослинской часовне в Шотландии.

— Профессор, вы заметили гравировку на обруче перстня? Там написано «Все явит тридцать третий градус».

Лэнгдон кивнул.

— Распространенный мотив масонских легенд.

— И означает он, что посвященному в тридцать третью степень открывается нечто особенное, верно?

— Да, так гласит легенда, но вряд ли это соответствует истине. Всегда существовали домыслы о том, что внутри высшего эшелона масонства якобы есть круг избранных, посвященных в некую мистическую тайну. Истина же, подозреваю, куда более прозаична.

Питер Соломон нередко позволял себе шутливые намеки на существование великой масонской тайны, но Лэнгдон всегда списывал это на озорную попытку завлечь его в братство. Увы, последние события на шутку не походили... да и Питер вовсе не озорным тоном просил оберегать запечатанный сверток.

Лэнгдон безрадостно взглянул на перстень в прозрачном пакете.

— Директор, — сказал он, — можно он побудет у меня?

Сато подняла глаза.

— Зачем?

— Перстень много значит для Питера, и я бы хотел его вернуть.

— Если вам представится такая возможность, — с сомнением заметила Сато.

— Спасибо. — Лэнгдон убрал пакет в карман.

— Еще вопрос, — сказала Сато, пока они заходили все глубже в лабиринт. — Мои сотрудники говорят, что перекрестный поиск по запросам «тридцать третий градус», «портал» и «масонство» выдает сотни ссылок на некую «пирамиду».

— Неудивительно, — ответил Лэнгдон. — Строители египетских пирамид — предшественники современных каменщиков, и сама по себе пирамида, как и многие другие египетские мотивы, часто встречается в масонской символике.

— Что же она означает?

— Просветление. Этот архитектурный символ говорит о способности наших предков возноситься над земной суетой к небесам, золотому солнцу и в конце концов к высшему источнику мудрости.

— И все? — Сато явно ждала продолжения.

«Вам мало?!» — мысленно возмутился Лэнгдон. Он только что рассказал об одном из прекраснейших символов в истории человечества — о сооружении, посредством которого можно подняться в царство богов.

— Мои люди утверждают, что здесь, в Вашингтоне, есть реально существующая пирамида, напрямую связанная с масонами и Мистериями древности.

Теперь Лэнгдон понял, куда она клонит, и попытался как можно скорее развеять это заблуждение:

— Я в курсе, директор, однако это вымысел чистой воды. Масонская пирамида — один из самых живучих мифов Вашингтона, порожденный скорее всего изображением пирамиды на Большой печати США.

— Что же вы раньше молчали?

Лэнгдон развел руками.

— Миф лишен всякой исторической основы. Это только миф — один из многих, связанных с масонами.

— Однако он имеет непосредственное отношение к Мистериям древности.

— Да, как и многие другие легенды. Мистерии породили огромное количество преданий, увековеченных в истории, — о тайной мудрости, оберегаемой тамплиерами, розенкрейцерами, иллюминатами, алюмбрадами... Список можно продолжать. Все эти сказания основаны на Мистериях древности, и масонская пирамида — лишь одна из них.

— Понятно, — сказала Сато. — И о чем говорится в этой легенде?

На несколько секунд Лэнгдон задумался.

— Ну, конспиролог из меня неважный, зато я хорошо разбираюсь в мифологии. Если кратко, то Мистерии древности — утраченная мудрость веков — издавна считают самым бесценным сокровищем человечества. Разумеется, их тщательно оберегали. Просветленные мудрецы боялись невиданной силы, которой обладало это знание: если оно попадет в руки непосвященных, последствия будут самые разрушительные. Как мы уже говорили, любой инструмент можно использовать во зло и во благо. Итак, чтобы уберечь Мистерии древности (а с ними — и все человечество), ученые объединялись в тайные братства. Внутри таких обществ мудрость постигали лишь достойные. Многие считают, что в легендах о волшебниках, колдунах и целителях рассказывается именно о хранителях той мудрости.

— А масонская пирамида тут при чем? — спросила Сато.

Лэнгдон шел все быстрее, стараясь не отставать.

— Здесь-то и сливаются история и миф. К XVI веку в Европе исчезли почти все тайные общества — большую их часть уничтожила волна религиозных репрессий. Единственными хранителями Мистерий древности остались масоны. Разумеется, они опасались, что их тайна однажды может исчезнуть вместе с ними.

— И? При чем тут пирамида? — раздраженно повторила Сато.

Лэнгдон как раз к этому подошел.

— Легенда о масонской пирамиде очень проста. В ней говорится, что масоны, пытаясь защитить великую мудрость и передать ее следующим поколениям, спрятали ее в неприступной крепости... Повторяю, это только миф, аллегория, тайные знания якобы перевезли из Старого Света в Новый — сюда, в Америку. Масоны надеялись, что в этой стране не будет места религиозной тирании. Здесь они и построили неприступную крепость — тайную пирамиду, — призванную хранить Мистерии древности до тех пор, пока все человечество не будет готово овладеть невероятной силой этих знаний. На вершине пирамиды якобы установили сверкающий золотой камень — символ древней мудрости, позволяющей человеку раскрыть свой истинный потенциал. Символ апофеоза.

— Занятная история, — сказала Сато.

— Да, масоны падки на разные безумные легенды.

— Стало быть, вы не верите в существование такой пирамиды?

— Нет, конечно! — ответил Лэнгдон. — Нет никаких свидетельств в пользу того, что масоны построили пирамиду в Америке, не говоря уж о Вашингтоне. Пирамида не иголка, тем более такая, в которую поместится вся утраченная мудрость веков.

В легенде не уточнялось, что именно должна скрывать пирамида — древние оккультные тексты, научные исследования или что-то потаинственней, — однако эти сведения тщательно зашифрованы... и понять их смогут лишь просветленные души.

— Как бы то ни было, — сказал Лэнгдон, — легенду о пирамиде можно причислить к категории так называемых архетипических гибридов — это смесь различных классических преданий, так много позаимствовавшая у популярной мифологии, что может быть только вымыслом, а никак не историческим фактом.

Рассказывая студентам об архетипических гибридах, Лэнгдон часто приводил в пример сказки: они передавались из поколения в поколение, становясь все менее правдоподобными, и заимствовали друг у друга основные мотивы. С годами они превращались в обезличенные нравоучительные истории с набором одинаковых составляющих: непорочная девица, прекрасный принц, неприступная крепость, могущественный колдун. Об извечной битве добра и зла мы узнаем еще в детстве, из преданий о Мерлине и фее Моргане, святом Георгии и Змие, Давиде и Голиафе, Белоснежке и злой колдунье... даже о Люке Скайуокере и Дарте Вейдере.

Вслед за Андерсоном Лэнгдон и Сато спустились по короткой лестнице.

— Скажите, действительно ли наши предки считали пирамиды порталами, через которые фараоны возносились к богам?

— Верно.

Сато остановилась, как вкопанная, и схватила Лэнгдона за руку. Лицо у нее было изумленное и подозрительное одновременно.

— То есть похититель Питера Соломона велел вам открыть некий портал, а вы даже не подумали, что речь идет о масонской пирамиде?!

— Да что вы заладили! Масонская пирамида — это сказка. Вымысел!

Сато подошла почти вплотную, и на Лэнгдона пахнуло табаком.

— Я понимаю вашу позицию, профессор, но, если мы хотим успешно закончить расследование, нельзя пренебрегать этой параллелью. Портал, ведущий к тайному знанию? Похоже, преступник говорил именно о нем. И открыть его якобы можете только вы.

— Ну, я не верю в...

— Плевать мне, во что верите вы. Судя по всему, похититель в масонскую пирамиду верит.

— Он спятил! С тем же успехом он может верить, что SBB XIII — это вход в гигантскую подземную пирамиду, где хранится мудрость веков!

Сато смерила Лэнгдона испепеляющим взглядом.

— У нас чрезвычайная ситуация, профессор, и это не сказка, уверяю вас.

Между ними воцарилась леденящая тишина.

— Мэм? — подал голос Андерсон, указывая на очередную стальную дверь впереди. — Мы на месте, дальше пойдем?

Сато наконец отвела взгляд от Лэнгдона и жестом велела Андерсону не останавливаться.

Вслед за начальником полиции они прошли в дверь и оказались в узком переходе. Лэнгдон оглянулся по сторонам.

«Нет, вы издеваетесь...»

Такого длинного коридора он еще никогда не видел.

Глава 31

Триш Данн вышла из ярко освещенного Куба в кромешную темноту и почувствовала, как бушует в крови адреналин. Только что звонили с охранного пункта: гость Кэтрин Соломон, доктор Аваддон, прибыл и просит сопроводить его к Пятому отсеку. Триш вызвалась его привести — главным образом из любопытства. Кэтрин почти ничего не рассказала ей о госте, и Триш была заинтригована. Видно, Питер Соломон глубоко доверял этому человеку, ведь Соломоны еще никого не приглашали в Куб.

«Надеюсь, он не боится темноты», — подумала Триш, шагая сквозь холодный мрак. Еще не хватало, чтобы почетный гость Кэтрин сбежал, узнав, как надо добираться до лаборатории.

«Первый раз всегда самый трудный».

Триш впервые прошла этот путь около года назад. Она приняла приглашение на работу, подписала документ о неразглашении и вместе с Кэтрин приехала в ЦТП смотреть лабораторию. Начальница предупредила ее, что идти к лаборатории долго и поначалу страшновато. Тем не менее вся храбрость Триш исчезла, как только перед девушкой с шипением отворилась дверь с надписью «Отсек №5».

За дверью была пустота.

Кэтрин перешагнула порог, прошла несколько футов в полной темноте и поманила Триш за собой.

— Вы не заблудитесь, обещаю.

Триш представила, как блуждает в черном зале размером со стадион, и ее пробил пот.

— У нас тут своя система ориентиров, — пояснила Кэтрин, указав на пол. — Проще не придумаешь.

Триш присмотрелась к бетонному полу. Глаза привыкли к темноте, и она увидела узкую ковровую дорожку, исчезающую во мраке.

— Смотрите ногами, — сказала Кэтрин и пошла прочь. — Просто не отставайте от меня, и все.

Кэтрин скрылась в темном отсеке — Триш поборола свой страх и зашагала следом.

«Безумие какое-то!»

Она сделала несколько шагов по ковру, и в следующий миг дверь захлопнулась — за спиной исчез последний луч света. Сердце забилось в груди как сумасшедшее, и Триш попыталась сосредоточить внимание на ковре. Не успела она сделать и десяти шагов по дорожке, как правая нога ступила на твердый бетон. Триш испуганно подалась влево.

Из темноты выплыл голос Кэтрин — безжизненная бездна почти полностью проглатывала слова:

— Потрясающе устроен наш организм! Если лишить его одного чувства, сразу активизируются все остальные. Сейчас нервные окончания на ваших стопах «настраиваются» на нужный лад.

«Это радует», — подумала Триш, опять выправляя курс.

Они шли и шли — казалось, уже чересчур долго.

— Далеко еще? — не выдержала Триш.

— Примерно столько же. — Голос Кэтрин раздавался откуда-то издалека.

Триш прибавила шагу, изо всех сил пытаясь не терять самообладания, но ей казалось, что мрак вот-вот ее проглотит.

«Ни зги не видно!»

— Кэтрин! Как мы узнаем, что пришли?

— Сейчас поймете.

Это было год назад. Сегодня Триш вновь ступила в темноту и направилась в противоположную сторону — к вестибюлю, где ее дожидался таинственный гость. Внезапное изменение коврового ворса подсказало Триш, что до выхода осталось ярда три. «Предупредительная полоса» — так называл ее Питер Соломон, страстный поклонник бейсбола. Триш резко остановилась, достала из кармана карточку и нащупала на двери прорезь электронного замка.

Из коридора ЦТП хлынул яркий свет, и Триш прищурилась.

«Ну, вот я и на месте... уже который раз».

Шагая по пустым коридорам, она размышляла о странном вымаранном документе.

«Древний портал? Тайник в подземелье? Интересно, Марк уже вычислил сервер?»

Кэтрин стояла в аппаратной перед мягко сияющей плазменной стеной и разглядывала таинственный документ. Она отделила ключевые фразы и теперь не сомневалась, что в тексте говорится о той самой безумной легенде, которую Питер, видимо, поведал доктору Аваддону.

...тайник в ПОДЗЕМЕЛЬЕ, где...
...в ВАШИНГТОНЕ, координаты...
...найден ДРЕВНИЙ ПОРТАЛ, ведущий к...
...предупреждение, что ПИРАМИДА таит опасн...
...расшифровать СИМБОЛОН, чтобы раскрыть...

«Надо срочно раздобыть остальное», — подумала Кэтрин и выключила плазменную стену. Она всегда ее выключала, когда не пользовалась, чтобы не тратить запасы водородного топлива.

Ключевые слова постепенно угасли и сжались в крохотную белую точку. Продержавшись секунду в центре экрана, потухла и она.

Кэтрин направилась в свой кабинет. С минуты на минуту придет доктор Аваддон, и она хотела встретить его как можно радушнее.

Глава 32

— Мы почти на месте, — сказал Андерсон, ведя Сато и Лэнгдона по бесконечному коридору, проходившему через все восточное крыло подвала. — Во времена Линкольна здесь был земляной пол и полно крыс.

К счастью, теперь на полу лежала плитка — крыс Лэнгдон недолюбливал. Шаги неровным, жутковатым эхом отдавались в длинном коридоре. Некоторые двери были заперты, но многие стояли открытые, а комнаты за ними имели заброшенный вид.

Лэнгдон заметил, что номера идут по убывающей и постепенно заканчиваются.

SB 4... SB 3... SB 2... SB 1...

Они пролетели мимо двери без номера. Через несколько шагов Андерсон увидел, что цифры опять пошли вверх, и остановился.

HB 1... HB 2...

— Простите, запамятовал. Я редко здесь бываю.

Они вернулись к старой железной двери, находившейся ровно посередине коридора и отделявшей цокольные помещения со стороны сената (SB) от стороны палаты представителей (HB). На двери виднелась надпись, которая с годами выцвела и почти стерлась.

SBB

— Вот и пришли, — сказал Андерсон. — Ключи сейчас принесут.

Сато хмуро взглянула на часы.

Лэнгдон посмотрел на надпись и спросил Андерсона:

— А почему это помещение относится к сенатской стороне — оно ведь ровно посередине?

Начальник полиции растерялся.

— В каком смысле?

— Ну, написано же: «SBB». Начинается с «S», а не с «H».

Андерсон покачал головой:

— Нет, «S» тут означает не сенатскую сторону, а...

— Шеф! — окликнул его подбегающий охранник. — Виноват, сэр, мы долго искали ключ от SBB. Это запасной.

— А оригинал где? — удивленно спросил Андерсон.

— Наверное, потеряли... — задыхаясь, сказал охранник. — Сюда уже много лет никто не спускался.

— А от SBB XIII запасного ключа не нашлось?

— Нет, сэр, ключи от всех комнат SBB куда-то запропастились... Макдональд их ищет. — Он достал рацию и проговорил: — Боб, я с шефом. Есть информация по ключам от SBB?

Рация щелкнула, и ему ответили:

— Кое-что есть. С тех пор как нам поставили компьютеры, по SBB нет ни одной записи, но в старых журналах отмечено, что все помещения освободили двадцать лет назад. — Макдональд помолчал. — Все, кроме SBB XIII.

Андерсон забрал у охранника рацию.

— Это шеф. Как понимать «все, кроме SBB XIII»?

— Сэр, здесь приписка от руки, что SBB XIII используется для частных целей. Она сделана давно, но самим Архитектором.

Лэнгдон знал, что Архитектором называли не того, кто спроектировал Капитолий, а человека, который занимался всеми делами здания: текущим ремонтом, безопасностью, приемом новых сотрудников и распределением помещений.

— Странно... — проговорил Макдональд, — в приписке Архитектора говорится, что комната отдана под «личные нужды» Питера Соломона.

Сато, Лэнгдон и Андерсон тревожно переглянулись.

— Возможно, сэр, ключи от SBB и SBB XIII у него.

Лэнгдон не поверил своим ушам.

«У Питера есть своя комната в подвале Капитолия?!»

Да, конечно, у Питера всегда были тайны, но это известие удивило даже Лэнгдона.

— Понятно, — мрачно сказал Андерсон. — Нам нужно попасть именно в SBB XIII, так что продолжайте поиски.

— Есть, сэр. Мы также работаем над цифровым снимком, который вы...

— Спасибо, — перебил его Андерсон. — На этом все. Как только найдете файл, сразу отправьте его директору Сато.

— Так точно, сэр. — Рация умолкла, и Андерсон отдал ее охраннику. Тот достал из кармана ксерокопию чертежа и передал шефу.

— Сэр, серым мы отметили SBB, а крестиком — SBB XIII, так что вы легко его найдете. Комнат там немного.

Андерсон поблагодарил юношу и развернул схему цокольных помещений. Лэнгдон тоже посмотрел и поразился: сотни клетушек образовывали под Капитолием затейливый лабиринт.

Начальник полиции изучил схему, кивнул и убрал ее в карман. Затем поднял ключ и замер — ему явно не хотелось открывать дверь. Лэнгдона тоже охватило дурное предчувствие: спрятанное за этой дверью Питер Соломон желал сохранить в тайне.

Сато кашлянула — Андерсону не нужно было объяснять дважды. Он глубоко вдохнул, вставил ключ в скважину и попытался провернуть, но у него ничего не вышло. На миг Лэнгдону показалось, что ключ не подходит, однако со второй попытки замок поддался, и Андерсон распахнул дверь.

В коридор хлынул затхлый воздух.

Лэнгдон заглянул в темноту и ничего не увидел.

— Профессор, — сказал Андерсон, нащупывая выключатель, — отвечаю на ваш вопрос:

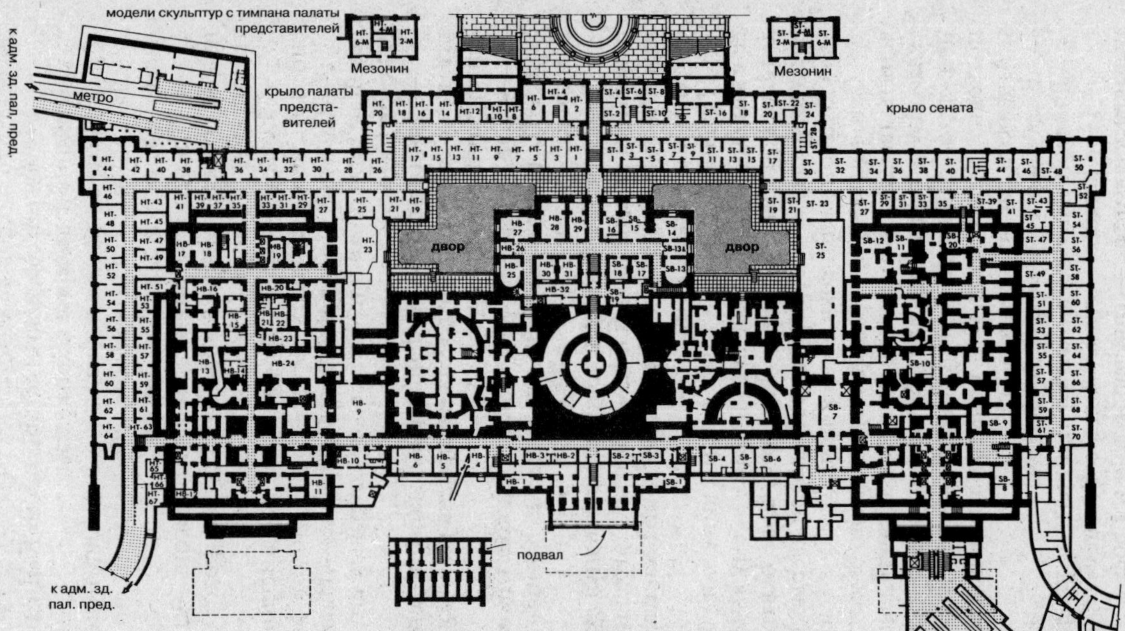

ПЛАН ЦОКОЛЬНЫХ И ПОДВАЛЬНЫХ ПОМЕЩЕНИЙ КАПИТОЛИЯ

«S» в данном случае означает не сенатскую сторону, а subbasement, подвальный этаж. — Он щелкнул выключателем, и свет от лампочки упал на чрезвычайно крутую лестницу, уходящую в кромешную тьму. — SBB — это подвалы Капитолия.

Глава 33

Специалист по безопасности систем Марк Зубианис вжался в спинку дивана и хмуро поглядел на экран.

«Что за адрес она мне подсунула?!»

Лучшие хакерские трюки оказались пустой тратой времени: Зубианис не смог ни открыть документ, ни пробить IP-адрес. Прошло уже десять минут, а его программа по-прежнему ломилась в брандмауэры таинственного сервера. Защита была очень серьезной.

«Не зря мне столько денег предложили».

Зубианис хотел поискать другую лазейку, как вдруг зазвонил телефон.

«Триш, Бога ради, я же сказал, что перезвоню!»

Он убавил громкость телевизора и взял трубку.

— Алло.

— Это Марк Зубианис? — спросил мужчина. — Ваш адрес — Вашингтон, Кингстон-драйв, 357? — На заднем плане кто-то разговаривал.

«Эти торгаши совсем спятили? Звонят во время финала!» — подумал он, а вслух поинтересовался:

— Дайте угадаю, я выиграл путевку на Ангилью?

— Нет, — без тени юмора ответил звонивший. — Это служба компьютерной безопасности ЦРУ. Мы хотим знать, зачем вы пытаетесь проникнуть в нашу секретную базу данных.

В трех этажах над подвалом Капитолия охранник Нуньес, как и полагалось в это время, запирал двери просторного экскурсионного центра. Шагая по мраморному полу к своему посту, он подумал о посетителе в армейской куртке.

«Это я его впустил... Все, завтра точно уволят».

Тут во внешние двери кто-то постучал. Нуньес обернулся и прищурился: пожилой чернокожий мужчина бил по стеклу ладонью, требуя, чтобы его впустили.

Нуньес качнул головой и показал на часы.

Старик опять постучал и вышел на свет: короткие седые волосы, безупречный синий костюм. Сердце Нуньеса застучало быстрее.

«Вот так раз!»

Он признал этого человека даже издалека и бросился открывать двери.

— Прошу прощения, сэр! Заходите, заходите скорей!

Уоррен Беллами, не кто иной, как Архитектор Капитолия, вошел и коротким кивком поблагодарил Нуньеса. Этого необычайно подтянутого и гибкого для своих лет человека всегда окружал ореол абсолютной уверенности и собранности. Последние двадцать пять лет он вел все дела Капитолия.

— Чем могу помочь, сэр? — спросил Нуньес.

— Благодарю вас, — отчеканил Беллами. Дикция у него была отменная, почти британская, как и подобает выпускнику одного из университетов Лиги плюща. — Мне только что сообщили о происшествии... — Взгляд у него был на редкость озабоченный.

— Да, сэр, у нас...

— Где начальник полиции Андерсон?

— Внизу, с директором Сато из ЦРУ.

Беллами встревожился еще сильнее:

— Здесь ЦРУ?

— Да, сэр. Директор Сато прибыла почти сразу после инцидента.

— Зачем? — вопросил Беллами.

Нуньес молча пожал плечами.

«Думаете, я спрашивал?»

Беллами зашагал к эскалаторам.

— Где они?

— Спустились куда-то, точно не знаю, — едва поспевая за ним, ответил Нуньес.

Архитектор с тревогой оглянулся.

— Спустились? В подвал? Зачем?

— Не знаю, сэр, я только слышал по рации.

Беллами прибавил шагу.

— Отведите меня к ним.

— Есть, сэр.

Пока они шли по просторному залу, Нуньес заметил золотой перстень на пальце Беллами. Он достал рацию.

— Сейчас предупрежу шефа, что вы пришли.

— Нет. — Архитектор предостерегающе поднял руку. — Не стоит.

Нуньес сегодня допустил много ошибок, но эта точно стала бы последней.

— Сэр... — робея, выдавил охранник, — шефу может не понравиться...

— Вы в курсе, что мистер Андерсон — мой подчиненный? — перебил его Беллами.

Нуньес кивнул.

— Тогда советую выполнить мою просьбу.

Глава 34

Триш Данн вошла в вестибюль ЦТП и удивленно подняла глаза. Гость нисколько не походил на ученых, которые обычно являлись сюда во фланелевых рубахах и джинсах — антропологи, океанологи, геологи и специалисты прочих областей естественных наук. Напротив, вид у доктора Аваддона был прямо-таки аристократический. Высокий, широкоплечий, загорелый, в безупречно сшитом костюме и с идеальной стрижкой — такому наверняка уютнее в роскошном особняке, чем в лаборатории.

— Доктор Аваддон? — осведомилась Триш, протягивая ему руку.

— Э-э, да... — неуверенно ответил он, но руку пожал. — Прошу прощения, а вы кто?

— Триш Данн, ассистент Кэтрин. Она попросила меня встретить вас.

— А, вот как! — Доктор улыбнулся. — Приятно познакомиться, Триш. Простите мою растерянность, я думал, Кэтрин сегодня одна. — Он кивнул в сторону коридора. — Однако я в вашем распоряжении. Ведите.

Доктор Аваддон быстро овладел собой, но в его взгляде мелькнуло разочарование. Может, Кэтрин молчала неспроста, и у них завязывается роман? Она никогда не обсуждала с Триш свою личную жизнь, однако ее гость был привлекателен, ухожен и явно принадлежал к высшему обществу. Чего бы он ни ждал от сегодняшнего визита, присутствие Триш не входило в его планы.

Быстро вынув наушники, из которых доносились звуки футбольного матча, охранник подверг доктора Аваддона обычной для всех посетителей процедуре.

— Кто выигрывает? — непринужденно спросил Аваддон, выкладывая на поднос телефон, ключи и зажигалку.

— «Редскинз» впереди на три очка, — с жаром ответил охранник. Ему не терпелось вернуться к игре. — Ну и матч!

— Скоро приедет мистер Соломон, — сказала ему Триш. — Передайте, что мы в лаборатории, хорошо?

— Будет сделано! — Охранник ей подмигнул. — Спасибо, что предупредили. Приму деловой вид.

Триш сказала это не только ради охранника, но и чтобы дать мистеру Аваддону понять: не она одна помешает их личной встрече с Кэтрин.

— А откуда вы знаете мисс Соломон? — спросила она, оглядывая таинственного гостя.

Доктор Аваддон улыбнулся:

— О, это долгая история! Мы вместе кое над чем работаем.

«Ясно, — подумала Триш. — Не мое дело».

— Потрясающий комплекс! — восхитился Аваддон, оглядываясь по сторонам. — Я здесь впервые.

С каждым шагом непринужденность в его голосе звучала все естественнее, и Триш заметила, что он внимательно все осматривает. А еще в ярком свете коридорных ламп от нее не укрылось, что лицо гостя покрыто тональным кремом. «Странно». Однако Триш решила не придавать этому значения и, пока они с Аваддоном шли по пустым коридорам, вкратце рассказала ему о целях и задачах ЦТП, а также о различных отсеках и о том, что в них находится.

Доктор был поражен.

— Выходит, ЦТП СМ — кладезь бесценных экспонатов! Странно, что охрана не на каждом углу.

— О, в этом нет необходимости. — Триш указала на ряд объективов «рыбий глаз» под потолком. — Здесь все автоматизировано. Видеозапись ведется двадцать четыре часа в сутки, а этот коридор проходит через весь центр, как позвоночник. Тем более в комнаты нельзя попасть без карточки и пин-кода.

— Разумно, ничего не скажешь.

— Тьфу-тьфу-тьфу, у нас ни разу ничего не крали. Впрочем, кто будет грабить такой музей? На черном рынке не нужны образцы вымерших растений, эскимосские каяки и заспиртованные гигантские кальмары.

Доктор Аваддон прыснул.

— Пожалуй, вы правы!

— Больше всего экспонатам достается от грызунов и насекомых.

Триш рассказала, что для предотвращения заражения насекомыми все отходы ЦТП замораживаются. Кроме того, у центра есть так называемая мертвая зона — особая среда между двумя стенами, подобно ножнам охватывающая весь комплекс.

— Поразительно! А где лаборатория Питера и Кэтрин?

— В Пятом отсеке. Он в самом конце этого коридора.

Аваддон резко остановился и заглянул в маленькое окно справа.

— Бог ты мой! Это еще что?!

Триш рассмеялась.

— Третий отсек. Мы называем его Мокрым.

— Мокрым? — переспросил Авадцон, приближаясь к стеклу.

— В этих контейнерах больше трех тысяч галлонов этилового спирта. Помните, я говорила про гигантского кальмара?

— Это кальмар?! — Доктор Авадцон вытаращил глаза. — Какая громадина!

— Самка архитевтиса, — добавила Триш. — Она больше сорока футов в длину.

Доктор Авадцон, завороженный необычным зрелищем, не мог оторваться от окна и напоминал мальчишку, который замер у витрины зоомагазина, мечтая о щенке. Прошло секунд пять, а Авадцон все еще глазел в окно.

— Ладно, ладно, — сжалилась Триш и, смеясь, вставила карточку в прорезь замка, затем ввела пин-код. — Так и быть, покажу вам кальмара.

Войдя в тускло освещенный Третий отсек, Малах огляделся по сторонам — нет ли где камер. Пухленькая помощница Кэтрин лопотала что-то о заспиртованных экспонатах, хранящихся в отсеке. Малах не слушал — гигантские кальмары его не интересовали. Это темное, безлюдное помещение понадобилось ему для одной цели: чтобы решить неожиданно возникшую проблему.

Глава 35

Лэнгдон впервые спускался по таким крутым и узким ступенькам, как деревянные ступени капитолийского подвала. Дышал он теперь часто — грудь неприятно сдавило. Воздух здесь был холодный и влажный, и Роберту невольно вспоминалась похожая лестница ватиканского Некрополя.

«Город мертвых».

Андерсон шел впереди и освещал путь фонариком. Сато шагала по пятам за Лэнгдоном и время от времени подталкивала его в спину крошечной ладошкой.

«Да иду я, иду!»

Профессор глубоко вдохнул, стараясь не обращать внимания на тесноту — в проход едва помещались плечи, а портфель то и дело задевал стену.

— Лучше бы вы оставили портфель наверху, — заметила Сато.

— Мне и так неплохо, — ответил Лэнгдон: выпускать саквояж из виду в его планы не входило. Он представил себе сверток Питера.

«При чем же тут подвал Капитолия?»

— Мы почти на месте, — предупредил их Андерсон.

Они спустились в полную темноту — свет единственной лампочки сюда не доходил. Лэнгдон сошел с последней деревянной ступеньки и почувствовал под ногами грязь.

«Путешествие к центру Земли».

Сато встала рядом.

Андерсон посветил фонариком вокруг: подвал больше смахивал на узкий коридор, идущий перпендикулярно к лестнице. Проход был всего футов пятьдесят длиной, с маленькими деревянными дверями по обеим сторонам. Двери шли едва не впритык: комнатки за ними не могли быть шире десяти футов.

«Гибрид современного склада и катакомб Домитиллы», — подумал Лэнгдон, пока Андерсон сверялся со схемой — на крошечном отрезке подвала комната SBB XIII была помечена крестиком. Лэнгдон заметил, что планировка здесь такая же, как в усыпальнице на четырнадцать могил: по семь захоронений с каждой стороны, друг напротив друга, только вместо одного, в центре, — лестничная площадка. То есть всего тринадцать.

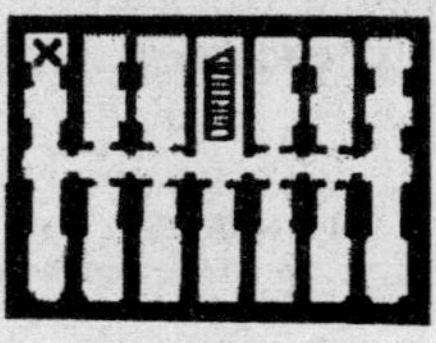

Да уж, вот бы теоретики американского «заговора тринадцати» повеселились, узнай они, что под Капитолием находится ровно тринадцать складских помещений. Многие находили подозрительным, что на Великой печати США тринадцать звезд, тринадцать стрел, тринадцать ступенек пирамиды, тринадцать полос на щите, тринадцать листьев оливы, по тринадцать букв во фразах «Annuit coeptis»[1] и «E pluribus unum»[2] и прочее, и прочее.

— Похоже, здесь и впрямь пусто, — сказал Андерсон, осветив фонариком комнату напротив. Тяжелая деревянная дверь была широко распахнута. Луч света выхватил из мрака узкую каменную комнату — примерно десяти футов в ширину и тридцати в длину, — похожую на ведущий в никуда коридор. Ничего, кроме пары сломанных ящиков и мятой упаковочной бумаги, в комнате не было.

Андерсон посветил на медную дверную табличку, покрытую патиной.

SBB IV

— Четвертая комната, — сказал он.

— А где тринадцатая? — спросила Сато. Под землей было холодно, и с ее губ сорвались едва заметные облачка пара.

Андерсон указал фонариком в южный конец коридора:

— Там.

Лэнгдон глянул в конец узкого прохода и содрогнулся. Несмотря на холод, профессор весь взмок.

Они двинулись в нужную сторону. Все комнаты выглядели одинаково: двери распахнуты, внутри давным-давно пусто. В конце Андерсон повернул направо и поднял фонарик, чтобы осветить тринадцатую комнату, однако луч уперся в массивную деревянную дверь.

---

[1] Да благословит Бог *(лат.)*.

[2] Из многих, один (Во множестве единство) *(лат.)*.

В отличие от остальных она была закрыта.

Выглядела дверь точно так же — тяжелые петли, железная ручка, медная табличка, затянутая патиной. Семь символов на ней точно соответствовали символам на ампутированной кисти Питера Соломона.

SBB XIII

«Хоть бы она была заперта!» — подумал Лэнгдон.

— Дерните ручку, — сказала Сато, не медля ни секунды.

Начальник полиции нехотя нажал на железную ручку — она не поддалась. Он посветил на нее фонариком: на двери виднелась старая металлическая пластина с замочной скважиной.

— Попробуйте ключ от подвала.

Андерсон достал ключ, но он не подошел.

— Если не ошибаюсь, — язвительно заметила Сато, — служба безопасности должна иметь доступ ко всем помещениям Капитолия — мало ли что случится?

Андерсон вздохнул и посмотрел на Сато:

— Мои люди ищут запасной ключ, но...

— Прострелите замок, — осадила его директор, кивнув на пластину под ручкой.

У Лэнгдона подскочил пульс.

Андерсон откашлялся.

— Мэм, лучше дождаться, пока найдут запасной ключ. Неудобно вламываться...

— Может, вам будет удобней в тюрьме, куда вас посадят за учинение препятствий ЦРУ?

Андерсон недоуменно воззрился на нее, медленно передал ей фонарик и расстегнул кобуру.

— Погодите! — воскликнул Лэнгдон, больше не в силах оставаться в стороне. — Вы подумайте: Питер отдал свою правую руку, лишь бы никто не узнал, что находится за этой дверью. Может, не стоит туда входить? Получается, мы выполняем требование террориста.

— Вы хотите спасти Питера Соломона? — спросила его Сато.

— Конечно, но...

— Тогда подчинитесь требованию похитителя.

— Открыть древний портал? Думаете, это он и есть?

Сато направила луч прямо в лицо Лэнгдону.

— Профессор, я понятия не имею, что это за дверь, и мне все равно, куда она ведет: в обычную кладовку или в тайную пирамиду. Я намерена ее открыть, понятно вам?

Лэнгдон прищурился и неохотно кивнул.

Сато опустила фонарь и осветила железную пластину замка.

— Андерсон, приступайте.

Андерсон неохотно вынул пистолет из кобуры и робко на него посмотрел.

— Да хватит уже! — Сато резко выхватила у него пистолет и сунула фонарь в освободившуюся руку начальника полиции. — Светите!

Она обращалась с оружием как заправский стрелок: сняла пистолет с предохранителя, подняла и прицелилась.

— Стойте! — завопил Лэнгдон, но было уже поздно.

Грянули три выстрела.

У Лэнгдона едва не лопнули барабанные перепонки.

«Она спятила?!»

Выстрелы в таком замкнутом пространстве оглушали.

Андерсон дрожащей рукой направил луч фонаря на простреленную дверь.

Замок был разбит вдребезги, дерево вокруг превратилось в кашу, а сама дверь приоткрылась.

Сато ткнула ее дулом и отворила. Та медленно распахнулась в абсолютную темноту.

Лэнгдон ничего не видел, но уловил странный запах.

«Что это такое, черт возьми?»

Из мрака пахну́ло резкой вонью.

Андерсон шагнул за порог и осторожно повел луч света по земляному полу. Комната была такой же, как и остальные, — длинное узкое пространство. Стены из неровного камня придавали ей сходство с древней темницей.

— Здесь ничего нет, — сказал Андерсон, водя лучом по полу. Наконец он добрался до конца комнаты и посветил на противоположную стену.

— Господи!.. — вскричал начальник полиции.

Все в ужасе отшатнулись.

Лэнгдон уставился в дальний угол комнаты.

Оттуда на него тоже что-то смотрело.

Глава 36

— Черт, что это?.. — Андерсон попятился и чуть не выронил фонарь.

Лэнгдон и Сато тоже отступили — директор впервые за вечер выглядела напуганной.

Она вскинула пистолет и велела Андерсону посветить еще раз. Тот поднял фонарик. До дальней стены света доходило немного, но из темноты все же проступили контуры бледного лица, пялящего на них пустые глазницы.

«Человеческий череп!»

Он лежал на шатком деревянном столе, приставленном к стенке. Рядом кто-то уложил две берцовые кости и несколько предметов: старинные песочные часы, хрустальную флягу, свечу, два блюдца с каким-то светлым порошком и листок бумаги. Они были расставлены аккуратно, словно на алтаре. Рядом, прислоненная к стене, стояла коса с жутким изогнутым лезвием, вызывающая вполне определенные ассоциации со смертью.

Сато вошла в комнату.

— Что ж... кажется, у Питера Соломона больше секретов, чем я думала.

Андерсон кивнул, осторожно крадясь следом.

— Вот вам и скелет в шкафу. — Он обвел фонариком всю комнату и добавил, скривившись: — Чем тут воняет?

— Серой, — спокойно ответил Лэнгдон. — На столе должны быть два блюдца: в правом — соль, в левом — сера.

Сато изумленно обернулась.

— Откуда вы знаете?!

— Видите ли, мэм, подобные комнаты существуют повсеместно.

Над ними, на один этаж выше, охранник Нуньес вел Архитектора Капитолия, Уоррена Беллами, по длинному коридору, проходящему через все восточное крыло цокольного этажа. Нуньес готов был поклясться, что несколько секунд назад внизу раздались выстрелы.

«Быть такого не может!»

— Подвал открыт, — сказал Беллами, заметив впереди распахнутую дверь.

«Ну и вечерок, — подумал Нуньес. — Туда же сто лет никто не спускался!»

— Хотел бы я знать, в чем дело, — пробормотал охранник и потянулся к рации.

— Займитесь своими делами, — остановил его Беллами. — Отсюда я дойду сам.

Нуньес поежился.

— Точно?

Уоррен Беллами остановился и твердо взял Нуньеса за плечо.

— Сынок, я работаю здесь двадцать пять лет. Уж как-нибудь найду дорогу.

Глава 37

За свою жизнь Малах видел немало жутких помещений, но лишь некоторые могли сравниться с Третьим отсеком ЦТП. Огромный зал выглядел так, словно безумный ученый захватил супермаркет и забил полки живностью в банках всех форм и размеров. Освещенный как фотолаборатория, зал купался в красноватом «безопасном свете», который шел из-за стеллажей и просачивался через сосуды с этиловым спиртом. От резкого запаха химикатов кружилась голова.

— Здесь свыше двадцати тысяч образцов, — тараторила пышка. — Рыбы, грызуны, млекопитающие, рептилии...

— Надеюсь, все мертвые? — с наигранным беспокойством поинтересовался Малах.

Девушка рассмеялась:

— О да! Очень даже мертвые. Признаться, я и сама зашла сюда только спустя полгода, как устроилась на работу.

Малах отлично ее понимал. Куда ни кинь взгляд, всюду стояли банки с живностью: саламандры, медузы, крысы, насекомые, птицы и прочие твари, которых он видел впервые. Вдобавок к этому жуткому зрелищу тусклый красный свет, защищающий светочувствительные экспонаты от длительного воздействия светового излучения, создавал у зрителя иллюзию гигантского аквариума, где во мраке скрыты тысячи безжизненных теней.

— Это целакант, — сказала помощница Кэтрин, указав на большой плексигласовый контейнер. Такой страшной рыбы Малах еще не видел. — Раньше считалось, что они вымерли вместе с динозаврами, но не так давно этот экземпляр выловили у берегов Африки и передали в Смитсоновский музей.

«Повезло вам», — подумал Малах, почти не слушая, но внимательно осматривая зал на предмет камер. Он заметил только одну, прямо над входом. Впрочем, неудивительно — других входов в помещение наверняка не было.

— А вот и наша красавица, — сказала Триш, подводя Малаха к огромному резервуару. — Самый крупный образец в коллекции института. — Она повела рукой, точно ведущий телешоу, показывающий зрителям новый автомобиль. — Знакомьтесь, архитевтис.

Резервуар был похож на несколько спаянных друг с другом телефонных будок. В прозрачном плексигласовом гробу покоилась отвратительно бледная бесформенная тварь. Малах уставился на выпученные глаза и огромную округлую голову.

— Н-да, целакант по сравнению с этим чудищем прямо красавец.

— Вы еще не видели ее подсвеченной!

Триш подняла длинную крышку резервуара — оттуда резко пахнуло спиртом — и щелкнула выключателем, расположенным прямо над уровнем жидкости. Вдоль основания резервуара замерцали флуоресцентные лампы, и самка архитевтиса предстала во всей красе — громадная голова, склизкая масса щупалец и присосок с острыми как бритва краями.

Триш принялась болтать о том, как гигантский кальмар может побороть кашалота.

Малах слышал только пустую трескотню.

Время пришло.

Триш Данн всегда было не по себе в Третьем отсеке, но сейчас ее пробрал страх совсем иного рода.

Животный. Первобытный.

Она постаралась не обращать на него внимания, но паника быстро охватила все ее существо. Триш не понимала причину тревоги, однако нутро недвусмысленно подсказывало, что пора уходить.

— Вот такие дела, — подытожила она и выключила подсветку. — Ну, нам пора, а то Кэтрин...

Тут Аваддон зажал ей рот широкой ладонью и, резко запрокинув голову, придавил к своей твердой, как камень, груди. На миг Триш оцепенела.

Затем ею овладел ужас.

Аваддон схватил карту доступа, висевшую у нее на шее, и дернул. Шнурок больно ожег шею и порвался, а карта упала на пол. Триш попыталась освободиться, но Аваддон был гораздо больше и сильнее. Закричать она тоже не могла. Он наклонился и зашептал ей на ухо:

— Сейчас я уберу руку, но кричать ты не будешь, ясно?

Она закивала — легкие нестерпимо жгло.

«Нечем дышать!»

Аваддон отнял руку, и Триш глубоко втянула воздух.

— Пустите! — задыхаясь, выдавила она. — Что вам надо?

— Говори пин-код, — сказал Аваддон.

Триш ничего не соображала. «Кэтрин! Помогите! Кто этот человек?!»

— Вас увидит охрана! — пригрозила она, отлично понимая, что они стоят вне зоны видимости камер. «Да и все равно никто не смотрит».

— Говори пин-код, — повторил Аваддон. — Тот, который совпадает с твоей карточкой.

Ледяной ужас скрутил внутренности, и Триш резко обернулась, выдернула руку и хотела вцепиться Аваддону в глаза. Пальцы только скользнули по щеке, оставив четыре темных следа — это была не кровь, а скрытые тональным кремом татуировки.

«Кто это чудище?!»

С нечеловеческой силой он развернул ее, поднял и перекинул через край контейнера с кальмаром. Пары этанола ударили в нос.

— Пин-код? — повторил Аваддон.

У Триш защипало в глазах. В глубине резервуара маячила бледная плоть гигантской морской твари.

— Говори, — велел Аваддон, надавив ей на голову. — Быстро, пин-код!

Начало гореть горло.

— Ноль четыре ноль восемь! — едва дыша, выкрикнула Триш. — Пусти! Ноль четыре ноль восемь!

— Если врешь... — Аваддон нажал сильнее, и кончики волос девушки окунулись в спирт.

— Я не вру! — кашляя, выдавила она. — Четвертое августа — мой день рождения!

— Спасибо, Триш.

Он еще крепче схватил ее за голову и с сокрушительной силой толкнул вниз, погрузив лицом в спирт. Резкая боль ожгла глаза. Аваддон надавил сильнее и прижал Триш к мясистой голове кальмара.

Собрав остаток сил, Триш лягнулась и выгнула спину, пытаясь вытащить голову из контейнера. Державшие ее мощные руки даже не шелохнулись.

«Нечем дышать!!!»

Она замерла, силясь не открывать глаза и рот. Легкие горели огнем, требуя кислорода.

«Нет! Терпи!»

В конце концов рефлексы взяли свое.

Триш открыла рот, и легкие расширились до предела, пытаясь вобрать столь необходимый организму кислород. Обжигающий спирт хлынул в горло, проник в легкие... Грудь взорвалась чудовищной, невообразимой болью. Но длилась это всего несколько секунд — потом наступила темнота.

Малах, отдуваясь, смотрел на дело своих рук.

На краю контейнера, перегнувшись через стенку, висело безжизненное женское тело — голова так и осталась погруженной в этанол. Малах вспомнил первую (и до сего дня единственную) убитую им женщину.

Изабель Соломон.

Он окинул взглядом обмякший труп, затем схватился за пышные бедра и подтолкнул: Триш Данн соскользнула в контейнер и безжизненно повисла над огромной морской тварью. Когда одежда полностью промокла и отяжелела, труп начал опускаться в темноту и скоро лег поверх кальмара.

Малах вытер руки и закрыл плексигласовую крышку.

«В Мокром отсеке новый экспонат!»

Он поднял с пола карту доступа и сунул в карман.

«0408».

Сперва Малах счел появление Триш Данн досадной помехой, однако вскоре он понял, что карта и пин-код могут сослужить хорошую службу. Если исследования Кэтрин действительно так секретны, как утверждал ее брат, то она может и не пустить Малаха в хранилище данных. Как ни уговаривай. «Теперь у меня есть свои ключи». Он обрадовался, что не придется тратить время на уговоры.

Выпрямившись, он увидел в окошке свое отражение: тональный крем местами смазался. Плевать. Пока Кэтрин сообразит, в чем дело, будет уже поздно.

Глава 38

— Это комната для масонских обрядов? — спросила Сато, уставившись на Лэнгдона в темноте.

Он спокойно кивнул:

— Да, называется «Камера размышлений». В такой холодной, неуютной комнате масон размышляет о бренности бытия, неизбежности смерти и приходит к полезным выводам о мимолетной природе всякой жизни.

Сато подозрительно огляделась по сторонам.

— Так это что-то вроде комнаты для медитаций?

— В общем, да. В подобных комнатах неизменно присутствуют одни и те же символы: череп, скрещенные кости, песочные часы, сера, соль, чистый лист бумаги, свеча, коса и так далее. Мысли о смерти побуждают масонов думать о том, как лучше устроить жизнь на земле.

— Больше смахивает на гробницу, — заметил Андерсон.

«Ну, отчасти в этом и смысл».

— Да, поначалу мои студенты тоже так реагируют. — Лэнгдон часто советовал второкурсникам найти книгу «Масонские символы» Бересняка, в которой были прекрасные фотографии Камеры размышлений.

— А вашим студентам не кажется дикостью, что масоны медитируют в окружении черепов и кос? — вопросила Сато.

— Так же дико молиться у ног распятого на кресте человека или перед изображением четырехрукого слона по имени Ганеша. Непонимание культурных символов — корень многих предрассудков.

Сато, явно не в духе для лекций, отвернулась и подошла к столу. Андерсон стал ей светить, но луч сделался заметно тусклее, сколько он ни стучал по ручке фонаря.

Все трое двинулись к столу; в нос Лэнгдону ударил резкий запах — подвал был сырой, влажный воздух реагировал с серой. Сато уставилась на предметы, разложенные на столе. Андерсон как мог освещал их гаснущим фонарем.

Сато осмотрела стол и, вздохнув, подбоченилась.

— Ну и зачем нужен этот хлам?

Лэнгдон знал: все предметы тщательно отобраны и расположены строго определенным образом.

— Это символы преображения и перемен, — ответил он. В таком замкнутом пространстве ему было тесно рядом с Сато и Андерсоном. — Череп, или «caput mortuum»[1], означает последнюю перемену в человеческой жизни — разложение физической оболочки — и напоминает о бренности нашего тела. Сера и соль — алхимические катализаторы перемен. Часы символизируют время, которое так же несет перемены. А это... — Лэнгдон указал на свечу, — первичный созидательный огонь и символ пробуждения человеческого разума ото сна. Преображение через озарение.

— А что здесь? — Сато ткнула в угол.

Андерсон посветил фонарем на огромную косу, прислоненную к стене.

— Вопреки распространенному мнению это не символ смерти, — ответил Лэнгдон. — Коса означает жатву, уборку даров природы, наделенных преображающей силой.

Сато и Андерсон погрузились в глубокое молчание, свыкаясь с непривычной обстановкой.

Лэнгдон хотел только одного: поскорее убраться отсюда.

— Понимаю, выглядит все это странно, — сказал он, — однако здесь не на что смотреть. Во многих масонских ложах есть точно такие же камеры.

[1] Бренные останки, череп *(лат.)*.

— Но это не масонская ложа! — возразил Андерсон. — Это Капитолий США, и я хотел бы знать, откуда в моем здании взялась такая комната.

— Иногда масоны устраивают Камеру размышлений дома или на работе. Это обычная практика. — Лэнгдон слышал об одном бостонском хирурге, обставившем таким образом больничную кладовку, чтобы перед операциями размышлять о бренности бытия.

Сато встревожилась:

— Хотите сказать, Питер Соломон спускается сюда подумать о смерти?

— Не знаю, — искренне ответил Лэнгдон. — Может, он устроил святилище для работающих в здании братьев-масонов, чтобы им было где укрыться от суеты материального мира... Приют для влиятельных конгрессменов, где они могли бы подумать перед принятием важного решения о судьбах соотечественников.

— Какая прелесть, — съязвила Сато. — Вот только чувствую, Америка в беде, раз ее правители молятся в кладовках с косами и черепами.

«Напрасно, — подумал Лэнгдон. — Насколько иным был бы мир, если бы перед очередной войной власть имущие задумывались о необратимости смерти!»

Сато поджала губы и внимательно осмотрела все углы.

— Здесь должно быть что-то помимо костей и тарелок с химикатами, профессор. Кто-то выманил вас из Кембриджа, чтобы вы очутились именно в этой комнате.

Лэнгдон покрепче прижал к себе портфель, все еще не понимая, какое отношение имеет сверток к камере.

— Мэм, извините, но я не вижу тут ничего необычного. — Лэнгдон надеялся, что теперь они наконец займутся поисками Питера.

Луч фонарика опять задрожал, и Сато в гневе обернулась к Андерсону.

— Господи, неужели я много прошу?!

Она вытащила из кармана зажигалку, чиркнула кремнем и поднесла огонь к стоявшей на столе свече. Фитиль затрещал и вспыхнул, залив жутковатым светом тесную камеру. По стенам поползли длинные тени. Когда пламя разгорелось ярче, им открылось неожиданное зрелище.

— Смотрите! — воскликнул Андерсон, показывая пальцем.

На задней стене была выцветшая надпись — семь заглавных букв, образующих слово

VITRIOL

— При чем тут купорос? — не поняла Сато. На буквы легла зловещая тень в форме черепа.

— Вообще говоря, это акроним, — заметил Лэнгдон. — Он часто встречается в подобных камерах, это сокращение масонской медитативной мантры: «Visita interiora terrae, rectificando invenies occultum lapiderm».

Сато взглянула на него едва ли не с уважением.

— Переведете?

— «Посети утробу земли, и, направив свой путь, ты найдешь тайный камень».

Сато насторожилась.

— Этот тайный камень как-нибудь связан с тайной пирамидой?

Лэнгдон пожал плечами — он бы не стал проводить такую параллель.

— Те, кому нравится придумывать всякие глупости про тайные вашингтонские пирамиды, сказали бы, что «occultum lapiderm» и есть пирамида. Другие считают, что имеется в виду Философский камень, якобы дарующий вечную жизнь и обращающий свинец в золото. Третьи думают, речь о Святая Святых, потайной каменной комнате в недрах Иерусалимского храма. Четвертые говорят о христианских отсылках к тайным учениям апостола Петра, чье имя в переводе с греческого означает «камень». Во всех эзотерических традициях есть свое понимание слов «occultum lapiderm», но в любом случае этот камень — источник силы и просветления.

Андерсон откашлялся.

— А не мог Соломон соврать этому гаду? Может, он нарочно сказал, будто здесь что-то есть... а на самом деле ничего нет.

Лэнгдону тоже приходила на ум такая мысль.

Вдруг пламя дрогнуло, как будто на сквозняке, а потом снова выпрямилось.

— Странно, — сказал Андерсон. — Надеюсь, никто не закрыл дверь... — Он вышел из камеры в темный коридор. — Эй!

Лэнгдон даже не смотрел на Андерсона: его внимание приковала задняя стена.

«Что это было?»

— Видели? — спросила Сато, обеспокоенно глядя на стену.

Лэнгдон кивнул; сердце забилось быстрее. «Видел, вот только что?»

Секунду назад стена дрогнула и замерцала, точно по ней прошла волна энергии.

В комнату вернулся Андерсон.

— Никого. — Он вошел, и по стене опять прошла рябь. — Черт! — закричал он, пятясь.

Все трое замерли на месте, не сводя глаз со стены. Лэнгдона пробрала дрожь — до него дошло, в чем дело. Он осторожно протянул руку и потрогал стену пальцами.

— Это не камень... — Сато и Андерсон с опаской подошли ближе, — а ткань.

— Она только что колыхнулась, — сказала Сато.

«Да, и очень странно колыхнулась».

Лэнгдон присмотрелся: блестящая поверхность ткани отразила свет столь удивительным образом, потому что поток воздуха увлек ее в *другую* сторону.

Лэнгдон осторожно надавил на стену и испуганно отдернул руку. «Там дыра!» Сердце бешено заколотилось у него в груди.

— Уберите ткань, — приказала Сато.

Профессор медленно взялся за край полотна, отвел его в сторону и потрясенно воззрился на то, что крылось по ту сторону.

«Господи...»

Сато и Андерсон в изумленном молчании смотрели в проем.

Наконец директор изрекла:

— А вот и наша пирамида.

Глава 39

Роберт Лэнгдон уставился в проем. За полотняной перегородкой оказалось идеально в форме квадрата отверстие со стороной около трех футов, проделанное прямо в стене, — видимо, из нее убрали кирпичи. Сначала Лэнгдону показалось, будто проем ведет в смежную комнату, но теперь он увидел, что это не так.

Углубление уходило в стену лишь на несколько футов и напоминало музейную нишу для статуэток. И действительно, внутри находился небольшой предмет.

Кусок гранита примерно девяти дюймов в высоту. Идеально гладкие стенки отражали свет свечи.

Лэнгдон окончательно растерялся.

«Пирамида?!»

— Судя по вашему удивленному взгляду, — сказала директор СБ, — такого предмета в Камере размышлений быть не должно?

Лэнгдон покачал головой.

— Так, может, вы немного пересмотрите свои убеждения насчет тайной масонской пирамиды в Вашингтоне? — Тон у Сато был почти самодовольный.

— Директор, — тут же ответил Лэнгдон, — эта пирамидка не легендарная масонская пирамида.

— То есть мы по чистому совпадению нашли ее в самом сердце Капитолия, в тайной комнате, принадлежащей масонскому главарю?

Лэнгдон потер глаза, стараясь мыслить здраво.

— Мэм, она даже не похожа на пирамиду из легенды. Масонская пирамида огромна, и навершие у нее из чистого золота.

Строго говоря, такая пирамида — с плоской верхушкой — была совсем другим символом.

Так называемая усеченная пирамида означала, что восхождение человека к вершине его истинных возможностей — процесс постоянный и бесконечный. Немногие осознавали, что это был один из самых тиражируемых в мире символов.

«Если точнее, около двадцати миллиардов копий».

Усеченная пирамида красовалась на каждой однодолларовой банкноте и терпеливо ждала золотого навершия, которое парило в воздухе прямо над ней: предназначение Америки еще не исполнено, всей стране и ее жителям предстоит много работы.

— Снимите ее, — сказала Сато Андерсону и освободила место на столе, бесцеремонно сдвинув в сторону череп и кости. — Хочу взглянуть поближе.

У Лэнгдона появилось чувство, что они обыкновенные расхитители гробниц, оскверняющие частную святыню.

Андерсон обошел профессора и облапил пирамиду огромными ручищами. Держать ее под таким углом было неудобно: начальник полиции с грохотом поставил ее на деревянный стол и отошел, уступая место Сато.

Директор придвинула свечу и присмотрелась к полированным стенкам. Затем тщательно ощупала всю верхушку и боковые грани и разочарованно нахмурилась.

— Профессор, вы говорили, в пирамиде хранятся тайные сведения.

— Да, так гласит легенда.

— Если похититель Питера убежден, что это и есть масонская пирамида, то в ней содержится нужная ему информация.

Лэнгдон обреченно кивнул:

— Да, но если бы он даже ее нашел, то не смог бы прочесть. Согласно легенде, содержимое пирамиды зашифровано, чтобы узнать его могли только достойные.

— Простите?

Лэнгдон терял терпение, но ответил спокойно:

— Мифические сокровища всегда защищены. Чтобы завладеть ими, нужно пройти то или иное испытание. Как вы помните, легенда о мече в камне гласит, что его смог достать только Артур, духовно закаленный и готовый справиться с невиданной силой меча. Миф о масонской пирамиде основан на той же идее. Тайные сведения зашифрованы, записаны на мистическом языке утраченных слов, доступном лишь избранным.

Губы Сато разошлись в улыбке.

— Тогда понятно, почему преступник выбрал именно вас.

— Простите?

Сато спокойно повернула пирамиду, и в свете свечи засияла ее четвертая сторона.

Роберт Лэнгдон потрясенно замер.

— Похоже, — сказала Сато, — кто-то считает вас избранным.

Глава 40

«Куда они запропастились?»

Кэтрин еще раз взглянула на часы. Она забыла предупредить доктора Аваддона о странной дороге к лаборатории, но темнота не могла задержать их так надолго. «Они уже должны быть здесь».

Кэтрин подошла к выходу, открыла освинцованную дверь и прислушалась. Ни звука.

— Триш! — крикнула она, и мрак тут же поглотил ее голос.

Тишина.

Кэтрин озадаченно закрыла дверь, достала мобильный и позвонила в вестибюль.

— Это Кэтрин. Триш там?

— Нет, мэм, — ответил охранник. — Они с доктором Аваддоном ушли минут десять назад.

— Правда? Странно. Их вроде даже в отсеке нет.

— Подождите секунду, я проверю. — В трубке защелкала компьютерная клавиатура. — Верно, в журнале нет записи о том, что мисс Данн открывала дверь Пятого отсека. Последний раз она воспользовалась карточкой восемь минут назад... в Третьем отсеке. Наверно, решила устроить вашему гостю небольшую экскурсию.

Кэтрин нахмурилась — весть немного ее удивила.

«Ладно, в Третьем отсеке они не задержатся. Вонь там невыносимая».

— А мой брат еще не приехал?

— Нет, мэм.

— Спасибо.

Кэтрин охватила тревога. Она даже на секунду оцепенела, но быстро взяла себя в руки. Такое же беспокойство Кэтрин ощутила днем в доме доктора Аваддона. Как видно, сегодня женская интуиция ее подвела. Причем серьезно.

«Пустяки!» — заверила себя Кэтрин.

Глава 41

Роберт Лэнгдон смотрел на каменную пирамиду.

«Не может этого быть!»

— Древний зашифрованный язык, говорите? — не глядя на него, сказала Сато. — По-моему, очень похоже.

На четвертой стороне пирамиды были выгравированы шестнадцать четких символов.

Подошедший к ним Андерсон удивленно разинул рот, в точности повторив реакцию Лэнгдона. Начальник полиции Капитолия выглядел так, словно увидел инопланетный алфавит.

— Профессор, полагаю, вы можете это прочесть? — спросила Сато.

Лэнгдон обернулся.

— С чего вы взяли?

— Потому что вас сюда заманили. Вас выбрали. Эта надпись — явно какой-то шифр. Судя по роду вашей деятельности, преступник хочет, чтобы вы это расшифровали.

Лэнгдон был вынужден признать, что после событий в Риме и Париже к нему постоянно обращались за помощью в дешифровке знаменитых, по сей день не разгаданных кодов — Фестского диска, шифра Дорабеллы и загадочной рукописи Войнича.

Сато погладила надпись.

— Можете расшифровать эти картинки?

«Это не картинки, — подумал Лэнгдон, — а символы».

Он сразу же понял — кодированное письмо XVII века. Лэнгдон прекрасно знал, что с ним делать.

— Мэм, — выдавил он, — это частная собственность Питера...

— Частная или нет, если из-за этой пирамиды вас заманили в Вашингтон, я не оставляю вам выбора. Говорите, что здесь написано.

Тут громко пискнул блэкберри: Сато вытащила устройство из кармана и несколько секунд читала сообщение. Лэнгдон подивился такому глубокому покрытию внутренней сотовой сети Капитолия.

Сато хмыкнула и подняла брови, странно посмотрев на профессора.

— Андерсон, можно вас на минутку? — сказала она начальнику полиции, и они ушли в темный, как могила, коридор. Лэнгдон остался в Камере размышлений Питера Соломона.

* * *

«Когда же кончится этот вечер? — мысленно спрашивал себя Андерсон. — Ампутированная кисть в моей Ротонде... Гробница в моем подвале... Таинственные надписи на каменной пирамиде». Как ни странно, футбол совершенно перестал его волновать.

Шагнув за Сато в темноту коридора, Андерсон включил фонарик. Луч был слабый, но все же лучше, чем ничего. Сато прошла несколько ярдов вперед, чтобы Лэнгдон их не видел.

— Взгляните. — Она протянула ему блэкберри.

Андерсон взял компьютер и, сощурившись, посмотрел на экран. На нем было черно-белое изображение — рентгеновский снимок лэнгдоновского портфеля, высланный на электронную почту директора. На всех рентгеновских снимках предметы с наибольшей плотностью получаются ярче остальных. В портфеле Лэнгдона одна вещь светилась подобно ослепительному бриллианту среди мутной каши прочего добра. Ее форму ни с чем нельзя было перепутать.

«Он таскал это с собой весь вечер?!»

Андерсон удивленно посмотрел на Сато:

— Чего ж он молчит?

— Хороший вопрос, — прошептала директор.

— Странно... Не может же это быть простым совпадением!

— Вот и я так думаю, — со злостью ответила Сато.

Тут внимание Андерсона привлек тихий шорох. Он испуганно поднял фонарь, но гаснущий луч осветил лишь пустой коридор с открытыми дверями.

— Эй, кто здесь?

Тишина.

Сато посмотрела на него, как на ненормального — видимо, она ничего не слышала.

Андерсон прислушался и тряхнул головой.

«Надо уходить».

Оставшись в камере, освещенной только пламенем свечи, Лэнгдон провел пальцами по резным символам на четвертой стороне пирамиды. Конечно, ему было любопытно, что там написано, однако он не хотел вмешиваться в личные дела Питера Соломона — и так уже порядком вмешался.

«Да и зачем преступнику понадобилась эта пирамида?»

— У нас проблема, профессор, — громко отчеканила Сато у него за спиной. — Я только что получила новую информацию. Мне надоело ваше вранье.

Лэнгдон обернулся. К нему шагала директор Службы безопасности — в руке блэкберри, глаза горят огнем. Профессор с надеждой посмотрел на Андерсона, но тот с грозным видом стоял в дверном проеме. Сато подошла и сунула блэкберри Лэнгдону под нос.

Он растерянно посмотрел на экран с черно-белой фотографией, похожей на негатив. На снимке было множество каких-то предметов, один из которых горел очень ярко — крошечная заостренная пирамидка.

«Маленькая пирамида?»

Лэнгдон вопросительно посмотрел на Сато:

— Что это?

Вопрос окончательно взбесил директора.

— Бросьте притворяться!

— Да не притворяюсь я! — тоже вспылил Лэнгдон. — Первый раз вижу эту штуку!

— Вранье! — резко осадила его Сато. Ее скрипучий голос огласил затхлый подвал. — Вы весь вечер таскаете это в своем портфеле!

— Я... — Лэнгдон умолк на полуслове и медленно покосился на свой портфель. Потом опять взглянул на экран блэкберри.

«Господи... сверток!»

И действительно, вокруг яркой пирамидки белел едва заметный куб. До Лэнгдона дошло, что он смотрит на рентгеновский снимок собственного портфеля... и загадочного свертка Питера Соломона. Куб на самом деле был шкатулкой, в которой лежала пирамида.

Лэнгдон хотел ответить, но голос его подвел, а из легких вышел весь воздух: его посетило новое озарение.

Простое, ясное и страшное.

«О Боже!»

У каменной пирамиды, которая стояла перед ними на столе, верхушка была плоская: небольшой квадратик в символическом ожидании последнего элемента... элемента, который превратит Усеченную пирамиду в настоящую.

Лэнгдона осенило: в шкатулке вовсе не пирамида, а навершие! Вот почему только он, Лэнгдон, мог открыть тайну пирамиды.

«У меня недостающая часть... И это в самом деле... талисман».

Когда Питер сказал ему, что в шкатулке талисман, Лэнгдон только посмеялся. Теперь он понял, что его друг был прав. Крошечное навершие и есть талисман, но не волшебный. Давным-давно это слово означало «завершение», от греческого «telesma» — «завершать». Так называли любой предмет, дополняющий другой. Недостающая часть. Навершие, таким образом, можно считать своего рода высшим талисманом — оно превращает усеченную пирамиду в символ абсолютного совершенства.

Жуткая догадка заставляла Лэнгдона принять одну очень странную истину: если не брать в расчет размер, каменная пирамида из Камеры размышлений постепенно превращалась в некое подобие легендарной масонской пирамиды.

Судя по тому, как ярко белело навершие на рентгеновском снимке, оно было из металла... очень плотного металла. Золото это или нет, узнать было нельзя, и Лэнгдон не пытался догадаться.

«Пирамида чересчур мала. Шифр слишком легко прочитать. И вообще, это легенда, черт подери!»

Сато не сводила с него испытующего взгляда.

— Вы, профессор, умны, но сегодня допустили несколько глупых ошибок. Соврали директору разведывательного управления, намеренно препятствовали расследованию...

— Я могу все объяснить, если позволите.

— Объясняться будете в штаб-квартире ЦРУ. С этой минуты считайте, что вы задержаны.

Лэнгдон оцепенел.

— Вы шутите.

— Нисколько. Я предупреждала вас, как высоки ставки, но вы не пожелали сотрудничать. Настоятельно рекомендую расшифровать эту надпись, потому что когда мы приедем в ЦРУ... — она подняла блэкберри и сфотографировала гравировку, — у моих аналитиков будет фора.

Лэнгдон хотел возразить, но Сато уже отвернулась к двери.

— Андерсон, вы понесете пирамиду — положите ее в портфель профессора. Я доставлю мистера Лэнгдона в следственный изолятор. Можно ваш пистолет?

Начальник полиции расстегнул кобуру и с непроницаемым лицом протянул пистолет Сато. Та сразу направила дуло на Лэнгдона.

Происходящее казалось ему сном.

«Невероятно».

Андерсон взял профессорский портфель и поставил его на стул у стола. Затем открыл портфель пошире и положил к бумагам Лэнгдона и небольшому свертку тяжелую каменную пирамиду.

Из коридора донесся отчетливый шорох. В проеме появился темный силуэт. Он метнулся к Андерсону, стоявшему спиной к двери, и врезался в него плечом, свалив с ног. Андерсон полетел вперед, ударился головой о каменный край ниши и грузно упал на стол, сметая кости и другие предметы на пол. Песочные часы разлетелись вдребезги, свеча опрокинулась, но все еще горела.

Сато пошатнулась, беспорядочно размахивая пистолетом, но незнакомец схватил со стола кость и ударил директора по плечу. Она закричала от боли и выронила оружие.

Высокого чернокожего мужчину в элегантном костюме Лэнгдон видел впервые. Тот оттолкнул ногой пистолет подальше и крикнул:

— Хватайте пирамиду — и за мной!

Глава 42

Элегантный незнакомец, который вел Лэнгдона по подземному лабиринту Капитолия, явно был человеком влиятельным. Мало того что он знал все входы и выходы, так у него еще была связка ключей, которыми он без труда отпирал возникавшие на пути двери.

Лэнгдон взбежал за ним по незнакомой лестнице. Под тяжестью каменной пирамиды кожаная лямка портфеля больно давила на плечо, и казалось, она вот-вот лопнет.

Последние события развивались без всякой логики, и Лэнгдоном теперь двигали одни инстинкты. Чутье подсказывало, что незнакомцу можно доверять. Он не только спас Лэнгдона от ареста, но и предпринял отважную попытку защитить пирамиду Питера Соломона.

«Чем бы она ни была».

И хотя мотивы его оставались для Лэнгдона загадкой, он успел заметить золотое кольцо на пальце своего спасителя — масонский перстень с двуглавым фениксом и числом 33. Значит, этот человек и Питер Соломон не просто близкие друзья, а братья-масоны высшего градуса.

Вслед за незнакомцем Лэнгдон выбежал в очередной коридор, где они открыли дверь без номера и попали в служебное помещение. Промчавшись мимо коробок и мешков с мусором, они неожиданно очутились в роскошном кинозале. Безвестный спаситель вывел Лэнгдона по боковому проходу наверх, в большой светлый атриум. Профессор наконец понял, где они — в экскурсионном центре. Тут он сегодня уже бывал.

И охранника-мексиканца он тоже видел.

Едва не столкнувшись лбами, все трое, оторопев, замерли на месте и уставились друг на друга. Лэнгдон сразу узнал юношу: это он сидел за рентгеновской установкой.

— Нуньес, никому ни слова, — приказал незнакомец. — За мной.

Юноша повиновался, но вид у него был растерянный.

«Кто же этот человек?»

Они побежали в юго-восточный угол экскурсионного центра, к ряду массивных дверей, загороженных дорожными конусами. Сами двери были заклеены малярной лентой — видимо, чтобы внутрь не проходили звуки и пыль с улицы. Незнакомец оторвал ленту и принялся перебирать ключи на связке, разговаривая с охранником.

— Наш друг Андерсон в подвале, возможно, ранен. Сходи туда и узнай.

— Да, сэр, — с тревогой ответил озадаченный Нуньес.

— Самое важное: ты нас не видел. — Мужчина нашел нужный ключ, снял его и открыл тяжелый замок. Отворив стальную дверь, он бросил ключ охраннику. — Запри за нами и аккуратно приклей ленту, потом спрячь ключ и никому ничего не говори. Никому, включая Андерсона. Все ясно, Нуньес?

Охранник уставился на ключ так, словно ему доверили бесценный алмаз.

— Да, сэр.

Незнакомец скрылся за дверью; Лэнгдон поспешил за ним. Охранник запер дверь и начал приклеивать ленту.

— Профессор Лэнгдон, меня зовут Уоррен Беллами. — Они шагали по еще не достроенному коридору. — Питер Соломон — мой близкий друг.

Лэнгдон испуганно покосился на своего спасителя.

«Это Уоррен Беллами?!»

Он никогда не видел Архитектора Капитолия, но имя, конечно, слышал.

— Питер рассказывал о вас много хорошего, — сказал Беллами. — Какая жалость, что мы познакомились при таких обстоятельствах.

— Он в ужасной беде. Ему отрезали...

— Знаю, — мрачно перебил его Беллами. — Боюсь, это только начало.

Они добрались до освещенной части коридора и свернули налево. Остаток прохода, куда бы он ни вел, тонул в кромешном мраке.

— Одну минуту, — сказал Беллами и скрылся в электрощитовой, откуда в темноту уходило множество мощных оранжевых кабелей. Лэнгдон остался ждать. Видимо, Архитектор нашел нужный выключатель, потому что через секунду в коридоре загорелся свет.

Лэнгдон оцепенел.

Вашингтон, как и Рим, насквозь пронизан секретными проходами и подземными туннелями. Этот коридор напомнил Лэнгдону римский Пассетто, соединяющий Ватикан с замком Святого Ангела.

«Длинный. Темный. Узкий».

В отличие от древнего коридора этот был еще не достроен и выглядел очень современно: аккуратная строительная зона словно бы сходила на нет. Освещалась она полоской небольших лампочек, которые и света толком не давали, а лишь подчеркивали невероятную длину туннеля.

Беллами уже шагал по коридору.

— Идите за мной. Смотрите под ноги.

Лэнгдон нагнал Архитектора и пошел за ним по пятам, спрашивая себя, куда заведет их этот туннель.

Тем временем Малах быстро шагал по главному коридору ЦТП к Пятому отсеку. Он стиснул в ладони карточку Триш и прошептал: «Ноль четыре ноль восемь».

В голове крутилась и другая мысль. Малах только что получил срочное сообщение из Капитолия. У его связного возникли неожиданные трудности. Впрочем, события все равно развивались как надо: и пирамида, и навершие теперь у Роберта Лэнгдона. Составные части заняли свои места, пусть и довольно неожиданным образом. Казалось, сама судьба следила за сегодняшними событиями, чтобы Малах мог одержать победу.

Глава 43

В длинном туннеле Лэнгдон едва поспевал за Уорреном Беллами. До сих пор Архитектор Капитолия больше стремился оторваться от Сато, нежели объяснить происходящее. В Лэнгдоне крепло подозрение, что все гораздо сложнее, чем он мог вообразить.

«ЦРУ? Архитектор Капитолия? Масоны тридцать третьей степени?»

Воздух огласил пронзительный звонок мобильного. Лэнгдон достал телефон из куртки и с опаской проговорил:

— Алло.

— Профессор, — раздался в трубке знакомый зловещий шепот. — Говорят, у вас неожиданно появился спутник.

Лэнгдон похолодел.

— Отвечайте, где Питер?! — громко вопросил он, и его слова эхом отозвались в туннеле. Уоррен Беллами с тревогой оглянулся и жестом велел ему не останавливаться.

— Не волнуйтесь. Я же говорил, Питер в безопасности.

— Господи, да вы отрезали ему руку! Ему нужен врач!

— Скорее, священник, — ответил преступник. — Но вы еще можете его спасти. Если выполните мои требования, Питер будет жить. Даю слово.

— Я не поверю слову безумца.

— Безумца? Профессор, вы должны были по достоинству оценить мое почтительное отношение к древним ритуалам. Рука мистерий привела вас к порталу — к пирамиде, скрывающей тайное знание. Мне доложили, что она у вас.

— По-вашему, это масонская пирамида?! — вскричал Лэнгдон. — Это простой камень, и только!

В трубке воцарилось молчание.

— Мистер Лэнгдон, не валяйте дурака — вы для этого слишком умны. Вам прекрасно известно, что вы сегодня нашли. Каменная пирамида... спрятанная в сердце Вашингтона... влиятельным масоном?

— Вы гоняетесь за сказкой! Питер от ужаса наговорил вам всяких глупостей! Легенда о масонской пирамиде — вымысел. Масоны не строили никакой пирамиды для защиты тайных знаний. А если и строили, то все равно — эта чересчур мала.

Его собеседник хихикнул.

— Вижу, Питер с вами не откровенничал. Профессор Лэнгдон, верите вы в пирамиду или нет, делайте, что я говорю. На вашей пирамиде вырезана некая надпись. Расшифруйте ее, и тогда я верну вам Питера Соломона.

— О чем бы там ни говорилось, — сказал Лэнгдон, — это не Мистерии древности.

— Конечно. Они слишком объемны, их не уместишь на маленькой пирамидке.

Ответ преступника окончательно сбил Лэнгдона с толку.

— Если это не Мистерии древности... то пирамида не масонская! Легенда гласит, что вольные каменщики построили пирамиду для защиты тайных знаний.

— Мистер Лэнгдон, — снисходительно проговорил преступник, — пирамида действительно была призвана защищать Мистерии, но под защитой масоны подразумевали нечто другое. Разве Питер не говорил? Сила пирамиды вовсе не в том, что в ней сокрыта сама мудрость... нет, она лишь указывает на нужное место.

Лэнгдон опешил.

— Расшифруйте надпись, — продолжил его собеседник, — и расскажите мне, где спрятано величайшее сокровище в истории человечества. — Он рассмеялся. — Питер бы не доверил вам само сокровище, профессор!

Лэнгдон резко остановился.

— Погодите... то есть пирамида — это карта?

Беллами тоже остановился как вкопанный и в ужасе посмотрел на Лэнгдона. По-видимому, звонивший знал слишком много. «Пирамида — это карта...»

— Верно, — прошептал преступник. — Карта, пирамида, портал — называйте как хотите... Ее создали много лет назад, чтобы место, где хранятся Мистерии древности, никогда не забылось, не затерялось.

— Решетка из шестнадцати символов не очень-то похожа на карту.

— Лишь на первый взгляд, профессор. Да и в любом случае только вы можете прочесть, что написано на пирамиде.

— Неправда! — возразил Лэнгдон, вспомнив примитивный шифр. — Любой в состоянии декодировать эту надпись, она очень проста.

— На поверку это может оказаться не так. Как бы то ни было, навершие есть только у вас.

Лэнгдон представил себе маленькую металлическую пирамидку.

«Порядок из хаоса?»

Он уже не знал, чему верить, но каменная пирамида в портфеле все сильнее оттягивала ему плечо.

Малах прижал трубку к уху, с удовольствием слушая судорожное дыхание взволнованного Лэнгдона.

— У меня много дел, профессор, да и у вас тоже. Позвоните, как только расшифруете карту. Мы вместе найдем это место и завершим сделку. Жизнь Питера... в обмен на мудрость веков.

— Даже не подумаю, — заявил Лэнгдон. — Сначала докажите, что Питер жив.

— Не советую вам испытывать мое терпение. Вы лишь крошечный винтик в огромной машине. Если не выполните мой приказ или попытаетесь меня найти, Питер умрет.

— Да откуда мне знать, что он жив?

— Очень даже жив, профессор, и отчаянно нуждается в вашей помощи.

— Что вы ищете на самом деле? — с жаром выпалил Лэнгдон в трубку.

Малах немного помолчал.

— Многие люди искали Мистерии древности и спорили об их силе. Сегодня я докажу, что Мистерии существуют.

Лэнгдон не ответил.

— Предлагаю вам приступить к расшифровке немедленно, — сказал Малах. — Информация нужна мне сегодня.

— Сегодня?! Уже девять вечера!

— Вот именно. Tempus fugit. Время летит.

Глава 44

Нью-йоркский редактор Джонас Фаукман как раз выключил свет в своей конторе, когда зазвонил телефон. Он не собирался брать трубку в такой поздний час, но случайно заметил на дисплее имя звонившего.

«Отвечу, наверняка дело сто́ящее», — подумал он и поднял трубку.

— Разве мы тебя еще печатаем? — наполовину в шутку, наполовину всерьез спросил Фаукман.

— Джонас! — У Роберта Лэнгдона был на редкость взволнованный голос. — Слава Богу, я тебя застал! Нужна помощь.

Фаукман воспрянул духом.

— Есть что редактировать? — с надеждой спросил он, а сам подумал: «В кои-то веки».

— Нет, хочу кое-что узнать. Помнишь, в прошлом году я знакомил тебя с Кэтрин Соломон, сестрой Питера Соломона?

Джонас нахмурился.

«Стало быть, редактировать нечего».

— Она еще искала издателя для своей книги по ноэтике, помнишь?

Фаукман закатил глаза.

— Еще бы! «Полезное» знакомство, спасибо. Она не только отказалась предоставить мне результаты своих исследований, но и отложила публикацию на неопределенное время.

— Джонас, у меня нет времени, просто слушай. Мне нужен ее телефон, прямо сейчас.

— Должен предупредить, у тебя нет шансов. Она отлично выглядит, но ее не удивишь...

— Это очень серьезно, Джонас. Дай мне ее номер.

— Хорошо... подожди минуту. — Они давно дружили, и Фаукман понял, что Лэнгдон не шутит. Он ввел имя Кэтрин Соломон в компьютер, и тот начал поиск по почтовому серверу компании.

— Ищу, — сказал Фаукман. — Послушай моего совета, не звони из гарвардского бассейна — ты как будто в психушке.

— Я не в бассейне, а в туннеле под Капитолием США.

По тону Лэнгдона Фаукман почувствовал, что друг не шутит.

«Да что с ним такое?»

— Роберт, почему ты не можешь спокойно сидеть дома и писать книгу? — Тут пискнул его компьютер. — Так, готово... — Он прокрутил мышкой всю переписку. — У меня есть только мобильный.

— Давай.

Фаукман продиктовал ему номер.

— Спасибо, Джонас, — с благодарностью сказал Лэнгдон. — Я перед тобой в долгу.

— Это уж точно. Когда я дождусь рукописи? Ты хоть понимаешь...

В трубке пошли гудки.

Фаукман покачал головой. Да, без писателей жизнь издателя была бы куда легче.

Глава 45

Кэтрин Соломон растерянно прочла имя звонившего ей человека. Сначала она подумала, что звонит Триш — объяснить, почему они с доктором Аваддоном так задержались. Но звонила вовсе не она.

На губах Кэтрин расцвела улыбка.

«Ну и денек!»

Она откинула крышку телефона.

— Дайте угадаю, — игриво сказала она. — Холостой ученый ищет симпатичную специалистку по ноэтике?

— Кэтрин! — Низкий голос принадлежал Роберту Лэнгдону. — Слава Богу, у вас все нормально.

— Конечно, нормально, — озадаченно проговорила Кэтрин. — Если не считать, что вы не звонили мне после прошлогодней вечеринки.

— Кое-что случилось. Пожалуйста, выслушайте меня. — Его всегда спокойный и ровный голос звучал встревоженно. — Произошло несчастье... Питер попал в беду.

Улыбка Кэтрин тут же померкла.

— В чем дело?

— Питер... — Лэнгдон умолк, словно подыскивая нужные слова. — Не знаю, как это сказать... в общем, его забрали. Неизвестно, кто и как, но...

— Забрали? — вопросила Кэтрин. — Роберт, вы меня пугаете. Куда забрали?

— Похитили, — ответил Лэнгдон срывающимся голосом. — Вчера или сегодня днем...

— Это не смешно! — сердито заявила Кэтрин. — У моего брата все хорошо, мы с ним разговаривали пятнадцать минут назад.

— Правда?!

— Да. Он написал, что едет в лабораторию.

— Написал!.. — воскликнул Лэнгдон. — А голос его вы слышали?

— Нет, но...

— Кэтрин, сообщение пришло не от вашего брата. Кто-то воспользовался его телефоном. Этот человек опасен. Сегодня он хитростью заманил меня в Вашингтон.

— Хитростью? Ничего не понимаю!

— Да, извините... — Лэнгдон был явно не в своей тарелке. — Возможно, вы тоже в опасности.

Профессор никогда бы не стал шутить по такому поводу, но он нес какой-то бред.

— У меня все хорошо, — сказала Кэтрин. — Я в хорошо охраняемом месте.

— Прочтите мне сообщение Питера. Пожалуйста!

Кэтрин в растерянности открыла эсэмэску и прочла ее профессору. По спине побежали мурашки, когда она дошла до последнего предложения, в котором говорилось о докторе Аваддоне. «Если доктор Аваддон сможет, пусть приедет. Я ему доверяю...»

— Господи!.. Он пригласил этого человека к вам в лабораторию?

— Да! Моя ассистентка пошла его встречать. Они вернутся с минуты...

— Кэтрин, уходите оттуда! — заорал Лэнгдон. — Сейчас же!

На другом конце ЦТП, в комнате охраны, громко зазвонил телефон. Охранник нехотя вынул из ушей наушники.

— Вестибюль, — сказал он в трубку, — говорит Кайл.

— Кайл, это Кэтрин Соломон! — сбивчиво, задыхаясь, выпалила она.

— Мэм, ваш брат еще не...

— Где Триш?! — закричала Кэтрин. — Ты видишь ее на мониторах?

Охранник подкатил стул к компьютеру.

— Она до сих пор не пришла?

— Нет! — испуганно крикнула Кэтрин.

Только сейчас охранник понял, что она бежит, потому и задыхается.

«Что там творится?»

Он начал перематывать кадры цифрового видео.

— Так, подождите, смотрю запись... Вот Триш выходит из вестибюля вместе с вашим гостем... они идут по Улице... мотаю... ага, заходят в Мокрый отсек... Триш открыла карточкой дверь, они зашли... мотаю... Теперь выходят — это было минуту назад... — Охранник вскинул голову и замедлил проигрывание. — Постойте... ничего не понимаю.

— Что?

— Ваш гость вышел из Мокрого отсека один.

— Триш осталась там?

— Ну да, похоже. Я слежу за вашим гостем... он в коридоре один.

— А где Триш?! — не выдержала Кэтрин.

— На мониторах ее не видно, — с растущей тревогой ответил охранник. Он взглянул на экран и заметил, что рукава пиджака у доктора как будто влажные... до самых локтей.

«Что он делал в Мокром отсеке, черт подери?»

Доктор решительно зашагал по коридору в сторону Пятого отсека, сжимая в руках... карточку.

У охранника волосы встали дыбом.

— Мисс Соломон, у нас неприятности.

Сегодняшний вечер для Кэтрин Соломон был полон новых впечатлений.

За два года она впервые разговаривала по мобильному в кромешном мраке Пятого отсека и впервые бежала через темноту со всех ног. Сейчас она прижимала трубку к уху и вслепую летела по бесконечной ковровой дорожке: как только нога ступала на бетон, Кэтрин выправляла курс и мчалась дальше.

— Где он сейчас? — тяжело дыша, спросила она охранника.

— Перематываю... Вот он идет по коридору к Пятому отсеку...

Кэтрин прибавила шагу, надеясь успеть к выходу раньше Аваддона — ей не хотелось оказаться запертой в отсеке.

— Когда он доберется до входа?

Охранник помедлил.

— Мэм, вы не поняли... Я еще перематываю. Это запись. — Он умолк. — Подождите, посмотрю журнал... Мэм, Пятый отсек открыли карточкой мисс Данн около минуты назад.

Кэтрин остановилась как вкопанная посреди черной бездны.

— Он уже в отсеке? — прошептала она в трубку.

Охранник быстро нажимал кнопки.

— Да, мэм, он вошел... девяносто секунд назад.

Кэтрин оцепенела и затаила дыхание. Темнота вокруг нее словно ожила.

«Он здесь, со мной».

В следующий миг она осознала, что единственный источник света в отсеке — ее мобильный.

— Пришлите помощь, — прошептала Кэтрин охраннику. — И помогите Триш.

С этими словами она тихо закрыла телефон и осталась в полной темноте.

Кэтрин стояла неподвижно и старалась дышать как можно тише. Несколько секунд спустя из темноты выплыл резкий запах этанола, который постепенно становился все крепче. Всего в нескольких футах от себя Кэтрин почувствовала чье-то присутствие. Казалось, громкий стук сердца выдает ее. Она тихонько сняла туфли и шагнула влево, на холодный бетонный пол. Затем сделала еще шаг, для верности.

Хрустнул сустав на большом пальце.

В тишине хруст прогремел, точно выстрел.

Впереди послышался шорох одежды. Кэтрин рванула в сторону, но на секунду опоздала: мощная рука, слепо шарящая в темноте, вцепилась в подол ее халата и дернула.

Кэтрин изогнулась и выскользнула из халата. Уже не зная, где выход, она наугад побежала в бесконечную пустоту.

Глава 46

Несмотря на то что в Библиотеке конгресса находится «самая красивая комната в мире», главное ее достояние — не роскошные интерьеры, а богатые фонды. Библиотеку недаром считают самой крупной на Земле: общая длина книжных полок составляет больше пятисот миль (больше, чем расстояние от Вашингтона до Бостона). Вдобавок ежедневно количество книг увеличивается примерно на десять тысяч единиц.

Библиотека конгресса — бывшая частная коллекция научных и философских трудов, начало которой положил Томас Джефферсон, — символизирует собой тягу американцев к знаниям и их распространению. Это одно из первых электрифицированных зданий в Вашингтоне, и библиотека действительно сияла подобно маяку во мраке Нового Света.

Как следует из названия, библиотека призвана обслуживать конгресс, почтенные члены которого трудятся через дорогу, в Капитолии. Вековую связь между библиотекой и Капитолием недавно укрепило строительство длинного туннеля под Индепенденс-авеню.

Профессор Роберт Лэнгдон шагал вслед за Уорреном Беллами по недостроенному туннелю. Он как мог пытался унять свой страх за Кэтрин Соломон.

«Этот маньяк сейчас в лаборатории?!»

Лэнгдон даже не хотел думать, что он там делает. Профессор успел только сказать Кэтрин, где они встретятся.

«Когда же кончится этот проклятый туннель?»

Голова нестерпимо болела от путаных мыслей о Кэтрин, Питере, масонах, Беллами, пирамидах, древних пророчествах и... о карте.

Лэнгдон прогнал назойливые мысли и прибавил шагу.

«Беллами обещал ответить на мои вопросы».

Наконец коридор закончился, и Архитектор провел Лэнгдона через несколько створчатых дверей. В них еще не было замков, поэтому Беллами отыскал где-то алюминиевую стремянку и подпер ею последнюю дверь, а сверху поставил железное ведро — если кто-нибудь проникнет внутрь, оно с грохотом свалится на пол.

«Хороша сигнализация...»

Лэнгдон надеялся, что у Беллами есть более внятный план по обеспечению безопасности. События развивались так быстро, что профессор только сейчас задумался о последствиях своего бегства с Беллами.

«Я скрываюсь от ЦРУ...»

Они свернули за угол и начали подниматься по широкой лестнице, перегороженной оранжевыми конусами. Портфель все сильнее оттягивал Лэнгдону плечо.

— Я по-прежнему не понимаю, как каменная пирамида...

— Не сейчас, — перебил его Беллами. — Осмотрим ее на свету. Я отведу вас в безопасное место.

Лэнгдон усомнился, что такое место вообще может существовать для человека, недавно напавшего на директора СБ ЦРУ.

Они поднялись по лестнице и оказались в широком коридоре, отделанном итальянским мрамором и сусальным золотом. Вдоль стен выстроились восемь пар статуй — все они изображали богиню Минерву. Беллами поспешил дальше, на восток, и через сводчатую арку они с Лэнгдоном попали в огромный просторный зал.

Даже в тусклом свете большой зал библиотеки сиял роскошью и великолепием классического европейского дворца. В семидесяти пяти футах над головой, между балками, отделанными редкой тогда алюминиевой фольгой (были времена, когда этот металл стоил дороже золота), сверкал богатый витраж. Величавые парные колонны украшали балкон второго этажа. Подняться на него можно было по двум лестницам; на нижних стойках перил красовались бронзовые богини — каждая вздымала над головой факел знаний.

В странной попытке раскрыть тему современного просвещения и сохранить декоративные традиции архитектуры Ренессанса перила украсили купидонами, символизирующими ученых.

«Ангел-электрик с телефоном? Энтомолог-херувим с сачком? Интересно, что бы сказал на это Бернини...»

— Поговорим здесь, — буркнул Беллами, проводя Лэнгдона мимо двух пуленепробиваемых витрин, в которых хранились две самые ценные книги библиотеки: рукописная Большая Майнцская Библия, созданная в 1450-х, и американский экземпляр Библии Гутенберга — один из трех имеющихся в мире полных экземпляров, отпечатанных на пергаменте. В полукруглых углублениях под сводчатым потолком красовалась картина из шести фрагментов: «Эволюция книги» Джона Уайта Александра.

Беллами подошел к элегантной двустворчатой двери посреди восточной стены зала. Лэнгдон знал, куда она ведет, но место это явно не годилось для бесед.

«Даже если не считать, что в зале полно табличек с просьбой соблюдать тишину, «безопасным» его не назовешь...»

Расположенный ровно посередине крестообразного здания, главный читальный зал был сердцем библиотеки. В нем не укроешься — все равно что вломиться в церковь и спрятаться на алтаре.

Тем не менее Беллами открыл дверь и нащупал на стене выключатель. Прямо перед ними материализовался, словно из ниоткуда, один из величайших архитектурных шедевров Америки.

Знаменитый читальный зал поражал воображение. Огромный восьмигранник высотой сто шестьдесят футов был отделан тремя породами мрамора: шоколадным теннессийским, сливочным сиенским и красным алжирским. Поскольку свет падал из восьми углов, теней нигде не было, и казалось, будто зал светится сам по себе.

— Считается, что этот зал — красивейший в Вашингтоне, — сказал Беллами и жестом пригласил Лэнгдона внутрь.

«Пожалуй, во всем мире», — подумал Лэнгдон, перешагивая через порог. Как всегда, его взгляд сначала приковал огромный свод, украшенный изящными резными кессонами. С балюстрады верхнего балкона смотрели вниз шестнадцать бронзовых «портретных» статуй, а под ними вереница великолепных арок образовывала нижний балкон. От массивного абонементного стола тремя концентрическими окружностями расходились ряды полированных деревянных столов.

Лэнгдон перевел взгляд на Беллами — тот подпирал широко распахнутые двери, чтобы они не закрылись.

— Я думал, мы прячемся... — растерянно сказал профессор.

— Если в здание кто-нибудь вломится, я хочу об этом знать, — ответил Беллами.

— Нас же сразу найдут!

— Найдут в любом случае, где ни прячься. Но если заявятся сюда, вы тут же сообразите, почему я выбрал именно этот зал.

Лэнгдон ничего не понял, однако Беллами, судя по всему, не желал объясняться и уже направился к центру зала. Там он выбрал свободный стол, пододвинул к нему два стула, включил лампу и кивнул на профессорский портфель.

— Ну, давайте взглянем.

Чтобы не оцарапать полировку грубым гранитом, Лэнгдон не стал вынимать пирамиду, а водрузил портфель на стол и раскрыл пошире. Уоррен Беллами поправил лампу и внимательно осмотрел пирамиду, затем провел пальцами по таинственной надписи.

— Полагаю, язык вам знаком? — спросил Беллами.

— Конечно, — ответил Лэнгдон, разглядывая шестнадцать символов.

Так называемый Масонский шифр был в ходу у первых членов братства, которые пользовались им для личной переписки. Алфавит вышел из употребления по очень простой причине — его было слишком легко расшифровать. Большинство старшекурсников, посещавших семинары Лэнгдона по символогии, справились бы с этой надписью за пять минут. Сам профессор при наличии ручки и листа бумаги мог раскодировать ее меньше чем за минуту.

Это обстоятельство позволяло Лэнгдону сделать два вывода. Во-первых, он был отнюдь не единственным человеком на свете, способным дешифровать надпись на пирамиде. Во-вторых, Сато почему-то решила, что этот код — дело государственной важности. С тем же успехом она могла заявить, что пусковые коды ядерных ракет раскрываются при помощи игрушечного шифровального кольца из коробки с попкорном. Лэнгдону не верилось в этот абсурд.

«Надпись на пирамиде указывает, где хранится мудрость веков?!»

— Роберт, — мрачно проговорил Беллами, — Сато объяснила вам, почему за дело взялось ЦРУ?

Лэнгдон покачал головой:

— Она утверждает, что это вопрос национальной безопасности. По-моему, лжет.

— Может быть. — Беллами задумчиво потер шею. Его словно бы терзали какие-то сомнения. — Но меня больше тревожит другое. — Он посмотрел Лэнгдону в глаза. — Директор Сато могла узнать об истинной силе пирамиды.

Глава 47

Кэтрин Соломон обступала абсолютная чернота.

Сойдя со знакомой и безопасной ковровой дорожки, Кэтрин шла вперед наугад, водя перед собой руками и спотыкаясь. Пол был холодный, точно лед на замерзшем озере... враждебная среда, из которой нужно было выбраться — во что бы то ни стало.

Запах спирта исчез, и Кэтрин остановилась. Стоя неподвижно в темноте, она прислушалась, желая, чтобы сердце не билось так громко. Тяжелых шагов за спиной больше не было слышно...

«Я от него сбежала?»

Она закрыла глаза и попыталась сообразить, где находится.

«В каком направлении я двигалась? Где дверь?»

Неизвестно. Выход мог быть где угодно.

Кэтрин слышала, что страх стимулирует мозговую деятельность и обостряет мышление, однако ужас превратил ее разум в бурный водоворот паники и растерянности.

«Даже если я найду дверь, выйти не получится».

Карточка осталась в скинутом халате. Кэтрин могло спасти лишь то, что она теперь как иголка в стоге сена — единственная точка в огромной системе координат размером с футбольное поле. Несмотря на непреодолимое желание бежать куда глаза глядят, умом Кэтрин понимала, что правильнее вообще не двигаться.

«Стой спокойно. Ни звука».

Охранник уже шел ей на помощь, а от преследователя почему-то несло этанолом.

«Я почувствую его приближение».

Мысли Кэтрин вернулись к словам Лэнгдона. «Вашего брата... забрали». Струйка пота стекла по руке к ладони, в которой она стискивала мобильный. Эту угрозу Кэтрин не учла: телефон мог выдать ее местонахождение, а выключить его незаметно было нельзя — если открыть крышку, загорится дисплей.

«Брось телефон... и уйди подальше».

Она снова почувствовала запах спирта. Он усиливался с каждой секундой. Кэтрин заставила себя остаться на месте, затем медленно и осторожно шагнула влево. Увы, легкого шороха одежды оказалось достаточно — преследователь ринулся к ней.

В следующий миг он схватил ее за плечо; в нос ударила вонь этанола. Кэтрин вывернулась, и ею овладел холодный ужас. Забыв о логических расчетах, она помчалась вперед, затем резко свернула влево.

Впереди, словно из пустоты, возникла стена.

Кэтрин с разбегу налетела на нее и задохнулась: от удара из легких вышибло весь воздух. По руке и плечу разлилась боль, но каким-то чудом Кэтрин устояла на ногах. Она врезалась в стену не прямо, а под углом, однако приятного все равно было мало. Эхо удара разлетелось по всему отсеку.

«Теперь он знает, где я».

Скорчившись от боли, Кэтрин уставилась в темноту и почувствовала, что Аваддон на нее смотрит.

«Уходи отсюда, живо!»

Все еще пытаясь восстановить дыхание, Кэтрин пошла вдоль стены, как можно тише прикасаясь к стальным кронштейнам.

«Не отходи от стены. Проскользни мимо него, пока он не загнал тебя в угол».

В правой руке Кэтрин сжимала телефон, готовясь при необходимости швырнуть его, как снаряд.

Тут до нее донесся неожиданный звук — отчетливый шорох одежды впереди... рядом со стеной. Она оцепенела и затаила дыхание.

«Когда он успел?!»

На нее пахнуло этанолом.

«Он двигается в мою сторону!»

Кэтрин попятилась, затем тихо повернула и быстро пошла в обратном направлении. Не успела она сделать и двадцати шагов, как случилось невозможное: впереди опять зашуршала одежда! Вновь пахнуло этанолом. Кэтрин остановилась как вкопанная.

«Господи, он повсюду!»

Голый по пояс, Малах вглядывался в темноту.

Он решил превратить в преимущество досадное, выдающее его обстоятельство — запах спирта от намокших рукавов. Малах снял рубашку и пиджак — они помогут загнать жертву в угол. Сначала он скомкал рубашку и швырнул ее вправо: Кэтрин остановилась и пошла в другую сторону. Тогда он кинул пиджак влево — жертва замерла. Теперь она нипочем не осмелится двинуться в стороны...

Малах стал ждать, весь обратившись в слух.

«Она может пойти только в одном направлении — ко мне».

Но почему-то он ничего не слышал. Либо Кэтрин парализовал страх, либо она решила дождаться помощи, стоя на месте.

«Ах, бедняжка!.. Подмога придет не скоро».

Малах сломал электронный замок — очень простым и эффективным способом. Открыв дверь карточкой Триш, он загнал в прорезь десятицентовую монету. Теперь, чтобы вставить карту, сначала придется разобрать все устройство.

«Мы одни, Кэтрин... Никто нам не помешает».

Малах медленно двинулся вперед, прислушиваясь к малейшим шорохам. Этой ночью Кэтрин Соломон умрет в музее своего брата. Как поэтично! Малаху не терпелось поделиться этой новостью с Питером. Месть будет сладкой...

Внезапно в темноте вспыхнул крошечный огонек: Кэтрин только что допустила роковую ошибку.

«Она кому-то звонит?!»

Электронный дисплей горел примерно на уровне ее талии, ярдах в двадцати от Малаха, точно маяк посреди черного океана. Малах собирался ждать, пока Кэтрин потеряет терпение и сдвинется с места, но теперь в этом не было необходимости.

Он бросился прямо на свет: лучше изловить Кэтрин до того, как она вызовет помощь. Через несколько секунд Малах вытянул руки вперед и немного развел их в стороны, чтобы не дать жертве уйти.

Пальцы с размаху врезались в бетонную стену и едва не сломались. Следом о железную балку ударилась голова. Малах вскрикнул от боли и рухнул на пол. Изрыгая проклятия, он с трудом встал на ноги — зацепившись за стальной кронштейн, на который сестра Питера предусмотрительно положила телефон.

Кэтрин Соломон помчалась вперед, больше не заботясь о том, что рука ритмично стучит по стальным кронштейнам Пятого отсека.

«Беги!»

Если идти по периметру, рано или поздно можно добраться до двери.

«Куда запропастилась охрана?!»

Кэтрин продолжала путь, левой рукой касаясь кронштейнов, а правую вытянув перед собой для защиты.

«Ну же, где угол?»

Стена как будто длилась бесконечно, но тут ритмичный стук ладони стих: кронштейны закончились, а потом начались снова. Кэтрин притормозила и пошла обратно, ощупывая гладкую железную стену.

«Почему здесь нет кронштейнов?»

Послышались тяжелые шаги преследователя, бегущего за ней вдоль стены. Но куда больше Кэтрин напугал далекий металлический стук: охранник барабанил фонарем по двери Пятого отсека.

«Охрана не может попасть внутрь?!»

Эта мысль ужасала, но в то же время Кэтрин наконец сориентировалась в пространстве. Теперь она четко представила себе, где находится. В голове вспыхнула схема Пятого отсека, и Кэтрин на ум пришла неожиданная догадка: «Так вот что это за железная стена без кронштейнов!»

В каждом отсеке имелись специальные передвижные стены — чтобы при случае можно было ввозить и вывозить особо крупные экспонаты. Стена была огромной, как в ангаре. В самых диких кошмарах Кэтрин не могла вообразить, что когда-нибудь придется ее открывать, но другого выхода попросту не было.

«Она вообще открывается?»

Кэтрин ощупью двинулась вдоль стены, наткнулась на большую железную ручку и изо всех сил потянула ее в сторону. Дверь не поддавалась. Кэтрин попробовала еще раз — бесполезно.

Преследователь был совсем близко: шел на звуки ее тщетных потуг.

«Дверь заперта!»

Кэтрин в ужасе стала водить руками по стене и вдруг наткнулась на нечто вроде вертикального шеста. Она села на корточки. Шест — запорный стержень — уходил в отверстие в бетонном полу. Кэтрин схватила его обеими руками, потянула и вытащила из дыры.

«Он уже близко!»

Кэтрин вновь нащупала ручку и с силой дернула ее в сторону. Дверь почти не сдвинулась, но все же в Пятый отсек проник тончайший луч лунного света. Кэтрин потянула снова: светлая полоска стала шире.

«Еще чуть-чуть!»

Она дернула ручку в третий раз — преследователь был всего в нескольких футах от нее.

Кэтрин бросилась к свету и протиснулась в узкую щель. Почти в ту же секунду следом из черноты разъяренной змеей метнулась огромная татуированная рука. Кэтрин побежала вдоль светлой стены Пятого отсека. Гравий, которым были посыпаны все дорожки по периметру ЦТП, больно впивался в ноги, но Кэтрин только прибавила шагу. Ночь была темная, и все же после абсолютной мглы Пятого отсека видимость казалось идеальной — светло почти как днем. Передвижная стена за спиной Кэтрин открылась шире, и на гравийной дорожке послышался звук быстрых тяжелых шагов... невероятно быстрых.

«Мне его не обогнать».

Ее «вольво» был ближе, чем главный вход, но все равно слишком далеко.

«Ничего не выйдет!»

Тут Кэтрин вспомнила о своем последнем козыре.

Она подбежала к углу отсека и услышала за спиной быстро нагоняющие ее шаги.

«Сейчас или никогда».

Вместо того чтобы свернуть за угол, Кэтрин зажмурилась и припустила влево, прочь от здания, по газону. Она закрыла глаза руками и побежала вслепую.

В тот же миг сработала сигнализация, реагирующая на движение, и вспыхнули прожекторы. Ночь мгновенно превратилась в день. Сзади раздался громкий вопль: свет силой в двадцать пять миллионов свечей ударил ее преследователя по глазам. Он споткнулся на гравии и упал.

Кэтрин еще долго не открывала глаз и бежала наугад. Когда ЦТП и прожекторы, как ей казалось, остались далеко позади, она выправила курс и помчалась что есть духу к парковке.

Ключи от «вольво» были там же, где и всегда, — на панели управления. Задыхаясь и дрожа, она схватила их и нашла замок зажигания. Двигатель взревел, и фары выхватили из темноты кошмарное зрелище.

К машине неслась омерзительная тварь.

На миг Кэтрин оцепенела.

Голый по пояс, бритый наголо зверь мчался по парковке. Его кожа была сплошь покрыта татуированными символами, словами и чешуей. В свете фар он взревел и вытянул перед собой руки, точно житель пещер, впервые увидевший солнце. Кэтрин потянулась к коробке передач, но зверь уже достиг «вольво» и выбил стекло с ее стороны. На колени дождем посыпались осколки.

Огромная татуированная рука вцепилась ей в горло. Кэтрин резко дала задний ход, но убийца крепко держал ее за шею и давил, давил... Она попыталась вывернуться и вдруг посмотрела ему прямо в лицо. Под тональным кремом, рассеченным тремя глубокими, как от ногтей, царапинами, скрывались татуировки. Глаза горели безумной яростью.

— Надо было убить тебя десять лет назад, — прорычал зверь, — когда я убил твою мать!

С трудом переварив услышанное, Кэтрин вспомнила, где видела эти звериные глаза.

«Это он!!!»

Она бы закричала, но убийца стискивал ей горло.

Кэтрин вдавила в пол педаль газа, и машина дернулась назад: рука, сжимавшая горло, едва не сломала ей шею. «Вольво» покатился вверх по пологому съезду. Давление на шею все росло, но вдруг по машине хлестнули три ветки, и рука исчезла.

«Вольво» прорвался сквозь ветви и въехал на верхний этаж парковки. Кэтрин ударила по тормозам. Внизу с трудом вставал на ноги полуголый человек. С чудовищным спокойствием он поднял руку и указал пальцем прямо на Кэтрин.

Борясь с ужасом и лютой ненавистью, она выкрутила руль, и уже через несколько секунд «вольво», виляя из стороны в сторону, выехал на Силвер-Хилл-роуд.

Глава 48

Сгоряча полицейский Капитолия Нуньес не нашел другого выхода, кроме как помочь Архитектору и Роберту Лэнгдону. Теперь же, вернувшись в центральный пункт наблюдения, он понял, что вот-вот разразится буря.

Начальник полиции Трент Андерсон прижимал к голове лед, а другой полицейский обрабатывал синяки Сато. Оба стояли перед мониторами и просматривали записи видеокамер, пытаясь выследить Лэнгдона и Беллами.

— Просмотрите записи со всех коридоров и выходов, — распорядилась Сато. — Мне надо знать, куда они пошли!

Нуньес похолодел. Нужный ролик найдется за несколько минут, не больше.

«Я помог им сбежать...»

Масла в огонь подлило прибытие четырех оперативников из ЦРУ, готовых в любой момент отправиться по следам Лэнгдона и Беллами.

Они совсем не походили на полицейских Капитолия. Это были настоящие бойцы: черные камуфляжные костюмы, приборы ночного видения, фантастической модели пистолеты.

К горлу Нуньеса подступила тошнота. Он собрался с духом и украдкой поманил к себе Андерсона.

— На пару слов, шеф.

— В чем дело? — Андерсон вышел за Нуньесом в коридор.

— Шеф, я допустил ужасную ошибку... — Охранника бросило в пот. — Я очень сожалею и сегодня же уволюсь.

«Иначе завтра ты сам меня вытуришь».

— Не понял?

Нуньес с трудом сглотнул.

— Несколько минут назад я видел, как Архитектор Беллами и Лэнгдон покидают здание.

— Что?! — взревел Андерсон. — Чего ж ты молчал?

— Архитектор велел никому не говорить.

— Ты работаешь не на него, а на меня, черт подери! — Слова Андерсона эхом разлетались по коридору. — Беллами ударил меня башкой об стену!

Нуньес протянул ему ключ, полученный от Архитектора.

— Что это?

— Ключ от дверей нового туннеля под Индепенденс-авеню. Он был у мистера Беллами. Так они и сбежали.

Андерсон безмолвно уставился на ключ.

Из комнаты высунулась Сато:

— Что у вас происходит?

Нуньес побелел. Андерсон все еще держал ключ в руках, и Сато наверняка его увидела. Пока безобразная японка шагала по коридору, Нуньес импровизировал как мог, пытаясь выгородить шефа.

— Я нашел на полу в подвале ключ и спросил шефа, от чего он может быть.

— И что говорит шеф? — Сато подошла и вопросительно уставилась на Андерсона.

Охранник робко взглянул на шефа: тот лихорадочно обдумывал варианты ответа. Наконец он покачал головой:

— Так сразу не скажу. Надо посмотреть...

— Не утруждайтесь, — перебила его Сато. — Ключ отпирает дверь туннеля.

— Правда? — удивился Андерсон. — Откуда вы знаете?

— Мы нашли видеозапись. Нуньес помог Лэнгдону и Беллами сбежать, а потом запер за ними дверь. Ключ дал ему Архитектор.

Андерсон в ярости повернулся к охраннику:

— Это правда?!

Тот закивал, старательно подыгрывая.

— Простите, сэр. Архитектор велел мне молчать!

— Плевать мне на Архитектора! — заорал Андерсон. — Немедленно...

— Заткнитесь, Трент, — осадила его Сато. — Врать вы умеете не лучше Нуньеса. Приберегите свой актерский дар для допроса. — Она вырвала у него ключ от туннеля. — В вашей помощи я больше не нуждаюсь.

Глава 49

Роберт Лэнгдон с тревогой нажал «отбой».

«Почему Кэтрин не берет трубку?»

Она обещала позвонить, как только выберется из лаборатории и поедет сюда, но так и не позвонила.

Лэнгдон и Беллами сидели за столом в читальном зале. Архитектор тоже сделал звонок — человеку, который якобы мог предоставить им убежище, безопасное укрытие. Увы, этот человек тоже не взял трубку, и Беллами пришлось оставить сообщение с просьбой как можно скорее перезвонить на номер Лэнгдона.

— Я попробую как-нибудь с ним связаться, — сказал Архитектор, — но пока мы сами по себе. Надо обсудить, что будем делать с пирамидой.

«Пирамида...»

Роскошный интерьер читального зала фактически перестал существовать для Лэнгдона; мир теперь состоял из каменной пирамиды, запечатанного свертка с навершием и элегантно одетого чернокожего человека, который возник из темноты и спас профессора от допроса в ЦРУ.

Лэнгдон надеялся, что Архитектор Капитолия проявит хоть каплю здравомыслия, однако Уоррен Беллами рассуждал не рациональнее того безумца, который настаивал, что Питер сейчас пребывает в чистилище. Беллами заявил, что каменная пирамида и есть масонская, из легенды.

«Древняя карта? Указывающая путь к тайной мудрости?»

— Мистер Беллами, — вежливо сказал Лэнгдон, — я не могу всерьез принять идею о существовании неких знаний, которые наделяют людей сверхъестественными способностями.

Архитектор посмотрел на него со смесью разочарования и уверенности, отчего Лэнгдону стало неловко за свой скепсис.

— Профессор, я, конечно, не должен удивляться вашей реакции, ведь вы человек со стороны. Некоторые масонские понятия кажутся вам вымыслом, потому что вы не прошли обряд посвящения и не готовы их принять.

На сей раз Лэнгдон почувствовал себя уязвленным.

«Я и с Одиссеем не плавал, но это не мешает мне знать, что циклопов не существует!»

— Мистер Беллами, даже если легенда правдива... эта пирамида никак не может быть масонской.

— Отчего же? — Архитектор провел пальцем по выгравированной надписи. — По-моему, она в точности соответствует описаниям. Каменная пирамида с золотым навершием, которое, согласно рентгеновскому снимку, и доверил вам Питер. — Беллами взял сверток и взвесил его на ладони.

— Она не больше фута высотой, — возразил Лэнгдон. — Во всех версиях легенды говорится, что масонская пирамида огромна.

Беллами явно ожидал этого аргумента.

— Как вы знаете, легенда гласит, что пирамида очень высока — сам Господь может протянуть руку и дотронуться до нее.

— Вот именно.

— Понимаю ваше недоумение, профессор. И Мистерии древности, и масонская философия в целом чтят Бога внутри нас. В символическом смысле все, что доступно просветленному человеку... доступно Богу.

Игра слов не убедила Лэнгдона.

— Это подтверждает даже Библия, — продолжил Беллами. — Если мы признаем, что Всемогущий сотворил нас по образу и подобию своему, тогда нельзя не признать другого: человечество не ниже Бога. В Евангелии от Луки 17:21 сказано: «Царствие Божие внутрь вас есть».

— Извините, я не знаю ни одного христианина, который считал бы себя равным Богу.

— Оно и понятно, — уже жестче ответил Беллами. — Людям подавай все сразу: они хотят гордо заявлять о своем почитании Библии и одновременно игнорировать то, что не могут или не желают понимать.

Лэнгдон не нашелся с ответом.

— Как бы то ни было, старинное описание масонской пирамиды — такой высокой, что ее может коснуться сам Бог, — привело к заблуждениям касательно ее истинных размеров. Это останавливает искателей сокровищ и позволяет ученым вроде вас считать пирамиду вымыслом.

Лэнгдон опустил глаза.

— Мне жаль вас разочаровывать, но я всегда думал, что это миф.

— Разве не логично, что вольные каменщики вырезали карту на каменной пирамиде? Все самые значимые заветы человечества были высечены в камне — включая скрижали с десятью заповедями, которые Господь дал Моисею.

— Да, но ведь везде говорится «легенда о масонской пирамиде»! Само слово подразумевает, что это вымысел.

— Ах да, «легенда». — Беллами рассмеялся. — Похоже, с вами приключилось то же самое, что с Моисеем.

— Простите?

Архитектор весело взглянул на верхний балкон, откуда на них смотрели шестнадцать бронзовых статуй.

— Моисея видите?

Лэнгдон поднял глаза на знаменитую библиотечную статую.

— Да.

— Он с рогами.

— Я в курсе.

— А почему он с рогами, знаете?

Как большинству преподавателей, Лэнгдону не нравилось, когда ему читали лекции. Рога у этой статуи Моисея были по той же причине, что и у тысяч его изображений по всему миру — из-за ошибки в переводе Книги Исход с древнееврейского. Оригинальный текст гласил, что Моисей имел «karan 'ohr panav» — то есть «лицо его сияло лучами». Когда же римско-католическая церковь переводила Библию на латынь, возникла фраза «cornuta esset facies sua» — «рогато было лицо его». С тех пор художники и скульпторы, опасаясь упреков в отступлении от священного текста, стали изображать Моисея рогатым.

— Переводческая ошибка, только и всего, — ответил Лэнгдон, — допущенная блаженным Иеронимом примерно в IV веке нашей эры.

Архитектор был приятно удивлен.

— Именно. Неверный перевод. А бедному Моисею такое огорчение вышло.

«Огорчение» — мягко сказано. В детстве Лэнгдон перепугался, впервые увидев «рогатого Моисея» — знаменитую статую работы Микеланджело, установленную в базилике Сан-Пьетро-ин-Винколи.

— Я упомянул Моисея, чтобы наглядно показать, как единственное недопонятое слово может изменить многое.

«Уж я-то это знаю», — подумал Лэнгдон, усвоивший этот урок несколько лет назад. «SanGreal» — «Святой Грааль». «SangReal» — «Королевская кровь».

— В случае с масонской пирамидой, — продолжил Беллами, — кто-то однажды услышал про «легенду», и слово закрепилось. Но его неверно истолковали, как произошло и с «талисманом». — Архитектор улыбнулся. — Язык порой очень ловко скрывает истину.

— Верно, но я не вполне вас понимаю.

— Роберт, масонская пирамида — это карта. У всякой карты есть легенда — ключ, помогающий ее прочесть. — Беллами взял квадратный сверток. — Неужели вы не понимаете? Навершие и есть легенда масонской пирамиды — ключ, который открывает тайну самого могущественного артефакта на свете... карты, указывающей путь к величайшему сокровищу человечества — утраченной мудрости веков.

Лэнгдон не нашелся с ответом.

— Вынужден вас огорчить, — сказал Беллами. — Вот она — легендарная масонская пирамида, скромный камень с золотым навершием. Такой высокий, что до него может дотронуться сам Господь... и просветленный человек.

На несколько секунд оба замолчали.

Лэнгдона, увидевшего пирамиду в новом свете, неожиданно охватило волнение. Он опять посмотрел на гравировку.

— Но этот шифр... слишком...

— Прост?

Лэнгдон кивнул:

— Почти каждый может прочесть надпись.

Беллами улыбнулся и протянул Лэнгдону листок бумаги и карандаш.

— Так, может, вы нас просветите?

Лэнгдону не хотелось предавать доверие Питера, но, учитывая обстоятельства, это было меньшее из зол. Столь примитивно зашифрованная надпись вряд ли указывала на какой-либо тайник... тем более на тот, где якобы хранилось одно из величайших сокровищ в истории.

Лэнгдон взял у Беллами карандаш и постучал им по подбородку, глядя на простейший код, который можно было разгадать в уме. И все же профессор решил не рисковать — на бумаге вернее. Он прилежно склонился над столом и записал на листке обычный дешифровальный ключ масонского шифра: алфавит, вписанный в четыре решетки — две с точками и две без. Каждая буква находилась в собственном «кармане», или «ячейке», уникальной формы. Эта форма и указывала на нужный знак. Проще не придумаешь.

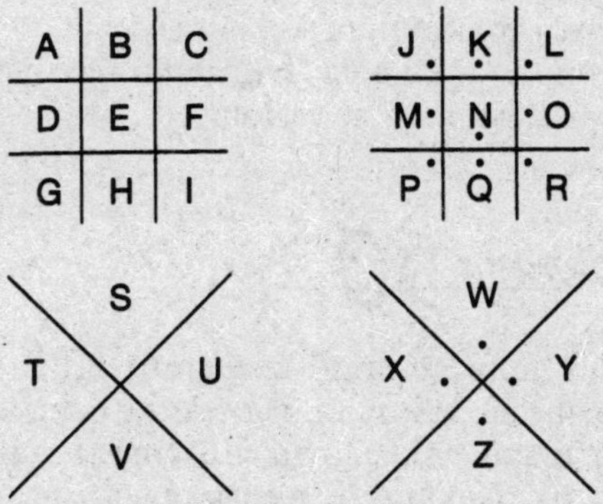

Лэнгдон перепроверил алфавит: все было правильно. Чтобы расшифровать надпись на пирамиде, следовало отыскать на решетках соответствующие ячейки и выписать на листок стоящие в них буквы.

Первый значок был похож на галочку или стрелку «вниз». Лэнгдон быстро нашел ячейку такой формы на третьей решетке — в ней стояла буква «S».

Следующий символ представлял собой квадрат с точкой и без правой стороны: эта форма соответствовала букве «O».

В пустой квадратной ячейке стояла буква «E».

SOE...

Лэнгдон работал все быстрее и уже через несколько секунд дешифровал все имеющиеся символы. Посмотрев на готовую надпись, он разочарованно вздохнул.

«На «эврику» не тянет...»

Беллами едва заметно улыбнулся:

— Как вы знаете, профессор, Мистерии древности открываются только просветленным.

— Верно... — кивнул Лэнгдон и нахмурился.

«Похоже, я к ним не отношусь».

Глава 50

В подвале штаб-квартиры ЦРУ в Лэнгли, штат Виргиния, работали над тем же самым шифром. Нола Кей, старший аналитик СБ, сидела за монитором высокого разрешения и внимательно разглядывала фотографию, которую десять минут назад прислала директор Сато.

«Это что, шутка такая?»

Впрочем, сегодня ЦРУ было не до шуток, да и директор начисто лишена чувства юмора. Ответственная секретная работа во всевидящей Службе безопасности открыла Ноле глаза на закулисный мир власти. Однако за последние сутки ее представления о тайнах влиятельных людей совершенно перевернулись.

— Да, директор, — сказала Нола, придерживая телефонную трубку плечом. — Надпись действительно представляет собой масонский шифр. Но если его дешифровать, выходит какая-то абракадабра, набор случайных букв.

Она еще раз взглянула на получившийся квадрат.

S	O	E	U
A	T	U	N
C	S	A	S
V	U	N	J

— Нет, должен быть какой-то смысл, — упорствовала Сато.

— Только если существует второй уровень кодирования, о котором я не догадываюсь.

— Что можно сделать?

— В основе матрицы лежит решетка, так что я попробую шифр Виженера и прочее в том же роде, но никаких гарантий дать не могу, особенно если при кодировании использовалась схема одноразовых блокнотов.

— Сделайте все возможное. И быстро. А что с рентгеновским снимком?

Нола подъехала на стуле ко второму монитору, на экране которого был обычный снимок чьего-то портфеля. Сато запросила информацию по небольшой пирамидке, лежавшей в квадратной шкатулке. Двухдюймовые предметы редко становились делом государственной важности — если только не были изготовлены из обогащенного плутония. Впрочем, материал этой пирамидки тоже вызывал немало вопросов.

— Оптический анализ дал однозначные результаты, — сказала Нола. — Плотность вещества — девятнадцать целых три десятых грамма на кубический сантиметр. Пирамида сделана из чистейшего золота.

— Это все?

— Нет, мэм. Сканирование показало, что на поверхности золотой пирамиды есть незначительные неровности. Скорее всего это гравировка.

— Правда? — с надеждой переспросила Сато. — И что там написано?

— Пока не знаю. Текст едва различим — я пытаюсь улучшить изображение при помощи фильтров, но разрешение снимка слишком маленькое.

— Ладно, работайте дальше. И позвоните, если что-то узнаете.

— Хорошо, мэм.

— Да, Нола... — Сато понизила голос и зловеще проговорила: — Как и все, что вы видели за последние сутки, фотография пирамиды и рентгеновский снимок — секретные материалы. Ни с кем не советуйтесь, о результатах работы докладывайте мне лично, понятно?

— Да, мэм.

— Хорошо. До связи. — Сато отключилась.

Нола потерла глаза и сонно взглянула на мониторы. Она не спала уже тридцать шесть часов и знала, что отдохнуть не удастся, пока проклятую чрезвычайную ситуацию не урегулируют.

Что бы там ни стряслось.

В экскурсионном центре Капитолия четверо оперативников ЦРУ, одетых во все черное, жадно смотрели в глубь тускло освещенного туннеля, точно свора борзых перед охотой.

Закончив звонок, к ним подошла Сато.

— Господа, цели операции ясны?

— Так точно, — кивнул командир. — Необходимо добыть два предмета: каменную пирамиду высотой приблизительно в один фут и запечатанный сверток кубической формы, высотой два дюйма. И то и другое последний раз видели в портфеле Роберта Лэнгдона.

— Верно, — кивнула Сато. — Эти предметы надо достать неповрежденными и как можно скорее. Вопросы есть?

— Применение силы разрешено?

Плечо у Сато до сих пор болело в том месте, куда ее ударил Беллами.

— Как я сказала, главное — изъять означенные предметы.

— Будет сделано. — Оперативники развернулись и побежали по туннелю.

Сато посмотрела им вслед и прикурила сигарету.

Глава 51

Кэтрин Соломон всегда была осторожным водителем, но сейчас, не разбирая дороги, гнала по Сьютлэнд-парквей со скоростью девяносто миль в час. Целую милю она не отрывала ноги от педали газа — лишь тогда паника начала понемногу отступать и Кэтрин сообразила, что дрожит всем телом не только от страха.

«Мне холодно!»

В салоне бушевал залетавший в разбитое окно промозглый ветер. Босые ноги Кэтрин онемели, и она потянулась за запасными туфлями, которые всегда держала под пассажирским сиденьем. Тут же дали о себе знать синяки на шее, оставленные могучими руками убийцы.

Человек, разбивший стекло в ее машине, не имел ничего общего с привлекательным доктором Аваддоном. Густые светлые волосы и ровный загар исчезли, а вместо них была бритая наголо голова и чудовищная мешанина татуировок под размазанным тональным кремом.

Кэтрин вновь услышала голос ревевшего сквозь завывание ветра: «Надо было убить тебя десять лет назад, когда я убил твою мать!»

Она содрогнулась: да, это он. Как ни старалась, Кэтрин не смогла забыть его горящий безумной яростью взгляд. Не забыла она и звук единственного выстрела, который прикончил этого зверя: он упал с высокого обрыва в реку, пробил лед и утонул. Тело искали несколько недель, но в конце концов решили, что труп унесло течением в Чесапикский залив.

«Нет, он жив. И вернулся».

Кэтрин обуял страх — нахлынули страшные воспоминания. Это произошло почти ровно десять лет назад. На Рождество. Кэтрин, Питер и их мама — вся семья — собрались в своем великолепном потомакском имении. Вокруг было двести акров леса, через который бежала река.

Мама, как всегда на праздники, прилежно трудилась на кухне и готовила угощение. Даже в почтенном семидесятипятилетнем возрасте Изабель Соломон стряпала с удовольствием и в избытке. По дому витали аппетитные ароматы запеченной оленины, подливы с пастернаком и картофельного пюре с чесноком. Пока мама готовила, брат с сестрой отдыхали в зимнем саду, обсуждая новую науку под названием «ноэтика». Фантастическая смесь физики элементарных частиц и древнего мистицизма, ноэтика полностью захватила ум и увлекла воображение Кэтрин.

«Гибрид физики и философии».

Рассказ Кэтрин об экспериментах, которые она мечтала провести, весьма заинтриговал Питера. Было особенно приятно развлечь брата под Рождество, ведь последние годы праздник напоминал всей семье о страшной трагедии — о смерти Закари, единственного сына Питера.

Двадцать первый день рождения Закари оказался последним в его жизни.

Семья прошла через сущий кошмар, и теперь, спустя пять лет, Питер заново учился смеяться.

В физическом развитии Закари отставал от своих сверстников, был хрупким и нескладным, капризным и озлобленным подростком. Несмотря на любящую и состоятельную семью, он словно бы нарочно отгораживался от «истеблишмента» Соломонов. Его выгнали из частной школы, он ночами напролет кутил в клубах со знаменитостями и отвергал все родительские попытки твердо, но с любовью наставить его на путь истинный.

«Он разбил Питеру сердце».

Незадолго до совершеннолетия племянника Кэтрин встретилась с мамой и братом и долго слушала их пререкания по поводу того, стоит ли придержать наследство Закари, пока он не образумится. Соломоны исправно чтили традиции и на восемнадцатый день рождения передавали каждому ребенку изрядную часть семейного состояния, твердо веря, что наследство приносит куда больше пользы в начале жизни, чем в конце. Тем более такое распределение средств среди молодых и ретивых отпрысков было главным принципом преумножения фамильного капитала.

Однако мама настаивала, что доверять нерадивому внуку такие средства попросту опасно. Питер с ней не соглашался.

— Нельзя нарушать вековую традицию Соломонов. Деньги помогут Закари взяться за ум.

Увы, брат ошибся.

Получив наследство, Закари сбежал из дома, даже не взяв вещей. Через несколько месяцев в бульварных газетах стали появляться заметки: «“Золотой мальчик” прожигает семейный капитал в Европе».

«Желтая пресса» со смаком описывала жизнь молодого повесы. Соломонам было нелегко видеть фотографии с разнузданных вечеринок на яхтах и попоек в ночных клубах, но печаль сменилась ужасом, когда в газетах появились сообщения об аресте Закари за провоз кокаина через турецкую границу: «Юный Соломон в турецком узилище».

Тюрьма называлась «Соганлик» — грязный клоповник в районе Картал, что под Стамбулом. Испугавшись за жизнь нерадивого сына, Питер поехал в Турцию, но вернулся с пустыми руками — ему не дали даже встретиться с Закари. Обнадеживало лишь то, что влиятельные знакомые Питера из госдепартамента США пообещали как можно скорее добиться экстрадиции.

Однако через два дня Питеру сообщили по телефону страшное известие, а наутро все газеты кричали: «Наследник Соломона убит в тюрьме».

Фотографии были ужасные, и еще несколько недель после частной похоронной церемонии пресса бесцеремонно их тиражировала. Жена не простила Питеру то, что он не смог вызволить

Закари, и через полгода они развелись. С тех пор Питер жил один.

Прошло пять лет. Питер с мамой и Кэтрин собрались тихо отпраздновать Рождество. Боль потери с каждым годом слабела, но не исчезала полностью. Из кухни доносилось уютное звяканье посуды: мама колдовала над праздничным угощением. Питер и Кэтрин, закусывая запеченным сыром бри, наслаждались беседой в зимнем саду.

Тут раздался неожиданный звук.

— Привет, Соломоны! — беззаботно проговорил кто-то.

Кэтрин и Питер испуганно обернулись: в зимний сад вошел мускулистый верзила в черной лыжной маске, закрывавшей лицо, только глаза сверкали животной яростью.

Питер вскочил на ноги.

— Ты кто такой? Как ты сюда попал?!

— Я был знаком с твоим мальчиком, Закари. Мы подружились в тюрьме. Он сказал, где вы прячете ключ. — Незнакомец свирепо сверкнул глазами. — Аккурат перед тем, как я забил его до смерти.

Питер разинул рот.

Здоровяк выхватил пистолет и направил его на Питера.

— Сядь.

Тот опустился в кресло.

Незнакомец вошел в комнату, и Кэтрин оцепенела: глаза у него горели, как у бешеного зверя.

— Эй, ты! — заорал Питер, пытаясь предупредить мать. — Бери что хочешь и убирайся!

— И чего же я, по-твоему, хочу?

— Сколько тебе надо? В доме денег нет, но я...

Монстр расхохотался:

— Ты плохо обо мне думаешь. Мне не нужны деньги. Я пришел за тем, что по праву принадлежало Закари. — Он рассказал про пирамиду.

«Про пирамиду? — в ужасе подумала Кэтрин. — Какую еще пирамиду?»

— Не понимаю, что ты несешь! — с вызовом ответил брат.

— Разве? — Грабитель направил дуло в лицо Кэтрин. — А ты?

Питер побелел от ужаса.

— Честное слово, я не понимаю, чего ты хочешь!

— Соврешь еще раз — пристрелю сестричку. Закари говорил, она тебе дороже...

— Что происходит?! — закричала Изабель, входя в комнату с дробовиком Питера и целясь злоумышленнику в грудь. Тот развернулся, и бесстрашная семидесятипятилетняя женщина, не теряя времени, пальнула из ружья. Грабитель пошатнулся, беспорядочно стреляя во все стороны, выбил стеклянную дверь и уронил пистолет. Питер бросился к оружию, а Кэтрин осела на пол. Миссис Соломон подлетела к ней, причитая: «Боже, он в тебя попал? Попал?!»

Кэтрин лишь качала головой, не в силах вымолвить ни слова. Пробив дверь, грабитель с трудом поднялся на ноги и побежал в сторону леса, держась за бок. Питер Соломон убедился, что мама и сестра в безопасности, схватил с пола пистолет и ринулся на улицу вслед за преступником.

Дрожа всем телом, миссис Соломон взяла Кэтрин за руку.

— Слава Богу, ты не ранена!

Внезапно она отстранилась.

— Кэтрин! У тебя кровь!

Кровь была повсюду, но боли Кэтрин не чувствовала.

Мама стала лихорадочно ощупывать дочь, пытаясь найти рану.

— Где болит, родная? Куда тебя ранили?

— Мам, не знаю, я ничего не чувствую!

Тут Кэтрин увидела, откуда взялась кровь, и похолодела.

— Это не у меня... — Она показала пальцем на мамин бок — по белой блузке расплывалось алое пятно, в центре которого виднелась маленькая дырочка. Мама растерянно посмотрела на себя и только тогда скривилась от боли.

— Дочка... — спокойно, но тяжело, словно на нее давили семьдесят пять прожитых лет, сказала она. — Звони в «Скорую».

Кэтрин бросилась в коридор и вызвала помощь. Когда она вернулась в зимний сад, мама неподвижно лежала в луже крови. Кэтрин рухнула на колени и обняла мамино тело.

Она не помнила, сколько прошло времени, прежде чем из леса донесся единственный выстрел. Наконец дверь в зимний сад распахнулась, и внутрь вбежал Питер. Он увидел рыдающую Кэтрин, тело матери в ее объятиях, и его лицо исказила мучительная гримаса. Зимний сад огласил вопль, которого Кэтрин Соломон никогда не забудет.

Глава 52

Мчась к отодвинутой стене Пятого отсека, Малах чувствовал, как под татуированной кожей на спине вздымаются твердые мышцы.

«Надо пробраться в лабораторию».

Побег Кэтрин стал для него досадной неожиданностью. Теперь она знала не только адрес Малаха, но и кто он такой... что именно он пробрался в их дом десять лет назад.

Малах хорошо помнил то Рождество: волей судьбы он всего несколько шагов не дошел до вожделенной пирамиды.

«Тогда я был не готов».

Теперь он стал гораздо сильнее и могущественнее. Вытерпев все невзгоды, Малах наконец-то обрел силы, чтобы исполнить свое предназначение. Еще до полуночи он заглянет в глаза умирающей Кэтрин Соломон — в этом он не сомневался.

Подбежав к двери, Малах сказал себе, что Кэтрин на самом деле не сбежала, а только отсрочила неизбежное. Он проскользнул в щель и уверенно двинулся сквозь тьму, пока не почувствовал под ногами ковер. Малах повернул направо и зашагал к Кубу. В дверь больше не барабанили, и Малах догадался, что охранник пытается вытащить монету, которая мешает открыть замок.

Добравшись до входа в лабораторию, Малах нащупал прорезь и вставил в нее карточку Триш. Загорелась кнопочная панель. Он ввел пин-код и вошел внутрь. В ярко освещенной стерильной лаборатории оказалось множество самых разнообразных устройств. Малах был с техникой на ты — в подвале своего особняка он тоже проводил кое-какие эксперименты, и минувшей ночью они дали плоды.

«Я узнал правду».

Необычное состояние, в котором пребывал Питер Соломон — брат Кэтрин витал между жизнью и смертью, — позволило Малаху узнать все тайны финансиста.

«Я вижу его душу».

Малах выведал несколько ожидаемых секретов и парочку совершенно неожиданных, включая новости о лаборатории и сенсационных открытиях Кэтрин. «Науке почти все известно, — понял Малах. — Но я не допущу, чтобы она осветила путь недостойным».

Исследования Кэтрин Соломон должны были найти ответы на древние философские вопросы с помощью современных технологий.

«Наши молитвы кто-нибудь слышит? Есть ли жизнь после смерти? Есть ли у нас душа?»

Поразительно, но Кэтрин ответила на все эти вопросы — научно, убедительно — и получила неопровержимые доказательства. Даже самые завзятые скептики не смогут поставить под вопрос результаты ее исследований. Если информация просочится наружу, в сознании людей произойдут необратимые перемены. «Они начнут искать дорогу». Последней задачей Малаха перед перевоплощением было не дать этому случиться.

Он обошел лабораторию и нашел хранилище данных, о котором сообщил ему Питер. За толстой стеклянной стеной виднелись два голографических накопителя.

«Все как он сказал».

Трудно было поверить, что содержимое этих ящичков может изменить путь развития человечества... Впрочем, Истина всегда была мощнейшим из катализаторов.

Разглядывая накопители, Малах вытащил карточку Триш и вставил ее в замок на двери. Странно — кнопки не загорелись. Возможно, Триш Данн не имела доступа к этой комнате. Тогда Малах достал карту Кэтрин, найденную в кармане ее халата, и на сей раз все получилось.

Тут возникла другая загвоздка.

«Я не знаю пин-кода».

Малах попробовал комбинацию Триш, но она не подошла. Огладив подбородок, он шагнул назад и внимательно осмотрел плексигласовую дверь толщиной три дюйма — такую не пробьешь даже топором.

Впрочем, на этот случай у Малаха был запасной план.

В электрощитовой он обнаружил стойку с несколькими металлическими цилиндрами, похожими на кислородные баллоны для подводного плавания, — Питер про них говорил. На каждом контейнере виднелись буквы «ЖВ», означавшие «жидкий водород», цифра «2» и международное обозначение легковоспламеняемых веществ. Не трогая цилиндр, подсоединенный к водородному топливному элементу, Малах осторожно спустил запасной баллон на тележку и подкатил к двери в хранилище данных. Хотя все получилось бы и так, Малах заметил в толстой плексигласовой двери один изъян: зазор между порогом и дверным полотном.

Он осторожно положил баллон на бок и засунул в щель гибкую резиновую трубку. Предохранительный вентиль поддался не сразу, но в конце концов Малах его открыл. Через стекло было видно, как из трубки на пол стала сочиться прозрачная бурлящая жидкость. Лужа растекалась по полу, кипя и испаряясь. Водород остается в жидком состоянии только на холоде, а в тепле начинает выкипать. Образующийся газ даже более огнеопасен, чем жидкость.

«Вспомни, как взорвался "Гинденбург"».

Малах поспешил в лабораторию, взял там топливо для горелки — тягучее легковоспламеняющееся масло — и вернулся к хранилищу данных. Водород по-прежнему тек из баллона: лужа уже покрыла весь пол и окружила стойки с голографическими накопителями. От бурлящей жидкости поднималась белесая дымка — водород превращался в газ и заполнял все пространство.

Малах плеснул топлива на баллон, трубки и в щель между дверью и порогом. Затем стал осторожно пятиться к выходу, оставляя за собой ровный ручеек масла.

Этим вечером у диспетчера службы спасения было на редкость много работы.

«Футбол, пиво и полнолуние», — подумала она, когда на экране высветился очередной звонок. На сей раз звонили с заправки на Сьютлэнд-парквей в Анакостии.

«Видно, авария».

— Служба спасения, — сказала диспетчер. — Что у вас случилось?

— На меня напали в Центре технической поддержки Смитсоновского музея, — прозвучал испуганный женский голос. — Вызовите полицию! Адрес — Силвер-Хилл-роуд, 4210!

— Так, успокойтесь. Вам надо...

— Пришлите полицию к особняку в Калорама-Хайтс, там могут держать в заложниках моего брата!

«Полнолуние», — со вздохом подумала диспетчер.

Глава 53

— Я ведь пытался вам объяснить, — проговорил Беллами, — что пирамида не так проста, как кажется.

«И были правы».

Лэнгдону пришлось признать, что каменная пирамида теперь была для него куда загадочнее, чем раньше. Расшифрованная надпись оказалась полной бессмыслицей.

«Абракадабра...»

S	O	E	U
A	T	U	N
C	S	A	S
V	U	N	J

Лэнгдон долго разглядывал сетку, пытаясь найти в этих буквах хоть какой-то смысл — скрытые слова, анаграммы, подсказки... Бесполезно.

— Масонская пирамида, — пояснил Беллами, — хранит свои тайны под множеством покровов. Уберешь один — наткнешься на следующий. Вы расшифровали эти символы, но они ничего не скажут, пока вы не снимете еще один слой. Как это сделать, знает только хранитель навершия. Полагаю, там тоже есть гравировка, которая поможет вам разгадать тайну пирамиды.

Лэнгдон взглянул на маленький сверток. Видимо, пирамида и навершие представляли собой «сегментированный шифр» — код, разделенный на части. Современные криптологи до сих пор пользовались этим методом, изобретенным еще в Древней Греции. Желая сохранить секретную информацию, греки записывали ее на глиняной табличке, разбивали и прятали осколки в разных местах. Узнать тайну можно было, лишь собрав все куски воедино. От названия такой глиняной таблички, «симболона», и произошло современное слово «символ».

— Роберт, — скорбно проговорил Беллами, — пирамиду и навершие не соединяли много веков, чтобы тайна не попала в руки недостойных. Однако сегодня две эти части оказались в опасной близости. Нечего и говорить, что наш первейший долг — не позволить им соединиться.

Лэнгдон подумал, что Беллами излишне драматизирует.

«Как будто не о пирамиде с навершием говорит, а о ядерной бомбе и детонаторе».

Профессор по-прежнему не верил словам Архитектора, но теперь это не имело особого значения.

— Даже если это и в самом деле масонская пирамида, надпись на которой указывает на тайник с древними знаниями, как подобные знания могут наделить людей сверхъестественными способностями?

— Питер всегда говорил, что вас трудно переубедить. Пустым рассуждениям вы предпочитаете реальные доказательства.

— То есть вы в это верите?! — не выдержал Лэнгдон. — При всем уважении... вы современный, образованный человек. Нельзя же всерьез думать, что такое возможно!

Беллами терпеливо улыбнулся.

— Масонство научило меня с должным почтением относиться к областям, недоступным человеческому пониманию. Никогда не отметайте какую-либо идею лишь потому, что она кажется неправдоподобной.

Глава 54

Патрульный ЦТП со всех ног бежал по гравийной дорожке, огибавшей по периметру все здание. Он только что получил звонок с поста охраны: кто-то взломал дверь в Пятый отсек, и система оповещения показывала, что передвижная стена также открыта.

«Что там творится?!»

Прибыв на место, патрульный действительно обнаружил стену приоткрытой.

«Странно, — подумал он. — Ее можно отодвинуть только изнутри».

Он включил фонарик и посветил им в чернильную темноту отсека. Пусто. Идти в неизвестность совсем не хотелось, поэтому охранник только шагнул за порог и повел фонарем сначала в одну сторону, затем...

Незримая сила схватила его за запястье, уволокла в черную бездну и крутанула на месте. Запахло этанолом. Фонарь вылетел из руки, и прежде чем охранник успел сообразить, что происходит, твердокаменный кулак впечатался ему в грудь. Он со стоном рухнул на пол... Массивная черная тень шагнула в сторону и скрылась во мраке.

Патрульный лежал, хрипя и задыхаясь. Фонарик валялся рядом, выхватывая из темноты какую-то жестянку. На этикетке было написано, что это масло для горелки Бунзена.

Чиркнула зажигалка, и оранжевое пламя осветило нечто... нечеловеческое.

«О Господи!»

Охранник даже не успел понять, в чем дело: странная тварь с голым торсом наклонилась и поднесла огонек к полу.

В ту же секунду пламя резво побежало прочь от них, в темноту. Патрульный в растерянности оглянулся, но тварь уже проскользнула в щель и выбралась на улицу.

Он умудрился сесть и, морщась от боли, проследил взглядом за полоской огня.

«Что это, черт подери?»

Пожар от такого тоненького ручейка не займется... Тут патрульный увидел нечто страшное. Теперь пламя освещало не только пустоту — добравшись до дальней стены, оно очертило контуры огромной постройки из шлакоблока. В Пятый отсек никого не пускали, но патрульный знал, что это такое.

«Куб. Лаборатория Кэтрин Соломон».

Огонь устремился прямиком к входной двери. Охранник кое-как встал на ноги, прекрасно понимая, что ручеек наверняка идет внутрь... и скоро в лаборатории начнется пожар. Но когда он уже хотел бежать за помощью, мимо пронесся мощный поток воздуха.

На короткий миг Пятый отсек озарился ярким светом.

Патрульный уже не увидел, как в небо, пробив крышу, взметнулся огненный шар. Не увидел он и дождя из обломков титановой сетки, электронного оборудования и капель расплавленного кремния голографических накопителей.

Кэтрин Соломон катила на север. В зеркале заднего вида вдруг полыхнул яркий свет, и пугающий низкий рокот сотряс ночной воздух.

«Фейерверк? — удивилась она. — У «Редскинз» шоу в перерыве между таймами?»

Кэтрин сосредоточилась на дороге, по-прежнему думая о звонке в Службу спасения, сделанном с заправочной станции несколько минут назад.

Она уговорила диспетчера отправить полицию в ЦТП, чтобы они нашли ее ассистентку, Триш Данн, и задержали татуированного убийцу. Вдобавок Кэтрин попросила проверить особняк доктора Аваддона, где он мог прятать Питера.

Увы, номер Роберта Лэнгдона не значился в справочниках, и узнать его она не смогла. Другого выхода не было: пришлось ехать в Библиотеку конгресса, где они договорились встретиться.

Сегодняшнее страшное открытие изменило все. Теперь, выяснив, кто такой доктор Аваддон, Кэтрин больше не знала, чему верить. Она была убеждена только в одном: человек, убивший ее мать и племянника, похитил брата и пришел за ней.

«Кто этот безумец? Что ему нужно?»

Единственный ответ был лишен всякого смысла.

«Пирамида?»

И непонятно, зачем Авадон пришел в лабораторию. Если он хотел ее убить, то почему не сделал этого у себя дома? Зачем рисковал, отправив эсэмэску с чужого телефона и обманом проникнув в ЦТП?

Внезапно салют в зеркале заднего вида стал ярче, и за первой вспышкой последовало неожиданное зрелище: над деревьями поднялся гигантский огненный шар.

«Что это?!»

За шаром повалил черный дым... да и футбольный стадион был в другой стороне. Кэтрин попыталась сообразить, какие предприятия могут находиться по другую сторону леса... на юго-восток от дороги.

И тут ее осенило.

Глава 55

Уоррен Беллами лихорадочно жал на кнопки мобильного, вновь пытаясь связаться с тем, кто мог им помочь.

Лэнгдон наблюдал за Архитектором, но мыслями был с Питером.

«Как же его найти...»

«Расшифруете надпись, — сказал похититель, — и расскажете мне, где спрятано величайшее сокровище в истории человечества... Мы вместе найдем тайник... и завершим сделку».

Беллами повесил трубку и нахмурился. Никто не отвечал.

— Вот чего я не понимаю, — сказал Лэнгдон. — Допустим, я поверил в существование древней мудрости... Пирамида указывает на некий подземный тайник... Что я ищу? Гробницу? Бункер?

Беллами немного помолчал, затем вздохнул и неохотно выговорил:

— Роберт, если верить тому, что я слышал, пирамида указывает на винтовую лестницу.

— Лестницу?!

— Да, которая уходит под землю... на сотни футов.

Лэнгдон не верил своим ушам.

— Я читал, что древняя мудрость спрятана на дне...

Роберт встал и зашагал по комнате.

«Винтовая лестница, уходящая на сотни футов под землю... в Вашингтоне».

— И никто никогда не видел эту лестницу?

— Вход якобы завален огромным камнем.

Лэнгдон вздохнул. Усыпальница, вход в которую закрыт камнем, — явная аллюзия на Гроб Господень.

«Очередной архетипический гибрид...»

— Уоррен, вы правда верите в существование этой лестницы?

— Я лично ее не видел, но некоторые масоны клянутся, что она существует. Сейчас я пытался дозвониться одному из них.

Лэнгдон продолжал расхаживать туда-обратно, не зная, что сказать.

— Роберт, вы ставите передо мной трудную задачу... — В мягком свете настольной лампы взгляд Уоррена Беллами стал суровее. — Я не знаю способа заставить человека поверить в то, во что он верить не желает. Но вы должны понимать, что у вас есть обязательства перед Питером Соломоном.

«Да, мой долг — помочь ему», — подумал Лэнгдон.

— Можете не верить в силу древней мудрости или в лестницу, которая к ней ведет. Но верьте, пожалуйста, что ваш моральный долг — защитить этот секрет. — Беллами указал на маленький запечатанный сверток. — Питер доверил вам навершие, потому что не сомневался: вы исполните его просьбу и сохраните тайну. Теперь вы должны сделать это даже ценой его жизни.

Лэнгдон замер на месте.

— Что?!

Беллами не шелохнулся: на его лице читалась боль и вместе с тем решимость.

— Такова его воля. Забудьте о Питере. Считайте, его нет. Он сделал все, что мог, чтобы защитить пирамиду. Его старания не должны пропасть впустую — это наша главная задача.

— Как вы можете! — горячо воскликнул Лэнгдон. — Пусть легенда о пирамиде правдива, Питер — ваш брат. Вы поклялись, что его жизнь для вас превыше всего, даже превыше страны!

— Нет, Роберт. Великая тайна, которую хранит братство, важнее жизни брата-масона. Какая разница, верю я в силу утраченной мудрости или нет? Я поклялся уберечь эту тайну от недостойных. И я не нарушу клятву... даже ценой жизни Питера Соломона.

— Я знаком со многими масонами, — зло проговорил Лэнгдон, — включая самых высокопоставленных, и могу вас заверить, что эти люди не клялись жертвовать жизнью ради каменной пирамиды. Никто из них не верит в лестницу, ведущую в подземный тайник!

— Роберт, внутри узких кругов есть еще более узкие. Все известно далеко не всем.

Лэнгдон вздохнул, пытаясь сохранять самообладание. Разумеется, до профессора доходили слухи о тайных масонских кругах. Правда это или нет, в свете последних событий было уже не важно.

— Уоррен, если пирамида и навершие раскрывают величайшую масонскую тайну, то с какой стати Питер вовлек меня? Я не масон... и уж тем более не член узкого круга избранных.

— Знаю. Мне кажется, именно поэтому он вас и выбрал. За пирамидой всегда охотились — в частности, те, кто проникал в наши ряды с корыстными целями. Питер придумал хороший способ спрятать ее от недостойных.

— А вы знали, что навершие у меня?

— Нет. Питер мог сказать об этом лишь одному человеку. — Беллами опять достал мобильный и нажал кнопку повтора вызова. — И пока я не могу с ним связаться. — Он услышал приветствие голосовой почты и отключился. — Что ж, Роберт, пока мы с вами вдвоем, помочь нам некому. Нужно принять одно решение.

Лэнгдон взглянул на часы с Микки-Маусом.

«21:42».

— Вы ведь в курсе, что преступник потребовал расшифровать надпись сегодня и сразу же ему позвонить?

Беллами нахмурился.

— Многим великим людям приходилось идти на жертвы, чтобы защитить Мистерии древности. Мы с вами должны последовать их примеру. — Он встал. — Надо идти. Скоро Сато нас выследит.

— А Кэтрин?! — вопросил Лэнгдон. — Я не могу до нее дозвониться.

— Видимо, что-то случилось.

— Мы не можем ее бросить!

— Забудьте вы о Кэтрин! — твердо и повелительно сказал Беллами. — Забудьте о Питере и обо всем остальном. Роберт, вы никак не поймете, что на вас возложили обязательство, которое превыше вас, Питера, Кэтрин и меня! — Он посмотрел Лэнгдону в глаза. — Надо надежно спрятать пирамиду и навершие, пока...

Со стороны большого зала донесся металлический грохот.

Беллами развернулся.

— Быстро же они...

Лэнгдон тоже посмотрел на дверь. Очевидно, грохнуло железное ведро, упавшее со стремянки.

«За нами пришли».

Звук раздался снова.

И снова.

Бродяга, сидевший на лавке перед Библиотекой конгресса, протер глаза и изумленно уставился на происходящее.

Белый «вольво» въехал на бордюр, промчался по пустому тротуару и с визгом остановился у подножия лестницы, ведущей к главному входу. Из машины выскочила привлекательная темноволосая женщина. Нервно оглядевшись по сторонам, она увидела бродягу и крикнула:

— У вас есть телефон?

«Леди, на мне нет левого ботинка».

Видимо, она тоже это заметила, потому что бросилась вверх по лестнице ко входу в библиотеку. Там она тщетно попыталась открыть каждую из трех огромных дверей.

«Закрыто, леди».

Женщину это не остановило. Она схватила ручку — тяжелое железное кольцо — и с размаху ударила ею о дверь. Потом еще раз, еще и еще...

«Ничего себе, — подумал бродяга. — Видать, книжка ей нужна позарез».

Глава 56

Массивные бронзовые двери отворились, и в душе у Кэтрин Соломон будто прорвало плотину: ужас и смятение, скопившиеся за вечер, хлынули наружу.

В дверях стоял Уоррен Беллами, близкий друг и наперсник ее брата. Но больше всего Кэтрин была рада увидеть человека, стоявшего у него за спиной. По всей видимости, это было взаимно. Роберт Лэнгдон с облегчением улыбнулся, когда она бросилась через двери... прямо к нему в объятия.

Пока давние друзья обнимались, Беллами закрыл входную дверь. Щелкнул тяжелый замок, и Кэтрин наконец почувствовала себя в безопасности. Из глаз брызнули слезы, но она смогла овладеть собой.

Лэнгдон крепко стиснул ее в объятиях.

— Все хорошо, — прошептал он. — Все хорошо.

«Потому что вы меня спасли, — хотела сказать Кэтрин. — Он уничтожил мою лабораторию... всю мою работу! Годы исследований взлетели на воздух».

Она бы рассказала Роберту все, но не могла даже толком вдохнуть.

— Мы найдем Питера. — Низкий голос Лэнгдона отдавался у нее в груди и успокаивал. — Обещаю.

«Я знаю, кто это сделал! — хотелось закричать Кэтрин. — Убийца моего племянника и мамы!»

Но не успела она вымолвить и слова, как тишину библиотеки нарушил неожиданный шум.

Со стороны вестибюльной лестницы донесся грохот — как будто на плиточный пол свалился большой железный предмет. Лэнгдон замер.

Беллами шагнул вперед. Выражение лица у него было зловещее.

— Уходим. Сейчас же!

Кэтрин в растерянности побежала за Лэнгдоном и Архитектором в знаменитый читальный зал, где ярко горел свет. Беллами быстро запер внешние двери, затем внутренние, и они подошли к столу в середине зала, на котором стоял расстегнутый кожаный портфель. Рядом лежал маленький сверток — Беллами схватил его и положил в портфель рядом с...

Кэтрин оцепенела.

«Пирамида?!»

Она видела каменную пирамиду впервые, но вся сжалась от страшного открытия. Кэтрин Соломон смотрела на предмет, причинивший ее семье столько боли...

«Та самая пирамида».

Беллами застегнул портфель и отдал Лэнгдону.

— Не выпускайте его из виду.

Мощный взрыв сотряс внешние двери зала. Послышался звон разбитого стекла.

— Сюда! — Беллами испуганно развернулся и подбежал к абонементному столу: восемь конторок расположились вокруг массивного восьмиугольного шкафа. Архитектор указал Лэнгдону и Кэтрин на проем в шкафу. — Полезайте туда!

— Что?! — воскликнул Лэнгдон. — Нас же сразу найдут!

— Скорее! Это не то, что вы думаете.

Глава 57

Малах гнал лимузин на север, в сторону Калорама-Хайтс. Взрыв в лаборатории Кэтрин получился сверхмощным — счастье, что не зацепило. Последовавший за взрывом хаос помог Малаху беспрепятственно выехать с территории Центра, пока охранник на воротах испуганно орал в телефонную трубку.

«Надо съехать с дороги», — подумал Малах. Даже если Кэтрин не вызвала полицию, взрыв точно привлечет внимание, а голого по пояс мужчину за рулем лимузина трудно не заметить.

Малах провел в подготовке к этому вечеру много лет, и теперь ему не верилось, что момент наконец-то настал. Путь был долог и труден.

«То, что давным-давно началось в боли и унижении... закончится во славе».

Тогда его звали не Малах. Да что там, у него вообще имени не было. «Заключенный №37». Как и большинство узников страшной тюрьмы «Соганлик», заключенный №37 угодил в нее из-за наркотиков.

Он валялся в камере — голодный, замерзший, в полной темноте — и мысленно спрашивал себя, когда его выпустят. Новый сокамерник, с которым он познакомился только вчера, спал на верхней койке. Тюремный надзиратель (жирный алкоголик, ненавидевший свою работу и вымещавший злость на заключенных) только что вырубил на ночь освещение.

Около десяти вечера через вентиляционную решетку в камеру донесся разговор. Первый голос заключенный №37 узнал сразу же — агрессивный визг тюремного надзирателя, взбешенного чьим-то поздним визитом.

— Да, да, вы ехали издалека, понимаю, — говорил надзиратель, — но первый месяц заключенным нельзя ни с кем видеться. Таковы правила. Никаких исключений.

Ему в ответ прозвучал тихий и вежливый голос, насквозь пропитанный болью:

— Мой сын в безопасности?

— Он наркоман.

— С ним хорошо обращаются?

— Нормально, — буркнул надзиратель. — Тут вам не гостиница.

Посетитель замолчал.

— Госдепартамент США потребует экстрадиции.

— Да, да, они всегда требуют. Обычная процедура, на оформление бумаг уйдет пара недель... может, месяц. Смотря по обстоятельствам.

— Каким же?

— Ну... — протянул надзиратель, — у нас нехватка кадров. — Он помолчал. — Конечно, порой заинтересованные лица вроде вас делают щедрые взносы... чтобы ускорить процедуру.

Посетитель не ответил.

— Мистер Соломон, — продолжил надзиратель, понизив голос, — мы всегда рады пойти на уступки такому человеку, как вы. У меня есть связи в правительстве. Если мы поладим, ваш сын будет на свободе... хоть завтра! На него даже в Штатах дела не заведут.

Ответ последовал незамедлительно:

— Даже если бы ваше предложение было законным, я не хочу, чтобы мой сын думал, будто деньги решают все проблемы. За любой проступок наступает ответственность — тем более за такой серьезный.

— Вы оставите его здесь?

— Я хочу с ним поговорить. Прямо сейчас.

— Как я уже сказал, у нас есть правила. Вам нельзя увидеть сына... конечно, если вы не готовы обсудить возможность его немедленного освобождения.

На несколько секунд между ними воцарилась холодная тишина.

— Вам позвонят из госдепартамента. Позаботьтесь, чтобы Закари не причинили вреда. Через неделю он полетит домой. Спокойной ночи.

Дверь захлопнулась.

Заключенный №37 не поверил своим ушам.

«Какой отец бросит сына в такой дыре, чтобы преподать ему урок?!»

Питер Соломон даже отказался уничтожить материалы дела.

Ночью, ворочаясь без сна на узкой койке, заключенный №37 понял, как выйти из тюрьмы. Если арестанта отделяют от свободы только деньги, то заключенный №37 фактически свободен. Питер Соломон не пожелал расстаться с кругленькой суммой, но любой, кто читал бульварную прессу, знал: у его сына Закари тоже денег куры не клюют. На следующий день заключенный №37 потолковал с надзирателем и предложил ему изобретательный, дерзкий план, позволявший им обоим добиться желаемого.

— Чтобы все сработало, Закари Соломон должен умереть, — сказал заключенный №37. — И тогда мы оба сможем исчезнуть. Поезжайте в Грецию — вам больше не придется гнить в этой дыре.

Хорошенько все обсудив, они пожали друг другу руки.

«Скоро Закари Соломона не станет», — подумал заключенный №37 и улыбнулся: все складывалось как нельзя лучше.

Два дня спустя госдепартамент сообщил семье Соломон страшную весть и передал снимки из тюрьмы: жестоко избитый Закари свернулся в клубок на полу камеры. Голову ему размозжили стальным прутом, тело изуродовали до неузнаваемости. Видимо, его пытали, а потом убили. Главным подозреваемым был тюремный надзиратель, который бесследно исчез, прихватив с собой деньги убитого юноши. Закари подписал договор, согласно которому перевел все свое немалое состояние на чей-то банковский счет — деньги с него тут же сняли. Узнать, куда они подевались, было нельзя.

Питер Соломон полетел в Турцию и вернулся оттуда с гробом. Закари похоронили на частном кладбище Соломонов, а тюремного надзирателя так и не нашли. И никогда не найдут, это заключенный №37 знал наверняка. Тучное тело лежало на дне Мраморного моря, где им теперь кормились голубые крабы, мигрирующие через Босфор, а огромное состояние Закари было переведено на неизвестный банковский счет. Заключенный №37 вновь стал свободным человеком — и к тому же очень богатым.

В Греции было как в раю. Солнце. Море. Женщины.

На деньги можно купить все, что угодно: новую личность, новый паспорт, новую надежду. Заключенный №37 взял себе новое имя — Андрос Дарий. «Андрос» означало «воин», «Дарий» — «богатый». Темные ночи в тюрьме напугали его, и он поклялся никогда туда не возвращаться. Сбрил свои лохмы, полностью отказался от наркотиков и начал жизнь заново: с постижения прежде неведомых плотских удовольствий. Безмятежные прогулки по чернильно-синему Эгейскому морю заменили ему героин, сочные бараньи шашлыки на шампурах стали его экстази, а купание в пенных вымоинах на Миконосе — новым кокаином.

«Я родился заново».

Андрос купил себе роскошную виллу на Сиросе, в городке Поссидония, где жили исключительно bella gente[1]. Это был мир не только богатых, но и прекрасно образованных и безупречно красивых людей. Его соседи очень гордились своими мозгами и телами — как ни странно, это оказалось заразно. Андрос стал бегать по утрам, принимать солнечные ванны и читать книги. Сначала, завороженный образами могучих загорелых мужей, когда-то воевавших на этих островах, он прочел «Одиссею». На следующий день он занялся штангой и удивился, как быстро крепнут руки и грудь. Вскоре его тело стало приковывать женские взгляды — восхищение слабого пола пьянило не хуже вина. Но Андросу хотелось стать еще сильнее. Постоянно тренируясь и принимая стероиды и гормоны роста, купленные на черном рынке, Андрос превратился в того, кем никогда не чаял быть, — в совершенного самца.

[1] Букв.: красивые люди; сливки общества *(ит.)*.

Он вырос, накачал грудь и ноги, поддерживал безупречный загар.

Теперь на него смотрели все.

Андроса предупреждали, что гормоны изменят не только его тело, но и голос. Так и произошло. Теперь он разговаривал жутковатым воздушным шепотом, который придавал его образу особую загадочность. Тихий таинственный голос в сочетании с новым телом, богатством и нежеланием говорить о прошлом притягивали женщин как магнит. Они охотно ему отдавались, и он без труда услаждал всех без исключения — фотомоделей, приезжавших на остров для съемок, юных американских студенток, отдыхающих в Греции на каникулах, скучающих соседских жен, иногда — молодых людей. Им все было мало.

«Я — шедевр».

Годы шли, и сексуальные похождения стали терять для Андроса былую остроту. Впрочем, как и все остальное. Пряная греческая кухня утратила свой вкус, книги больше не представляли интереса, и даже восхитительные закаты казались унылыми.

«Как же так?»

До тридцати было еще далеко, но Андрос чувствовал себя глубоким стариком.

«Я взял от жизни все».

Он привел тело в совершенную форму, расширил кругозор и постоянно подпитывал ум литературой и искусством; он жил в раю и купался в любви.

Однако душа его была так же пуста, как в турецкой тюрьме.

«Чего же мне не хватает?»

Ответ нашелся несколько месяцев спустя. Андрос в одиночестве бесцельно просматривал телеканалы и случайно наткнулся на передачу о масонах. Программа была бестолковая и ставила больше вопросов, чем давала ответов, но Андроса заинтриговал покров тайны, окутывавший братство. Рассказчик только и делал, что перечислял различные легенды.

Масоны и Новый мировой порядок...

Великая масонская печать США...

Итальянская ложа «П-2»...

Утраченная тайна масонов...

Масонская пирамида...

Андрос вскочил как ошпаренный.

«Пирамида!»

Рассказчик начал повествование о таинственной каменной пирамиде, надпись на которой якобы вела к утраченной мудрости веков и невероятной власти. Легенда, хоть и неправдоподобная, всколыхнула в Андросе смутные воспоминания... Он припомнил, что говорил Закари Соломону его отец.

«Неужели это возможно?»

Андрос постарался вспомнить подробности.

Передача закончилась, и он вышел на балкон: прохладный свежий воздух помогал думать. Он вспомнил больше; в свете когда-то услышанного разговора легенда о пирамиде показалась вполне правдоподобной. Закари Соломон, пусть и давно покойный, еще мог сослужить Андросу хорошую службу.

«Терять мне все равно нечего».

Три недели спустя, тщательно выбрав время, Андрос вдыхал морозный воздух во дворе потомакского имения Соломонов. За стеклянной дверью зимнего сада Питер весело болтал со своей сестрой Кэтрин. Оба смеялись.

«Быстро же они забыли о смерти Закари!»

Прежде чем натянуть лыжную маску, Андрос вдохнул понюшку кокаина — первую за много лет. Его охватило знакомое ощущение неуязвимости. Он достал пистолет, открыл дверь старым ключом и вошел внутрь.

— Привет, Соломоны!

Увы, все пошло не так, как он рассчитывал. Вместо того чтобы добыть пирамиду, он бежал по заснеженной лужайке с простреленным плечом, а следом, к его удивлению, мчался вооруженный Питер Соломон. Андрос нырнул в чащу и полетел по тропе вдоль глубокого обрыва. Снизу доносилось эхо ревущего водопада. Андрос пробежал мимо нескольких дубов и свернул налево, но сразу затормозил на обледеневшей тропинке, чудом избежав верной смерти.

«Господи!»

Всего в нескольких футах от него тропинка заканчивалась крутым обрывом, у подножия которого текла река, зимой схваченная льдом. На большом валуне неумелой детской рукой была вытесана надпись:

МоСт Зака

На другой стороне тропинка продолжалась.

«Где мост?! — Кокаин больше не действовал. — Я в ловушке!»

Запаниковав, Андрос развернулся и хотел убежать, но дорогу преградил Питер Соломон: он стоял, тяжело отдуваясь, с пистолетом в руке.

Андрос взглянул на пистолет и попятился. До замерзшей реки было минимум пятьдесят футов. Вокруг клубился белый промозглый туман от водопада.

— Мост Зака разрушился много лет назад, — сказал Соломон, задыхаясь. — Так далеко заходил только мой сын. За что ты его убил?

— Он был ничтожеством, — ответил Андрос. — Наркоманом. Я оказал ему услугу.

Соломон подошел ближе, целясь Андросу в грудь.

— Я тоже окажу тебе услугу. — Голос у него был на удивление жестокий. — Ты забил его до смерти. Разве человек способен на такое?

— Люди способны на многое, если довести их до ручки.

— Ты убил моего сына.

— Нет! — с жаром ответил Андрос. — Это ты убил своего сына! Хороший отец не бросит ребенка в тюрьме, когда есть возможность его вызволить! Ты убил своего сына! Не я!

— Ты ничего не знаешь! — крикнул Соломон, поморщившись от боли.

«Все я знаю, — подумал Андрос. — Все».

Питер Соломон подошел ближе: противников разделяло всего несколько футов. У Андроса горела грудь, по животу сбегали теплые струйки — он истекал кровью. Он обернулся и посмотрел вниз. Нет, такого падения не пережить!

— Я знаю о тебе больше, чем ты думаешь, — прошептал он. — Ты не хладнокровный убийца.

Соломон навел на него пистолет.

— Предупреждаю, — сказал Андрос, — если спустишь курок, я буду преследовать тебя до конца жизни.

— Ты и так будешь. — С этими словами Соломон выстрелил.

Возвращаясь на лимузине в особняк, человек, называвший себя Малахом, размышлял о чудесных событиях, которые спасли его от верной смерти в зимнем лесу. С тех пор он преобразился навсегда. Эхо выстрела звучало всего секунду, но его последствия растянулись на десятилетия. Тело Андроса, некогда безупречно гладкое и загорелое, изуродовали шрамы... шрамы, которые он спрятал под татуированными символами своей новой личности.

«Я — Малах. Так предначертано».

Он прошел сквозь огонь, обратился в пепел и восстал... преображенным. Сегодня он сделает последний шаг на этом длинном и славном пути.

Глава 58

Вещество со скромным названием «Ключ-4» разработали специально для вскрытия запертых дверей без нанесения дополнительного ущерба зданию. «Ключ-4» состоял в основном из гексогена и диэтилгексилового пластификатора и, в сущности, являлся бруском взрывчатки «Си-четыре», раскатанным до толщины бумажного листа, который можно просунуть в дверную щель, — для библиотечной двери лучше не придумаешь.

Командир оперативной группы, агент Тернер Симкинс, переступил обломки и внимательно осмотрел читальный зал — никого.

— Выключите свет.

Второй агент нашел на стене панель и нажал несколько кнопок: зал погрузился в темноту. Четверо оперативников дружно надели приборы ночного видения, настроили их и окинули взглядом зал, представший перед ними в разных оттенках зеленого.

Обстановка не изменилась — даже в темноте никто не попытался укрыться или сбежать.

Беглецы вряд ли были вооружены, однако оперативники вошли в зал, держа винтовки на изготовку — в темноте от каждой шел зловещий красный луч, которым бойцы водили по полу, стенам и балконам. Порой жертва пугалась одного вида лазерного прицела и тут же сдавалась.

«Похоже, сегодня не тот случай».

Агент Симкинс обвел рукой зал, и оперативники тихо разошлись в стороны. Осторожно ступая по центральному проходу, Симкинс нажал кнопку на приборе ночного видения и активировал новейшую разработку ЦРУ. Тепловидение применялось в подобных приборах много лет, однако последние достижения в миниатюризации, дифференциальной чувствительности и комбинировании данных, считываемых с различных источников, позволили создать новое поколение устройств, наделявших оперативников зрением сверхъестественной остроты.

«Мы видели в темноте. Мы видели сквозь стены. А теперь мы видим... прошлое».

Тепловидение стало таким чувствительным к перепадам температур, что позволяло установить не только текущее, но и предыдущее местонахождение человека. Способность видеть прошлое стала преимуществом ЦРУ, и сегодня вновь пригодилась. Агент Симкинс заметил тепловую метку на одном из столов: два деревянных стула были теплее остальных и потому светились красно-бордовым. Лампочка горела оранжевым. Не так давно за столом сидели два человека, но куда они подевались?

Ответ нашелся на центральной конторке большого абонементного стола, где алел мутный отпечаток ладони.

Подняв винтовку, Симкинс двинулся к восьмиугольному шкафу, водя лазерным лучом по его поверхности. Обойдя шкаф по кругу, он заметил сбоку небольшой проем.

«Они что, спрятались в шкафу?!»

Агент осмотрел края и заметил второй отпечаток: кто-то схватился за косяк, прежде чем нырнуть внутрь.

В молчании больше не было необходимости.

— Тепловая метка! — закричал Симкинс, указывая на проем. — Сходимся!

Оперативники подбежали к шкафу с противоположных сторон, быстро оцепив восьмиугольник.

Симкинс приблизился к проему и в десяти футах от цели заметил внутри источник света.

— Там горит свет! — крикнул он, надеясь, что Беллами и Лэнгдон испугаются и выйдут с поднятыми руками.

Размечтался.

«Ладно, будь по-вашему».

Подойдя еще ближе к проему, Симкинс услышал изнутри странный рокот — словно работала какая-то машина. Агент остановился, соображая, что за механизм может издавать такой звук. Он подкрался к шкафу: за металлическим лязгом слышались голоса. Внезапно свет внутри погас.

«Вот спасибо, — подумал он, включая ночное видение. — Нам же лучше».

Стоя на пороге, Симкинс заглянул в проем. Зрелище открылось неожиданное: это был даже не шкаф, а будка над лестницей, круто уходящей вниз. Агент направил винтовку в пролет и начал спускаться. С каждой ступенькой механический гул становился все громче.

«Что это, черт возьми?»

Помещение под читальным залом выглядело словно небольшое машинное отделение.

Звук издавал какой-то прибор, но включили его беглецы или он работал круглосуточно, Симкинс не понял. Это и не имело значения. Лэнгдон и Беллами оставили тепловые метки на тяжелой стальной двери с электронным замком. На четырех его кнопках горели отпечатки пальцев. Из-под двери шло оранжевое сияние — значит, с той стороны включили свет.

— Взорвать дверь, — скомандовал Симкинс. — Они пошли туда.

На то, чтобы вставить и взорвать лист «Ключа-4», ушло восемь секунд. Когда дым рассеялся, оперативникам предстал странный подземный мир, прозванный среди своих «запасниками».

Многомильные книжные полки Библиотеки конгресса в основном располагались под землей и походили на оптическую иллюзию бесконечности, созданную при помощи зеркал.

Оперативники прочли объявление:

ТЕМПЕРАТУРА КОНТРОЛИРУЕТСЯ.
ЗАКРЫВАЙТЕ ДВЕРЬ.

Симкинс толкнул смятые двери и почувствовал на лице прохладу. «Плевое дело», — улыбнулся он. Тепловые метки в помещениях с контролируемой средой горели ярким пламенем, и Симкинс уже заметил впереди, на поручне, сияющее алое пятно.

— Бегите, все равно никуда не денетесь, — прошептал он.

Продвигаясь вместе с оперативниками по лабиринту книжных стеллажей, Симкинс понял, что само устройство игрового поля не оставляет противникам шанса: агентам даже не обязательно включать приборы ночного видения. Да, лабиринт мог послужить беглецам хорошим укрытием, однако осветительная система Библиотеки конгресса была оборудована датчиками движения, и путь, которым бежали Лэнгдон и Беллами, сиял, точно подиум. Вдаль уходила узкая полоска света.

Агенты сорвали очки и бросились по петляющему световому следу. Вскоре Симкинс заметил мерцающие лампочки.

«Уже близко».

Спереди доносились чьи-то шаги и тяжелое дыхание.

— Вижу объект! — завопил он.

Высокий и худой Архитектор Капитолия, похоже, бежал последним. Пробираясь через бесконечные стеллажи, он едва переставлял ноги и задыхался.

«Бесполезно, старик».

— Стойте, мистер Беллами! — крикнул Симкинс.

Беллами бежал дальше, резко сворачивая и петляя между стеллажами. С каждым поворотом у него над головой загорался свет.

— Взять его! — скомандовал Симкинс.

Один оперативник поднял винтовку несмертельного поражения и выстрелил. Снаряд, запущенный в Беллами и обмотавшийся вокруг его ног, агенты ЦРУ прозвали «веселой змейкой», хотя ничего веселого в ней не было. Вещество временного поражения, разработанное Национальной лабораторией Сандия, представляло собой нить липкого полиуретана, который при соприкосновении с целью затвердевал, создавая вокруг коленей беглеца твердую пластиковую паутину: все равно что сунуть палку в колеса едущего велосипеда. Беллами как подрезали: он рухнул вперед и проехал футов десять по гладкому полу, активировав еще несколько ламп над головой.

— Я займусь Беллами! — крикнул Симкинс. — Все за Лэнгдоном, он где-то... — Оперативники удивленно замерли на месте: впереди стояла кромешная тьма, лампы не горели. Очевидно, кроме Беллами, здесь никого не было.

«Как же так?»

Архитектор все еще лежал на животе, тяжело дыша. Ноги ему сковала твердая пластмасса. Симкинс пинком перевернул старика на спину.

— Где он?!

Из разбитой губы Беллами текла кровь.

— Кто?

Командир поставил ногу на безупречный шелковый галстук Архитектора и слегка надавил.

— Не надо испытывать мое терпение, мистер Беллами.

Глава 59

Роберт Лэнгдон подумал, что выглядит как труп.

Он лежал на спине, сложив руки на груди, в полной темноте — и в самом тесном из замкнутых пространств. Хотя Кэтрин лежала где-то рядом, в том же положении, Лэнгдон ее не видел. Он крепко зажмурился.

Тут было тесно.

Очень тесно.

Минуту назад, в тот миг, когда двери читального зала рухнули, Лэнгдон и Кэтрин залезли вслед за Беллами в восьмиугольный шкаф, спустились по лестнице и попали в неожиданное место.

Лэнгдон сразу понял, где они.

«В самом сердце библиотечной циркуляционной системы».

Из комнаты, напоминавшей зал выдачи багажа небольшого аэропорта, выходило множество транспортерных лент. Поскольку Библиотека конгресса состояла из трех корпусов, книги, запрашиваемые посетителями читального зала, нередко приходилось перевозить на довольно большие расстояния по специальной системе подземных туннелей.

Беллами прошел к стальной двери, вставил свою карточку и ввел пин-код. За дверью было темно, но как только она отворилась, у входа вспыхнуло несколько ламп.

Лэнгдон увидел то, что доводилось видеть немногим.

«Запасники Библиотеки конгресса».

План Беллами уже не казался таким безрассудным.

«Где еще прятаться, как не в огромном лабиринте?»

Однако Архитектор не пригласил их внутрь. Вместо этого он подпер дверь книгой и повернулся к Кэтрин и Лэнгдону.

— Я надеялся, у нас будет больше времени и я успею все объяснить. — Он протянул Лэнгдону свою карточку. — Она вам понадобится.

— Вы с нами не идете?

Беллами покачал головой.

— Мы должны разделиться, иначе вы отсюда не выберетесь. Самое главное — чтобы пирамида и навершие попали в надежные руки.

Лэнгдон не понял, куда собрался Беллами: кроме двери в запасники, здесь была только одна, ведущая в читальный зал.

— Но куда вы пойдете?

— Заманю их в поглубже в запасники, — ответил Беллами. — Другого выхода нет.

Не успел Лэнгдон спросить, куда же тогда отправятся они с Кэтрин, как Архитектор снял большой ящик с одной из транспортерных лент.

— Ложитесь, руками ничего не трогайте.

Профессор потрясенно уставился на Беллами.

«Вы шутите!»

Через несколько футов лента исчезала в стене: черный проем вместил бы ящик с книгами, но не более. Лэнгдон с тоской посмотрел на книжные стеллажи.

— Даже не думайте, — отрезал Архитектор. — Там датчики движения, спрятаться невозможно.

— Тепловая метка! — раздался сверху чей-то голос. — Сходимся!

По всей видимости, Кэтрин этого хватило: она мигом забралась на ленту и скрестила руки на груди, точно мумия в саркофаге. Ее голова была всего в паре футов от проема.

Лэнгдон оцепенел.

— Роберт, если не можете сделать этого ради меня, сделайте ради Питера.

Голоса сверху приближались.

Профессор точно во сне подошел к транспортерной ленте. Сначала он положил на нее портфель, затем забрался сам, положив голову у ног Кэтрин. Жесткая резиновая лента холодила спину. Лэнгдон уставился в потолок, чувствуя себя пациентом перед магнитно-резонансной томографией.

— Не выключайте телефон, — сказал ему Беллами. — Скоро вам позвонят... и предложат помощь. Этому человеку можно доверять.

«Позвонят?»

Лэнгдон знал, что Архитектор безуспешно пытался с кем-то связаться, а минуту назад наконец дозвонился, что-то коротко проговорил и повесил трубку.

— Проедете на ленте до самого конца, — сказал Беллами, — потом быстро слезайте, не то вернетесь сюда же. Для выхода воспользуйтесь моей карточкой.

— Для выхода откуда?! — не понял Лэнгдон.

Беллами дернул рычаг. Все транспортерные ленты пришли в движение, и потолок над головой Лэнгдона как будто сдвинулся.

«Господи, помоги!»

Подъезжая к проему в стене, профессор обернулся: Уоррен Беллами бросился к стеллажам, захлопнув за собой дверь. Мгновением позже Лэнгдон скользнул в темноту, проглоченный библиотекой... Как раз в эту секунду на ступеньках затанцевала красная точка лазерного прицела.

Глава 60

Подойдя к нужному дому в Калорама-Хайтс, сотрудница частной службы охраны «Ваша безопасность» дважды проверила адрес в списке вызовов.

«Это тут?»

Ворота и подъездная дорожка за ними относились к одному из самых крупных и тихих владений района — странно, что в Службу спасения поступил звонок насчет этого особняка.

Как и полагалось поступать с неподтвержденными вызовами, из Службы спасения сначала позвонили в местное охранное предприятие, чтобы зря не тревожить полицию. Охранница часто думала, что рекламный слоган компании — «Ваша первая линия обороны» — надо переделать в «Наш конек — ложные вызовы, хулиганские звонки, потерявшиеся животные и жалобы чокнутых соседей».

Сегодня, как водится, никаких подробностей по вызову охраннице не сообщили.

«Слишком много чести».

Задача патрульной была проста: подъехать к дому с включенной желтой мигалкой, оценить и доложить обстановку. Обычно из-за какой-нибудь ерунды срабатывала сигнализация — тогда охранница просто перезагружала систему. Однако в доме было тихо. Сирена не выла, на темной подъездной дорожке никого...

Охранница нажала кнопку звонка на воротах, но никто не ответил. Тогда она ввела общий код и въехала на подъездную дорожку. Не выключая двигатель и мигалку, патрульная подошла к двери и позвонила. Опять нет ответа. Света в доме не было, стояла полная тишина.

Нехотя следуя инструкциям, охранница включила фонарь и стала обходить дом по кругу — нет ли где признаков взлома. Мимо, на секунду притормозив у ворот, проехал черный лимузин. «Любопытные соседи».

Охранница постепенно обогнула весь дом, но ничего странного не заметила. Особняк был внушительных размеров, и к концу своего пути она дрожала от холода.

— Диспетчер, — сказала она в рацию, — я в Калорама-Хайтс, хозяев нет дома. Все тихо, признаков взлома не обнаружено. Ложная тревога.

— Вас поняла, — ответила диспетчер. — Спокойной ночи!

Охранница убрала рацию и торопливо зашагала к теплой машине, как вдруг увидела не замеченный раньше тонкий лучик голубоватого света, что пробивался откуда-то снизу.

Удивившись, она подошла ближе: свет шел из окошка на уровне земли — должно быть, подвального. Стекло было замазано темной краской.

«Может, у них там фотолаборатория?»

В одном месте краска начала отслаиваться, оттуда и шел голубоватый луч.

Охранница присела на корточки, но ничего не увидела и постучала в стекло — вдруг в подвале кто-нибудь работал.

— Есть кто? — громко позвала она.

Ответа не последовало, однако краска от стука немного облетела, и можно было заглянуть внутрь. Охранница нагнулась и почти прижалась лицом к стеклу. Лучше бы она этого не делала.

«Господи, что это?!»

На несколько секунд она замерла на месте, не в силах пошевелиться от ужаса, затем дрожащей рукой потянулась к рации...

Но достать ее не успела.

Металлические зубцы электрошокера впились ей в шею, и все тело пробила жгучая боль. Мышцы одеревенели, и женщина, не сумев даже закрыть глаза, повалилась ничком на холодную землю.

Глава 61

Уоррену Беллами не впервые завязывали глаза. Как и всем вольным каменщикам, восходящим к высшим масонским степеням, ему не раз доводилось надевать ритуальную повязку. Впрочем, происходило это в кругу близких друзей, а не так, как сегодня: руки грубо сковали, на голову надели мешок и тычками повели Архитектора Капитолия между стеллажами.

Пытаясь узнать, где прячется Роберт Лэнгдон, агенты угрожали ему пытками. Архитектор знал, что стареющее тело не выдержит побоев, и почти сразу выдал заготовленную ложь:

— Лэнгдон сюда не спускался! — задыхаясь, проговорил он. — Я велел ему подняться на балкон и спрятаться за статуей Моисея, а куда он пошел дальше, я не знаю!

Оперативники, видимо, поверили: двое побежали наверх. Остальные молча повели его к выходу из запасников.

Беллами утешало только то, что Лэнгдон и Кэтрин сейчас уносили пирамиду в безопасное место. Скоро профессору позвонят и предложат убежище.

«Доверяйте этому человеку».

Старый друг Архитектора многое знал о масонской пирамиде и ее секрете — местонахождении подземного тайника, где давным-давно наши предки сокрыли мудрость веков. В последнюю минуту Беллами удалось дозвониться, и короткое сообщение было понято правильно, в этом он не сомневался.

Шагая вслепую между стеллажами, Беллами представил себе каменную пирамиду и золотое навершие в портфеле Лэнгдона.

«Давно же они не оказывались рядом...»

При всем желании Архитектор не смог бы забыть тот вечер.

«Для Питера — первый из вереницы многих».

Уоррена Беллами пригласили в загородное имение Соломонов, на празднование восемнадцатилетия Закари. Согласно вековой семейной традиции, в день совершеннолетия каждый Соломон получал наследство. Беллами приходился Питеру близким другом и братом-масоном, и потому его попросили присутствовать в качестве свидетеля — но не только при передаче денег. На карте стояло нечто куда более важное.

Беллами приехал пораньше и ждал, как и было договорено, в кабинете Питера. В чудесной комнате пахло кожей, дымком от камина и свежезаваренным чаем. Питер привел в кабинет своего тощего восемнадцатилетнего сына, и тот нахмурился, увидев Архитектора.

— Что вы тут делаете?

— Приехал в качестве свидетеля, — ответил Беллами. — С днем рождения, Закари!

Юноша что-то пробормотал и отвернулся.

— Садись, Зак, — сказал ему отец.

Тот опустился в единственное кресло напротив огромного письменного стола. Соломон запер дверь, и Беллами, сидевший посередине дивана, подвинулся в сторону.

Питер с серьезным видом обратился к сыну:

— Ты знаешь, зачем мы сюда пришли?

— Догадываюсь, — ответил Закари.

Питер горько вздохнул.

— Зак, мы с тобой не очень ладим, но я старался быть хорошим отцом и, как мог, готовил тебя к этому событию.

Закари не ответил.

— Как ты знаешь, все Соломоны, достигшие совершеннолетия, получают то, что принадлежит им по праву — часть семейного капитала. Предполагается, что это семя, которое ты будешь питать, растить и используешь во благо человечества.

Соломон подошел к стенному сейфу, открыл его и достал большую черную папку.

— Сынок, здесь находится все необходимое для перевода денег на твое имя. — Он положил ее на стол. — Распоряжайся этими средствами так, чтобы преуспеть в жизни и помочь преуспеть другим.

Закари потянулся к папке.

— Спасибо.

— Подожди. — Питер придержал ее рукой. — Прежде мне надо кое-что тебе объяснить.

Закари бросил на отца презрительный взгляд и снова плюхнулся в кресло.

— Ты еще не знаешь некоторых аспектов передачи наследства. — Питер смотрел сыну в глаза. — Ты мой первенец, Закари, и потому имеешь право выбора.

Юноша заинтересованно взглянул на отца и выпрямился.

— Этот выбор может определить ход всей твоей жизни, и я призываю тебя хорошенько подумать.

— О чем?

Питер глубоко вдохнул.

— Ты должен выбрать между... богатством и мудростью.

Закари непонимающе уставился на отца.

— Богатство или мудрость? Что-то я не секу.

Питер встал, опять подошел к сейфу и вынул оттуда тяжелую каменную пирамиду с выгравированными масонскими символами.

— Эта пирамида была создана очень давно и передавалась в нашей семье из поколения в поколение.

— Пирамида?.. — разочарованно переспросил Закари.

— Сынок, на ней высечена карта... открывающая местонахождение одного из величайших сокровищ человечества. Карту создали для того, чтобы однажды вновь найти это сокровище. — Питера переполняла гордость. — Сегодня, следуя давней традиции, я могу передать пирамиду тебе... но при одном условии.

Закари подозрительно уставился на пирамиду.

— А что за сокровище-то?

Соломон явно не рассчитывал на столь примитивный вопрос, однако виду не подал.

— Закари, это трудно объяснить человеку, не владеющему нужными знаниями. Но это сокровище... по сути... мы называем его Мистериями древности.

Юноша рассмеялся, решив, что отец шутит.

Питер заметно помрачнел.

— Мне очень сложно об этом говорить, Зак. В восемнадцать лет все Соломоны обычно готовятся получать образование...

— Я же говорил! — выпалил Закари. — Не пойду я в университет!

— Университет здесь ни при чем, — спокойно и тихо ответил Питер. — Я имею в виду братство масонов, постижение величайших тайн человечества. Если бы ты хотел вступить в наши ряды, то сейчас готовился бы получить образование, без которого невозможно понять важность выбора между мудростью и богатством.

Его сын закатил глаза.

— Надоели мне твои масонские лекции! Да, я — первый Соломон, не желающий вступать в братство. И что? Сколько можно повторять? Не хочу я участвовать в ваших стариковских маскарадах!

Питер надолго замолчал. Вокруг его по-прежнему юных глаз появились морщинки.

— Понимаю, — наконец вымолвил он. — Времена меняются. Быть может, масонство кажется тебе странным или даже скучным. Но знай, если ты передумаешь, двери для тебя всегда открыты.

— Ага, жди-жди, — усмехнулся Закари.

— Довольно! — не выдержал Питер. — Понимаю, жизнь для тебя — борьба, но я не единственный твой наставник. Многие достойные люди готовы принять тебя в ряды братства и помочь раскрыть твой истинный потенциал.

Закари хихикнул и посмотрел на Архитектора.

— Вы для этого приехали, мистер Беллами? Решили накинуться на меня всей масонской братией?

Уоррен не ответил, лишь почтительно взглянул на Питера Соломона, напоминая Закари, кто здесь хозяин.

— Так мы ни к чему не придем, — проговорил Питер. — Не важно, понимаешь ты важность этого предложения или нет, мой семейный долг обязывает его сделать. Оберегать пирамиду — большая честь. Подумай несколько дней, прежде чем принять решение.

— Тоже мне честь — караулить камень!

— Мир полон удивительных тайн, Зак, — со вздохом сказал Питер. — Таких тайн, что тебе и не снились. Пирамида их защищает. Более того, однажды наступит день, когда надпись на ней расшифруют и секрет будет явлен миру. Человечество преобразится... и у тебя есть шанс сыграть роль в этом великом событии. Подумай как следует. Богатство — обычное дело, а вот мудрость доступна не всем.

Закари посмотрел на отца как на сумасшедшего.

— Пап, говори что хочешь, но я никогда не променяю деньги на эту штуку. — Он указал на пирамиду.

Питер скрестил руки на груди.

— Если ты примешь на себя такую ответственность, я придержу и деньги, и пирамиду до тех пор, пока ты не получишь образование в лоне масонского братства. На это потребуется много лет, но потом ты сможешь с умом распорядиться и средствами, и пирамидой. Богатство и мудрость — редкое сочетание.

— Вот же заладил! — вспылил Закари. — Пап, когда до тебя дойдет: плевать я хотел на масонов, пирамиды и древние тайны! — Он схватил со стола папку и помахал ею перед носом отца. — Это мое по праву! Все Соломоны получали наследство. Или ты решил меня обжулить, провести на дурацких легендах о сокровищах?! — Он сунул папку под мышку и демонстративно прошагал мимо Беллами к выходу.

— Закари, подожди! — Питер бросился за уходящим сыном. — Что бы ни случилось, никому не рассказывай о пирамиде! — Его голос дрогнул. — Никогда, слышишь?

Закари, не ответив, исчез.

Питер Соломон вернулся за стол и сел в кожаное кресло. В его взгляде читалась глубокая скорбь. Помолчав, он посмотрел на Беллами и выдавил:

— Хорошо прошло...

Беллами вздохнул, разделяя боль друга.

— Питер, не хочу показаться бесчувственным... но... ты ему доверяешь?

Соломон молча смотрел перед собой невидящим взглядом.

— Ну, то есть... он никому не проболтается о пирамиде?

Питер помрачнел.

— Честное слово, не знаю. Он для меня как будто чужой.

Беллами встал и медленно зашагал по комнате.

— Питер, ты исполнил семейный долг, но теперь, учитывая обстоятельства, мы обязаны принять меры. Я верну тебе навершие, а ты найди для него надежный тайник. Пусть его стережет кто-нибудь другой.

— Зачем? — не понял Соломон.

— Если Закари расскажет кому-нибудь о пирамиде... и упомянет, что здесь был я...

— Он не знает о навершии и не понимает важности пирамиды. Незачем искать для нее новый тайник. Пусть лежит у меня в сейфе, а навершие останется у тебя.

Пять лет спустя, на Рождество, когда семья еще толком не оправилась после гибели Закари, в имение Соломонов вломился убийца. Он пришел за пирамидой, однако унес с собой жизнь Изабель Соломон.

Через несколько дней после вторжения Питер вызвал Беллами в свой кабинет. Он запер дверь, вынул пирамиду из сейфа и поставил на стол.

— Зря я тебя не послушал...

Беллами знал, как жестоко корит себя Питер.

— Это бы ничего не изменило.

Соломон вздохнул.

— Ты принес навершие?

Беллами достал из кармана маленький сверток. Выцветшая коричневая бумага была перевязана бечевкой с сургучной печатью Соломонов. Беллами положил сверток на стол, отдавая себе отчет, что две части пирамиды находятся сегодня в опасной близости.

— Пусть за ним присмотрит кто-нибудь другой. И не говори мне, кто это.

Соломон кивнул.

— Я знаю, где спрятать саму пирамиду, — добавил Беллами и рассказал другу о подвале Капитолия. — Надежнее тайника не сыскать.

Беллами помнил, что идея сразу понравилась Питеру: сокрыть пирамиду в сердце нации было очень символично. «В этом весь Соломон, — подумал тогда Беллами. — Идеалист даже в тяжелые времена».

Теперь, десять лет спустя, Архитектора тычками вели по Библиотеке конгресса. Тяжелые времена не закончились. Он узнал, кому Соломон доверил навершие... и молил Бога, чтобы Роберт Лэнгдон оправдал их ожидания.

Глава 62

«Я под Второй улицей».

Всю дорогу до корпуса Адамса Лэнгдон не открывал глаза и старался не представлять себе многие тонны земли над головой и узкую трубку транспортера. В нескольких футах от него мерно дышала Кэтрин, до сих пор не сказавшая ни слова.

«Она в шоке. — Лэнгдону не хотелось сообщать ей о том, что Питеру отрезали руку. — Придется, Роберт. Она должна знать».

— Кэтрин... — проговорил Лэнгдон, не открывая глаз. — Ты как?

Откуда-то сверху донесся дрожащий голос:

— Роберт, пирамида у тебя в портфеле... Она принадлежит Питеру?

— Да, — ответил Лэнгдон.

Последовало долгое молчание.

— Мне кажется... из-за этой пирамиды убили мою мать.

Лэнгдон знал, что Изабель Соломон убили десять лет назад, но подробностей не слышал, да и Питер никогда не говорил о пирамиде.

— С чего ты взяла?

Кэтрин рассказала о страшных событиях того вечера, когда к ним в дом вломился татуированный убийца. В ее голосе звучала глубокая скорбь.

— Столько лет прошло, а я так и не забыла, что он требовал пирамиду. Он якобы узнал о ней в тюрьме, от моего племянника Закари... и потом забил его до смерти.

Лэнгдон в изумлении слушал. В семье Соломон произошла страшная, невероятная трагедия. Кэтрин всегда думала, что Питер убил негодяя...

но сегодня он вновь появился в их жизни: представился психиатром брата и заманил Кэтрин к себе домой.

— Он знал много личного о Питере, маминой смерти и даже о моей работе! Такое мог рассказать ему только брат, вот я и поверила... пустила его в Центр технической поддержки музея. — Кэтрин перевела дух и рассказала, что сегодня этот человек почти наверняка уничтожил ее лабораторию.

Лэнгдон пришел в ужас. Несколько секунд они пролежали молча. Лэнгдон чувствовал, что обязан сообщить Кэтрин страшную весть, и начал издалека: рассказал о том, как несколько лет назад Питер доверил ему маленький сверток, как Лэнгдона заманили в Вашингтон и, наконец, как в Ротонде Капитолия нашли кисть ее брата.

Ответом была мертвая тишина.

Лэнгдон понимал, как страдает Кэтрин, и ему хотелось протянуть руку, утешить ее, но в тесном черном пространстве это было невозможно.

— Все обойдется, — сказал он. — Питер жив, и мы его найдем. Похититель обещал не убивать его, если я расшифрую надпись на пирамиде.

Кэтрин по-прежнему молчала.

Лэнгдон рассказал ей о каменной пирамиде, шифре, запечатанном навершии и, разумеется, об убеждении Беллами, будто эта пирамида — масонская... что на ней якобы указано местонахождение винтовой лестницы, уходящей на сотни футов под землю, где испокон веков хранится загадочное древнее сокровище.

Наконец Кэтрин заговорила — ровным, отрешенным голосом:

— Роберт, открой глаза.

«Открыть глаза?!»

У Лэнгдона не было ни малейшего желания смотреть на окружающее его замкнутое пространство.

— Роберт! — с тревогой воскликнула Кэтрин. — Мы на месте!

Лэнгдон распахнул глаза ровно в тот миг, когда его вынесло из проема в стене — точь-в-точь такого же, как с другой стороны. Кэтрин уже слезала с транспортерной ленты, прихватив его портфель. Лэнгдон спрыгнул на плиточный пол ровно перед тем, как лента повернула за угол и двинулась обратно. Они очутились в комнате, очень похожей на предыдущую. Табличка на стене гласила: «Корпус Адамса. Циркуляционный зал №3».

У Лэнгдона было такое чувство, будто он вышел из подземных родовых путей.

«Родился заново».

— Все нормально? — спросил он Кэтрин.

Глаза у нее были красные, заплаканные, но она решительно кивнула и без слов отнесла портфель Лэнгдона в противоположный конец комнаты, на заваленный стол. Там Кэтрин включила лампу, пошире раскрыла портфель и уставилась на его содержимое.

Гранитная пирамида в чистом галогеновом свете имела почти совершенный вид. Кэтрин провела пальцами по масонскому шифру: было видно, что в душе она глубоко переживает. Она медленно достала из сумки маленький сверток, затем подняла его на свет, рассмотрела.

— Как видишь, — подал голос Лэнгдон, — он запечатан масонским перстнем твоего брата. Если верить Питеру, это сделали больше века назад.

Кэтрин молчала.

— Когда Питер доверил мне этот сверток, — продолжил Лэнгдон, — он сказал, что его содержимое наделяет владельца даром создавать порядок из хаоса. Я точно не знаю, что это значит, но, похоже, навершие имеет ключевое значение: Питер очень боялся, как бы оно не попало в руки недостойных. Мистер Беллами сказал то же самое, велел спрятать пирамиду и никому о ней не рассказывать.

Кэтрин в гневе обернулась.

— Беллами велел не открывать сверток?

— Да. Он был непреклонен.

— Но похититель требует разгадать тайну пирамиды! — не веря своим ушам, воскликнула Кэтрин. — Это же единственный способ спасти Питера!

Лэнгдон кивнул.

— Значит, нужно открыть сверток и расшифровать надпись прямо сейчас!

Роберт Лэнгдон не сразу нашелся с ответом.

— Кэтрин, сначала я тоже так отреагировал, но Беллами убежден, что тайна пирамиды превыше всего... включая жизнь твоего брата.

Красивое лицо Кэтрин посуровело, и она убрала волосы за уши.

— Эта пирамида, чем бы она ни была, стоила мне всех родных. Сначала убили моего племянника, Закари, потом мать, а теперь исчез и брат. Будем смотреть правде в глаза, Роберт, если бы не твой звонок...

Лэнгдон разрывался между железной логикой Кэтрин и настоятельными просьбами Архитектора.

— Да, я научный работник, — сказала она, — но происхожу из рода влиятельных масонов. Поверь, мне знакомы все истории о масонской пирамиде и великом сокровище, которое просветит человечество. Признаться, мне было трудно поверить в его существование. Но если оно есть... пора его найти. — Кэтрин просунула палец под бечевку.

Лэнгдон подскочил.

— Нет, Кэтрин! Постой!

Она замерла, но палец не убрала.

— Роберт, я не дам брату погибнуть из-за этого сокровища. Какие бы важные секреты ни хранило навершие... сегодня все тайное станет явным.

С этими словами Кэтрин решительно дернула бечевку, и сургучная печать раскололась.

Глава 63

В тихом вашингтонском районе к западу от Эмбасси-роу есть огороженный сад в средневековом стиле: говорят, здешние розы ведут свою родословную от розовых кустов, выращенных в XII веке. Среди извилистых тропок, выложенных булыжниками из личной каменоломни Джорджа Вашингтона, скрывалась садовая беседка, именуемая Тенистым павильоном.

Этим вечером умиротворенную тишину сада нарушил молодой человек.

— Вы здесь?! — крикнул он, ворвавшись в деревянные ворота.

В ответ прозвучал слабый, едва слышный голос:

— Да, в беседке... воздухом захотел подышать.

Завернутый в одеяло настоятель сидел на каменной скамье. Старик был совсем крошечный, с миниатюрными чертами лица; годы согнули его почти вдвое и лишили зрения, но силы духа ему было не занимать.

Тяжело дыша, юноша выпалил:

— Сейчас... звонил ваш друг... Уоррен Беллами!

— Правда? — Старик вскинул голову. — Что он хотел?

— Не знаю, но было понятно, что дело срочное. Сказал, чтобы вы как можно скорее прослушали его сообщение.

— И все?

— Нет. — Молодой человек умолк. — Мистер Беллами передал вам один вопрос. — «Очень странный вопрос». — Попросил ответить сразу же.

Старик придвинулся ближе.

— Что за вопрос?

Юноша повторил слова Уоррена Беллами, и лицо настоятеля залила такая бледность, что ее было видно даже в лунном свете. Старик скинул одеяло и начал вставать.

— Проводи меня. Сейчас же.

Глава 64

«Больше никаких тайн», — подумала Кэтрин Соломон.

Она только что развернула бесценный сверток Питера. На столе лежали куски раскрошенной печати, которую берегли несколько поколений

Соломонов. Лэнгдону происходящее явно было не по душе.

Под выцветшей бумагой оказалась серая каменная шкатулка, похожая на цельный гранитный куб — никаких петель, замков и щелей. Она напомнила Кэтрин китайскую шкатулку-головоломку.

— Похоже на обтесанный камень... А на снимке она точно полая, с навершием внутри?

— Да. — Лэнгдон приблизился к Кэтрин, внимательно разглядывая загадочную шкатулку, и они осмотрели ее со всех сторон.

— Нашла! — Кэтрин попала ногтем в скрытую щель вдоль одного из верхних краев. Поставив шкатулку на стол, Кэтрин осторожно подняла крышку — она двигалась мягко и гладко, как у дорогой коробочки для драгоценностей.

Оба потрясенно замерли: шкатулка будто бы светилась изнутри, да так ярко, что даже не верилось. Кэтрин впервые видела такой большой кусок золота и не сразу поняла, что драгоценный металл просто отражает свет лампы.

— Вот это да... — прошептала она. Пролежав в каменной шкатулке больше века, навершие нисколько не поблекло.

«Золото не подвластно энтропийным законам разложения; это одна из причин, по которой наши предки считали его волшебным металлом».

Кэтрин присмотрелась; сердце быстрее застучало в груди.

— Тут гравировка!

Лэнгдон тоже наклонился, коснувшись Кэтрин плечом, и его голубые глаза вспыхнули. Он уже рассказал Кэтрин о древнегреческой традиции создания симболонов, зашифрованных табличек, разъятых на части, и про то, что отделенное от пирамиды навершие должно содержать ключ к расшифровке надписи. По-видимому, гравировка на нем и создаст порядок из хаоса.

Кэтрин поднесла шкатулку к свету.

Надпись была очень мелкой, но вполне четкой — небольшой текст на одной из граней золотой пирамидки. Кэтрин прочла шесть простых слов.

Потом прочла еще раз.

— Нет! — заявила она. — Не может быть!

Директор Сато быстро шагала по длинной дорожке вдоль Капитолия, направляясь к месту встречи на Первой улице. Последние известия от оперативников совершенно ее не устраивали: ни Лэнгдона, ни пирамиды, ни навершия. Беллами задержан, но правду говорить отказывается. Пока.

«Ничего, у меня заговорит».

Она обернулась. За ее спиной открывался вид на Капитолий: сияющий белый купол парил над недавно построенным экскурсионным центром. Великолепие подсвеченного купола лишь подчеркивало важность того, что сегодня было поставлено на карту.

«Опасные времена».

Зазвонил мобильный, и Сато с облегчением увидела на дисплее имя своей шифровальщицы.

— Нола, что у тебя?

Опять плохие новости. Нола Кей не смогла разобрать гравировку на навершии, и никакие фильтры для восстановления изображений не помогали.

«Проклятие!»

Сато прикусила губу.

— А что с сеткой из шестнадцати символов?

— Я работаю, — ответила Нола. — Пока ни одна из шифровальных схем не подходит. Я запустила программу, которая перемешивает полученные буквы и ищет приемлемые варианты... но там свыше двадцати триллионов комбинаций.

— Если что, звоните. — Сато повесила трубку и нахмурилась. Надежды расшифровать пирамиду с помощью фотографии и рентгеновского снимка быстро таяли.

«Срочно нужна сама пирамида с навершием... время на исходе».

Только Сато подошла к договоренному месту, как рядом, переехав двойную желтую линию, с визгом затормозил черный внедорожник «кадиллак-эскалейд» с тонированными стеклами. Из него выскочил оперативник.

— По Лэнгдону что-нибудь есть? — спросила Сато.

— Шансы на успех операции велики, — бесстрастно проговорил агент. — Только что прибыло подкрепление. Все выходы из библиотеки перекрыты. Ожидаем поддержку с воздуха. Выкурим Лэнгдона слезоточивым газом, бежать ему некуда.

— Где Беллами?

— Здесь, на заднем сиденье.

«Вот и славно».

Плечо до сих пор побаливало.

Агент вручил Сато пакет с мобильным телефоном, ключами и бумажником.

— Его вещи.

— Больше никаких новостей?

— Нет. Пирамида и сверток, по-видимому, еще у Лэнгдона.

— Понятно, — сказала Сато. — Беллами что-то скрывает. Я допрошу его лично.

— Да, мэм. Едем в Лэнгли?

Сато глубоко вдохнула и задержалась у двери. Строгие правила допроса гражданских позволяли допросить Беллами только в Лэнгли, при свидетелях, адвокатах, и так далее, и тому подобное...

— Нет, — ответила Сато, придумывая место поближе.

«И побезлюднее».

Агент молча стоял рядом с машиной и ждал распоряжений.

Сато прикурила сигарету, глубоко затянулась и посмотрела на пакет с личными вещами Беллами. На кольце с ключами был электронный брелок с четырьмя буквами: «БССШ». Разумеется, Сато знала, в какое правительственное здание давал доступ этот брелок. Оно было совсем рядом и в этот час пустовало.

Она улыбнулась и положила брелок в карман.

«Отлично!»

Сато назвала нужный адрес. Агент ничуть не удивился, его взгляд по-прежнему был холодным и непроницаемым. Он кивнул и открыл для Сато переднюю дверь.

«Обожаю профессионалов».

Лэнгдон стоял в подвале корпуса Адамса, недоуменно разглядывая элегантную надпись, выгравированную на золотом навершии.

«И это все?!»

Кэтрин держала шкатулку под лампой и качала головой.

— Должно быть что-то еще, — разочарованно проговорила она. — Брат не стал бы беречь это столько лет...

Лэнгдону пришлось признать, что навершие изрядно его озадачило. Питер и Беллами утверждали, будто оно помогало раскрыть тайну каменной пирамиды, и потому Лэнгдон надеялся, что надпись на навершии прольет больше света на загадочную гравировку. Он вновь прочел элементарную и совершенно бесполезную фразу:

The
secret hides
within The Order

«Тайна сокрыта в Порядке».

С первого взгляда казалось, что смысл фразы лежит на поверхности: тайну пирамиды можно разгадать, если выстроить буквы в нужном порядке. Мало того что такое прочтение было слишком очевидным — оно не годилось и по другой причине.

— Слово «Порядок» написано с заглавной буквы, — сказал Лэнгдон.

Кэтрин растерянно кивнула:

— Вижу.

«The secret hides within The Order».

На ум приходило единственное логичное объяснение: под словом «Order» подразумевался не порядок, а масонский орден.

«Тайна сокрыта внутри Ордена».

— Роберт, разве мой брат не говорил тебе, что навершие позволит увидеть порядок там, где остальные видят хаос?

Лэнгдон сокрушенно кивнул. Второй раз за день он почувствовал себя недостойным истины.

Глава 65

Разобравшись с неожиданной гостьей — охранницей из «Вашей безопасности», — Малах, не откладывая, закрасил окно, сквозь которое она увидела его священное укрытие.

Теперь, поднявшись в гостиную через потайной ход, он полюбовался чудесной картиной с тремя грациями и насладился привычными запахами и звуками своего дома.

«Скоро я покину его навсегда».

Малах знал, что после сегодняшних событий не сможет вернуться домой.

«В этом больше не будет необходимости», — с улыбкой подумал он.

Интересно, Роберт Лэнгдон уже знает об истинной силе пирамиды... и о том, какую роль ему предстоит сыграть?

«Он еще позвонит, — подумал Малах, второй раз проверив новые сообщения. На часах было 22:02. — Осталось меньше двух часов».

Малах поднялся в ванную, отделанную итальянским мрамором, и включил в душевой кабине пар, чтобы комната прогрелась. Затем он аккуратно снял одежду, с радостью предвкушая ритуал очищения.

Успокоив желудок двумя стаканами воды, Малах подошел к большому зеркалу и осмотрел свое обнаженное тело. Два дня говения подчеркнули его мускулатуру — волей-неволей залюбуешься.

«К рассвету меня будет не узнать».

Глава 66

— Надо выбираться, — решил Лэнгдон. — Нас вычислят с минуты на минуту. — Он надеялся, что Беллами удалось сбежать.

Кэтрин по-прежнему не сводила глаз с золотого навершия, не в силах поверить, что надпись оказалась совершенно бесполезной. Вытащив навершие из шкатулки, она внимательно осмотрела пирамидку со всех сторон и аккуратно убрала обратно.

«“Тайна сокрыта внутри Ордена”, — размышлял Лэнгдон. — Спасибо, подсказали...»

Он поймал себя на мысли, что, возможно, Питер сам заблуждался относительно содержимого шкатулки. Ведь пирамиду с навершием создали задолго до появления Питера на свет, и он просто следовал завету предков, храня тайну, о сути которой знал не больше Лэнгдона и Кэтрин.

«А чего я ожидал? — подумал Лэнгдон. Чем больше становилось известно о легенде масонской пирамиды, тем труднее было в нее поверить. — Отыскать потайную винтовую лестницу, прикрытую огромным валуном?»

Профессора не покидало чувство, что он гоняется за тенями. Но как еще вызволить Питера, если не расшифровывать пирамиду?

— Роберт, тебе дата 1514 что-нибудь говорит?

«Тысяча пятьсот четырнадцатый?»

Откуда вдруг такой вопрос? Лэнгдон пожал плечами:

— Нет. А что?

Кэтрин протянула ему шкатулку:

— Смотри. Тут дата. Поднеси ближе к свету.

Присев к столу, Лэнгдон внимательно осмотрел каменный куб под лампой. Кэтрин мягко опустила руку ему на плечо и, наклонившись, показала крошечную надпись, вырезанную на стенке шкатулки у одного из нижних углов.

— 1514 A.D.

Гравировка и в самом деле складывалась из цифр 1514, а также букв «A» и «D» в непривычном расположении.

1514 

— Это ведь дата! — У Кэтрин проснулась надежда. — Может, она и есть недостающее звено? Кубик, да еще датированный, очень напоминает масонский краеугольный камень: вдруг он служит указанием на другой краеугольный камень, подлинный? На здание, построенное в 1514 году нашей эры.

Лэнгдон уже не слушал.

«1514 A.D. — это не дата».

Символ  — и это подтвердит любой специалист по средневековому искусству — довольно известная монограмма, то есть знак, ставившийся вместо подписи. В прежние времена многие философы, художники и писатели помечали свои работы не именем, а неким необычным символом либо монограммой, с одной стороны — чтобы придать произведению ореол таинственности, а с другой — чтобы обезопасить себя, на случай если в шедевре усмотрят крамолу.

Вот и в данной надписи вовсе не «Anno Domini»[1] скрывали буквы «A» и «D»... Латынь ни при чем, это немецкий, и расшифровывалось сокращение совсем по-другому.

[1] Букв.: год Господень, год от Рождества Христова *(лат.)*.

Для Лэнгдона все моментально встало на свои места. Он понял, что знает точно, как разгадать шифр на пирамиде.

— Кэтрин, ты молодец! — объявил он, собирая портфель. — Ключ найден! Пойдем, объясню по дороге.

Кэтрин изумленно посмотрела на него.

— То есть 1514 год действительно тебе о чем-то говорит?

Лэнгдон подмигнул ей и направился к двери.

— Это не дата, Кэтрин. Это человек!

Глава 67

К западу от Эмбасси-роу, за стенами сада, где в окружении роз средневековых сортов притаилась беседка под названием «Тенистый павильон», снова повисла тишина. Оставив садовую дорожку в стороне, молодой человек вел сгорбленного наставника по широкой лужайке.

«Он разрешил себя отвести?»

Обычно, перемещаясь по территории святая святых, наставник от помощи отказывался, полагаясь лишь на собственную память. Однако сегодня он явно торопился попасть внутрь и ответить на звонок Уоррена Беллами.

— Спасибо, — поблагодарил слепец, шагнув через порог здания, где находился его личный кабинет. — Здесь я уже сам.

— Сэр, я с радостью останусь и помогу...

— На сегодня все, — выпустив руку помощника и с шарканьем удаляясь в темноту, попрощался старик. — Доброй ночи!

Молодой человек зашагал по необъятному газону обратно, к своему скромному жилищу, расположенному тут же, на территории, и успел порядком измучиться любопытством, пока дошел до квартиры. Старик явно разволновался, услышав вопрос мистера Беллами... Но ведь там же смысла никакого, сплошная нелепица.

«Ужели не будет помощи сыну вдовы?»

Самые смелые догадки приводили в тупик, воображения не хватало. В полном недоумении юноша сел за компьютер и напечатал загадочную фразу в строке поиска.

К его величайшему удивлению, в ответ посыпалась одна страница за другой, и везде в точности приводился тот самый вопрос. Молодой человек изумленно заскользил глазами по строчкам. Оказывается, Уоррен Беллами не первый в истории человечества, кто этот непонятный вопрос задает. Много столетий назад те же слова произнес... царь Соломон, оплакивая убитого друга. А в нынешние времена фразу эту используют масоны — как зашифрованный призыв о помощи. Получается, Уоррен Беллами в минуту отчаяния обратился к брату по ложе...

Глава 68

Альбрехт Дюрер?

Недоумевающая Кэтрин торопливо шагала вслед за Лэнгдоном по подвальному этажу библиотечного корпуса в здании Адамса. «A.D.» означает Альбрехта Дюрера? Знаменитый немецкий гравер и живописец шестнадцатого века был одним из любимых художников брата Кэтрин, поэтому с творчеством Дюрера она была более или менее знакома. Однако все равно не представляла, чем живописец может им сейчас помочь.

«Тем более что его уже четыре с лишним столетия в живых нет».

— Дюрер виртуозно использовал символы, — разъяснял тем временем Лэнгдон, следуя вдоль светящихся указателей с надписью «Выход». — Воплощение многогранного таланта эпохи Возрождения — художник, философ, алхимик, неустанно пытавшийся постичь Мистерии древности. Скрытый смысл его произведений до сих пор остается загадкой и до конца не расшифрован.

— Возможно, — согласилась Кэтрин. — Однако нам-то какой толк от надписи «1514 Альбрехт Дюрер»?

Они дошли до запертой двери, и тут Лэнгдону пригодился электронный ключ, полученный от Беллами.

— Число 1514, — взбегая по лестнице, продолжал Лэнгдон, — дает нам прямое указание на одну из дюреровских работ. — Они вышли в огромный коридор. Оглядевшись, Лэнгдон указал налево: — Туда. — И они скорым шагом двинулись дальше. — Альбрехт Дюрер в буквальном смысле зашифровал число 1514 в одном из самых загадочных своих произведений — «Меланхолия», — которое завершил как раз в 1514 году. Гравюра эта считается основополагающей для искусства североевропейского Возрождения.

Питер как-то показывал Кэтрин «Меланхолию» в одном из старых фолиантов по древнему мистицизму, но никакого скрытого в гравюре числа 1514 она не припоминала.

— Как ты, возможно, знаешь, — увлеченно рассказывал Лэнгдон, — «Меланхолия» отражает стремление человечества постичь Мистерии древности. При этом в гравюре содержится невероятно сложный символический подтекст — куда там Леонардо, у того все, можно сказать, лежит на поверхности по сравнению с Дюрером...

Кэтрин, резко остановившись, обернулась к Лэнгдону.

— Роберт, «Меланхолия» ведь здесь, в Вашингтоне. В Национальной галерее экспонируется.

— Да, — с улыбкой подтвердил Лэнгдон. — И что-то мне подсказывает, это не случайное совпадение. Галерея, правда, уже закрыта, но я знаком с хранителем...

— Нет уж, Роберт. Знаю я, во что превращаются твои прогулки по музеям. — Кэтрин свернула в ближайший закуток, где располагался стол с компьютером.

Лэнгдон с разочарованным видом последовал за ней.

— Все можно сделать гораздо проще, — настаивала Кэтрин, хотя профессору Лэнгдону как ценителю живописи определенно претило искать изображение в Интернете, находясь в двух шагах от оригинала. Кэтрин тем временем включила компьютер в сеть — но когда экран ожил и засветился, столкнулась с неожиданной трудностью.

— А где иконка браузера?

— Это внутренняя библиотечная сеть. — Лэнгдон ткнул пальцем в иконку на рабочем столе. — Попробуй вот так.

Кэтрин послушно нажала иконку с надписью «Цифровая коллекция». Открылся новый экран, и Лэнгдон снова показал, куда жать. «Собрание гравюр». Экран обновился еще раз. «Гравюры: поиск».

— Введи «Альбрехт Дюрер».

Впечатав имя художника, Кэтрин нажала «Поиск». Экран запестрел рядами уменьшенных однотипных изображений — замысловатых черно-белых гравюр. Судя по всему, Дюрер повторял похожие сюжеты десятки раз.

Кэтрин пробежалась взглядом по алфавитному указателю произведений.

«Адам и Ева»
«Большие страсти»
«Предательство Христа»
«Тайная вечеря»
«Четыре всадника» из цикла «Апокалипсис»

Глядя на названия, она припомнила, что Дюрер был адептом так называемого мистического христианства, являвшего собой сплав раннехристианских верований, алхимии, астрологии и науки.

Наука...

Перед глазами мелькнула объятая огнем лаборатория. Еще не до конца осознавая весь масштаб бедствия, Кэтрин с тревогой вспомнила о помощнице, Триш: «Хоть бы она успела выбраться».

Лэнгдон что-то вещал о дюреровской интерпретации «Тайной вечери», но Кэтрин уже не слушала, отыскав в списке ссылку «Меланхолии».

Одно движение мышкой, и на экране высветилась общая информация.

«Меланхолия», 1514
Альбрехт Дюрер
(гравюра на тисненой бумаге)
Из собрания Розенвальда
Национальная художественная галерея
Вашингтон, округ Колумбия

Кэтрин прокрутила страницу чуть ниже, и шедевр Дюрера предстал перед ней во всем своем цифровом великолепии.

Да, работа и впрямь не из простых... Кэтрин озадаченно разглядывала экран.

Лэнгдон понимающе усмехнулся:

— Как я и говорил, загадок тут хватает.

«Меланхолия» изображала крылатую фигуру, сидевшую в мрачной задумчивости перед каменным зданием в окружении на редкость причудливого набора непонятно как связанных между собой предметов и существ. Весы, изможденный пес, столярные инструменты, песочные часы, разнообразные геометрические тела, колокол, крылатый мальчик-путто, нож, приставная лестница.

Как смутно помнилось Кэтрин из объяснений брата, крылатая фигура символизировала «человеческий гений» — великого мыслителя, который, отчаявшись постичь истину, погружается в уныние и сидит, скорбно подперев голову рукой. Вокруг — разнообразные свидетельства его высокой учености: символы математики, философии, природы, геометрии, даже столярного мастерства, а он по-прежнему не в силах подняться по лестнице, ведущей к истинному просвещению. «Даже гению нелегко постичь Мистерии древности».

— Эта гравюра, — подытожил Лэнгдон, — символически отображает тщетность нашего стремления превратить человеческий разум в божественную силу. Или, говоря языком алхимии, обратить свинец в золото.

— Да уж, обнадеживает... — протянула Кэтрин. — А нам-то она чем поможет? — Пресловутого числа 1514 она пока нигде на гравюре не разглядела.

— Порядок из хаоса, — коротко улыбнулся Лэнгдон уголком губ. — Как твой брат и обещал. — С этими словами он вытащил из кармана масонский шифр, записанный в виде буквенной решетки. — Пока перед нами бессмыслица. — Он расправил бумагу на поверхности стола.

S	O	E	U
A	T	U	N
C	S	A	S
V	U	N	J

Кэтрин посмотрела на листок.

«Еще какая бессмыслица».

— А Дюрер нам ее преобразит.

— Это каким же образом?

— С помощью лингвистической алхимии. — Лэнгдон показал на экран. — Присмотрись. В этом шедевре скрывается кое-что, что позволит переосмыслить наши шестнадцать букв. — Он помолчал, дожидаясь. — Ну что, нашла? Ищи 1514.

Кэтрин не намеревалась изображать примерную ученицу.

— Роберт, я ничего подходящего не вижу. Шар, лестница, нож, многогранник, весы? Сдаюсь...

— Да вот же! На заднем плане. Вырезано на стене здания. Под самым колоколом. Дюрер изобразил там заполненный цифрами квадрат.

Теперь и Кэтрин заметила решетку с цифрами, среди которых угадывались 1514.

— Вот он, этот квадрат, и есть ключ к расшифровке пирамиды!

Кэтрин с удивлением обернулась к Лэнгдону.

— Это ведь не простой квадрат, мисс Соломон, — улыбаясь, продолжал тот, — а волшебный.

Глава 69

«Куда они меня тащат?»

Беллами с завязанными глазами сидел на заднем сиденье внедорожника. Притормозив ненадолго где-то рядом с Библиотекой конгресса, автомобиль двинулся дальше — но ехал буквально минуту и теперь снова затормозил, преодолев в лучшем случае квартал.

До Беллами донеслись приглушенные голоса.

— Простите... невозможно... — уверял кто-то, судя по тону, облеченный административными полномочиями. — Уже закрыто...

Водитель внедорожника разъяснил в ответ тоном не менее властным:

— Расследование ЦРУ... национальная безопасность...

Видимо, эти ответные реплики и демонстрация удостоверений оказались достаточно убедительными, потому что администратор заговорил совсем по-другому:

— Да, разумеется... служебный вход... — Послышался громкий скрежет открывающейся гаражной двери, а потом тот же «административный» голос: — Вас проводить? А то внутри вы не попадете...

— Попадем. У нас свой пропуск.

Удивленный охранник даже сказать ничего не успел. Внедорожник снова двинулся вперед. Пятьдесят ярдов — стоп. Позади загрохотала, закрываясь, тяжелая створка.

Тишина.

Беллами вдруг понял, что дрожит.

Дверца багажника рывком распахнулась. У Беллами заломило плечи — его выдернули из машины, ухватив под мышки, и поставили на ноги. Затем, не говоря ни слова, с силой потянули по асфальту. Почему-то пахло сырой землей. Судя по звуку шагов, рядом шел еще кто-то, однако голоса пока не подавал.

Они остановились перед дверью, пискнул электронный замок. Щелкнув, дверь отворилась. Беллами прогнали через несколько коридоров, и он невольно отметил, что воздух стал более теплым и влажным.

«Закрытый бассейн, что ли? Да нет...»

Хлоркой не пахло. Тянуло землей и чем-то первобытным.

«Да где же мы?!»

Беллами твердо знал, что его завезли не дальше чем на два квартала от здания Капитолия. Снова остановка, снова электронный писк замка на бронированной двери. Эта уже не распахнулась, а с шипением отъехала в сторону. Беллами втолкнули внутрь. Знакомый неповторимый запах шибанул в ноздри.

Теперь он наконец догадался, куда его привели.

«Боже!»

Он сам сюда часто наведывался, правда, не со служебного входа. Величественное стеклянное здание располагалось в каких-нибудь трехстах ярдах от Капитолия, составляя часть общего комплекса.

«Я здесь главный!»

Только тут Беллами осознал, что двери открывали его собственным электронным брелоком.

Архитектора грубо впихнули в дверь, и он почувствовал под ногами знакомую извилистую дорожку. Обычно от густого влажного тепла ему становилось спокойнее. Но сегодня его бросило в пот.

«Что мы здесь делаем?!»

Внезапно его усадили на скамью. Обладатель крепкой хватки расстегнул наручники — лишь на мгновение — и тут же защелкнул их снова за спинкой скамьи.

— Что вам от меня нужно? — чувствуя, как колотится сердце, возмущенно спросил Беллами.

В ответ раздался удаляющийся топот и шуршание закрывающейся стеклянной двери.

Воцарилась тишина.

Мертвая тишина.

«Они что, так меня тут и оставят? — Взмокнув от пота, Беллами извивался, пытаясь высвободить руки. — Я даже повязку снять не могу...»

— Помогите! — крикнул он. — Кто-нибудь!

Он звал на помощь, хотя прекрасно понимал, что никто его не услышит. Просторный стеклянный зал под названием «Джунгли» при закрытых дверях делался абсолютно герметичным.

«Меня бросили в Джунглях. Сюда никто не зайдет до самого утра».

И тут он услышал...

Едва уловимый звук поверг Беллами в ужас, какого он не испытывал за всю жизнь.

«Кто-то дышит. Совсем рядом».

На скамейке он сидел не один.

Чиркнула и загорелась спичка — так близко, что Беллами опалило щеку внезапным жаром. Он инстинктивно отпрянул, рванув цепь наручников.

Чья-то рука сдернула повязку с глаз Архитектора.

В черных глазах Иноуэ Сато плясал огонек спички, которую она поднесла к торчавшей в губах сигарете — в каких-нибудь дюймах от лица Беллами.

Сквозь стеклянный потолок проникал рассеянный лунный свет. Сато смерила Беллами грозным взглядом. Ей, судя по всему, доставляло удовольствие его запугивать.

— Итак, мистер Беллами, — резким движением затушив спичку, произнесла Сато, — с чего начнем?

Глава 70

Волшебный, или магический квадрат. Точно. Кэтрин присмотрелась к решетке с цифрами, изображенной на гравюре. Большинство решило бы, что Лэнгдон тронулся умом, но Кэтрин моментально сообразила: он прав.

Никакой мистики. «Волшебный квадрат» — термин чисто математический. Это квадратная таблица, заполненная последовательностью чисел таким образом, что сумма в каждой строке, столбце и по диагонали получается одинаковой. Первые такие квадраты были созданы четыре тысячи лет назад в Индии и Египте, и кое-где по сей день верят в их магическую силу. Кэтрин читала, что даже в наше время набожные индуисты чертят на алтаре для совершения пуджи особые квадраты три на три клетки, под названием Кубера-колам. Но все же в современном мире магический квадрат перешел скорее в разряд «математических развлечений» — людям нравится ломать голову, пытаясь отыскать новые «волшебные» комбинации.

«Судоку для гениев».

Кэтрин быстро подсчитала в уме, сложив числа в нескольких строках и столбцах квадрата Дюрера.

16	3	2	13
5	10	11	8
9	6	7	12
4	15	14	1

— Тридцать четыре, — огласила она результат. — В любом направлении.

— Правильно, — подтвердил Лэнгдон. — А ты знаешь, чем знаменит именно этот квадрат? Тем, что Дюреру удалось осуществить, казалось бы, невозможное. — И он наглядно продемонстрировал Кэтрин, что сумма тридцать четыре получается не только при сложении чисел по вертикали, горизонтали и диагонали, но также во всех четырех четвертях, в центральном четырехугольнике и даже при суммировании четырех угловых клеток. — А самое удивительное, что Дюрер к тому же умудрился вписать в нижний ряд 15 и 14, обозначив год совершения этого невероятного подвига!

Кэтрин заскользила взглядом по клеткам, поражаясь количеству комбинаций, дающих одинаковую сумму.

В голосе Лэнгдона слышалось растущее восхищение.

— Что примечательно, «Меланхолия» — это первый случай появления магического квадрата в произведении европейского искусства. За всю историю. По мнению некоторых исследователей, Дюрер хотел тем самым намекнуть, что Мистерии древности, известные прежде лишь египетским мудрецам, теперь находятся в руках европейских секретных обществ. — Лэнгдон помолчал. — А значит, вернемся к нашим...

И он указал жестом на столбцы букв, переписанные с каменной пирамидки.

S	O	E	U
A	T	U	N
C	S	A	S
V	U	N	J

— Ну что, знакомая картина? — уточнил Лэнгдон.

— Квадрат четыре на четыре.

Взяв карандаш, Лэнгдон аккуратно перенес волшебный квадрат Дюрера на тот же бумажный лист, четко напротив буквенной таблицы. Кэтрин уже поняла, как просто решается загадка. Однако Лэнгдон почему-то замер с карандашом в руке, будто растеряв внезапно весь пыл и засомневавшись.

— Роберт?

Он обернулся, и в глазах его мелькнула тревога.

— Может, не надо? Питер ведь ясно дал понять...

— Роберт, если ты не хочешь, то я сама расшифрую. — Она протянула руку за карандашом.

Лэнгдон понял, что упорствовать бесполезно, и послушно сосредоточился на пирамиде. Сопоставив магический квадрат с буквенной таблицей, он аккуратно пронумеровал каждую букву. А потом начертил новую таблицу, расположив буквы из масонского шифра в порядке, продиктованном квадратом Дюрера.

Оба во все глаза уставились на получившуюся запись.

J	E	O	V
A	S	A	N
C	T	U	S
U	N	U	S

Кэтрин досадливо поморщилась.

— Как была абракадабра, так и...

Лэнгдон выдержал паузу.

— Нет, Кэтрин, это не абракадабра. — В его взгляде блеснуло торжество догадки. — Это же латынь!

Слепой старик изо всех сил спешил, шаркая по длинному темному коридору, к себе в кабинет. Наконец добравшись до своего стола, он повалился в кресло и вытянул ноги, давая отдых суставам. На столе пищал автоответчик. Старик надавил кнопку воспроизведения.

— Это Уоррен Беллами, — раздался торопливый шепот друга и собрата по масонской ложе. — К сожалению, новости тревожные...

Кэтрин Соломон еще раз присмотрелась к получившейся таблице, пробуя осмыслить строчки заново.

И перед ее глазами вдруг действительно возникло латинское слово. Jeova.

J	E	O	V
A	S	A	N
C	T	U	S
U	N	U	S

Она не учила латынь, однако слово было ей знакомо по древнееврейским текстам. Jeova. Иегова. Кэтрин продолжила изучать таблицу как текст и, к своему удивлению, поняла, что может прочитать текст с пирамиды целиком.

JEOVA SANCTUS UNUS

Значение она поняла сразу. В переводах древнееврейского Писания эта фраза встречалась на каждом шагу. В Торе еврейский бог фигурировал под разными именами — Иегова, Иешуа, Яхве, Сущий, Элохим, — но латинские переводы во избежание путаницы свели все многообразие к единственной фразе: Jeova Sanctus Unus.

— Единый истинный Бог? — прошептала Кэтрин. Непохоже, что с помощью данной фразы можно будет найти брата. — Это и есть тайна пирамиды? Единый истинный Бог? Я думала, там будет карта...

Лэнгдон выглядел не менее озадаченным, азартный огонек в глазах погас.

— Расшифровка у нас верная, но почему-то...

— Похититель требовал назвать ему место! — Кэтрин заправила за ухо выбившуюся прядь волос. — И такой результат его явно не обрадует.

— Кэтрин... — Лэнгдон тяжело вздохнул. — Этого я и боялся. Мы весь вечер пытаемся пересадить мифы и аллегории на почву реальности. Возможно, эта надпись указывает местоположение метафорически, подразумевая, что истинный потенциал человека можно раскрыть лишь обретя единого истинного Бога.

— Но это же ерунда! — Кэтрин скрипнула зубами от досады. — Несколько поколений моей семьи берегли эту пирамиду как зеницу ока! Единый истинный Бог? И это все?! Вся тайна? Угроза национальной безопасности по мнению ЦРУ? Либо они врут, либо мы что-то упустили!

Лэнгдон, не споря, пожал плечами.

И тут у него зазвонил телефон.

В тесно заставленном кабинете среди древних томов сгорбился над столом старик, сжимая в скрюченных артритом пальцах телефонную трубку.

После гудков послышалось осторожное «Алло?», произнесенное глубоким, но неуверенным голосом.

— Мне передали, что вам нужно убежище... — прошептал старик.

На том конце провода послышалось изумление:

— А вы кто? Вас Уоррен Белл...

— Никаких имен! — оборвал старик. — Скажите, удалось сберечь вверенную вам карту?

Изумленное молчание.

— Да... но, похоже, зря старались. Ничего существенного мы там не нашли. Если это карта, то она скорее метафорическая...

— Нет-нет, это действительно карта, уверяю вас. И указывает на реально существующее место. Так что храните ее. Подчеркиваю, это крайне важно. За вами гонятся, однако, если сможете прибыть ко мне незамеченными, я вас укрою — и помогу найти ответы.

Собеседник молчал, видимо, в замешательстве.

— Друг мой, — осторожно подбирая слова, начал старик. — Я нахожусь в Риме, к северу от Тибра, и в приюте моем десять камней с горы Синай, еще один — прямо с небес и один — в образе темного отца Люка. Отыщешь мой приют?

После продолжительной паузы из трубки раздалось:

— Да, я знаю, где это.

Старик улыбнулся.

«Отлично, профессор, не подвел!»

— Жду вас как можно скорее. Только убедитесь, что нет слежки.

Глава 71

Малах стоял нагишом в облаке густого пара, заволакивающего душевую кабину. Смыв остатки спиртового раствора, он вернул телу чистоту и непорочность. Эвкалиптовая взвесь впитывалась в кожу, и поры раскрылись от жара. Самое время приступать к ритуалу.

Прежде всего Малах нанес на голову и все тело депиляционный крем поверх татуировок, убирая остатки растительности.

«Безволосыми были боги семи островов Гелиад».

Размягченную, податливую кожу он умастил маслом Абрамелина — священным маслом великих волхвов, — затем повернул переключатель душа влево до предела, и вода сделалась ледяной. Целую минуту Малах простоял под обжигающими струями, дожидаясь, пока поры закроются, сохранив в глубине тела жар и энергию. К тому же ледяной холод служил напоминанием о замерзшей реке, где началось его преображение.

Он дрожал, выходя из душа, однако уже через мгновение внутренний жар просочился сквозь плоть и согрел его. Внутри у Малаха полыхал огонь, словно в топке. Остановившись перед зеркалом, он залюбовался своим обнаженным телом... последний раз он видит себя простым смертным.

Ступни — орлиные когти. Ноги — Боаз и Яхин, два столпа древней мудрости. Бедра и живот — арка волшебной силы. Внушительных размеров половой орган, висящий в арке, пестрел вытатуированными символами предназначения Малаха. В прошлой, другой жизни этот массивный кусок плоти служил для греховных утех. Но с этим покончено.

«Я очистился».

По примеру древних мистиков-евнухов, именовавших себя «катарами», — «очищенными», — Малах оскопил себя, пожертвовав своей плотской потенцией, чтобы обрести другую, более значимую.

«Боги бесполы».

Избавившись от половой принадлежности, этой досадной человеческой помехи, а заодно и от бремени плотского влечения, Малах стал подобен Урану, Аттису, Сперату и прочим великим магам-кастратам артуровских легенд.

«Любой духовной метаморфозе предшествует физическая».

Об этом свидетельствует опыт всех великих богов... от Осириса до Таммуза, Иисуса, Шивы и самого Будды.

«Я должен сбросить человеческий покров».

Взгляд Малаха резко устремился вверх, по двуглавому фениксу на груди, по коллажу оккультных знаков на лице, еще выше, к самой макушке. Малах наклонил голову к зеркалу, силясь рассмотреть голый, незаполненный татуировками круг, дожидающийся своего часа. Священная область. Так называемый родничок, участок на черепе, остающийся у новорожденного открытым. «Окно в мозг». И пусть через несколько месяцев после рождения этот телесный портал закрывается, он все равно остается символическим напоминанием об утраченной связи между внешним и внутренним миром.

Стоя перед зеркалом, Малах разглядывал священный пятачок нетронутой кожи в окружении свившегося кольцом уробороса — мистического змея, заглатывающего собственный хвост. Обнаженная плоть, казалось, тоже смотрела на него в ответ... светясь обещанием.

Вскоре Роберт Лэнгдон отыщет нужное Малаху сокровище. Тогда пустота на темени заполнится, и Малах будет готов к окончательному преображению.

Пройдя к противоположной стене спальни, он вытащил из нижнего ящика длинную полосу белого шелка. Привычным движением обернув ее вокруг бедер и между ног, он спустился на нижний этаж.

В кабинете обнаружилось, что на компьютер пришло сообщение по электронной почте.

От связного.

Искомое в пределах досягаемости.
В течение часа выйду на связь. Терпение.

Малах улыбнулся. Пора приступать к последним приготовлениям.

Глава 72

Хмурый оперативник ЦРУ спустился с галереи читального зала.

«Беллами соврал».

Тепловых следов около статуи Моисея не обнаружено — как, впрочем, и по всему верхнему ярусу.

«Куда же девался Лэнгдон?»

Оперативник вернулся туда, где были зафиксированы единственные в этом помещении тепловые отпечатки, — в распределительный центр книгохранилища. Снова сбежал по лестнице под восьмиугольную панель в абонементном столе. Внизу раздавался резкий рокот конвейеров. Продвигаясь вперед, агент опустил тепловые очки и обвел взглядом помещение. Ничего. Только между стеллажами еще пылал тепловой образ искореженной взрывом двери. И все...

«А это еще что?!»

Он подскочил от неожиданности. В поле зрения оперативника неожиданно возникло загадочное светящееся пятно. На ленте транспортера из стены выехали сияющие тусклым светом призрачные очертания двух человеческих фигур.

«Тепловая сигнатура!»

На глазах у ошеломленного оперативника призраки проплыли на ленте через все помещение и утянулись в узкую дыру на противоположной стене.

«Сбежали на ленте? Чушь! Не может быть!»

Мало того что Роберт Лэнгдон ушел сквозь стену, теперь оперативнику пришлось ломать голову над новой загадкой.

«Лэнгдон был тут не один?»

Он хотел включить рацию и вызвать командира группы, но тот его опередил:

— Всем постам! На площадке у библиотеки оставлен «вольво». Владельцем значится некто Кэтрин Соломон. Есть свидетель, который видел, как она совсем недавно входила в библиотеку. Подозреваем, что сейчас она с Лэнгдоном. Директор Сато приказывает немедленно найти обоих.

— У меня тут их тепловые отпечатки! — крикнул в ответ оперативник из распределительного центра и кратко описал положение дел.

— Вот дают! — воскликнул командир. — И куда движется лента транспортера?

Оперативник, не выпуская рации, сверился с висящей на стенде схемой для сотрудников.

— В корпус Адамса. В квартале отсюда.

— Всем постам! Немедленно перейти в корпус Адамса!

Глава 73

Убежище. Ответы.

Слова эхом звенели в ушах Лэнгдона, выскакивающего вместе с Кэтрин через боковой выход здания Адамса в холодную зимнюю ночь. Таинственный телефонный собеседник зашифровал свое местонахождение, однако Лэнгдон все равно понял. Кэтрин, узнав, куда они направляются, отреагировала на удивление оптимистично: «Где же, как не там, искать единого истинного Бога?»

Оставалось только придумать, как туда добраться.

Лэнгдон посмотрел вокруг, пытаясь найти какие-то ориентиры. Уже стемнело, однако, к счастью, распогодилось. Они стояли в небольшом внутреннем дворике. Вдали — как-то слишком далеко — виднелся купол Капитолия, и Лэнгдон осознал, что за прошедшие несколько часов впервые покинул его пределы.

«Прочел, называется, лекцию».

— Роберт, смотри! — Кэтрин показала на очертания корпуса Джефферсона.

Сперва Лэнгдона охватило удивление, что они, оказывается, так далеко уехали на книжном транспортере. Однако, присмотревшись, он встревожился. Вокруг здания шла какая-то бурная деятельность — подъезжали автомобили, грузовики, перекрикивались люди.

«А это еще что? Прожектор?»

Лэнгдон схватил Кэтрин за руку.

— Побежали.

Они промчались через внутренний дворик на север и скрылись из виду за изящным зданием в форме подковы — Шекспировской библиотекой Фолджера.

«Идеальное укрытие, — подумал Лэнгдон. — Ведь именно тут хранится рукописный оригинал «Новой Атлантиды» Фрэнсиса Бэкона на латыни — утопия, по образцу которой американские отцы-основатели собирались строить новый мир на фундаменте древнего знания». Однако Лэнгдон задерживаться не намеревался.

«Нужно поймать такси».

Они выбежали на угол Третьей и Ист-Кэпитол-стрит. Машин почти не было, и Лэнгдон начал терять надежду, что в скудном потоке попадется такси. Тогда они с Кэтрин поспешили по Третьей улице на север, подальше от Библиотеки конгресса. Пришлось преодолеть почти целый квартал, прежде чем Лэнгдон заметил наконец заворачивающее за угол такси. Он замахал рукой, и автомобиль подъехал к тротуару.

Из магнитолы лилась ближневосточная музыка. Водитель, молодой араб, с приветливой улыбкой спросил у запрыгнувших в салон Кэтрин и Лэнгдона:

— Куда едем?

— Нам надо в...

— На север! — перебила Кэтрин, указывая вперед, в направлении, противоположном корпусу Джефферсона. — Доедете до «Юнион-Стейшн», а там свернете налево по Массачусетс-авеню. Где остановиться, мы скажем.

Пожав плечами, водитель опустил плексигласовую перегородку и снова включил музыку.

Кэтрин метнула на Лэнгдона предостерегающий взгляд, говоривший: «Не наведи на след!»

И указала в окно, где, приближаясь, шел на снижение черный вертолет.

«Черт!»

Сато, судя по всему, твердо вознамерилась вернуть пирамидку Соломона.

Посмотрев, как вертолет опускается на землю между корпусами Джефферсона и Адамса, обеспокоенная Кэтрин повернулась к Лэнгдону:

— Можно твой сотовый на секунду?

Лэнгдон отдал ей телефон.

— Питер говорил, у тебя эйдетическая память и ты помнишь все телефонные номера, что хоть раз набирал, — заметила она, опуская стекло. — Правда?

— Правда, но...

Кэтрин швырнула сотовый в ночную тьму. Лэнгдон, вывернув шею, смотрел, как телефон, кувыркнувшись на тротуаре, разлетается на куски.

— Ты что? Зачем?

— Заметаю следы, — мрачно пояснила Кэтрин. — Пирамидка — единственное, что может спасти брата, и я не позволю ЦРУ ее у нас отобрать.

Омар Амирана за рулем кивал головой в такт музыке и мурлыкал мелодию себе под нос.

С пассажирами сегодня было плохо — какое счастье, что наконец хоть кто-то сел. Около Стэнтон-парка рация затрещала знакомым голосом диспетчера.

— Диспетчерская служба. Всем машинам, находящимся в районе Эспланады. Получена ориентировка от госслужб на двух объявленных в розыск, сбежавших из здания Адамса...

Омар с изумлением выслушал точное описание своих пассажиров и с опаской взглянул в зеркало заднего вида. Да, действительно, мужчина похож.

«Показывали в передаче "Самые опасные преступники Америки"»?

Водитель осторожно потянулся к рации.

— Диспетчер? — вполголоса произнес он в передатчик. — Это сто тридцать четвертый. Те двое, про которых вы говорили, они у меня в машине... вот прямо сейчас.

Омара моментально проинструктировали, что делать дальше. Дрожащими пальцами он набрал продиктованный диспетчером номер, и из трубки раздался отрывистый, по-военному четкий голос:

— Агент Тернер Симкинс, оперативная группа ЦРУ. С кем я говорю?

— Э-э... я таксист... — неуверенно протянул Омар. — Мне велели позвонить насчет двух...

— Беглецы у вас в машине? Отвечайте только «да» или «нет».

— Да.

— Они вас слышат? Да или нет?

— Нет. Перегородка...

— Куда вы их везете?

— На северо-запад по Массачусетс-авеню.

— Конкретный адрес назначения?

— Они не сказали.

Агент помолчал.

— У мужчины с собой кожаный портфель?

Омар бросил взгляд в зеркало, и глаза его расширились от изумления.

— Да! Там что, взрывчатка или...

— Слушайте внимательно, — перебил Симкинс. — Вам ничего не грозит, если вы в точности выполните мои инструкции. Понятно?

— Да, сэр.

— Как вас зовут?

— Омар. — Водителя прошиб пот.

— Слушайте, Омар, — терпеливо произнес оперативник. — Вы молодец. Теперь поезжайте как можно медленнее, чтобы я успел вывести группу захвата вам навстречу. Понимаете?

— Да, сэр.

— И еще. У вас в машине есть интерком — чтобы можно было переговариваться с пассажирами, не опуская перегородки?

— Да, сэр.

— Хорошо. Тогда сделайте вот что...

Глава 74

Джунгли, как известно, представляют собой центральную экспозицию Ботанического сада США (БССШ), главной оранжереи Америки, примыкающей к зданию Капитолия. В теплице с высоченным потолком растет самый настоящий тропический лес с тянущимися ввысь каучуковыми деревьями, фикусами-душителями и подвесными мостиками для самых храбрых посетителей. Обычно земляной запах и солнечные лучи, пробивающиеся сквозь водяную дымку, создаваемую подвешенными под стеклянным потолком рассеивателями, придавали Уоррену Беллами сил и бодрости. Однако сейчас залитые лунным светом Джунгли наводили на него ужас. Архитектор обливался пóтом и крутил затекающими запястьями: наручники по-прежнему больно стягивали кисти за спиной.

Директор Сато вышагивала туда-сюда перед скамейкой, невозмутимо дымя сигаретой — что для тщательно регулируемого климатического режима Джунглей было хуже экологического терроризма. Лунный свет лился сквозь стеклянную крышу, и лицо директора в облаке дыма казалось демоническим.

— Итак, — продолжала Сато, — прибыв в Капитолий и обнаружив, что я уже там... вы приняли решение. Вместо того чтобы доложить мне о своем приезде, вы незаметно спустились в подвальный уровень, где с риском для себя набросились на нас с Андерсоном, помогая Лэнгдону скрыться с пирамидой и навершием. — Она потерла плечо. — Интересный вы сделали выбор.

«И не откажусь от него», — подумал Беллами.

— Где Питер? — рассерженно поинтересовался он.

— Откуда же мне знать?

— Все остальное вам почему-то известно! — парировал Беллами, намекая, что происходящее — дело рук Сато. — Вполне осознанно прибыли в Капитолий, отыскали Лэнгдона, даже его портфель догадались просветить — и все ради навершия. Кто-то явно слил вам информацию.

Сато холодно усмехнулась и шагнула ближе.

— Так вот почему вы меня ударили, мистер Беллами? Решили, что я вам враг? Что хочу стащить вашу драгоценную пирамидку? — Глубоко затянувшись сигаретой, Сато выпустила дым из ноздрей. — Слушайте внимательно. Я, как никто, осознаю необходимость хранить тайны. Я разделяю вашу точку зрения: определенные вещи широкой огласке предавать ни в коем случае нельзя. Однако сейчас в игру вступили такие силы, о которых вы, боюсь, даже не подозреваете. Похититель Питера Соломона обладает огромным влиянием... вам еще предстоит осознать, насколько огромным. Он — живая бомба замедленного действия... и если эта бомба взорвется, наш мир изменится до неузнаваемости.

— Не понимаю... — Беллами поерзал на скамье, пытаясь размять запястья, сдавленные тисками наручников.

— Вам и не нужно понимать. Достаточно слушаться. Сейчас моя единственная надежда избежать глобальной катастрофы — это договориться с похитителем... и выполнить его требования. А значит, вам придется позвонить мистеру Лэнгдону и сказать, чтобы он сдался. Вместе с пирамидой и навершием. Под моим присмотром Лэнгдон расшифрует надпись на пирамиде, добудет нужную похитителю информацию, и тот получит искомое.

«То есть узнает, где находится винтовая лестница, ведущая к Мистериям древности?»

— Я не могу этого сделать. Я связан обетами молчания.

— Плевать мне на ваши обеты! — взорвалась Сато. — Вот брошу вас за решетку, и посмотрим, как...

— Не боюсь я ваших угроз, — с вызовом заявил Беллами, — и помогать вам не стану.

Сато вздохнула и перешла на зловещий шепот:

— Мистер Беллами, вы понятия не имеете, что на самом деле происходит...

На несколько секунд повисла напряженная тишина, которую прервал звонок телефона у Сато. Она поспешно выудила сотовый из кармана.

— Говорите! — рявкнула она в трубку, затем внимательно выслушала ответ. — А где сейчас это такси? Сколько? Ясно, хорошо. Доставьте их в Ботсад США. Служебный вход. Да, пирамиду с навершием не проворонъте! — Нажав отбой, Сато с самодовольной улыбкой повернулась к Беллами: — Что ж... вы стремительно теряете для нас интерес.

Глава 75

Роберт Лэнгдон уставился в пространство отсутствующим взглядом, уже не находя в себе сил поторопить водителя медленно ползущего автомобиля. Кэтрин тоже погрузилась в расстроенное молчание, обескураженная безуспешными попытками понять, что такого особенного хранит в себе пирамидка. Они с Лэнгдоном заново проговорили все, что им было известно о пирамиде, о навершии и о странных событиях сегодняшнего вечера, — однако оставалось совершенно непонятным, каким образом эта пирамида может превратиться в карту.

«Jeova Sanctus Unus... Тайна сокрыта внутри Ордена...»

Таинственный телефонный собеседник обещал дать ответы, если им удастся отыскать его местоположение.

«Приют в Риме, к северу от Тибра».

Лэнгдон знал, что Новый Рим еще на заре своего существования был переименован в Вашингтон, однако следы романтических чаяний отцов-основателей в городе сохранились: речка под названием Тибр по-прежнему впадает в Потомак; над залом для заседаний сенаторов все так же возвышается купол, скопированный с собора Святого Петра, а погашенный много лет назад очаг в Ротонде до сих пор охраняют Вулкан и Минерва.

До ответов на вопросы, мучившие Кэтрин и Лэнгдона, оставались считанные мили.

«На северо-запад по Массачусетс-авеню».

Там их действительно ожидал приют, убежище к северу от вашингтонского Тибра. Если бы еще не эта черепашья скорость...

Вдруг Кэтрин подскочила на сиденье, будто осененная неожиданной догадкой.

— Боже, Роберт! — побледнев, воскликнула она и после секундного молчания произнесла с нажимом: — Мы едем не туда!

— Разве? Нет, все правильно, — возразил Лэнгдон. — На северо-запад по Массачу...

— Да нет же! Я про само место!

Лэнгдон опешил. Он уже объяснял Кэтрин, как догадался, какое здание имел в виду таинственный телефонный собеседник.

«В приюте моем десять камней с горы Синай, один прямо с небес и один в образе темного отца Люка».

Только одно сооружение на свете подходило под описание — именно туда сейчас направлялось такси.

— Кэтрин, я все разгадал правильно.

— Нет! — не уступала она. — Нам не туда надо! Я разобралась, в чем дело с пирамидой и навершием. Мне теперь все ясно!

— Все ясно? — изумился Лэнгдон.

— Да! И нам теперь надо на Фридом-Плазу.

Лэнгдон совсем растерялся. Фридом-Плаза, конечно, рядом, но что толку туда ехать?

— Jeova Sanctus Unus! — продолжала Кэтрин. — Единый бог иудеев. Священный символ евреев — звезда Давида, Соломонова печать, является одновременно священным символом масонов! — Она выудила из кармана долларовую купюру. — Дай мне ручку.

Недоумевающий Лэнгдон послушно протянул ей перо.

— Смотри! — Кэтрин разгладила купюру на коленке и концом ручки ткнула в изображение Большой печати на обратной стороне. — Если совместить Соломонову печать и Большую печать США... — Она начертила поверх пирамиды шестиконечную звезду. — Видишь, что получается?

Лэнгдон посмотрел на купюру, затем перевел на Кэтрин тревожный взгляд, будто опасаясь, не сошла ли она с ума.

— Роберт, да присмотрись же! Неужели не видишь, куда я показываю?

Он снова взглянул на изображение.

«К чему это она?»

Рисунок был хорошо знаком Лэнгдону: излюбленное среди сторонников теории заговоров «доказательство» масонского влияния на зарождающуюся американскую нацию. Если точно наложить шестиконечную звезду на Большую печать США, верхний луч звезды идеально совпадет с масонским всевидящим оком... а остальные пять лучей по загадочному стечению обстоятельств укажут на буквы, образующие слово «масон».

— Кэтрин, это просто совпадение! И при чем тут Фридом-Плаза?

— Да ты взгляни еще раз! — Она уже почти злилась. — Сюда... Не видишь, что ли? Вот! Заметил, нет?

И тогда Лэнгдон наконец заметил.

Командир опергруппы ЦРУ Тернер Симкинс стоял у здания Адамса и, плотно прижав трубку к уху, вслушивался в разговор пассажиров на заднем сиденье такси.

«Что-то случилось».

Отряд уже готовился погрузиться на борт модифицированного вертолета «Сикорский UH-60», чтобы вылететь на северо-запад и перекрыть дорогу, но обстановка, по-видимому, резко изменилась.

Несколько секунд назад Кэтрин Соломон вдруг заявила, что они едут не туда. Из ее объяснений — что-то насчет долларовой купюры и еврейских звезд — командир ничего не понял (впрочем, как и Роберт Лэнгдон). По крайней мере сперва. Теперь, судя по всему, Лэнгдон ухватил суть.

— Точно! — раздался его взволнованный голос. — Как же я раньше не видел?

Симкинс услышал, как пассажиры забарабанили по плексигласовой перегородке, и она опустилась.

— Мы передумали! — крикнула Кэтрин водителю. — Отвезите нас на Фридом-Плазу.

— На Фридом-Плазу? — испуганно переспросил тот. — А как же северо-запад по Массачусетс-авеню?

— Не надо! — отрезала Кэтрин. — На Фридом-Плазу! Вот здесь налево! Вот тут! Поворачивайте!

До Симкинса донеслось, как, взвизгнув тормозами, такси завернуло за угол.

Кэтрин, взволнованно тараторя, что-то втолковывала Лэнгдону насчет знаменитого бронзового барельефа с изображением Большой печати, вмонтированного в гранитный тротуар.

— Мэм, я хотел уточнить, — вклинился напряженный голос водителя. — На Фридом-Плазу, да? Угол Пенсильвания-авеню и Тринадцатой?

— Да! — подтвердила Кэтрин. — И поскорее!

— Тут совсем близко. Две минуты.

Симкинс улыбнулся.

«Молодец, Омар».

Кинувшись к вертолету, Тернер Симкинс крикнул на бегу своим бойцам:

— Они попались! Фридом-Плаза! Вперед!

Глава 76

Фридом-Плаза — это карта. Широкая площадь на углу Пенсильвания-авеню и Тринадцатой улицы вымощена так, что можно увидеть изначальную планировку вашингтонских улиц по замыслу Пьера Ланфана. У туристов она пользуется популярностью — не только потому, что забавно походить по гигантской карте, но и потому, что в соседнем отеле «Уиллард» написал большую часть своей речи «У меня есть мечта» Мартин Лютер Кинг, в честь которого Фридом-Плаза — площадь Свободы — и получила свое имя.

Таксисту Омару Амиране постоянно случалось привозить туристов на Фридом-Плазу, но сегодняшние двое явно ехали не любоваться достопримечательностями.

«Их преследует ЦРУ?»

Из такси они выпрыгнули чуть ли не на ходу, едва дождавшись, пока Омар притормозит у тротуара.

— Никуда не уезжайте! — крикнул ему пассажир в твидовом пиджаке. — Мы сейчас!

Они забегали по огромной карте на мостовой, что-то крича друг другу и обшаривая взглядом сеть пересекающихся улиц на каменном плане.

Омар схватил с приборной доски сотовый.

— Сэр, вы меня слышите?

— Да, Омар! — прокричали в ответ, перекрывая громкий рокот на том конце. — Где они?

— Бегают по карте. Кажется, что-то ищут.

— Не спускайте с них глаз. Я на подходе! — велел оперативник.

Омар следил в оба. Двое беглецов отыскали знаменитую Большую печать — громадный бронзовый барельеф, — замерли над ним на секунду и неожиданно устремили взгляды куда-то на юго-запад. Пассажир в твидовом пиджаке вдруг бросился к такси, и Омар поспешно вернул сотовый на приборную доску.

— Александрия, которая в Виргинии, — это в каком направлении? — запыхавшимся голосом спросил пассажир.

— Александрия? — Омар указал на юго-запад, туда же, куда только что показывали оба беглеца.

— Значит, правильно! — облегченно шепнул пассажир и крикнул своей спутнице: — Ты права! Александрия!

Женщина указывала на другую сторону площади, где светился знак метро.

— Нам нужна станция «Кинг-стрит»! Отсюда и доедем, по синей ветке, без пересадок.

Омара охватила паника.

«Только не это».

Пассажир протянул водителю пачку банкнот — многовато для платы за проезд.

— Спасибо, больше никуда не надо.

И, подхватив свой кожаный портфель, он сорвался с места.

— Подождите! Давайте я вас довезу! Я все время туда езжу.

Опоздал. Пассажиры пронеслись через площадь, сбежали по ступенькам и скрылись в недрах станции «Метро-Центр».

Омар схватил сотовый.

— Сэр! Они в метро. Я не смог их задержать! Хотят доехать по синей ветке до Александрии.

— Никуда не уезжайте! — рявкнула трубка. — Через пятнадцать секунд буду!

Омар перевел взгляд на пачку банкнот, которую ему сунул пассажир. Верхняя оказалась изрисованная — на Большой печати красовалась звезда Давида, лучи которой недвусмысленно указывали на буквы, составляющие слово «МАСОН».

Вдруг воздух вокруг Омара оглушительно задрожал, будто к автомобилю приближалась огромная дальнобойная фура. Таксист огляделся, однако улица оставалась пустынной. Шум усиливался. Неожиданно из темноты вынырнул гладкий черный вертолет и жестко сел прямо посреди нарисованной карты.

Из «вертушки» выскочили затянутые в черное бойцы и ринулись ко входу в метро. Один задержался и подбежал к такси, где сидел Омар. Рванув пассажирскую дверь, он крикнул:

— Вы Омар?

Водитель кивнул, не в силах произнести ни слова.

— Они сказали, куда направляются?

— В Александрию! Станция «Кинг-стрит», — выпалил Омар. — Я предложил довезти, но...

— А куда именно в Александрии, они не сообщили?

— Нет! Побегали по площади, посмотрели на медальон с Большой печатью, спросили про Александрию, а потом заплатили — вот этим... — Он протянул агенту купюру со странным рисунком. Цэрэушник стал разглядывать банкноту, и тут Омара осенило: «Масоны! Александрия! Одна из самых знаменитых масонских построек Америки находится как раз в Александрии». — Точно! — вырвалось у него. — Масонский мемориал Джорджа Вашингтона! Прямо напротив «Кинг-стрит», рукой подать!

— Значит, оно, — согласился командир, видимо, придя к тому же заключению.

Тут к машине вернулись бойцы группы захвата.

— Мы их упустили! Поезд по синей ветке только что ушел! На станции беглецов нет! — крикнул один из бойцов.

Агент Симкинс глянул на часы.

— Сколько идет поезд до Александрии? — спросил он у Омара.

— Минут десять минимум. Может, дольше.

— Омар, отлично сработано. Спасибо!

— Да уж... А что все-таки случилось?

Но Симкинс уже несся к вертолету, крича на бегу:

— На станцию «Кинг-стрит»! Мы их опередим!

Омар ошеломленно смотрел, как огромная черная птица взмывает в воздух. Заложив крутой вираж к югу через Пенсильвания-авеню, вертолет с грохотом растворился в ночи.

Глубоко под землей набирал скорость поезд метро, уносивший прочь от Фридом-Плазы обессиленных беглецов — Роберта Лэнгдона и Кэтрин Соломон.

Глава 77

Воспоминания всегда начинались одинаково.

Он падает... летит спиной в замерзшую речку на дне глубокой лощины. Питер Соломон безжалостно смотрит, целясь из принадлежавшего Андросу пистолета. Он падает, и мир над ним сжимается, исчезает в облаке мелких брызг от шумящего выше по течению водопада.

На мгновение все вокруг белеет, как на небесах.

А потом он пробивает спиной лед.

Холод. Тьма. Боль.

Его крутит и вертит... Чудовищная сила тащит его вперед, без устали и снисхождения швыряет о камни в невыносимо ледяном потоке. Легкие разрываются от нехватки воздуха, но холод так сдавил грудь, что невозможно вдохнуть.

«Я подо льдом».

Рядом с водопадом ледяная корка, видимо, оказалась потоньше из-за постоянно бурлящей воды, и Андрос легко проломил ее, упав с высоты. А теперь его уносило вниз по течению, под прозрачный колпак льда. Он скреб по льду изнутри, пытаясь выкарабкаться, однако не находил опоры. Жгучая боль в простреленном плече постепенно притуплялась, рана от дроби саднила меньше: все отступало, осталась только судорога, сводившая тело.

Течение ускорялось, пронося Андроса вдоль излучины. От недостатка кислорода тело готово было разорваться. И вдруг поток запутал его в ветвях упавшего в воду дерева.

«Думай!»

Отчаянно цепляясь за ветку, он подтянулся, выбираясь на поверхность, туда, где сучья пронзали лед. Просунув пальцы в тонкое колечко воды вокруг ветки, он рванул край ледяной кромки, разламывая, расширяя промоину. Раз, другой — отверстие стало больше на несколько дюймов.

Опираясь на ветку, он откинул голову и припал губами к промоине. Ворвавшийся в легкие ледяной воздух показался теплым, и от притока кислорода вспыхнула угасшая надежда. Вжавшись ступнями в ствол, он изо всех сил уперся плечами и головой в прозрачный свод. Продырявленная сучьями и прибившимся мусором ледяная корка вокруг поваленного дерева намерзла неплотная, и Андрос, спружинив мускулистыми ногами, с треском вытолкнул голову и плечи на свободу, в темный холод. В легкие хлынул воздух. Андрос, по-прежнему отчаянно барахтавшийся под водой, начал карабкаться наверх, отталкиваясь ногами, подтягиваясь на руках, — и наконец выбрался и в изнеможении ничком упал на голый лед.

Сорвав и запихнув в карман промокшую лыжную маску, Андрос глянул вверх по течению, где остался Питер Соломон, однако та часть реки скрылась за излучиной. Грудь жгло огнем. Он осторожно прикрыл небольшой веткой пролом в ледяной корке: к утру все заново затянет льдом.

Пошатываясь и спотыкаясь, он побрел под начинающимся снегопадом в лес. Сколько он проплутал по лесу, неизвестно, однако в конце концов Андрос выбрался на насыпь у неширокого шоссе. Сознание меркло из-за переохлаждения. Сквозь пелену густеющего снегопада пробился свет фар. Андрос отчаянно замахал руками, и у обочины притормозил одинокий пикап с вермонтскими номерами. Из кабины выпрыгнул пожилой шофер в красной клетчатой рубашке.

Андрос, едва держась на ногах, качнулся к нему, прижимая руку к окровавленной груди.

— Меня подстрелили... на охоте... Нужно... в больницу...

Пожилой шофер, не медля ни секунды, подсадил Андроса в кабину, на пассажирское сиденье, и включил печку.

— Где ближайшая больница?!

Андрос, не имевший ни малейшего представления, ткнул куда-то на юг.

— У следующего съезда.

«В больницу мы все равно не поедем».

Назавтра пожилого шофера из Вермонта объявили пропавшим, однако никто даже не догадывался, на каком отрезке пути он исчез в слепящей снежной круговерти. Тем более никто не связал его исчезновение с другой трагической новостью, о которой поутру трубили все газеты, — убийством Изабель Соломон.

Проснулся Андрос в заброшенном номере дешевого мотеля, заколоченного на зиму. Он вспомнил, как вломился в здание, как перевязывал раны порванными на лоскуты простынями, как зарылся на шаткой койке под груду отсыревших затхлых одеял... Его мучил голод.

Дохромав до ванной, он увидел в раковине кучку окровавленной дроби. Смутно припоминая, как выковыривал дробинки из груди, Андрос поднял взгляд к мутному зеркалу и нехотя размотал окровавленную повязку, пытаясь оценить масштаб бедствия. Дробь проникла неглубоко — помешали крепкие мышцы груди и пресса, — однако его прежде совершенное тело теперь обезобразили раны. Пуля, выпущенная Питером Соломоном, судя по всему, прошла через плечо навылет, оставив кровавую дыру.

Но хуже всего, что Андросу так и не удалось добыть то, ради чего он и проделал весь свой дальний путь.

«Пирамида».

В животе заурчало, и он, прихрамывая, побрел наружу, к пикапу, — вдруг там найдется еда. Увидев, что кабина и кузов покрыты толстым слоем снега, Андрос удивился: сколько же, получается, он проспал в этом обшарпанном мотеле?

«Слава Богу, что вообще проснулся».

Никакой еды в кабине не обнаружилось, однако в «бардачке» отыскались таблетки — болеутоляющее, от артрита. Он проглотил целую горсть и заел снегом.

«Нужно добыть еды».

Несколько часов спустя от заброшенного мотеля отъехал пикап, не имеющий ничего общего с тем, что припарковался тут двумя днями ранее: крыша кабины сорвана, колпаки тоже, такая же участь постигла наклейки на бампер и всю отделку. Вермонтские номера исчезли, замену Андрос скрутил со старой аварийки, стоявшей у мусорного контейнера, куда заодно отправились окровавленные простыни, дробь и прочие свидетельства его пребывания в мотеле.

Андрос не отказывался от желания добыть пирамиду — просто придется немного повременить. Надо где-то спрятаться, подлечиться, а главное — поесть. В первой же придорожной забегаловке он набросился на яичницу с беконом и картофельную запеканку, запив обильный завтрак тремя стаканами апельсинового сока. Доев, заказал еще, с собой. Потом выехал обратно на трассу и включил старое радио в кабине. За эти несколько дней мучений Андросу ни разу не попалась на глаза ни газета, ни телевизор, поэтому услышанное по радио его ошеломило.

— ФБР, — сообщал диктор, — по-прежнему разыскивает вооруженного взломщика, два дня назад убившего Изабель Соломон в ее собственном доме на берегу Потомака. Согласно полученным данным, убийца провалился под лед и унесен течением в море.

Андрос оцепенел.

«Убившего Изабель Соломон?»

Несмотря на охватившее его смятение, Андрос дослушал выпуск до конца.

Пора уносить ноги. И как можно дальше.

Из окон квартиры в Верхнем Ист-Сайде открывался потрясающий вид на Центральный парк. Андрос поэтому ее и выбрал: расстилающееся внизу зеленое море напоминало о далекой Адриатике. Он понимал: следует радоваться уже тому, что остался жив, но радости не чувствовал. Внутри образовалась пустота, а провалившаяся попытка похитить пирамиду Питера Соломона не давала ему покоя.

Долгие часы проводил Андрос над изучением легенд о масонской пирамиде — однозначного ответа, существует она или нет, не давал никто, однако все единодушно сходились в том, что пирамида сулит мудрость и силу.

«Масонская пирамида есть на самом деле, — твердил про себя Андрос. — У меня имеются неопровержимые доказательства из конфиденциального источника».

Волею судьбы пирамидка шла прямо в руки Андросу, и не взять ее было бы все равно что держать под спудом, не обналичивая, выигравший лотерейный билет.

«Я единственный из ныне живущих немасонов знаю, что пирамида существует... Мне известно, кто ее хранит».

Прошли месяцы. Раны зажили, однако Андрос уже не был прежним самоуверенным красавчиком, что наслаждался жизнью в Греции. Он перестал качаться, прекратил восхищенно разглядывать в зеркале свое обнаженное тело. Ему мерещились первые признаки старости. Некогда безупречную кожу покрывала сетка шрамов, и это зрелище огорчало Андроса еще больше. Он по-прежнему сидел на болеутоляющих, благодаря которым выкарабкался после ранения, и чувствовал, что скатывается назад, к прежнему образу жизни, из-за которого очутился когда-то в камере «Соганлика». Ему было все равно.

«Что организм хочет, то он и получит».

Однажды в Гринвич-Виллидж он заметил у человека, продававшего ему наркотик, длинную, на все предплечье, татуировку в виде молнии. Выяснилось, что картинка сделана для маскировки шрама, полученного в аварии.

— Своим видом он постоянно напоминал мне о том происшествии, — пояснил дилер, — и тогда я закрыл его символом личной власти. Я восторжествовал над телом.

Тем же вечером, уже хорошо под кайфом, Андрос, пошатываясь, ввалился в ближайший тату-салон и снял рубашку.

— Мне нужно спрятать шрамы, — объявил он.

«Хочу восторжествовать над телом».

— Спрятать? — Татуировщик окинул взглядом грудную клетку. — Под чем?

— Под татуировками.

— Ага... Я и спрашиваю, что рисовать будем.

Андрос пожал плечами. Главное — поскорее избавиться от уродливых напоминаний о прошлом.

— Не знаю. Сам выбери.

Покачав головой, татуировщик выдал ему брошюру о древней священной традиции нанесения рисунков на тело.

— Вот разберешься, тогда и приходи.

В Нью-Йоркской публичной библиотеке, как выяснил Андрос, насчитывалось пятьдесят три книги о татуировках — и за несколько недель он прочитал их все. В нем проснулась былая любовь к чтению, и он целыми стопками носил книги из библиотеки домой и обратно, жадно глотая страницу за страницей и любуясь в промежутках видами Центрального парка.

Эти книги открыли Андросу необычный мир, о существовании которого он прежде даже не подозревал, — мир символов, мистицизма, мифологии и магии. Чем больше он читал, тем больше понимал, как слеп был раньше. Он начал заводить блокноты, куда записывал свои идеи, наброски и странные сны. Когда библиотечный ассортимент перестал удовлетворять его запросам, он принялся доставать через букинистов самые эзотерические тексты: «Об обманах демонов», «Лемегетон, или Малый ключ Соломона», «Арс Альмадель», «Истинный Гримуар», «Арс Нотория» и прочие в том же роде. Он прочел их все, убеждаясь, что в мире еще остались несметные сокровища.

«На свете существуют тайны, превосходящие человеческое понимание».

Затем он наткнулся на произведения Алистера Кроули — мистика и оккультиста, жившего в начале двадцатого века и провозглашенного церковью «самым большим злом из когда-либо живших на земле».

«Великие умы всегда повергают слабых в страх».

Андрос узнал о силе ритуалов и песнопений. О том, что священные слова — правильно произнесенные — действуют как ключ, отмыкающий врата в иные миры.

«За нашей вселенной есть еще одна, потусторонняя... и оттуда можно черпать силу».

Отчаянно желая обуздать эту силу и подчинить себе, Андрос тем не менее понимал, что придется соблюсти правила и выполнить ряд заданий.

«Достигни святости, — писал Кроули. — Сотвори из себя нечто священное».

В древности без обряда «освящения» не обходились нигде. Древние иудеи, совершавшие всесожжения в Храме; жрецы майя, которые обезглавливали людей на вершине пирамид Чичен-Ицы, и даже Иисус Христос, принесший в жертву свое распятое на кресте тело, — все они осознавали необходимость жертвенных воздаяний Господу. Жертвоприношение — уходящий в глубь веков ритуал, помогавший людям заручиться благословением богов и достичь святости. На это прямо указывают латинские корни в английском слове «sacrifice», «жертвоприношение»: «sacra» — «святость», «face» — «сотворить».

И хотя сам обряд жертвоприношения канул в небытие вечность назад, сила его жива. Осталась в современном мире горстка мистиков — в их числе и Алистер Кроули, — которые продолжали пользоваться древним искусством, оттачивая его, совершенствуя и постепенно тоже превращаясь в нечто более совершенное. Андрос жаждал такого же перевоплощения. Однако он сознавал, что для этого придется перейти крайне опасную черту.

«Кровь — вот все, что отделяет свет от тьмы».

Однажды ночью через открытое окно ванной к Андросу залетела ворона и не смогла выбраться из квартиры. Он смотрел, как птица бьется и трепыхается, а потом замирает без сил, будто признав поражение. К тому времени Андрос был уже достаточно искушен в оккультизме, чтобы понять: это знак.

«Меня устремляют ввысь».

Прижимая птицу одной рукой, он встал перед импровизированным алтарем в своей кухне и, воздев нож, прочитал вслух выученное заклинание:

— Камиах, Эмиах, Эмиаль, Макбаль, Эмойи, Зазеан... святейшими именами ангелов из Книги Ша'ар Ха-шамаим, призываю тебя, дабы силою Единого истинного Бога помогла ты мне в моем Деле.

Опустив нож, Андрос осторожно взрезал вену на правом крыле перепуганной птицы. Ворона начала истекать кровью. Алая жидкость струилась в подставленную металлическую чашу. Внезапно повеяло холодом.

— Всемогущие Адонаи, Аратрон, Ашаи, Элохим, Элохи, Элион, Ашер Эхейе, Шаддаи... — продолжил Андрос, — наделите эту кровь силой, дабы служила она мне во исполнение всех моих пожеланий и требований.

В ту ночь ему снились птицы... огромный феникс, восстающий из пляшущего пламени. Проснувшись поутру, Андрос почувствовал прилив сил, какого не ощущал с самого детства, и выскочил в парк, на пробежку. Бегал он в этот раз быстрее и дольше обычного, а когда надоело, стал делать отжимания и упражнения для пресса. Бесчисленное множество раз. И силы не иссякали.

Ночью ему снова приснился феникс.

Андрос ненавидел холода. В Центральный парк пришла очередная осень, живность сновала в поисках пропитания и делала запасы на зиму. В отменно замаскированные ловушки Андроса все время попадались крысы и белки. Он относил добычу домой в рюкзаке и проводил все более сложные обряды.

— Эмануаль, Массиах, Йод, Хе, Вауд... прошу, сочтите меня достойным.

Кровавые ритуалы подпитывали Андроса энергией. Он чувствовал, что молодеет с каждым днем. Читал он по-прежнему запоем — древние мистические тексты, средневековые эпосы, древних философов, — и чем больше узнавал об истинной природе вещей, тем отчетливее видел: надежда для человечества утрачена. «Они слепцы... блуждают бесцельно по миру, который им никогда не постичь».

Оставаясь пока еще человеком, Андрос чувствовал тем не менее, что перерождается в нечто иное. Нечто великое.

«Нечто священное».

Андрос вернул утраченную было внушительную комплекцию, сделавшись еще сильнее, чем прежде. Он наконец осознал свое истинное предназначение.

«Тело мое — лишь сосуд для величайшего сокровища. Для разума».

Он чувствовал, что еще не успел реализовать свой истинный потенциал, и еще глубже погрузился в изучение источников.

«В чем моя судьба?»

Во всех древних текстах говорилось о добре и зле, о необходимости выбора между ними.

«Я свой выбор сделал много лет назад».

Прекрасно это сознавая, Андрос, однако, не испытывал никаких мук совести.

«Что есть зло, если не закон природы?»

За светом следовала тьма. За порядком — хаос. От энтропии никуда не деться. Все разлагается, все приходит в упадок. Любой идеально организованный кристалл рано или поздно превратится в беспорядочную пригоршню частиц праха.

«Есть те, кто создает, и те, кто рушит».

И только прочитав «Потерянный рай» Джона Мильтона, Андрос разглядел свое предназначение во плоти. Великий падший ангел... демон, сражавшийся со светом... доблестный воин... ангел по имени Молох.

«Молох ходил по земле в божественном обличье».

Как позже выяснил Андрос, в переводе на древний язык имя этого ангела звучало как «Малах».

«Я стану таким же».

Перевоплощение, подобно всем великим трансформациям, должно начаться с жертвы... однако на этот раз никаких крыс или птиц. Нет, теперь требовалась истинная жертва.

«Есть только один достойный дар».

Андрос вдруг почувствовал небывалую ясность мысли, какой не знал за всю жизнь. Он увидел воплощение своей судьбы. Три дня напролет он покрывал рисунками огромный лист бумаги. В результате получился эскиз того, чем Андрос собирался стать.

Этот полноразмерный рисунок он повесил на стену и всматривался в него, как в зеркало.

«Я — шедевр».

На следующий день он отнес свое произведение в тату-салон.

Теперь он был готов.

Глава 78

Масонский мемориал Джорджа Вашингтона расположен на холме Шутерс-Хилл в Александрии, штат Виргиния. Три возрастающих по архитектурной сложности яруса — дорический, ионический и коринфский — символизируют интеллектуальный рост человека. Поскольку прототипом послужил Фаросский маяк из египетской Александрии, устремленную в облака башню венчает египетская пирамида с оконечностью в виде факела.

Внутри, в величественном мраморном зале, установлена бронзовая статуя Джорджа Вашингтона в полном масонском облачении, с подлинным мастерком — тем самым, которым он укладывал краеугольный камень при постройке Капитолия. Над мраморным вестибюлем располагаются, уходя ввысь, еще девять уровней, среди которых Грот, Крипта и Тамплиерская часовня. В стенах мемориала заключены несметные сокровища: двадцать тысяч томов масонской литературы, великолепная копия Ковчега Завета и даже уменьшенная модель тронного зала из храма Соломона.

Модифицированный «Сикорский UH-60» пошел на снижение над Потомаком, и агент Симкинс взглянул на часы.

«Шесть минут до прихода поезда».

Выдохнув, он посмотрел через иллюминатор на горизонт, где возвышался сияющий Масонский мемориал. Ослепительная башня впечатляла ничуть не меньше, чем любое из зданий вокруг Эспланады. Внутри мемориала агенту бывать не доводилось — и сегодня не доведется. Если все пойдет по плану, Роберт Лэнгдон и Кэтрин Соломон будут задержаны до выхода из метро.

— Туда! — крикнул пилоту Симкинс, показывая на станцию «Кинг-стрит» напротив мемориала. Вертолет пошел вниз и приземлился на лужайку у подножия холма.

На глазах изумленных прохожих Симкинс с командой выскочили из салона и помчались через дорогу в метро. Пассажиры, спускающиеся на станцию, в страхе шарахались в стороны и прижимались к стенам, пропуская отряд вооруженных людей в черном.

Симкинс не ожидал, что станция «Кинг-стрит» окажется такой громадной. Видимо, дело в том, что она обслуживает сразу несколько веток — синюю, желтую и железнодорожную «Амтрак». Подбежав к схеме метро, висящей на стене, он отыскал станцию «Фридом-Плаза» — по прямой от «Кинг-стрит».

— Синяя ветка, южное направление! — крикнул он бойцам. — Все туда, очистить платформу!

Команда помчалась выполнять приказ.

Тернер Симкинс метнулся к билетной кассе и, взмахнув удостоверением, крикнул в окошко:

— Когда прибывает поезд от «Метро-Центр»?

Кассир испуганно захлопала глазами.

— Не знаю... По синей ветке интервал минут одиннадцать. Строгого расписания нет.

— Предыдущий поезд когда отошел?

— Пять... или шесть минут назад. Не больше.

Симкинс быстро подсчитал. «Отлично». Лэнгдон должен приехать на следующем.

Кэтрин поерзала на жестком пластиковом сиденье летящего по тоннелю поезда. Свет люминесцентных ламп резал глаза, хотелось сомкнуть веки хоть на секунду. В вагоне сидели только они с Лэнгдоном. Роберт отсутствующим взглядом смотрел себе под ноги, на кожаный портфель. Видно было, что и у него веки тяжелеют, будто монотонное покачивание поезда вводит его в транс.

Перед глазами у Кэтрин снова предстали загадочная пирамида и навершие.

«Зачем эта пирамидка понадобилась ЦРУ?»

Беллами считал, что Сато охотится за артефактом, потому что знает его истинные возможности. Но даже если пирамида и впрямь может указать, где сокрыты древние тайны, Кэтрин слабо верилось, что мудрость ветхозаветных мистиков представляет интерес для ЦРУ.

Хотя не стоит забывать, возразила самой себе Кэтрин, что ЦРУ не однажды было замечено в проведении парапсихологических и экстрасенсорных программ, граничащих с древними магическими практиками и мистицизмом. Разгоревшийся в 1995 году скандал вокруг проекта ЦРУ «Старгейт» касался сверхсекретной технологии под названием «телепатическое наблюдение» — передача мысли на расстояние, позволяющая «наблюдателю» переместить свой «внутренний взор» в любую точку планеты и вести разведку без личного — физического — присутствия. Разумеется, сама технология была не нова. У мистиков она называлась астральной проекцией, у йогов — внетелесным путешествием. К сожалению, пришедшие в ужас американские налогоплательщики назвали ее собачьей чушью, и проект прикрыли. По крайней мере официально.

Кэтрин тем не менее отмечала впечатляющие параллели между своими открытиями в области ноэтики и неудавшимися проектами ЦРУ.

Ей отчаянно хотелось позвонить в полицию и узнать, удалось ли что-нибудь обнаружить на Калорама-Хайтс, но, во-первых, они с Лэнгдоном остались без телефона, а во-вторых, выходить на связь с представителями власти могло быть опасно — кто знает, как далеко простираются полномочия Сато.

«Терпение, Кэтрин». Через несколько минут они будут в безопасности, в убежище, под опекой человека, обещавшего ответы на вопросы. Кэтрин очень надеялась, что эти самые ответы — не важно, что они в себе заключают, — помогут ей спасти брата.

— Роберт, — позвала она шепотом, взглянув на схему метро. — Нам на следующей.

Лэнгдон медленно вернулся к действительности.

— Да. Спасибо!

Поезд, грохоча, подходил к станции. Лэнгдон подобрал с пола портфель и неуверенно взглянул на Кэтрин.

— Будем надеяться, наше прибытие обойдется без происшествий.

Когда Тернер Симкинс догнал свой отряд, всех пассажиров уже удалили, и бойцы рассредоточивались за колоннами вдоль платформы. Из тоннеля донесся нарастающий рокот, и на Симкинса повеяло теплым душным воздухом.

«Некуда деваться, мистер Лэнгдон».

Он обернулся к двум сотрудникам, которые дожидались его на платформе.

— Приготовьте удостоверения и оружие. В поезде все на автоматике, но двери открывает и закрывает проводник. Найдите его.

Темноту тоннеля пронзил свет фар, раздался визг тормозов. Едва состав ворвался на станцию и начал замедлять ход, Симкинс с подручными отчаянно замахали удостоверениями, стараясь встретиться взглядом с сопровождающим, прежде чем он откроет двери.

Поезд стремительно приближался. Наконец в третьем вагоне Симкинс разглядел удивленно-испуганное лицо сопровождающего, явно терявшегося в догадках, почему трое в черном размахивают «корочками». Симкинс побежал вдоль тормозящего состава.

— ЦРУ! — объявил он, еще раз выставив удостоверение. — Не открывайте двери! — Вагоны плыли мимо, а Симкинс, шагая к третьему, кричал проводнику: — Не открывайте! Поняли меня? Не открывайте двери!

Наконец поезд остановился. Сопровождающий, изумленно расширив глаза, усердно кивал.

— Что случилось? — спросил он через приоткрытое боковое окно.

— Не отправляйте состав! — велел Симкинс. — И двери держите закрытыми.

— Хорошо.

— Впустите нас в первый вагон!

Сопровождающий кивнул. С опаской выйдя из кабины, он закрыл ее за собой и проводил Симкинса с помощниками к первому вагону, где отворил двери вручную.

— Заприте за нами, — приказал Симкинс, вытаскивая оружие. Агенты шагнули в ярко освещенное нутро вагона, и проводник послушно запер двери.

В первом вагоне пассажиров ехало всего четверо — трое подростков и пожилая женщина. Они заметно испугались при виде вооруженных мужчин. Симкинс продемонстрировал удостоверение.

— Все в порядке. Оставайтесь на своих местах.

Агенты двинулись по запертому со всех сторон составу — один вагон за другим. На «Ферме», в тренировочном центре для обучения и подготовки агентов ЦРУ, такой прием назывался «выдавливать зубную пасту из тюбика». Поезд шел полупустым, и, осмотрев почти половину состава, Симкинс с помощниками пока не обнаружили никого хотя бы приблизительно подходившего под описание Роберта Лэнгдона и Кэтрин Соломон. Однако Тернер Симкинс не терял уверенности: в поезде метро спрятаться некуда — ни туалетов, ни багажных отсеков, ни запасных выходов. Даже если беглецы, заметив, как агенты входят в первый вагон, отсиживаются сейчас в последнем, все равно наружу им не выбраться. Раздвинуть двери силой практически невозможно, к тому же за платформой и поездом с обеих сторон зорко следят бойцы.

«Терпение».

У Симкинса начали сдавать нервы. В предпоследнем вагоне сидел только один пассажир — китаец. Агенты прошли из конца в конец, пристально оглядывая салон в поисках укромных уголков. Их не было.

— Последний! — объявил Симкинс, поднимая оружие, и троица приблизилась к перемычке между вагонами. Однако, шагнув внутрь последнего вагона, они остановились как вкопанные.

— Как это?!

Симкинс метнулся в противоположный конец пустого салона, проверил за сиденьями. И, клокоча от ярости, завопил:

— Куда они делись?!

Глава 79

В восьми милях к северу от Александрии, что в штате Виргиния, Роберт Лэнгдон и Кэтрин Соломон неторопливо шагали по широкому покрытому инеем газону.

— В тебе погибла актриса, — похвалил Лэнгдон, впечатленный сообразительностью и находчивостью Кэтрин.

— Ты тоже неплохо подыграл, — улыбнулась она.

Сначала Лэнгдон удивился, когда Кэтрин устроила странные выкрутасы в такси: ни с того ни с сего потребовала свернуть на Фридом-Плазу, развела примитивную теорию о звезде Давида и Большой печати США. А потом зачем-то нарисовала на долларовой купюре известную среди сторонников теории заговоров картинку и начала твердить Лэнгдону, чтобы присмотрелся получше, куда она указывает ручкой.

В конце концов Лэнгдон осознал, что Кэтрин обращает внимание совсем не на купюру, а на крошечный огонек индикатора в спинке водительского сиденья. Засаленная лампочка горела так тускло, что он ее даже не замечал, однако теперь, наклонившись вперед, разглядел приглушенное красноватое свечение. И бледную надпись под индикатором: «Интерком включен».

Лэнгдон в смятении обернулся на Кэтрин, которая, сделав страшные глаза, показывала взглядом на переднее сиденье. Он украдкой посмотрел туда же, за прозрачную перегородку. На приборном щитке лежала распахнутая сотовая раскладушка водителя — светящийся экран развернут к интеркому. Через секунду Лэнгдона осенило, зачем Кэтрин устроила спектакль.

«Они знают, что мы в такси. Нас подслушивают».

Профессор понятия не имел, сколько у них остается времени до того, как такси окружат и остановят, но было ясно: медлить нельзя. Он принялся подыгрывать Кэтрин, смекнув, что смена маршрута и внезапное желание попасть на Фридом-Плазу связано отнюдь не с пирамидой, а с огромной станцией подземки — «Метро-Центр», — откуда можно уехать по красной, синей или оранжевой ветке в любом из шести направлений.

На Фридом-Плазе они выскочили из такси, и тут уже Лэнгдон устроил импровизацию, наведя погоню на Масонский мемориал в Александрии. Потом они с Кэтрин нырнули в подземку и, проскочив мимо платформы синей ветки, помчались прямиком на красную, где и сели на поезд, следующий в противоположном от Александрии направлении.

Проехав шесть остановок на север до Тенлитауна, они вышли из метро в тихом престижном районе. Искомый приют увидели сразу — самое высокое здание на мили вокруг, обрамленное широкими, идеально подстриженными газонами, вырисовывалось на горизонте, чуть в стороне от Массачусетс-авеню.

Успешно «заметя следы», как выразилась Кэтрин, беглецы зашагали по мокрой траве. Справа раскинулся садик в средневековом стиле, знаменитый старыми розовыми кустами и «Тенистым павильоном». Кэтрин с Лэнгдоном туда сворачивать не стали, направившись к величественному зданию, о котором и шла речь в телефонном приглашении.

«В приюте моем десять камней с горы Синай, еще один — прямо с небес и один — в образе темного отца Люка».

— Никогда не бывала здесь ночью... — проговорила Кэтрин, скользя взглядом вверх по ярко подсвеченным башням. — Потрясающее зрелище!

Лэнгдон и сам забыл, как впечатляюще выглядит это архитектурное сооружение, шедевр неоготики, расположенный в северном конце Эмбасси-роу. Последний раз он был здесь много лет назад, когда писал статью для детского журнала, надеясь пробудить в юных американцах интерес к этой поразительной достопримечательности. С тех пор его очерк «Моисей, лунные камни и "Звездные войны"» вошел не в один путеводитель.

«Вашингтонский национальный собор... — думал Лэнгдон, ощущая душевный подъем, как от свидания после долгих лет разлуки. — Где же, как не здесь, спрашивать про единого истинного Бога?»

— Здесь правда есть десять камней с горы Синай? — полюбопытствовала Кэтрин, глядя на колокольни-близнецы.

Лэнгдон кивнул:

— Перед главным алтарем. Символизируют Десять заповедей, полученных Моисеем на горе Синай.

— А лунный камень?

«Прямо с небес».

— Да. Один из витражей называется Космическим, и в его мозаику инкрустирован фрагмент лунного камня.

— Ну ладно. Но насчет последнего ты ведь пошутил? — Прекрасные глаза Кэтрин вспыхнули недоверием. — Статуя... Дарта Вейдера?

Лэнгдон усмехнулся:

— Темный отец Люка Скайуокера? А как же! Самое популярное из всех украшений Национального собора. — Он махнул рукой в сторону западных башен. — Ночью трудновато разглядеть, но он там.

— Да как мог Дарт Вейдер оказаться в Вашингтонском национальном соборе?!

— Детский конкурс — нужно было вырезать горгулью, изображающую лик зла. Дарт победил...

Они подошли к парадной лестнице перед главным порталом, скрывавшимся в глубине восьмидесятифутовой арки под круглым окном-розеткой необыкновенной красоты. Лэнгдон вернулся мыслями к таинственному телефонному собеседнику.

«Пожалуйста, никаких имен... Скажите, удалось сберечь вверенную вам карту?»

У Лэнгдона уже начала ныть рука под тяжестью каменной пирамиды в портфеле, хотелось избавиться от груза.

«Приют и ответы».

Вот и последние ступеньки. Лэнгдон и Кэтрин замерли перед внушительными деревянными дверьми.

— Что, просто постучим?

Лэнгдон задался тем же вопросом, но тут одна из створок со скрипом отворилась.

— Кто там? — прозвучал слабый надтреснутый голос. В проеме показалось высохшее морщинистое лицо. Старик в облачении священнослужителя смотрел перед собой невидящим взглядом — на обоих глазах белели непроницаемые катаракты.

— Это я, Роберт Лэнгдон. Мы с Кэтрин Соломон ищем убежище.

У слепого старца вырвался вздох облегчения:

— Слава Богу! Я давно вас жду.

Глава 80

Перед Уорреном Беллами забрезжил луч надежды.

У Сато зазвонил телефон, и она разбушевалась не на шутку, крича в трубку на своего оперативника:

— Так отыщите их, и поскорее! Времени все меньше!

Потом, нажав «отбой», директор Службы безопасности какое-то время расхаживала перед Беллами, будто решая, что делать дальше. Наконец Сато замерла напротив скамейки и развернулась к Архитектору Капитолия.

— Мистер Беллами, спрашиваю первый и последний раз. — Она пробуравила его взглядом. — Вам известно, куда мог направиться Роберт Лэнгдон? Да или нет?

Само собой да. Но Беллами помотал головой:

— Нет.

Сато продолжала сверлить его взглядом.

— К сожалению, уличать людей во вранье — часть моей работы.

Беллами отвел глаза.

— Ничем не могу быть вам полезен, простите.

— Архитектор Беллами, сегодня после семи вечера, когда вы ужинали в загородном ресторане, некто сообщил вам по телефону о похищении Питера Соломона.

Похолодевший Беллами снова поднял глаза на Сато.

«А вы-то как узнали?!»

— Далее он проинформировал вас, что отправил Роберта Лэнгдона в Капитолий — с заданием, которое потребует вашей помощи. А также предупредил, что, если Лэнгдон не справится, вашего друга Питера Соломона ждет гибель. В панике вы принялись вызванивать Питера по всем телефонам, но он не отвечал. Разумеется, вы тут же помчались в Капитолий.

Беллами терялся в догадках, откуда Сато стало известно про этот звонок.

— Убегая из Капитолия, — Сато попыхивала сигаретой, — вы отправили похитителю Соломона текстовое сообщение, в котором доложили, что вместе с Лэнгдоном успешно добыли масонскую пирамиду.

«Откуда она получает сведения? Даже Лэнгдон не знает, что я отправил эсэмэс!»

В тоннеле, ведущем к Библиотеке конгресса, Беллами ненадолго скрылся в щитовой — включить свет. И там, в уединении, пока его никто не видел, поспешно сбросил сообщение похитителю Соломона, сообщая, что в дело вмешалась Сато, однако масонская пирамида уже у них — у него и Лэнгдона, — и они согласны на все требования. Это, разумеется, была ложь, но Беллами надеялся выиграть время — и для Питера Соломона, и для того, чтобы перепрятать пирамиду.

— Как вы узнали про сообщение? — требовательно спросил Беллами.

— Это было нетрудно... — Сато швырнула на скамейку сотовый Архитектора.

Теперь он вспомнил, что телефон у него отобрали вместе с ключами при задержании.

— Что касается остальных сведений, — продолжила Сато, — «Патриотический акт» дает мне право прослушивать телефон любого, кто, по моему мнению, представляет серьезную угрозу национальной безопасности. В данном случае это Питер Соломон, поэтому вчера вечером я приняла меры.

Беллами перестал что-либо понимать.

— Вы прослушиваете телефон Соломона?

— Да. И именно так я узнала, что похититель звонил вам в ресторан. Вы ведь потом оставили встревоженное голосовое сообщение на сотовом Питера и описали ситуацию.

Беллами осознал, что Сато права.

— Еще мы перехватили звонок из Капитолия — от Роберта Лэнгдона, ошеломленного известием, что его заманили туда хитростью. Я тут же помчалась в Капитолий, опередив вас, потому что оказалась ближе. А насчет просвечивания профессорского портфеля... Узнав про участие Лэнгдона, я велела помощникам заново проанализировать якобы невинный утренний разговор между профессором и похитителем, который, притворившись ассистентом Соломона, выманил Лэнгдона на лекцию и попросил прихватить вверенный ему Питером сверток. Так что потом, видя, что Лэнгдон юлит, я приказала просветить портфель.

У Беллами путались мысли. Вроде бы все логично, и тем не менее что-то в словах Сато не сходится.

— Но... почему Питер Соломон представляет угрозу национальной безопасности?

— Представляет, и еще какую! — отрезала Сато. — И вы, мистер Беллами тоже, если уж на то пошло.

Беллами резко выпрямился, и наручники снова врезались в запястья.

— Что вы сказали?!

Сато натянуто улыбнулась:

— Вы, масоны, играете с огнем — поскольку обладаете очень — очень! — важной тайной.

«Она имеет в виду Мистерии древности?»

— Что похвально, вам всегда удавалось тщательно хранить свои секреты. Однако некоторое время назад вы, к сожалению, утратили бдительность, и сегодня самой опасной из ваших тайн грозит огласка. В результате — если мы не вмешаемся — может разразиться чудовищная катастрофа.

Беллами недоуменно смотрел на Сато.

— Если бы вы на меня не набросились, успели бы разобраться, что мы с вами в одной команде.

«В одной команде». Беллами озарила неожиданная и не укладывающаяся в голове догадка. «Неужели Сато состоит в «Восточной звезде»?» Орден Восточной звезды, считающийся родственной масонам организацией, исповедует ту же мистическую философию благотворительности, тайного знания и духовной незашоренности, что и масоны. «В одной команде? Когда я в наручниках, а телефон Питера у нее на прослушке?!»

— Вы поможете мне остановить этого человека, — объявила Сато. — Он способен вызвать кризис, от которого Америка может не оправиться вовсе, — возвестила она с каменным лицом.

— Тогда почему вы его не выследите?

Сато удивленно взглянула на него:

— Думаете, я не пыталась? Сигнала с сотового Соломона больше нет, мы не успели определить местонахождение. Другой номер — это какой-то «одноразовый» телефон, его вообще невозможно засечь. В компании частных авиаперевозок нам сообщили, что рейс для Лэнгдона заказывал помощник Соломона, с сотового Соломона, а оплата поступила с его же карты «Маркиз-Джет». След обрывается. Но это, в общем, и не важно. Даже если мы установим, где находится злоумышленник, врываться к нему и хватать его я не рискну.

— Почему?!

— А вот это секретная информация, которую я предпочла бы не разглашать. — Терпение Сато явно иссякало. — Поверьте мне на слово.

— Не желаю!

Во взгляде Сато блеснул лед. Резко обернувшись, она крикнула на все Джунгли:

— Агент Хартман! Принесите кейс!

Зашипела, открываясь, электронная дверь. В оранжерею вошел агент с изящным титановым чемоданчиком в руках, который он поставил на землю у ног директора СБ.

— Можете идти, — отпустила помощника Сато.

Агент удалился, дверь снова зашипела. Воцарилась тишина.

Подхватив металлический кейс, Сато уложила его на колени и щелкнула замками. А потом медленно перевела взгляд на Беллами.

— Не хотела я этого делать, но времени больше нет, и вы не оставили мне выбора.

Беллами скосил глаза на чемоданчик, чувствуя, как накатывает страх.

«Пытать меня собралась?»

Он снова дернул наручники.

— Что у вас в кейсе?!

Сато мрачно улыбнулась.

— Тут то, что заставит вас посмотреть на ситуацию моими глазами. Гарантированно.

Глава 81

Подземное помещение, где творил Малах, было тщательно замаскировано. В цокольном этаже его дома посетители не увидели бы ничего необычного: просто подвал — с бойлером, распределительным щитом, поленницей и складом всякого барахла. Однако помимо всего этого, существовало и скрытое от посторонних глаз подземелье. Под свои тайные занятия Малах отгородил значительную площадь.

Его личное рабочее пространство состояло из анфилады небольших комнаток — у каждой свое предназначение. Попасть туда можно было лишь из гостиной, по хитро замаскированной крутой лесенке, так что возможность обнаружить подземелье практически исключалась.

Малах спускался по лесенке, и разнообразные знаки и символы, вытатуированные на его теле, казалось, оживали в лазурном свете особых ламп. Он шагнул в голубоватую дымку и миновал несколько закрытых дверей, направляясь в конец коридора, в самую большую комнату.

«Святая святых», как ее называл Малах, представляла собой квадрат размером двенадцать на двенадцать футов.

«Двенадцать знаков составляют зодиак. Двенадцать часов составляют день. Небесных врат тоже двенадцать».

Посреди помещения возвышался каменный стол — квадрат семь на семь.

«Семь печатей из Откровения. Семь ступеней в Храме».

Над столом висел светильник, чередующий определенные цвета и отрегулированный так, чтобы проходить весь цикл за шесть часов, в соответствии со священной Таблицей планетарных часов. Час Йанора — синий. Час Наснии — красный. Час Салама — белый.

Теперь шел час Калерны, и комната освещалась мягким пурпурным сиянием. В одной шелковой набедренной повязке, прикрывающей ягодицы и оскопленный половой орган, Малах начал приготовления.

Аккуратно смешал благовония — они понадобятся позже для воскурения, чтобы освятить и очистить воздух. Свернул ни разу не надетую шелковую накидку — он облачится в нее после, вместо набедренной повязки. Под конец очистил склянку воды — для омовения жертвы. Все подготовленное сложил на отдельном столе.

Затем достал с полки и добавил к собранным вещам небольшую костяную шкатулку. Ее черед пока не пришел, однако Малах не удержался и открыл крышку — полюбоваться сокровищем.

Нож.

В шкатулке из слоновой кости поблескивал на черной бархатной подушке ритуальный жертвенный нож, который Малах приберег специально для сегодняшней ночи. Нож был приобретен в минувшем году за один миллион шестьсот тысяч долларов на черном рынке ближневосточного антиквариата.

«Самый знаменитый нож в истории человечества».

Невероятно древний, считающийся утраченным, драгоценный клинок был сделан из железа и снабжен костяной рукояткой. За прошедшие века он сменил бесчисленное множество могущественных владельцев. Однако в последние десятилетия будто бы сгинул, отлеживаясь на самом деле в частной коллекции. Малаху стоило неимоверных трудов его заполучить. Годами — нет, пожалуй, даже веками — этот клинок не обагрялся кровью. Но сегодня он вновь вкусит сладость жертвоприношения, исполнив свою миссию.

Малах бережно вынул нож из бархатного гнезда и благоговейно протер шелковой тканью, смоченной в очищенной воде. Со времен своих примитивных экспериментов в Нью-Йорке он продвинулся далеко вперед. Темное искусство, которым овладел Малах, у разных народов носило разные названия, однако наукой от этого быть не перестало. С незапамятных времен эта первобытная технология служила ключом к вратам силы, однако потом оказалась под запретом и нашла прибежище в таинственном мире магии и оккультизма. Тех немногих, кто еще занимался этим искусством, считали сумасшедшими, однако Малах не спешил с ярлыками.

«Недалеким людям сюда соваться нечего».

Древнее темное искусство, как и современная наука, требовало точных формул, определенных препаратов и скрупулезного расчета времени.

Искусство не имело ничего общего с беспомощными потугами сегодняшней черной магии, которую вяло пытались освоить на досуге любопытствующие. Искусство, подобно ядерной физике, располагало безграничной мощью, поэтому неосторожных строго предупреждали: «Неискушенному адепту грозит гибель, буде не избегнет встречного удара изливающейся силы» или, говоря современным языком, «Неумелое обращение чревато выбросом обратной энергии и летальным исходом».

Закончив любоваться священным клинком, Малах обратился к одинокому листу пергамента, лежащему перед ним на столе. Пергамент он изготовил сам из шкуры ягненка. Согласно установленным правилам, ягненок был чистым, еще не достигшим половой зрелости. Рядом с пергаментом лежало перо, которое Малах сделал из вороньего, стояло серебряное блюдце, а вокруг медной чаши выстроились три мерцающие свечи. В чашу была на дюйм налита густая алая жидкость.

Кровь Питера Соломона.

«Кровь — тинктура вечности».

Взяв перо, Малах прижал левой рукой пергамент, обмакнул перо в чашу с кровью и аккуратно обвел контуры ладони и разведенных пальцев. Затем изобразил на каждом из нарисованных пальцев по одному символу Мистерий древности.

«Венец — знак властителя, которым я стану.

Звезда — знак небес, определивших мою судьбу.

Солнце — знак озарения моей души.

Фонарь — тусклый свет человеческого познания.

И ключ — недостающее звено, которое сегодня я наконец обрету».

Малах закончил рисовать и воздел руку с пергаментом, любуясь своим шедевром в мерцании трех свечей. Дождался, пока высохнет кровь, и трижды сложил толстый пергамент. Затем, читая нараспев заклинание, Малах поднес сложенный рисунок к третьей свече. Он моментально вспыхнул. Малах оставил его гореть на серебряном блюдце, где выделанная кожа превратилась в рассыпчатую черную золу. Как только огонь погас, Малах осторожно пересыпал пепел в медную чашу с кровью и размешал вороньим пером.

Жидкость потемнела, обретая почти черный оттенок.

Обеими руками Малах поднял чашу над головой и произнес древнюю благодарственную молитву. Затем, стараясь не расплескать, перелил почерневшую жидкость в стеклянный пузырек и закупорил. Эти чернила Малах нанесет на оставшуюся девственно чистой макушку — и тогда шедевр будет завершен.

Глава 82

Вашингтонский национальный собор занимает шестое место в мире по величине, возносясь своими башнями выше тридцатиэтажного небоскреба. Этот готический шедевр, украшением которому служат двести с лишним витражей, звонница из пятидесяти трех колоколов и орган с десятью тысячами шестьюстами сорока семью трубами, способен вместить свыше трех тысяч прихожан.

Однако сейчас, поздним вечером, огромный собор был пуст.

Преподобный Колин Галлоуэй — декан собора — казался древним, как вечность. Согбенный, ссохшийся, в простой черной сутане, он шел вперед шаркающей походкой слепца, не произнося ни слова. Роберт и Кэтрин послушно следовали за ним по темному четырехсотфутовому центральному нефу, который, казалось, чуть заметно изгибался, смягчая перспективу. Дойдя до средокрестия, декан провел своих спутников за крёстную перегородку, отделяющую мирскую часть храма от святилища.

В алтаре витал аромат ладана, и царила темнота, если не считать отсветов в складках высокого свода. Над хорами, украшенными резными алтарными перегородками с изображением библейских событий, висели флаги пятидесяти штатов. Декан Галлоуэй уверенно двигался дальше, зная этот путь наизусть. На мгновение Лэнгдону показалось, что они идут прямо к главному алтарю, перед которым покоятся десять камней с горы Синай, но старик, свернув влево, отыскал ощупью неприметную дверцу, ведущую в административный придел.

Короткий коридор вывел их к двери кабинета с медной табличкой, гласившей:

ПРЕПОДОБНЫЙ ДОКТОР КОЛИН ГАЛЛОУЭЙ
ДЕКАН СОБОРА

Галлоуэй открыл дверь и зажег свет — сказывалась привычка не забывать о нуждах гостей. Впустив их внутрь, он притворил дверь.

Кабинет у декана, хоть и небольшой, отличался элегантностью. Высокие стеллажи, письменный стол, резной гардероб, личная уборная. Стены украшали гобелены шестнадцатого века и несколько картин на религиозные сюжеты. Декан жестом указал на два кожаных кресла напротив стола, и гости уселись. Лэнгдон порадовался, что можно наконец поставить на пол тяжеленный портфель.

«Приют и ответы», — в который раз повторил он мысленно, устраиваясь в удобном кресле.

Престарелый декан с шарканьем обошел вокруг стола и опустился в кресло с высокой спинкой. Затем, тяжко вздохнув, обратил к гостям невидящий взгляд затянутых белой пеленой глаз. Однако голос его, когда он заговорил, оказался неожиданно звучным и ясным.

— Мы не встречались, — начал он, — и все же у меня возникает чувство, будто я знаю вас обоих. — Он промокнул платком уголки рта. — Профессор Лэнгдон, я читал ваши труды — в том числе и замечательную статью по символике нашего собора. А с Питером, мисс Соломон, мы уже много лет состоим в масонском братстве.

— Питеру грозит большая опасность... — откликнулась Кэтрин.

— Мне так и сообщили, — снова вздохнул старик. — И я сделаю все от меня зависящее, чтобы вам помочь.

На пальце декана Лэнгдон масонского перстня не обнаружил, однако многие масоны, особенно из числа священнослужителей, предпочитали не афишировать свою принадлежность к братству.

Из разговора становилось ясно, что Уоррен Беллами в оставленном на автоответчике сообщении успел частично ввести декана Галлоуэя в курс дела. Лэнгдон и Кэтрин дополнили рассказ новыми подробностями. Декан слушал, все больше мрачнея.

— И этот человек, похитивший нашего дражайшего Питера, обещает оставить его в живых, если вы расшифруете пирамиду?

— Да, — подтвердил Лэнгдон. — Он решил, что это карта, указывающая место, где скрыты Мистерии древности.

Декан обратил к Лэнгдону жутковатый непроницаемый взгляд.

— Судя по вашему тону, похоже, вы в такое не верите?

Лэнгдону некогда было терять время на споры.

— Не имеет значения, во что я верю, а во что нет. Питера надо спасать. Пирамиду-то мы расшифровали, но, к сожалению, это тупик.

Старый декан выпрямился в кресле.

— Вы расшифровали пирамиду?!

Кэтрин пришлось вмешаться и поспешно объяснить, что, несмотря на предостережение Беллами и просьбу брата не разворачивать сверток, она решилась нарушить запрет, поскольку главное для нее — любой ценой спасти брата. Затем она рассказала декану про золотое навершие и про волшебный квадрат Альбрехта Дюрера, превративший шестнадцатибуквенный масонский шифр во фразу «Jeova Sanctus Unus».

— И все? — переспросил декан. — «Единый истинный Бог»? Больше ничего не говорится?

— Да, сэр, — подтвердил Лэнгдон. — Выходит, пирамида если и является картой, то в метафорическом смысле, а не в географическом.

Декан протянул руку.

— Позвольте мне ее подержать.

Раскрыв портфель, Лэнгдон вытащил пирамиду и осторожно водрузил ее на стол прямо перед священником.

Слабые старческие пальцы принялись дюйм за дюймом ощупывать камень — сторону с гравировкой, гладкое основание, усеченную верхушку. Закончив, декан снова протянул руку.

— А навершие?

Лэнгдон достал каменную шкатулку, поставил на стол, затем, открыв крышку, вынул навершие и вложил в раскрытую ладонь декана. Пальцы снова заскользили по гладким стенкам, пока не задержались на гравировке — прочитать мелкую вязь на ощупь было затруднительно.

— «Тайна сокрыта внутри Ордена», — подсказал Лэнгдон. — Причем «Орден» — с большой буквы.

Декан, сохраняя бесстрастное лицо, приставил навершие к усеченной верхушке и ощупью выровнял грани. Он замер на мгновение, будто читая про себя молитву, и несколько раз почтительно огладил ладонями собранную пирамиду. Затем старик нашарил на столе кубик-шкатулку и, обхватив ее обеими руками, стал водить пальцами снаружи и внутри.

Наконец он поставил шкатулку обратно и откинулся в кресле.

— Скажите, — внезапно посуровевшим голосом спросил он, — почему вы ко мне пришли?

Лэнгдон такого вопроса не ожидал.

— Мы пришли, сэр, потому что вы сами нас позвали. А мистер Беллами сказал, что мы должны вам доверять.

— При этом ему самому вы доверять не захотели.

— Простите?

Белые глаза декана смотрели сквозь Лэнгдона.

— Сверток с навершием был запечатан. Мистер Беллами просил не открывать его, но вы ослушались. Более того, мистер Соломон тоже просил вас не открывать — вы поступили наперекор его просьбе.

— Сэр! — вмешалась Кэтрин. — Мы пытались выручить брата из беды. Его похититель потребовал расшифровать...

— Допускаю, — согласился декан. — И все же чего вы добились, распечатав сверток? Ничего. Похитителю нужно конкретное местоположение, он вряд ли удовлетворится фразой «Jeova Sanctus Unus».

— И я так думаю, — подтвердил Лэнгдон. — Но к сожалению, больше надписей на пирамиде нет. Все же, полагаю, карта здесь, скорее, в переносном...

— Вы ошибаетесь, профессор, — возразил декан. — Масонская пирамида — самая настоящая карта. И она указывает на реально существующее место. Но вы этого не понимаете, поскольку расшифровали пирамиду не до конца. Даже близко не подошли, можно сказать.

Лэнгдон изумленно переглянулся с Кэтрин.

Старик снова обнял ладонями пирамиду, почти ласкал.

— Эта карта, подобно самим Мистериям древности, многоуровневая, с множеством глубинных смыслов. Истинная ее тайна вам еще не открылась.

— Но, декан Галлоуэй, — попробовал убедить старика Лэнгдон, — мы изучили буквально каждый дюйм и пирамиды, и навершия! Там больше ничего нет.

— В теперешнем виде нет, согласен. Однако предметам свойственно меняться.

— Что вы имеете в виду?

— Как вам известно, профессор, пирамида дарует чудесную силу преобразования. Согласно легенде, пирамида может изменить форму... обрести иной физический облик, раскрывая свои тайны. Подобно знаменитому камню, отдавшему Экскалибур в руки короля Артура, масонская пирамида способна преобразиться — если пожелает — и открыть свою тайну достойному.

Лэнгдон заподозрил, что в таком преклонном возрасте, как у декана, ясность ума могла несколько затуманиться.

— Простите, сэр. Вы имеете в виду буквальное, физическое, преображение?

— Если я сейчас, своими руками, изменю форму этой пирамиды у вас на глазах, вы мне поверите, профессор?

Лэнгдон не знал, что и думать.

— Наверное, мне ничего другого не останется.

— Отлично. Сейчас я вам все продемонстрирую. — Галлоуэй снова промокнул платком уголки рта. — Помните, в давние времена даже самые великие умы верили, что Земля плоская? Ведь круглой она быть не может, иначе выльется вся вода из океанов. Представьте, как бы они потешались, заяви вы, что круглая Земля — это еще не все, что существует неведомая сила, удерживающая предметы на земной поверхности...

— Думаю, есть определенная разница, — возразил Лэнгдон, — между существованием гравитации и... способностью преобразовывать предметы мановением руки.

— В самом деле? А может, мы так и не вышли из мрачного Средневековья, раз норовим отвергнуть само существование таинственных, невидимых и непонятных сил? Если история нас чему-то и учит, то как раз тому, что непривычные идеи, сегодня отторгаемые, завтра станут общепризнанной истиной. Я утверждаю, что преображу эту пирамиду одним прикосновением... и у вас закрадывается сомнение в моем душевном здоровье. От историка я ожидал большего. Ведь история пестрит великими умами, утверждавшими одно и то же; по сути, человек обладает таинственными способностями, сам об этом не подозревая.

Лэнгдон понимал, что декан прав. Знаменитый герметический афоризм «Разве не знаете, что вы боги?» — один из столпов, на который опираются Мистерии древности. «Как вверху, так и внизу», «человек создан по образу и подобию Божьему», «апофеоз»... Везде та же самая идея божественности человека — заложенного в нем потенциала — прослеживалась в бесчисленных древних текстах самых разных традиций. Даже Библия восклицает в Псалме 81:6: «Вы — боги!»

— Профессор, — продолжал старик, — я понимаю, что вы, как и многие образованные люди, разрываетесь между двумя мирами, одной ногой стоя в мире физическом, другой — в духовном. Сердце жаждет поверить, а разум не позволяет. Однако вам как ученому было бы полезно взять пример с великих мыслителей. — Он на миг умолк и откашлялся. — Если мне не изменяет память, вот что сказал один из самых замечательных умов в истории человечества: «Способность воспринимать то непостижимое для нашего разума, что скрыто под непосредственными переживаниями, чья красота и совершенство доходят до нас лишь в виде косвенного слабого отзвука, — это и есть религиозность. В этом смысле я религиозен».

— Чьи это слова? — не узнал Лэнгдон. — Ганди?

— Нет, — подала голос Кэтрин. — Альберта Эйнштейна.

Кэтрин Соломон прочла абсолютно все труды Эйнштейна, пораженная его глубочайшим уважением к непознанному и мистическому, а также прогнозами, что настанет время, когда этими чувствами проникнутся все. «Религия будущего, — предсказывал Эйнштейн, — станет космической религией. Она преодолеет представление о Боге как о личности и откажется от догм и теологии».

Роберту Лэнгдону рассуждения декана явно не импонировали. Кэтрин чувствовала: он все больше разочаровывается в старом священнослужителе, — и вполне понимала почему. В конце концов, они пришли сюда в поисках ответа, а попали к слепому старику, утверждающему, что может одним прикосновением менять форму предметов... И все же страстные слова Галлоуэя о мистических силах напомнили Кэтрин о брате.

— Отец Галлоуэй, Питер в опасности! Нас преследует ЦРУ. Уоррен Беллами обещал, что вы нам поможете. Не знаю, что за секреты хранит эта пирамида и куда она указывает, но если ее расшифровка даст возможность выручить брата, надо постараться. Мистер Беллами, вероятно, предпочел бы пожертвовать жизнью Питера и сохранить тайну пирамиды, но моей семье она пока приносила только горе. Так что сегодня с ее тайнами будет покончено!

— Вы правы, — проговорил священник зловеще. — Сегодня закончится все. Вашими стараниями. — Он вздохнул. — Вы взломали печать на шкатулке, мисс Соломон, и тем самым запустили цепь необратимых событий. Сегодня в игру вступают силы, о которых вы даже не подозреваете. Назад пути нет.

Кэтрин потеряла дар речи. Слова старого священника звучали предзнаменованием Апокалипсиса, будто Галлоуэй говорил о семи печатях из Книги Откровения или о ящике Пандоры.

— При всем уважении, сэр, — вмешался Роберт Лэнгдон, — я не представляю, как можно запустить в действие что бы то ни было с помощью какой-то пирамидки.

— Разумеется, не представляете, профессор, — ответил старик, глядя сквозь него невидящими глазами. — Вы для этого еще недостаточно прозрели.

Глава 83

В Джунглях было влажно и душно. По спине Архитектора Капитолия ползли капли пота. Ныли скованные наручниками запястья, однако Беллами почти не ощущал боли: все его внимание сосредоточилось на зловещем титановом кейсе, который Сато распахнула, положив на скамейку.

«Тут то, — сказала она, — что заставит вас посмотреть на ситуацию моими глазами. Гарантированно».

Открывая крышку кейса, миниатюрная японка не дала Беллами раньше времени разглядеть, что там внутри, но воображение Архитектора уже рисовало страшные картины. Сато копалась в недрах кейса, и Беллами почти не сомневался, что сейчас оттуда появится связка бритвенно-острых металлических инструментов.

Однако чемоданчик вдруг засветился изнутри: сперва несильно, затем ярче, бросая отблеск снизу на лицо Сато. Она еще немного пошарила в глубине кейса, и свечение сменило оттенок. Наконец она убрала руки и развернула чемоданчик к Беллами.

Архитектор понял, что смотрит на экран некоего футуристического ноутбука — с телефонной трубкой, двумя антеннами и двойной клавиатурой. Облегчение, охватившее Беллами при виде этого прибора, тут же сменилось растерянностью.

На экране под эмблемой ЦРУ шли слова:

Защищенная авторизация
Пользователь: Иноуэ Сато
Категория допуска: уровень 5

Под окошком авторизации крутился значок обработки данных.

Пожалуйста, подождите... Идет дешифрование файла...

Беллами обернулся к Сато, не сводившей с него пристального взгляда.

— Я не хотела вам это показывать. Но вы не оставили мне выбора.

Экран мигнул. Открылся файл, заполнив собой все пространство дисплея.

Несколько секунд Беллами всматривался в изображение, пытаясь уловить смысл. Потом до него начало доходить, и он почувствовал, как кровь отливает от щек. В ужасе он прилип взглядом к экрану, не в силах оторваться.

— Но ведь это же... невозможно! — вырвалось у него. — Как... как такое может быть?

— Вы меня спрашиваете? — мрачно парировала Сато. — Вам лучше знать.

Постепенно Архитектор Капитолия осознал в полной мере, чем грозит увиденное на экране, и почувствовал, что мир на грани катастрофы.

«Боже... Я совершил ужасную, непоправимую ошибку!»

Глава 84

Декан Галлоуэй ощутил прилив жизненных сил.

Как и все смертные, он знал, что близок час, когда ему придется покинуть земную оболочку, однако час этот пробьет не сегодня. Его бренное сердце билось часто и сильно... мысли обострились.

«Есть дело!»

Ощупывая узловатыми подагрическими пальцами гладкие стенки пирамиды, он едва верил себе.

«Я и представить не мог, что доживу до этого момента...»

Из поколения в поколение отдельные части карты-симболона хранились порознь. Теперь они наконец воссоединились. Что, если именно сейчас и сбудется предсказание?

Как ни странно, собрать пирамиду выпало волею судьбы двум не принадлежащим к масонскому братству людям. И декану это казалось логичным.

«Мистерии покидают узкий круг... выходят из темноты... на свет».

— Профессор, — ориентируясь на слух по дыханию Лэнгдона, обратился к нему декан, — Питер вам объяснил, почему просит вас присмотреть за свертком?

— Сказал, что некие влиятельные люди будут за ним охотиться.

Галлоуэй кивнул.

— Вот и мне он привел ту же причину.

— Да? — внезапно раздался слева от него удивленный голос Кэтрин. — То есть вы с братом обсуждали пирамиду?

— Разумеется, — ответил Галлоуэй. — Мы многое обсуждали с вашим братом. Когда-то я был Досточтимым Мастером в Масонском храме, и он порой обращается ко мне за советом. Вот так Питер пришел и год назад, очень озабоченный. Сел вот тут, где вы сейчас сидите, и спрашивает, верю ли я в сверхъестественные предзнаменования.

— Предзнаменования? — тревожно переспросила Кэтрин. — То есть... видения?

— Не совсем. Скорее, интуиция. Питер признался, что чувствует растущее присутствие некой грозной темной силы. Как будто за ним следят... выжидают время... вынашивают губительные планы.

— И оказался прав, — решила Кэтрин. — Учитывая, что убийца нашей матери и моего племянника переехал в Вашингтон и стал Питеру братом по масонской ложе.

— Все так, — согласился Лэнгдон. — Однако это не объясняет вмешательство ЦРУ.

Галлоуэй придерживался другого мнения.

— Облеченным властью ее — власти — всегда не хватает.

— Но... ЦРУ — и мистические тайны? — не верил Лэнгдон. — Как-то не вяжется.

— Еще как вяжется, — возразила Кэтрин. — ЦРУ вовсю использует последние достижения техники. Эксперименты с паранормальным там велись всегда — экстрасенсорика, телепатическое наблюдение, сенсорная депривация, измененные состояния сознания под воздействием медицинских препаратов. Суть одна — прощупать нераскрытые возможности человеческого мозга. Кое-что мне Питер внушил: наука и мистика связаны очень тесно и разделяет их лишь разница в подходе. Они стремятся к одной цели — разными средствами.

— Питер говорил, — вспомнил Галлоуэй, — что вы как раз занимаетесь некой современной научной мистикой?

— Да, ноэтикой, — кивнула Кэтрин. — И она подтверждает, что мы обладаем невероятными способностями. Вот, например... — Кэтрин показала на витраж со знакомым изображением «Христа лучезарного», где голова и руки Иисуса источают яркий свет. — Совсем недавно с помощью высокочувствительной ПЗС-камеры я сфотографировала руки целителя за работой. И снимок получился точь-в-точь как изображение Христа на этом витраже — из пальцев целителя струятся потоки света.

«Да уж, открытие, — подумал Галлоуэй, пряча улыбку. — А как иначе Христос исцелял калек?»

— Я понимаю, — продолжала Кэтрин, — что современная медицина не воспринимает всерьез целителей и шаманов, но я видела все своими собственными глазами. На снимке ПЗС-камерой четко видно, что пальцы целителя окружает мощное энергетическое поле, буквально изменяющее клетки пациента. Что это как не божественная сила?

Декан Галлоуэй позволил себе улыбнуться в открытую. А Кэтрин, оказывается, такая же страстно увлеченная, как и ее брат.

— Питер как-то сравнил ученых, занимающихся ноэтикой, с первооткрывателями, которые приняли еретическую идею о круглой Земле. Чуть ли не в одночасье эти первооткрыватели превратились из безумцев в героев, заполняющих белые пятна на карте и открывающих человечеству новые горизонты. Питер считает, вам предстоит то же самое. Он возлагает большие надежды на ваш труд. В конце концов, любой философский прорыв, как показывает история, начинался с одной-единственной смелой идеи.

Впрочем, Галлоуэю не нужно было отправляться в лабораторию за подтверждением безграничности человеческих возможностей, о которой только что рассказала Кэтрин. В стенах собора не раз проводились совместные молитвы об исцелении, приносившие удивительные, невероятные результаты, подтверждавшиеся медицинскими освидетельствованиями. Вопрос не в том, действительно ли Господь наделил человека огромной силой, а в том, как явить эту силу на свет.

Старый декан почтительно обхватил ладонями масонскую пирамиду и тихо произнес:

— Друзья мои, я не знаю, куда именно указывает эта пирамида, но мне известно вот что... Где-то там скрыто небывалой духовной ценности сокровище, которое много лет терпеливо дожидалось в темноте, под спудом. Вероятно, оно и станет тем самым катализатором преобразования мира. — Он коснулся золотого навершия. — Пирамида собрана, а значит, час стремительно приближается. Почему бы нет? Пророчества испокон веков обещали великое озарение, ведущее к всеобщему преобразованию.

— Отец Галлоуэй, — возразил Лэнгдон, — нам прекрасно известно и Откровение Иоанна Богослова, и буквальное значение Апокалипсиса, но ведь библейское пророчество не может считаться...

— Нет-нет, Книга Откровения — это полная неразбериха! — воскликнул декан. — Кто ни возьмется читать, все вязнут. Я же говорю о ясных умах, излагавших ясные мысли: предсказания святого Августина, прогнозы сэра Фрэнсиса Бэкона, Ньютона, Эйнштейна и далее по списку. Все они предполагали преобразование через озарение. Сам Иисус изрек: «Ибо нет ничего тайного, что не сделалось бы явным, ни сокровенного, что не сделалось бы известным и не обнаружилось бы».

— Надежное пророчество, как такому не сбыться, — рассудительно заметил Лэнгдон. — Знания копятся в геометрической прогрессии. Чем больше мы узнаём, тем лучше учимся и тем быстрее расширяем базу знаний.

— Да, — подтвердила Кэтрин. — В науке такое сплошь и рядом. Каждая свежеизобретенная технология становится инструментом для изобретений новой — и так далее, как снежный ком. Поэтому наука и совершила рывок за последние пять лет дальше, чем за предшествующие пять тысяч. Рост по экспоненте. Со временем экспоненциальная кривая устремляется почти вертикально, и новые открытия возникают все быстрее и быстрее.

В кабинете декана повисла тишина. Галлоуэй осознал, что гости по-прежнему теряются в догадках, как пирамида может подсказать им дальнейшее направление.

«Вот почему судьба привела вас ко мне. Мне тоже отведена роль».

Многие годы преподобный Колин Галлоуэй вместе с собратьями по масонской ложе исполнял роль хранителя врат. Теперь все изменится.

«Я больше не хранитель... Теперь я — проводник».

— Профессор Лэнгдон! — Галлоуэй потянулся через стол. — Дайте, пожалуйста, руку.

Роберт Лэнгдон в замешательстве уставился на руку старика.

«Мы что, молиться будем?»

Но все же почтительно вложил свою правую руку в ссохшуюся ладонь декана. Галлоуэй крепко сжал ее, но молитвы не последовало. Вместо этого он нащупал указательный палец Лэнгдона и завел его внутрь каменной шкатулки, где хранилось золотое навершие.

— Зрения порой мало, — пояснил декан. — Если бы вы изучали предметы ощупью, как я, то поняли бы, что шкатулка может поведать еще кое-что.

Лэнгдон послушно провел пальцем по дну и стенкам, но ничего нового не обнаружил. Идеально гладкий камень.

— Ищите, ищите, — не унимался старик.

Наконец Лэнгдон ощутил какую-то неровность — крохотное кольцо, едва заметную точку на дне шкатулки, в самом центре. Вытащив руку, он заглянул в темную глубину и тут же понял, что невооруженным глазом этот кружок не увидеть.

«Что же это такое?»

— Узнаёте символ? — спросил Галлоуэй.

— Символ? Я вообще ничего не вижу.

— Нажмите на него.

Лэнгдон повиновался и снова нащупал пальцем точку.

«И что же, по его мнению, должно произойти?»

— Прижмите посильнее, — велел декан. — Надавите.

Лэнгдон обернулся к Кэтрин, но та лишь в недоумении заправила прядь волос за ухо.

— Все, можете убирать. Опыт удался, — объявил декан спустя несколько секунд.

«Опыт?»

Лэнгдон вытащил палец из шкатулки и помолчал, не зная, что сказать. Все осталось по-прежнему. Шкатулка по-прежнему стояла на столе.

— Ничего... — произнес наконец Лэнгдон.

— Взгляните на свой палец, — подсказал декан. — И увидите преобразование.

Единственное, что увидел Лэнгдон на кончике пальца, — это отпечаток выступавшего на дне шкатулки кольца с точкой в центре.

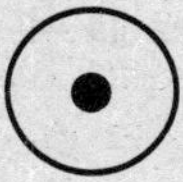

— Ну что, теперь узнаёте? — поинтересовался декан.

Лэнгдон, разумеется, узнал, но больше его поразило, с какой точностью этот символ распознал Галлоуэй. Очевидно, чтение вслепую — настоящее искусство.

— Это из алхимии, — придвинувшись вместе с креслом поближе и взглянув на палец Лэнгдона, заявила Кэтрин. — Таким символом в древности обозначали золото.

— Верно. — Декан, улыбнувшись, похлопал по шкатулке. — Поздравляю, профессор. Вы только что осуществили мечту всех алхимиков. Превратили бесполезную субстанцию в золото.

Лэнгдон разочарованно сдвинул брови. Ерундовый салонный фокус, что в нем толку?

— Мысль интересная, сэр, но, боюсь, у этого символа — круга с точкой — найдутся десятки других значений. Это ведь так называемый циркумпункт, один из самых распространенных знаков в истории.

— Что вы хотите этим сказать? — скептически поинтересовался декан.

От масона Лэнгдон ожидал более глубоких познаний в духовной символике.

— Сэр, у циркумпункта бесчисленное множество разных значений. В Древнем Египте он служил символом бога Ра — бога солнца — и в современной астрономии до сих пор используется для обозначения нашего светила. В восточной философии он символизирует духовное озарение третьего глаза, божественную розу и знак просветления. Каббалисты обозначают им кетер — высший сфирот и «самый сокровенный из сокровенного». Древние мистики называли его божьим оком — именно от него происходит Всевидящее око на Большой печати. У пифагорейцев циркумпункт служил символом монады — божественной истины, prisca sapientia — мудрости древних, единение души и тела, а у...

— Хватит, хватит... — засмеялся декан. — Благодарю, профессор! Вы, разумеется, правы.

Лэнгдон понял, что его провели. «Он и без меня все знал».

— Циркумпункт, — пояснил декан, — это прежде всего символ Мистерий древности. Поэтому, смею предположить, его присутствие в данной шкатулке не случайно. Согласно легенде, наша карта скрывает свои тайны в мельчайших деталях.

— Отлично, — подхватила Кэтрин. — Пусть даже этот символ был нанесен на дно шкатулки намеренно — как он поможет нам продвинуться в расшифровке?

— Помнится, на восковой печати, которую вы взломали, был оттиск перстня Питера?

— Был.

— И перстень в данный момент при вас?

— При мне. — Лэнгдон отыскал в кармане перстень и, вытащив его из полиэтиленового пакета, положил на стол перед деканом.

Галлоуэй принялся бережно ощупывать кольцо.

— Этот перстень неповторим, он был создан одновременно с масонской пирамидой, и по традиции его носит тот, кому доверено ее хранить. И сегодня, когда я обнаружил крошечный циркумпункт на дне каменной шкатулки, меня осенило: ведь перстень — это часть симболона.

— Правда?

— Я уверен. Питер — мой ближайший друг, он носил этот перстень много лет. Я хорошо его помню. — Он передал кольцо Лэнгдону. — Сами взгляните.

Лэнгдон принялся изучать перстень, обвел

пальцами контуры двуглавого феникса, числа

«тридцать три», надписей «ORDO AB CHAO» и «Все явит тридцать третий градус». Ничего, что могло бы натолкнуть на разгадку. И тут, ощупывая внешний ободок кольца, он вдруг замер. Перевернув перстень, он уставился в изумлении на самый низ ободка.

— Нашли? — спросил Галлоуэй.

— Кажется, да!

Кэтрин придвинулась еще ближе.

— Что там?

— Знак градуса на ободке, — демонстрируя кольцо, пояснил Лэнгдон. — Он такой крошечный, что невооруженным глазом не разглядишь, но если пощупать, то понимаешь, что он на самом деле выдавлен. Такая крохотная круглая вмятина. — Знак градуса располагался в самом низу ободка и по размерам вполне совпадал с выпуклой точкой на дне каменной шкатулки.

— Они что, одной величины? — воодушевилась Кэтрин.

— Есть способ проверить... — Опустив кольцо в шкатулку, Лэнгдон совместил два крохотных кружка, затем надавил, и утолщение на дне точно вошло в выемку перстня. Послышался едва различимый, но отчетливый щелчок.

Все подскочили в креслах.

Лэнгдон ждал — но ничего не происходило.

— Что там?! — подал голос слепой священник.

— Ничего, — ответила Кэтрин. — Кольцо совпало, защелкнулось — но больше ничего...

— Никакого преображения? — озадаченно переспросил декан.

«Мы не закончили, — сообразил Лэнгдон, глядя на остальную символику перстня — двуглавого феникса и число «тридцать три». — Все явит тридцать третий градус...» В голове проносились мысли о Пифагоре, священной геометрии, углах — а что, если имеется в виду геометрический «градус»?

Осторожно, несмотря на бешеное биение сердца, он взялся пальцами за вертикально стоящее на дне шкатулки кольцо. И так же медленно, осторожно стал поворачивать его вправо.

«Все явит тридцать третий градус».

Он повернул кольцо на десять градусов... на двадцать... тридцать...

Того, что произошло дальше, Лэнгдон не ожидал никак.

Глава 85

Преображение.

Декан Галлоуэй все расслышал, поэтому мог легко представить себе картину.

Напротив застыли в немом изумлении Лэнгдон и Кэтрин, чьи взгляды были, без сомнения, прикованы к каменному кубу, который, судя по гулкому стуку, только что претерпел трансформацию.

Галлоуэй не мог сдержать улыбки. Он предвидел именно такой результат и, хотя пока не понимал, как это приблизит их к разгадке тайны, упивался редкостной возможностью разъяснить гарвардскому профессору кое-что о символах.

— Профессор, мало кто догадывается, что масоны почитают куб — или, как мы его называем, ашлар, — поскольку он являет собой трехмерное воплощение другого символа, гораздо более древнего и двумерного. — Галлоуэю не надо было уточнять, узнаёт ли Лэнгдон этот самый символ, раскинувшийся перед ними на столе. Один из самых знаменитых символов в мире.

Роберт Лэнгдон смотрел на преображенную шкатулку, и в голове его бурлили мысли.

«Я и не подозревал...»

С минуту назад он взялся за торчащий из шкатулки масонский перстень и начал медленно поворачивать. И как только оборот достиг тридцати трех градусов, куб изменился у всех на глазах. Пришли в действие потайные петли, и квадратные стенки вместе с крышкой распались, с громким стуком откидываясь на столешницу.

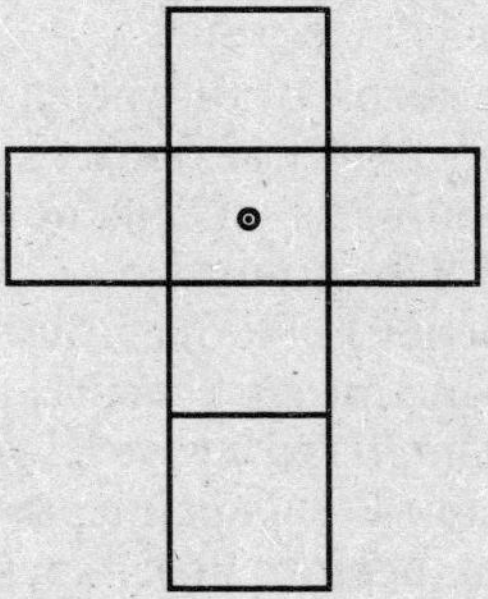

«Куб превращается в крест, — размышлял Лэнгдон. — Символическая алхимия».

Кэтрин вид распавшегося куба поверг в замешательство.

— Масонская пирамида связана с христианством?

На мгновение Лэнгдон задался тем же вопросом. В конце концов, христианское распятие — вполне почитаемый у масонов символ, да и христиан среди масонов немало. Впрочем, как и иудеев, мусульман, буддистов, индуистов и тех, чей бог не имел собственного имени. Предпочтение исключительно христианского символа было бы несправедливым... И тогда на Лэнгдона снизошло озарение.

— Это не распятие! — Лэнгдон поднялся с кресла. — Крест с циркумпунктом в середине — это двойной символ, два знака, слитые воедино.

— То есть? — Кэтрин обернулась к Лэнгдону, который теперь ходил туда-сюда по кабинету.

— Крест стал христианским символом лишь в четвертом веке. Задолго до этого он означал у египтян пересечение земного с небесным. Как вверху, так и внизу. Иллюстративное обозначение той области, где объединяются человек и Бог.

— Положим.

— Циркумпункт, — продолжал Лэнгдон, — как известно, обладает множеством значений, из которых, пожалуй, самое эзотерическое — это роза, символ совершенства в алхимии. Но если поместить розу в центр креста, получится совершенно новый символ... Роза и крест...

Галлоуэй с улыбкой откинулся в кресле.

— Вот-вот-вот. Это уже ближе к делу.

Теперь и Кэтрин вскочила на ноги.

— О чем вы? Я не понимаю.

— Крест с розой, — объяснил Лэнгдон, — это весьма распространенный у вольных каменщиков символ. Например, один из градусов Шотландского устава называется «Рыцари Розенкрейцеры» — рыцари розы и креста, в честь древних розенкрейцеров, внесших свой вклад в формирование масонской мистической философии. Питер наверняка тебе о них говорил. К их капитулу принадлежали многие великие ученые — Джон Ди, Элиас Ашмол, Роберт Флуд...

— Разумеется! — перебила Кэтрин. — Я прочитала все манифесты розенкрейцеров, когда вела исследования.

«Это любому ученому на пользу», — отметил Лэнгдон. Орден Креста и Розы — или, более официально, Древний мистический орден Розы и Креста — оказал огромное влияние на науку и имел как загадочное происхождение, так и много общего с Мистериями древности. Тайные знания, что пришли из глубины веков, были доступны теперь лишь ярчайшим умам. Список розенкрейцеров, оставивших след в истории, — это энциклопедия гениев европейского Возрождения: Парацельс, Бэкон, Флуд, Декарт, Паскаль, Спиноза, Ньютон, Лейбниц...

Согласно доктрине розенкрейцеров, орден «строился на древних эзотерических истинах», которые надлежало «хранить вдали от масс» и которые сулили величайшее «духовное озарение». С годами символ братства розенкрейцеров вырос в пышную розу на изукрашенном кресте, однако начиналось все со скромной точки в круге на простой крестовине — простейшем изображении розы на простейшем изображении креста.

— Мы с Питером часто беседовали о философии розенкрейцеров, — сообщил Галлоуэй, обращаясь к Кэтрин.

И декан пустился в рассуждения о взаимосвязи между масонским и розенкрейцерским братствами, а Лэнгдона по-прежнему мучил вопрос, не дававший профессору покоя весь вечер.

«Jeova Sanctus Unus. Это как-то связано с алхимией...»

Припомнить точно, что именно говорил Питер насчет этой фразы, профессор не мог, но что-то такое шевелилось при упоминании о розенкрейцерах...

«Думай, Роберт, думай!»

— Основателем братства, — объяснял тем временем Галлоуэй, — считается немецкий мистик, известный историкам как Христиан Розенкрейц, хотя на самом деле это был псевдоним, под которым скрывался, возможно, сам Фрэнсис Бэкон — некоторые считают именно его основателем ордена, хотя доказательств...

— Псевдоним! — неожиданно даже для самого себя вскричал Лэнгдон. — Точно! Jeova Sanctus Unus. Это псевдоним!

— О чем это ты? — не поняла Кэтрин.

Сердце у Лэнгдона учащенно билось.

— Я все пытался вспомнить, что Питер говорил про Jeova Sanctus Unus и какое отношение эта фраза имеет к алхимии. И вспомнил наконец! Дело не в алхимии, а в алхимике. В очень знаменитом, причем!

Галлоуэй усмехнулся:

— Пора бы уже, профессор. Я упомянул его имя дважды — да еще и слово «псевдоним» употребил.

Лэнгдон недоуменно уставился на декана.

— Вы знали?!

— Начал подозревать, когда вы рассказали про надпись «Jeova Sanctus Unus», расшифрованную с помощью алхимического волшебного квадрата Дюрера, ну а когда обнаружился крест с розой, сомнения развеялись окончательно. Как вам, наверное, известно, в личной библиотеке этого ученого хранился испещренный пометками сборник розенкрейцерских манифестов.

— И кто это? — не выдержала Кэтрин.

— Ученый с мировым именем! — ответил Лэнгдон. — Алхимик, член Лондонского королевского общества, розенкрейцер, а свои самые секретные научные труды он подписывал псевдонимом «Jeova Sanctus Unus»!

— Единый истинный Бог? Скромняга... — съязвила Кэтрин.

— Гений! — поправил Галлоуэй. — Во-первых, он, как и древние адепты, считал себя равным Богу. А во-вторых, шестнадцать букв фразы «Jeova Sanctus Unus» при перестановке как раз и дают его имя в латинской транскрипции, так что псевдоним выбран идеально.

Кэтрин задумалась.

— «Jeova Sanctus Unus» — это анаграмма латинской транскрипции имени известного алхимика?

Лэнгдон, отыскав на столе карандаш и лист бумаги, принялся изображать, попутно объясняя:

— В латыни буквы J и I взаимозаменяемы, то же самое с V и U... Поэтому из Jeova Sanctus Unus идеально складывается имя нашего ученого.

И Лэнгдон одну за другой написал шестнадцать букв: Isaacus Neutonuus.

— Думаю, ты о нем слышала, — подмигнул он Кэтрин, вручая листок.

— Исаак Ньютон? — прочла Кэтрин вслух. — Так вот на что намекала гравировка пирамиды!

Лэнгдон на секунду перенесся мыслями в Вестминстерское аббатство, на пирамидальное надгробие могилы Ньютона, где на него самого когда-то снизошло озарение.

«И вот великий ученый снова выходит на сцену».

Разумеется, совпадение не случайно. Пирамиды, тайны, наука, древняя мудрость... все взаимосвязано. Имя Ньютона неизбежно привлекает искателей тайных знаний.

— Исаак Ньютон, — продолжил рассуждения Галлоуэй, — должен навести нас на мысль, как расшифровать пирамиду. Каким образом, предположить не берусь, но...

— Гениально! — округлив глаза, воскликнула Кэтрин. — Вот как мы преобразуем пирамиду!

— Ты догадалась?

— Да! Как же мы просмотрели? Ведь разгадка прямо у нас под носом. Простейший алхимический процесс. Сейчас я преображу эту пирамиду, опираясь на самые обыкновенные законы физики. Законы Ньютона.

Лэнгдон силился понять, что она имеет в виду.

— Декан Галлоуэй, — обратилась Кэтрин к старику, — вы читали надпись на перстне и наверняка помните...

— Стойте! — Декан поднял палец, призывая к молчанию, и слегка склонил голову, будто прислушиваясь. Затем резко поднялся на ноги. — Друзья мои, пирамида открыла нам еще не все свои тайны. Не знаю, к чему ведет мисс Соломон, но, коль скоро ей известно, что делать дальше, моя задача выполнена. Собирайте вещи, а мне больше ни слова. Оставьте меня во мраке неведения. Пусть мне будет нечего скрывать, если вдруг нашим гостям вздумается выбивать из меня информацию силой.

— Гостям? — Кэтрин тоже прислушалась. — Никого нет...

— Будут. — Галлоуэй направился к двери. — Торопитесь!

Вышка сотовой связи посылала сигнал на разбитый вдребезги телефон, который валялся посреди Массачусетс-авеню. Безуспешно. Вызов был переадресован на голосовую почту.

— Роберт! — выкрикнул в панике Уоррен Беллами. — Вы где? Позвоните! Тут что-то ужасное творится!

Глава 86

Стоя у каменного стола в лазоревом свете подвальных ламп, Малах продолжал приготовления. В животе заурчало, но он не обращал на это внимания. Давно позади те дни, когда он подчинялся зову плоти.

«Преображение требует жертвы».

По примеру многих избравших путь развития духа, Малах принес благороднейшую из жертв. Процедура кастрации оказалась менее болезненной, чем он представлял. И, как выяснилось, довольно распространенной. Ежегодно хирургической кастрации (орхиэктомии) подвергаются тысячи мужчин по самым разным причинам: смена пола, стремление обуздать сексуальные аппетиты или в силу глубоко религиозных соображений. Малахом двигали мотивы самого высокого порядка. Подобно мифическому Аттису, который оскопил себя, Малах понимал, что достичь бессмертия можно, лишь окончательно порвав с гендерной принадлежностью.

«Андрогины суть единение».

Сегодня на евнухов смотрят косо, а вот древние осознавали, какие силы высвобождаются в результате трансмутационной жертвы. Ранние христиане слышали, как, согласно Матфею (19:12), сам Иисус превозносил ее достоинства: «И есть скопцы, которые сделали сами себя скопцами для Царства Небесного. Кто может вместить, да вместит».

Питер Соломон тоже пожертвовал куском плоти... Впрочем, кисть руки — ничтожная плата за участие в великих свершениях. К концу дня Соломон принесет гораздо большую жертву.

«Чтобы создать, я должен разрушить».

Такова природа полярности.

Питер Соломон, вне всяких сомнений, заслужил тот жребий, что выпал ему сегодня. По делам и расплата. Когда-то он сыграл ключевую роль в том, как сложился земной путь Малаха. И именно поэтому ему уготована не менее важная роль в великом преображении. Этот человек заслужил всю боль и ужас, которые ему предстоит испытать. Питер Соломон вовсе не тот, кем его считают.

«Он пожертвовал собственным сыном».

Когда-то Питер Соломон поставил своего сына, Закари, перед невозможным выбором — богатство или мудрость.

«Закари выбрал неправильно».

Это решение стало первым шагом по пути, который в конце концов завел юношу в бездну ада.

«Тюрьма “Соганлик”».

Закари Соломон погиб в турецкой тюрьме. История стала известна всему миру... но о том, что Питер Соломон имел возможность спасти сына, не знал никто.

«Я там был, — вспоминал Малах. — Я все слышал».

Та ночь врезалась ему в память навечно. Своим суровым решением Соломон отнял жизнь у сына, Зака, — и подарил ее Малаху.

«Кто-то должен умереть, чтобы другие жили».

Освещение в комнате начало менять оттенок, и Малах осознал, что час уже поздний. Закончив приготовления, он направился к лесенке, ведущей наверх. Пора уделить немного внимания и земным делам.

Глава 87

«“Все явит тридцать третий градус!” — мысленно твердила Кэтрин на бегу. — Я знаю, как преобразить пирамиду». Весь вечер разгадка лежала буквально на поверхности, прямо под носом.

Кэтрин с Лэнгдоном бежали по пристройке, ориентируясь по указателям с надписью «Клуатр». Как обещал декан, вскоре они выскочили во внутренний двор, окруженный массивными каменными стенами.

Клуатр Национального собора представлял собой пятиугольный садик с бронзовым постмодернистским фонтаном в обрамлении арочных галерей. Плеск воды, отражающийся эхом от каменных арок, показался Кэтрин чересчур резким и громким. И тут она поняла, что шумит не фонтан, а...

— Вертолет!

Ночное небо прорезал яркий луч.

— Быстро, в галерею!

Слепящий свет поискового прожектора залил крохотный клуатр, но Кэтрин с Лэнгдоном метнулись на другую сторону и, скользнув под готической аркой, нырнули в тоннель, ведущий к наружной лужайке, и затаились. Вертолет пролетел над ними и начал описывать широкие круги над собором.

— Выходит, Галлоуэй не ошибся насчет гостей, — проронила изумленная Кэтрин.

«Чем слабее зрение, тем тоньше слух».

Сама она, наоборот, почти оглохла от стука собственного сердца.

— Нам сюда. — Лэнгдон подхватил саквояж и двинулся по проходу.

На прощание декан Галлоуэй выдал им один-единственный ключ и подробные инструкции. Короткий тоннель остался позади, и от цели беглецов отделяла широкая лужайка, залитая светом прожектора от кружащего над головой вертолета.

— Не перебраться...

— Стой... смотри! — Лэнгдон указал на черную тень, накрывающую лужайку слева. Сначала расплывчатая, бесформенная, она быстро росла, надвигаясь на них, обретая очертания, обрушиваясь, вытягиваясь, и наконец превратилась в огромный черный прямоугольник с двумя длиннющими шпилями.

— Это же фасад собора перекрывает луч прожектора! — догадался Лэнгдон.

— Они садятся у входа!

Лэнгдон схватил Кэтрин за руку.

— Вперед!

* * *

К декану Галлоуэю вернулась давно утраченная легкость поступи. Оставив позади средокрестие, он шел по главному нефу к нартексу и западному порталу.

До него доносился шум вертолета, зависшего перед собором. Декан вспомнил то время, когда он еще различал цвета, и представил, как пронзает окно-розетку луч прожектора, рассыпая калейдоскоп огней по всему пресвитерию. Как ни странно, непроницаемый мрак, ставший обителью Галлоуэя, расцветил для него жизнь по-новому.

«Сейчас я вижу даже лучше, чем раньше».

Галлоуэй начал служить Господу с ранних лет и на всю жизнь проникся огромной — какую только способен испытывать человек — любовью к церкви. Как и многие его коллеги, всецело отдавшие себя Господу, священник не отличался крепким здоровьем. Все его жизненные силы ушли на то, чтобы нести свое слово сквозь шум невежества.

«А чего я ждал?»

В борьбе за власть уже многие сотни лет — от Крестовых походов и Святой инквизиции до современной политики Соединенных Штатов — именем Иисуса Христа прикрывались, словно щитом. Испокон веков невежды кричали громче всех, подчиняя своей воле простодушную толпу. Свои мирские желания они подкрепляли цитатами из Писания, в котором не понимали ровным счетом ничего. Они кичились нетерпимостью к инакомыслящим как доказательством своих убеждений. И теперь, по прошествии веков, человечество окончательно вытравило всю изначальную красоту образа Христа.

Сегодняшняя встреча с символом креста и розы пробудила в сердце Галлоуэя величайшую надежду, напомнив о пророчествах из розенкрейцерских манифестов, которые декан столько раз перечитывал раньше и помнил до сих пор.

Глава первая: Господь Иегова во искупление человечества откроет те тайны, что ранее были уготованы лишь избранным.

Глава четвертая: И станет весь мир как одна книга, и придут к согласию наука и богословие.

Глава седьмая: Богом решено твердо и неотменно — даровать и послать миру перед его кончиной истину, свет, жизнь и славу, дабы облегчить его страдание.

Глава восьмая: Но лишь тогда будет даровано откровение, когда мир очнется от тяжелого сна, куда погрузило его поднесенное в отравленном кубке вино богословской лжи.

Осознавая, что церковь давным-давно сошла с пути истинного, Галлоуэй посвятил жизнь тому, чтобы вернуть ее обратно. И вот теперь этот час стремительно близился.

«Ночь особенно темна перед рассветом».

Оперативный агент ЦРУ Тернер Симкинс соскочил с подножки вертолета, опускающегося на покрытую инеем траву. Он дождался, пока выпрыгнут остальные, и тут же махнул рукой пилоту, чтобы поднимал машину и не спускал глаз с выходов.

«Никто не покинет здание незамеченным».

Вертолет взмыл в ночное небо, а отряд Симкинса уже взбегал по лестнице к главному порталу. Пока агент решал, в которую из шести дверей постучать, одна из них отворилась.

— Да? — раздался из темноты негромкий голос.

Симкинс едва различил очертания согбенной фигуры в облачении священника.

— Вы декан Колин Галлоуэй?

— Да, это я, — ответил старик.

— Я разыскиваю Роберта Лэнгдона. Вы его видели?

Старик шагнул вперед, глядя мимо Симкинса невидящими белыми глазами.

— Это было бы поистине чудом...

Глава 88

«Времени все меньше».

Нола Кей, аналитик Службы безопасности, допивала третью чашку кофе. От нервного напряжения и избытка кофеина казалось, будто по телу пропустили электрический ток.

«Никаких вестей от Сато».

Наконец зазвонил телефон, и Нола схватила трубку.

— Служба безопасности. Нола слушает.

— Нола, это Рик Пэриш из системной безопасности.

У Нолы поникли плечи.

«Не Сато».

— Здравствуйте, Рик. Чем могу помочь?

— Хотел предупредить. У нас тут кое-какая информация образовалась, как раз по вашей последней теме.

Нола резко опустила чашку на стол.

«Ему-то откуда известно, над чем я работаю?!»

— Что, простите?

— Ну, мы же проводим сейчас бета-тест программы СИ, — пояснил Пэриш. — Она и мониторит ваш компьютер.

Нола вспомнила, что агентство установило у себя новую программу системной интеграции, которая рассылала уведомления в режиме реального времени в разные отделы, обрабатывающие потенциально связанные между собой данные. В эпоху террористической угрозы, когда все решают секунды, для предотвращения опасности зачастую достаточно вовремя получить уведомление, что в соседнем кабинете анализируют как раз ту информацию, что нужна тебе. Хотя, на взгляд Нолы, от программы было больше помех, чем пользы, поэтому она прозвала системную интеграцию — СИ — «совместной идиотизацией».

— Точно, забыла совсем, — ответила Нола. — Что у вас там? — Она прекрасно знала, что в здании ЦРУ ни один человек, кроме нее, не осведомлен насчет «кризиса» и уж тем более не может работать параллельно с ней. Единственное, что Нола сегодня делала на компьютере, — это проводила по требованию Сато исследование истории эзотерических масонских учений. Однако пришлось подыгрывать коллеге.

— Может, это и пустяки, — продолжал Пэриш, — но мы сегодня отловили хакера, а программа сигналит, что надо поделиться с вами.

«Хакера?» Нола отпила кофе.

— Слушаю.

— Около часа назад мы тормознули хакера по фамилии Зубианис, который пытался вскрыть файл на одной из внутренних баз данных. Парень утверждает, что выполнял работу по заказу и понятия не имеет, почему кому-то потребовался именно этот файл. Разумеется, ему неизвестно, что документ находится на сервере ЦРУ.

— Ясно.

— Мы с ним закончили, тут все чисто. Но вот что странно: этот же файл был сегодня запрошен внутренним поисковиком. Такое впечатление, будто кто-то прицепом пролез в нашу систему, задал поиск по неким ключевым словам и получил «выжимку» из документа. Так вот, самое странное — в ключевых словах. Особенно в одном, которому программа СИ выдала статус первостепенной важности. Это слово, кроме как у вас и у меня, нигде не встречается. — Он помолчал. — Слово «симболон» вам знакомо?

Нола подскочила в кресле, пролив кофе на стол.

— Другие слова там тоже весьма специфические, — добавил Пэриш. — «Пирамида», «портал»...

— Немедленно ко мне, — велела Нола, вытирая столешницу. — И несите все, что нашли.

— По-вашему, эти слова...

— Сейчас же!

Глава 89

Богословский колледж — изящное здание, похожее на замок, — располагался в непосредственной близости от Национального собора. Изначально задуманный первым епископом Вашингтона как пасторский колледж, он был создан для дальнейшей подготовки священнослужителей после рукоположения. Теперь же колледж предлагает слушателям разнообразное множество курсов по теологии, вселенской справедливости, целительству и духовности.

Промчавшись по лужайке, Лэнгдон и Кэтрин открыли дверь колледжа полученным от Галлоуэя ключом и прошмыгнули внутрь, как раз когда вертолет снова завис над собором и мощный прожектор превратил ночь в день. Пытаясь отдышаться, беглецы застыли в вестибюле и огляделись. Через окна проникало достаточно света, и Лэнгдон не стал включать лампы, боясь выдать их с Кэтрин убежище. Они двинулись по центральному коридору, мимо конференц-залов, аудиторий и рекреаций. Интерьер напомнил Лэнгдону неоготические корпуса Йельского университета — снаружи дух захватывает, а внутри все на удивление функционально и практично, на смену старинному убранству пришли современные материалы, способные выдержать плотный людской поток.

— Туда! — Кэтрин указала в дальний конец коридора.

Она еще не поделилась с Лэнгдоном своим озарением насчет пирамиды, на которое ее натолкнуло имя Исаака Ньютона. Успела только обронить на бегу, что загадка решается с помощью самого обычного закона физики. Наверняка здесь, в колледже, найдется все, что ей для этого нужно. Лэнгдон пока понятия не имел, что ей понадобится и как она собирается преобразовать кусок цельного гранита или золота, однако после произошедшего у них на глазах превращения куба в крест надежды у него прибавилось.

В конце коридора Кэтрин остановилась и нахмурила брови, не находя того, что искала.

— Ты говорил, тут есть жилые помещения?

— Да, для участников конференций.

— Значит, где-то должна быть и кухня?

— Ты проголодалась?

Кэтрин ответила суровым взглядом.

— Нет, мне нужна лаборатория.

«Разумеется. — Тут Лэнгдон заметил уходящую вниз лестницу, обозначенную многообещающим указателем. — Самая любимая в Америке пиктограмма».

Внизу обнаружилась типичная столовская кухня — много хрома, гигантские миски, кастрюли — явно для готовки на большое количество людей. Ни одного окна. Прикрыв за собой дверь, Кэтрин включила свет. Тут же загудела автоматическая вытяжка.

Кэтрин принялась обшаривать шкафы в поисках нужных принадлежностей.

— Роберт, выгрузи пирамиду на стол, — велела она.

Чувствуя себя как начинающий поваренок в присутствии знаменитого шеф-повара вроде Даниеля Булю, Лэнгдон послушно вытащил пирамиду и водрузил сверху золотое навершие. Кэтрин в это время наполняла огромную кастрюлю горячей водой из крана.

— Поставь на плиту, пожалуйста.

Лэнгдон, стараясь не расплескать, взгромоздил кастрюлю на конфорку. Кэтрин открыла газ и зажгла пламя.

— Омаров будем варить? — с надеждой полюбопытствовал Лэнгдон.

— Очень смешно. Нет, варить не будем, будем творить — алхимию. И кастрюля, к твоему сведению, не для омаров, а для пасты. — Кэтрин показала на вставку-дуршлаг, которую она заранее вынула из кастрюли и оставила на столе рядом с пирамидой.

«Кто бы мог подумать».

— Значит, для расшифровки пирамиды надо сварить макароны?

Кэтрин пропустила саркастический вопрос мимо ушей, решив, что пора отбросить шутки в сторону.

— Ты наверняка в курсе, что масоны не случайно выбрали высшим градусом именно тридцать третий, — это связано как с историей, так и с символикой.

— Разумеется, — подтвердил Лэнгдон. Во времена Пифагора, за шесть столетий до Рождества Христова, в нумерологии число тридцать три почиталось как высшее из совершенных. Оно было священным, означающим божественную истину. Переняли это отношение и масоны — впрочем, не только они. Не случайно в христианской традиции принято считать, что Иисус был распят в возрасте тридцати трех лет, хотя никакими историческими источниками это не подтверждено. Не случайно Иосифу, согласно преданию, было тридцать три, когда он женился на Марии; Иисус сотворил именно тридцать три чуда, имя Господа упоминается в Книге Бытия ровно тридцать три раза, а в исламе небожители навсегда оставались тридцатитрехлетними.

— Число тридцать три почитается как священное во многих мистических традициях, — подытожила Кэтрин.

— Точно, — согласился Лэнгдон, по-прежнему недоумевая, при чем тут кастрюля для варки пасты.

— Значит, ничего удивительного, что алхимик, розенкрейцер и мистик Исаак Ньютон тоже придавал большое значение числу тридцать три.

— Еще бы. Ньютон с головой окунулся в нумерологию, пророчества и астрологию, но как...

— «Все явит тридцать третий градус».

Роберт Лэнгдон вытащил из кармана перстень Питера и перечел надпись. Потом посмотрел на кастрюлю с водой.

— Прости, все равно не понимаю.

— Роберт, сначала мы решили, что под тридцать третьим градусом имеется в виду масонская степень, а потом догадались повернуть на тридцать три градуса перстень и превратили куб в крест. Тогда мы поняли, что слово «градус» здесь используется в другом смысле.

— Ну да, в геометрическом.

— Правильно. Но у «градуса» есть и другие значения.

Лэнгдон снова посмотрел на подогреваемую кастрюлю.

— Температура.

— Именно! — похвалила Кэтрин. — Разгадка пряталась на самом виду.

«Все явит тридцать третий градус».

Если нагреть пирамиду до тридцати трех градусов... что-нибудь наверняка откроется.

Лэнгдон не сомневался в исключительной остроте ума Кэтрин Соломон — однако кое-что она явно упустила из виду.

— Тридцать три градуса по Фаренгейту — это ведь почти минусовая температура. Может, следует положить пирамиду в морозилку?

Кэтрин улыбнулась:

— Ни в коем случае. Мы ведь готовим по рецепту великого алхимика и розенкрейцера, который подписывался псевдонимом Jeova Sanctus Unus.

«Исаак Ньютон еще и рецепты сочинял?»

— Роберт, температура — это основной алхимический фактор, и ее не всегда измеряли по шкале Фаренгейта или Цельсия. Есть и более древние шкалы, причем создателем одной из них как раз является Исаак...

— Шкала Ньютона! — воскликнул Лэнгдон, сообразив, что Кэтрин явно права.

— Именно. Он строил свою шкалу исключительно на естественных явлениях. За точку отсчета была принята температура таяния льда, названная нулевым градусом. — Кэтрин выдержала паузу. — Думаю, ты без труда догадаешься, каким градусом он обозначил температуру кипения воды — учитывая, что кипение считалось венцом всех алхимических процессов.

— Тридцать третьим.

— Точно! Тридцать три градуса. Температура кипения воды по шкале Ньютона. Помнится, я как-то спросила брата, почему Ньютон выбрал именно это число. Ведь на первый взгляд оно ни к чему не привязано. Почему не сто? Или еще что-нибудь поизящнее? И Питер объяснил, что для мистика Ньютона не существовало числа стройнее и элегантнее.

«Все явит тридцать третий градус».

Лэнгдон посмотрел на кастрюлю, затем на пирамиду.

— Кэтрин, пирамида сделана из цельного гранита и золота. Ты всерьез считаешь, что ее можно преобразовать обычным кипятком?

Кэтрин улыбнулась, словно знала что-то еще, о чем Лэнгдон пока не догадывался. Уверенным шагом двинувшись к столу, она взяла пирамиду вместе с золотым навершием и поместила в дуршлаг. А потом осторожно погрузила в кипящую воду.

— Вот сейчас и выясним.

Из зависшего высоко над собором вертолета пилот, переключив управление на автоматику, наблюдал за зданием и окрестностями. «Нигде никого». Тепловизоры не позволяли рассмотреть, что творится за каменными стенами, поэтому о действиях команды в данный момент пилот представления не имел. Впрочем, если кто-нибудь попытается проникнуть наружу, тепловизоры покажут.

Тепловой датчик сработал ровно через минуту: прибор, устроенный по тому же принципу, что и системы охранной сигнализации, среагировал на разницу температур. Как правило, в таких случаях отображалась человеческая фигура, движущаяся через поле холода, однако сейчас на мониторе виднелось какое-то тепловое облако, клочок горячего воздуха, плывущий над лужайкой. Пилот проследил, откуда оно плывет. Вентиляционный выход в стене колледжа.

«Нет, похоже не то». Такие перепады на тепловизорах отражались постоянно. «Готовят или белье стирают». Он уже было отвернулся, но тут заметил некоторую нестыковку. На стоянке у колледжа ни одного автомобиля, в окнах — ни огонька.

Пилот еще раз пристально вгляделся в экран тепловизора, а потом связался по рации с командиром.

— Симкинс, может, ничего такого, но тут у меня...

— Накаляющийся датчик температуры! — Лэнгдон согласился, что решение хитроумное.

— Обычный закон физики, — пояснила Кэтрин. — У разных веществ разная температура накаливания. И в науке это свойство применяется повсеместно. Тепловой маркер.

Лэнгдон взглянул на покрытую водой пирамиду с навершием. Над кастрюлей уже клубился пар, но профессора это не слишком воодушевило. Стоило посмотреть на часы, и сердце тревожно забилось: без четверти двенадцать.

— Думаешь, пирамида засветится от нагревания?

— Не засветится, а накалится, Роберт. Разница большая. Накаливание достигается за счет жара и происходит при определенной температуре. Например, при производстве стальных балок на них перед закалкой напыляют прозрачное вещество, которое накаляется, когда достигнута нужная для закалки стали температура, тем самым сигнализируя, что изделие готово. Или всякие кольца-хамелеоны, «индикаторы настроения». Надеваешь на палец, оно меняет цвет в зависимости от температуры тела.

— Кэтрин, пирамиду сделали в начале девятнадцатого века! Потайные петли в каменной шкатулке — еще куда ни шло, искусный мастер справится. Но невидимое теплозащитное напыление?

— Вполне осуществимо, — возразила она, с надеждой вглядываясь в пирамиду. — Древние алхимики вовсю использовали органический фосфор в качестве теплового маркера. Китайцы делали цветные фейерверки, и даже египтяне... — Кэтрин запнулась на полуслове, впившись взглядом в бурлящую воду.

— Что там? — Лэнгдон посмотрел туда же, но ничего особенного не заметил.

Кэтрин наклонилась ближе, напрягая зрение, потом вдруг развернулась и бросилась к двери.

— Ты куда? — крикнул вслед Лэнгдон.

Остановившись у выключателя, Кэтрин щелкнула рычажком. Одновременно погас свет и перестала гудеть вытяжка. В кухне воцарились темнота и тишина. Сквозь клубящийся над кастрюлей пар Лэнгдон попробовал различить в глубине золотое навершие, и подлетевшая к плите Кэтрин застала профессора с разинутым от изумления ртом.

В точности как она и предсказывала, навершие светилось под водой. Постепенно проступали буквы, становясь по мере нагревания все ярче и ярче.

— Надпись! — прошептала Кэтрин.

Лэнгдон только кивнул, потеряв дар речи.

Пылающая надпись проявлялась на поверхности навершия, чуть ниже гравировки. Всего три слова, пока плохо различимые. Неужели именно ради них сегодня все и затевалось? «Масонская пирамида — самая настоящая карта, — уверял Галлоуэй. — И она указывает на реально существующее место».

Буквы пылали все ярче, и Кэтрин выключила газ. Вода постепенно перестала бурлить. Теперь под ровной гладью без труда можно было разглядеть навершие пирамиды.

И три четко вырисовывающихся огненных слова.

Глава 90

В полумраке кухни Богословского колледжа Лэнгдон и Кэтрин, застыв над кастрюлей, вглядывались в преображенное навершие пирамиды. На одной из золотых граней горели пылающие буквы.

Лэнгдон прочитал, не веря своим глазам. Даже зная, что, по легенде, пирамида должна указывать на некое реально существующее место, он никак не предполагал, что указание будет таким конкретным.

Восемь Франклин Сквер[1]

— Надо же... Адрес... — прошептал Лэнгдон онемевшими губами.

Кэтрин обомлела от увиденного.

— Ты знаешь, что там находится? Я что-то не в курсе.

Лэнгдон покачал головой. Франклин-сквер находится в старой части Вашингтона — это все, что он мог припомнить. Номер дома ему ничего не говорил. Роберт снова взглянул на кончик навершия и прочел текст сверху вниз.

Тайна
сокрыта
внутри Ордена
Восемь Франклин Сквер

«Есть ли в окрестностях Франклин-сквер какой-нибудь орден? Здание, в недрах которого скрывается уходящая вглубь винтовая лестница?»

Найдется ли что-то по этому адресу или нет, Лэнгдон не знал. Главное, они с Кэтрин расшифровали наконец пирамиду и добыли информацию, необходимую, чтобы выкупить жизнь Питера.

«И как нельзя вовремя».

Светящиеся стрелки на циферблате часов с Микки-Маусом показывали, что в запасе осталось меньше десяти минут.

— Звони! — Кэтрин указала на телефон, приделанный к стене кухни. — Быстрее!

Лэнгдон, внезапно растерявшись, начал вдруг сомневаться.

---

[1] В оригинале: Eight Franklin Square. Square — прямоугольник, квадрат, клетка, площадь, сквер *(англ.)*.

— Ты уверена?

— Еще как.

— Пока не убедимся, что Питер в безопасности, ничего ему сообщать не стану.

— Разумеется. Номер помнишь?

Кивнув, Лэнгдон направился к телефону. Снял трубку, набрал номер похитителя. Кэтрин пристроилась рядом, голова к голове, чтобы не упустить ни слова. В трубке раздались долгие гудки, и профессор приготовился услышать уже знакомый леденящий душу шепот.

Наконец к телефону подошли.

Молчание. Ни голоса, ничего. Только дышат в трубку.

Лэнгдон немного подождал и заговорил сам:

— Я располагаю необходимой вам информацией, но, чтобы ее получить, вам придется освободить Питера.

— Кто это? — прозвучал женский голос.

Лэнгдон подскочил на месте.

— Роберт Лэнгдон, — представился он машинально. — А вы кто? — На секунду он заподозрил, что ошибся номером.

— Ваша фамилия Лэнгдон? — изумилась собеседница. — Тут вас кое-кто спрашивает.

«Что?!»

— Простите, а с кем я все-таки говорю?

— Офицер Пейдж Монтгомери из службы охраны. — Голос у женщины дрожал. — Может, вы нам подскажете. Примерно час назад моя напарница приняла вызов насчет особняка на Калорама-Хайтс... возможное похищение. Потом она перестала выходить на связь, я вызвала подкрепление и отправилась на объект сама. Напарница обнаружена мертвой на заднем дворе особняка. Владельца дома не было, пришлось взломать дверь. На столе в холле звонил сотовый телефон, и я...

— Так вы в доме? — перебил Лэнгдон.

— Да. И службу охраны вызывали не зря... — Охранница запнулась. — Простите, мне тяжело говорить... Моя напарница убита, а в доме мы нашли мужчину, которого здесь удерживали силой. Он в тяжелом состоянии, ему оказывают первую помощь. Он-то и назвал два имени — Лэнгдон и Кэтрин, спрашивал про них.

— Это мой брат! — выпалила Кэтрин в трубку, оттолкнув лбом голову Лэнгдона. — И это я звонила в Службу спасения! Что с ним?

— Понимаете, мэм, он... — внезапно севшим голосом проговорила женщина. — Очень плох. Ему отрезали правую кисть...

— Пожалуйста! — попросила Кэтрин. — Дайте мне с ним поговорить!

— Им сейчас занимаются. Он без сознания. Если вы где-то рядом, приезжайте. Вы ему нужны.

— Мы тут, в пяти минутах! — воскликнула Кэтрин.

— Тогда приезжайте скорее. — На том конце послышался приглушенный шум, потом снова заговорила женщина: — Простите, меня, кажется, зовут. Поговорим, как приедете.

В трубке раздались короткие гудки.

Глава 91

Кэтрин с Лэнгдоном взбежали по лестнице из подвальной кухни наверх и помчались по полутемному коридору к выходу. Шум вертолета куда-то пропал, и у Лэнгдона появилась надежда, что им удастся выскользнуть незамеченными и пробраться на Калорама-Хайтс, к Питеру.

«Его нашли. Он жив».

Полминуты назад, когда повесила трубку сотрудница службы охраны, Кэтрин поспешно выудила из кипятка пирамиду с навершием, от которых еще шел пар. Не дожидаясь, пока пирамида обсохнет, она сунула мокрый камень Лэнгдону в портфель, и теперь оттуда веяло теплом.

Радостное известие о том, что Питер нашелся, вытеснило все мысли о начертанном пылающими буквами послании — Восемь Франклин Сквер, — но с этим они разберутся позже, сперва доехать до Питера.

Заворачивая за угол, Кэтрин вдруг притормозила и показала на рекреацию напротив. Через ее широкое окно просматривался изящный силуэт стоящего на лужайке вертолета. Рядом никого не было, кроме пилота, который, отвернувшись от здания колледжа, разговаривал по рации. Неподалеку виднелся черный «кадиллак-эскалейд» с тонированными стеклами.

Осторожно, стараясь не высовываться, Кэтрин с Лэнгдоном прокрались в рекреацию и посмотрели в окно — проверить, нет ли поблизости других бойцов. К счастью, огромная лужайка у собора оставалась пустой.

— Наверное, они в соборе, — предположил Лэнгдон.

— Не угадали, — басом возразил кто-то у него за спиной.

Лэнгдон и Кэтрин моментально обернулись. Направив на них винтовки с лазерным прицелом, в дверном проеме застыли два человека в черном. Лэнгдон заметил у себя на груди пляшущую алую точку.

— Рада видеть вас снова, профессор, — прозвучал знакомый хриплый голос. Агенты расступились, давая дорогу, и в комнату стремительно ворвалась Сато. Пройдя рекреацию, она остановилась перед Лэнгдоном. — Вы сегодня принимаете на редкость неверные решения.

— Полиция отыскала Питера Соломона, — с нажимом сообщил Лэнгдон. — Покалеченного, но живого. Так что все позади.

Сато если и удивилась, то виду не подала. Буравя Лэнгдона пристальным немигающим взглядом, она шагнула к нему почти вплотную.

— Напротив, профессор, все еще только впереди. А вмешательство полиции только усугубляет проблему. Я ведь уже говорила, положение крайне щекотливое. Зря вы пустились в бега с пирамидой.

— Мэм! — вмешалась Кэтрин. — Мне надо увидеть брата. Пирамиду можете забирать, но вы должны отпустить...

— Должна? — Сато резко обернулась к Кэтрин. — Вы, я полагаю, мисс Соломон? — Испепелив ее взглядом, директор Службы безопасности продолжила разговор с Лэнгдоном: — Поставьте портфель на стол.

Лэнгдон покосился на два лазерных прицела, пляшущих у него на груди, и послушно опустил ношу на журнальный столик. Осторожно приблизившись, один из агентов расстегнул молнию. В образовавшуюся щель тут же вырвалось облачко пара. Агент посветил внутрь, окинул содержимое долгим озадаченным взглядом, затем кивнул Сато.

Она подошла и тоже заглянула в портфель. В свете фонарика блеснула мокрая пирамида с навершием. Наклонившись, Сато внимательно пригляделась к золотой верхушке, и Лэнгдон вспомнил, что, кроме как в рентгеновском изображении, директор эту часть пирамиды еще не видела.

— Надпись! — рявкнула Сато. — «Тайна сокрыта внутри Ордена». Вы понимаете, в чем тут смысл?

— Не особенно, мэм.

— Почему от пирамиды идет пар?

— Мы опускали ее в кипяток, — без колебаний призналась Кэтрин. — Чтобы расшифровать. Мы вам все расскажем, только, пожалуйста, отпустите нас к брату. Ему столько пришлось...

— Вы кипятили пирамиду? — грозно переспросила Сато.

— Выключите фонарик. И посмотрите на золотую верхушку. Может быть, еще видно.

Агент щелкнул кнопкой, а Сато опустилась на колени перед журнальным столиком. Даже Лэнгдону, стоявшему чуть поодаль, было видно, что надпись на пирамиде хоть и тускло, но светится.

— Восемь Франклин Сквер? — не веря своим глазам, прочла вслух Сато.

— Да, мэм. Надпись нанесена чем-то вроде лака, который светится при нагревании. А тридцать третий градус оказался...

— Это же адрес! — не дослушала Сато. — За ним и охотился похититель?

— Да, — подтвердил Лэнгдон. — Он верит, что пирамида — это карта, указывающая ход к величайшему сокровищу, ключ к Мистериям древности.

Сато недоверчиво смотрела на пирамиду.

— Признавайтесь, — в голосе директора Службы безопасности послышался страх, — вы уже ему отзвонились? Адрес сообщили?

— Мы... — Лэнгдон вкратце описал, что произошло при звонке на сотовый похитителя.

Сато слушала, проводя языком по желтым зубам. Вид у нее был такой, будто она вот-вот взорвется, однако приказание агенту директор СБ отдала сдержанным шепотом:

— Пришлите его сюда. Он в машине.

Агент кивнул и повторил приказ по рации.

— Кого пришлите? — не понял Лэнгдон.

— Единственного, кто сейчас способен хоть как-то разгрести это безнадежное дерьмо!

— Дерьмо? — не выдержал Лэнгдон. — Питер спасен, и самое главное...

— Господи! — взорвалась Сато. — Да при чем тут ваш Питер? Я еще в Капитолии пыталась вас вразумить, профессор, но вы решили сделать из меня врага! И таких дров наломали... Уничтожив свой телефон, который мы действительно отслеживали, вы перекрыли канал связи с похитителем. А вот адрес — не важно, что там находится, — адрес был нашей единственной возможностью отловить маньяка. Вы должны были сыграть по его правилам, дать ему адрес, чтобы мы знали, где этого сукина сына караулить. — Не давая Лэнгдону вставить слово, Сато перекинулась на Кэтрин, изливая на нее остатки ярости: — А вы, мисс Соломон? Вы знали, где обитает этот маньяк!

Почему не сообщили мне? Послали туда какую-то охранницу... Вам ясно, что вы лишили нас последней надежды его перехватить? Рада, что ваш брат жив, но поймите же, нам грозит катастрофа, которая затронет не только вашу семью. Весь мир содрогнется. Человек, похитивший вашего брата, обладает страшной силой, и его надо срочно брать.

При последних словах гневной речи Сато из полутемного коридора в рекреацию вошел высокий худощавый мужчина — Уоррен Беллами. Растрепанный, взъерошенный, издерганный, он выглядел так, будто прошел все муки ада.

— Уоррен! — Лэнгдон поднялся ему навстречу. — Как вы, нормально?

— Нет, — ответил Архитектор Капитолия. — Не сказал бы.

— Вы слышали, Питер жив!

Беллами отрешенно кивнул, будто это уже не имело никакого значения.

— Да, я понял из разговора. Очень рад.

— Уоррен, да что тут такое творится?

— Новостями потом поделитесь, — вмешалась Сато. — А сейчас мистер Беллами свяжется с этим отмороженным и поговорит. Чем он, собственно, и так весь вечер занимается.

Лэнгдон подумал, что ослышался.

— Стойте, при чем тут Беллами? Когда это он связывался с этим типом? Тот вообще о его участии не подозревает.

Сато, выразительно приподняв брови, посмотрела на Беллами.

Тот вздохнул:

— Роберт, признаться, я был с вами не до конца откровенен.

Лэнгдон не нашел что ответить.

— Я хотел как лучше... — испуганно протянул Беллами.

— Вот теперь, — перебила Сато, — вы и сделаете как лучше. А нам остается только молиться, чтобы не вышло осечки. — Будто вторя угрожающему тону Сато, на каминной полке начали бить часы. Сато вытащила и перебросила Беллами запаянный пластиковый пакет с изъятыми вещами.

— Забирайте. Вашим сотовым можно фотографировать?

— Да, мэм.

— Хорошо. Поднимите навершие повыше.

Малах посмотрел, от кого пришло сообщение. Отправитель — Уоррен Беллами, тот самый масон, которого он в начале вечера отправил в Капитолий помогать Лэнгдону. Беллами, мечтающий, как и Лэнгдон, снова увидеть Питера Соломона живым, обещал Малаху сделать все, чтобы Лэнгдон нашел и расшифровал пирамиду. Весь вечер отчеты Беллами о том, как продвигается дело, приходили Малаху на электронный адрес и автоматически переадресовывались на сотовый.

«Должно быть интересно». Малах открыл сообщение.

> Отправитель: Уоррен Беллами
> с лэнгдоном разделились
> инфо достал.
> прилагаю док-во.
> недостающее выясняйте звонком.
>
> — у.б.
>
> Вложение: файл jpeg

«Что еще за «недостающее»?» — подумал Малах, открывая приложенный файл.

В нем оказалась фотография.

При виде изображения у Малаха вырвался восхищенный вздох и радостно забилось сердце. На экране красовалась крупным планом крохотная золотая пирамидка.

«То самое легендарное навершие!»

Затейливой вязью по золоту шла многообещающая надпись: «Тайна сокрыта внутри Ордена».

Однако от того, что виднелось ниже, под гравировкой, у Малаха перехватило дыхание. Навершие будто пылало изнутри. Не веря своим глазам, Малах смотрел на угасающую надпись и думал о том, что все-таки легенду следовало понимать буквально.

«Масонская пирамида, преобразившись, откроет свою тайну достойному».

Как удалось добиться подобного магического преобразования, Малах не представлял, и его это не заботило. Пылающая надпись четко указывала конкретный вашингтонский адрес, в полном соответствии с предсказанием. Франклин-сквер. Но, вот досада, начало строчки с драгоценным адресом закрывал палец Беллами, определенно оказавшийся в кадре не случайно.

Тайна
сокрыта
внутри Ордена
[redacted] Франклин Сквер

«Недостающее выясняйте звонком». Теперь Малах понял, что имелось в виду.

Архитектор Капитолия вдруг утратил былую сговорчивость и, заартачившись ни с того ни с сего, затеял опасную игру.

Глава 92

Под пристальным наблюдением вооруженных агентов ЦРУ Лэнгдон, Кэтрин и Беллами вместе с Сато сидели в рекреации Богословского колледжа и ждали, что получится. На журнальном столике по-прежнему стоял раскрытый лэнгдоновский портфель с торчащим из него золотым навершием. Надпись «Восемь Франклин Сквер» уже погасла, исчезнув бесследно, как будто ее и не было.

На все мольбы Кэтрин отпустить ее к брату директор Службы безопасности только отрицательно качала головой, не сводя глаз с сотового телефона Беллами, лежащего на журнальном столике. Телефон молчал.

«Почему Беллами мне сразу не открылся?» — недоумевал Лэнгдон. Архитектор, как выясняется, весь вечер выходил на связь с похитителем Питера и докладывал об успехах Лэнгдона по расшифровке пирамиды, отчаянно при этом блефуя в надежде выиграть время. Потому что на самом деле Беллами изо всех сил старался помешать кому бы то ни было приблизиться к разгадке. Однако теперь он почему-то переметнулся в стан бывшего врага. Они с Сато готовы пожертвовать тайной пирамиды, чтобы поймать злодея.

— Отпустите! Уберите руки! — донесся из коридора возмущенный надтреснутый голос. — То, что я слеп, не значит, что мне нужны няньки. Уж в колледже я как-нибудь не заблужусь. — Агент ЦРУ втащил в рекреацию бурно протестующего декана и силой усадил в кресло.

— Кто здесь еще? — требовательно спросил старик, глядя прямо перед собой невидящими глазами. — Похоже, много, судя по звукам. Всем отрядом собрались одного старика хватать? О времена!

— Нас тут семь, — ответила Сато. — В том числе Роберт Лэнгдон, Кэтрин Соломон и Уоррен Беллами, ваш собрат по масонской ложе.

Галлоуэй моментально сник, растеряв весь пыл и праведный гнев.

— Все в порядке, — поспешил ободрить старика Лэнгдон. — Выяснилось, что Питер жив, хоть и покалечен. С ним сейчас полиция.

— Слава Богу! — обрадовался Галлоуэй. — А...

Резкий звук заставил собравшихся подскочить от неожиданности — на журнальном столике завибрировал телефон Беллами. Все замолчали.

— Давайте, мистер Беллами, — напутствовала Сато. — Не подкачайте. Что на кону, вы знаете.

Беллами тяжело вздохнул и нажал на телефоне кнопку громкой связи.

— Беллами слушает, — представился он громко, обращаясь к сотовому на журнальном столике.

В ответ из динамика зашелестел знакомый бесплотный шепот. Судя по фоновому шуму, похититель говорил из автомобиля, по беспроводному устройству.

— Полночь миновала, мистер Беллами. Я собираюсь избавить Питера от дальнейших мучений.

В комнате повисла тревожная тишина.

— Дайте мне с ним поговорить.

— Невозможно, — ответил похититель. — Мы в машине. Он лежит связанный в багажнике.

Переглянувшись, Лэнгдон и Кэтрин отчаянно замотали головами: «Блефует! Питер не у него!»

Сато жестом показала Беллами, чтобы продолжал дожимать.

— Мне нужно убедиться, что Питер жив, — настаивал Беллами. — Вы не получите остальную...

— Вашему Досточтимому мастеру нужна врачебная помощь. Не тратьте время на пустые уговоры. Скажите мне номер дома на Франклин-сквер, и я привезу вашего Питера туда.

— Я же сказал, мне нужно...

— Никаких условий! Или я сворачиваю на обочину — и Питер Соломон больше не жилец.

— Нет уж, теперь вы меня послушайте, — категорично заявил Беллами. — Если хотите получить адрес, придется играть по моим правилам. Жду вас на Франклин-сквер. Получу Питера живым — скажу номер дома.

— Где гарантия, что не притащите полицию?

— Не притащу, я понимаю, что риск слишком велик. У вас ведь не только Питер в заложниках. Про второй крупный козырь мне тоже известно.

— Вам также должно быть известно, — прошелестел голос, — что если на Франклин-сквер у меня возникнет хоть тень подозрения, что вы не один, я проеду мимо, и от Питера Соломона останется одно воспоминание. Разумеется, на этом ваши беды не закончатся.

— Я приду один, — мрачно пообещал Беллами. — Как только вы отдадите Питера, сообщу все, что вам нужно.

— В центре площади, — велел голос. — Ехать мне минут двадцать, не меньше. Так что ждите, сколько понадобится.

С этими словами он отключился.

В комнате поднялась суета. Сато отдавала приказы. Несколько оперативников, похватав рации, бросились к двери.

— Бегом! Марш!

В суматохе Лэнгдон оглянулся на Беллами в надежде получить наконец разъяснение, что все-таки происходит, но того уже спешно уводили прочь.

— Мне надо увидеть брата! — крикнула Кэтрин. — Вы должны нас отпустить!

Сато подошла к ней вплотную.

— Я никому ничего не должна, мисс Соломон. Понятно?

Кэтрин, не сдвинувшись с места, с отчаянием смотрела в маленькие глазки Сато.

— Мисс Соломон, моя первоочередная задача — задержать преступника на Франклин-сквер, так что вы посидите тут под наблюдением моего человека, а я завершу операцию. Только тогда, и никак не раньше, мы займемся вашим братом.

— Вы кое-что забыли, — возразила Кэтрин. — Я знаю, где живет похититель. Калорама-Хайтс в пяти минутах езды отсюда. Вам улики не нужны, что ли? И потом, вы же сказали, что не хотите огласки. А кто знает, что именно Питер сболтнет полиции, когда его приведут в чувство.

Сато поджала губы, обдумывая доводы Кэтрин. С улицы донеслось хлопанье раскручивающегося вертолетного винта. Хмуро сдвинув брови, Сато обратилась к одному из оперативников:

— Хартман, возьмите «Эскалейд». Доставите мисс Соломон и мистера Лэнгдона на Калорама-Хайтс. Питер Соломон пусть держит рот на замке, проследите. Приказ ясен?

— Да, мэм.

— Когда прибудете, отзвонитесь. Доложите, что там. С этих двоих глаз не спускать.

Агент Хартман коротко кивнул и, вытаскивая на ходу ключи от автомобиля, двинулся к выходу.

Кэтрин кинулась следом.

— Скоро увидимся, профессор, — сказала Сато Лэнгдону на прощание. — Знаю, вы считаете меня врагом, но, уверяю вас, это не так. Идите к Питеру. Если вы думаете, что все позади, вы ошибаетесь.

За журнальным столиком, чуть в стороне от Лэнгдона, не вмешиваясь в разговоры, сидел декан Галлоуэй. Он нащупал в открытом портфеле Лэнгдона каменную пирамиду и оглаживал теплые грани иссохшими ладонями.

— Отец Галлоуэй, вы поедете с нами к Питеру? — спросил Лэнгдон.

— Я буду только обузой. — Старик отнял руки от портфеля и застегнул молнию над пирамидой. — Лучше посижу здесь и помолюсь за его выздоровление. Обменяться новостями еще успеем. Только, пожалуйста, передайте от меня Питеру кое-что, когда будете показывать ему пирамиду, хорошо?

— Конечно. — Лэнгдон повесил портфель на плечо.

— Передайте ему вот что. — Старик откашлялся. — Масонская пирамида всегда хранила свою тайну... искренне.

— Что-то я не понимаю.

— Вы, главное, передайте ему, — подмигнув, повторил Галлоуэй. — Он поймет.

Склонив голову, старый декан погрузился в молитву.

Озадаченный Лэнгдон оставил его в покое и заторопился на улицу. Кэтрин уже сидела в переднем кресле внедорожника, объясняя водителю, куда ехать. Лэнгдон забрался на заднее, и, едва успел закрыть дверь, как гигантский автомобиль пулей рванул по газону на север, держа курс на Калорама-Хайтс.

Глава 93

Франклин-сквер расположен в северо-западной части центрального Вашингтона, между Кей-стрит и Тринадцатой улицей. Его окружает немало исторических зданий, самое знаменитое из которых — Школа Франклина, откуда Александер Грэм Белл отправил в 1880 году первое беспроводное сообщение.

Высоко в небе к скверу приближался с запада стремительный «UH-60», за считанные минуты преодолевший путь от Национального собора. «У нас еще уйма времени», — подумала Сато, глядя на раскинувшийся внизу сквер. Оперативники должны успеть незаметно рассредоточиться до того, как появится объект.

«Он сказал, ему ехать минут двадцать, не меньше».

По команде Сато пилот опустил вертолет — и тут же снова поднял, едва коснувшись крыши самого высокого в этом районе здания, дома номер один по Франклин-сквер, роскошного офисного небоскреба с двумя золочеными шпилями. Маневр, конечно, запрещенный, но вертолет завис над зданием на каких-то пару секунд, вскользь мазнув лыжами по гравию на крыше. Как только все выпрыгнули, вертолет взмыл вверх, забирая на восток, чтобы там, набрав «бесшумную высоту», вести невидимую поддержку с воздуха.

Дожидаясь, пока оперативники соберут вещи, Сато инструктировала Беллами перед ответственным заданием. Архитектор до сих пор не пришел в себя, потрясенный увиденным на экране ноутбука директора СБ ЦРУ.

«Как я и говорила... напрямую относится к государственной безопасности».

Моментально осознав правоту Сато, Беллами теперь помогал как мог.

— Все готово, мэм, — доложил агент Симкинс.

По команде Сато оперативники провели Беллами через крышу и скрылись вместе с ним в люке лестницы, ведущей на первый этаж.

Сато, подойдя к краю крыши, глянула вниз. Весь квартал занимал прямоугольник густо засаженного деревьями сквера.

«Отличное укрытие».

Оперативники Сато прекрасно понимали, как важно остаться незамеченными для объекта. Если он заподозрит присутствие агентов и ускользнет... Директор Службы безопасности предпочитала об этом даже не думать.

По крыше гулял холодный порывистый ветер. Обхватив себя руками, Сато изо всех сил уперлась ногами в гравий, чтобы не сдуло за парапет. С этого наблюдательного пункта все казалось меньше, и зданий виднелось не так много. «Интересно, — думала Сато, — какое из них — номер восемь?» Она послала запрос своему аналитику, Ноле, и та вот-вот должна была ответить.

Вот из подъезда вышли оперативники и Беллами, крошечные, как муравьи, и тут же рассыпались, скрываясь в темном сквере. Беллами по указке Симкинса встал на открытом месте, ближе к центру безлюдного парка, сам Симкинс с отрядом растворились среди деревьев. Через несколько секунд Беллами остался один: расхаживал туда-сюда под уличным фонарем и зябко поеживался.

Сато не испытывала жалости.

Закурив сигарету, она затянулась, наслаждаясь теплом дыма, заполнившего легкие. Убедившись, что внизу все идет как надо, директор Службы безопасности отошла от края крыши. Оставалось дождаться двух звонков — от аналитика Нолы и от агента Хартмана, отправленного на Калорама-Хайтс.

Глава 94

«Помедленнее!»

Лэнгдон вцепился в спинку переднего сиденья «кадиллака»: водитель завернул за угол, не сбавляя хода и рискуя опрокинуть машину. То ли агенту ЦРУ Хартману приспичило полихачить, то ли он получил указание добраться до Питера Соломона как можно скорее, пока тот не пришел в себя и не сболтнул лишнего полиции.

Лэнгдону с лихвой хватило ралли по Эмбасси-роу наперегонки с красными огнями светофоров, что уж говорить о петлянии на полной скорости по закоулкам Калорама-Хайтс. Кэтрин, побывавшая днем в доме похитителя и знавшая дорогу, едва успевала выкрикивать, где повернуть.

На каждом заносе портфель в ногах Лэнгдона раскачивало туда-сюда, и профессор слышал, как болтает по дну навершие пирамиды, слетевшее с основания. Испугавшись, что золотая верхушка поцарапается, он нашарил ее в недрах портфеля и вытащил. Навершие еще не остыло, но пылающая надпись померкла и пропала бесследно, осталась только гравировка.

«Тайна сокрыта внутри Ордена».

Лэнгдон уже хотел убрать навершие в карман, но тут заметил, что отполированная поверхность покрыта какими-то белыми катышками. Озадаченный, он попытался их смахнуть, но они держались прочно и на ощупь казались твердыми... вроде пластика. «Что еще за?..» Присмотревшись, Лэнгдон заметил, что и каменное основание пирамиды тоже усеяно белыми крапинками. Он отковырнул одну из них ногтем и покатал между подушечками пальцев.

— Воск? — изумился он.

Кэтрин оглянулась.

— Что?

— И пирамида, и навершие почему-то в катышках воска. Ничего не понимаю. Откуда взялся воск?

— Может, в портфеле испачкались?

— Да нет.

На очередном повороте Кэтрин ткнула пальцем в лобовое стекло.

— Вот! Здесь! Приехали.

На подъездной дорожке к дому стояла полицейская машина с вертящейся мигалкой. Ворота оставались открытыми, и агент Хартман на полном газу загнал «кадиллак» во двор.

Дом оказался особняком впечатляющих размеров. Внутри повсюду горел свет, входная дверь была распахнута настежь. На подъездной дорожке и на газоне сбились в кучу полдюжины автомобилей, припаркованные как попало и, очевидно, в большой спешке: некоторые стояли с включенным двигателем, и почти все — с фарами, направленными на особняк.

Хартман резко затормозил на газоне, где припарковался белый седан, на котором красовалась яркая надпись: «Частная служба охраны "Ваша безопасность"». Из-за мигалки и слепящих фар трудно было что-то разглядеть.

Кэтрин выскочила из машины и понеслась к дому. Лэнгдон повесил портфель на плечо, не застегивая, чтобы не тратить время, и побежал догонять Кэтрин. Изнутри через открытую входную дверь доносились голоса. Лэнгдон услышал, как за спиной пискнула сигнализация внедорожника: агент Хартман запер машину и тоже поспешил к дому.

Взлетев по ступенькам крыльца, Кэтрин проскочила в дверь и исчезла в доме. Лэнгдон шагнул через порог вслед за ней, но она уже бежала через прихожую по коридору на звук голосов. Там, в конце коридора, располагалась комната, где за обеденным столом спиной к вошедшим сидела женщина в форме службы охраны.

— Скажите! — окликнула ее Кэтрин на бегу. — Где Питер Соломон?!

Лэнгдон не отставая следовал за Кэтрин, однако в какой-то момент краем глаза уловил неожиданное движение. В окне гостиной по левую руку мелькнула створка закрывающихся ворот. «Странно». И тут же показалось странным еще кое-что, ускользнувшее от внимания во дворе, где глаза слепили мигалки и яркие фары. Полдюжины автомобилей, брошенных в беспорядке перед домом, вопреки первому впечатлению мало напоминали полицейские машины и кареты «скорой помощи».

«Мерседес»? «Хаммер»? «Тесла-родстер»?..

В ту же секунду до Лэнгдона дошло, что голоса в комнате — это орущий телевизор.

Разворачиваясь как в замедленной съемке, Лэнгдон крикнул:

— Кэтрин, постой!

Но, обернувшись, понял, что она уже не бежит.

Кэтрин летела по воздуху.

Глава 95

Кэтрин Соломон чувствовала, что падает, но почему вдруг, она не понимала.

Только что она мчалась по коридору к сидящей за столом женщине в форме — и вдруг, зацепившись ногой за невидимое препятствие, полетела ласточкой.

Теперь сила притяжения влекла ее к земле — точнее, к твердому деревянному полу.

Со всего размаха Кэтрин грохнулась плашмя, отбивая легкие. Рядом с ней, угрожающе покачавшись туда-сюда, свалилась напольная вешалка. Хватая ртом воздух, Кэтрин подняла голову и с удивлением поняла, что охранница по-прежнему сидит за столом, даже не обернувшись. А от нижнего конца упавшей вешалки тянется поперек коридора тонкая проволока.

«Кому взбрело в голову?..»

— Кэтрин! — раздался крик Лэнгдона.

Перекатившись на бок, она обернулась, и кровь застыла в жилах. «Роберт! Сзади!» — хотела крикнуть Кэтрин, но дыхания не хватало. Расширенными от ужаса глазами она смотрела, будто в замедленной съемке, как Лэнгдон направляется по коридору ей навстречу, не подозревая, что у него за спиной агент Хартман, едва переступивший порог, вдруг зашатался и схватился за горло. По рукам у него заструилась кровь, и он тщетно силился вытащить огромную отвертку, что воткнулась ему в шею.

Оперативник начал валиться на пол, и тогда преступник явил себя во всей красе.

«Господи! Нет...»

Обнаженный (если не считать странной набедренной повязки) мужчина, очевидно, все это время скрывался в прихожей. Мускулистое тело с ног до головы сплошным узором покрывали непонятные татуировки. Входная дверь за его спиной закрывалась, а он стремительно подбирался к Лэнгдону. Агент Хартман рухнул ничком. Хлопнула дверь, и Роберт Лэнгдон, вздрогнув от неожиданности, обернулся. Татуированный подскочил сзади и всадил ему что-то в спину. Полыхнула яркая вспышка, раздался электрический треск... Лэнгдон, оцепенев, застыл с широко распахнутыми глазами, а потом бесформенной грудой скорчился на полу, придавив незастегнутый портфель, из которого вывалилась пирамида.

Не удостоив жертву лишним взглядом, татуированный перешагнул через неподвижное тело и направился к Кэтрин. Та попыталась отползти в столовую, но наткнулась на стул, где сидела охранница. Тело женщины качнулось и мешком сползло на пол рядом с Кэтрин. На безжизненном лице застыло выражение ужаса. Во рту торчала тряпка.

Не успела Кэтрин опомниться, как мускулистый гигант схватил ее за плечи, демонстрируя недюжинную силу. Без тонального крема его физиономия являла вблизи чудовищную картину. Легкое движение мышц — и Кэтрин швырнули на живот, будто тряпичную куклу, а в поясницу уперлось чужое колено. Кэтрин казалось, что позвоночник сейчас хрустнет и переломится пополам. Руки силач выкрутил ей за спину.

Распластанная на полу Кэтрин повернула голову набок и увидела, как дергается в конвульсиях Лэнгдон, скорчившийся в коридоре, спиной к ней. Еще дальше — в прихожей, у входа, — лежало обмякшее тело агента Хартмана.

В запястья Кэтрин впился холодный металл, и она поняла, что ей связывают руки проволокой. В ужасе она попыталась вывернуться, но от этого стало только больнее.

— Будешь дергаться — останешься без рук, — предупредил татуированный, заканчивая обматывать запястья и с пугающей ловкостью переходя к лодыжкам.

Кэтрин дернула ногой, пытаясь лягнуть силача, но тот с размаху ткнул ее кулаком в бедро, так что затрещала кость. В считанные секунды лодыжки тоже были скручены проволокой.

— Роберт! — У Кэтрин наконец хватило сил позвать Лэнгдона.

Тот со стонами корчился на полу в коридоре, барахтаясь на своем портфеле. У его затылка лежала каменная пирамида, и Кэтрин поняла, глядя на нее, что другой надежды нет.

— Мы расшифровали код, — выпалила она. — Я вам все расскажу!

— А то как же! — С этими словами татуированный вытащил тряпку изо рта мертвой охранницы и запихнул ее в рот Кэтрин.

От кляпа разило смертью.

Роберт Лэнгдон не чувствовал своего тела. Одеревеневший и недвижный, он лежал, прижавшись щекой к паркету. Об электрошокерах он слышал достаточно, так что принцип действия понимал: жертва парализуется путем временной перегрузки нервной системы. Так называемое электромускульное нарушение — примерно то же самое, что удар молнией. Невыносимая боль пронзала все тело Лэнгдона до последней клетки, и, несмотря на усилие, ни одна мышца не хотела повиноваться.

«Вставай же, ну!»

Скрючившись на полу, Лэнгдон судорожно заглатывал воздух мелкими глотками, не в силах вздохнуть поглубже. Того, кто на него напал, он еще не видел, зато смотрел прямо на агента Хартмана, вокруг которого расплывалась лужа крови. Лэнгдон слышал, как протестует и барахтается Кэтрин, однако вскоре раздалось невнятное мычание, будто ей чем-то заткнули рот.

«Поднимайся, Роберт! Надо прийти ей на помощь!»

Ноги мучительно покалывало и жгло огнем, онемение проходило, но двигаться они по-прежнему отказывались. «Давай же!» Руки задергались, возвращаясь к жизни, постепенно отпускало шею и щеки. Огромным усилием Лэнгдон повернул голову, проехав носом по паркету, и попытался рассмотреть, что происходит в столовой. Однако взгляд его уперся в каменную пирамиду, которая выкатилась из портфеля и лежала на боку, основанием к Лэнгдону.

Профессор не сразу догадался, что именно находится перед ним. В каменном квадрате угадывалось дно пирамиды, однако почему-то сейчас оно выглядело иначе. Совсем по-другому. По-прежнему каменное, по-прежнему квадратное... но гладкость и простота пропали. Теперь квадратное поле испещряли выбитые в камне значки. «Как такое возможно?» Несколько секунд Лэнгдон вглядывался в пирамиду, опасаясь, что начались галлюцинации. «Я ведь раз десять уже рассматривал ее со всех сторон — никаких знаков не было».

И тут он все понял.

Одновременно к нему вернулась способность дышать, и он шумно глотнул воздух, изумленно осознавая, что у масонской пирамиды остались в запасе нераскрытые тайны. «Еще одно преображение».

Его озарила новая догадка — смысл прощальной просьбы Галлоуэя. «Передайте ему вот что: масонская пирамида всегда хранила свою тайну... искренне». Тогда слова эти показались Лэнгдону странными, но теперь ему стало ясно, что старик посылал Соломону шифр. Как ни странно, этот же самый шифр встретился Лэнгдону много лет назад в посредственном детективе.

«Искренне»[1].

Со времен Микеланджело скульпторы прикрывали огрехи в работе, замазывая трещины расплавленным воском и присыпая сверху каменной пылью. Способ, конечно, считался надувательством, поэтому скульптуры «без воска» — на латыни sine cera — выходили «искренними», «честными». Словосочетание сохранилось в английском языке по сей день. До сих пор в конце письма принято ставить «sincerely yours» — «искренне ваш» — в знак того, что послание не содержит лжи и написано «без воска».

Знаки на дне пирамиды скрыли до поры до времени, воспользовавшись тем же древним способом. А когда Кэтрин, следуя указаниям на перстне, опустила пирамиду в кипяток, воск расплавился, явив миру рисунок. Который затем нащупал Галлоуэй, сидя в рекреации Богословского колледжа, когда водил пальцами по граням пирамиды.

На краткий миг Лэнгдон позабыл о грозящей им с Кэтрин опасности и прилип взглядом к беспорядочному скопищу знаков, высеченных на каменном основании. Он понятия не имел, что они значат и что за ними скрывается, однако одно оставалось несомненным: «Масонская пирамида поведала еще не все свои тайны. «Восемь Франклин Сквер» — это не конец».

[1] В оригинале: sin-cere. Sincere — искренний, чистосердечный *(англ.)*.

То ли сыграл свою роль прилив адреналина, то ли помогли несколько лишних секунд неподвижности, но Лэнгдон вдруг вновь ощутил свое тело.

Превозмогая боль, он шевельнул рукой и отпихнул портфель, перекрывающий обзор столовой.

Увиденное его ужаснуло: Кэтрин — связанная, с толстенным тряпичным кляпом во рту... Лэнгдон напряг мускулы, силясь подняться на колени, но тут же замер, не веря своим глазам. В дверях столовой возник устрашающий силуэт — такого Лэнгдон никогда в жизни не видел.

«О Господи...»

Отчаянно брыкаясь, Лэнгдон перекатился на бок и попытался отползти, но татуированный исполин схватил его, шмякнул спиной об пол и уселся сверху, придавив бицепсы Лэнгдона своими коленями. Распластанный на паркете профессор уперся взглядом в двуглавого феникса на татуированной груди. Шею, лицо и выбритую голову гиганта покрывала пестрая мозаика из замысловатых рисунков — Лэнгдон распознал в них оккультные символы, использующиеся в ритуалах черной магии.

Однако больше он ничего разобрать не успел, потому что исполин, зажав ему уши ладонями, приподнял его голову от пола и с нечеловеческой силой приложил затылком об паркет.

Мир погрузился в темноту.

Глава 96

Встав посреди коридора, Малах окинул взглядом кровавую сцену. Его дом напоминал поле битвы.

У ног Малаха без сознания лежал Лэнгдон.

В столовой на полу извивалась связанная по рукам и ногам Кэтрин Соломон с кляпом во рту.

Рядом с ней коченел труп охранницы, сползший со стула, на который его усадил Малах. В надежде спасти свою жизнь охранница беспрекословно подчинилась указаниям: с ножом у горла ответила на звонок сотового и выдала легенду, которая и помогла заманить в дом Кэтрин и Лэнгдона.

«Про напарницу и состояние Питера Соломона — ложь от первого до последнего слова».

Как только женщина в форме отыграла свою роль, Малах преспокойно задушил ее.

Для полноты картины — будто он уехал из дома — Малах позвонил Беллами, используя беспроводное устройство, из автомобиля. «Я сейчас в дороге, — сообщил он Архитектору Капитолия и прочим подслушивающим. — Питер у меня в багажнике». На самом же деле Малах раскатывал от гаража до двора, где в беспорядке расставил с включенными двигателями и фарами несколько машин из своего необъятного автопарка.

Уловка сработала на все сто.

Хотя нет, на девяносто девять.

Досадный минус — затянутый в черное труп, скорчившийся на полу прихожей с отверткой в горле. Обыскивая убитого, Малах удовлетворенно хмыкнул, обнаружив навороченный радиопередатчик и сотовый с логотипом ЦРУ.

«Даже там наслышаны о моем могуществе!»

Он вытащил батарейки из обоих устройств и расколошматил аппараты тяжелым бронзовым упором для двери.

Малах понимал, что нельзя терять время — тем более, раз в дело вмешалось ЦРУ. Широким шагом он направился к Лэнгдону. Профессор лежал в отключке — и вряд ли мог очнуться в ближайшее время. С благоговейным трепетом Малах перевел взгляд на каменную пирамиду, валяющуюся на полу, рядом с раскрытым портфелем профессора. У него захватило дух, а в груди будто паровой молот зачастил.

«Я ждал столько лет...»

Дрожащими руками он поднял масонскую пирамиду с пола, с замиранием сердца медленно провел пальцем по высеченным на камне значкам и, не давая себе увлечься, сунул пирамиду в портфель, где лежало навершие.

«Вскоре я ее снова соберу... в более безопасном месте».

Малах застегнул молнию и повесил портфель на плечо. Хотел забросить на это же плечо самого Лэнгдона, однако тот, вопреки первому впечатлению, оказался слишком тяжелым. В итоге Малах подхватил Лэнгдона под мышки и поволок.

«Там, куда он попадет, ему вряд ли понравится...»

В кухне надрывался на полную громкость телевизор. Свою роль в спектакле он уже сыграл, а выключить Малах его еще не успел. На экране выступал телепроповедник, читающий вместе с паствой «Отче наш».

«Интересно, — подумал Малах, — хоть кто-то в людском стаде задумывался об истинном происхождении этой молитвы?»

— «Яко на небеси и на земли», — хором выводила паства.

«Точно, — мысленно подтвердил Малах. — Как вверху, так и внизу».

— «И не введи нас во искушение...»

«Помоги нам восторжествовать над слабостями плоти».

— «Но избави нас от лукавого...» — взывали верующие.

Малах ухмыльнулся.

«Трудновато будет. Тьма набирает силу».

Но что хотя бы пытаются — молодцы. В современном мире люди, обращающиеся с мольбой о помощи к незримым силам, — вымирающий вид.

Под громогласное «Аминь!» Малах протащил Лэнгдона через гостиную.

«“Амон”, — поправил он толпу. — Колыбель вашей религии — Египет». Предшественником Зевса, Юпитера, да и всех остальных современных богов, был Амон, поэтому до сегодняшнего дня в молитвах на разные лады повторяется его имя: «Амен! Аминь! Аум!»

Телепроповедник принялся цитировать строки из Библии, где описывались чины небесных иерархий — ангелов, демонов и духов, властвующих на небесах и в аду.

— «Берегите души свои ото зла! — остерегал проповедник. — Возвысьте их в молитве! Господь и ангелы Господни услышат вас!»

«Несомненно, — согласился Малах. — Но и демоны услышат».

Он уже давно осознал, что при правильном применении его искусство может открыть адепту врата в царство духа. Обитающие там незримые силы, как и люди, бывают и добрыми, и злыми. Светлые — исцеляют, хранят и стремятся к вселенской гармонии. Темные действуют с точностью до наоборот, сея разрушения и хаос.

Если к незримой силе воззвать правильно, она может внять заклинанию и помочь взывающему осуществить желаемое здесь, на земле, наделив его сверхъестественным могуществом. Но за свою помощь эти силы требуют воздаяний. Светлые — молитв и хвалы, а темные — кровавых жертв.

«Чем весомее жертва, тем выше обретаемое могущество».

Малах начинал с мелких тварей, однако со временем жертвы обретали все больший размах.

«Сегодня я сделаю завершающий шаг».

— «Страшитесь! — грозил проповедник, предрекая приближение Апокалипсиса. — Грядет последняя битва за людские души!»

«Да, — снова согласился Малах. — И я буду ее самым доблестным воином».

Битва, разумеется, давным-давно началась и ведется с незапамятных времен. В Древнем Египте те, кто совершенствовал великое искусство, вошли в историю как величайшие адепты, поднявшись над толпой и став истинными приверженцами Света. Они ходили по земле как боги. Строили великие храмы, куда из самых дальних концов стекались неофиты, жаждущие приобщиться к мудрости. Возникла золотая раса людей. На краткий миг человечество приблизилось к тому, чтобы воспарить, сбросив земные узы.

«Золотой век Мистерий древности».

Однако человек, плотская тварь, падок на соблазны. Гордыня, ненависть, нетерпение, жадность. Нашлись те, кто извратил великое искусство, обернув его на потребу низменным желаниям. Они призывали себе на службу темные силы. Так родилось другое искусство — более могущественное, безотлагательное, пьянящее.

«Это мое искусство.

Это мое Великое делание».

Просвещенные адепты эзотерических братств, наблюдая, как поднимает голову зло, догадались, что люди не спешат использовать новообретенные знания на благо себе подобных. И тогда адепты утаили свою мудрость, спрятали ее от недостойных глаз. Постепенно следы ее изгладились из истории.

То было Великое падение человека.

Земля на долгие века погрузилась во мрак.

Служители разбросанных по миру церквей, храмов и святилищ всех известных религий — доблестные потомки адептов, — не желая сдавать позиции, по сей день тычутся вслепую в поисках Света, надеются вновь обрести утраченное в прошлом могущество и дать отпор тьме. Время стерло воспоминания... оборвало связь с прошлым. Никому больше неведомо, из какого источника прежде черпалась могущественная мудрость. От божественных чудес, творимых предками, новые хранители веры во всеуслышание открещивались, объявляя ересью.

«Действительно забыли?» — не верил Малах.

Отзвуки древнего искусства гуляют по земле до сих пор — от мистиков-каббалистов до эзотериков-суфиев. Отголоски проникли и в христианские таинства — поедание тела Христова во время Святого Причастия, чины и небесные иерархии святых, ангелов и демонов, чтение молитв нараспев, астрологическая подоплека христианского календаря, священное облачение и обещание вечной жизни. По сей день от нечистой силы обороняются дымом кадильниц, звоном священных колоколов или брызгами святой воды. У христиан до сих пор в ходу обряды изгнания бесов — идущее из древности мастерство, которое требует умения не только изгонять, но и призывать демонов...

«Неужели и после этого они не догадываются о своем прошлом?..»

Нагляднее всего мистические корни современной церкви видны в самом ее сердце — в Ватикане, в центре площади Святого Петра, где возвышается огромный Египетский обелиск. Таинственный монолит, вырезанный из камня за тринадцать столетий до того, как Христос сделал свой первый вдох, никак не соотносится ни с площадью, ни с современным христианством. И все же он установлен именно там, в святая святых христианской церкви — каменный маяк, сигналящий в надежде, что его заметят; напоминание горстке мудрецов, которые еще не забыли, откуда все пошло. Церковь, родившаяся из чрева Мистерий древности, хранит свои таинства и символы.

«И превыше всего один».

Все алтари, всё облачение, все шпили церквей и соборов, все обложки Библии украшает главный символ христианства — жертвенный сын человеческий. В христианстве, как ни в одной другой вере, понимают преобразующую силу принесения жертвы. Даже сейчас, в ознаменование главной жертвы, на которую пошел Иисус, верующие имитируют слабое ее подобие — пост, обеты, приношения...

«Все эти воздаяния, разумеется, ничего не стоят... Без крови жертва не имеет смысла».

Силы тьмы давно привыкли к кровавым жертвам — и на крови окрепли настолько, что силам добра едва удается сдерживать их напор. Вскоре они поглотят Свет окончательно, и адепты тьмы восторжествуют над человечеством.

Глава 97

— Должен быть такой дом! Франклин-сквер, номер восемь, — настаивала Сато. — Посмотри еще раз!

Нола Кей села за стол и поправила телефонную гарнитуру.

— Мэм, я везде перепроверила. Нет такого адреса в округе Колумбия.

— Я сейчас на крыше дома один по Франклин-сквер, — возражала Сато. — Значит, должен быть и восьмой.

«Директор Сато на крыше?»

— Секундочку. — Нола запустила новый поиск, раздумывая, докладывать ли насчет истории с хакером, но, судя по всему, директора Службы безопасности сейчас интересовал исключительно дом номер восемь. И потом, Нола еще сама не до конца все выяснила.

«Куда, кстати, этот компьютерщик запропастился?»

— Вот, — глядя на экран, подала голос Нола. — Все понятно. «Дом номер один» — это название здания, а не адрес. Адрес у него — Кей-стрит, 1301.

Новость поставила директора Сато в тупик.

— Нола, у меня нет времени на разъяснения, но пирамида указывает адрес четко и недвусмысленно — Франклин-сквер, восемь.

Нола выпрямилась на стуле.

«Пирамида указывает адрес?»

— Надпись, — продолжала Сато, — гласит: «Тайна сокрыта внутри Ордена — восемь, Франклин-сквер».

У Нолы не укладывалось в голове.

— Орден — в смысле масонский или еще какого-нибудь братства?

— Видимо, да, — подтвердила Сато.

После минутного раздумья Нола снова застучала пальцами по клавиатуре.

— Мэм, возможно, с годами нумерация домов менялась. Если пирамида и в самом деле старинная, не исключено, что во времена ее изготовления здания были пронумерованы по-другому. Я сейчас забила в поиск без номера восемь, просто «орден», «Франклин-сквер», «Вашингтон, округ Колумбия» — может, хоть так выясни... — Нола осеклась на полуслове, увидев результаты поиска.

— Что там у тебя? — раздался в наушниках требовательный голос Сато.

Нола изумленными глазами рассматривала первую ссылку — красочное изображение пирамиды Хеопса на сайте, посвященном одному из зданий на Франклин-сквер — весьма необычному зданию.

«Даже, пожалуй, самому необычному во всем городе».

Однако в изумление Нолу повергли вовсе не причудливые контуры сооружения, а цель, с которой его строили. Согласно описанию на сайте, необычное здание возводилось как мистическое святилище, спроектированное представителями... для представителей... древнего тайного ордена.

Глава 98

Роберт Лэнгдон пришел в себя. Голова разламывалась от боли.

«Где я?»

Его окружала темнота. Пещерный мрак и могильная тишина.

Профессор лежал на спине, руки по швам. Попытался пошевелить пальцами — к его великому облегчению, они двигались свободно, боли не чувствовалось.

«Что же произошло?»

Если не считать головную боль и кромешную тьму, можно решить, что все в порядке.

Почти все.

Лэнгдон осознал, что пол под ним удивительно гладкий — как стекло. И что еще более странно, он чувствует эту поверхность кожей... плечами, спиной, ягодицами, бедрами, икрами.

«Я что, голый?»

В замешательстве он провел ладонями по бокам.

«Ничего себе! Где вся одежда?»

Туман в голове постепенно рассеивался, вспыхивали отдельные страшные воспоминания: мертвый агент ЦРУ... татуированное чудовище... удар затылком об пол. Картинки замелькали быстрее. Лэнгдон вспомнил самую жуткую — связанная Кэтрин Соломон с кляпом во рту.

«Боже мой!»

Лэнгдон резко сел и тут же врезался лбом в нависающую над макушкой низкую полку. От удара череп будто разорвало, и профессор чуть не потерял сознание. Превозмогая головокружение, он выставил руки вверх, ощупывая невидимое препятствие, и растерялся окончательно. Выходило, что он практически упирается лбом в потолок.

«Что еще за...»

Лэнгдон расставил руки, собираясь перевернуться, — и опять наткнулся на стены.

Тут до него наконец дошло: никакая это не комната.

«Я в ящике!»

Осознав, что заперт в темном, похожем на гроб сундуке, Лэнгдон принялся отчаянно стучать кулаком в крышку и звать на помощь. С каждой секундой страх давил все сильнее и сильнее, пока не сделался невыносимым.

«Меня похоронили заживо».

Крышка непонятного гроба не поддавалась ни в какую, даже когда Лэнгдон в дикой панике изо всех сил уперся в нее руками и ногами. Ящик, судя по всему, был сделан из толстого стеклопластика. Воздухонепроницаемый. Звуконепроницаемый. Светонепроницаемый. Исключающий возможность побега.

«Я задохнусь, и никто меня не спасет».

Нахлынули воспоминания о том, как в детстве он провалился в глубокий колодец и до утра в отчаянии сражался с темной водой. Та страшная ночь нанесла непоправимый урон психике Лэнгдона, на всю жизнь оставив парализующий страх перед замкнутым пространством.

В этот вечер похороненный заживо Роберт Лэнгдон вновь проживал свой самый страшный кошмар.

Кэтрин Соломон дрожала от страха на полу в столовой Малаха. Запястья и лодыжки резала острая проволока, и от малейшего движения путы только сильнее затягивались.

Она видела, как татуированный вырубил Лэнгдона и протащил его бесчувственное тело через всю комнату, прихватив заодно портфель с каменной пирамидой. Куда именно он уволок профессора, Кэтрин не знала. Агент ЦРУ, привезший их сюда, — труп в прихожей. Уже довольно долго до нее не доносилось ни звука, что наводило на подозрение: вдруг ни хозяина, ни Лэнгдона в доме уже давно нет. Кэтрин пыталась звать на помощь, но каждый раз тряпка сползала все дальше в горло.

Услышав приближающиеся шаги, она повернула голову, надеясь вопреки всему, что кто-то спешит ей на помощь. Но в коридоре материализовался огромный силуэт похитителя, и Кэтрин в ужасе съежилась: десять лет назад он точно так же возник на пороге ее отчего дома.

«Он убил мою семью».

Теперь он стремительно приближался к ней. Лэнгдона видно не было. Нагнувшись, похититель обхватил Кэтрин за талию и грубо взвалил на плечо. В запястья врезалась проволока, тряпка во рту заглушала безмолвные крики о помощи. Татуированный пронес Кэтрин по коридору в гостиную — где не так давно они мирно пили чай с «доктором Аваддоном».

«Куда он меня тащит?!»

Прошагав через всю комнату, хозяин дома остановился перед картиной с изображением трех граций, которая так восхитила Кэтрин.

— Вам, кажется, понравилась картина? — шепнул ей похититель почти в самое ухо. — Я рад. Возможно, это последнее напоминание о прекрасном...

С этими словами он вытянул руку вперед и уперся ладонью в правую часть огромной рамы. К изумлению Кэтрин, рама ушла в стену, провернувшись на центральной оси, как дверь.

«Тайный ход...»

Кэтрин извивалась, пытаясь высвободиться, но татуированный прижал ее покрепче и пронес в открывшийся лаз. «Три грации» вновь повернулись на своей оси, закрывая проход, и Кэтрин успела заметить на задней стороне полотна плотную изоляцию. Получается, отсюда наружу не проникнет ни звука...

Помещение за картиной оказалось тесным и узким — скорее коридор, чем комната. С Кэтрин на плече похититель прошел его и, отворив тяжелую дверь на той стороне, вынес пленницу на крохотную лестничную площадку. Кэтрин увидела что-то вроде крутой лесенки, уходящей вниз, в глубокий подвал. Из груди рвался вопль, но тряпка мешала даже вздохнуть.

Начался спуск по узкому отвесному колодцу. Цементные стены купались в голубоватом свете, идущем откуда-то снизу. Оттуда же поднимался теплый, терпкий воздух, отдающий странной смесью ароматов: резкие химические запахи, умиротворяющее ладанное благовоние, мускусный привкус человеческого пота и перекрывающий их все отчетливо различимый глубинный животный ужас.

— Я под большим впечатлением от твоей науки, — прошептал похититель, достигнув подножия лестницы. — Надеюсь, тебе понравится моя.

Глава 99

Из укрытия в темном закоулке Франклин-сквер оперативный агент ЦРУ Тернер Симкинс вел пристальное наблюдение за Уорреном Беллами. Клевать «на живца» объект не спешил, однако и времени прошло не так много.

Запищал передатчик. Симкинс нажал кнопку связи, надеясь услышать кого-нибудь из бойцов, — может быть, они обнаружили что-нибудь важное. Как оказалось, на связь вышла Сато. С новой информацией.

Внимательно выслушав начальницу, Симкинс согласился с ее опасениями.

— Минуту, — попросил он. — Сейчас разведаю.

Пробравшись ползком через кусты, Симкинс направил взгляд в ту сторону, откуда отряд входил в сквер. Пришлось немного поманеврировать, открывая линию обзора.

«Черт...»

Перед ним возвышалось здание, напоминающее очертаниями мечеть из Старого Света: между двумя соседними домами втиснулся мавританский фасад в облицовке из блестящих керамических плиток, которые образовывали замысловатые разноцветные узоры. Над тремя массивными дверьми шли два яруса узких стрельчатых окон, напоминающих бойницы — вот-вот высунутся арабские лучники и непрошеный гость падет под градом стрел.

— Вижу, — доложил Симкинс.

— Движение наблюдается?

— Нет, ничего.

— Хорошо. Передислоцируйтесь и ведите наблюдение. Это храм Алмас. И в нем располагается собрание мистического ордена.

Симкинс, хоть и успел довольно долго поработать в округе Колумбия, про этот храм ничего не знал — равно как и про то, что на Франклин-сквер могут находиться какие-то древние мистические ордена.

— Здание, — продолжала Сато, — принадлежит древнему арабскому ордену благородных адептов тайного святилища.

— Никогда о таких не слышал.

— Наверняка слышали, — возразила Сато. — Это боковая ветвь масонского братства, их еще называют шрайнерами.

Симкинс недоверчиво покосился на причудливо изукрашенный фасад.

«Шрайнеры? Те самые, которые строят детские больницы?»

Сообщество филантропов в красных фесках, устраивающих красочные благотворительные шествия, вряд ли представляло какую-либо опасность. И все же опасения Сато показались агенту справедливыми.

— Да, мэм, если объект догадается, что это самое здание и есть искомый «орден» рядом с Франклин-сквер, номер дома ему уже не понадобится. Объект проедет прямиком туда, минуя Беллами.

— Я тоже так думаю. Так что не спускайте глаз со входа.

— Слушаюсь, мэм.

— От агента Хартмана с Калорама-Хайтс что-нибудь слышно?

— Нет, мэм. Но ему ведь приказано докладывать лично вам, напрямую.

— Так вот мне он не звонил.

«Странно, — подумал Симкинс, посмотрев на часы. — Пора бы уже».

Глава 100

В кромешной темноте Роберта Лэнгдона пробирала дрожь. Голый, окончательно парализованный страхом, он давно перестал звать на помощь и колотить в крышку ящика. Просто закрыл глаза и изо всех сил пытался восстановить дыхание и унять прыгающее сердце.

«Над тобой бездонное ночное небо, — внушал он себе. — Бесконечное открытое пространство, простирающееся далеко-далеко».

Только самовнушение помогло ему продержаться в «тоннеле» аппарата для магнитно-резонансной томографии во время процедуры. Самовнушение — и тройная доза валиума. Но сейчас ничего не помогало.

* * *

Тряпка, затыкающая рот Кэтрин Соломон, сползла почти в самое горло, и Кэтрин давилась и задыхалась. Похититель, спустившись со своей жертвой по узкой крутой лестнице, нес ее теперь по темному подвальному коридору. В конце этого коридора находилось помещение, освещенное призрачным пурпурно-красным светом, но туда они не дошли. Свернув в маленькую боковую комнату, похититель втащил туда Кэтрин и усадил на деревянный стул. Скрученные проволокой руки оказались за спинкой стула, и пошевелиться пленница не могла.

Проволока резала кожу все сильнее, но от страха задохнуться Кэтрин почти не замечала боли. Горло судорожно сжималось, выталкивая кляп. В глазах темнело.

За ее спиной татуированный закрыл единственную в комнате дверь и щелкнул выключателем. У Кэтрин отчаянно слезились глаза, она уже плохо различала, что творится кругом. Все расплывалось.

В поле зрения вторглось пестрое многоцветное пятно, и Кэтрин отчаянно замигала, чувствуя, что вот-вот потеряет сознание. Но тут перед глазами мелькнула испещренная татуировками рука, которая наконец выдернула кляп.

Широко раскрыв рот, Кэтрин, кашляя и давясь, глотала драгоценный воздух, хлынувший в измученные легкие. Постепенно пелена перед глазами рассеялась, и из нее выступило лицо... демона — человеческим такой облик назвать было сложно. Шею, все лицо и бритую голову покрывал невообразимый ковер из причудливых символов, на теле не осталось ни единого дюйма незарисованной плоти — если не считать крохотный пятачок на темени. С мускулистой грудной клетки на Кэтрин грозно взирал через глаза-соски двуглавый феникс, будто оголодавший стервятник, что ждет не дождется ее смерти.

— Открой рот, — прошептал татуированный.

Кэтрин посмотрела на чудовище с ужасом и отвращением.

«Что ему надо?»

— Открой рот, — повторил он. — Если не хочешь снова давиться тряпкой.

Задрожав, Кэтрин повиновалась, и в рот ей протиснулся мощный татуированный палец. Ее чуть не стошнило, когда он коснулся языка. Вытащив увлажненный палец, похититель дотронулся им до своего незарисованного темени и принялся, закрыв глаза, втирать слюну Кэтрин в гладкую макушку.

Кэтрин отвернулась, не в силах смотреть.

Помещение, куда ее посадили, напоминало котельную — трубы по стенам, бульканье, люминесцентные лампы. Однако осмотреться как следует Кэтрин не удалось — взгляд уткнулся в груду сваленных около ее стула вещей, и Кэтрин обмерла: водолазка, твидовый пиджак, ботинки, часы с Микки-Маусом...

— Боже! — Она дернулась к татуированному чудовищу. — Что вы сделали с Робертом?

— Тсс... — зашептал похититель. — А то услышит. — Сделав шаг в сторону, он показал рукой за спину.

Лэнгдона там не было — только огромный черный стеклопластиковый ящик, напоминающий цинковый гроб, в которых привозят трупы погибших на войне. Две массивные защелки запирали крышку наглухо.

— Он там, внутри?! — воскликнула Кэтрин. — Но ведь он задохнется!

— Не задохнется, — ответил похититель, показывая на переплетение прозрачных шлангов, выходящих из дна ящика и вьющихся вдоль стены. — И очень об этом пожалеет.

Лежа в полной темноте, Лэнгдон изо всех сил прислушивался к доносившемуся снаружи глухому бормотанию.

«Голоса?»

Он снова забарабанил по крышке и закричал во все горло:

— Помогите! Вы меня слышите?

Издалека послышалось едва различимое:

— Роберт! Господи! Нет! Нет!

Голос он узнал: кричала Кэтрин, вне себя от страха. Лэнгдону стало чуть легче. Он набрал побольше воздуха, чтобы крикнуть ей в ответ, но осекся, потому что в затылке возникло странное ощущение — словно сквозняк со дна ящика.

«Как такое возможно?»

Он замер, пытаясь понять, что происходит.

«Да, точно».

Воздушная струя щекотала короткие волоски на шее.

Лэнгдон принялся судорожно хлопать ладонями по дну, ища, откуда поступает воздух. И нашел, почти моментально.

«Отдушина!»

Крохотное отверстие с дырками, как на кухонном сливе, только здесь из него, наоборот, несильно, однако ощутимо тянуло.

«Он закачивает мне свежий воздух. Значит, смерть от удушья отменяется».

Радость Лэнгдона длилась недолго. Вскоре неуловимое шипение воздушной струи сменилось звуками, от которых его снова сковал страх: из отдушины донеслось отчетливое журчание. Нарастающее и приближающееся.

Кэтрин, не веря своим глазам, смотрела, как столбик жидкости ползет по прозрачному шлангу к ящику с Лэнгдоном. Зрелище напоминало извращенный цирковой номер.

«Он качает в ящик воду?!»

Кэтрин забилась, не обращая внимания на режущие кожу путы, но поделать ничего не могла. Оставалось только смотреть расширенными от ужаса глазами. Лэнгдон в отчаянии колотил изнутри по стенкам ящика, но, как только водяной столбик проник под дно «саркофага», стук прекратился. Повисла наэлектризованная тишина. Затем снова раздался стук, с удвоенной силой.

— Выпустите его! — взмолилась Кэтрин. — Пожалуйста! Так же нельзя!

— Утопленник умирает мучительной смертью, — возвестил похититель, описывая неторопливые круги вокруг Кэтрин. — Твоей помощнице, Триш, это тоже стало известно.

Кэтрин все слышала, но смысл слов до нее не доходил.

— И я, если ты помнишь, как-то раз едва не утонул — в вашем имении на Потомаке. Твой брат выстрелил в меня, и я провалился под лед у моста Зака.

Во взгляде Кэтрин полыхнула ненависть.

«В тот вечер ты убил мою мать!»

— В тот вечер боги спасли меня. И показали... как приобщиться к их сонму.

Поступающая в ящик вода была теплой — температуры тела. Ее уровень уже поднялся до нескольких дюймов, и обнаженная спина профессора погрузилась в нее полностью. Чувствуя, как холодок страха вползает под кожу, Лэнгдон осознал неотвратимую реальность.

«Я скоро умру».

В паническом страхе он снова принялся молотить изнутри по крышке ящика.

Глава 101

— Выпустите его! — в слезах умоляла Кэтрин. — Мы сделаем все, что вы скажете! — Из ящика, наполняющегося водой, доносился все более отчаянный и громкий стук.

— Ты сговорчивее, чем твой брат, — ухмыльнулся татуированный. — С Питером долго пришлось биться, чтобы он открыл мне свои тайны...

— Где он?! — вскричала Кэтрин. — Где Питер? Отвечайте! Мы ведь все выполнили. И пирамиду расшифровали, и...

— Ничего подобного. Вы решили поиграть: утаили часть разгадки и притащили ко мне в дом представителя властей. Считаете, я вас за это похвалить должен?

— У нас не было другого выхода... — Кэтрин захлебывалась слезами. — Вас ищет ЦРУ. Они и приставили к нам своего агента. Я все расскажу, только выпустите Роберта!

Лэнгдон бился в запертом ящике, звал на помощь. В ящик по шлангу непрерывно сочилась вода. Кэтрин понимала, что Лэнгдон долго не продержится.

Татуированный же никуда не спешил.

— Догадываюсь, что на Франклин-сквер меня будут ждать... — поглаживая подбородок, предположил он.

Кэтрин ничего не ответила, и похититель, обхватив огромными ладонями ее за плечи, слегка потянул на себя. Связанные за спиной руки удержали Кэтрин на месте, и плечи заломило так, будто вот-вот вывернутся суставы.

— Да! — выпалила она. — На Франклин-сквер ждет засада.

Похититель потянул сильнее.

— Какой номер дома значился на пирамиде?

Запястья и плечи готовы были лопнуть от боли, но Кэтрин молчала.

— Говори. Иначе я переломаю тебе руки, а потом спрошу еще раз.

— Восемь! — простонала она. — Номер восемь! Там было написано «Тайна сокрыта внутри Ордена — восемь, Франклин-сквер». Клянусь. Больше мне нечего добавить. Франклин-сквер, восемь!

Татуированный не отпускал.

— Это все, — уверяла Кэтрин. — Весь адрес! Отпустите меня! И вытащите Роберта из этого ящика!

— Я бы с удовольствием... но есть одна загвоздка. Если я отправлюсь на Франклин-сквер, меня поймают. А скажи-ка мне, что там по этому адресу?

— Не знаю!

— А символы на основании пирамиды? С обратной стороны, на дне? Ты знаешь, что они означают?

— Какие символы на дне? — Кэтрин перестала его понимать. — Там нет ничего. Гладкий камень без надписей.

Не обращая внимания на доносящиеся из «саркофага» приглушенные крики о помощи, татуированный неторопливо прошествовал к портфелю, вытащил каменную пирамиду и поднес ее к глазам связанной Кэтрин, показывая днище.

Увидев высеченные на камне знаки, пленница изумленно ахнула.

«Не может быть!»

Все основание равномерно покрывали замысловатые символы.

«Но ведь не было же ничего. Точно не было!»

Она понятия не имела, что эти рисунки могут означать. На беглый взгляд здесь нашли отражение все существующие мистические традиции, включая те, которые Кэтрин даже определить не взялась бы.

«Полный хаос».

— Понятия не имею, что это такое, — призналась она.

— Я тоже, — ответил похититель. — К счастью, у нас тут имеется специалист. — Он посмотрел на «саркофаг». — Сейчас мы у него спросим. — И понес пирамиду к запертому ящику.

У Кэтрин мелькнула надежда, что сейчас он откроет защелки. Но вместо этого похититель присел на крышку и, наклонившись, сдвинул в сторону небольшую панель в верхней части «гроба», под которой обнаружилось прозрачное плексигласовое окошко.

«Свет!»

Лэнгдон прикрыл лицо, жмурясь от луча света, неожиданно ударившего прямо в глаза. Однако когда он привык к яркому свету, вспыхнувшая было надежда тут же сменилась недоумением. Он смотрел через прозрачное окно в крышке ящика. Сквозь окошко виднелся залитый люминесцентным светом белый потолок.

Внезапно в окошке возникло татуированное лицо.

— Где Кэтрин? — крикнул Лэнгдон. — Выпустите меня!

Татуированный расплылся в улыбке.

— Ваша подруга здесь, со мной. И ее жизнь в моих руках. Как и ваша. Однако времени мало, поэтому слушайте внимательно.

Сквозь стекло звук доходил с трудом. Вода, постепенно поднимаясь все выше, уже смыкалась у Лэнгдона на груди.

— Вам известно, что на основании пирамиды высечены знаки?

— Да! — крикнул Лэнгдон, разглядевший невообразимое собрание символов еще наверху. — Но я не понимаю, что они должны значить! Вам надо на Франклин-сквер, восемь. Все ответы там. Так гласит навершие...

— Профессор, мы оба прекрасно знаем, что там меня дожидается ЦРУ. Добровольно лезть в ловушку я не намерен. Да и номер дома мне без надобности. На Франклин-сквер только одно здание может иметь хоть какое-то отношение к делу — храм Алмас. — Он помолчал, пристально глядя через стекло на Лэнгдона. — Древний арабский орден благородных адептов тайного святилища.

Лэнгдон смешался. Про храм Алмас он знал, только позабыл, что он находится на Франклин-сквер.

«То есть «Орден» — это шрайнеры? И под их храмом скрывается таинственная лестница?»

Бессмыслица с точки зрения истории, однако Лэнгдону сейчас было не до споров и исторических экскурсов.

— Да! — крикнул он. — Наверняка это оно! «Тайна сокрыта внутри Ордена».

— Вы знаете это здание?

— Конечно! — Лэнгдон поднял раскалывающуюся от боли голову, чтобы уши не залило стремительно поднимающейся водой. — Я вам пригожусь! Выпустите меня!

— И вы сможете объяснить, как этот храм связан с символами на дне пирамиды?

— Да! Только покажите мне их еще раз.

— Ладно. Сейчас посмотрим, как вы справитесь.

«Быстрее!»

Лэнгдон, которого теплая жидкость накрывала уже почти с головой, уперся руками в крышку ящика, надеясь, что сейчас похититель ее откинет.

«Скорее! Пожалуйста!»

Крышка не сдвинулась. Но в плексигласовом прозрачном оконце показалось основание пирамиды.

Лэнгдон устремил на него панический взгляд.

— По-моему, вам все хорошо видно, — сжимая пирамиду татуированными руками, провозгласил похититель. — Шевелите мозгами, профессор. У вас около шестидесяти секунд на все про все.

Глава 102

Роберт Лэнгдон часто слышал, что у загнанного зверя в минуту крайней опасности просыпаются неведомые силы. Однако сколько он ни упирался, напрягая все мускулы, в крышку ящика, она не поддавалась. Зато все выше и выше поднимался уровень жидкости. До верха оставалось не больше шести дюймов, и Лэнгдону приходилось вытягивать шею, чтобы не захлебнуться. Он почти упирался носом в плексигласовое оконце, прямо над которым висела каменная пирамида с высеченными на основании загадочными символами.

«Понятия не имею, что они значат...»

Последняя загадка масонской пирамиды, более века скрывавшаяся под слоем воска и каменной пыли, наконец явилась на свет. Рисунок представлял собой квадратную решетку, заполненную ровными столбцами знаков и символов из самых разных верований, традиций и алфавитов — алхимические, астрологические, геральдические, ангелические, магические, нумерологические, каббалистические, греческие, латинские... Своего рода анархия символов, смесь десятков разных языков, культур и эпох.

«Сплошной хаос».

Специалист по символам Роберт Лэнгдон в самом отчаянном порыве научного вдохновения не смог бы догадаться, как из этой странной таблицы извлечь хоть какой-то смысл.

«Порядок из этого хаоса? Невозможно...»

Жидкость плескалась уже где-то у подбородка — вместе с ее уровнем рос и охватывающий Лэнгдона ужас. Профессор не переставая колотил в стенки ящика. Пирамида в прозрачном оконце словно насмехалась над ним.

В отчаянии Лэнгдон сосредоточил все мысленные усилия на этой испещренной символами «шахматной доске».

«Что они могут означать?»

Не за что было даже уцепиться.

«Эти символы ведь даже из разных исторических периодов».

Снаружи донеслись приглушенные рыдания Кэтрин — она умоляла выпустить Лэнгдона. Разгадка не нащупывалась никак, но близость смерти мобилизовала скрытые резервы. Никогда еще Лэнгдон не мыслил так ясно.

«Соображай!»

Он лихорадочно обшаривал взглядом решетку с символами, отыскивая хоть какую-нибудь зацепку — закономерность, спрятанное за рисунками слово, особый значок — что угодно... Но видел лишь ряды никак не связанных между собой картинок.

«Хаос».

С каждой истекающей секундой его охватывало странное оцепенение: тело словно готовилось избавить разум от смертельной агонии. Вода заливалась в уши, и Лэнгдон, еще сильнее вытянув шею, уперся лбом в плексигласовое оконце. Перед глазами замелькали страшные сцены. Мальчик в Новой Англии, колотящий ногами по воде на дне темного колодца. Мужчина в Риме, погребенный под скелетом в перевернувшемся гробу.

Мольбы Кэтрин становились все отчаяннее. Судя по доносившимся до Лэнгдона обрывкам, она пыталась урезонить маньяка — доказывала, что профессору никак не удастся раскодировать послание, не побывав в храме Алмас.

— Там наверняка ключ к разгадке! Роберту без него не хватит информации для расшифровки!

Лэнгдон понимал, чего она добивается, однако при этом был твердо уверен, что храм Алмас в разгадке не поможет никак и «Франклин-сквер, восемь» должно указывать на что-то другое.

«Временные рамки не сходятся».

По легенде, масонскую пирамиду создали в середине девятнадцатого века, за долгие десятилетия до того, как появился орден шрайнеров. И, кстати, задолго до того, как скверу присвоили имя Франклина. Не могло ведь навершие указывать на не построенный еще дом по несуществующему адресу. А значит, «Франклин-сквер, восемь» должно подразумевать что-то современное созданной в 1850 году пирамиде.

На этом, к несчастью, рассуждения Лэнгдона заходили в тупик.

Он отчаянно рылся в памяти в поисках чего-то подходящего по времени.

«Франклин-сквер, восемь... Существующее в 1850-м...»

Ничего похожего. Вода снова заливалась в уши. Превозмогая панический ужас, Лэнгдон снова вгляделся сквозь стекло над головой в решетку с символами.

«Не вижу никакой связи!»

Каменея в приступе безудержного страха, он принялся перебирать все, что приходило на ум.

«Франклин-сквер, восемь... сквер... квадрат... решетка с символами — квадратная... циркуль и наугольник — масонские символы... масонские алтари всегда квадратные... угол квадрата равен девяноста градусам...»

Вода продолжала подниматься, но Лэнгдон гнал панические мысли прочь.

«Франклин, восемь... восемь... решетка восемь на восемь... «Франклин» состоит из восьми букв... перевернутая восьмерка — знак бесконечности... в нумерологии восемь — символ разрушения...»

Ничего подходящего.

Снаружи все еще доносились мольбы Кэтрин, но вода захлестывала уши, и Лэнгдон слышал только обрывки.

— Невозможно, не зная... загадку пирамиды в точности...

«Тайна сокрыта внутри...»

Голос Кэтрин пропал.

Вода полилась в уши, заглушая последние слова. Погрузившись в гулкую утробную тишину, Лэнгдон осознал, что жизнь его действительно вот-вот оборвется.

«Тайна сокрыта внутри...»

В поглотившей его могильной тишине эхом звучали слова Кэтрин.

«Тайна сокрыта внутри...»

Даже тут Мистерии древности не оставляли его в покое.

«Тайна сокрыта внутри» — принцип, на котором зиждились Мистерии, побуждая человека искать Господа не где-то на небесах, а в себе самом. «Тайна сокрыта внутри», — твердили в унисон легендарные учителя-мистики.

«Царство Божие внутри вас», — говорил Иисус Христос.

«Познай себя», — заклинал Пифагор.

«Разве не знаете, что вы боги?» — вопрошал Гермес Трисмегист.

И многие, многие другие...

С незапамятных времен все мистические учения провозглашали один и тот же постулат: «Тайна сокрыта внутри». Однако человечество упорно возводило очи к небесам, надеясь узреть там лик Господа.

Как ни странно, именно это осознание и подтолкнуло Лэнгдона к разгадке. Подобно предшествующим поколениям слепцов, возведя взгляд к небу, Роберт Лэнгдон неожиданно узрел свет.

Профессора будто громом поразило.

Тайна
сокрыта
внутри Ордена
Восемь Франклин Сквер

В приступе мгновенного озарения Лэнгдон понял все.

Смысл надписи на навершии предстал перед ним во всей своей кристальной простоте. Разгадка лежала буквально на поверхности с самого начала. Текст с навершия, как и сама масонская пирамида, представлял собой симболон — разбитый на части шифр, разъединенное послание, и смысл его оказался таким очевидным, что Лэнгдон удивился, как это им с Кэтрин сразу в голову не пришло.

Что еще удивительнее, в послании прямо говорилось, как расшифровать решетку с символами на дне пирамиды. Проще некуда. Как и обещал Питер Соломон, золотое навершие оказалось сильнодействующим талисманом, способным упорядочить хаос.

— Я догадался! Я все знаю! — закричал Лэнгдон, колотя изнутри по крышке.

Пирамида над прозрачным оконцем взлетела в воздух и скрылась. На ее месте возникла татуированная физиономия, от которой в жилах стыла кровь.

— Я разгадал! Выпустите меня! — крикнул Лэнгдон.

Татуированный что-то ответил, но профессор не слышал, в ушах стояла вода. Догадался, прочитав по губам.

— Рассказывайте!

— Я расскажу! — пообещал Лэнгдон, которому вода дошла уже до глаз. — Выпустите меня! Я все объясню!

«Все так просто».

Губы снова шевельнулись.

— Рассказывайте... или утонете.

Вода прибывала, заполняя оставшийся до крышки дюйм воздуха. Лэнгдон откинул голову, чтобы рот оказался над поверхностью. Глаза тут же скрылись под водой, и все расплылось. Выгибая спину, профессор прижался ртом к плексигласовому оконцу.

С последними глотками воздуха Роберт Лэнгдон поведал похитителю, как расшифровать загадку масонской пирамиды. Едва он успел договорить, как вода сомкнулась у его губ. Лэнгдон вдохнул поглубже и захлопнул рот. В следующее мгновение жидкость накрыла его целиком, заполнив ящик доверху и растекаясь изнутри по плексигласовой крышке.

«Получилось, — торжествовал Малах. — Лэнгдону удалось расшифровать пирамиду».

Ответ оказался таким простым. Таким очевидным.

Из прозрачного оконца сквозь толщу воды на Малаха взирали полные отчаяния и мольбы глаза Роберта Лэнгдона.

Покачав головой, Малах медленно проговорил одними губами:

— Спасибо, профессор. Наслаждайтесь жизнью после смерти.

Глава 103

Роберт Лэнгдон, будучи опытным пловцом, иногда задавался вопросом: что чувствует человек, когда тонет. Теперь ему предстояло узнать это на собственном опыте. И хотя дыхание он умел задерживать надолго, гораздо лучше среднестатистического человека, нехватка кислорода уже ощущалась. Накапливающаяся в крови углекислота вызывала рефлекторное желание вдохнуть.

«Не вздумай!»

С каждой секундой рефлекторный позыв становилось сдержать все труднее. Лэнгдон понимал, что скоро достигнет так называемого порога задержки дыхания, когда рефлекс окончательно выйдет из-под контроля.

«Откройте!»

Естественным порывом было колотить из последних сил в крышку, биться и метаться, но Лэнгдон понимал, что нельзя расходовать драгоценный кислород. Оставалось только лежать смирно, устремив взгляд вверх, сквозь водяную толщу, и надеяться. Окружающий мир сузился до расплывчатого светового пятна над плексигласовым оконцем. Мышцы жгло огнем. Подступало удушье.

Внезапно в оконце показался прекрасный призрачный лик. Колеблющаяся водная пелена сделала лицо Кэтрин почти эфемерным. Их взгляды встретились, и на мгновение Лэнгдону померещилось, что его сейчас спасут.

«Кэтрин!» Но, услышав приглушенные крики ужаса, понял: ее притащил похититель. Татуированное чудовище хочет, чтобы все случилось на глазах у Кэтрин.

«Кэтрин, прости...»

Запертый под водой в непонятном темном ящике, Лэнгдон пытался осознать, что это и есть последние секунды его жизни. Вскоре она угаснет. Все, чем он является... являлся... стал бы... оборвется. Когда умрет мозг, все хранящиеся в сером веществе воспоминания, все знания, накопленные за годы, сгинут в водовороте химических реакций.

В этот момент Роберт Лэнгдон осознал свое ничтожество в масштабах вселенной. Никогда в жизни он не чувствовал себя таким одиноким и жалким; чуть ли не с облегчением он ждал приближение порога задержки дыхания.

И момент этот почти наступил.

Легкие Лэнгдона выталкивали наружу отработанный воздух, сокращаясь в преддверии того, чтобы наполниться вновь. Но профессор продержался еще один миг. Последнюю секунду. А потом как человек, что не в силах больше прижимать ладонь к раскаленной плите, отдался на волю судьбы.

Рефлекс одержал верх над разумом.

Губы раскрылись.

Легкие расширились.

Жидкость хлынула внутрь.

Грудь пронзила жгучая боль, какой Лэнгдон даже вообразить себе не мог. Казалось, в легкие ворвался жидкий огонь. Пылающий гейзер выстрелил в голову, и Лэнгдону показалось, будто череп крушат в невидимых тисках. В ушах грохотало, и сквозь этот грохот доносился отчаянный крик Кэтрин Соломон.

Мелькнула ослепительная вспышка.

Темнота.

Роберт Лэнгдон погрузился в нее целиком.

Глава 104

«Все кончено».

Кэтрин Соломон перестала кричать. Увиденное повергло ее в ступор, и она оцепенела, парализованная отчаянием и пережитым потрясением.

Сквозь плексигласовое оконце мимо нее в пространство невидящим взглядом смотрели мертвые глаза Лэнгдона. На лице его застыли боль и сожаление. Из безжизненных губ вырвались последние пузырьки воздуха, а потом, будто отпустив душу на свободу, тело профессора начало медленно погружаться на дно «саркофага» и скрылось в темноте.

«Его больше нет», — поняла Кэтрин.

Татуированный наклонился и безжалостно, будто ставя последнюю точку, задвинул смотровую панель, отсекая труп Лэнгдона от внешнего мира.

А потом с улыбкой перевел взгляд на Кэтрин.

— Пойдем?

И, не дав опомниться, взвалил обмякшую от горя пленницу на плечо, выключил свет и потащил прочь из комнаты. Несколько размашистых шагов — и он, дойдя до конца коридора, внес Кэтрин в просторное помещение, залитое красновато-пурпурным светом. В комнате пахло благовониями. Направившись к стоящему в центре квадратному столу, похититель с размаху бросил пленницу спиной на столешницу, и у Кэтрин вышибло дух от удара. Поверхность стола оказалась холодной и шершавой.

«Камень?»

Не успела Кэтрин понять, что происходит, как похититель молниеносным движением освободил ее запястья и лодыжки от проволоки. Пленница инстинктивно попыталась отбиваться, но затекшие руки и ноги не слушались. Татуированный же принялся пристегивать ее к столу тяжелыми кожаными ремнями — один поперек колен, другой через бедра, прихватив заодно и уложенные по швам руки. Последний ремень улегся между ключицами и грудью.

Пара мгновений — и Кэтрин вновь лежала обездвиженной. Запястья и щиколотки покалывало от неожиданного прилива крови.

— Открой рот, — велел похититель, облизывая татуированные губы.

Кэтрин от отвращения, наоборот, стиснула зубы посильнее.

Вытянув указательный палец, похититель медленно провел им Кэтрин по губам, и у нее мороз пошел по коже. Она сжала зубы еще сильнее. Хохотнув, свободной рукой похититель нащупал болевую точку у нее на шее и резко надавил. Рот Кэтрин распахнулся. Она почувствовала, как палец проникает внутрь и касается ее языка. Подавившись, она хотела укусить истязателя, но палец уже убрался. По-прежнему улыбаясь, татуированный воздел увлажненный палец вверх, а затем, закрыв глаза, как и в прошлый раз, принялся втирать слюну Кэтрин в незарисованный участок кожи на темени.

Наконец он с протяжным вздохом медленно открыл глаза. А потом подчеркнуто неторопливо развернулся и покинул комнату.

В наступившей тишине Кэтрин различила стук собственного сердца. Прямо над ее головой непонятная система светильников постепенно окрашивала низкий потолок из пурпурно-красного в ярко-алый. Кэтрин подняла взгляд наверх — и не смогла оторваться. Весь потолок, до последнего дюйма, сплошным ковром покрывали рисунки. Невообразимый коллаж непосредственно над столом изображал небесный свод: звезды, планеты, созвездия вперемежку с астрологическими символами, картами и формулами — указанные стрелками эллиптические орбиты, обозначенные геометрическими знаками углы восхождения, хоровод зодиакальных персонажей... Будто сумасшедший ученый дорвался до Сикстинской капеллы и пошел вразнос.

Не в силах больше разглядывать потолок, Кэтрин повернула голову — но вид слева оказался не лучше. Свечи в напольных средневековых шандалах бросали мерцающие отблески на стену, скрытую под наслоениями текстов, фотографий и рисунков. Среди современных страниц попадались вкрапления папирусов и пергаментов, будто выдернутых из старинных книг, мешанину текстов разбавляли снимки, наброски, карты и чертежные эскизы — видно было, что приклеили их с бережной тщательностью. Поверх всего этого великолепия тянулась паутина приколотых кнопками нитей, соединявших между собой отдельные листы в бесконечном хаосе всевозможных сочетаний.

Кэтрин повернула голову в другую сторону. К несчастью, не помогло и это.

У противоположной стены открывалось самое жуткое зрелище.

Примыкая к каменной плите, на которой лежала пристегнутая ремнями Кэтрин, возвышался небольшой столик, похожий на лотки для инструментов, что попадаются в операционных. На нем выстроились в ряд странные предметы, среди которых Кэтрин рассмотрела шприц, склянку с темной жидкостью... и огромный нож с костяной ручкой и железным лезвием, отполированным до невообразимо ослепительного блеска.

«Господи... Что он собирается со мной делать?!»

Глава 105

Специалист из службы системной безопасности Рик Пэриш наконец объявился на пороге кабинета Нолы Кей — с одним-единственным листом бумаги в руках.

— Почему так долго? — возмутилась Нола.

«Я же велела — немедленно!»

— Простите, — поправляя на длинном носу очки с толстенными, как бутылочное донышко, линзами, сказал Рик. — Хотел побольше разузнать, но...

— Покажите, что нашли.

Пэриш протянул ей распечатку.

— Это урезанный документ, «выжимка», но суть вы поймете.

Нола в изумлении пробежала глазами страницу.

— Пока не выяснил точно, как хакеру удалось к нам пробраться. Похоже, в наш поисковик запустили «паука»-делегатора...

— Да без разницы! — отрываясь от текста, выпалила Нола. — Зачем вообще нам секретный документ про пирамиды, древние порталы и симболоны с гравировкой?

— Поэтому я столько и провозился. Хотел выяснить, какой именно файл пытались выцепить. Проследил путь... — Пэриш помолчал и откашлялся. — Обнаружилось, что документ этот хранится в разделе, персонально закрепленном за... директором ЦРУ собственной персоной.

Нола резко развернулась к нему, решив, что ослышалась.

«Начальник Сато хранит у себя документ про масонскую пирамиду?»

Она знала, что нынешний директор, как и многие другие среди высшего руководства ЦРУ, занимает высокий пост в масонских рядах, однако хранить масонские тайны в служебном компьютере... Такого она себе даже представить не могла.

Впрочем, если подумать, сколько всякого-разного пришлось узнать за прошедшие сутки... станет ясно, что в этом мире возможно все.

Агент Симкинс лежал на животе, надежно укрывшись за кустами. Его взгляд был прикован к обрамленному колоннами входу в храм Алмас. Никого и ничего. Внутри по-прежнему темно, к двери снаружи никто не подходит. Повернув голову, он проверил, как там Беллами. Архитектор мерил шагами дорожку в центре Франклин-сквер, и вид у него был замерзший. Очень замерзший. Симкинс заметил, как он ежится и дрожит.

Завибрировал сотовый. Сато вызывает.

— На сколько опаздывает объект? — без предисловий спросила она.

Симкинс сверился со своим хронометром.

— Объект говорил, что будет через двадцать минут. Прошло почти сорок. Что-то не так.

— Его не будет, — заключила Сато. — Операция окончена.

Симкинс понимал, что она права.

— От Хартмана вести имеются?

— Нет, с Калорама-Хайтс он на связь не выходил. И я до него дозвониться не могу.

Симкинс похолодел. Если так, то дело действительно плохо.

— Я только что связалась с бойцами подмоги. Они его тоже потеряли.

«Вот дерьмо...»

— Они отследили по «Джи-пи-эс» местонахождение «кадиллака»?

— Да. Жилой дом на Калорама-Хайтс, — ответила Сато. — Собирайте своих орлов. Сворачиваемся.

Дав отбой, Сато обвела взглядом величественные силуэты зданий, вырисовывающиеся на фоне неба американской столицы. Пронизывающий ветер раздувал полы легкого пиджака, и директор Службы безопасности обхватила себя руками, пытаясь согреться. Иноуэ Сато была не из тех женщин, что станут дрожать от холода... или страха. Однако сейчас она дрожала.

Глава 106

В одной шелковой набедренной повязке Малах взлетел по крутой потайной лестнице, прошел через стальную дверь, а затем выбрался в гостиную.

«Надо побыстрее все подготовить».

Взгляд его упал на лежащего в прихожей агента ЦРУ.

«Здесь уже небезопасно».

С пирамидой в руке Малах прошествовал прямиком в кабинет на первом этаже и уселся перед ноутбуком. Пока компьютер выходил в Сеть, Малах представил оставшегося внизу Лэнгдона. Интересно, сколько дней — а может, недель? — пройдет, прежде чем в скрытом от посторонних цокольном этаже обнаружат плавающее в воде тело? Впрочем, не важно. Малах к тому времени уже будет далеко.

«Лэнгдон исполнил свою роль... с блеском».

Профессору не просто удалось соединить разрозненные части масонской пирамиды, он еще и додумался, как разгадать непонятную решетку на донце с символами. Хотя набор знаков выглядел бессмысленным и не поддающимся расшифровке, ключ оказался таким простым... буквально на поверхности.

Ноутбук ожил, и на экране возникло то самое полученное некоторое время назад письмо от Беллами: фотография навершия с пылающими огненными буквами и палец, закрывающий часть надписи.

Тайна
сокрыта
внутри Ордена
[redacted] Франклин Сквер

«Франклин-сквер, восемь», — сказала Кэтрин Малаху. И призналась, что на Франклин-сквер его поджидает ЦРУ, собираясь схватить и заодно выяснить, какой «орден» подразумевался в надписи. Масоны? Шрайнеры? Розенкрейцеры?

Как теперь выяснил Малах, ни те, ни другие, ни третьи.

«Лэнгдон разгадал истинный смысл».

Десять минут назад, почти с головой уйдя под воду, гарвардский профессор нашел ключ к тайне пирамиды.

Сперва Малах не понял.

— Это не адрес! — с полными ужаса глазами кричал Лэнгдон, прижимаясь ртом к плексигласовому оконцу. — Квадрат Франклина восьмого порядка! Вот что это такое! Волшебный квадрат! — Потом он еще что-то добавил насчет Дюрера и что первый шифр пирамиды оказался ключом к последнему.

Про волшебные квадраты — камеи, как их называли древние мистики — Малаху было известно. В древнем тексте «De Occulta Philosophia»[1] подробно расписывались мистическая сила волшебных квадратов и методика создания могущественных оккультных знаков на основе волшебных квадратов с числами. Если верить Лэнгдону, ключ к разгадке высеченного на основании пирамиды рисунка тоже надо искать в таком квадрате...

---

[1] «В сокровенной философии» *(лат.)*. Трактат Агриппы.

— Вам нужен квадрат восемь на восемь! — кричал профессор, когда все, кроме губ, уже скрылось под водой. — Волшебные квадраты классифицируются по порядкам. Квадрат три на три — это квадрат третьего порядка. Четыре на четыре — четвертого! А вам нужен восьмого!

За секунды до того, как жидкость поглотила профессора целиком, он успел на последнем отчаянном вдохе назвать имя знаменитого масона, отца-основателя американского государства... ученого, мистика, математика, изобретателя... а также создателя мистической камеи, в которой он увековечил свое имя.

Франклин.

И Малах моментально понял, что Лэнгдон прав.

Теперь он затаив дыхание в предвкушении застыл перед ноутбуком. Быстрый поиск по Сети выдал десятки ссылок, из которых Малах выбрал одну и принялся читать.

КВАДРАТ ФРАНКЛИНА ВОСЬМОГО ПОРЯДКА

52	61	4	13	20	29	36	45
14	3	62	51	46	35	30	19
53	60	5	12	21	28	37	44
11	6	59	54	43	38	27	22
55	58	7	10	23	26	39	42
9	8	57	56	41	40	25	24
50	63	2	15	18	31	34	47
16	1	64	49	48	33	32	17

Один из самых известных в истории магических квадратов — квадрат восьмого порядка, представленный в 1769 году американским ученым Бенджамином Франклином. Квадрат стал знаменитым благодаря использованию невиданного доселе «постоянства сумм по ломаным диагоналям». На одержимость Франклина этим мистическим искусством скорее всего повлияло его близкое знакомство с современными ему выдающимися алхимиками и мистиками, а также вера в астрологию, на которой он основал предсказания в своем “Альманахе бедного Ричарда”».

Малах внимательно осмотрел знаменитое творение Франклина — единственную в своем роде решетку с числами от 1 до 64, где сумма в каждом ряду, столбце и диагонали составляла одну и ту же магическую константу. «Тайна сокрыта внутри квадрата Франклина восьмого порядка».

Малах улыбнулся.

Дрожа от возбуждения, он схватил каменную пирамиду и, перевернув, впился взглядом в рисунок на дне.

Эти шестьдесят четыре символа необходимо перераспределить в другом порядке, соответственно числам в квадрате Франклина. И хотя Малах все равно не мог понять, как, пусть даже в перетасованном виде, из этого хаоса может возникнуть что-то имеющее смысл, он предпочитал верить древним пророчествам.

«Ordo ab chao».

С бешено колотящимся сердцем он достал листок бумаги и торопливо начертил пустую решетку восемь на восемь. Затем начал по одному проставлять символы в диктуемые магическим квадратом клетки. К его величайшему изумлению, почти сразу же начала вырисовываться узнаваемая картина.

«Порядок из хаоса!»

Заполнив решетку до конца, он, не веря своим глазам, уставился на рисунок. Взору Малаха предстал законченный образ. Нарушенная структура обрела стройность, преобразовалась — и, хотя окончательный смысл Малаху еще не открылся, увиденного ему хватило... Хватило, чтобы понять, куда направиться теперь.

«Пирамида указывает путь».

Разгадка намекала на одно из величайших мистических зданий в мире. Невероятно, однако Малах всегда мечтал завершить свой путь именно там.

«Это мое предназначение».

Глава 107

Каменная поверхность стола холодила спину.

В голове Кэтрин Соломон крутились жуткие кадры смерти Роберта, перемежающиеся мыслями о брате. «Наверное, Питер тоже мертв...» Непонятный нож на боковом столике заставлял думать о том, что и ей, вероятно, уготована та же участь.

«Неужели все, конец?»

А потом мысли Кэтрин вдруг обратились к исследованиям... к ноэтике... к последним открытиям. «Все погибло... развеялось черным дымом». Теперь мир никогда не узнает о том, что ей удалось выяснить. Несколько месяцев назад она совершила самое потрясающее открытие, способное кардинально изменить отношение человека к смерти. Как ни странно, вспоминая об этом эксперименте и его результатах, Кэтрин чувствовала неожиданное утешение.

В юности она часто задавалась вопросом, есть ли жизнь после смерти. «Существует ли небесный мир? Что происходит, когда мы умираем?» Потом она повзрослела, и занятия наукой быстро положили конец всем домыслам о рае, аде и посмертии. Кэтрин свыклась с тем, что «жизнь после смерти» — выдумка, сказка, призванная подсластить горькую пилюлю осознания человеком своей смертности.

«Так я привыкла думать».

Год назад у Кэтрин с братом завязалась беседа на одну из вечных философских тем: наличие у человека души — некой субстанции, способной существовать вне человеческого тела.

Оба склонялись к тому, что в таком понимании душа вполне вероятна, находя подтверждение своей догадки в древних философских течениях. В буддизме и брахманизме исповедовался метемпсихоз — учение о переселении души в новое тело после смерти человека; последователи Платона считали тело тюрьмой, из которой душа вырывается на свободу; стоики называли душу «apospasma tou theu» — «частицей Господа», веря, что после смерти человека Господь возвращает ее себе.

При этом Кэтрин с огорчением понимала, что научно доказать существование человеческой души вряд ли представляется возможным. Пытаться подтвердить жизнь души вне тела сродни тому, чтобы, выдохнув облако сигаретного дыма, надеяться годы спустя где-то его отыскать.

После беседы с братом у Кэтрин засела в голове одна идея. Питер упомянул Книгу Бытия, в которой душа описывалась как «Neshe-mah» — что-то вроде духовного разума, отделенного от телесной оболочки. Это навело Кэтрин на размышления, что «разум» предполагает наличие «мысли». В ноэтике мысль обладает массой, а значит, напрашивается логичный вывод, что в таком случае и человеческая душа тоже может ею обладать.

«Можно ли взвесить душу?»

Идея, разумеется, невыполнимая. Даже думать о таком глупо.

Спустя три дня Кэтрин проснулась среди ночи и, подскочив как ужаленная, понеслась заводить машину. Оказавшись у себя в лаборатории, она набросала схему эксперимента — на удивление простого и одновременно пугающе смелого.

Получится что-то или нет, она не знала, поэтому прежде времени решила не сообщать Питеру. На подготовку потребовалось четыре месяца. Наконец, когда все было завершено, Кэтрин пригласила брата в лабораторию и выкатила навстречу крупногабаритный аппарат, который до поры до времени прятала на складе.

— Конструкция и сборка — мои, — похвалилась она, демонстрируя Питеру изобретение. — Догадаешься, что это?

Брат в недоумении уставился на непонятный аппарат.

— Инкубатор?

Кэтрин рассмеялась и покачала головой. Хотя предположение логичное. Аппарат действительно напоминал с виду прозрачные инкубаторы-кувезы, куда в роддомах помещают недоношенных младенцев. Однако у Кэтрин кувез имел внушительные размеры: длинная воздухонепроницаемая капсула из прозрачного пластика, эдакий футуристический ложемент для сна. Под капсулой располагалась большая приборная доска.

— Может, теперь догадаешься. — Кэтрин включила устройство в сеть. Ожил электронный дисплей, и Кэтрин принялась осторожно подкручивать регуляторы. На дисплее забегали цифры, и в конце концов высветилось:

0,0000000000 кг

— Весы? — удивился Питер.

— Не просто весы!

Взяв с соседнего стола крошечный клочок бумаги, Кэтрин уложила его на крышку капсулы. На дисплее снова заплясали цифры, и высветился новый результат:

0,0008194325 кг

— Чувствительные микровесы, — пояснила Кэтрин. — С точностью до нескольких микрограммов.

Питер по-прежнему пребывал в недоумении.

— Ты сконструировала высокоточные весы... на человека?

— Именно. — Кэтрин подняла прозрачную крышку. — Если поместить сюда человека и закрыть, получится герметично замкнутая система. Ни туда, ни оттуда ничего проникнуть не может — ни газ, ни жидкость, ни частицы пыли. Все остается внутри: дыхание, пот, любые выделения — буквально все.

Питер запустил руку в густую серебристую шевелюру — в этом нервном жесте они с сестрой были похожи.

— Хм... полагаю, живым этот человек протянет недолго.

Кэтрин кивнула:

— Минут шесть от силы — в зависимости от частоты дыхания.

— Не понимаю. — Питер пристально посмотрел на сестру.

Она улыбнулась:

— Сейчас поймешь.

Оставив устройство, Кэтрин провела Питера в аппаратную Куба и усадила перед плазменным экраном. Побарабанив пальцами по клавиатуре, она вышла в папку с видеофайлами, хранившимися на голографическом накопителе. Плазменная панель ожила, замелькали кадры, по качеству напоминающие домашнюю видеосъемку.

Сперва перед объективом проплыла скромно обставленная спальня. Разобранная постель, пузырьки с лекарствами, респиратор, кардиомонитор. Объехав всю комнату, камера остановилась в центре, где, к недоумению Питера, обнаружились только что виденные в лаборатории весы с прозрачной капсулой.

У Питера округлились от изумления глаза.

— Что?..

Прозрачная крышка была откинута, в капсуле находился глубокий старик в кислородной маске. Рядом стояли его пожилая жена и работник хосписа. Старик лежал с закрытыми глазами, каждый вздох давался ему с трудом.

— Это мой преподаватель естествознания из Йеля, он неизлечимо болен, — пояснила Кэтрин. — Мы с ним продолжали общаться после выпуска. Он всегда говорил, что хотел бы завещать свое тело науке, и сразу же согласился принять участие в эксперименте, когда я объяснила ему суть.

Питер ничего не ответил, видимо, потеряв дар речи от происходящего на экране.

Работник хосписа тем временем обратился к жене старика:

— Пора. Его час настал.

Пожилая женщина, вытерев платком слезы, кивнула, видимо, набравшись решимости:

— Хорошо.

Работник хосписа наклонился над капсулой и плавным, бережным движением снял со старика кислородную маску. Тот слегка шевельнулся, но глаза остались закрытыми. Работник откатил в сторону аппарат искусственного дыхания и остальные приборы, оставив в центре комнаты только капсулу с лежащим в ней человеком.

Жена умирающего, нагнувшись, нежно поцеловала супруга в лоб. Глаза старика так и не открылись, но губы дрогнули в ласковой улыбке.

Без кислородной маски дыхание с каждой секундой становилось все более хриплым и прерывистым. Видно было, что конец близок. Демонстрируя достойное уважения самообладание и выдержку, жена старика медленно опустила прозрачную крышку капсулы и заперла ее наглухо, как показывала Кэтрин.

Питер отшатнулся в ужасе.

— Кэтрин, ради всего святого!..

— Все в порядке, — прошептала сестра. — Там достаточно воздуха. — Она видела эту запись не во второй и даже не в десятый раз, но сердце все равно трепетало.

Под капсулой с умирающим светилось электронное табло. Девять цифр.

51,4534644 кг

— Столько он весит, — пояснила Кэтрин.

Дыхание старика постепенно замедлялось, и Питер подался вперед, будто загипнотизированный.

— Так он сам хотел, — напомнила сестра. — А теперь смотри.

Жена старика, отойдя в глубь комнаты, села на кровать и вместе с работником хосписа наблюдала за происходящим.

За следующую минуту дыхание умирающего вдруг снова участилось, а потом внезапно, будто старик сам выбрал момент, когда оборвать свою жизнь, он сделал последний вздох. Все закончилось.

Жена и работник хосписа горестно обнялись.

Больше ничего не происходило.

Выждав еще несколько секунд, Питер непонимающе обернулся к Кэтрин.

«Смотри, не торопись», — мысленно попросила она, взглядом показывая на электронное табло, где по-прежнему светились цифры, обозначающие вес умершего.

И вот тогда наступил момент истины.

Питер так резко отпрянул назад, что чуть не свалился со стула.

— Но... но ведь... — Он в изумлении прикрыл рот рукой. — Невозможно...

Великий Питер Соломон не часто лишался дара речи. Впрочем, в первые несколько просмотров Кэтрин чувствовала примерно то же самое.

Через какое-то короткое время после смерти старика в капсуле электронные цифры на табло вдруг скакнули, и значение изменилось. Умерший потерял в весе. Разница эта, хоть и микроскопическая, все же поддавалась измерению... и выводы напрашивались самые ошеломляющие.

Кэтрин вспомнила, как дрожащей рукой выводила в отчете по эксперименту: «Очевидно, существует невидимая субстанция, покидающая человеческое тело в момент смерти. Обладая исчисляемой массой, она при этом свободно проходит сквозь физические преграды. Вынуждена предположить, что она движется в пока неведомом для меня измерении».

По крайнему потрясению, читающемуся на лице брата, Кэтрин догадалась: он приходит к тем же выводам.

— Кэтрин, — с запинкой проговорил он, моргая, будто пытаясь убедиться, что не спит. — Кажется, ты только что взвесила человеческую душу.

Оба погрузились в молчание.

Кэтрин понимала, что брат сейчас усиленно думает над тем, какие удивительные и непредсказуемые последствия вызовет ее открытие.

«Не всё сразу».

Если увиденное ими на экране действительно доказывает существование души (или сознания, или жизненной силы) вне телесной оболочки, то сколько же неведомого в области мистики можно будет прояснить — переселение душ, космическое сознание, состояние клинической смерти, астральную проекцию, телепатическое наблюдение, осознанные сновидения и многое, многое другое... Медицинские журналы пестрят историями о пациентах, которые во время клинической смерти видели со стороны свое тело на операционном столе, прежде чем возвратиться к жизни.

Питер все еще молчал, но Кэтрин заметила слезы в его глазах. И все поняла. Она тоже не удержалась от слез при первом просмотре. Им обоим пришлось пережить смерть близких, а для любого человека, прошедшего через такое горе, малейшая надежда на то, что душа умершего продолжает существовать после смерти, уже утешение.

«Он думает о Закари», — догадалась Кэтрин, заметив во взгляде брата знакомую глубочайшую печаль. Питер долгие годы жил под гнетом вины за смерть сына. Он много раз повторял Кэтрин, что совершил величайшую в своей жизни ошибку, оставив Зака в тюрьме, и никогда не сможет этого себе простить...

Стук хлопнувшей двери выдернул Кэтрин из воспоминаний, и она вновь очутилась в подвале на холодном каменном столе. Судя по звуку, хлопнула металлическая дверь наверху, у крутой потайной лестницы, а значит, татуированный возвращался. Кэтрин слышала, как он зашел еще в какую-то комнату по дороге, что-то там сделал, и зашагал дальше по коридору — к ней. Он переступил порог, толкая перед собой что-то тяжелое... на колесах. Вот он вышел на свет, и Кэтрин распахнула глаза от изумления. Татуированный вез человека в кресле-каталке.

Умом Кэтрин понимала, что этот человек ей знаком, но сердце категорически отказывалось узнавать его.

«Питер?»

Она не знала, радоваться, что брат жив... или ужасаться. Все волосы на теле Питера были сбриты, густая серебристая шевелюра исчезла вместе с бровями, кожа блестела, будто смазанная маслом. Всю его одежду составлял черный шелковый халат. Вместо правой кисти торчал свежезабинтованный обрубок. Полный страдания и боли взгляд Питера встретился со взглядом Кэтрин, где застыли горечь и скорбь.

— Питер! — У нее сдавило горло.

Брат попытался ответить, но наружу вырвались полузадушенные булькающие звуки. Кэтрин только теперь поняла, что он сидит привязанный к креслу с кляпом во рту.

Наклонившись, татуированный ласково погладил Питера по бритому черепу.

— Я приготовил твоего брата к почетной миссии. Ему сегодня отводится особая роль.

Кэтрин оцепенела.

«Нет...»

— Нам с Питером пора, но я решил, что ты захочешь попрощаться.

— Куда вы его везете? — слабеющим голосом спросила Кэтрин.

Татуированный улыбнулся:

— Мы с Питером отправляемся на священную гору. Там покоится сокровище. Масонская пирамида указала мне путь — спасибо твоему приятелю Роберту Лэнгдону.

Кэтрин посмотрела брату в глаза.

— Он убил... Роберта.

Лицо Питера исказилось от боли, и он затряс головой, не в силах вынести столько муки.

— Ну-ну, Питер, будет, — успокоил его татуированный, снова гладя по голове. — Не стоит портить такой момент. Лучше попрощайся с сестренкой. Это ваша последняя встреча.

Кэтрин захлестнула волна отчаяния.

— Почему?! Зачем вы нас терзаете? — закричала она. — Что мы вам сделали? Почему вы нас так ненавидите?

Приблизившись, татуированный зашептал ей в самое ухо:

— На то у меня свои причины, Кэтрин.

Он взял с бокового столика странный нож и прижал отполированное лезвие к щеке Кэтрин.

— Это, возможно, самый знаменитый нож в истории человечества.

Кэтрин не могла припомнить ни одного знаменитого ножа, однако клинок и впрямь выглядел зловещим и очень древним. Чувствовалось, что лезвие острое как бритва.

— Не бойся, — успокоил татуированный. — Я не собираюсь тратить его силу на тебя. Берегу для более благородной жертвы... в священном месте. — Он обернулся к Питеру: — Ну хоть ты узнаёшь этот нож, а?

В расширенных глазах брата плескались изумление и ужас.

— Да, Питер, этот древний артефакт до сих пор бродит по свету. Мне стоило больших трудов и средств добыть его — и я приберег его специально для тебя. Сегодня мы наконец сможем вместе закончить свой скорбный путь.

С этими словами он бережно завернул нож в ткань, присовокупив остальные подготовленные предметы: благовония, склянки с жидкостями, куски белой атласной ткани и прочие церемониальные принадлежности. Получившийся сверток отправился в кожаный портфель Лэнгдона, к масонской пирамиде и навершию. Кэтрин, не в силах ничего поделать, смотрела, как татуированный застегивает молнию портфеля и оборачивается к Питеру:

— Подержи-ка...

Он уложил тяжелый портфель Питеру на колени и начал рыться в одном из своих ящиков. Послышалось металлическое звяканье. Вернувшись, он взял Кэтрин за правую руку и провел какие-то манипуляции. Что именно он делал, Кэтрин не знала, зато Питер увидел — и тут же забился в своем кресле.

Она почувствовала внезапный болезненный укол в сгиб правого локтя, и по телу начало растекаться непонятное тепло. Питер метался и полузадушенно хрипел, тщетно пытаясь выбраться из тяжелого креслакаталки. От локтя до кончиков пальцев рука у Кэтрин странно онемела и стала холодеть.

Татуированный отошел в сторону, и тут Кэтрин наконец поняла, что привело брата в такой ужас. Из вены у нее торчала медицинская игла, какие используются, когда берут кровь на анализ. Однако шприца у этой иглы не было. Кровь свободно вытекала — из сгиба локтя струйка змеилась по руке на каменный стол.

— Живой хронометр, — обернувшись к Питеру, пояснил татуированный. — Через какое-то время, когда я попрошу тебя исполнить свою роль, ты вызовешь в своей памяти эту картину... Умирающую в темноте и полном одиночестве Кэтрин.

Лицо Питера исказилось невыразимым страданием.

— Она проживет еще около часа с небольшим, — прикинул похититель. — Если не будешь артачиться и мы управимся быстро, у меня останется достаточно времени, чтобы ее спасти. Но разумеется, если ты вообще откажешься мне подчиняться... твоя сестра погибнет здесь одна.

Питер неразборчиво проревел что-то сквозь кляп.

— Знаю, знаю, — похлопав Питера по плечу, посочувствовал похититель, — тебе тяжело. Но не переживай. В конце концов, тебе ведь уже приходилось оставлять близкого человека в беде. — Помолчав, он наклонился к самому уху Питера: — Я, конечно же, имею в виду твоего сына Закари, которого ты бросил в тюрьме «Соганлик».

Питер дернулся, натягивая удерживающие его в кресле ремни, и снова попытался что-то прокричать сквозь кляп.

— Прекратите! — не выдержала Кэтрин.

— Я хорошо помню ту ночь, — с издевкой продолжал татуированный, заканчивая сборы. — Я все слышал. Надзиратель предлагал способ вызволить твоего сына, но ты предпочел преподать Закари урок... бросив его на произвол судьбы. Мальчишке урок пошел впрок, а? — Похититель ухмыльнулся. — Он лишился — я обрел. — Вытащив из ящика льняную салфетку, он затолкал ее Кэтрин в рот. — Смерть, — прошептал он, — не терпит лишнего шума.

Питер отчаянно забился в кресле. Однако татуированный, не проронив больше ни слова, выкатил его из комнаты спиной вперед, давая посмотреть на сестру прощальным взглядом.

Кэтрин и Питер посмотрели друг другу в глаза — в последний раз.

И Кэтрин осталась одна.

Она слышала, как похититель везет Питера по лестнице, затем через металлическую дверь. Потом щелкнул замок в двери, которую татуированный запер за собой, и они выбрались наружу через потайной ход, замаскированный картиной. А спустя еще несколько минут донесся звук заводящегося двигателя.

Потом особняк погрузился в тишину.

Кэтрин лежала одна в кромешной тьме, истекая кровью.

Глава 108

Роберт Лэнгдон витал в бездонной пропасти.

Ни света. Ни звуков. Ни ощущений.

Бесконечная безмолвная пустота.

Мягкость.

Бесплотность.

Тело отринуло его. Он в свободном полете.

Материального мира больше нет. Время исчезло.

Теперь он — сознание в чистом виде... бестелесная субстанция, повисшая в пустоте бескрайней вселенной.

Глава 109

Модифицированный вертолет «UH-60» пронесся почти над самыми крышами просторных особняков Калорама-Хайтс, держа курс на координаты, выданные отрядом подмоги. Агент Симкинс первым заметил черный «кадиллак-эскалейд», криво припаркованный на газоне у одного из домов. Въездные ворота стояли закрытыми, в доме было темно и тихо.

Сато подала сигнал приземляться.

Вертолет жестко сел на газон перед домом, где, помимо «кадиллака», теснились другие автомобили, и среди них — седан частной охранной службы с мигалкой на крыше.

Симкинс с отрядом выпрыгнули и, доставая оружие, понеслись к крыльцу. Обнаружив, что входная дверь заперта, командир, приставив ладони к стеклу, посмотрел через окно внутрь. Свет в прихожей не горел, но на полу виднелся лежащий ничком человек.

— Черт! — прошептал он. — Это же Хартман.

Ухватив стоящий на крыльце стул, один из бойцов разбил широкое окно, и звон осколков растворился в рокоте вертолетного винта. Через секунду весь отряд был в доме. Симкинс кинулся в прихожую и, опустившись на колени рядом с Хартманом, попытался нащупать пульс. Глухо. Все кругом было залито кровью. Тогда агент наконец разглядел отвертку, торчащую у Хартмана в горле.

«Боже...» Поднявшись, Симкинс махнул бойцам, чтобы приступали к полному обыску.

Агенты рассредоточились по первому этажу, пронзая огоньками лазерных прицелов темноту, царящую в роскошном особняке. В гостиной и кабинете ничего подозрительного не обнаружилось, однако в столовой они сразу наткнулись на труп неизвестно откуда взявшейся сотрудницы частной службы охраны. Надежда найти Роберта Лэнгдона и Кэтрин Соломон таяла с каждой секундой. Похоже, убийца намеренно заманил их в ловушку, и, если он так легко расправился с агентом ЦРУ и вооруженной охранницей, у профессора и женщины-ученой шансы тем более невелики.

Покончив с первым этажом, Симкинс послал двух бойцов наверх, а сам тем временем спустился в подвал по лестнице, ведущей из кухни. Когда он включил свет, цокольный этаж предстал перед ним просторным и чистым, будто им не пользовались вовсе: бойлеры, голые цементные стены, несколько ящиков.

«Глухо».

Симкинс направился обратно в кухню, и одновременно со второго этажа спустились бойцы. Все показывали жестами, что ничего не обнаружено.

Ни единой души во всем доме.

Никого. И новых трупов тоже не найдено.

Симкинс связался по рации с Сато, доложил, что все проверено, заодно сообщив неутешительные новости, и вышел в прихожую. Сато уже поднималась на крыльцо. За ее спиной в кабине вертолета сидел в полной прострации Уоррен Беллами, у ног которого виднелся титановый кейс с ноутбуком Сато. Секретный ноутбук директора Службы безопасности обеспечивал ей доступ к компьютерной сети ЦРУ из любого уголка мира по закодированному спутниковому каналу. Это на его экране Беллами увидел в оранжерее что-то такое, что повергло его в ужас и заставило полностью принять сторону Сато. Симкинс не догадывался, чем его так напугала директор СБ, однако из оранжереи Беллами вышел глубоко потрясенный и до сих пор от потрясения не оправился.

Сато вошла в прихожую и на мгновение замерла при виде распростертого на полу Хартмана. Затем, вскинув голову, пристально посмотрела на Симкинса:

— Лэнгдона и Кэтрин не нашли? А Питера Соломона?

Симкинс покачал головой:

— Если они еще живы, он их куда-то увез.

— В доме есть компьютер?

— Да, мэм. В кабинете.

— Проводите меня.

Вслед за Симкинсом Сато проследовала из прихожей в гостиную. Ковер был весь усыпан осколками стекла из выбитого окна. Миновав камин, большое полотно на стене и несколько стеллажей с книгами, Сато и Симкинс вошли в кабинет. Посреди отделанной деревянными панелями комнаты стоял антикварный стол с большим монитором. Сато обогнула его и, посмотрев на экран, досадливо нахмурилась, чертыхаясь себе под нос.

Симкинс, подойдя к ней, тоже взглянул на экран. Он был темным.

— Что-то не так?

Сато кивнула на пустую док-станцию рядом с монитором.

— Он пользуется ноутбуком. Прихватил его с собой.

Симкинсу от этого яснее не стало.

— Там какая-то информация, которую вы хотели бы увидеть?

— Нет, — мрачно ответила Сато. — Там информация, которую не должен видеть никто.

Кэтрин Соломон, лежа на каменном столе в подвале, слышала, как рокочет приземляющийся вертолет. До нее донесся звон бьющегося стекла, и над головой загрохотали тяжелые ботинки. Кэтрин попыталась позвать на помощь, но мешал кляп. Она не смогла издать ни звука. Чем больше она напрягала легкие, тем быстрее начинала струиться кровь по руке.

Дыхание перехватывало, в голове ощущался легкий звон.

Кэтрин осознавала, что нужно успокоиться. «Думай, шевели мозгами», — приказала она себе. Собрав волю в кулак, Кэтрин погрузилась в медитацию.

Роберт Лэнгдон плыл в бескрайней пустоте. Уцепиться взглядом было не за что, сколько он ни всматривался в бездну. Никакой опоры, никаких ориентиров.

Кромешная тьма. Мертвая тишина. Полный покой.

Даже силы тяжести нет, и непонятно, где верх, где низ.

Тело исчезло.

«Наверное, это смерть».

Время раздвигалось, растягивалось и сжималось, будто жило своей собственной жизнью. Лэнгдон потерял ему счет. Сколько прошло?

«Десять секунд? Десять минут? Десять дней?»

Внезапно, как звезды в далеких галактиках, начали вспыхивать воспоминания, накрывая Лэнгдона взрывной волной, катящейся по бескрайней пустоте.

Память Роберта Лэнгдона вдруг прояснилась. В мысли ворвалась череда картинок из прошлого — ярких и пугающих. Над ним нависает сплошь покрытое татуировками лицо. Мощные руки приподнимают его голову и с силой обрушивают затылком на твердый пол.

Взрыв боли... и темнота.

Серый свет.

Пульсация.

Обрывки воспоминаний. Его волочат в полубессознательном состоянии куда-то вниз, глубоко вниз. Похититель что-то бормочет.

«Verbum significatium... Verbum omnificum... Verbum perdo...»[1]

Глава 110

Директор Сато стояла в одиночестве в центре кабинета, дожидаясь, пока в отделе космической съемки ЦРУ обработают ее запрос. Одно из преимуществ работы в округе Колумбия — хорошее спутниковое покрытие. Возможно, судьба им улыбнется и подарит снимок дома, сделанный сегодня вечером с удачно расположившегося спутника, и на нем будет видно, в каком направлении отъезжал от дома автомобиль в течение последнего получаса.

— Сожалею, мэм, — отозвался сотрудник отдела. — Сегодня по этим координатам ничего нет. Будете посылать заявку на передислокацию спутника?

— Нет, спасибо. Уже поздно.

Повесив трубку, Сато озабоченно выдохнула, не представляя, как определить, куда направился объект. Она вышла в прихожую, где бойцы, запаковав тело Хартмана в мешок, несли его к вертолету. Симкинса, которому Сато приказала собирать всех и готовиться к возвращению в Лэнгли, она обнаружила в гостиной — и почему-то на четвереньках. Вид у него был такой, будто ему нездоровится.

— Что с вами?

Он поднял голову и посмотрел на Сато странным взглядом.

— Вы вот это видели? — Симкинс ткнул пальцем в пол.

Подойдя поближе, Сато присмотрелась к ковру и помотала головой, ничего особенного не разглядев.

---

[1] Здесь: Слово-значение... Слово забытое... Слово утраченное *(лат.)*.

— Присядьте на корточки, — подсказал Симкинс. — И посмотрите на ворс.

Сато послушно присела — и поняла, что он имеет в виду. Ворс оказался местами примятым... по ковру пролегли две параллельные колеи, будто по нему катили что-то тяжелое.

— Самое загадочное, — продолжал Симкинс, — это куда они ведут. — Он показал рукой.

Сато проследила взглядом две едва заметные параллели, пересекающие ковер. Следы упирались в огромное — от пола до потолка — полотно, висящее рядом с камином.

«Как такое может быть?»

Подойдя вплотную к картине, Симкинс попытался снять ее со стены. Ни в какую.

— Закреплена намертво, — доложил он, пробегая пальцами по краю рамы. — Постойте, тут внизу что-то есть. — Под нижней кромкой палец задел крошечный рычажок. Раздался щелчок.

Симкинс толкнул раму, и картина повернулась, как вращающаяся дверь. Сато невольно сделала шаг вперед.

Включив фонарь, Симкинс направил луч в темный провал за дверью.

Сато прищурилась.

«Ну что же...»

Короткий темный коридор заканчивался массивной металлической дверью.

Вал воспоминаний, прокатившийся через тьму, в которую погрузились мысли Лэнгдона, отхлынул так же внезапно, оставив шлейф из раскаленных искр, кружащих в вихре под знакомый монотонный шепот.

«Verbum significatium... Verbum omnificum... Verbum perdo...»

Бормотание напоминало заунывный хор, исполняющий средневековую стихиру.

«Verbum significatium... Verbum omnificum...»

Слова эхом раскатывались по бездне, к хору присоединялись все новые голоса.

«Апокалипсис... Франклин... Апокалипсис... Слово... Апокалипсис...»

Внезапно где-то вдали загудел погребальный колокол. Он звенел не смолкая, все громче и громче. Все настойчивее, будто в надежде, что Лэнгдон догадается, будто увлекая за собой его мысли.

Глава 111

Колокол на башне с часами звонил целых три минуты, и от его звона дрожали хрустальные подвески люстры над головой Лэнгдона. Давным-давно, несколько десятилетий назад, он приходил в знакомый всем зал академии Филипс-Эксетер на лекции. Теперь же он приехал послушать обращение своего замечательного друга к ученикам. Свет начал гаснуть, и Лэнгдон занял место у задней стены, под пантеоном с портретами директоров академии.

Аудитория примолкла.

В полной темноте высокая темная тень пересекла сцену и поднялась на трибуну.

— Доброе утро! — раздался усиленный микрофоном негромкий голос.

Слушатели подались вперед и начали вытягивать шеи, пытаясь рассмотреть лицо лектора.

Вспыхнул проектор, на экране появилась поблекшая черно-белая фотография, изображающая живописный замок из красного песчаника с квадратными башнями и готическими украшениями.

— Кто мне ответит, где это? — спросил человек за лекторской трибуной.

— Англия! — раздался из темноты девичий голос. — Фасад — смесь ранней готики и позднего романского стиля, а значит, перед нами типичный норманнский замок, построенный в Англии где-то в двенадцатом веке.

— Ух ты! — восхитился невидимый лектор. — По истории архитектуры у кого-то, я смотрю, твердое «отлично».

По залу прокатился общий стон.

— Но вынужден вас огорчить, — продолжала тень. — Вы промахнулись на три тысячи миль и половину тысячелетия.

Аудитория воспрянула духом.

Сепия на экране сменилась современной цветной фотографией того же здания, снятой с другого ракурса. На переднем плане все так же высились башни из песчаника, однако задний план отчего-то был занят величественным белым куполом американского Капитолия.

— Подождите! — прозвучал тот же девичий голос. — Получается, в округе Колумбия есть норманнский замок?

— Есть, с 1855 года, — подтвердил лектор. — Именно этим годом датируется следующий снимок.

На экране возник новый слайд. Черно-белая фотография, сделанная внутри здания: бальный зал с массивными сводами, но обстановка совсем не бальная — скелеты животных, музейные витрины, стеклянные сосуды с биологическими образцами, археологические находки и гипсовые слепки останков доисторических рептилий.

— Этот удивительный замок, — возвестил лектор, — был первым в Америке музеем естествознания. Дар нашей стране от состоятельного британского ученого, верившего, что наше молодое государство станет когда-нибудь страной просвещения. Он завещал отцам-основателям огромное состояние с наказом построить в самом сердце нашей родины «очаг приумножения и распространения знаний». — Лектор выдержал долгую паузу. — Кто назовет мне имя этого щедрого ученого?

— Джеймс Смитсон? — послышался чей-то робкий голос из передних рядов.

Аудитория откликнулась одобрительным перешептыванием.

— Правильно, Смитсон, — подтвердил со сцены лектор. Только теперь он вышел на свет, лукаво блеснув серыми глазами. — Доброе утро. Меня зовут Питер Соломон, я секретарь Смитсоновского института.

Учащиеся академии разразились бурными аплодисментами.

Лэнгдон со своего скромного места в заднем ряду с восторгом смотрел, как Питер увлекает юных слушателей в фотопутешествие по ранней истории Смитсоновского института. Зачином служили фотографии Смитсоновского замка — лаборатории в цокольном этаже; экспонаты, расставленные в коридорах; целый зал моллюсков, ученые, называвшие себя хранителями ракообразных, и даже старый снимок, запечатлевший двух самых популярных обитателей замка — чету ныне покойных сов, прозывавшихся Приумножение и Распространение. Получасовой экскурс завершился впечатляющим снимком из космоса: Эспланада, со всех сторон окруженная огромными зданиями Смитсоновского комплекса.

— Как я уже говорил в самом начале, — напомнил в заключение Питер Соломон, — Джеймс Смитсон и отцы-основатели видели будущее нашей страны в просвещении. Думаю, сегодня они могли бы нами гордиться. Смитсоновский институт, их великое детище, служит символом науки и знаний в самом сердце Соединенных Штатов. Это живой, дышащий, действующий памятник мечте наших великих предков создать государство, где превыше всего будут знания, мудрость и наука.

Под гром восторженных аплодисментов Соломон выключил проектор. В зале вспыхнул свет, и одновременно взметнулись вверх десятки рук — слушателям не терпелось задать вопросы.

Соломон выбрал невысокого рыжеволосого мальчика в середине зала.

— Мистер Соломон, — озадаченно протянул тот, — вы сказали, что отцы-основатели бежали от религиозных гонений в Европе, чтобы основать здесь государство на принципах научного прогресса.

— Да, именно так.

— Но... я всегда считал их глубоко верующими людьми, которые основали Америку как христианскую нацию.

Соломон улыбнулся:

— Друзья, не поймите меня превратно: отцы-основатели, хоть и верили искренне и глубоко, были при этом деистами, признающими Бога в общем и широком смысле. Единственным религиозным постулатом они выдвигали свободу религии. — Сняв микрофон со стойки, Питер вышел из-за трибуны и шагнул к краю сцены. — Отцы-основатели представляли в мечтах духовно просвещенную утопию, где свобода мысли, всеобщее образование и научный прогресс разгонят мрак изживших себя религиозных предрассудков.

Вскинула руку белокурая девочка в заднем ряду.

— Да?

— Сэр, — начала она, поднимая вверх свой сотовый, — я нашла вас в «Википедии», и там сказано, что вы масон, причем высокопоставленный.

Питер продемонстрировал масонский перстень.

— Только зря трафик расходовали.

По аудитории прокатился смех.

— Да, но, — продолжила девочка, подбирая слова, — вы только что высказались насчет «изживших себя религиозных предрассудков». А по-моему, если кто и выступает с религиозными предрассудками, то как раз масоны.

— Да? И почему же? — невозмутимо поинтересовался Соломон.

— Я много читала о масонах, знаю, что у вас полно странных обрядов и убеждений. В той статье из Интернета, кстати, говорится, будто масоны верят в какие-то древние магические знания... некую мудрость, которая может возвеличить человека, вознеся до небесных высот.

Все посмотрели на девочку так, будто она сморозила редкостную глупость.

— Вообще-то, — охладил слушателей Соломон, — она права.

Ребята устремили недоуменные взгляды на лектора.

Пряча улыбку, Соломон поинтересовался:

— Что там говорит «Википедия» насчет этих магических знаний?

Блондинка смутилась, но все же зачитала с сайта:

— «Чтобы оградить сакральные знания от посторонних глаз, древние адепты прибегли к шифру, завуалировав истинное их могущество в символах, мифах и аллегориях. В зашифрованном виде они окружают нас по сей день, их можно наблюдать в мифологии, в искусстве, в древних оккультных текстах. К сожалению, распутать сложные цепочки тайных смыслов современному человеку, видимо, не под силу... поэтому великая истина считается утраченной».

— Это все? — спросил Соломон, выдержав небольшую паузу.

Девочка поерзала на сиденье.

— Ну... почти.

— Так и думал. Дочитайте, пожалуйста.

Девочка, преодолевая неловкость, откашлялась и продолжила:

— «Согласно преданию, мудрецы, зашифровавшие во время о́но Мистерии древности, оставили потомкам своего рода ключ... пароль, помогающий проникнуть к тайным знаниям. Это «волшебное слово» — «verbum significatium» — способно развеять тьму и явить Мистерии древности на свет, сделать их доступными для всеобщего понимания».

Соломон выслушал с задумчивой улыбкой.

— Да... «verbum significatium». — На секунду взгляд его устремился куда-то вдаль, потом он снова посмотрел на девочку. — И какова же судьба этого чудодейственного слова?

Блондинка настороженно посмотрела по сторонам — она, видно, уже и сама была не рада, что полезла к гостю с провокационными вопросами, — и дочитала:

— «Предание гласит, что «verbum significatium» покоится глубоко под землей, терпеливо дожидаясь, когда в истории наступит поворотный момент, и человечество ощутит насущную потребность в вековой мудрости, знаниях и истине. На этой непростой развилке своего пути человек наконец отыщет Слово и провозгласит начало новой эпохи просвещения, полной удивительных чудес».

Закончив, девочка выключила телефон и съежилась на сиденье.

Аудитория притихла надолго, потом один из учеников все-таки поднял руку.

— Мистер Соломон, вы что, серьезно в это верите?

Соломон улыбнулся:

— А почему бы нет? В наших мифах издавна встречаются слова, наделяющие прозрением и божественным могуществом. Фокусники, например, и сейчас произносят «абракадабра», когда извлекают предметы из пустоты. Мы давно забыли, что слово это не игрушка, оно восходит к древнему арамейскому заклинанию «авра кедавра» — «творю словом».

Молчание.

— Но, сэр, — не отступал мальчик, — неужели вы верите, что одно-единственное слово... это самое «verbum significatium»... каким бы оно там ни было... способно пробудить древнее знание — и положить начало новой эпохе просвещения?

Питер Соломон с непроницаемым лицом смотрел на зал.

— То, во что верю лично я, к делу отношения не имеет. Важно другое: практически во всех без исключения религиях и философских традициях найдется упоминание о грядущем веке просвещения. У индуистов — это Крита-юга, в астрологии — Эра Водолея, у иудеев — пришествие Мессии, у теософов — Новый век, у космологов — Гармоническая конвергенция, для которой они даже указывают конкретную дату наступления.

— Двадцать первое декабря 2012 года! — выкрикнули в зале.

— Да, пугающе скоро... если, конечно, верить календарю майя.

Лэнгдон мысленно усмехнулся, вспоминая, как десять лет назад Соломон предсказывал, какой ажиотаж вызовет у телевизионщиков 2012 год и связанные с ним пророчества о конце света.

— Однако если отбросить календари, — продолжал Соломон, — мне кажется замечательным, что такие разные учения, существующие испокон веков, сходятся в одном: близится великая эпоха просвещения. Во всех культурах, во все времена, по всему миру мечта человечества выражалась в одном и том же — в грядущем апофеозе, в преображении, которое раскроет истинный потенциал нашего мозга. — Соломон улыбнулся. — Как вы думаете, чем вызвано подобное единодушие?

— Истинностью, — раздался тихий голос из зала.

Соломон всем корпусом повернулся в ту сторону.

— Кто это сказал?

Руку поднял миниатюрный азиат, в мягких чертах которого угадывалось непальское или тибетское происхождение.

— Возможно, в душе каждого из нас заключена вселенская истина. Или мы храним отголоски одной общей на всех истины — как генную информацию в ДНК. Тогда этой общей истиной и объясняется сходство между всеми нашими легендами.

Просияв, Соломон сложил ладони и почтительно поклонился мальчику.

— Благодарю!

Все притихли.

— Истина, — обращаясь к залу, провозгласил Соломон. — Истина всемогуща. Если мы тяготеем к схожим мыслям, не исключено, что причина тому — их истинность, запечатленная где-то в глубине нашей души. И когда мы сталкиваемся с истиной — даже не понимая ее, мы чувствуем отклик, чувствуем, как она звучит в унисон с нашим подсознанием. Вполне вероятно, что мы не постигаем истину, а припоминаем, воспроизводим, узнаём то, что и так сокрыто внутри нас самих.

В зале воцарилась полная тишина.

Соломон не стал ее нарушать, давая ребятам время переварить услышанное, затем проговорил негромко:

— В заключение хотел бы вас предостеречь... Истина дается нелегко. Каждый «золотой век», век света в истории человечества, сопровождался разгулом сопротивляющегося мракобесия. Таков естественный закон равновесия. Поэтому, глядя на то, как растет и ширится тьма в современном нам мире, следует сознавать, что просвещение, свет, тоже набирает силу. Мы стоим на пороге величайшего «золотого века», и нам всем — вам всем — несказанно повезло родиться и жить именно сейчас и застать этот поворотный момент. Нам, единственным из всех когда-либо живших на земле, довелось попасть в тот краткий промежуток времени, что станет началом высшей ступени Ренессанса. Тысячелетние блуждания в потемках уйдут в прошлое, и мы наконец увидим, как наука, разум и даже религия восторжествуют в поисках истины.

Аудитория уже собиралась разразиться восторженными аплодисментами, но Соломон остановил ребят жестом.

— Мисс? — Он кивнул той самой блондинке с сотовым, любительнице провокационных вопросов. — Хоть мы и не сошлись во мнениях, я хотел бы вас поблагодарить. Ваша непримиримость — отличный катализатор грядущих перемен. Ведь для темноты нет лучшей почвы, чем безразличие, а самое мощное оружие против него — уверенность в собственной правоте. Изучайте основы своей веры. Изучайте Библию. — Он улыбнулся. — Особенно последние главы.

— Апокалипсис? — уточнила девочка.

— Именно. Книга Откровения — живейший пример нашей общей истины. Последние страницы Библии слово в слово повторяют то, о чем рассказывается в других учениях, которым нет числа. Все они пророчат человечеству обретение великой мудрости в скором времени.

— Но ведь Апокалипсис — это конец света, разве нет? — раздался голос из зала. — Антихрист, Армагеддон, последняя битва между добром и злом...

Соломон усмехнулся.

— Кто тут учит греческий?

Взметнулись несколько рук.

— Что в буквальном переводе означает слово «апокалипсис»?

— Оно переводится... — начал один из учеников — и удивленно осекся, — это от глагола «открывать», «обнаруживать»...

Соломон одобрительно кивнул.

— Именно. «Апокалипсис» буквально означает «откровение». Библейская Книга Откровения предсказывает открытие великой истины и обретение небывалой мудрости. Апокалипсис — это не конец света, а, скорее, конец привычного нам мира. Пророчество об Апокалипсисе — очередная красивая метафора из Библии, искаженная до неузнаваемости. — Соломон подошел ближе к краю сцены. — Поверьте, Апокалипсис не за горами, но он будет совсем не тем, что мы привыкли представлять.

Где-то в вышине зазвучал колокол.

Слегка озадаченные слушатели разразились громом бурных аплодисментов.

Глава 112

Кэтрин Соломон почти потеряла сознание, когда раздался оглушительный грохот и стол сотрясла взрывная волна.

Почти сразу же потянуло дымом.

В ушах стоял звон.

Послышались едва различимые голоса. Где-то далеко. Крики. Шаги. И вдруг дышать стало легче. Салфетку-кляп выдернули изо рта.

— Вы спасены, — прозвучал незнакомый мужской голос. — Главное — держитесь.

Она думала, что у нее вытащат иглу из вены, однако человек принялся командовать:

— Аптечку! Капельницу подсоединить к игле... вводите лактатный раствор Рингера... давление померить!

— Мисс Соломон, — поинтересовался незнакомец между делом, нащупывая у Кэтрин пульс, — человек, который вас здесь привязал... куда он отправился?

Кэтрин хотела ответить, но слова застряли в горле.

— Мисс Соломон, куда направился похититель? — настаивал голос.

Она попыталась открыть глаза и поняла, что сейчас отключится.

— Нам во что бы то ни стало надо знать, куда он делся.

— На... священную... гору... — выдавила в ответ Кэтрин, хотя и понимала, что ясности эти три слова не внесут.

Директор Сато шагнула в проем развороченной взрывом стальной двери и по деревянной потайной лестнице спустилась в скрытую часть цокольного этажа. Внизу ее встретил один из агентов.

— Директор, взгляните...

Сато проследовала за ним по узкому коридору в небольшую боковую комнатушку. Там горел яркий свет и практически ничего не было, если не считать брошенную на полу одежду. Сато сразу узнала твидовый пиджак и ботинки Лэнгдона.

Агент указал на стоящий у дальней стены большой ящик, с виду похожий на гроб.

«А это еще что?»

Сато шагнула к ящику, заметив попутно, что к нему подключен выходящий из стены прозрачный пластиковый шланг. Она осторожно подошла ближе и только теперь разглядела на крышке небольшую панель.

Наклонившись, сдвинула ее в сторону — открылось крохотное оконце.

Директор Службы безопасности отпрянула в ужасе.

В плексигласовом иллюминаторе показалось бесстрастное лицо профессора Роберта Лэнгдона, погруженного в толщу воды.

«Свет!»

Бесконечную пустоту, в которой витал Лэнгдон, вдруг пронзили слепящие солнечные лучи. Они струились сквозь кромешную тьму, обжигая ярким светом.

Светом было залито все.

Внезапно на фоне сияющего облака возник прекраснейший силуэт. Чей-то лик... расплывчатый, смутный... глаза, смотрящие в упор из пустоты. Различив вокруг лика ослепительный ореол, Лэнгдон решил, что перед ним, должно быть, сам Господь.

Сато вглядывалась в глубины саркофага, гадая, понимал ли профессор, куда именно его поместили. Вряд ли. Основная цель данного устройства как раз и состоит в том, чтобы дезориентировать человека.

Камеры сенсорной депривации появились еще в пятидесятых и до сих пор пользовались популярностью в экспериментах состоятельных эзотериков. «Флоутинг», как его еще называют, — это уникальная возможность ощутить себя еще не родившимся младенцем в материнской утробе. Особого рода медитация, создание расслабляющего режима для мозга путем отключения всех нагрузок — нет ни света, ни звука, ни тактильных ощущений, даже сила тяжести отсутствует. В обычной флоут-камере человек лежит на спине в насыщенном соляном растворе, который отлично держит тело на плаву. Лицо медитирующего всегда находится над поверхностью, и он свободно дышит.

Однако в последние годы технологии сделали гигантский скачок вперед.

Кислородосодержащие перфторуглероды.

Полная жидкостная вентиляция (ПЖВ).

Новое изобретение настолько не укладывалось в сознании, что поверить в него смогли немногие.

Жидкость, пригодная для дыхания.

Жидкостное дыхание стало реальностью в 1966 году, когда Леланду Кларку удалось на несколько часов погрузить мышь в жидкий кислородосодержащий перфторуглерод и благополучно извлечь ее живой. В 1989 году технология ПЖВ добавила остроты сюжету фильма «Бездна», хотя мало кто из зрителей догадался, что видит на экране реально существующее научное достижение.

ПЖВ родилась из попыток современной медицины обеспечить дыхание недоношенных младенцев, помещая их в среду, сходную с материнским чревом. Для человеческих легких, заполненных жидкостью в течение девяти месяцев внутриутробного развития, такая среда оказывалась знакомой. Сначала перфторуглероды получались слишком вязкими для дыхания, однако со временем наука шагнула вперед, и современные пригодные для дыхания жидкости по консистенции почти не отличаются от воды.

Научно-технический директорат ЦРУ — спецслужбы называют его сотрудников волшебниками из Лэнгли — активно экспериментировал над кислородосодержащими перфторуглеродами, применяя их в оборонных технологиях. Аквалангисты-глубоководники элитных подразделений ВМФ выяснили, что использование кислородонасыщенной жидкости вместо распространенных дыхательных смесей вроде кислородно-гелиевой или кислородно-азотно-гелиевой позволяет погружаться на большую глубину, не боясь кессонной болезни. НАСА и ВВС тоже обнаружили, что пилоты, снабженные вместо обычного кислородного баллона аппаратом для жидкостного дыхания, выдерживают гораздо более сильные перегрузки, поскольку жидкость распределяет динамическую нагрузку на внутренние органы равномернее, чем газ.

Сато слышала, что теперь существуют так называемые лаборатории экстремальных испытаний, где предоставлялась возможность полежать в такой камере ПЖВ, — их еще называли медитационными аппаратами. В этом доме камеру скорее всего установили для экспериментов хозяина над собственным организмом — хотя массивные наружные защелки наводили Сато на мысль, что не только над собственным. В ЦРУ с подобной техникой допроса были знакомы не понаслышке.

Печально известная пытка погружением в воду обеспечивала достаточно высокие результаты, ведь у жертвы не возникало ни малейшего сомнения в том, что ее действительно утопят. Однако Сато слышала о проведении нескольких секретных операций с использованием таких вот камер, где иллюзию смерти от утопления удалось поднять до невиданных и пугающих высот. Жертву, погруженную в пригодную для дыхания жидкость, можно было «утопить» почти буквально — захлебывающийся человек в панике не разбирал, что жидкость эта чуть гуще воды. Едва жидкость заполняла легкие, допрашиваемый в большинстве случаев терял сознание от страха, а затем, придя в себя, оказывался в полностью изолированной «камере-одиночке».

В теплую, насыщенную кислородом жидкость подмешивали анестетические вещества, парализующие препараты и галлюциногены, которые вызывали у пленника ощущение, будто его сознание полностью отделено от тела. Конечности не воспринимали посылаемые мозгом сигналы. Переживание подобной «смерти» повергало в ужас само по себе, однако окончательный удар по психике жертвы наносило «воскрешение», когда в сознание одновременно врывались яркие лучи, холод и оглушающий шум. После череды «смертей» и «воскрешений» узник переставал понимать, на каком свете находится, жив он или мертв, и на вопросы отвечал без утайки.

Директор СБ на мгновение засомневалась: не лучше ли дождаться бригады медиков, прежде чем вытаскивать Лэнгдона из камеры? Однако времени не было. «Он должен рассказать, что знает».

— Выключите свет, — велела Сато. — И одеяла поищите.

Солнце, бьющее в глаза, погасло.

Лик тоже скрылся.

Вокруг снова разлилась темнота, однако сквозь нее, сквозь протянувшуюся на бесконечные световые годы пустоту, долетал отдаленный шепот. Кто-то что-то бубнил... не разобрать. Потом мир сотрясся, будто вот-вот мог расколоться.

И тут он раскололся.

Вселенную внезапно разорвало надвое. Бездонную пустоту прорезала гигантская трещина — словно окружающее пространство треснуло по швам. В трещину пополз сероватый туман, и Лэнгдону открылась жуткая сцена: бесплотные руки тянулись к нему, собираясь схватить и выдернуть из обретенной вселенной.

«Нет!»

Лэнгдон попытался сбросить, оттолкнуть чужие руки, но не смог.

«Или все-таки они...»

Сознание постепенно обрастало плотью. Чужие руки сжали вновь обретенное тело Лэнгдона цепкой хваткой и потащили его ввысь.

«Нет! Не надо!»

Слишком поздно.

Когда он пролетал через дыру в мироздании, грудную клетку чуть не разорвало. Легкие как будто забило песком.

«Задыхаюсь!»

Вдруг его опрокинули спиной на предельно неудобную, жесткую ледяную поверхность. Что-то резко давило на грудь, снова и снова, до боли, заставляя исторгать наполняющее его изнутри тепло.

«Хочу обратно!»

Лэнгдон чувствовал себя младенцем, вытолкнутым из материнского чрева.

Содрогаясь и захлебываясь, он откашливал жидкость из легких. Грудь и шею невыносимо ломило от боли. В горле полыхал пожар. Вокруг разговаривали, вроде бы шепотом, но от этого звука закладывало уши. Перед глазами плыл туман, а в нем перемещались расплывчатые силуэты. Кожа потеряла чувствительность, будто высохший пергамент.

На грудь давило немилосердно.

«Задохнусь же!»

Он выплюнул еще струйку воды. Горло сжалось, уступая неумолимому рефлексу. Лэнгдон закашлялся, и в легкие хлынул холодный воздух. Так ощущает себя младенец, делающий первый вдох. Мир оказался жестоким и неприветливым. Лэнгдон хотел только одного — вернуться обратно, в свою уютную колыбель.

Сколько прошло времени, Роберт Лэнгдон не знал. Придя в себя, он понял, что лежит на боку, завернутый в одеяла и полотенца, на твердом паркете. Сверху на него смотрело знакомое лицо, однако светящийся нимб исчез. В ушах эхом зазвучал монотонный речитатив:

«Verbum significatium... Verbum omnificum...»

— Профессор Лэнгдон, — раздался чей-то шепот. — Вы понимаете, где находитесь?

Лэнгдон слабо кивнул, все еще кашляя.

Более того, он начал понимать, что означали события сегодняшнего вечера.

Глава 113

Профессор Лэнгдон, завернутый в несколько шерстяных пледов, стоял на подгибающихся ногах у открытой камеры с жидкостью. Он снова обрел свое тело — хотя приятным это обретение называть не хотелось. Горло и легкие жгло огнем. Мир казался враждебным и жестоким.

Сато успела объяснить профессору про камеру сенсорной депривации — добавив, что, если бы она, директор СБ, его не вытащила, умирать ему голодной смертью или еще от чего похуже. Лэнгдон мог с уверенностью предположить, что Питеру пришлось пережить те же ощущения. «Питер в Арафе... в Хамистагане... — сказал татуированный во время одного из первых телефонных разговоров. — В пургатории». Если Соломона провели через подобные муки «рождения» несколько раз, неудивительно, что он выложил похитителю все самые сокровенные тайны.

Сато жестом пригласила профессора следовать за ней, и он, тяжело переставляя ноги, двинулся по узкому коридору в глубь этих непонятных катакомб, которые Лэнгдону до этого не представилось возможности осмотреть. Они вошли в квадратную комнату с каменным столом посередине, залитую мертвенно-призрачным светом. Увидев Кэтрин, Лэнгдон с облегчением вздохнул. Однако радость оказалась преждевременной.

Кэтрин лежала навзничь поперек каменной столешницы. На полу валялись окровавленные полотенца. Агент ЦРУ держал над столом капельницу, от которой к руке Кэтрин тянулась прозрачная трубка.

Саму Кэтрин сотрясали тихие рыдания.

— Кэтрин? — позвал ее Лэнгдон севшим голосом. В горле першило.

Она повернула голову и посмотрела на него ошарашенным, непонимающим взглядом.

— Роберт? — Глаза ее сначала округлились от изумления, а потом засияли радостью. — Но ведь... ты утонул, я видела...

Он шагнул ближе к каменному столу.

Кэтрин приподнялась и села, не обращая внимания на капельницу и увещевания агента. Лэнгдон подошел к ней вплотную, и она заключила его в объятия вместе с шерстяными пледами.

— Слава Богу! — шепнула Кэтрин, расцеловав профессора в обе щеки, и прижала его к себе крепко-крепко, будто не веря, что он все-таки жив. — Как тебе удалось? Я не понимаю...

Сато начала объяснять про камеры сенсорной депривации и насыщенные кислородом перфторуглероды, но Кэтрин не слушала, сжимая Лэнгдона в объятиях.

— Роберт, — наконец сказала она, — Питер жив. — Прерывающимся голосом Кэтрин поведала о своей жуткой встрече с братом, упомянув и физическое состояние Питера, и кресло-каталку, и странный нож, и намеки на некое «жертвоприношение», и то, как ее оставили истекать кровью, сделав «живым хронометром», чтобы воздействовать на Питера.

— Догадываешься... куда они могли... поехать? — едва ворочая языком, спросил Лэнгдон.

— Он сказал, что повезет Питера на священную гору.

Лэнгдон отшатнулся и во все глаза посмотрел на Кэтрин.

У нее навернулись слезы.

— Он расшифровал решетку на днище пирамиды и нашел указание отправляться на священную гору.

— Профессор, — вмешалась Сато, — вам это о чем-нибудь говорит?

Лэнгдон покачал головой:

— Абсолютно ни о чем. — И все же у него затеплилась надежда. — Если он высмотрел указание к дальнейшим действиям в расшифрованной загадке пирамиды, то и мы можем.

«Это я подсказал ему ключ к решению».

Сато разочарованно заметила:

— Пирамиды нет. Мы искали. Видимо, прихватил с собой.

Профессор закрыл глаза и попытался восстановить в памяти решетку с символами на дне пирамиды — последний образ, который увидел Лэнгдон перед тем, как утонуть, в силу травматичности события должен был запечатлеться в сознании наиболее ярко. Запомнились отдельные куски, далеко не вся решетка, но вдруг и этого хватит?

— Возможно, будет достаточно того, что мне удастся припомнить, — торопливо проговорил он, обращаясь к Сато, — но прежде понадобится кое-что найти в Интернете.

Сато вытащила блэкберри.

— Поищите «квадрат Франклина восьмого порядка».

Бросив на Лэнгдона удивленный взгляд, Сато все же без лишних расспросов принялась набирать текст в поисковике.

Профессор, у которого туман перед глазами начал рассеиваться только сейчас, наконец осмотрелся: каменный стол, на который он опирался, покрыт застарелыми пятнами крови, а стена справа увешана сплошным ковром из текстов, фотографий, набросков, карт, соединенных между собой настоящей паутиной из шнуров.

«Господи!»

Придерживая пледы, Лэнгдон приблизился к непонятному коллажу. Стену покрывала абсурднейшая коллекция материалов — страницы древних фолиантов (черная магия вперемешку со Священным Писанием); изображения разных символов, в том числе и оккультных; распечатки с сайтов, посвященных теориям заговоров; спутниковые снимки Вашингтона, испещренные пометками и вопросительными знаками... Одна из бумаг представляла собой список слов на разных языках. Среди них Лэнгдон распознал и выражения, священные для масонского братства, и древние магические заклинания, и слова из церемониальных формул.

«Что он ищет?

Слово?

Неужели все так просто?»

Скептический настрой Лэнгдона по поводу масонской пирамиды объяснялся прежде всего тем, что она, согласно поверью, указывала местонахождение Мистерий древности. Тогда, по здравом размышлении, перед тем, кто раскроет ее тайну, должно предстать огромное подземелье, до отказа набитое тысячами и тысячами томов, чудом переживших канувшие в небытие древние библиотеки. Немыслимо. «Где может скрываться подземелье такого размера? Под Вашингтоном?» Однако теперь, вспомнив давнюю лекцию Питера Соломона в Филипс-Эксетере и глядя на списки магических слов, Лэнгдон увидел и другой возможный ход.

В магическую силу заговоров и заклинаний Лэнгдон, разумеется, не верил — однако в них определенно верил татуированный. Чувствуя, как учащается пульс, профессор снова пробежал взглядом рукописные каракули, карты, тексты, распечатки, соединяющие их шнуры и налепленные цветные бумажки.

Да, все верно. Везде прослеживался один и тот же мотив.

«Господи... Он ищет «verbum significatium», знаковое, забытое, утраченное слово. — Лэнгдон переваривал свой вывод, попутно вспоминая отрывки из лекции Питера. — Утраченное слово, точно! Татуированный убежден, что именно оно и покоится где-то в недрах Вашингтона».

Рядом с Лэнгдоном возникла Сато.

— Вы это искали? — Она протянула ему блэкберри.

На экране вырисовывалась заполненная числами решетка восемь на восемь.

— Да, это. — Профессор потянул к себе первый попавшийся черновик. — Мне бы еще ручку.

Сато выдала ему свою.

— Только, пожалуйста, быстрее.

В подвальном кабинете Научно-технического директората ЦРУ Нола Кей в очередной раз водила взглядом по строчкам урезанной копии, той самой «выжимки», которую ей принес системщик Рик Пэриш. «На кой черт директору ЦРУ файл о древних пирамидах и недоступных подземельях?»

Теряясь в догадках, она схватила телефон и набрала номер.

Сато ответила сразу же, хотя ее голос показался Ноле напряженным.

— Нола, я как раз собиралась тебе звонить.

— У меня свежие данные, — сообщила помощница. — Не знаю, правда, что из этого следует, но тут обнаружилась урезанная копия...

— Забудь, сейчас не об этом, — перебила Сато. — Времени нет. Объект мы упустили, и у меня все основания полагать, что он готов выполнить свою угрозу.

Нолу бросило в холод.

— Плюс в том, что мы знаем, куда он отправился. — Сато глубоко вздохнула. — А минус в том, что у него с собой ноутбук.

Глава 114

Меньше чем в десяти милях от нее, на залитой лунным светом парковке, Малах заботливо подоткнул плед вокруг Питера Соломона и покатил инвалидное кресло с пленником к высившемуся рядом огромному зданию. По периметру сооружение окружают тридцать три колонны — каждая высотой ровно тридцать три фута. Величественная громадина в этот час стояла пустой, а значит, они с Питером останутся незамеченными. Впрочем, даже если заметят, издалека их пара никаких подозрений не вызовет: высокий добродушный мужчина в длинном черном пальто вывез лысого инвалида на вечернюю прогулку в креслекаталке, ничего особенного.

Они подъехали к заднему входу, и Малах остановил кресло перед панелью кодового замка. Питер упрямо вскинул подбородок, показывая всем видом, что набирать код не будет.

Малах рассмеялся:

— Неужели думаешь, я тебя сюда привез, чтобы ты меня впустил? Уже забыл, что я — твой брат по ложе? — Он проворно набрал комбинацию цифр, доверенную ему после процедуры посвящения на тридцать третьем градусе.

Замок щелкнул, и массивная дверь отворилась.

Простонав, Питер заворочался в кресле.

— Ну, Питер, Питер, — проворковал Малах, — вспомни Кэтрин. Будешь хорошо себя вести, и она останется в живых. Ты можешь ее спасти. Даю честное слово.

Вкатив кресло с пленником внутрь, Малах запер за собой дверь. Сердце учащенно билось в предвкушении. Преодолев несколько коридоров, он подвез кресло с Питером к лифту и нажал кнопку. Когда двери открылись, он вошел в кабину спиной и втащил за собой кресло. Затем, убедившись, что Питеру все видно, утопил пальцем кнопку верхнего этажа.

Измученное лицо Соломона исказилось от нарастающего ужаса.

— Тсс! — прошептал Малах, ласково поглаживая Питера по бритой макушке под шелест закрывающихся дверей лифта. — Ты же сам прекрасно знаешь: секрет в том, как умереть...

«Я не могу вспомнить все символы!»

Лэнгдон зажмурился, изо всех сил пытаясь вызвать в памяти точное расположение значков на решетке, но даже ему, обладающему феноменальными способностями, задача оказалась не под силу. Те немногочисленные символы, что все-таки удалось воспроизвести, профессор записал на бумаге, а затем перераспределил согласно квадрату Франклина.

Однако пока ничего путного не складывалось.

— Смотри! — Кэтрин не сдавалась. — Кажется, ты на правильном пути. В верхнем ряду сплошь греческие буквы — то есть одинаковые символы сгруппированы вместе!

Лэнгдон тоже заметил закономерность, однако ни одного греческого слова, что вписалось бы в «кроссворд» придумать не мог.

«Нужна первая буква».

Он снова взглянул на волшебный квадрат и стал усиленно вспоминать букву, стоявшую в нижнем левом углу, на месте цифры «один».

«Думай!»

Закрыв глаза, он еще раз представил себе основание пирамиды.

«Нижний ряд, почти в самом углу... что же там за буква?»

На мгновение Лэнгдон вновь перенесся в камеру с жидкостью и в ужасе впился взглядом в дно пирамиды, заслоняющее свет в прозрачном оконце.

И увидел. Тяжело отдуваясь, он открыл глаза.

— Первая буква «Н».

Он вписал ее в верхний ряд решетки. Слово все равно вырисовывалось не целиком, однако этих букв Лэнгдону уже было достаточно. Его внезапно озарило.

«Ηερεδομ!»

С бьющимся сердцем профессор задал новое слово в поисковике блэкберри. Только не греческое, а его английский эквивалент. Первой же ссылкой открылась статья из энциклопедии. Читая, Лэнгдон уже понимал, что все совпадает.

ХЕРЕДОМ (сущ.) — важный термин для франкмасонов высших градусов, заимствованный из ритуалов французских розенкрейцеров, которым обозначали мифическую гору в Шотландии, где, по преданию, был создан их первый капитул. От греческого «Ηερεδομ», образованного сочетанием «хиерос» и «домос» — «священный дом».

— Точно! — ошеломленно воскликнул Лэнгдон. — Туда они и отправились!

Сато, читавшая через плечо профессора, поглядела на него в недоумении:

— Куда? На мифическую шотландскую гору?!

Лэнгдон покачал головой:

— Нет. В вашингтонское здание, которое называют соответствующим образом.

Глава 115

Масонский храм — известный среди собратьев по ложе как «хер態дом» — считался драгоценнейшим алмазом в короне Шотландского устава Америки. Неофициальное свое название в честь мифической шотландской горы особняк заслужил благодаря ступенчатой пирамидальной крыше. Однако Малах знал, что сокровище здесь скрыто отнюдь не мифическое.

«Вот оно, то самое место. Масонская пирамида указала путь».

Пока старый лифт полз на третий этаж, Малах вытащил из кармана листок бумаги, куда с помощью квадрата Франклина перечертил решетку со дна пирамиды. В верхнем ряду собрались все греческие буквы — и еще один несложный символ.

Η	ε	ρ	ε	δ	ο	μ	↓

Все четко и ясно, яснее просто некуда.

«Под Масонским храмом».

ХЕРЕДОМ↓

«Утраченное слово где-то здесь...»

Малах не знал, где именно искать, однако не сомневался, что найдет ответ в оставшихся символах из решетки. А еще, как нельзя более кстати, в его полном распоряжении Питер Соломон. Верховный Досточтимый Мастер. Кто лучше его разберется в секретах масонской пирамиды и самого здания?

Питер бился в кресле, что-то невнятно мыча сквозь кляп.

— Понимаю, ты волнуешься за Кэтрин, — посочувствовал Малах. — Не волнуйся, конец близок.

Самому Малаху финал теперь казался внезапно близким. Столько лет прошло в муках, выжидании, поисках, разработке планов — и вот наконец момент настал.

Лифт начал тормозить, и Малах ощутил прилив восторга.

Кабина дернулась и замерла.

Разъехались в стороны бронзовые двери, и перед Малахом открылся величественный зал. Просторное квадратное помещение, украшенное масонской символикой, освещал лунный свет, льющийся через квадратное же окно в шпице уходящего ступеньками вверх потолка.

«Я вернулся туда, откуда начал свой путь», — подумал Малах.

Храмовый зал — именно здесь Питер Соломон с братьями по ложе так опрометчиво приняли Малаха в свои ряды. И теперь самая трепетно оберегаемая масонская тайна — которую большинство братьев считают не более чем легендой — вот-вот станет его единоличным достоянием.

— Он ничего не найдет, — заявил Лэнгдон, поднимаясь вслед за Сато и остальными по деревянной потайной лестнице. В голове еще шумело, и ориентация в пространстве давалась с трудом. — Никакого Слова — в буквальном смысле — не существует. Это лишь метафора, символ Мистерий древности.

За ним двое бойцов спецотряда под руки вели Кэтрин, ослабевшую от потери крови.

Пока все осторожно пробирались через развороченную взрывом дверь, потом через вращающуюся картину в гостиную, Лэнгдон успел объяснить Сато, что Утраченное слово принадлежит к бессмертным символам масонства: одно-единственное слово, написанное на таинственном языке, который уже не поддается человеческому пониманию. Только самый просвещенный сможет понять тайный смысл Слова и познать его могущественную силу.

— Подразумевается, — добавил в заключение Лэнгдон, — что, если у человека хватило знаний обрести Утраченное слово, он сможет постичь и Мистерии древности.

Сато обернулась.

— То есть вы утверждаете, что преступник ищет... слово?

Лэнгдон и сам понимал, насколько абсурдно такое предположение, однако оно разрешало многие вопросы.

— Я, конечно, в церемониальной магии не специалист, однако тексты на подвальной стене и замеченный Кэтрин нетатуированный участок кожи на макушке нашего похитителя наводят на мысль, что он действительно надеется отыскать Утраченное слово и вписать его в этот пустой круг.

Сато повела всех в столовую. Снаружи прогревался вертолет, лопасти тарахтели все громче и громче. Лэнгдон продолжал рассуждать вслух:

— Если этот тип и впрямь верит, что ему вот-вот откроются Мистерии древности, могущественнее символа, чем Утраченное слово, для него не существует. И если он его отыщет и напишет на темени — кстати, темя само по себе священно, — то наш похититель, без сомнения, сочтет, что полностью экипирован и подготовлен по всей форме ритуала для... — Лэнгдон осекся, увидев, как побледнела Кэтрин при мысли об участи, уготованной брату.

— Роберт, — проговорила она едва слышно, и ее слова потонули в шуме вертолета, — это же как раз хорошо? Если ему сначала — прежде чем приносить Питера в жертву — необходимо написать Слово на темени, значит, у нас еще есть время. Он не убьет Питера, пока не отыщет Слово. А раз никакого Слова не существует...

Агенты заботливо придвинули стул для Кэтрин, а Лэнгдон попытался придать лицу оптимистичное выражение.

— К несчастью, Питер думает, что ты до сих пор лежишь в подвале и истекаешь кровью. И единственный для него шанс спасти тебя — безоговорочно подчиниться маньяку. То есть, возможно, помочь ему в поисках Слова.

— И что? — не понимала Кэтрин. — Слова-то нет...

— Кэтрин, — профессор пристально посмотрел ей в глаза, — если бы я думал, что ты умираешь, и мне пообещали твою жизнь в обмен на некое Утраченное слово, я бы выдал этому маньяку слово — какое угодно, — а потом молился изо всех сил, чтобы он сдержал свое.

— Директор Сато! — позвали из соседней комнаты. — Вам лучше взглянуть самой...

Сато поспешно вышла из столовой и у лестницы столкнулась со спускающимся из спальни агентом. В руках он держал белокурый парик.

«Это еще что?»

— Элемент маскировки преступника, — пояснил агент. — В гардеробной нашел. Посмотрите повнимательнее.

Парик оказался неожиданно тяжелым. Сама нашлепка была сделана из толстого геля, а с изнанки почему-то торчал провод.

— Гелевый аккумулятор, моделируемый по форме черепа, — доложил агент. — Питает точечную оптоволоконную камеру, спрятанную в волосах.

— Что? — Запустив пальцы в густую искусственную шевелюру, Сато нащупала там крошечный объектив, надежно скрытый в белокурых прядях. — То есть этот парик — скрытая камера?

— Видеокамера, — подчеркнул агент. — Отснятые материалы хранятся вот тут, на карте памяти. — Он показал на полупроводниковую кремниевую плату размером с почтовую марку, утопленную в нашлепке парика. — Возможно, включается по сигналу датчика движения.

«Боже! — подумала Сато. — Вот, значит, как ему удалось».

По вине этого миниатюрного устройства, по всем статьям превзошедшего скрытые камеры в петлицах, мир сегодня оказался на грани катастрофы, которую Сато весь вечер пыталась предотвратить. Бросив на камеру в парике испепеляющий взгляд, директор СБ вернула улику агенту.

— Продолжайте обыск, — приказала она. — Важны любые мелочи. Поскольку известно, что ноутбук он увез, надо выяснить, как он собирается выходить на связь с миром. Обыщите кабинет, там могут найтись инструкции, кабели — хоть что-нибудь, из чего можно понять, каким он располагает оборудованием.

— Слушаюсь, мэм. — Агент поспешил выполнять.

«Пора выдвигаться».

Под доносящееся снаружи завывание вертолетного винта на полных оборотах Сато быстрым шагом направилась в столовую, где Симкинс расспрашивал Уоррена Беллами о том здании, куда предположительно направился преступник.

«Масонский храм».

— Парадные двери запечатаны изнутри, — рассказывал Беллами, которого, несмотря на теплоизолирующее одеяло из фольги, все еще била дрожь после «прогулки» по Франклин-сквер. — Попасть в здание можно только через задний вход. Там кодовый замок, и комбинация цифр известна лишь братьям по ложе.

— Назовите, — велел Симкинс, делая пометки в блокноте.

Беллами, окончательно ослабнув, опустился на стул. Стуча зубами, он проговорил код доступа, потом добавил:

— Адрес здания — 1733 по Шестнадцатой улице, но парковка и подъезд с обратной стороны. С ходу найти трудновато, однако...

— Я знаю, где это, — вмешался Лэнгдон. — Как прибудем, покажу.

Симкинс помотал головой:

— Нет, профессор, вы остаетесь здесь. Это боевая...

— Черт возьми! — взорвался Лэнгдон. — Там Питер! А это здание — настоящий лабиринт. Без провожатого вы минут десять будете плутать, добираясь до Храмового зала.

— Он прав, — подтвердил Беллами. — Там действительно лабиринт. Есть лифт, но он старый, сильно громыхает и открывается прямо в Храмовый зал. Так что, если хотите застать преступника врасплох, придется подниматься пешком.

— Вы заблудитесь, — не сдавался Лэнгдон. — От черного входа нужно пройти через Зал регалий, Зал славы, центральную лестничную площадку, потом Атриум, парадная лестница...

— Хватит, — прервала его Сато. — Лэнгдона берете с собой.

Глава 116

Энергия прибывала.

Малах чувствовал, подкатывая кресло с Питером Соломоном к алтарю, как сила бьется, пульсирует, волнами расходится по телу.

«Я покину этот Храм гораздо более могущественным, чем в начале пути».

Осталось только отыскать последнюю составляющую.

— Verbum significatium, — прошептал он чуть слышно. — Verbum omnificum.

У алтаря Малах остановился, обошел кресло кругом и расстегнул тяжелый портфель, что покоился у Питера на коленях. Из недр портфеля татуированный извлек каменную пирамиду, которую подставил под лунный луч, развернув основанием к Питеру, чтобы тот разглядел нанесенную на дне решетку.

— Все эти годы ты хранил ее, — издевательски заметил Малах, — понятия не имея, что за тайны она скрывает.

Осторожно пристроив пирамиду на край алтаря, он снова запустил руку в портфель.

— А этот талисман, — продолжил он, доставая золотое навершие, — и в самом деле сумел создать порядок из хаоса, в точности как предсказывалось.

Малах бережно водрузил золотую пирамидку на усеченную вершину каменной и отступил, открывая Питеру обзор.

— Вот он, твой симболон, любуйся!

Лицо Питера исказилось, он попытался что-то сказать.

— Отлично. Вижу, тебе есть чем со мной поделиться.

Малах резким движением выдернул кляп.

Питер Соломон закашлялся и несколько секунд глотал воздух, прежде чем смог выговорить первое слово:

— Кэтрин...

— Ее время на исходе. Если хочешь спасти сестру, придется делать как я велю.

Малах подозревал, что Кэтрин уже мертва, — а если и нет, все равно ей недолго осталось. Не важно. Пусть скажет спасибо, что вообще дожила до прощания с братом.

— Пожалуйста, — умолял Питер севшим голосом. — Вызови ей «скорую»...

— Непременно. Но прежде ты мне расскажешь, как попасть на потайную лестницу.

— Куда?! — Питер не поверил своим ушам.

— На лестницу. В масонской легенде говорится о лестнице, уходящей на сотни футов под землю в тайную пещеру, где сокрыто Утраченное слово.

Питер пришел в ужас.

— Ты же знаешь легенду, — не отступал Малах. — Потайная лестница, под камнем.

Он указал на алтарь в центре — огромный гранитный куб с золоченой надписью на иврите: «И сказал Бог: «Да будет свет!» — и стал свет».

— Очевидно, это и есть то самое место. Выход на лестницу скорее всего скрыт на каком-нибудь из нижних этажей.

— Здесь нет никаких тайных лестниц! — закричал Питер.

Малах с терпеливой улыбкой воздел руку.

— Здание построено в виде пирамиды, — показал он, обводя жестом ступенчатый потолок, сужающийся к квадратному окну в самом верхнем ярусе.

— Да, пирамида, но какое отношение...

— Питер, у меня в распоряжении целая ночь. — Малах разгладил на своем безупречном теле складки белого шелкового одеяния. — Чего не скажешь о Кэтрин. Если тебе дорога ее жизнь, ты откроешь мне, как попасть на потайную лестницу.

— Говорю же, — повторил Питер, — нет в этом здании потайных лестниц!

— Разве? — Малах без лишней суеты продемонстрировал лист бумаги, на котором красовалась уже знакомая Питеру решетка с каменного основания. — Это заключительное послание масонской пирамиды. Расшифровать его мне помог твой приятель Лэнгдон.

Малах поднес рисунок поближе, чтобы Питеру было виднее. Досточтимый мастер ахнул от изумления: мало того что шестьдесят четыре символа разбились на четко организованные смысловые группы, из прежнего хаоса возник ясный образ.

Пирамида... и под ней лестница.

Питер Соломон, не веря своим глазам, смотрел на рисунок. Столетиями масонская пирамида хранила тайну, и вот теперь секрет раскрыт. У Соломона тревожно засосало под ложечкой.

«Последняя загадка пирамиды».

Подлинный смысл рисунка Соломон вот так, навскидку, определить не мог, однако понял, почему татуированный, глядя на этот образ, только укрепился в правильности своих убеждений.

«Он думает, что под пирамидой, носящей название «Херcдом», скрыта потайная лестница. Он все неправильно понял».

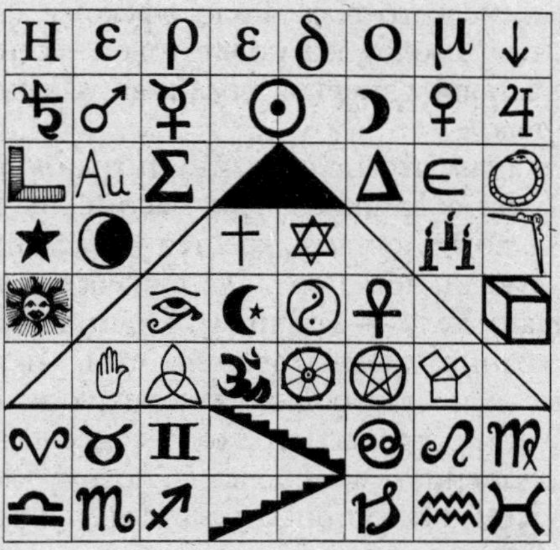

— Где лестница? — потребовал ответа похититель. — Скажи, как найти выход к ней, и Кэтрин будет спасена.

«Я бы с радостью, — подумал Соломон. — Только ведь нет никакой лестницы». Миф этот — сплошная аллегория, как и остальные масонские легенды. Винтовая лестница, как известно, рисовалась на табелях второго градуса, символизируя интеллектуальное восхождение к Божественной истине. Подобно лестнице Иакова, винтовая лестница означала путь на небеса... путь к Господу... связь между земным и горним мирами. Ступени ее символизировали многочисленные возможности человеческого разума.

«Он и сам должен знать, — размышлял Питер. — Он ведь прошел все обряды посвящения».

Любому проходящему посвящение говорилось о символической лестнице, по которой предстоит подняться, «постигая тайны земной науки». Во франкмасонстве, так же как в ноэтике и Мистериях древности, почитались нераскрытые возможности человеческого разума, и многие масонские символы имели отношение к физиологии человека.

«Разум подобен золотому венцу на вершине пирамиды человеческого тела. Философскому камню. По позвоночному столбу, как по винтовой лестнице, движется вверх и вниз энергия, соединяя небесный разум и земное тело».

Питер знал, что не случайно позвонков именно тридцать три. «Тридцать три масонских градуса». Основание позвоночника, крестец — sacrum на латыни, — в буквальном переводе означал «священная кость». «Наше тело — это храм». Почитаемая масонами наука хранила древние знания о том, как использовать его в самых благородных и великих целях.

К несчастью, разъяснять этому сумасшедшему истинное положение дел бесполезно, потому что Кэтрин так не спасти. Питер опустил взгляд на рисунок и вздохнул, будто сдаваясь.

— Ты прав, — солгал он. — Под зданием действительно скрыта потайная лестница. Я покажу тебе путь — только вызови «скорую» для Кэтрин.

Татуированный воззрился на него, не произнося ни слова.

Соломон был непреклонен.

— Или спаси мою сестру и узнаешь истину... или убей нас обоих и оставайся невеждой вовек!

Татуированный медленно опустил рисунок и покачал головой:

— Ты обманул мои ожидания, Питер. Проверку ты не прошел. По-прежнему считаешь меня болваном. Думаешь, я и впрямь не понимаю, что ищу на самом деле? Думаешь, я до сих пор не раскрыл свой истинный потенциал?

С этими словами он, повернувшись к Питеру спиной, сбросил накидку. Белый шелк заструился на пол, и Питер впервые увидел рисунок, вытатуированный вдоль позвоночника.

«Боже мой...»

От закрывающей чресла белой набедренной повязки ровно посередине мускулистой спины тянулась ввысь изящная винтовая лестница. Ступеньки точно соответствовали расположению позвонков. Онемевший Питер проследил взглядом всю спираль, до самого основания черепа.

И застыл.

Татуированный откинул бритую голову назад, явив взору Соломона пустой кружок на самой макушке. Вокруг нее кольцом обвился нарисованный змей, заглатывающий собственный хвост.

«Единение».

Медленно и плавно опустив подбородок, похититель развернулся к Питеру. Теперь на Соломона смотрели мертвые глаза двуглавого феникса.

— Я ищу Утраченное слово, — объявил похититель. — Поможешь мне? Или предпочтешь умереть вместе с сестрой?

«Ты знаешь, как его найти, — думал Малах. — Знаешь, но не говоришь».

Под пыткой Питер Соломон выдал много такого, о чем теперь, наверное, уже не помнит. Многократные погружения и воскрешения из мертвых в камере сенсорной депривации дезориентировали его и сделали покорным. Как ни странно, то, что Малаху удалось из него вытрясти, полностью совпало с легендой об Утраченном слове.

«Утраченное слово — не метафора... оно существует. Слово написано на древнем языке и веками хранилось в тайне. Оно наделит безграничным могуществом того, кто постигнет его подлинное значение. Слово по сей день не найдено... Путь к нему скрывает масонская пирамида».

— Питер, — пристально глядя в глаза пленнику, начал Малах, — у тебя же мелькнула какая-то догадка, когда ты увидел этот рисунок. Озарение. Для тебя ведь это не просто набор символов. Признавайся!

— Ничего не скажу, пока не отправишь «скорую» к Кэтрин!

Малах улыбнулся:

— Поверь мне, потерять сестру — это меньшее, о чем тебе сейчас надо беспокоиться.

Не сказав больше ни слова, он принялся вытаскивать из портфеля уложенные в подвале предметы, со скрупулезной тщательностью выкладывая их на алтарь.

Свернутое шелковое полотно. Девственно белое.

Серебряная курильница с египетской миррой.

Пузырек с кровью Питера, смешанной с пеплом.

Черное воронье перо — священное стило Малаха.

Жертвенный нож, выкованный из куска метеоритного железа, взятого от камня в земле Ханаанской.

— Думаешь, я боюсь смерти? — спросил Питер сдавленным голосом. — Если погибнет Кэтрин, у меня не останется никого! Ты истребил всех моих родных. Ты отнял у меня все!

— Не все, — возразил Малах. — Еще не все. — Последним он вытащил из портфеля свой ноутбук и, включив его, посмотрел поверх крышки на своего пленника. — Боюсь, ты еще по-настоящему не осознал, чем рискуешь.

Глава 117

Вертолет ЦРУ взмыл над газоном и, заложив крутой вираж, рванул вперед. Желудок Лэнгдона ухнул куда-то вниз. Профессор и не подозревал, что вертолеты способны развивать такую скорость. Кэтрин осталась в особняке, восстанавливать силы под присмотром Беллами и одного из агентов, который продолжал вести обыск в ожидании подкрепления.

На прощание Кэтрин поцеловала Лэнгдона в щеку и шепнула:

— Будь осторожен, Роберт.

И вот Лэнгдон, сжав зубы, цеплялся за сиденье в военном вертолете, который наконец лег на курс и понесся по прямой к Масонскому храму.

Сато, сидевшая рядом с ним, крикнула пилоту, перекрывая оглушительный рев лопастей:

— Заворачивайте к Дюпон-серкл! Сядем там!

Лэнгдон удивленно обернулся.

— Дюпон-серкл? Оттуда до Храма далековато будет. Почему нельзя посадить вертолет на парковке у самого здания?

Сато покачала головой.

— Надо проникнуть незамеченными. Если объект услышит нас на подходе...

— Времени мало! — настаивал Лэнгдон. — Маньяк может прикончить Питера с минуты на минуту. Вдруг шум вертолета его напугает и заставит остановиться?

Сато смерила Лэнгдона ледяным взглядом.

— Как я уже говорила, жизнь Питера Соломона волнует меня в последнюю очередь. Кажется, я это ясно дала понять.

У Лэнгдона не было сил выслушивать очередную лекцию на тему государственной безопасности.

— Напоминаю, я единственный, кто может провести вас через лабиринты Масонского храма...

— Не забывайтесь, профессор! — предостерегла Сато. — Вы в моем распоряжении и подчиняетесь мне безоговорочно. — Помолчав, она добавила: — Наверное, пора вам в полной мере прочувствовать, на пороге какой катастрофы мы сейчас стоим.

Сунув руку под сиденье, Сато вытащила тонкий титановый кейс, внутри которого оказался необычный, донельзя навороченный компьютер. При включении на экране возникла строка авторизации на фоне эмблемы ЦРУ.

— Помните, профессор, тот светлый парик, который мы нашли в особняке? — спросила Сато, дожидаясь, когда откроется доступ.

— Да.

— Так вот, в нем оказалась скрытая оптоволоконная камера...

— Камера? Но зачем?

Сато мрачно кивнула:

— Сейчас поймете.

И открыла файл.

Подождите, пожалуйста...
Идет дешифрование файла...

На весь экран раскрылось окно видеопроигрывателя. Приподняв ноутбук, Сато поставила его на колени Лэнгдону.

Сцена перед ним разворачивалась весьма необычная.

Профессор изумился.

«Что это?!»

В полумраке стоял человек с повязкой на глазах. Одетый как средневековый еретик, которого ведут на виселицу, — петля на шее, левая штанина закатана до колена, правый рукав до локтя, рубаха на груди распахнута.

Пораженный, Лэнгдон во все глаза смотрел на экран. О масонских ритуалах он читал достаточно, поэтому о сути происходящего догадался сразу.

«Посвящение в масоны... обряд посвящения в первый градус».

Лэнгдон моментально узнал высокого мускулистого мужчину в белокуром парике и с темным загаром, хотя все татуировки надежно скрывались под бронзовым тональным кремом. Стоя перед зеркалом, кандидат в масоны снимал свое отражение в полный рост на камеру, скрытую в парике.

«Но... зачем?»

Экран померк.

И тут же начался новый ролик. Тесная, слабо освещенная прямоугольная комната. Контрастный, в черно-белую клетку, пол. Низкий деревянный алтарь, окруженный с трех сторон шандалами, в которых потрескивали огни свечей.

Лэнгдона охватила внезапная тревога.

«Боже мой...»

Рывками, как в любительской съемке, камера взяла крупным планом дальний угол комнаты, где собралась небольшая группа людей, оценивающих кандидата. Все в полном масонском облачении. В полумраке профессор не различал их лиц, однако догадывался, где проходит ритуал.

Типичная в своем оформлении ложа могла бы находиться где угодно — если бы не бледно-голубой треугольный щипец над троном Мастера, выдающий своим присутствием самую старую ложу округа Колумбия — Потомакскую ложу номер пять, членами которой состояли Джордж Вашингтон и масонские отцы-основатели, заложившие краеугольные камни Белого дома и Капитолия.

Лэнгдон знал, что ложа действует и по сей день.

Питер Соломон, выполняя обязанности председателя Масонского храма, был одновременно мастером своей местной ложи. Именно в таких камерных, небольших ложах и начинался обычно путь кандидата. Там он проходил посвящение в первые три градуса.

— Братья, — прозвучал знакомый голос Питера Соломона, — во имя Великого архитектора вселенной я объявляю ложу открытой для отправления масонских церемоний первого градуса!

Громко стукнул деревянный молоток.

Отказываясь верить своим глазам, Лэнгдон смотрел на экран, где, сменяя друг друга, мелькали шокирующие эпизоды из ритуалов с Питером Соломоном в главной роли.

Вот он прижимает сверкающий кинжал к обнаженной груди посвящаемого; грозит казнью на колу «в случае несанкционированного разглашения масонских тайн»; разъясняет, что черно-белыми клетками пола представлены живые и мертвые; сулит кандидату страшные кары вплоть до того, что ему «разрежут горло, вырвут язык с корнем, а тело погребут в морских песках...».

Лэнгдон смотрел, не в силах отвести взгляд.

«Неужели это действительно возможно?»

Масонские ритуалы посвящения веками скрывала завеса тайны. Изредка сквозь нее просачивались немногочисленные откровения, написанные низложенными братьями. Лэнгдон их, разумеется, читал, однако увидеть собственными глазами оказалось совсем другим делом.

«Особенно в таком хорошо подредактированном варианте». Лэнгдон уже понял, что видеоролик намеренно представляет масонов в неприглядном свете: все достойные стороны посвящения вырезаны, подчеркиваются лишь самые низменные. Если фильм выложат в Сеть, к утру поднимется шум на весь Интернет. «Почуяв запах крови, слетятся настроенные против масонов конспирологи». Вокруг масонской организации и лично Питера Соломона закипят споры, начнут бушевать страсти, и масонам придется срочно изыскивать пути спасения — хотя на самом деле ничего криминального ритуал в себе не содержал, неся лишь символическую нагрузку.

У Лэнгдона побежали мурашки, когда он увидел отсылку к библейским строкам о жертвоприношении: «...явил Авраам покорность Всевышнему, без колебаний согласившись отдать первенца своего, Исаака». Представив себе Питера, профессор пожалел, что вертолет не может лететь еще быстрее.

Камера тем временем переключилась снова.

Та же комната. Другой вечер. Более многочисленная группа наблюдающих масонов. Питер Соломон на троне Мастера. Это уже посвящение во второй градус. Драматизм нарастает. Преклонение колен перед алтарем; клятва «вечно хранить тайны вольных каменщиков» и согласие на то, чтобы «еще трепещущее сердце было исторгнуто из груди и брошено на растерзание алчным стервятникам».

У самого Лэнгдона затрепетало сердце, когда кадр сменился снова. Еще один вечер. Еще более многочисленное собрание. Масонский табель в форме гроба на полу.

«Третий градус».

Обряд смерти, самая суровая из всех церемоний перевода в следующий градус, — момент, когда кандидату приходится «выдержать последнее испытание гибелью». Смерти предшествует изнуряющий допрос, породивший известное выражение «устроить допрос третьей степени», то есть допрос с пристрастием. Однако даже Лэнгдон, знакомый с обрядом по описаниям и представлявший себе его суть в теории, оказался не готов к происходящему на экране.

«Убийство».

Леденящая кровь нарезка из быстро сменяющих друг друга кадров показывала жестокое убийство кандидата, увиденное глазами самой жертвы. Имитировались удары по голове — в том числе тяжелым молотом каменщика. За кадром Досточтимый Мастер скорбным голосом пересказывает историю «сына вдовы» — Хирама Абиффа, главного зодчего Храма Соломона, который погиб, но не выдал известных ему тайн.

Разумеется, нападение и смерть разыгрывались, это был спектакль, однако при такой подаче, как в этом ролике, у зрителя кровь стыла в жилах. Последний удар, и кандидата «ныне мертвого для своей прошлой сущности», что демонстрируют закрытые глаза и скрещенные на груди руки, кладут в символический гроб. Братья-масоны встают и скорбной процессией обходят вокруг гроба под органный аккомпанемент похоронного марша.

Мрачная церемония повергала в ужас.

Однако на этом страшное не закончилось.

Масоны окружили убиенного собрата, и скрытая камера запечатлела их лица со всей четкостью. Только теперь Лэнгдон осознал, что Питер Соломон — не единственная знаменитость в этой комнате. Один из склонившихся над гробом мелькает на телеэкране почти ежедневно.

Известный американский сенатор.

«О Боже...»

Снова смена кадра. Город... вечер... то же прыгающее изображение... человек идет по городской улице... в объектив то и дело лезут светлые пряди, раздуваемые ветром... поворот за угол... камера наезжает на предмет, который человек держит в руке... долларовая купюра... Большая печать крупным планом... всевидящее око... усеченная пирамида... Затем резкий скачок, и в кадре тот же силуэт пирамиды на горизонте... массивное каменное здание пирамидальной формы... покатые стены и усеченная верхушка.

Масонский храм.

Лэнгдону стало жутко.

Ролик продолжался. Вот человек быстрым шагом идет к Храму... взбегает по многоярусной лестнице... Величественные бронзовые двери... два семнадцатитонных сфинкса на страже у входа.

Неофит, переступающий порог пирамиды посвящения.

Экран потемнел.

Затем послышались приглушенные звуки органа, и возникла новая сцена.

Храмовый зал.

Лэнгдон судорожно сглотнул.

Просторное помещение заливал электрический свет. Черный мраморный алтарь сиял в лунном луче, проникавшем через квадратное окно в потолке. Вокруг на обтянутых свиной кожей стульях ручной работы восседали высокопоставленные масоны тридцать третьего градуса — совет призванных в свидетели. Камера медленно поплыла вдоль ряда, останавливаясь на каждом из лиц.

Лэнгдон смотрел с неослабевающим ужасом.

Такого поворота он не предвидел, однако, если подумать, ничего нелогичного тут не было. По определению, в число титулованных и опытных членов масонского братства, собравшихся в столице самой могущественной державы на свете, входят немало известных и влиятельных персон. Вокруг алтаря, сверкая драгоценностями, восседали в длинных шелковых перчатках и запонах каменщиков многие представители властей предержащих.

Два судьи Верховного суда...

Министр обороны...

Спикер палаты представителей...

Помертвев, Лэнгдон смотрел, как объектив камеры выхватывает все новые лица.

Три известных сенатора — в том числе лидер парламентского большинства...

Министр государственной безопасности...

И наконец...

Директор ЦРУ...

Лэнгдон попытался отвести взгляд — и не смог. Ролик затягивал, будто завораживая своим содержанием, устрашающим даже для Лэнгдона. Профессор моментально понял, почему так переживает Сато.

Изображение на экране снова сменилось, теперь в кадре был один-единственный предмет.

Человеческий череп... наполненный темной багряной жидкостью. Кандидат принимал знаменитый «caput mortuum» из рук Питера Соломона (в мерцающем свете свечей на тонком пальце блеснул золотой масонский перстень). Лэнгдон знал, что красная жидкость в черепе — вино, однако она казалась густой, как кровь. Впечатление возникало жуткое.

«Пятое возлияние», — догадался Лэнгдон, читавший описания очевидца и участника этого таинства в «Письмах о масонской организации» Джона Квинси Адамса. И все равно... видеть такое, стать свидетелем того, как за подобным процессом спокойно наблюдает политическая элита страны... Ни один ролик еще не приковывал внимание профессора до такой степени.

Кандидат взял череп из рук Мастера. Его отражение мелькнуло на блестящей багровой глади. «Да обернется это вино смертельным ядом, — провозгласил он, — если я когда-либо осознанно и по своей воле нарушу свою клятву».

Этот кандидат, вне всяких сомнений, изначально собирался нарушить все мыслимые и немыслимые клятвы.

Лэнгдон боялся даже представить, что начнется, если запись попадет в Сеть.

«Не поймут и не простят». Запахнет государственным переворотом. Поднимется массовый вопль, всевозможные антимасонские группировки, фундаменталисты, конспирологи начнут брызгать слюной и ядом, пойдет очередная «охота на ведьм».

«Истина будет поставлена с ног на голову, — сокрушался Лэнгдон. — С масонами такое сплошь и рядом».

Ведь на самом деле этот культ смерти не что иное, как торжество жизни. Масонские ритуалы направлены на то, чтобы пробудить дремлющие резервы человека, помочь ему восстать из гроба невежества, вывести к свету, указать путь к прозрению. Только пережив смерть, человек начинает понимать и ценить жизнь. Лишь через осознание, что земные дни его сочтены, человек приходит к потребности наполнить каждый из них смыслом, прожить их достойно, в служении ближнему.

Масонские ритуалы посвящения устрашают, поскольку призваны преображать. Масонские клятвы неумолимо жестоки, поскольку служат напоминанием, что, кроме нерушимого слова и чести, кандидату нечего будет забрать с собой из бренного мира. Масонское учение не отличается простотой, поскольку оно всеобъемлюще: оперируя общепонятными символами и метафорами, преодолевшими рамки культур, традиций и расовых различий, оно воссоздает единое «общемировое понятие» братской любви.

На мгновение у Лэнгдона затеплилась надежда. Он попробовал убедить себя, что, даже если ролик и выйдет в Сеть, у зрителей хватит понимания и терпимости. Ведь понятно же: в любой культовой церемонии найдутся отталкивающие моменты — тем более в отрыве от контекста. Символические церковные обряды, воссоздающие страдания Христа на кресте; процедура обрезания у иудеев; крещение мертвых у мормонов; католическая практика изгнания бесов; ношение никаба в исламе; шаманские камлания; иудейский обычай «капарот»; и даже поедание «тела Христова» и питие «крови Христовой»...

«Не надейся, — оборвал свои радужные мечты Лэнгдон. — Если ролик увидят посторонние, начнется хаос». Только представить на секунду, что кто-то выпустит в эфир видео, где русские или исламские высокопоставленные лица угрожают жертве ножом, произносят средневековые клятвы, инсценируют убийства, укладываются в символические гробы и пьют вино из человеческих черепов... Мир не замедлил бы выплеснуть возмущение и ярость.

«Упаси нас, Господи...»

На экране кандидат поднес череп с багряной жидкостью к губам и, запрокинув голову, начал пить кроваво-красное вино, скрепляя тем самым свою клятву. Затем, опустив чашу-череп, обвел взглядом собравшихся. Влиятельные персоны, облеченные властью и доверием народа, одобрительно кивали.

«Добро пожаловать, брат!» — приветствовал кандидата Питер Соломон.

Экран снова потемнел, и Лэнгдон поймал себя на том, что почти перестал дышать.

Сато закрыла кейс и сняла его с колен профессора. Лэнгдон обернулся к ней и хотел что-то сказать — но слов не нашел. Впрочем, все его мысли без труда читались на лице. Сато оказалась права. Страна стоит на пороге катастрофы... невиданных масштабов.

Глава 118

В одной набедренной повязке Малах расхаживал перед креслом Соломона.

— Питер, — прошептал он, смакуя каждую секунду мучений своего пленника, — ты помнишь, что у тебя есть и вторая семья? Братья-масоны... Им тоже несдобровать — если ты не подчинишься.

Экран ноутбука освещал мертвенно-бледное, застывшее лицо Питера.

— Умоляю, — выдавил наконец Соломон, поднимая голову. — Если этот ролик выйдет...

— Если? — рассмеялся Малах. — Что значит «если»? — Он показал на крошечный сотовый модем, торчащий из бокового порта. — У меня есть выход в Сеть.

— Ты не посмеешь...

«Посмею», — мысленно возразил Малах, наслаждаясь ужасом Соломона.

— Только ты можешь меня остановить. И спасти сестру. Всего-то и надо — ответить на мой вопрос. Ведь Утраченное слово где-то хранится, Питер, и я прекрасно знаю, что этот рисунок указывает его точное местонахождение.

Питер посмотрел на картинку ничего не выражающим взглядом.

— Может, хоть это тебя вдохновит... — Перегнувшись через плечо Питера, Малах нажал несколько кнопок на клавиатуре. Открылось окно почтовой программы, и Соломон заметно напрягся. На экране висело заранее составленное Малахом письмо с вложенным видеофайлом. В адресной строке значился длинный список ведущих новостных агентств.

— Кажется, пришла пора поделиться с миром. — Малах улыбнулся.

— Нет!

Протянув руку, Малах нажал кнопку «Отправить». Питер задергался, пытаясь сбросить ноутбук на пол.

— Не суетись, Питер, — прошептал похититель. — Файл большой. Ему еще несколько минут ползти. — И он показал на индикатор выполнения.

Доставка почты. Выполнено: 2%

— Ответь на мой вопрос, и я прерву отправку. Никто и никогда не увидит этот ролик.

Питер, бледный как мел, следил за удлиняющейся полоской индикатора.

Доставка почты. Выполнено: 4%

Наконец Малах водрузил ноутбук на обтянутый свиной кожей стул и развернул к Питеру, чтобы тот продолжал наблюдать за отправкой. Вместо ноутбука он положил Соломону на колени листок с рисунком.

— Легенда гласит, что масонская пирамида откроет путь к Утраченному слову. Это последняя загадка. Ты должен знать, что она означает.

Малах бросил взгляд на экран ноутбука.

Доставка почты. Выполнено: 8%

Питер смотрел на своего мучителя в упор, в серых глазах полыхала ненависть.

«Правильно, возненавидь меня, — велел Малах мысленно. — Чем сильнее чувство, тем более могущественная энергия будет исторгнута в конце ритуала».

В Лэнгли Нола Кей плотно прижимала телефон к уху, силясь расслышать Сато сквозь рокот вертолетного винта.

— Прервать передачу файла невозможно! — кричала Нола. — На то, чтобы отрубить локальных провайдеров, уйдет как минимум час, а если у него беспроводной доступ, то наземных провайдеров отключать нет смысла.

В наше время помешать передаче оцифрованных данных стало практически невозможно: слишком разнообразны варианты доступа в Интернет — проводные каналы, точки вай-фай, сотовые модемы, спутниковые телефоны, КПК с электронной почтой... Единственный способ предотвратить утечку данных — уничтожить устройство с исходником.

— Я добыла техдокументацию на вертолет «UH-60», в котором вы летите, — продолжала Нола. — Там сказано, что у вас установлен генератор ЭМИ.

Генераторы ЭМИ — электромагнитное оружие — широко применялись в органах правопорядка, в основном для того, чтобы с безопасного расстояния останавливать нарушителей дорожного движения. Выпуская электромагнитный импульс высокой интенсивности, такой генератор способен сжечь электронную начинку любого устройства в радиусе действия — автомобиля, сотового телефона, компьютера. Согласно документации, найденной Нолой, «UH-60» был оборудован шассийным магнетроном на шесть гигаГерц с лазерным прицелом и мощным усилителем, генерирующим импульс в десять гигаватт. Если воздействовать им на ноутбук, он моментально испепелит материнскую плату и сотрет жесткий диск.

— ЭМИ не поможет, — прокричала в ответ Сато. — Объект засел в каменном здании, надежно защищенном от электромагнитного излучения. Не простреливается никак. Ролик уже загружен в Сеть или нет?

Нола взглянула на соседний монитор, где непрерывно отслеживались попадающие в эфир новости о масонах.

— Еще нет, мэм. Но как только загрузится, мне станет известно сразу же.

— Держи меня в курсе. — Сато отключилась.

Вертолет начал снижаться над Дюпон-серкл, и Лэнгдон затаил дыхание. Немногочисленные прохожие кинулись врассыпную, увидев в просвете между деревьями пикирующий на лужайку вертолет, который через мгновение жестко приземлился рядом со знаменитым двухъярусным фонтаном, спроектированным все теми же двумя создателями Мемориала Линкольна.

Еще через полминуты реквизированный внедорожник «лексус» со скоростью пули помчал Лэнгдона по Нью-Гэмпшир-авеню к Масонскому храму.

Питер Соломон лихорадочно соображал, что делать. В голове крутились две картины: истекающая кровью Кэтрин в подвальной комнате и только что увиденный ролик. Медленно повернув голову, Питер посмотрел на стоявший в нескольких ярдах ноутбук. Индикатор выполнения задачи закрасился почти на треть.

Доставка почты. Выполнено: 29%

Татуированный неторопливо расхаживал вокруг квадратного алтаря и помахивал кадилом, бормоча себе под нос. Густые клубы белого дыма возносились к световому окну в потолке. Похититель смотрел расширенными глазами перед собой, будто в трансе. Питер украдкой бросил взгляд на древний клинок, дожидающийся своего часа на белом шелковом полотне, которое маньяк расстелил поверх алтаря.

Питер Соломон знал, что не выйдет сегодня из Храма живым. Вопрос в том, как умереть. Сумеет ли он спасти сестру и братьев-масонов... или погибнет зря?

Опустив глаза, он посмотрел на листок с вычерченным на нем квадратом. Прежде, когда похититель показал ему рисунок, Питер, будто ослепший от потрясения, не смог сквозь пелену хаоса уловить подлинный смысл. Однако теперь истина предстала перед ним во всей своей ошеломляющей ясности. Он увидел рисунок в совершенно новом свете.

Теперь Питер Соломон точно знал, что делать.

Глубоко вздохнув, он возвел очи к луне, светящей через окно в потолке. А потом заговорил.

«Все гениальное — просто».

Малах понял это давно.

Разгадка, которую изложил Питер Соломон, оказалась настолько изящной и простой, что Малах не сомневался — другого решения быть не может. Как ни парадоксально, послание, зашифрованное в пирамиде, таило в себе элементарный ответ.

«Утраченное слово все это время маячило у меня перед глазами».

В то же мгновение яркий луч озарил густой мрак тайны и мифов, окутывавший Утраченное слово. В полном соответствии с легендой Слово было написано на древнем языке — ему приписывали мистическую силу все известные человечеству философские и религиозные учения и области науки.

«Алхимия, астрология, каббала, христианство, буддизм, розенкрейцеры, франкмасоны, астрономия, физика, ноэтика...»

Стоя в ложе усовершенствования на вершине великой пирамиды Херcharacteristics, Малах разглядывал сокровище, на поиски которого ушло столько лет, и понимал, что теперь готов целиком и полностью.

«Вскоре я стану совершенным.

Утраченное слово найдено».

В особняке на Калорама-Хайтс, оставшийся в одиночестве агент ЦРУ стоял посреди гор мусора, вываленного из контейнеров в гараже.

— Мисс Кей, — произнес он в телефонную трубку, обращаясь к аналитику-ассистентке Сато, — вы правильно придумали, что надо обыскать гараж. Я, кажется, что-то нашел.

К Кэтрин Соломон с каждой секундой возвращались силы. Благодаря раствору Рингера давление приходило в норму, ноющая головная боль отступала. Кэтрин посадили в столовой, пространно объяснив, что двигаться не надо, а следует отдыхать и восстанавливаться. Однако ей было не до отдыха — растущее беспокойство за Питера угнетало и без того расшатанные нервы.

«Где все?»

Криминалисты из ЦРУ еще не прибыли, а оставшийся агент удалился продолжать обыск. Какое-то время рядом с Кэтрин в столовой сидел Беллами, по-прежнему завернутый в одеяло, но теперь и он отправился на поиски того, что поможет ЦРУ спасти Питера.

Не в силах больше сидеть без дела, Кэтрин медленно поднялась на ноги и, покачнувшись, осторожно побрела в гостиную. В кабинете она наткнулась на Беллами. Архитектор застыл спиной к Кэтрин у открытого ящика стола, видимо, настолько завороженный его содержимым, что не услышал шагов.

Кэтрин приблизилась к нему сзади.

— Уоррен?

Архитектор вздрогнул и обернулся, одновременно задвигая ящик бедром. Лицо его перекосилось от переживаний.

— Что случилось? — Кэтрин опустила взгляд к таинственному ящику. — Что там?

Беллами молчал, будто проглотив язык. Судя по его виду, он жалел, что вообще полез в этот стол.

— Что в ящике? — настойчиво повторила Кэтрин.

Архитектор поднял на нее полные слез глаза и посмотрел долгим печальным взглядом.

— Мы никак не могли понять, почему преступник затаил злобу на всю вашу семью, — наконец проговорил он.

Кэтрин нахмурилась.

— Да?

— Вот... — Голос Беллами дрогнул. — Теперь я знаю почему.

Глава 119

В зале Масонского храма человек по имени Малах, стоя перед большим алтарем, осторожно массировал кончиками пальцев девственно-чистую кожу на темени. «Verbum significatium, — нараспев повторял он, готовясь. — Verbum omnificum». Наконец-то последний ингредиент найден.

«Величайшие ценности весьма незамысловаты на вид».

Над алтарем вились струйки благовонного дыма из кадильницы. Танцуя в лунном луче, они очищали путь к небесам, который вскоре предстояло повторить освобожденной душе.

Час настал.

Малах откупорил пузырек с потемневшей кровью Питера. Под взглядом пленника он обмакнул кончик вороньего пера в багряную тинктуру и занес над своим теменем, где блестел священный круг. Рука замерла на мгновение — Малах думал о том, как долго он ждал этой минуты. Близится великое преображение. «Запечатлевшему Утраченное слово в чертоге своих мыслей откроется неведомая сила». Древнее пророчество об апофеозе. До сего дня человечество не изыскало возможности его осуществить, и Малах приложил все силы к тому, чтобы так оставалось и впредь.

Недрогнувшей рукой он приставил кончик пера к темени. Ни в зеркале, ни в посторонней помощи он не нуждался — важны лишь собственные ощущения и внутренний взор. Неспешно и аккуратно он принялся выводить Утраченное слово внутри кольца, образованного змеем уроборосом.

Питер Соломон с ужасом следил за происходящим.

Завершив свое дело, Малах закрыл глаза, отложил перо и сделал глубокий выдох, полностью освобождая легкие от воздуха. Такого ощущения он не испытывал еще никогда в жизни.

«Я совершенен.

Я един».

Долгие годы Малах пестовал и лепил свое тело как драгоценный артефакт и теперь перед самым преображением чувствовал каждый нанесенный на нем штрих, каждую черточку. «Я настоящий шедевр. Идеальный и совершенный».

— Я ответил на твой вопрос, — прервал его любование собой голос Питера. — Вызови Кэтрин «скорую». И останови отправку файла.

Малах с улыбкой распахнул глаза.

— С тобой мы еще не закончили.

Взяв с алтаря жертвенный нож, он провел пальцем по тонкому железному лезвию.

— Этот древний клинок был изготовлен по велению самого Господа — для человеческого жертвоприношения. Ты ведь узнал нож?

Серые глаза Соломона напоминали кремень.

— Да, он единственный в своем роде. Я помню легенду.

— Легенду? Его истории посвящена целая глава Священного Писания. Ты не веришь Писанию?

Питер смотрел молча.

На поиски и покупку этого артефакта у Малаха ушло целое состояние. Нож для акеды, выкованный более трех тысяч лет назад из упавшего на Землю метеорита.

«“Небесное железо”, как называли их древние мистики».

По преданию, тот самый нож, которым собирался воспользоваться Авраам во время акеды — описанного в Книге Бытия всесожжения Исаака, единственного сына патриарха, на горе Мории. Продолжая свою удивительную судьбу, клинок не раз за прошедшие тысячелетия менял владельцев — Папы Римские, нацистские мистики, европейские алхимики, частные коллекционеры...

«Все они только хранили его и любовались, не осмеливаясь использовать по прямому назначению и раскрыть его подлинную силу», — думал Малах. Но сегодня нож для акеды наконец исполнит свое предназначение.

Акеда всегда носила у масонов священный характер. На самом первом градусе масоны отмечали «благороднейший дар, поднесенный Господу, — согласие Авраама отдать сына своего, Исаака, как изъявление покорности воле Всевышнего».

Исполненный восхищения от того, как удобно лежит в руке тяжелый клинок, Малах присел и перерезал свежезаточенным лезвием веревки, удерживающие Питера в кресле-каталке. Путы упали на пол.

Морщась от боли, Питер Соломон попробовал подвигать затекшими конечностями.

— Почему ты так со мной поступаешь? Чего ты хочешь добиться?

— Тебе это должно быть понятно, как никому другому, — ответил Малах. — Ты изучаешь древние обычаи. Из них видно, что сила Мистерий зиждется на жертвоприношении... на том, чтобы вызволить душу из бренного тела. Так было испокон веков.

— Ты понятия не имеешь о жертвенности, — возразил Питер. Голос его источал боль и ненависть.

«Отлично! — подумал Малах. — Распаляйся. Так будет легче».

В пустом желудке заурчало, но Малах по-прежнему расхаживал перед пленником.

— Кровопролитие наделяет огромной силой. Это понимали все, от древних египтян до друидов, китайцев и ацтеков. В человеческой жертве есть своя магия, однако современный человек слишком слаб, слишком робок, чтобы решиться на подлинный дар, слишком хрупок, чтобы пожертвовать жизнь, необходимую для духовного преображения. В древних текстах все изложено четко. Только отдав самое святое, можно обрести безграничное могущество.

— Ты считаешь, я могу стать священным даром?

Малах расхохотался в голос:

— Ты до сих пор ничего не понял?

Питер посмотрел неудоумевающе.

— Знаешь, зачем у меня в доме стоит камера депривации? — Поставив руки на бедра, Малах напряг изукрашенные рисунками мускулы полуобнаженного тела. — Я тренировался... готовился... репетировал тот миг, когда от меня останется лишь сознание... когда я лишусь бренной оболочки... когда пожертвую свое совершенное тело богам. Драгоценный дар — это я! Это я невинный белый агнец!

От изумления Питер не смог произнести ни слова.

— Да, Питер, богам надо предлагать лишь то, что ценишь более всего на свете. Чистейшую белую горлицу... самое драгоценное и достойное. Ты для меня ценности не представляешь. Поэтому из тебя достойного дара не выйдет. — Малах сверкнул глазами. — Не понимаешь? Жертва — не ты, Питер! Жертвой буду я! Моя плоть. Дар — это я. Взгляни на меня. Я готовился, я сотворил из себя совершенство, достойное последнего пути. Дар — это я!

Онемевший Питер по-прежнему молчал.

— Секрет в том, как умереть, — продолжал Малах. — Масоны это понимают. — Он указал на алтарь. — Вы почитаете древние истины, но вы трусливы. Вы осознаёте силу жертвоприношения, но из боязни подпустить к себе смерть слишком близко отделываетесь театральными убийствами и бескровными ритуалами. Однако сегодня ваш декоративный алтарь наконец исполнит свое истинное предназначение... свою настоящую роль.

Схватив Питера Соломона за левую руку, Малах вложил в нее ручку ножа для акеды. «Левая рука служит тьме». Это он тоже просчитал заранее, лишив Питера иной возможности. Малах не мог представить себе жертвы более глубокой и символической, чем та, что сотворится у этого алтаря, рукой этого человека, этим ножом, который войдет в сердце жертвенного дара, чья земная оболочка обрамлена, будто в драгоценную оправу, в саван из мистических символов.

Предлагая в дар самого себя, Малах обозначал свое место в демонической иерархии. Истинная сила там, где тьма и кровь. Это прекрасно понимали древние адепты, примыкая к той или иной стороне, в зависимости о того, к чему склонялась их душа. Малах не прогадал в выборе. Хаос — естественный закон вселенной. Безразличие движет энтропией. Равнодушие — плодородная почва, на которой буйным цветом разрастаются посевы темных сил.

«Я служил им, и они примут меня как бога».

Питер не шевелился, только смотрел застывшим взглядом на древний кинжал, зажатый в руке безумца.

— Я повелеваю тебе, — издевательским тоном изрек Малах. — Я — добровольная жертва. Твоя последняя роль уже расписана. Ты преобразишь меня. Освободишь от телесных оков. Иначе навеки распрощаешься с сестрой и братьями-масонами, чтобы познать подлинное одиночество. — Он помолчал, с улыбкой глядя на пленника. — Считай это своей последней карой.

Питер медленно поднял голову и посмотрел Малаху в глаза.

— Карой? Убить тебя? Думаешь, у меня дрогнет рука? Ты оставил меня без сына. Без матери. Без семьи.

— Нет! — взревел Малах с неожиданной для самого себя яростью. — Ты ошибаешься! Родных и близких тебя лишил не я, а ты сам! Ты сам предпочел бросить Закари в тюрьме! И пошло-поехало. Ты истребил свою семью, Питер, не я.

Питер сжал ручку ножа так, что побелели костяшки пальцев.

— Ты понятия не имеешь, почему я оставил Зака в тюрьме.

— Еще как имею! — выпалил Малах. — Я там был. Ты якобы пытался ему помочь. А когда заставил его выбирать между мудростью и богатством, ты тоже хотел помочь? А когда загонял в масоны ультиматумом? Разве хороший отец поставит сына перед выбором «богатство или мудрость — авось как-нибудь сам разберется»? Разве он бросит собственного сына в тюрьме, будь у него возможность увезти его к родному очагу? — Малах подошел ближе и наклонился, приближая к Питеру татуированное лицо. — И что самое поразительное, разве сможет он, глядя собственному сыну в глаза — пусть даже по прошествии стольких лет, — не узнать его?!

Слова Малаха еще несколько секунд звенели эхом в мраморных стенах.

Потом повисла тишина.

Неожиданное безмолвие будто вырвало Питера Соломона из транса. По лицу пробежала тень изумления.

«Да, отец. Это я».

Столько лет Малах ждал этого часа. Отомстить человеку, который его бросил. Посмотреть в серые глаза, оглушить хранившейся за семью печатями правдой. Этот час настал. Малах заговорил медленно, каждым своим словом раздирая душу Питера Соломона:

— Ты должен быть счастлив, отец. Твой блудный сын наконец-то вернулся.

Лицо Питера заливала мертвенная бледность.

Малах смаковал каждую фразу, каждый миг.

— Мой родной отец принял решение бросить меня в тюрьме — и в ту же секунду я поклялся, что он больше никогда меня не отвергнет. Я сам отрекся от него. Жизнь Закари Соломона оборвалась.

В глазах отца заблестели слезы, и Малах подумал, что прекраснее этого зрелища в жизни ничего не видел.

Подавив душившие его рыдания, Питер уставился на Малаха, будто видел впервые.

— Надзиратель всего лишь требовал денег, — продолжал безумец, — но ты отказался. И тебе не пришло в голову, что мои деньги ничем не хуже. Надзирателю было все равно, от кого получить мзду, лишь бы заплатили. Поэтому когда я предложил ему круглую сумму, он без труда отыскал заключенного примерно моей комплекции, переодел в мою одежду и избил до неузнаваемости. На фотографиях, которые ты видел... и в закрытом гробу, который опустили в землю... и там, и там был не я. Там был безвестный парень.

На мокром от слез лице Питера отразились боль и нежелание верить услышанному.

— Боже мой... Закари...

— Уже нет. Из тюрьмы Закари вышел другим. Преображенным.

От юношеской комплекции и подростковых черт не осталось и следа, когда Закари принялся накачивать свое неокрепшее тело гормонами роста и стероидами. Мутации подверглись даже голосовые связки, и мальчишеский ломающийся басок превратился в свистящий шепот.

Закари стал Андросом.

Андрос стал Малахом.

Сегодня же... Малах станет величайшей инкарнацией их всех, вместе взятых.

* * *

В особняке на Калорама-Хайтс Кэтрин Соломон рассматривала собранную с фетишистской скрупулезностью коллекцию фотографий и старых газетных вырезок, которую обнаружили в ящике письменного стола.

— Ничего не понимаю, — произнесла она, оборачиваясь к Беллами. — Маньяк явно зациклился на моих родных, но...

— Посмотрите те, что поглубже, — подсказал Беллами, усаживаясь. Видно было, что он еще не пришел в себя от потрясения.

Кэтрин продолжила перебирать вырезки, все до единой так или иначе связанные с семьей Соломон: многочисленные успехи Питера, исследования Кэтрин, жуткое убийство их матери Изабель, пагубное пристрастие Закари к наркотикам, арест и трагическая кончина юноши в турецкой тюрьме.

Интерес собирателя к семье Соломонов переходил все допустимые границы фанатизма, однако Кэтрин по-прежнему не понимала, в чем причина.

И тут она заметила другие фотографии. Первый снимок запечатлел Закари, стоящего по колено в лазурных морских водах, а вдали, за полосой пляжа, виднелись белые домики.

«Греция?»

Наверняка фото сделано во времена наркотического праздношатания Зака по Европе. Впрочем, облик юноши на снимке не очень вязался с бледным задохликом, которого папарацци обычно отлавливали в компании таких же одурманенных юнцов, вываливающихся из клуба. На снимке он выглядел здоровее, мускулистее, даже взрослее. Таким цветущим Кэтрин Закари ни разу не видела.

Теряясь в догадках, она взглянула на дату снимка.

«Но это же... невозможно!»

Снято почти через год после того, как Закари погиб.

Кэтрин лихорадочно просмотрела всю пачку. Везде был Закари Соломон... постепенно взрослеющий. Коллекция оказалась автобиографией в картинках, наглядно иллюстрирующих плавное преображение. И вдруг в изменениях произошел резкий и внезапный скачок. Кэтрин с ужасом смотрела, как раздается и обрастает бугрящимися мышцами юношеское тело, как лицо Закари искажается от обильного поглощения стероидов. Он стал в два раза крупнее, а в глазах поселилась свирепая злость.

«Он сделался совсем чужим!»

От племянника Кэтрин, каким она его помнила, не осталось и следа.

Добравшись до снимка, где молодой человек обрил себе голову, она почувствовала, как слабеют колени. И тут же увидела следующий — на теле появились первые узоры татуировок.

У Кэтрин чуть не остановилось сердце. «Господи...»

Глава 120

— Направо! — крикнул Лэнгдон с заднего сиденья реквизированного «лексуса».

Симкинс крутым поворотом руля бросил внедорожник за угол на Эс-стрит и помчал по тенистому жилому кварталу. На подъезде к пересечению с Шестнадцатой улицей справа, будто горный пик, вырос Масонский храм.

Симкинс во все глаза смотрел на внушительное сооружение. Храм напоминал пирамиду, установленную поверх римского Пантеона. Агент уже собирался свернуть направо, на Шестнадцатую, и подъехать к фасаду здания, но его остановил возглас Лэнгдона:

— Не надо, не сворачивайте! Поезжайте прямо, по Эс-стрит.

Симкинс послушно проехал вдоль восточного фасада здания.

— Теперь на Пятнадцатой сверните направо.

Агент повернул руль, следуя инструкции своего штурмана, и спустя мгновение Лэнгдон указал ему на неприметную грунтовую подъездную дорожку, рассекающую на две части парк за Масонским храмом. Симкинс въехал на нее и погнал «лексус» к заднему входу в здание.

— Смотрите! — Лэнгдон рассмотрел припаркованный у входа одинокий автомобиль. Микроавтобус. — Они там.

Симкинс затормозил по соседству с микроавтобусом и заглушил мотор внедорожника. Все бесшумно выбрались и приготовились пробираться внутрь. Агент поднял голову, разглядывая монолитное сооружение.

— Говорите, Храмовый зал на самом верху?

Лэнгдон кивнул, указывая на сужающуюся ступенчатую крышу.

— Там, в верхнем ярусе, световое окно.

Симкинс резко обернулся.

— В потолке Храмового зала есть окно?!

Профессор удивленно посмотрел на агента.

— Конечно. Око в небеса, прямо над алтарем.

Вертолет «UH-60» застыл в бездействии на газоне Дюпон-серкл.

Сато в пассажирском кресле нервно обкусывала ногти, ожидая новостей от агентов.

Наконец из передатчика сквозь треск помех донесся голос Симкинса:

— Директор?

— Сато слушает, — рявкнула она.

— Мы входим в здание, но у меня для вас допсведения.

— Докладывайте.

— Мистер Лэнгдон сообщил, что в потолке зала, где предположительно находится объект, имеется большое световое окно.

Несколько секунд Сато раздумывала над услышанным.

— Ясно. Спасибо.

Симкинс отключился.

Выплюнув огрызок ногтя, Сато скомандовала пилоту:

— Взлетаем!

Глава 121

Как любой отец, потерявший родное дитя, Питер Соломон пытался иногда представить, каким бы его сын был сейчас, что делал бы, чем увлекался.

Теперь он знал.

Татуированный исполин, стоявший перед ним, пришел в мир крошечным трогательным комочком... Малыш Зак, сучащий ножками в плетеной колыбельке... делающий первые неуверенные шаги в кабинете Питера... выговаривающий первые слова. Как может зло прорасти в невинном младенце из любящей семьи? Один из вечных парадоксов человеческой души... Питеру довольно рано пришлось смириться с тем, что хотя в жилах сына течет кровь Соломонов, сердце, гонящее эту кровь по этим жилам, совсем из другого теста. Уникальное, неповторимое, будто выбранное наугад из всего многообразия вселенной.

«Мой сын... убил мою мать, моего друга Роберта Лэнгдона, а возможно, и мою сестру тоже».

Сердце Питера будто сжала ледяная рука. Он пытался отыскать в глазах татуированного хоть что-то знакомое... родное. Однако сходство ограничивалось лишь серым цветом. На Питера смотрели абсолютно чужие глаза, в которых пылала только ненависть и нечеловеческая жажда мести.

— У тебя хватит сил? — с саркастической усмешкой спросил Закари, глядя на жертвенный нож в руке Питера. — Завершить то, что ты начал много лет назад?

— Сынок... — Собственный голос показался Питеру незнакомым. — Я... я любил тебя.

— Ты дважды пытался меня убить. Ты бросил меня в тюрьме. Ты выстрелил в меня на мосту Зака. Так доведи дело до конца!

На мгновение Питеру показалось, будто он отделился от тела и парит рядом, не узнавая себя со стороны. Культя вместо руки, безволосое тело, черная накидка, кресло-каталка, судорожно сжатый в кулаке древний нож...

— Заверши начатое! — снова крикнул чужак, и по татуировке на груди прошла рябь. — Только убив меня, ты спасешь Кэтрин... и братьев-масонов!

Соломон невольно обратил взгляд к ноутбуку на стуле.

Доставка почты. Выполнено: 92%

Перед глазами встал образ Кэтрин, истекающей кровью... Братья-масоны...

— Время еще есть, — прошептал татуированный. — Ты же понимаешь, что другого пути не будет. Освободи меня от земных оков.

— Прошу тебя! — взмолился Соломон. — Не надо...

— Ты сам виноват! — прошипел чужак. — Ты поставил своего сына перед немыслимым выбором. Помнишь тот день? Богатство или мудрость! В тот день ты оттолкнул меня навсегда. Но я вернулся, отец, поэтому сегодня твоя очередь выбирать. Закари или Кэтрин? Кого предпочтешь? Сможешь убить сына, чтобы спасти сестру? Убить сына, чтобы спасти братьев? Спасти страну? Или предпочтешь тянуть время, пока не станет слишком поздно? Пока не погибнет Кэтрин... пока ролик не выйдет в эфир... чтобы доживать остаток жизни, сознавая, что ты мог все это предотвратить. Время на исходе. Ты знаешь, что делать.

У Соломона разрывалось сердце. «Это не Закари, — внушал он себе. — Зак умер много-много лет назад. Кто бы ты ни был, откуда бы ты ни взялся — ты не мой». И хотя Питер Соломон не верил самому себе, он понимал: придется выбирать.

Время вышло.

«Найти парадную лестницу!»

Роберт Лэнгдон стремглав мчался по темным коридорам, отыскивая путь к центру здания. За ним по пятам следовал Тернер Симкинс. Как и рассчитывал профессор, вскоре они выскочили в главный атриум.

Большой зал с восемью массивными дорическими колоннами из зеленого гранита напоминал греко-римско-египетскую усыпальницу: черные мраморные статуи, подвесные светильники-полусферы, тевтонские кресты, медальоны с двуглавым фениксом, светильники с головой Гермеса.

Сориентировавшись, Лэнгдон кинулся к широкой мраморной лестнице в дальнем конце атриума.

— Она ведет прямо в Храмовый зал, — шепнул он агенту, и оба как можно тише и быстрее начали подниматься.

С первой площадки на Лэнгдона смотрел бронзовый бюст масонского корифея Альберта Пайка в сопровождении самой знаменитой цитаты гения: «Совершённое для самих себя умирает вместе с нами; совершённое на благо других и всего мира обретает бессмертие».

Малах почувствовал, как накаляется атмосфера в Храмовом зале, — словно все отчаяние и боль Питера Соломона, вскипая, сосредоточиваются на нем, на Малахе.

«Да... Время пришло».

Питер Соломон, встав с кресла-каталки, застыл перед алтарем, сжимая в руке нож.

— Спаси Кэтрин! — Своими увещеваниями Малах словно подманивал Питера ближе, а затем, откинувшись, лег на покрывающий алтарь белый саван. — Исполни свой долг.

Питер, будто в кошмарном сне, шагнул вперед.

Малах улегся на спину и сквозь световое окно устремил взор вверх, на ледяную луну.

«Секрет в том, как умереть. — Идеальный момент, лучшего и пожелать нельзя. — Неся на челе печать древнего Утраченного слова, я приношу себя в дар, принимая смерть от левой руки своего отца».

Малах глубоко вздохнул.

«Примите меня в свой сонм, демоны, вот мое тело, я отдаю его вам».

Питер Соломон смотрел сверху вниз на Малаха, и его била дрожь. Полные слез глаза светились безнадежностью, нерешительностью и невыносимым страданием. Питер бросил последний взгляд на стоявший поодаль ноутбук.

— Решайся, — прошептал Малах. — Освободи меня от плоти. Так угодно Господу. Ты и сам этого хочешь! — Сложив руки по швам, он выпятил грудь, выставляя вперед своего великолепного двуглавого феникса.

«Помоги мне сбросить земной покров, что сковывает душу».

Питер смотрел на Малаха сквозь пелену слез.

— Я убил твою мать! — шепнул Малах. — Я убил Роберта Лэнгдона! Из-за меня вот-вот погибнет твоя сестра. Я уничтожу все масонское братство. Исполни же свой долг!

Лицо Питера Соломона исказила гримаса боли и жалости. Откинув голову, он с диким воплем занес над Малахом нож.

Запыхавшийся Роберт Лэнгдон и агент Симкинс остановились перед дверьми Храмового зала, и тут изнутри вырвался душераздирающий вопль. Лэнгдон моментально узнал голос Питера.

Невыносимая боль слышалась в этом крике.

«Опоздали...»

Забыв про Симкинса, Лэнгдон распахнул створки дверей. Открывшаяся перед ним жуткая сцена подтвердила его худшие опасения. У алтаря в центре полуосвещенного зала вырисовывался силуэт бритоголового человека, закутанного в черную накидку. В воздетой руке он сжимал огромный нож.

Не успел Лэнгдон опомниться и сделать хотя бы шаг, как человек с размаху вонзил клинок в распростертое на алтаре тело.

Малах лежал с закрытыми глазами.

«Как прекрасно. Какое совершенство».

Древний нож для акеды блеснул в лунном луче, вздымаясь над алтарем. Струйки благовонного дыма поднимались ввысь, очищая путь для души, которая вскоре вырвется на свободу. Одинокий крик отчаяния и муки, исторгнутый убийцей, еще звенел в священных стенах, когда нож с размаху опустился вниз.

«Я омыт кровью человеческой жертвы и отцовскими слезами».

Малах приготовился вкусить чувство невиданного величия и могущества.

Час преображения пробил.

Как ни странно, боли он не почувствовал.

Все тело наполнилось странным гулом, оглушительным, басовитым рокотом. Комната задрожала, и сверху хлынул ослепительный белый свет. Небеса разверзлись.

Малах понял: свершилось.

В точности как он предполагал.

Не помня себя, Лэнгдон рванулся к алтарю, как раз когда над крышей Храма завис вертолет. Он не помнил и того, как с разбега прыгнул на человека в черной накидке, думая лишь об одном: скрутить его, не дать ему снова занести и вонзить нож.

Они сцепились, и тут сквозь окно в крыше обрушился поток слепящего света, заливая алтарь. К изумлению Лэнгдона, ожидавшего увидеть на алтаре окровавленное тело Питера Соломона, в лучах блеснула обнаженная грудь, покрытая сплошным ковром татуировок, а крови не было вообще. Рядом лежал нож, клинок которого, очевидно, сломался о гранитный алтарь, не коснувшись тела.

Увлекая за собой человека в черной накидке, профессор повалился на каменный пол. Только тут он заметил у противника забинтованную культю и осознал, что борется с Питером Соломоном.

Они скользили по гладкому мраморному полу. Сквозь световое окно бил луч прожектора. Вертолет завис над самой крышей, почти касаясь огромного стеклянного квадрата полозьями.

В его передней части вращалось, целясь сквозь стекло вниз, в зал, орудие необычной формы. Красный луч лазерного прицела, пронзив стекло, заплясал по полу, подбираясь к Лэнгдону с Соломоном.

«Нет!»

Однако выстрела не последовало. Только рев вертолетного винта.

Лэнгдон не чувствовал ничего, кроме странной электризованной волны, прокатившейся по телу. За его спиной, на стуле, обтянутом свиной кожей, разразился непонятным шипением ноутбук. Профессор повернул голову и увидел, как резко погас экран. Однако последнее сообщение он все же успел разглядеть — оно оказалось неутешительным.

Доставка почты. Выполнено: 100%

«Вверх! Ну же! Вверх, немедленно!»

Пилот «UH-60» хватанул ручку управления, пытаясь не задеть полозьями стеклянное окно, которое и так дрожало от обрушивающейся на него подъемной силы в шесть тысяч фунтов. К несчастью, покатые стены пирамиды рассеивали нисходящий поток воздуха, уменьшая силу тяги.

«Вверх! Давай же!»

Пилот задрал нос вертолета в надежде плавно соскользнуть — и случайно задел левым полозом центр стекла. Всего на миг, но этого оказалось достаточно.

Огромное окно в крыше треснуло, взметнулся вихрь осколков, и стекло обрушилось внутрь каскадом зазубренных блестящих кинжалов.

«Звездопад».

Малах поднял глаза к источнику чудесного сияния и увидел льющийся сверху бриллиантовый дождь, капли которого стремительно неслись, чтобы поскорее окутать тело на алтаре своим мерцающим великолепием.

И вдруг он почувствовал жгучую боль.

Везде.

Клыки, серпы, раскаленные пики. В беззащитную плоть вонзались острые как бритва кинжалы. Хлестало по груди, по шее, по бедрам, по лицу. Все его тело сжалось. Из наполнившегося кровью рта вырвался крик боли, вырвавшей Малаха из транса. Белый небесный свет исчез, его заслонил появившийся откуда-то черный вертолет, который с бешеным ревом гнал в Храмовый зал ледяной ветер, пробравший Малаха до костей и разметавший по углам остатки благовонного дыма.

Повернув голову, Малах увидел рядом с собой сломанный нож для акеды. Артефакт не выдержал удара об алтарь, который теперь сплошным ковром покрывали осколки стекла. «После всего, что я ему причинил... Питер Соломон отверг этот нож. Не захотел пролить мою кровь».

С растущим ужасом Малах приподнял голову и посмотрел на себя. Его тело, его драгоценный дар... растерзано, залито кровью. Отовсюду торчали огромные острые стекла.

Слабея, Малах опустил голову на гранит алтаря. Взгляд безумца устремился вверх, к небу, через дыру в крыше. Вертолет уже исчез, и в вышине сияла молчаливая, холодная, как лед, луна.

Малах лежал с широко раскрытыми глазами и, задыхаясь, хватал ртом воздух... Один на огромном алтаре.

Глава 122

«Секрет в том, как умереть».

Малах понимал, что все пропало. Никакого сияния и блеска. Никакого радушного приема. Только темнота и мучительная боль. Даже в глазах. Он ничего не видел, но различал какое-то движение вокруг. Голоса... человеческие голоса... среди них почему-то голос Роберта Лэнгдона.

«Как такое может быть?»

— Она жива, — повторял Лэнгдон. — Кэтрин жива, Питер. Твоя сестра не погибла.

«Нет, — мысленно возразил Малах. — Кэтрин умерла. Должна была умереть».

В глазах стояла темнота, он даже не знал, открыты они или закрыты, но по звуку понял, что вертолет удаляется. В Храмовом зале воцарилось неожиданное спокойствие. Малах чувствовал, как постепенно нарушается плавность земных ритмов — будто мерный шелест волн делается рваным в преддверии надвигающейся бури.

«Chao ab ordo».

Тишину разорвали незнакомые голоса: люди что-то горячо обсуждали с Лэнгдоном насчет ноутбука и видеоролика.

«Опоздали. — Это Малах знал твердо. — Дело сделано».

Сейчас ролик распространяется по Сети со скоростью лесного пожара, встряхивая весь мир до последнего уголка и подрубая масонское братство под корень.

«Уничтожить тех, кто более всего способен нести истину».

Хаос всегда рос и креп за счет людского невежества. Тьма, ожидавшая Малаха, прирастала отсутствием Света на земле.

«За мои великие дела мне причитаются королевские почести».

Он почувствовал чье-то бесшумное приближение. Он узнал, кто это, по запаху священных масел, которыми умастил обритое тело своего отца.

— Не уверен, слышишь ли ты меня, — прошептал ему на ухо Питер Соломон. — Но кое в чем я должен тебе признаться. — Он коснулся сокровенного круга на темени Малаха. — Этот рисунок... — Запнувшись, Соломон все-таки договорил: — Это не Утраченное слово.

«Это оно, — мысленно возразил Малах. — Ты сам меня в этом убедил, не оставив ни малейшего сомнения».

Согласно легенде, Утраченное слово воспроизводилось на таком древнем и загадочном языке, что человечество практически предало его забвению. Не было на земле языка старше и древнее, чем этот. Так объяснял Питер.

«Язык символов».

Превыше всех в его словарной системе стоял один особый символ. Самый древний и универсальный, он объединял все традиции и учения в одном-единственном знаке, представляющем и свет египетского бога солнца, и торжество алхимического золота, и мудрость философского камня, и чистоту розенкрейцеровой розы, и миг Творения, и всеобщность, и главенство астрологического светила, и даже вездесущее всевидящее око, парящее над усеченной пирамидой.

«Циркумпункт. Символ Всевышнего. Начало всех начал».

Все это изложил ему Питер. Сначала Малах отнесся скептически, однако достаточно было взглянуть еще раз на рисунок, благодаря которому он очутился в Храмовом зале, чтобы убедиться: верхушка пирамиды устремлена к одному-единственному символу. Циркумпункт. Круг с точкой в центре.

«Масонская пирамида — это карта, — вспомнил Малах, — указывающая на Утраченное слово». Выходит, отец все-таки решил открыть ему правду.

«Все гениальное просто.

Утраченное слово — это не слово. Это символ».

Восторжествовав, Малах нарисовал великий знак на собственном темени, и в тот же миг ощутил, как растет и крепнет в нем могущество и удовлетворение собой.

«Мой шедевр и драгоценный дар готов».

Силы тьмы распахнули объятия. Его ждала награда за труд. Приближался момент славы...

И вдруг в последнее мгновение все рухнуло.

Питер по-прежнему стоял рядом, произнося слова, смысл которых не укладывался в сознании Малаха.

— Я солгал тебе, — говорил отец. — Ты не оставил мне выхода. Если бы я открыл тебе настоящее Утраченное слово, ты бы все равно не понял и не поверил мне.

«Значит, циркумпункт — это не Слово?»

— На самом деле, — продолжал Питер, — Утраченное слово известно всем... но мало кто понимает, что это оно».

Фразы эхом звенели в ушах Малаха.

— Ты останешься несовершенным, — мягко накрывая макушку Малаха своей ладонью, произнес Питер. — Твой труд не доведен до конца. Но куда бы ты ни отправлялся, помни... тебя здесь любили.

Почему-то ласковое прикосновение отцовской руки обожгло кожу, будто мощный реактив, ускоряющий химический процесс, что начался в теле Малаха. Неожиданно в нем вскипела волна энергии, заполняя до краев его земную оболочку и растворяя все ее клетки.

Еще миг, и боль отступила.

«Преображение. Начинается».

* * *

«Я смотрю на самого себя сверху и вижу истерзанное окровавленное тело на священной гранитной глыбе. Рядом стоит на коленях отец, поддерживая мою голову единственной оставшейся рукой.

Меня охватывают ярость... и недоумение.

Сочувствие здесь лишнее. Нужна месть, преображение. А отец отказывается участвовать, отказывается исполнить свою роль, перелить боль и гнев по лезвию ножа в мое сердце.

Я пойман в силки, я трепыхаюсь над своей земной оболочкой не в силах оторваться.

Отец медленно проводит мягкой ладонью по моему лицу, закрывая мне веки.

Силки ослабевают.

Сгущаясь из ничего, тело окутывает вздымающаяся волнами непроницаемая завеса, она застит свет и отгораживает меня от мира. Время ускоряет ход, я проваливаюсь в пропасть, темнее которой я не видел никогда. Там, в глухой пустоте, я слышу шепот... чувствую надвигающуюся силу. Она стремительно растет, окружая меня со всех сторон. Могущественная и зловещая. Темная и властная.

Я здесь не один.

Вот он, мой триумф, мой королевский прием. Однако вместо восторга меня почему-то переполняет безграничный страх.

Я ожидал другого.

Сила превращается в вихрь, увлекая меня в неумолимую круговерть, грозя разорвать на части. И вдруг собирается в комок, словно гигантский первобытный зверь, и встает передо мной на дыбы.

Я оказываюсь лицом к лицу со всеми темными душами, что покинули землю раньше.

Вопль безмерного ужаса вырывается у меня... и тьма поглощает новоприбывшего целиком».

Глава 123

В Национальном соборе декан Галлоуэй почувствовал неуловимое колебание воздуха. Будто призрачная тень отделилась от земли... словно сняли тяжкий груз... далеко и одновременно близко.

Галлоуэй в одиночестве сидел за столом, уйдя в раздумья. Сколько он так просидел, неизвестно, однако в какой-то момент думы декана прервал телефонный звонок. Уоррен Беллами.

— Питер жив, — обрадовал декана брат-масон. — Мне только что сообщили, и я решил, что вы тоже должны узнать как можно скорее. С ним все будет в порядке.

— Слава Богу! — выдохнул Галлоуэй. — Где он?

Беллами пересказал декану невероятную повесть о том, что произошло после того, как они покинули Богословский колледж.

— Вы все живы, никто не пострадал?

— Да, приходим в себя, — ответил Беллами. — Но есть кое-что... — Он запнулся.

— Да?

— Масонская пирамида... Лэнгдон, кажется, разгадал ее до конца.

Галлоуэй не смог сдержать улыбку. Почему-то новость его не удивила.

— Тогда скажите, он уже понял, исполнилось пророчество или нет? Пирамида явила то, что должна была явить согласно легенде?

— Пока не знаю.

«Все сбудется», — подумал Галлоуэй и сказал:

— Вам нужно отдохнуть.

— И вам.

«Нет. Мне нужно помолиться».

Глава 124

Когда распахнулись двери лифта, в Храмовом зале уже горели все лампы.

Кэтрин Соломон на подгибающихся от слабости ногах спешила на поиски брата. Огромное помещение встретило ее холодом и запахом благовоний, но остановило Кэтрин на полном ходу не это, а открывшаяся ее глазам сцена.

В центре роскошного зала на низком каменном алтаре лежал залитый кровью татуированный труп, утыканный стеклянными осколками. В вышине над алтарем зияло открытое всем ветрам окно.

«Боже!»

Кэтрин тут же отвела взгляд и продолжила поиски Питера. Брат сидел у дальней стены; врач оказывал ему первую помощь, а рядом стояли Лэнгдон и Сато.

— Питер! — крикнула Кэтрин, кидаясь к нему. — Питер!

Он поднял голову, и во взгляде мелькнули облегчение и радость. Моментально вскочив на ноги, Питер двинулся сестре навстречу. Он уже успел переодеться в простую белую рубашку и темные брюки, видимо, доставленные из его кабинета на нижнем этаже. Правая рука висела на перевязи, поэтому обнялись брат с сестрой осторожно и слегка неловко, но Кэтрин это не смутило. Тепло родных надежных рук, привычное с самого детства, окутало ее, словно мягким покрывалом.

Они постояли, прижавшись друг к другу.

Наконец Кэтрин прошептала:

— Ты как? Если... по правде? — Отстранившись, она окинула взглядом перевязь и забинтованную культю. На глаза навернулись слезы. — Ужас какой...

Питер пожал плечами, показывая, что это пустяки, ничего страшного.

— Бренная плоть. Человеческое тело не вечно. Главное, что с тобой все в порядке.

Беспечный ответ всколыхнул в Кэтрин бурю эмоций, напомнив, за что она так любит брата. Она погладила его по голове, думая о нерушимости семейных уз и о крови Соломонов, текущей у них в жилах.

По трагическому стечению обстоятельств в этом зале находился еще один Соломон. Взгляд Кэтрин скользнул к распятому на алтаре трупу, и она, содрогаясь, попыталась отогнать воскресшие в памяти снимки из письменного стола.

Отвернувшись, она встретилась глазами с Лэнгдоном. Профессор смотрел с пониманием и сочувствием, будто проник в ее мысли.

«Питер все знает...»

Кэтрин снова захлестнула волна переживаний — облегчение вперемешку с сожалением и отчаянием. Брат задрожал в ее объятиях, как ребенок. Такого она еще никогда в жизни за ним не замечала.

— Не держи в себе, — прошептала она. — Ничего страшного. Главное, выплесни, не держи в себе.

Питера била крупная дрожь.

Кэтрин обняла его крепче и погладила по голове.

— Питер, ты всегда был сильным... всегда защищал меня и поддерживал. Теперь я пришла к тебе на выручку. Все хорошо. Я с тобой.

Кэтрин ласково прижала голову брата к себе... и великий Питер Соломон разрыдался у нее на плече.

Директор Сато отошла в сторону, чтобы ответить на звонок.

Нола Кей. К счастью, с хорошими новостями.

— Пока никаких признаков распространения, мэм. — В голосе звучала надежда. — Мы бы уже точно что-нибудь увидели. Так что, похоже, сработало.

«И это твоя заслуга, Нола, — мысленно поблагодарила Сато, бросив взгляд на ноутбук, завершивший, как успел заметить в последнюю секунду Лэнгдон, передачу файла. — Едва не опоздали».

Нола подсказала агенту, делавшему обыск, порыться в мусорных контейнерах, где и обнаружилась упаковка от недавно приобретенного сотового модема. По точному номеру модели, соотнеся данные о совместимых носителях, пропускной способности и серверной Сети она вычислила наиболее вероятный узел доступа для ноутбука преступника — маленький передатчик на углу Шестнадцатой и Коркоран, в трех кварталах от Храма.

Результат Нола немедленно сообщила Сато, сидевшей в вертолете. По дороге к Масонскому храму, пилот снизился и облучил узловую станцию пучком электромагнитных волн, вырубив ее за считанные секунды до того, как ноутбук завершил передачу.

— Отлично сработано, — похвалила Сато уже вслух. — А теперь идите спать. Вы заслужили отдых.

— Спасибо, мэм. — Нола замялась.

— Что-то еще?

Помощница помолчала, решая, стоит дело внимания Сато или нет.

— Ничего срочного, до завтра терпит, мэм. Спокойной вам ночи.

Глава 125

В тишине элегантного туалета на первом этаже Масонского храма Роберт Лэнгдон пустил теплую воду в мозаичную раковину и посмотрел на себя в зеркало. Даже при таком скудном освещении лицо выглядело осунувшимся и изможденным.

На плече профессора снова висел портфель — заметно потерявший в весе, после того как там остались лишь личные вещи и скомканный конспект лекции. Лэнгдон невольно усмехнулся.

«Да уж, «в общем-то ничего сложного»! Поехал, прочел лекцию...»

Однако у него осталось немало поводов для радости.

«Питер жив. И запись удалось перехватить».

Пригоршнями плеская на лицо теплую воду, профессор постепенно оживал. Вокруг по-прежнему все плыло как в тумане, но адреналин в крови мало-помалу рассеивался, и Лэнгдон становился прежним. Высушив руки, он глянул на свои часы с Микки-Маусом.

«Ох ты, поздно-то как!»

Профессор вышел из уборной и зашагал по Залу Славы — изгибающемуся полукругом коридору, увешанному портретами выдающихся масонов: президентов США, филантропов, светил науки и прочих влиятельных американцев. Замерев на мгновение перед Гарри Трумэном, он попытался представить, как бывший президент проходил церемонии посвящения и ритуалы, изучал масонскую литературу...

«В каждом из нас за внешним фасадом скрыт невидимый мир».

— Ты как-то незаметно исчез, — раздался голос за спиной.

Лэнгдон обернулся.

Кэтрин. Несмотря на тот ад, через который ей сегодня пришлось пройти, она сияла и даже словно помолодела.

Лэнгдон ответил усталой улыбкой.

— Как он там?

Кэтрин подошла ближе и тепло обняла профессора.

— Никогда не смогу тебя отблагодарить по-настоящему...

Лэнгдон рассмеялся:

— Ты же знаешь, я ничего особенного и не сделал.

Кэтрин постояла еще немного, обнимая Роберта.

— Питер справится. — Отстранившись, она заглянула другу в глаза. — Представляешь, он мне только что сообщил невероятное... просто невозможное. — Ее голос задрожал от радостного предвкушения. — Я должна сама посмотреть. Скоро вернусь.

— Что? Куда ты собралась?

— Я скоро. А Питер хотел с тобой поговорить... наедине. Он ждет в библиотеке.

— Он сказал о чем?

Кэтрин, усмехнувшись, покачала головой:

— Это же Питер, у него кругом секреты.

— Но...

— Увидимся.

И она удалилась.

Лэнгдон тяжело вздохнул. Секретов и тайн ему на сегодня хватило с лихвой. Остались, правда, нерешенные загадки — в том числе масонская пирамида и Утраченное слово, — однако профессору казалось, что ответы, даже если они существуют, обойдут его стороной. Он, в конце концов, не масон.

Собрав последние силы, Роберт Лэнгдон направился к масонской библиотеке. Там, за столом, в гордом одиночестве восседал Питер, а перед ним стояла масонская пирамида.

— Роберт? — Соломон приветливо махнул рукой, приглашая войти. — На пару слов.

Лэнгдон выдавил улыбку.

— Надеюсь, не утраченных.

Глава 126

В библиотеке Масонского храма располагался старейший публичный читальный зал округа Колумбия. Обширные стеллажи с трудом вмещали более четверти миллиона хранящихся здесь томов — среди которых значилось и редкое издание книги «Ахиман Резон, или Помощь брату». Помимо книг, в библиотеке экспонировались масонские драгоценности, артефакты для ритуалов и даже фолиант, напечатанный самим Бенджамином Франклином.

Однако Лэнгдон больше всего ценил в этой библиотеке сокровище, которое не бросалось в глаза.

«Иллюзия».

Давным-давно Соломон показал ему, что с определенной точки и под определенным углом библиотечный стол и стоящая на нем золотая лампа создают четкую оптическую иллюзию: контур пирамиды с сияющим золотым навершием. Питер признался, что этот фокус всегда служил для него безмолвным напоминанием: франкмасонские тайны никто на самом деле не прячет, их легко обнаружить — если правильно выбрать перспективу.

Сегодня, впрочем, масонские тайны сыпались со всех сторон, выбирай не выбирай. Лэнгдон занял место напротив Досточтимого Мастера Питера Соломона и пирамиды.

Питер улыбался.

— «Слово», о котором ты упомянул, не легенда. Оно существует.

Лэнгдон какое-то время вопросительно глядел на друга, а затем все-таки спросил:

— Но... Нет, не понимаю, как такое возможно...

— А что непонятного?

«Все!» — хотел ответить Лэнгдон, пытаясь отыскать в глазах Питера Соломона проблеск здравомыслия.

— То есть ты утверждаешь, что веришь, будто Утраченное слово существует... и действительно обладает некой силой?

— Огромной силой, — подтвердил Питер. — Оно способно преобразить человечество, открыв ему Мистерии древности.

— Слово? — уточнил Лэнгдон. — Питер, не понимаю, как слово может...

— Поймешь, — спокойно заявил Соломон.

Лэнгдон, сдавшись, смотрел перед собой.

— Как тебе известно... — Питер поднялся и неторопливо пошел вокруг стола, — нам не первое столетие пророчат, что настанет час, когда Утраченное слово будет найдено, когда его достанут из-под спуда... и человечество вновь обретет потерянную силу.

Профессор вспомнил давнюю лекцию Питера об апокалипсисе. Многие ошибочно воспринимают апокалипсис как конец света, однако в буквальном переводе слово значит всего лишь «откровение», явление высшей мудрости, предсказанное древними.

«Грядущий золотой век, век просвещения».

Однако, даже уяснив смысл предсказания, Лэнгдон не мог представить, как одно-единственное слово может спровоцировать подобные глобальные перемены...

Питер показал на пирамиду, возвышающуюся на столе рядом с золотым навершием.

— Масонская пирамида. Легендарный симболон. Сегодня его части воссоединились, и теперь он останется завершенным. — Бережно подняв навершие, Питер закрепил его на каменном основании. Тяжелый золотой наконечник мягко вошел в пазы. — Сегодня, друг мой, ты сделал то, что пока не удавалось никому. Ты собрал масонскую пирамиду, расшифровал все загадки и добыл вот это...

Вытащив лист бумаги с рисунком, Соломон положил его на стол. Лэнгдон сразу узнал решетку с символами, перетасованными согласно квадрату Франклина. Ему уже удалось мельком взглянуть на нее в Храмовом зале.

— Интересно, как ты интерпретируешь этот рисунок? Мне любопытен взгляд специалиста.

Лэнгдон присмотрелся.

Херёдом, циркумпункт, пирамида, лестница...

Профессор вздохнул:

— Что ж, Питер, как ты сам видишь, это аллегорическая пиктограмма. Изложенная не буквально, а языком метафор и символов.

Соломон усмехнулся:

— Задал, называется, эксперту простой вопрос... Ладно, рассказывай, что видишь.

«Ему что, действительно интересно?»

Лэнгдон подтянул листок поближе.

— Ладно. Если в двух словах, мне кажется, что эта картинка изображает... землю и небеса.

Питер удивленно приподнял брови.

— Да?

— Именно. На самом верху у нас слово «хередом» — «священный дом», означающее обитель Господа, то есть небеса.

— Ясно.

— Направленная вниз стрелка в конце строки указывает на то, что остальная часть символов относится к области, лежащей под небесами, — следовательно, это земля. — Взгляд Лэнгдона скользнул к нижним строчкам. — Два самых нижних ряда, под пирамидой, означают непосредственно твердую почву, terra firma — низший из возможных пределов. Что логично, на рисунке в нем заключены двенадцать древних астрологических знаков, составлявших зачатки религии древних, смотревших в небеса и видевших в движении светил Божий промысел.

Соломон подвинул стул и присмотрелся к рисунку.

— Понятно. А остальное?

— Покоясь на фундаменте астрологии, — продолжал Лэнгдон, — из земли вырастает великая пирамида, устремляясь к небесам. Вечный символ утраченной мудрости. Внутри ее — философские и религиозные течения, оставшиеся в веках: египетское, пифагорейское, буддизм, индуизм, ислам, иудаизм и христианство и многие, многие другие. Все они, объединяясь и перемешиваясь, взмывают ввысь, чтобы просочиться через воронку в пике пирамиды и, преобразовавшись, слиться в единой философской концепции. — Он выдержал паузу. — Универсальная мысль... всеобщее представление о Боге, выраженное древним символом, на который указывает пик пирамиды.

— Циркумпункт, — подтвердил Питер. — Универсальный символ Бога.

— Именно. На протяжении веков циркумпунктом обозначали всё и вся. Бога Ра, золото в алхимии, всевидящее око, точку сингулярности перед Большим взрывом...

— Великого архитектора вселенной...

Роберт Лэнгдон кивнул, догадываясь, что те же самые доводы Питер приводил в Храмовом зале, выдавая похитителю циркумпункт за Утраченное слово.

— Осталось последнее, — напомнил Питер. — Лестница.

Лэнгдон перевел взгляд на изображение ступеней.

— Питер, я думаю, тебе как любому другому понятно, что это масонская винтовая лестница... Она ведет из мрачных подземных глубин к царству света подобно лестнице Иакова, что вздымается к небесам... или подобно человеческому позвоночнику, соединяющему бренное тело с бессмертным разумом. — Профессор помолчал. — Остальные символы представляют собой смесь небесных, масонских и научных и, думаю, служат для придания большей значимости Мистериям древности.

Соломон задумчиво погладил подбородок.

— Изящно, профессор. Я, конечно, согласен, этот рисунок можно воспринимать аллегорически, однако... — Глаза Питера лукаво блеснули. — Наш набор символов можно прочитать и по-другому. И тогда рассказ выйдет куда более откровенным.

— Неужели?

Питер Соломон снова принялся вышагивать вокруг стола.

— Там, в Храмовом зале, когда смерть казалась близка и неминуема, я взглянул на рисунок и почему-то, затмевая все метафоры и аллегории, мне бросилась в глаза самая суть изложенного в символах. — Он резко развернулся к Лэнгдону. — Рисунок указывает точное местонахождение Утраченного слова.

— Что-что? — Лэнгдон неуверенно шевельнулся, испугавшись, что перенесенное потрясение все-таки не прошло для друга бесследно.

— Роберт, легенды всегда называли масонскую пирамиду именно картой, причем картой особого рода, чье назначение — привести достойного к Утраченному слову. — Соломон постучал пальцем по листу бумаги с рисунком. — Поверь, эти символы составляют именно то, что обещано в легенде. Карту. Схему с конкретным указанием, где искать лестницу, ведущую к Утраченному слову.

Лэнгдон ответил натянутым смешком и осторожно попробовал достучаться до друга.

— Даже если бы я верил в легенду о масонской пирамиде... Разве это карта? Сам посуди. На карту совсем не похоже.

Соломон улыбнулся:

— Иногда достаточно просто посмотреть свежим взглядом, и знакомая картина предстанет в новом свете.

Лэнгдон посмотрел, однако ничего нового не увидел.

— Ответь мне на такой вопрос... — сменил тактику Питер. — Ты знаешь, почему масоны закладывают краеугольный камень строго в северо-восточном углу здания?

— Конечно. Потому что именно туда падают первые лучи утреннего солнца. Так вы символически отображаете способность архитектурных сооружений вырастать из земли навстречу свету.

— Именно. Так, может, стоит поискать озарение именно там? — Он показал на рисунок. — В северо-восточном углу?

Опустив глаза, профессор отыскал взглядом самую правую клетку в верхнем ряду. Там красовался символ ↓.

— Стрелка, направленная вниз, — произнес вслух Лэнгдон, пытаясь понять, что имел в виду Питер. — То есть «под Хередомом».

— Нет, Роберт, не «под», — возразил Соломон. — Думай. Это не метафорический лабиринт. Это карта. А на картах стрелка вниз означает...

— Юг, — удивленно протянул Лэнгдон.

— Точно! — похвалил Соломон, расплываясь в радостной улыбке. — Южное направление. На карте «вниз» — это «к югу». Скажу больше, на карте «Хередом» — это не аллегория небес, а привязка к местности.

— Масонский храм? Выходит, карта указывает куда-то на юг от этого здания?

— Слава Богу! — рассмеялся Соломон. — Наконец-то озарение!

Лэнгдон еще раз внимательно осмотрел рисунок.

— Но, Питер... Даже если ты прав, «к югу от этого здания» может означать любую точку на его географической широте, а это двадцать четыре тысячи миль.

— Нет, Роберт. Ты забываешь про легенду, согласно которой Утраченное слово скрыто здесь, в округе Колумбия. Так что отрезок заметно укорачивается. А еще, согласно той же легенде, лестницу должен прикрывать большой камень, на котором знаками древнего языка высечена надпись. Своего рода зарубка для достойного, чтобы он не прошел мимо.

Лэнгдон по-прежнему с трудом верил в серьезность легенды, и хотя он не мог похвастаться доскональным знанием города, позволяющим представить в подробностях все, что находится к югу от Масонского храма, никаких гигантских камней с насечками, прикрывающих подземные лестницы, в Вашингтоне не наблюдалось.

— Надпись на камне, — продолжал тем временем Питер, — находится прямо перед нашими глазами. — Он постучал пальцем по третьему ряду клеток. — Вот она, эта надпись, Роберт! Ты разгадал тайное послание.

Ошеломленный Лэнгдон уставился на семь выстроившихся в линейку символов.

«Разгадал?» Он не имел ни малейшего представления, что могут значить эти семь разрозненных картинок, однако готов был побиться об заклад: сооружений с подобной атрибутикой в столице не наблюдалось. А уж тем более гигантских камней, прикрывающих собой лестницы...

— Питер, — признался он, — я не вижу здесь никакого озарения. И не припомню в округе Колумбия ни одного камня с подобной... символикой.

Соломон похлопал его по плечу.

— Ты много раз проходил мимо него, не замечая. Как и все мы. Он красуется на самом виду, как мистерии. А сегодня, увидев эти семь символов, я моментально осознал, что легенда гласит чистую правду. Утраченное слово действительно скрыто в округе Колумбия... и действительно находится у подножия длинной лестницы под огромным камнем с надписью.

Лэнгдон заинтригованно молчал.

— Роберт, я думаю, сегодня ты заслужил право узнать истину.

Профессор во все глаза уставился на друга, пытаясь переварить услышанное.

— Ты хочешь сказать мне, где находится Утраченное слово?

— Нет, — с улыбкой поднимаясь на ноги, ответил Соломон. — Показать.

Спустя пять минут Роберт Лэнгдон пристегивался ремнем безопасности, устроившись рядом с Питером Соломоном на заднем сиденье «кадиллака-эскалейд».

Едва Симкинс уселся за руль, как на парковку вышла Сато.

— Мистер Соломон, — проинформировала она, закуривая, — я позвонила по вашей просьбе.

— И? — поинтересовался он через приоткрытое окно.

— Приказала вас впустить. Ненадолго.

— Спасибо!

Сато посмотрела на Соломона долгим изучающим взглядом.

— Должна сказать, просьба весьма необычная.

Питер с загадочным видом пожал плечами.

Директор, решив не углубляться, обошла внедорожник и постучала Лэнгдону в противоположное окно.

Он опустил стекло.

— Профессор, — начала она, ни капли не смягчившись. — Ваша помощь, хоть и вынужденная, сегодня сослужила нам большую службу, поэтому спасибо. — Глубоко затянувшись, она выдохнула дым. — Однако примите напоследок мой совет. Когда в следующий раз ответственное лицо из ЦРУ сообщит вам, что государственная безопасность под угрозой... — глаза ее полыхнули черным огнем, — свое мнение оставьте у себя в Кембридже.

Лэнгдон хотел было ответить, но директор Иноуэ Сато уже развернулась и чеканным шагом направилась на другую сторону парковки, к вертолету.

Симкинс с непроницаемым лицом посмотрел на пассажиров:

— Готовы, господа?

— Секундочку, — попросил Питер Соломон. Вытащив сложенную полоску темной материи, он вручил ее Лэнгдону. — Роберт, прежде чем мы отправимся, надень, пожалуйста, вот это.

Профессор в замешательстве пощупал ткань. Черный бархат. И только развернув, он догадался, что именно держит в руках: масонскую повязку на глаза, традиционный элемент облачения кандидатов на церемонии посвящения в первый градус.

«Это еще зачем?!»

— Тебе не надо видеть, куда мы едем, — пояснил Питер.

Лэнгдон посмотрел на друга:

— Поэтому на время поездки ты завяжешь мне глаза?

— Моя тайна. Мои правила, — усмехнулся Соломон.

Глава 127

Вокруг главного здания ЦРУ в Лэнгли гулял холодный ветер. Нола Кей, зябко поеживаясь, шагала вслед за системщиком Риком Пэришем через освещенный луной внутренний двор.

«Куда он меня ведет?»

Слава Богу, удалось предотвратить катастрофу, которой грозил масонский ролик, однако Нолу не оставляла тревога. Ассистентке Сато не давала покоя загадка урезанной копии, обнаруженной в личном разделе директора ЦРУ. Утром Ноле предстоял обмен информацией с Сато, и хотелось к тому моменту иметь на руках все факты. Отчаявшись разобраться самой, Нола Кей позвонила Рику Пэришу и попросила помочь.

Теперь он вел ее куда-то по холоду, а у Нолы в голове крутились загадочные обрывки фраз: «...тайник в подземелье, где...», «...в Вашингтоне, координаты...», «...найден древний портал, ведущий...», «...предупреждение, что пирамида таит опасн...», «...расшифровать симболон, чтобы раскрыть...»

— Мы оба пришли к выводу, — напомнил Пэриш, — что хакер, искавший по этим ключевым словам, определенно имел в виду масонскую пирамиду.

«Явно», — мысленно согласилась Нола.

— Однако выясняется, что хакер столкнулся с весьма неожиданным для себя аспектом масонской тайны.

— В каком смысле?

— Нола, вы ведь в курсе, что директор ЦРУ спонсирует международный форум для сотрудников агентства, чтобы поощрять обмен идеями?

— Конечно. — Форум служил сотрудникам агентства безопасной отдушиной, где можно было безбоязненно пообщаться на любые темы, а директору — своего рода виртуальной приемной.

— Форум размещается в личном разделе директора, но для того, чтобы общаться там могли все сотрудники, с любым уровнем допуска секретности, он вынесен за пределы директорского непроницаемого «брандмауэра».

— И что из этого следует? — прервала пространные экскурсы Нола, когда они завернули за угол неподалеку от столовой.

— Если одним словом... — Пэриш махнул рукой в темноту, — то вот.

Нола подняла глаза. Посреди площадки громоздилась массивная металлическая скульптура, поблескивающая в лунном свете.

Территорию и здания ЦРУ украшали более полутысячи предметов искусства, однако наибольшей известностью пользовалось именно это произведение — «Криптос». В переводе с греческого «тайный, скрытый». Работа американского скульптора Джима Санборна стала со временем одной из легенд ЦРУ.

Шедевр представлял собой изогнутую буквой S медную плоскость, поставленную на ребро, — словно стена, закручивающаяся в свиток. Всю поверхность ровными рядами испещряли прорезанные насквозь две тысячи букв... образующие замысловатый шифр. Таинственности (будто одного шифра мало) добавляли загадочные предметы, дополняющие скульптуру: гранитные глыбы, разложенные под разными углами; круг компаса со стрелкой; магнитный железняк; и даже строчка, написанная азбукой Морзе, где говорилось о «ясной памяти» и «темных силах». Большинство энтузиастов считали эти детали ключами к расшифровке послания на скульптуре.

«Криптос» волновал умы — как произведение искусства и как неразгаданная тайна.

Над зашифрованным текстом скульптуры бились не только криптологи ЦРУ, но и не принадлежащие к агентству. Наконец несколько лет назад часть кода удалось «взломать», о чем федеральные новости тут же поведали всей стране. Остальной код «Криптоса» пока не поддавался, но и расшифрованные участки несли настолько загадочный смысл, что лишь усилили интригу. В них упоминались подземные тайники; порталы, ведущие к древним захоронениям; широта и долгота...

Отдельные обрывки фраз оттуда Нола могла припомнить и сейчас: «Собранные сведения были переданы под землей в неизвестное место... абсолютно невидимым... как такое возможно... использовалось магнитное поле Земли...»

Впрочем, особым интересом у помощницы Сато «Криптос» не пользовался, и вопросы расшифровки знаменитого текста оставляли ее равнодушной. Однако сейчас она хотела знать.

— Зачем вы привели меня к «Криптосу»?

С заговорщицкой улыбкой Пэриш театральным жестом извлек из кармана сложенный лист бумаги.

— Вуаля! Вот она, таинственная «выжимка», которая не давала вам покоя. Я добыл полный текст.

Нола подскочила на месте.

— Вы пролезли в секретный директорский раздел?

— Нет. Собственно, об этом я и вел речь по дороге. Смотрите сами. — Он вручил ей документ.

Девушка поспешно развернула листок.

Увидев наверху стандартные шапки заголовков, принятые в ЦРУ, она удивленно склонила голову.

Документ не относился к секретным. Даже рядом не лежал.

ФОРУМ ДЛЯ СОТРУДНИКОВ: «КРИПТОС»
АРХИВИРОВАННЫЕ ДАННЫЕ: ТЕМА № 2456282.5

Нола догадалась, что перед ней сообщения с форума, сжатые для удобства хранения в одну страницу.

— Вот вам и «секретный документ». «Криптос»-фаны, собравшиеся на форуме почесать языками, — пояснил Рик.

Нола заскользила глазами по строчкам, пока не наткнулась на знакомые ключевые слова.

> Джим, в тексте скульптуры сказано, что его передали в тайник в ПОДЗЕМЕЛЬЕ, где спрятали данные.

— Это все с директорского форума, из ветки, посвященной «Криптосу», — продолжал Рик. — Она существует уже не первый год, поэтому число сообщений давно перевалило за несколько тысяч, и неудивительно, что в ней отыскались сразу все ключевые слова одновременно.

Нола поискала глазами дальше, пока снова не обнаружила знакомую фразу.

> Хоть Марк и говорил, что широта/долгота в коде указывают на место в ВАШИНГТОНЕ, координаты приведены с ошибкой на один градус, и получается, «Криптос» зациклен сам на себя.

Подойдя к скульптуре, Пэриш провел рукой по ажурному буквенному полотну.

— Код еще до конца не расшифрован, но многие считают, что разгадка может навести на древние масонские тайны...

Нола припомнила: действительно, ходили слухи о связи между «Криптосом» и масонами, однако в дела всяких чокнутых она предпочитала не влезать. Однако теперь, глядя на разложенные вокруг скульптуры отдельные дополняющие ее элементы, Нола вдруг догадалась: это же код, поделенный на части, симболон. Совсем как масонская пирамида.

«Странно».

На мгновение Нола представила «Криптос» в виде современной масонской пирамиды — код из нескольких фрагментов, разные материалы, каждому отведена своя роль...

— Кроме шуток, думаете, «Криптос» и масонская пирамида скрывают общую тайну?

— Кто знает... — Пэриш окинул скульптуру обескураженным взглядом. — Вряд ли нам вообще доведется прочитать текст целиком. Если, конечно, никто не уговорит директора залезть в сейф и подсмотреть решение.

Нола кивнула. Теперь она вспомнила. Когда «Криптос» только устанавливали на площадке, вместе с ним прибыл запечатанный конверт, содержащий полную расшифровку текстов скульптуры. Конверт вручили тогдашнему директору ЦРУ Уильяму Уэбстеру, и он запер отгадку в сейфе, в своем кабинете. По идее конверт до сих пор находился там, переходя «по наследству» от одного директора к другому.

При мысли об Уильяме Уэбстере в памяти Нолы всплыл еще один фрагмент расшифрованного текста «Криптоса»:

> Оно захоронено где-то рядом. Кто знает точное местонахождение? Только УУ.

И хотя никто не догадывался, о чем говорится в тексте и что должно быть захоронено, за буквами «УУ», по мнению большинства, скрывались инициалы Уильяма Уэбстера. Правда, Нола где-то слышала краем уха, что на самом деле подразумевается вовсе не он, а Уильям Уистон, богослов Королевского общества, однако в подробности она предпочитала не вдаваться.

— Сказать по правде, — прервал ее размышления Рик, — я, хоть и не поклонник искусства, думаю, этот Санборн — настоящий гений. Видел в Интернете его «Кириллический проектор». Проецирует огромные русские буквы из документа КГБ о промывке мозгов. Жутковато.

Нола уже не слушала. Она вчитывалась в распечатанный текст, где только что обнаружила третью фразу с ключевыми словами.

Короче, весь фрагмент — точная цитата из дневника какого-то знаменитого археолога, где рассказывается о том, как был найден ДРЕВНИЙ ПОРТАЛ, ведущий к могиле Тутанхамона.

Археологом, чья цитата попала в текст «Криптоса», оказался прославленный египтолог Говард Картер — это Ноле было известно. Поэтому она не удивилась, наткнувшись в следующем сообщении на его имя.

Как раз просмотрел в Сети остальную часть его полевых отчетов — вроде как он нашел глиняную табличку — предупреждение, что ПИРАМИДА таит опасность для любого, кто осмелится нарушить покой фараона. Проклятие! Всем бояться... ☺

Нола нахмурилась.

— Рик, Бога ради, с этой пирамидой вообще чушь какая-то. Тутанхамон захоронен ни в какой не в пирамиде, а в Долине царей. Криптологи что, канал «Дискавери» не смотрят?

Пэриш пожал плечами:

— Технари...

Нола наконец рассмотрела последнюю ключевую фразу.

Ребята, я, конечно, не спец в конспирологии, но Джиму с Дейвом лучше побыстрее расшифровать СИМБОЛОН, чтобы раскрыть последнюю загадку. До 2012 всего-то ничего осталось, вдруг мир рухнет. Чао!

— В общем, — объяснил Рик, — я понял, что надо рассказать вам про форум «Криптоса», пока вы не бросились обвинять директора ЦРУ в хранении на служебном компьютере секретной документации о древней масонской легенде. Я вообще, если честно, сомневаюсь, что у человека такого ранга найдется время на подобные игры.

Ноле вспомнился масонский ролик, запечатлевший участие в древнем обряде облеченных властью персон самых разных рангов.

«Знал бы ты, Рик...»

При любом раскладе получалось, что послание «Криптоса» содержало в себе мистический подтекст. Нола подняла взгляд на сияющее в лунных лучах произведение искусства — трехмерный код, безмолвно застывший в самом сердце главного разведуправления страны. Интересно, раскроет ли он когда-нибудь свою тайну до конца?

Они с Риком двинулись обратно, и Нола невольно улыбнулась.

«Оно таится где-то рядом».

Глава 128

«Безумие какое-то...»

«Кадиллак» несся по пустынным улицам на юг, но Роберт Лэнгдон ничего не видел из-за повязки на глазах. Рядом молча сидел Питер Соломон.

«Куда он меня везет?»

Лэнгдона терзало любопытство, смешанное с тревогой. Напрягая память, так что плавились мозги, профессор пытался собрать части головоломки воедино. Питер твердо стоял на своем.

«Утраченное слово? Захороненное у подножия лестницы, скрытой под огромным камнем с надписью?»

Лэнгдону верилось с трудом.

Надпись, якобы высеченная на этом камне, врезалась профессору в память, однако эти семь символов по-прежнему ни во что осмысленное не складывались.

Масонский наугольник — символ честности и «прямодушия».

Буквосочетание Au — принятое научное обозначение золота как химического элемента.

Сигма — буква «с» в греческом алфавите, в математике служит знаком суммы.

Пирамида — у египтян символ человека, тянущегося к небесам.

Дельта — греческая буква «д», математический символ изменения и различия в значениях.

Ртуть — самый древний из алхимических символов, применявшихся для ее обозначения.

Уроборос — символ целостности и единения.

Однако Соломон продолжал утверждать, что эти семь картинок составляют «послание». Все может быть, но в таком случае он, профессор Лэнгдон, его прочитать не в силах.

Притормозив, «кадиллак» резко повернул направо, и дорожное покрытие сменилось — какая-нибудь подъездная аллея. Лэнгдон насторожился и прислушался, надеясь угадать, куда его все-таки везут. Они ехали минут десять, не больше, и, хотя профессор пытался мысленно проследить путь, запутался он очень скоро. Не удивился бы, окажись, что они сейчас выруливают обратно ко входу в Масонский храм.

«Кадиллак» остановился, и Лэнгдон услышал, как опускается окно.

— Агент Симкинс, ЦРУ, — возвестил водитель. — Нас тут ждут, я полагаю?

— Да, сэр, — по-военному четко отрапортовали в ответ. — Директор Сато предупредила звонком. Сейчас уберу шлагбаум.

Лэнгдон слушал в полном замешательстве, догадываясь по разговору, что они прибыли на какую-то военную базу. Машина покатила вперед по необычно гладкому асфальту, и профессор повернулся к сидящему рядом другу.

— Питер, мы где? — не выдержал он.

— Не снимай повязку! — велел Соломон строго.

Проехав совсем чуть-чуть, «кадиллак» снова встал. Симкинс заглушил мотор. Снова голоса. Военные. У Симкинса попросили документы. Агент вышел из машины и начал что-то объяснять вполголоса.

Внезапно дверь со стороны Лэнгдона открылась, и сильные руки помогли ему выбраться. Снаружи оказалось холодно. И ветрено.

Рядом вырос Соломон.

— Роберт, агент Симкинс тебя проводит, иди с ним.

Лэнгдон услышал, как гремит в замке металлический ключ... Затем скрипнула тяжелая стальная дверь. По звуку похоже на древний шлюз. «Куда они меня притащили?!»

Симкинс подвел Лэнгдона к двери. Они перешагнули порог.

— Теперь прямо, профессор.

Его окутала тишина. Глухая, мертвая тишина. Воздух казался каким-то стерильным, профильтрованным.

Симкинс с Соломоном шагали с двух сторон от Лэнгдона, ведя профессора по гулкому коридору. Сквозь подошвы ботинок чувствовался камень.

За спиной хлопнула стальная дверь, и Лэнгдон вздрогнул от неожиданности. Замки защелкнулись. Лоб под широкой бархатной повязкой покрылся испариной. Лэнгдон хотел только одного — уже наконец сорвать ее.

Сопровождающие замедлили шаг.

Симкинс выпустил руку Лэнгдона, раздались короткие электронные попискивания, затем впереди что-то загрохотало, и профессор догадался, что это откатывается бронированная дверь.

— Все, мистер Соломон, дальше вы с мистером Лэнгдоном пойдете одни. Я буду ждать вас тут, — объявил Симкинс. — Возьмите мой фонарь.

— Спасибо! — откликнулся Соломон. — Мы ненадолго.

«Фонарик?»

У Лэнгдона тревожно забилось сердце.

Питер взял друга под руку и осторожно повел вперед.

— Не отставай, Роберт.

Они аккуратно преодолели еще один порог, и бронированная дверь за спиной снова загрохотала, закрываясь.

Питер притормозил.

— Что-то не так?

У Лэнгдона слегка закружилась голова, и его повело куда-то вбок.

— Не могу я больше в этой повязке...

— Потерпи, уже почти пришли.

— Пришли куда? — У Лэнгдона противно засосало под ложечкой.

— Я же говорил, что покажу тебе лестницу, ведущую к Утраченному слову.

— Питер, не смешно!

— А мы здесь и не для веселья. Мы здесь для того, чтобы расширить горизонты твоего сознания, Роберт. Напомнить, что на свете еще остались тайны, которые даже ты еще в глаза не видел. Поэтому, прежде чем сделать следующий шаг, исполни, пожалуйста, мою просьбу. Поверь... хоть на секунду, но поверь в легенду. Поверь, что ты сейчас посмотришь вниз с высоты винтовой лестницы, у подножия которой на глубине сотен футов спрятано одно из величайших утраченных человечеством сокровищ.

У Лэнгдона кружилась голова. Он и рад был бы поверить другу, но не мог.

— Еще далеко?

Бархатная повязка взмокла от испарины.

— Нет. Каких-нибудь пару шагов. Последняя дверь. Сейчас открою.

Соломон отпустил его локоть, и Лэнгдон покачнулся, теряя равновесие от головокружения. Он взмахнул рукой, ища опору, и Соломон тут же подставил ему плечо. Впереди тяжело загрохотала автоматическая дверь. Питер снова подхватил Лэнгдона под руку и сделал шаг.

— Сюда.

Друзья осторожно перешагнули очередной порог, и дверь поехала обратно.

Тишина. Холод.

Лэнгдон сразу почувствовал, что это пространство разительно отличается от оставленного там, за бронированными дверьми. Здесь веяло сыростью и холодом, как в склепе. Слова звучали глухо и скованно. Профессора охватила паника, накатившая вместе с приступом клаустрофобии.

— Еще пара шагов. — Соломон вместе с ним завернул за угол, а потом остановил в каком-то определенном месте.

— Теперь можешь снять повязку, — наконец разрешил он.

Лэнгдон с облегчением сорвал бархатную полумаску и тут же огляделся, пытаясь понять, где находится, но будто ослеп. Он потер глаза. Ничего.

— Питер, здесь же тьма кромешная!

— Да, я знаю. Протяни руку. Тут поручень. Возьмись за него.

Пошарив в темноте, Лэнгдон действительно нащупал металлическое ограждение.

— А теперь смотри. — Питер с чем-то повозился, и вдруг темноту прорезал ослепительный луч фонаря. Сперва он уткнулся в пол, но потом Питер, не дав Роберту времени опомниться, взметнул фонарик над ограждением и направил луч прямо вниз, за поручень.

Профессор увидел перед собой бездонный колодец, а в нем... бесконечную лестницу, ввинчивающуюся в земные недра. «Господи!» Ноги подкосились, и Лэнгдон вцепился в поручень, чтобы не упасть. Луч фонаря пробивал темноту лишь на тридцать витков этой обычной винтовой лестницы, а дальше растворялся в кромешном мраке. «Даже дна не видно!»

— Питер, — заикаясь, выговорил он, — где мы?

— Я тебя сейчас отведу к подножию лестницы, однако прежде ты должен еще кое-что увидеть.

Не в силах противиться, потрясенный Лэнгдон отошел вслед за Соломоном от лестничной шахты и двинулся в другой конец крошечной камеры. Питер упорно светил под ноги, на истертый каменный пол, не давая Лэнгдону как следует окинуть взглядом непонятное помещение. Профессор чувствовал только, что там очень тесно.

«Крохотная каменная комнатушка».

Они в несколько шагов оказались у противоположной стены, в которой обнаружилось прозрачное прямоугольное окно. Лэнгдон вначале подумал, что оно должно выходить в соседнюю комнату, однако со своего места ничего, кроме темноты, за ним не видел.

— Иди, — пригласил Питер. — Посмотри.

— Что там? — Лэнгдону вдруг вспомнилась Камера размышлений в подвалах Капитолия и как ему на секунду почудился проход в гигантскую подземную пещеру.

— Посмотри, сам увидишь, Роберт. — Соломон подтолкнул его вперед. — Только приготовься, зрелище тебя потрясет не на шутку.

Теряясь в догадках, Лэнгдон шагнул к окну. Как только он оказался у самого стекла, Питер выключил фонарь, снова погрузив комнату в непроглядную тьму.

Подождав, пока привыкнут глаза, Лэнгдон выставил руки перед собой и нащупал сначала стену, потом стекло, а затем приник к прозрачному порталу.

По-прежнему ничего, кроме темноты.

Но за стеклом...

От потрясения сбитый с толку Лэнгдон совсем потерял ориентацию и, отпрянув, чуть не упал — увиденное не укладывалось в сознании и противоречило здравому смыслу. В самых смелых мечтах профессор Лэнгдон не смог бы вообразить того, что открылось ему по ту сторону стекла.

Зрелище впечатляло.

Бриллиантовым блеском в темноте сверкала ослепительная белая звезда.

Теперь Лэнгдон понял все. Шлагбаум на въезде; охрана у входа; массивная стальная дверь; автоматические двери внутри, впускающие и тут же закрывающиеся за спиной; головокружение... а теперь эта тесная каменная каморка.

— Роберт, — шепотом произнес за спиной Соломон, — иногда, чтобы увидеть свет, достаточно всего лишь сменить угол зрения.

Лэнгдон, растеряв все слова, прилип к стеклу. Взгляд профессора устремился сквозь ночь и, преодолев почти милю пустоты, опустился ниже, еще ниже, туда, где во тьме сиял бриллиантовым блеском ослепительно белый купол Капитолия.

Никогда еще Лэнгдону не доводилось смотреть на Капитолий под таким углом — с пятисотпятидесятипятифутовой высоты Египетского обелиска, одной из достопримечательностей американской столицы. Сегодня впервые в жизни он поднялся на лифте в крохотную смотровую камеру на вершине Монумента Вашингтона.

Глава 129

Роберт Лэнгдон застыл у стеклянного портала, как зачарованный глядя на раскинувшийся внизу величественный пейзаж. Воспарив на высоте птичьего полета, он получил возможность насладиться самым что ни на есть впечатляющим зрелищем за всю жизнь.

В восточной оконечности Эспланады высился, будто горная вершина, сияющий купол Капитолия. С двух сторон от него протянулись к Лэнгдону две цепочки огней — освещенные фасады музеев Смитсоновского комплекса... Светочи культуры, истории, науки и искусства.

Только теперь Лэнгдон, к собственному изумлению, осознал: почти все невероятные аллегории Соломона явили себя в точном соответствии с легендой.

«Винтовая лестница... уходящая вниз на сотни футов... под огромным камнем...» Прямо над головой профессора, над смотровой камерой, втыкался в небо кончик каменной «иглы», и Лэнгдону вспомнился забавный факт, подозрительно хорошо вписывающийся в общую картину. Навершие Монумента Вашингтона весит ровно тридцать три сотни фунтов.

«Снова тридцать три».

Однако еще больше профессор удивился, когда вспомнил, что самый пик навершия, самый кончик, увенчан крошечным колпачком из полированного алюминия — этот металл в свое время ценился выше золота. Сияющий колпачок достигал в высоту не более фута, совпадая по размеру с масонской пирамидой. И на нем тоже, как ни странно, имелась гравировка, знаменитое «Laus Deo»... Лэнгдона озарило. «Вот она, подлинная разгадка рисунка с днища каменной пирамиды».

«Эти семь символов читаются как транслитерация!»

Простейший из шифров.

«Символы — это буквы».

Наугольник — L
Химическое обозначение золота — AU
Греческая «сигма» — S
Греческая «дельта» — D
Алхимическое обозначение ртути — E
Уроборос — O

«Laus Deo», — прошептал Лэнгдон. Известная фраза, в переводе с латыни означающая «слава Богу», красовалась на Монументе Вашингтона в виде изысканной вязи в дюйм высотой.

«У всех на виду... но ее никто не видит».

Laus Deo.

— Слава Богу! — произнес за спиной профессора Питер Соломон, включая в комнате неяркий свет. — Последняя загадка масонской пирамиды.

Лэнгдон обернулся. И тут же вспомнил, заметив широкую улыбку друга, что слышал от Питера точно такое же «слава Богу!» еще в библиотеке Масонского храма.

«А я и не догадался...»

У профессора побежали мурашки при мысли о том, как ловко легендарная масонская пирамида привела его сюда, к великому обелиску — символу древней мудрости, — вздымающемуся к небесам в самом сердце столицы.

Зачарованный, Лэнгдон двинулся против часовой стрелки по периметру крошечной смотровой площадки, обходя по очереди все четыре окна.

Северное.

Отсюда прямо по курсу открывался вид на знакомые очертания Белого дома. Насмотревшись, Лэнгдон устремил взгляд к горизонту, где прямая как стрела Шестнадцатая улица вела на север, к Масонскому храму.

«Я к югу от Херpredoma».

Он перешел к следующему окну. Обратившись теперь на запад, профессор скользнул взглядом по блестящей глади прямоугольного пруда перед Мемориалом Линкольна. Прообразом его классическим греческим линиям послужил афинский Парфенон, храм Афины — покровительницы доблестных героев.

«“Annuit coeptis”, — вспомнил Лэнгдон. — Бог благословляет наши деяния».

Последнее окно. С южной стороны на противоположном берегу чернильно-темного залива ярким огнем светился в ночи Мемориал Джефферсона. Лэнгдон знал, что его невысокий покатый купол — копия купола Пантеона, обиталища древнеримских богов.

Обойдя всю комнату, Лэнгдон представил виденные когда-то аэрофотоснимки Эспланады: лучи, расходящиеся крестом от Монумента Вашингтона по четырем сторонам света. «Я нахожусь в средоточии Америки».

Лэнгдон вернулся туда, где стоял Питер. На лице наставника сияла улыбка.

— Что ж, Роберт, осталось главное. Утраченное слово. Оно захоронено здесь. Сюда привела нас масонская пирамида.

Лэнгдон опешил. Про Утраченное слово он уже успел забыть.

— Роберт, более надежного человека, чем ты, я не знаю. И после сегодняшних событий, думаю, ты заслужил полное право посмотреть на то, из-за чего все началось. Утраченное слово, в полном соответствии с легендой, хранится у подножия винтовой лестницы. — Он показал на жерло уходящей вниз шахты.

Профессор, уже начавший было обретать твердую почву под ногами, снова пришел в замешательство.

Питер тем временем запустил руку в карман и вытащил небольшой предмет.

— Помнишь?

Лэнгдон увидел каменную шкатулку, ту самую, которую Соломон когда-то вручил ему на хранение.

— Да... Только, боюсь, хранитель из меня неважный получился.

Соломон усмехнулся:

— Как знать. Возможно, ей просто пришло время увидеть белый свет.

Лэнгдон смотрел на шкатулку, не понимая, зачем Питер снова отдает ему этот каменный кубик.

— Что она тебе напоминает? — поинтересовался Питер.

Увидев знакомое 1514 , профессор вспомнил свое первое впечатление, возникшее, когда Кэтрин преобразовала шкатулку.

— Краеугольный камень.

— Точно! — согласился Питер. — А теперь несколько любопытных фактов о краеугольных камнях, которые наверняка даже тебе неизвестны. Во-первых, сам принцип закладки такого камня берет начало в Ветхом Завете.

Лэнгдон кивнул:

— В Псалтыри.

— Правильно. Настоящий краеугольный камень всегда зарывается в землю — символизируя тем самым первый шаг постройки из земных недр к небесному свету.

Лэнгдон обернулся на Капитолий, чей краеугольный камень, утопленный в основании фундамента на большой глубине, до сих пор не могли обнаружить никакие раскопки.

— И наконец, — подвел итог Соломон, — многие краеугольные камни, как и шкатулка у тебя на ладони, полые и содержат тайники, где хранятся сокровища... талисманы, если угодно, — залог будущего благополучия возводимого здания.

Об этой традиции Лэнгдон тоже прекрасно знал. По сей день масоны, закладывая краеугольный камень, запечатывали внутри что-нибудь значимое — капсулу времени, фотографии, манифесты, даже прах великих.

— Думаю, ты догадываешься, — Соломон оглянулся на лестничный колодец, — зачем я тебе об этом напоминаю.

— Полагаешь, Утраченное слово захоронено в краеугольном камне Монумента Вашингтона?

— Я не полагаю, Роберт. Я знаю точно. Утраченное слово было предано земле в краеугольном камне этого обелиска четвертого июля 1848 года по всем правилам масонской церемонии.

Лэнгдон поразился.

— Отцы-основатели зарыли в землю... слово?!

Питер кивнул:

— Именно так. Они прекрасно понимали подлинную ценность того, что упокоилось под обелиском.

На протяжении всего вечера Лэнгдона окружали сплошные аллегории и эфемерные, расплывчатые, с трудом укладывающиеся в сознании отголоски легенд. Мистерии древности, Утраченное слово, вековая мудрость... Душа просила чего-нибудь плотного, осязаемого, и, несмотря на все заверения Питера Соломона, что ключ к тайне покоится в камне, к которому надо спуститься вниз на пятьсот пятьдесят пять футов, Лэнгдону по-прежнему верилось в такое с трудом.

«Люди кладут жизнь на изучение мистерий, и все равно не успевают постичь всю заключенную в них мудрость».

Перед глазами профессора вновь встала «Меланхолия» Дюрера — удрученный адепт в окружении безмолвных свидетельств его тщетных попыток пробиться сквозь завесу тайн алхимии. «Если тайны в самом деле можно раскрыть, вряд ли все отгадки будут собраны в одном месте!»

Лэнгдону всегда казалось, что ответы должны быть рассеяны по миру — в тысячах томов, в трудах Пифагора, Гермеса, Гераклита, Парацельса и сотен других. Ответ надо искать в пыльных, преданных забвению рукописях по алхимии, мистицизму, магии и философии. Он кроется в сокровищах Александрийской библиотеки, шумерских глиняных табличках, египетских иероглифах.

— Питер, прости, — тихо проговорил Лэнгдон, качая головой. — На то, чтобы постичь Мистерии древности, уйдет вся жизнь. Я не представляю, как ключ к ним может уместиться в одном-единственном слове.

Питер положил руку профессору на плечо.

— Роберт, Утраченное слово — это не слово в прямом смысле. — Он посмотрел на друга с мудрой улыбкой. — Мы говорим «Слово», повторяя за древними. Так оно звалось у них... в начале.

Глава 130

«В начале было Слово».

Декан Галлоуэй, преклонив колено в средокрестии Национального собора, молился за Америку. За то, чтобы его возлюбленная родина вскоре постигла истинный смысл Слова — собрания откровений всех мастеров древности, духовных истин, изложенных великими мудрецами.

История подарила человечеству мудрейших наставников, воспаривших к вершинам знаний, превыше обыденного понимания сведущих в тайнах души и тела. Бесценным словам этих адептов — Будды, Иисуса, Мухаммеда, Заратустры и множества других — не дали кануть в вечность самые прочные и самые древние сосуды.

Книги.

В каждой традиции своя священная книга — свое Слово, — все разные и в то же время сходящиеся в главном. Для христиан — это Библия, для мусульман — Коран, для иудеев — Тора, для индуистов — Веды. У каждого своя...

«Слово — свет стезе».

Для отцов-основателей американского государства, принадлежавших к масонскому братству, Словом была Библия. «И все равно лишь единицам за всю историю человечества удалось постичь ее подлинный смысл».

В этот час, преклоняя колено в стенах великого собора, Галлоуэй возложил руки на свое Слово — потрепанный томик масонской Библии. Бесценная книга, как и все масонские Библии, состояла из Ветхого Завета, Нового Завета и неисчерпаемой сокровищницы масонских философских изречений.

И хотя прочесть текст Галлоуэй уже не мог, вступительное слово он знал наизусть. Это блистательное обращение повторяли на разных языках миллионы братьев по всему миру.

Текст гласил:

> ВРЕМЯ — ЭТО РЕКА... А КНИГИ — ЛАДЬИ. ПЕСТРОЙ ФЛОТИЛИЕЙ ОНИ УСТРЕМЛЯЮТСЯ ВНИЗ ПО ТЕЧЕНИЮ, ЗАТЕМ ЛИШЬ, ЧТОБЫ, РАЗБИВШИСЬ, НАВЕКИ СГИНУТЬ В РЕЧНОМ ПЕСКЕ. И ТОЛЬКО НЕМНОГИЕ, ИЗБРАННЫЕ, ПРОХОДЯТ ИСПЫТАНИЕ ВРЕМЕНЕМ И ОСТАЮТСЯ В ВЕКАХ НА БЛАГО ГРЯДУЩИХ ПОКОЛЕНИЙ.

НЕ СЛУЧАЙНО ЭТИ КНИГИ ДОЖИЛИ ДО НАС, А ДРУГИЕ КАНУЛИ В НЕБЫТИЕ.

Декану Галлоуэю, как служителю веры, всегда казалось странным, что древние духовные тексты — самые изучаемые книги на земле, — по сути, вызывают больше всего непонимания.

«Эти страницы хранят удивительную тайну».

Вскоре настанет час, когда прольется свет, человечество наконец начнет постигать простую преобразующую истину древних учений... и совершит гигантский скачок вперед в понимании собственной достойной восхищения природы.

Глава 131

Винтовая лестница, своего рода хребет Монумента Вашингтона, состоит из восьмисот девяноста шести ступеней, обвивающихся по спирали вокруг открытой лифтовой шахты. Лэнгдон с Соломоном шагали вниз. Профессор еще не опомнился от того, что Питер поведал в заключение их разговора на смотровой площадке.

«Роберт, в полый краеугольный камень этого обелиска отцы-основатели заложили один-единственный экземпляр Слова — Библии, которая ждет своего часа в темноте у подножия лестницы».

На очередном повороте Питер вдруг остановился и, взмахнув фонарем, высветил большой каменный медальон, вмурованный в стену.

«Что еще за...» Лэнгдон подскочил от неожиданности, увидев высеченный на медальоне рисунок.

Зловещая фигура в плаще, сжимая в руках косу, преклоняла колено перед песочными часами. Вытянутым пальцем простертой руки этот устрашающий персонаж указывал на большую раскрытую Библию, будто утверждая: «Ответ здесь!»

Окинув взглядом всю картину, Лэнгдон обернулся к Питеру.

Глаза наставника светились таинственным блеском.

— Поразмысли вот о чем, Роберт. — Внутри каменного колодца тут же пошло гулять эхо. — Как Библии удалось пройти сквозь все бури, тысячелетиями терзавшие человечество? Почему она до сих пор с нами? Занимательные истории с захватывающим сюжетом? Разумеется, не поэтому... но причина все же есть. Именно по этой причине христианские монахи посвящали жизнь толкованию Библии. Именно по этой причине мистики-иудеи и каббалисты штудируют Ветхий Завет. А причина, Роберт, в том, что страницы этой древней книги хранят поразительные тайны... непочатый край мудрых мыслей, дожидающихся, когда мы их оценим.

Лэнгдону доводилось слышать теорию, согласно которой в Писании имелся скрытый подтекст, завуалированный аллегориями, символикой и иносказаниями.

— Пророки сами предупреждают, — продолжал Соломон, — что будут излагать свои откровения языком шифров. В Евангелии от Марка сказано: «Вам дано знать тайны... но услышите вы их в притчах». Книга Притчей гласит о словах мудрецов и «загадках их», Послание к коринфянам проповедует «премудрость тайную, сокровенную». Евангелие от Иоанна предполагает «открывать уста в притче и произносить гадания из древности».

«Гадания из древности...» — мысленно повторил Лэнгдон, помнивший это странное выражение из Книги Притчей и семьдесят седьмого псалма. «Открою уста мои в притче и произнесу гадания из древности». Лэнгдон знал, что на самом деле ничего странного здесь нет, под «гаданиями» подразумевались неясности, подлинный смысл которых ускользал от понимания.

— А если у тебя еще остались сомнения, — продолжал Питер, — то Послание к коринфянам открыто признает, что в притчах содержится два смысловых уровня — «молоко для младенцев и мясо для взрослых». «Молоко» — легко усваиваемый поверхностный смысл для незрелых умов, а «мясо» — подлинный, доступный лишь умам окрепшим.

Питер направил фонарь вверх, вновь высвечивая закутанную в плащ зловещую фигуру, направившую указующий перст на Библию.

— Я понимаю, Роберт, что ты скептик, но все же задумайся. Если в Библии нет никакого скрытого смысла, почему лучшие умы в истории — включая светил Королевского научного общества — изучали ее с таким рвением и усердием? Сэр Исаак Ньютон написал бесчисленное множество трактатов, пытаясь докопаться до истинного смысла Библии, и в их числе трактат 1704 года, где ученый признается, что ему удалось извлечь из священного текста научные факты!

Об этом Лэнгдон знал.

— Или возьмем сэра Фрэнсиса Бэкона, — предложил Питер. — Выдающийся ученый, которого король Яков нанял создать авторизованный перевод Библии, пришел к твердому убеждению, что в Писании зашифрован скрытый подтекст, и составил собственные шифры, которые изучаются по сей день. Тебе известно, разумеется, что Бэкон состоял в ордене розенкрейцеров и написал сборник «О мудрости древних». — Питер улыбнулся. — Даже поэт-иконоборец Уильям Блейк, и тот намекал, что надо читать между строк.

Лэнгдон догадался, какое стихотворение имеется в виду:

МЫ СМОТРИМ В БИБЛИЮ ВЕСЬ ДЕНЬ:
Я ВИЖУ СВЕТ, ТЫ ВИДИШЬ ТЕНЬ.[1]

— Европейскими учеными дело не ограничилось, — ускоряя шаг, продолжил Питер. — Именно здесь, Роберт, в сердце зарождающегося американского

[1] Перевод С.Я. Маршака.

государства, наши мудрые отцы-основатели — Джон Адамс, Бенджамин Франклин, Томас Пейн — в один голос предостерегали от буквального прочтения Библии. Томас Джефферсон, например, настолько был убежден в существовании скрытого смысла, что вырезал со страниц Писания все сверхъестественное и скомпоновал собственную Библию, «сокрушив искусственные нагромождения и оставив лишь подлинную основу».

Лэнгдон знал и об этом. Джефферсоновская Библия, издававшаяся до сих пор, сохранила всю спорную правку — например, в ней отсутствовало непорочное зачатие и воскресение Христа. Невероятный факт: в первой половине девятнадцатого столетия существовала традиция вручать Библию Джефферсона всем новоиспеченным конгрессменам.

— Питер, знаешь, это все очень интересно, и я понимаю, насколько велик был соблазн для ярчайших умов искать в Библии скрытые подтексты, но логика от меня все же ускользает. Любой лектор подтвердит: невозможно учить иносказаниями.

— Что, прости?

— Учителя учат, Питер. Мы изъясняемся прямо и открыто. Зачем же было пророкам — величайшим учителям в истории человечества — затуманивать смысл своих слов? Если они хотели изменить мир, к чему было шифровать откровения? Отчего нельзя было выразиться четко и ясно, чтобы все поняли?

Питер удивленно оглянулся, продолжая спускаться.

— Роберт, Библия не открывает потаенный смысл кому попало по той же самой причине, по какой держались в секрете Школы Мистерий. По этой же причине неофитов сперва проводили через церемонию посвящения и лишь потом допускали к изучению древней мудрости. И по этой же причине ученые Невидимого колледжа не делятся своими познаниями с посторонними. Эта информация наделена силой, Роберт. О Мистериях древности нельзя кричать на каждом углу. Мистерии — это пылающий факел, который в руках мастера озарит путь, а в руках безумца спалит всю землю дотла.

Лэнгдон остановился как вкопанный.

«Что он такое говорит?»

— Питер, я же вел речь о Библии. При чем тут Мистерии древности?

Питер обернулся.

— Разве ты сам не понял? Библия и Мистерии — это одно и то же.

Лэнгдон смотрел на него в замешательстве.

Соломон помолчал, давая другу осмыслить услышанное.

— Библия — это один из источников, сохранивших Мистерии в веках для передачи потомкам. Тайна распирает ее изнутри и неудержимо рвется наружу. Разве не видишь? «Гадания из древности» — это голос наших предков, которые шепотом, на ухо, делятся с нами своей сокровенной мудростью.

Лэнгдон молчал. Он привык считать Мистерии древности чем-то вроде самоучителя, объясняющего, как поставить себе на службу скрытые резервы разума. Рецепт личностного апофеоза. Профессор всегда скептически относился к могуществу Мистерий, поэтому согласиться, что Библия содержит ключ к их древним тайнам, было выше его сил.

— Питер, Библия и Мистерии древности противоречат друг другу по всем статьям. Мистерии уверяют, что бог внутри нас... что человек — сам себе бог. А Библия возносит Господа в небеса, оставляя человеку удел беспомощного грешника.

— Да! Именно! В самую точку! Как только человек отделил себя от Господа, утратился подлинный смысл Слова. Голоса древних мастеров потонули в гвалте перекрикивающих друг друга самопровозглашенных адептов, утверждающих, что лишь они толкуют Слово правильно и что истинное Слово написано на их языке, и больше ни на каком другом.

Не прерывая объяснений, Питер продолжал спускаться.

— Роберт, мы оба знаем, что древние пришли бы в ужас, узнав, как исказили их учения, как религия обернулась платным пропускным пунктом на небеса, как воины маршируют на бой в полной уверенности, что Господь благословил их на правое дело. Мы утратили Слово, и все же его подлинный смысл по-прежнему перед нами, только руку протяни. Оно живет во всех дошедших до нас текстах — от Библии до «Бхагавад гиты», Корана и прочих. И все они с почтением возлагаются на масонский алтарь, потому что масоны в отличие от остального мира понимают: каждый из этих текстов, хоть и на свой лад, тихо нашептывает одну и ту же истину. — Голос Питера зазвенел от переполнявших его чувств. — «Разве не знаете, что вы боги?»

Лэнгдона поразило, как часто им сегодня попадается на пути эта знаменитая цитата. Он размышлял над ней во время беседы с Галлоуэем, а до этого в Капитолии, когда рассказывал об «Апофеозе Вашингтона».

Питер понизил голос до шепота.

— Будда изрек: «Ты сам бог». Иисус учил, что «Царствие Небесное в нас самих», и даже обещал: «Дела, которые творю я, и вы сотворите, и больше сих сотворите». Даже первый антипапа, Ипполит Римский, цитировал ту же сентенцию, впервые произнесенную гностиком Моноимом: «Прекращай поиски Бога... ибо из тебя самого берет Он свое начало».

Лэнгдон мысленно перенесся на мгновение в Масонский храм, где на спинке кресла внешнего привратника была вырезана древняя максима: «Познай самого себя».

— Один мудрец когда-то сказал мне, — едва слышно проговорил Питер, — единственное различие между тобой и Господом в том, что ты забыл о своей божественности.

— Питер, я тебя слышу — и понимаю, о чем ты. Я бы с радостью поверил в то, что мы боги, однако что-то не наблюдаю вокруг земных богов. Где они, сверхлюди? Можно, конечно, ссылаться на чудеса из Библии или других религиозных текстов, но это все лишь предания, сочиненные человеком и за многовековую историю существования обросшие легендами.

— Возможно, — не стал возражать Питер. — А возможно, мы просто должны дождаться того дня, когда наши научные знания догонят мудрость древних. — Он помолчал. — Забавно... Исследования Кэтрин примерно к тому и приближаются.

Лэнгдон вдруг вспомнил, что Кэтрин увело из Масонского храма какое-то неожиданно срочное дело.

— Кстати, а куда она отправилась?

— Скоро будет здесь, — улыбнулся Питер. — Как только убедится в своем сказочном везении.

Выйдя на улицу, к подножию обелиска, Питер Соломон вдохнул полной грудью бодрящий холодный воздух. Лэнгдон вел себя забавно: пристально посмотрел на землю, почесал в затылке и начал оглядывать цоколь монумента.

— Профессор, — сыронизировал Соломон, — краеугольный камень с Библией покоится глубоко под землей. Так что потрогать ее мы не сможем, но поверь мне на слово — она здесь.

— Я тебе верю, — ответил Лэнгдон, погруженный в непонятные раздумья. — Просто... Я кое-что обнаружил.

Отступив назад, он окинул взглядом гигантскую площадку, на которой возвышался обелиск. Круг, вымощенный белыми плитами... если не считать две концентрические окружности из темного камня, опоясывающие обелиск.

— Круг в круге, — произнес Лэнгдон. — Никогда не замечал, что Монумент Вашингтона стоит в центре круга, расположенного внутри другого круга.

Питер не удержался от смеха.

«Ничего не упустит».

— Да, великий циркумпункт. Универсальный символ Бога — в средоточии Америки. — Он лукаво пожал плечами: — Пожалуй, это случайное совпадение.

Лэнгдон стоял с отсутствующим видом, скользя взглядом ввысь по освещенному обелиску, сияющему ослепительной белизной на фоне темного зимнего неба.

Питер догадался, что Лэнгдон наконец разглядел истинный облик памятника: безмолвное напоминание о древней мудрости, образ просвещенного человека в самом сердце великой страны. И хотя снизу Питеру не видно было алюминиевый колпачок, венчающий обелиск, он все равно стоял перед глазами — просвещенный человеческий разум, возносящийся к небесам.

«Laus Deo»

— Питер... — Лэнгдон подошел к другу, напоминая своим видом неофита, прошедшего мистический обряд посвящения.— Чуть не забыл. — Он пошарил в кармане и протянул Питеру золотой масонский перстень. — Все ждал, когда можно будет тебе вернуть.

— Спасибо, Роберт. — Питер полюбовался перстнем, взяв его левой рукой. — Знаешь, весь этот ореол таинственности и секретности вокруг перстня и масонской пирамиды... он очень сильно повлиял на мою жизнь. В молодости мне вручили пирамиду и наказали беречь, поскольку она хранит мистическую тайну. Этого хватило, чтобы я поверил в существование великих мистерий. Пирамида подстегивала мое любопытство, распаляла воображение и вдохновила на то, чтобы распахнуть сознание навстречу Мистериям древности. — С молчаливой улыбкой он опустил перстень в карман. — И теперь я понимаю, в чем состоит истинное предназначение масонской пирамиды: не давать ответы, а вдохновлять на их поиск.

Некоторое время оба стояли у подножия обелиска, погруженные в свои мысли.

Наконец Лэнгдон прервал паузу.

— У меня к тебе одна просьба, как к другу... — серьезным тоном начал он.

— Давай. Что угодно сделаю.

Лэнгдон изложил. Настоятельно.

Соломон кивнул в ответ, понимая, что друг прав:

— Хорошо.

— Прямо сейчас, — добавил Лэнгдон, показывая на дожидающийся неподалеку «кадиллак».

— Ладно. Только с одной оговоркой.

Лэнгдон усмехнулся, закатывая глаза.

— Любишь ты оставлять последнее слово за собой...

— Еще как. Я хочу, чтобы вы с Кэтрин кое-что посмотрели.

— В такое время? — Лэнгдон взглянул на часы.

Соломон тепло улыбнулся старому другу.

— Это самое впечатляющее сокровище Вашингтона... которое к тому же очень немногим довелось увидеть.

Глава 132

У Кэтрин Соломон, поднимающейся на холм к подножию Монумента Вашингтона, радостно билось сердце. Душевные раны от пережитых сегодня потрясений еще не зажили, но сейчас все ее мысли сосредоточились на радостном известии, которое сообщил сестре Питер и в котором она только что убедилась лично.

«Мои исследования целы. Все до единого».

Голографические носители со всеми данными, находившиеся в лаборатории, погибли в огне. Однако в Храмовом зале Питер признался Кэтрин, что втайне от нее делал резервные копии всех ноэтических материалов и хранил у себя в кабинете, в ЦТП СМ. «Ты же знаешь, я преклоняюсь перед тем, что ты делаешь, — объяснил он, — поэтому обеспечил себе возможность наблюдать за исследованиями, не отвлекая тебя от работы».

— Кэтрин! — прозвучал басовитый голос.

Она подняла взгляд.

У подножия освещенного обелиска вырисовывалась одинокая фигура человека.

— Роберт!

Кэтрин кинулась обнимать друга.

— Я слышал радостную новость, — шепнул Лэнгдон. — Представляю, какой это для тебя груз с души.

— Не представляешь, — севшим от волнения голосом возразила Кэтрин.

Спасенные Питером материалы представляли настоящий переворот в науке — обширное собрание экспериментов, доказывающих, что человеческая мысль обладает реальной измеримой силой. Эксперименты Кэтрин наглядно демонстрировали результаты воздействия мысли на самые разные объекты — от кристаллов льда до генераторов случайных чисел и движения элементарных частиц. Несомненные и бесспорные, итоги исследования способны были переубедить скептиков и изменить массовое сознание в масштабах всего мира.

— Все изменится, Роберт, буквально все.

— Питер тоже в этом уверен.

Кэтрин оглянулась в поисках брата.

— В больнице, — пояснил Лэнгдон. — Еле уговорил сделать мне такое одолжение.

Кэтрин с облегчением вздохнула:

— Спасибо!

— А я обещал, что дождусь тебя здесь.

Кэтрин, кивнув, скользнула взглядом вдоль сияющего белизной обелиска в ночное небо.

— Он мне говорил, что повезет тебя сюда. И что-то насчет «Laus Deo»... В подробности вдаваться не стал.

Лэнгдон усмехнулся устало:

— Я и сам до конца не понимаю. — Он отыскал глазами верхушку монумента. — Твой брат мне сегодня много такого разъяснял, что до сих пор в голове не укладывается.

— Попробую угадать. Мистерии древности, наука и Святое Писание?

— В точку.

— Добро пожаловать в мою жизнь. — Кэтрин подмигнула. — Меня Питер посвятил давным-давно. Львиная доля моих исследований на этом строится.

— Сердцем я многое принимаю из того, что он говорил... — Лэнгдон покачал головой. — А вот умом...

Улыбнувшись, Кэтрин обняла его за талию.

— Знаешь, Роберт, пожалуй, в этом я могу тебе помочь.

В глубине Капитолия по пустынному коридору шагал Архитектор Уоррен Беллами.

«Последнее дело на сегодня», — думал он.

Оказавшись у себя в кабинете, он вытащил из недр письменного стола невероятно старый ключ. Черный, чугунный, длинный и тонкий, с давно истершейся маркировкой. Архитектор опустил ключ в карман и приготовился встречать гостей.

В Капитолий направлялись Роберт Лэнгдон и Кэтрин Соломон. Выполняя просьбу Питера Соломона, Беллами собирался предоставить им редчайшую возможность — увидеть воочию грандиозную тайну, которую хранит здание Капитолия. И открыть ее может лишь Архитектор...

Глава 133

Стараясь не смотреть на оставшийся далеко внизу пол Ротонды Капитолия, Роберт Лэнгдон мелкими шажками двигался по круговому мостику под самым куполом. Потом он все-таки скосил глаза на поручень ограждения. От высоты кружилась голова. Профессору с трудом верилось, что меньше десяти часов прошло с той секунды, как в центре этого круглого зала возникла рука Питера.

Где-то там внизу, в ста восьмидесяти футах от Лэнгдона, двигался к выходу из Ротонды Архитектор Капитолия — крошечная упрямая точка. Беллами проводил Кэтрин и Лэнгдона вверх, на балкон, и оставил одних, снабдив точными указаниями.

«От Питера».

Лэнгдон посмотрел на старый железный ключ, который ему вручил Беллами. Потом на узкую лестницу, уходящую с балкона... еще выше. «Господи, помоги». Узкие ступени, по словам Архитектора, вели к маленькой металлической двери, отпирающейся этим самым ключом.

По замыслу Питера Соломона Лэнгдон и Кэтрин непременно должны были увидеть то, что скрывалось за дверью. Разъяснять Питер ничего не стал, вместо этого строго наказав отпереть дверь в определенный час — не раньше и не позже.

«Ждать, чтобы открыть дверь? Зачем?»

Бросив очередной взгляд на часы, Лэнгдон тихо простонал.

Затем он опустил ключ в карман и посмотрел на противоположную половину балкона по ту сторону разверзшейся перед ним бездны. Кэтрин, бесстрашно устремившись вперед и, видимо, не испытывая страха высоты, успела уже пройти полкруга и с восхищением разглядывала «Апофеоз Вашингтона» кисти Брумиди, нависающий прямо у них над головами. С этого необычного обзорного пункта пятнадцатифутовые фигуры, украшающие пять тысяч квадратных футов купола, представали в мельчайших подробностях.

Повернувшись к Кэтрин спиной, Лэнгдон едва слышно прошептал, обращаясь к внешней стене здания:

— Кэтрин, к тебе взывает твоя совесть! Как ты могла бросить Роберта одного?

Кэтрин, очевидно, тоже знала о феноменальных акустических возможностях купола, потому что стена тут же отозвалась ее голосом:

— А нечего трусить. Надо было идти со мной. Дверь еще не скоро открывать, времени полно.

Лэнгдон, признав ее правоту, неохотно двинулся вдоль балкона, хватаясь руками за стену.

— Этот потолок — нечто невероятное, — восхитилась Кэтрин, выворачивая шею, чтобы охватить взглядом все великолепие «Апофеоза». — Только представить: мифические божества с учеными и изобретениями. Да еще в главном зале Капитолия...

Лэнгдон поднял глаза к громадным изображениям Франклина, Фултона и Морзе в окружении символов их научных открытий. Переливающаяся радуга увела за собой его взгляд к Джорджу Вашингтону, возносящемуся на облаке в небеса.

«Великое пророчество о превращении человека в бога».

— Такое впечатление, что на куполе над Ротондой отражена сама суть Мистерий древности, — поделилась мыслями Кэтрин.

Лэнгдон готов был признать, что не много нашлось бы фресок в мире, где божества соседствовали бы с научными открытиями и апофеозом человека. Впечатляющий сонм образов на куполе Ротонды действительно воплощал идею Мистерий древности — и не случайно. Отцам-основателям Америка представлялась чем-то вроде чистого холста, непаханого тучного поля, которое можно засеять семенами мистерий. И сегодня этот величественный образ — основатель государства, возносящийся к небесам, — безмолвно взирал сверху на законотворцев, президентов и сенаторов... Открытое напоминание, взгляд в будущее, обещание, что пробьет тот час, когда человек достигнет полной духовной зрелости.

— Роберт, — прошептала Кэтрин, не сводя глаз с огромных фигур великих американских изобретателей в сопровождении Минервы, — это ведь и вправду пророчество. Самые передовые технологии сейчас служат для изучения идей глубокой древности. Ноэтика считается молодой наукой, однако на самом деле это самая древняя наука на земле — наука, изучающая человеческую мысль. — Она обернулась к Лэнгдону, удивленно распахнув глаза. — И представляешь, выясняется, что древние понимали мысль гораздо лучше, чем мы сейчас.

— Логично, — ответил Лэнгдон. — Кроме человеческой мысли, других инструментов у древних не было. Философы, например, отдавали все силы ее изучению.

— Да! Древние тексты только и твердят что о могуществе разума. В Ведах описан поток мыслительной энергии. В Аскевианском кодексе «Пистис София» — универсальное сознание. В «Зогаре» исследуется природа духа мысли. Шаманские тексты, опережая Эйнштейна с его «влиянием извне», рассказывают о лечении на расстоянии. Там есть всё! Про Библию вообще молчу.

— И ты туда же? — усмехнулся Лэнгдон. — Твой брат меня уже убеждал, что Библия сплошь состоит из зашифрованных научных сведений.

— Еще как состоит, — подтвердила Кэтрин. — Если не веришь Питеру, почитай эзотерические трактаты Ньютона о Библии. Стоит вникнуть как следует в библейские иносказания, Роберт, и поймешь, что она исследует человеческую мысль.

Лэнгдон пожал плечами:

— Попробую перечитать ее заново на досуге.

— Ответь мне на один вопрос, — не разделяя скептицизма профессора, настаивала Кэтрин. — Там, где в Библии говорится «стройте свой храм», тот, который предполагается возводить «без инструментов и не производя шума», о каком храме, по-твоему, идет речь?

— В тексте сказано, что храм — это наше тело.

— Да, Первое Послание к коринфянам, глава третья, стих шестнадцатый. «Вы — храм Божий». — Она улыбнулась. — И то же самое в Евангелии от Иоанна. Роберт, авторы Писания твердо знали о дремлющей в нас силе, и они настойчиво велят нам ее раскрыть и обратить себе на пользу... выстроить храм мысли.

— К сожалению, большая часть религиозного сообщества, как мне кажется, дожидается буквального восстановления Храма. Во исполнение мессианского пророчества.

— Да, но тут ускользает из виду одна важная деталь. Второе пришествие — это пришествие человека. Час, когда человечество наконец выстроит храм своего разума.

— Не знаю... — потирая подбородок, усомнился Лэнгдон. — Я, конечно, не большой толкователь Библии, однако, насколько помню, в Писании подробно изложен процесс строительства именно материального храма, а не духовного. Постройка должна возводиться из двух частей — внешней, Святилища, и внутренней, Святая святых. Их следует разделить тончайшей завесой.

Кэтрин улыбнулась:

— Для скептика очень даже хорошо помнишь. Кстати, ты когда-нибудь видел, как устроен человеческий мозг? Он состоит из двух частей — внешней, под названием «dura mater», твердая мозговая оболочка, и внутренней, «pia mater», мягкой мозговой оболочки. Эти две части разделяет паутинная оболочка — тончайшая завеса, действительно похожая на паутину.

Лэнгдон удивленно склонил голову.

Протянув руку, Кэтрин коснулась его виска.

— Неслучайно в английском языке «висок» и «храм» обозначаются одним словом — «temple».

Пытаясь осмыслить услышанное, профессор неожиданно вспомнил гностическое Евангелие от Марии: «Где ум, там сокровище».

— Может быть, ты слышал, — понизив голос, продолжала Кэтрин, — о томографии мозга йогов, погруженных в медитацию? Оказывается, на высшей стадии сосредоточения в эпифизе головного мозга выделяется субстанция, похожая на воск. В человеческом теле нет аналогов подобной секреции. Она обладает невероятными целебными свойствами, клетки в буквальном смысле восстанавливаются — возможно, этим отчасти объясняется долголетие йогов. Вот она, наука... Эта субстанция, обладающая непостижимыми свойствами, вырабатывается только разумом, погруженным в состояние глубокого сосредоточения.

— Я что-то такое читал пару лет назад.

— Да, кстати, а вот еще кое-что. Помнишь библейское описание манны небесной?

Лэнгдон не понял, почему «кстати».

— Волшебная пища, посланная с небес, чтобы утолить голод?

— Именно. Она не только кормила, но еще исцеляла, дарила долголетие и, как ни странно, не создавала естественных отправлений организма. — Кэтрин умолкла, давая Роберту осмыслить. — Ну же, Роберт? Пища с небес? — Она постучала себя пальцем по виску. — Исцеляет волшебным образом. Не образует отходов. Неужели не видишь? Это все шифр, Роберт! «Храм» — это наше тело. «Небеса» — это разум. «Лестница Иакова» — позвоночник. А манна — то самое вещество, вырабатываемое эпифизом. Так что, когда увидишь в Писании эти слова, присмотрись повнимательнее. Очень часто за поверхностным смыслом открывается другой, скрытый.

И Кэтрин принялась с пулеметной скоростью сыпать цитатами, доказывая, что волшебная субстанция в том или ином виде нашла отражение во всех текстах Мистерий древности. Божественный нектар, эликсир жизни, источник вечной молодости, философский камень, амброзия, роса, оджас, сома. Затем она развернула теорию о том, что эпифиз представляет собой всевидящее Господне око.

— Вот, смотри, в Евангелии от Матфея, — убеждала она. — «Если око твое будет чисто, то все тело твое будет светло». То же самое с чакрой аджна — «третьим глазом», который индусы отмечают точкой на лбу, и...

Кэтрин со смущенным видом оборвала сама себя на полуфразе.

— Прости... Меня, бывает, заносит, не остановиться. Но ведь это сплошной восторг! Я столько лет читала древние тексты, где человеку сулили безграничное торжество разума, и вот теперь мы научно доказываем, что оно достижимо обычным физическим процессом. Мозг, если научиться его правильно использовать, может подарить нам буквально сверхчеловеческие способности. А Библия, как и многие древние тексты, — это подробная инструкция к самому хитроумному из когда-либо существовавших механизмов. То есть к человеческому разуму. — Кэтрин вздохнула. — Как ни удивительно, наука на данном этапе лишь подбирается к тому, чтобы потянуть за краешек завесы, скрывающей подлинные возможности мозга.

— Тогда твоя ноэтика поможет человечеству сделать гигантский скачок вперед.

— Или назад. Ведь древние уже знали многое из того, что мы только сейчас начинаем открывать заново. Не пройдет и нескольких лет, как человеку придется принять то, что сегодня кажется немыслимым: мозг умеет вырабатывать энергию, способную преобразовывать физическую материю. — Кэтрин помолчала. — На наши мысли реагируют частицы... а значит, наши мысли могут изменить мир.

Лэнгдон мягко улыбнулся.

— Знаешь, во что я поверила благодаря своим исследованиям? Бог существует — это мысленная энергия, пронизывающая все и вся. А мы, человеческие существа, были созданы по его образу и подобию.

— Что, прости? — не выдержал Лэнгдон. — Мы были созданы по образу и подобию мысленной энергии?

— Именно. Физическое тело развивалось и эволюционировало, а вот разум был создан по образу и подобию Божьему. Мы понимаем Библию слишком буквально. Заучиваем про образ и подобие, но на самом деле Господа копирует не тело, а разум.

Лэнгдон заинтригованно молчал.

— Это величайший дар, Роберт, и Господь ждет, когда мы его оценим. По всему миру люди возносят взоры к небесам, ожидая Господа... и не догадываясь, что это Господь дожидается нас. — Кэтрин сделала паузу, чтобы Лэнгдон успел отследить ход мысли. — Мы творцы, однако наивно прикидываемся «тварями». Считаем себя беспомощным стадом, которое пастырь-создатель гоняет туда-сюда. Валимся на колени, словно перепуганные дети, молим о помощи, о прощении, об удаче... Но как только осознаем, что действительно созданы по образу и подобию Творца, придет понимание: мы тоже способны Творить. И тогда наши способности раскроются в полной мере.

Лэнгдону вспомнился запавший в душу фрагмент из работы философа Мэнли Холла: «Если бы Бесконечный Бог не пожелал, чтобы человек стал мудрым, Он не снабдил бы его способностью к познанию»[1]. Профессор снова поднял глаза к потолку, к «Апофеозу Вашингтона», символизирующему торжество приближения человека к божественному образу.

«Тварь... превращающаяся в Творца».

— А самое поразительное, — продолжала Кэтрин, — что, научившись распоряжаться собой в полную силу, мы научимся распоряжаться и окружающим миром. Мы сможем выстраивать реальность по нашему замыслу, а не просто реагировать на существующие условия.

Лэнгдон опустил взгляд.

— Как-то... страшновато.

Кэтрин слегка смешалась, но в глазах мелькнуло уважение.

— Да, ты прав! Поскольку наши мысли способны изменить мир, надо тщательно следить за тем, что мы думаем. Разрушительные мысли ничуть не слабее конструктивных, а ведь разрушить всегда легче, чем построить.

Лэнгдон подумал обо всех заветах, предписывающих оберегать древнюю мудрость от недостойных и открывать ее лишь просвещенным. Вспомнился Невидимый колледж, вспомнился наказ великого Исаака Ньютона Роберту Бойлю хранить «в строжайшей тайне» их совместные исследования. «Разглашение, — писал Ньютон в 1676 году, — обернется для мира невиданной катастрофой».

— А теперь представь вот такой неожиданный поворот. — Кэтрин вернулась к прежним рассуждениям. — Во всех религиях мира испокон веков последователям внушалась необходимость верить и уверовать. Наука же, которая отвергала религию как собрание

[1] Перевод В.В. Целищева.

— Ложись.

Лэнгдон улегся на спину, и Кэтрин пристроила его затылок на свернутый пиджак. А потом сама примостилась рядом. И так, словно малые дети, они прильнули друг к другу на узком балконе и устремили взгляды вверх, к гигантской фреске Брумиди.

— Вот так... — прошептала Кэтрин. — Вспомни то свое состояние... как в детстве, лежишь на спине в байдарке... смотришь на звезды... открыт навстречу всему неведомому и удивительному.

Лэнгдон послушно попытался представить, хотя на самом деле стоило ему поудобнее устроится на спине, как тут же накатила накопившаяся усталость. Взгляд затуманился — и тут над головой возник знакомый образ, от которого дремоту как рукой сняло.

«Не может быть...»

Странно, что он не заметил раньше: композицию «Апофеоза Вашингтона» составляли два концентрических круга — одна окружность в другой.

«"Апофеоз" — это еще один циркумпункт?»

Интересно, сколько таких совпадений он сегодня упустил?

— Я должна сказать тебе кое-что важное, Роберт. Тут есть один такой момент... наверное, самый ошеломляющий во всех моих исследованиях.

«Как, еще не все?»

Кэтрин приподнялась на локте.

— Даю честное слово, если мы, люди, освоим эту простейшую истину... мир изменится буквально в мгновение ока.

Лэнгдон весь обратился в слух.

— Однако сперва позволь напомнить тебе об излюбленных масонских мантрах: «собрать разрозненное», создать «порядок из хаоса», достичь «единения».

— Продолжай, — кивнул заинтригованный Лэнгдон.

Кэтрин улыбнулась.

— Нам удалось доказать научно, что сила человеческой мысли возрастает в геометрической прогрессии пропорционально количеству умов, разделяющих эту мысль.

Лэнгдон молчал, гадая, к чему клонит Кэтрин.

— Из этого следует вот что: ум хорошо, а два лучше, причем лучше не в два раза, а во много больше. Множество умов, трудящихся над общей мыслью, увеличивают ее воздействие — по экспоненте. А значит, усиливающим эффектом обладают разного рода молитвенные группы, исцеляющие круги, пение хором и всеобщее поклонение. «Универсальное сознание» — это не просто некая умозрительная концепция в духе «нью-эйдж». Это самая что ни на есть научно доказанная действительность... и, научившись ею управлять, мы сможем перевернуть мир. Это и есть основополагающее открытие ноэтики. Более того, процесс единения происходит прямо сейчас, буквально на наших глазах. Куда ни взгляни. Появляются средства общения, о которых мы даже не мечтали: «Твиттер», «Гугл», «Википедия» и остальные, — совместными усилиями создается пространство, объединяющее умы. — Она рассмеялась. — Помяни мое слово, как только я опубликую результаты своих исследований, у всех твиттерян в строке ответа на вопрос «Что делаешь?» тут же появится: «читаю про ноэтику», и интерес к моей области науки моментально возрастет в геометрической прогрессии.

Веки у Лэнгдона отяжелели.

— А знаешь, я до сих пор не научился посылать твиттинги.

— Твиты, — смеясь, поправила Кэтрин.

— Что?

— Не важно. Закрой глаза. Я тебя разбужу, когда будет пора.

За разговорами Лэнгдон совсем забыл и про ключ, выданный Архитектором Капитолия, и про то, зачем они вообще поднимались на эту верхотуру. Убаюканный новой волной дремоты, он смежил веки и погрузился в сонную темноту, где ворочались мысли об «универсальном сознании», о «мировом разуме» и «коллективной единичности Бога» у Платона, о «коллективном бессознательном» Юнга... И вдруг профессора озарила простая и вместе с тем поразительная догадка.

«Божественное сокрыто во Множестве, а не в Едином».

— Элохим, — вырвалось у Лэнгдона, и он распахнул глаза, удивившись своему неожиданному открытию.

— Что? — Кэтрин все еще смотрела на него, приподнявшись на локте.

— Элохим, — повторил Лэнгдон. — Так называют Бога в Ветхом Завете. Это слово меня всегда занимало.

Кэтрин понимающе улыбнулась:

— Да, это ведь множественное число.

«Именно!»

Лэнгдон никогда не понимал, почему в первых главах Библии Господь представлен во множественном числе. Элохим. В Книге Бытия всемогущий Господь не был Един... он был Множеством.

— Бог многочислен, — прошептала Кэтрин, — потому что многочисленны людские умы.

В голове у Лэнгдона пестрым хороводом крутились мысли — сны, воспоминания, надежды, страхи, откровения — и уплывали под купол Ротонды. Когда веки снова начали слипаться, профессор вдруг увидел перед собой латинскую фразу, выписанную на фреске «Апофеоза».

«Ex pluribus unum».

«Из множества — один!» — успел прочитать Лэнгдон перед тем, как провалиться в сон.

Эпилог

Роберт Лэнгдон постепенно очнулся от сна.

Сверху смотрели многочисленные лица. «Где я?»

Мгновение спустя он наконец вспомнил. И, медленно потянувшись, сел на балконе под фреской «Апофеоза». Спина затекла от лежания на твердом.

«А где Кэтрин?»

Лэнгдон взглянул на часы с Микки-Маусом.

«Почти пора».

Поднявшись на ноги, он осторожно посмотрел через ограждение вниз, в зияющую бездну.

— Кэтрин! — крикнул профессор.

Пустынная Ротонда откликнулась гулким эхом.

Тогда Лэнгдон поднял с балконного пола свой твидовый пиджак и, отряхнув, надел. Пошарил в карманах. Железный ключ, выданный Архитектором, куда-то подевался.

Осторожно пройдя по балкону обратно, профессор добрался до ниши, которую им показал Беллами... Крутая металлическая лестница, ведущая в тесную темноту. Он начал подниматься по ступенькам. Выше и выше. Лестница постепенно сужалась и делалась все круче. Но Лэнгдон не сдавался.

«Еще чуть-чуть».

Ступеньки стали совсем узкими, как у стремянки, а стены подступили почти вплотную. Наконец лестница кончилась, и Лэнгдон вышел на крошечную площадку, которая упиралась в массивную металлическую дверь. В замке торчал железный ключ, а сама дверь оказалась приоткрытой. Профессор толкнул ее, и дверь со скрипом отворилась. Оттуда повеяло холодом, и, шагнув через порог в сизую тьму, Лэнгдон понял, что выбрался наружу.

— Я как раз собиралась за тобой идти, — улыбнулась Кэтрин. — Уже почти пора.

Оглядевшись, Лэнгдон осознал, где находится, и у него перехватило дыхание. Узкий балкон, опоясавший надстройку-фонарик на куполе Капитолия. Над ним возвышалась бронзовая статуя Свободы, взирающая сверху на спящую столицу. Взгляд ее устремлялся на восток, где горизонт уже окрасили первые алые проблески зари.

Кэтрин повела профессора вдоль круговой балюстрады на противоположную сторону, и там они обратились лицом к западу, по линии Эспланады. Вдали, на фоне серого утреннего неба, вырисовывался четкий силуэт Монумента Вашингтона. Отсюда он выглядел еще более величественным.

— В свое время, когда его только построили, — прошептала Кэтрин, — он был самым высоким сооружением на планете.

Лэнгдону представились старые черно-белые снимки, запечатлевшие, как масоны, поднявшись по строительным лесам на пять сотен футов над землей, вручную, по кирпичику выкладывают грани обелиска.

«Мы строители, — подумал Лэнгдон. — Мы творцы».

Испокон веков человек ощущал в себе что-то особенное, что-то неведомое. Он жаждал сил, которых не имел. Мечтал научиться летать, исцелять, преображать окружающий мир всеми возможными способами.

И преуспел.

Храмы, куда приходят поклониться его достижениям, выстроились вдоль Эспланады. Музеи Смитсоновского комплекса едва вмещают все богатство изобретений, шедевров искусства и науки, трудов великих мыслителей. В них отражена вся история человека созидающего: от каменных орудий в Национальном музее американских индейцев до истребителей и ракет в Национальном музее авиации и космонавтики.

«Наши далекие предки наверняка сочли бы нас богами».

Раскинувшаяся далеко внизу мозаика памятников и музейных зданий снова увела взгляд Лэнгдона сквозь предрассветную мглу к Монументу Вашингтона. Профессор представил глубоко в земле одинокую Библию в краеугольном камне и подумал о том, как Слово Божие обернулось словом человеческим.

Затем пришла мысль о великом циркумпункте, вмурованном в круглую площадку под памятником в самом средоточии Америки. А потом Лэнгдон вдруг вспомнил о каменной шкатулке, которую ему когда-то вручил Питер. Ведь этот куб — Роберт только теперь понял, — раскрывшись, образовал ту же самую геометрическую фигуру, крест с циркумпунктом в центре. Лэнгдон невольно рассмеялся.

«Даже шкатулка и та указывала на это средоточие».

— Смотри, Роберт! — Кэтрин показала на верхушку памятника.

Лэнгдон поднял глаза, но ничего не заметил.

А потом, присмотревшись, разглядел.

На макушке величественного обелиска вспыхнула крошечная золотистая искра. Она разгоралась все ярче, все лучистее, сверкая на алюминиевом навершии каменной «иглы». Под восхищенным взглядом Лэнгдона она вскоре заполыхала огнем, как фонарь маяка, парящий над погруженной в сумрак столицей. Профессор вспомнил изящную надпись на восточной грани алюминиевого колпачка и осознал: каждый новый день в столице начинается с того, что первый луч восходящего солнца зажигает золотом два слова: «Laus Deo»

— Роберт, — шепнула Кэтрин, — мало кому выпадает возможность оказаться здесь на рассвете. Вот что хотел показать нам Питер.

Лэнгдон с бьющимся сердцем смотрел, как разгорается сияющий венец на верхушке обелиска.

— Ему кажется, именно поэтому отцы-основатели выстроили стелу такой высокой. Не знаю, так это или нет, но одно известно точно: есть старинный закон, по которому обелиск должен оставаться самым высоким сооружением в столице. Всегда.

За их спинами над горизонтом поднималось солнце, и отблески на алюминиевом колпачке теперь играли ниже. Лэнгдон смотрел и всем существом ощущал, как летят небесные тела по своим вечным орбитам сквозь бескрайние космические просторы. Он вспомнил о Великом архитекторе вселенной и о том, как Питер особо подчеркнул, что сокровище, которое им с Кэтрин предстоит увидеть, может открыть лишь Архитектор. Тогда он решил, что речь идет об Уоррене Беллами. Ошибся.

Солнечные лучи постепенно набирали силу, и в их сиянии теперь купался весь каменный наконечник обелиска весом тридцать три сотни фунтов.

«Озаренный человеческий разум».

А потом свет зари плавно заскользил вниз по стенам монумента, тем же путем, которым спускался каждое утро.

«Небеса сближаются с землей... Господь тянется к человеку».

Вечером этот ритуал повторится в обратном порядке. Солнце уйдет за горизонт на западе, и его лучи вновь вознесутся с земли на небо, готовясь к новому дню.

Кэтрин, поеживаясь от холода, придвинулась поближе. Лэнгдон обнял ее за талию. Так они и стояли, не произнося ни слова, и профессор перебирал мысленно то удивительное, что ему довелось сегодня узнать. Уверения Кэтрин, что грядут великие перемены. Доводы Питера, что золотой век не за горами. И слова великого пророка, который заявил прямо: «Нет ничего тайного, что не сделалось бы явным, и ничего не бывает потаенного, что не вышло бы наружу».

Над Вашингтоном вставало солнце. Лэнгдон поднял глаза к небесам, где таяли последние звезды. Он думал о науке, о вере, о человеке. О том, что объединяло все страны и народы всех времен. У нас у всех был Творец. Он существовал и существует под разными именами, в разных обличьях, ему возносили разные молитвы, однако человечество не мыслит себя без Бога. Бог — это общий для нас всех символ, символ всего неизведанного и неподвластных нам тайн. Древние почитали Бога как символ безграничного потенциала человеческих способностей, однако шли века, и человечество этот символ утратило. А теперь обрело снова.

В эту минуту, стоя на вершине купола Капитолия под ласковыми лучами восходящего солнца, Роберт Лэнгдон почувствовал, как поднимается из глубин души и переполняет его светлая волна. Никогда в жизни он еще не испытывал настолько сильного чувства.

Чувства надежды.

Об авторе

Дэн Браун — автор «Кода да Винчи», одного из самых популярных романов в мире, а также международных бестселлеров «Ангелы и демоны», «Точка обмана» и «Цифровая крепость». Писатель вместе с женой проживает в Новой Англии.

Литературно-художественное издание

Браун Дэн

Утраченный символ

Роман

Компьютерная верстка: Р.В. Рыдалин
Технический редактор М.Н. Курочкина

Общероссийский классификатор продукции
ОК-034-2014 (КПЕС 2008); 58.11.1 — книги, брошюры печатные

Произведено в Российской Федерации. Изготовлено в 2023 г.

Изготовитель: ООО «Издательство АСТ»
129085, Российская Федерация, г. Москва,
Звёздный бульвар, дом 21, строение 1, комната 705, пом. I, 7 этаж.
Наш электронный адрес: **www.ast.ru** E-mail: ask@ast.ru.

«Баспа Аста» деген ООО
129085, Мәскеу қ., Звёздный бульвары, 21-үй, 1-құрылыс, 705-бөлме, I жай, 7-қабат.
Біздің электрондық мекенжайымыз: www.ast.ru
E-mail: ask@ast.ru.
Интернет-магазин: www.book24.kz
Интернет-дүкен: www.book24.kz
Импортёр в Республику Казахстан ТОО «РДЦ-Алматы».
Қазақстан Республикасындағы импорттаушы «РДЦ-Алматы» ЖШС.
Дистрибьютор и представитель по приему претензий на продукцию в Республике Казахстан:
ТОО «РДЦ-Алматы»
Қазақстан Республикасында дистрибьютор
және өнім бойынша арыз-талаптарды қабылдаушының
өкілі «РДЦ-Алматы» ЖШС, Алматы қ., Домбровский көш., 3«а», литер Б, офис 1.
Тел.: 8(727) 2 51 59 89,90,91,92, факс: 8 (727) 251 58 12 вн. 107;
E-mail: RDC-Almaty@eksmo.kz
Өнімнің жарамдылық мерзімі шектелмеген.
Өндірген мемлекет: Ресей. Сертификаттау қарастырылмаған

Подписано в печать 17.08.2023. Формат 76x100 1/32. Усл. печ. л. 25,2.
Доп. тираж 5 000 экз. Заказ № 3677.

Отпечатано с электронных носителей издательства.
ООО "Тверской полиграфический комбинат". 170024, Россия, г. Тверь, пр-т Ленина, 5.
Телефон: (4822) 44-52-03, 44-50-34, Телефон/факс: (4822)44-42-15
Home page - www.tverpk.ru Электронная почта (E-mail) - sales@tverpk.ru